AYLA DADE nutzt am liebsten jede freie Minute zum Schreiben. Die Seiten ihrer New-Adult-Romane füllt die beliebte Buchbloggerin mit großen Gefühlen an zauberhaften Schauplätzen. Ihre Winter-Dreams-Reihe war ein überwältigender Erfolg: Die Bände standen wochenlang auf der SPIEGEL-Bestsellerliste und haben für immer einen Platz in den Herzen ihrer Leser*innen. In ihrer neuen Frozen-Hearts-Reihe macht sie einen luxuriösen Hotelpalast im verschneiten St. Moritz zum Zentrum von Glamour, Intrigen und einem Feuerwerk an Emotionen.

Auch wenn das Blackwell Palace sich inzwischen wie ein wahres Zuhause anfühlt, würde Paola das Luxushotel und St. Moritz nach den Geschehnissen des letzten Polospiels am liebsten hinter sich lassen. Doch sie hat jemandem ein Versprechen gegeben, das sie niemals brechen würde. Paola bleibt keine andere Wahl: Um ihr Wort zu halten, muss sie ausgerechnet auf die Hilfe der Person vertrauen, die sie aus tiefster Seele hassen will. Aber es gibt noch eine viel größere Herausforderung: Wie soll sie ihr Herz vor Edward und Charles verschließen? Den attraktiven und unberechenbaren Blackwell-Brüdern, die sie mit ihren düsteren Geheimnissen in tiefere Abgründe gestürzt haben, als sie es je für möglich gehalten hätte. Doch es ist nicht nur ihre besondere Verbindung zu den beiden, die ihr Angst einjagen sollte, sondern auch die dunkle Ahnung, dass sie nur einen von beiden vor sich selbst retten kann …

Begeisterte Stimmen über Ayla Dades Romane:

»Wenn ihr nach einer faszinierenden Geschichte und einem unwiderstehlichen Setting sucht, müsst ihr *Blackwell Palace* lesen!« Anna Todd

»Zum Wegträumen schön!« Lilly Lucas über *»Like Snow We Fall«*

Außerdem von Ayla Dade lieferbar:

Die Winter-Dreams-Reihe:
1. Like Snow We Fall
2. Like Fire We Burn
3. Like Ice We Break
4. Like Shadows We Hide

Die Frozen-Hearts-Reihe:
Blackwell Palace. Risking it all
Blackwell Palace. Wanting it all
Blackwell Palace. Feeling it all

www.penguin-verlag.de

AYLA DADE

BLACKWELL PALACE

Wanting it all

Roman

PENGUIN VERLAG

FSC
www.fsc.org
MIX
Papier | Fördert gute Waldnutzung
FSC® C014496

Penguin Random House Verlagsgruppe FSC® N001967

1. Auflage 2023

Dieses Werk wurde vermittelt durch die Literarische Agentur
Thomas Schlück GmbH, 30161 Hannover.
Die Zitate auf den Seiten 303f., 322 und 538 stammen
aus dem Song »Jeden Tag mehr« von Montez.
Lektorat: Steffi Korda, Hamburg
Illustrationen: Christin Neumann
Umschlaggestaltung: ZERO Werbeagentur, München
Umschlagabbildung: Collage unter Verwendung von Motiven
von shutterstock.com
Gesamtherstellung: GGP Media GmbH, Pößneck
Printed in Germany
ISBN 978-3-328-11026-2
www.penguin-verlag.de

Playlist

The A Team – sleep.ing
So macht die Sonne das auch – Montez
Blinding Lights – Loi
Talking to the Moon – Ashley Marina
Mirrors, Acoustic – Beth
Holy – Justin Bieber
Locked Away – R. City, Adam Levine
Jeden Tag mehr – Montez
Easy On Me, Acoustic – Covers Culture
Big Big World – Emilia
Love is Gone, Acoustic – SLANDER, Dylan Matthew
Auf & Ab – Montez
It Must Have Been Love – Mark Wilkinson
FourFiveSeconds – Rihanna, Kanye West, Paul McCartney
Geisterstadt – Montez
Forget Me – Lewis Capaldi
How This Ends – Lewis Capaldi
Fieber – Montez
Pointless – Lewis Capaldi

*Liebe Leser*innen,*

ich freue mich so sehr, dass ihr nach dem ersten Band nun erneut ins Blackwell Palace eintauchen und euch von seinem Luxus und Glamour verzaubern lassen wollt.
Vorab aber ein wichtiger Hinweis:
Beim Schreiben meiner Geschichten ist eure Unterhaltung mein oberstes Ziel. Ihr sollt einige wundervolle Stunden fernab der Realität bekommen, in denen ihr nur so durch die Seiten fliegt und ein anderes Leben lebt. Sollte es also Themen geben, mit denen ihr nicht konfrontiert werden wollt, und ihr befürchtet, es könnte in diesem Buch geschehen, so bitte ich euch, vor dem Lesen einen Blick auf S. 540 zu werfen. Dort sind die sensiblen Themen dieses Romans aufgelistet. Bitte seid euch allerdings bewusst, dass diese Liste Spoiler enthält.
Was mir außerdem noch wichtig ist: Meine Charaktere erleben einige intime Momente miteinander, in der Unterwürfigkeit und Dominanz eine große Rolle spielen. Ich bitte euch selbst oder auch eure Eltern, einzuschätzen, inwieweit ihr eine moralisch graue Fiktion und die Realität voneinander trennen könnt.
Ich wünsche euch viel Freude beim Lesen meiner neuen Reihe. Es wird skandalös, und ich könnte nicht stolzer sein!
Und nun taucht ab ins Blackwell Palace, Signore e Signori!

Eure Ayla

Für Luca

das danke hier muss für dich sein weil dieses manuskript für mich ein auf und ab war spät nach haus und noch geschrieben und gedacht bleib wach und mein kopf voll im fieber manchmal kein wort mehr da und die seiten eine geisterstadt und ich dachte ich kann nie wieder schreiben aber ich hab gewusst diese brüder mit ihrem herz aus beton verdienen alles was ich geben kann und plötzlich war da wieder dopamin so viel und mein kopf so wenn ich du wäre würde ich mal an dich glauben würde ich mal an dieses buch glauben würde ich mal jeden tag mehr an einen lovesong glauben der dich irgendwie durch die seiten bringt als wäre das buch hier eine netflix serie und ich habe geschrieben jeden tag mehr und ich habe diesen song gehört jeden tag mehr und ich wusste diese charaktere dessen liebe in gefahr ist leben von diesem gedanken jeden tag mehr und dann war da dieses kapitel in venedig und ich hab's geschrieben mit venedig und ich hab's geschrieben mit'm laptop auf der autobahn in meinem eigenen kreativen universum und dann habe ich dieses buch beendet jeden tag mehr und als ich fertig war habe ich gestrahlt und gedacht so macht die sonne das auch aber dachte ich bin voll die robin hood mit deinen zeilen auf meinen seiten aber du meintest ok, klar und robin hood war vorbei oder für immer und eh weg und ich bisschen im delirium weil das war für mich wie direkt über los und ich habe so viel gezweifelt und so viel gejubelt und dachte irgendwann ok ich bin manisch talentiert und das hier ist das verrückteste danke das ich je geschrieben habe aber deine worte deine stimme deine wortmelodie haben meine worte meine stimme meine wortmelodie in 2x 544 seiten begleitet und manchmal gerettet und dieses danke besteht aus deinen songs weil wenn ich an blackwell palace denke sind sie da alle in meinem kopf

AND WHAT IF I SLOWLY FELL INTO THE DARK?

Paola

Ein Ring, der sich um mein Herz schließt.

Fest.

Fester.

Unerträglich.

Dornen aus Eiszapfen. Ich kann nicht mehr atmen. Nicht mehr fühlen. Mein Körper entgleitet mir.

So muss es sich anfühlen, wenn man ertrinkt.

Wenn ein Messer die Haut trifft, die Fasern reißen, die Moleküle schreien, die erste Millisekunde, bevor der Schmerz eintritt.

Angespannt.

Bedrohlich.

Still.

Und dann kommt es. Das Brennen. Es breitet sich aus wie ein Lauffeuer. Jeder Zentimeter meiner Zellen steht in Flammen. Meine Beine. Meine Arme. Die Finger, die Kehle. *Vor allem* die Kehle. Ich hole Luft, aber meine Lunge schreit, denn es kommt nichts an.

Vor meinem Sichtfeld verschwimmt die breite Masse, die schaulustigen Geier, die lange Hälse aus der Ferne machen und versuchen, an den vielen Securitys vorbeizuschauen, um zu erkennen, was hier los ist. Warum Elias Van Dyk sich mit blutenden Lippen im Schnee hochrappelt. Weshalb Signore Blackwell seinen Sohn Charles an sich pressen muss, damit er nicht auch noch von der Polizei abgeführt und wegen Körperverletzung eingebuchtet wird. Und wieso, um alles in der Welt, die neue Sommelière mittendrin in diesem Chaos steckt.

»Paola …« Die Stimme neben mir ist leise. Zaghaft. Die Finger, die sich um mein Handgelenk schließen, sind sanft. Wie in Zeitlupe drehe ich den Kopf und sehe Emma an. Mein geschockter Ausdruck spiegelt sich in ihren blauen Iriden. Ich sehe aus wie jemand, der dem letzten Monster in einem High-End-Spiel begegnet ist. Und irgendwie bin ich das tatsächlich, oder nicht? »Paola, lass uns …«

»Das Mädchen soll verschwinden!« Eine weitere Stimme. Wesentlich aggressiver als Emmas. Autoritärer. Endgültiger. Mein Kopf wirbelt herum, und ich sehe dem Mann in die Augen, dem ich ein Gedicht in meinem Notizbuch gewidmet habe. Dem Mann, von dem ich mir immer eingeredet habe, er würde seine Entscheidung, uns verlassen zu haben, inständig bereuen. All die Jahre habe ich mir eingebildet, er würde nach mir suchen, könnte mich nicht finden, habe mir eingeredet, er würde mich tief in seinem Herzen lieben, und wenn es einmal dazu käme, dass wir einander gegenüberstehen, würde er mich unter Tränen in den Arm nehmen und beteuern, dass er jede freie Sekunde an mich gedacht hätte.

Hier steht er nun. Augen, schwarz wie seine Seele, in Teer getränkt und der Hölle verschrieben. Nur so kann es sein, denn der Hass, dieser Abscheu, mit dem er mich ansieht, dieser mächtige Angriff, während ich innerlich verbrenne, das ist das Gegenteil von all meinen verzweifelten Kindheitsfantasien.

Aber das hier ist kein Märchen. Es ist die brutale Realität.

»Verschwinde«, zischt Signore Blackwell, ohne mich aus den Augen zu lassen. Wenn Blicke töten könnten, würde ich in dieser Sekunde zu Asche zerfallen. »Hast du nicht verstanden?« Ich zucke zusammen, weil er so brüllt. Die erste Regung meines Körpers, während Edward noch immer erstarrt ins Nichts blickt und Charles mit geballten Fäusten und angespanntem Körper versucht, runterzukommen. »Du sollst mir aus den Augen gehen!«

»Du bist mir ein Gespräch schuldig«, flüstere ich. Irgendetwas in mir ist voller Angst. »Du … Das habe ich verdient, oder nicht?«

Signore Blackwell ist steinreich, mächtig und nicht die Art von Typ, die zusammenzuckt. Auch jetzt tut er es nicht, obwohl er völlig außer sich scheint. Er sieht mich bloß an, als wäre ich eine Made, die er entsorgen muss, bevor es eklig wird.

»Ich bin dir gar nichts schuldig.«

»Du bist abgehauen.« Ich schlucke, zwinge mich zu einer festeren Stimme. »Du bist, verdammt noch mal, einfach ABGEHAUEN!«

»Soweit ich mich erinnere, war ich den Großteil meines Lebens in diesem Hotel.«

»Und ich bin hier geboren. Sieben Jahre habe ich hier gelebt. Meine Mutter war diesem Hotel treu, sie war *normal*, bis du sie …« Ich schiebe das Kinn vor, um die Tränen zu vertreiben. »Du hast meine Mutter erpresst! Du, du …«

»Signora Cortessa.« Er ballt die Hände zu Fäusten, öffnet sie wieder. Mir ist schleierhaft, wie er jetzt diesen Geschäftston anschlagen kann. Ich hasse ihn. In meiner Vorstellung ist er an allem schuld. An der Onlinesucht meiner Mutter, meinem verkümmerten Leben, daran, dass Gabriel nicht hier ist. An allem. »Die Tatsache, dass ich Ihr …« Er stockt, ringt mit sich, seiner Fassung. »*Dein* Erzeuger bin, bedeutet nicht automatisch, dass ich Pflichten nachkommen muss. Und jetzt verschwinde von hier, verstanden?«

»Vater«, murmelt Edward, doch Jake bringt ihn mit einem irren Blick zum Schweigen. Aber so schnell gebe ich mich nicht geschlagen. Nicht jetzt, da ich ihn endlich vor mir habe.

»Doch, musst du«, beharre ich. »Weil du mich im Stich gelassen hast.« Meine Stimme wankt. »Weil du … mich einfach nicht wolltest.«

Mit seiner freien Hand wischt er sich über das Gesicht. Ich sehe, wie er vor Zorn erzittert. »Ich hatte keinerlei Bindung zu deiner *verfickten* Mutter, okay?!«

Ich schnappe nach Luft. Emma zuckt zusammen, und Charles zischt »Genug!«, aber Jake ignoriert ihn.

»Es war eine einmalige Sache hier im Palast, weil sie mein Zimmermädchen war. Ich war frisch verheiratet und konnte es mir nicht erlauben, das aufs Spiel zu setzen für …«

»Für deine Tochter!« Ich habe das Gefühl, zu ersticken. »Du wolltest nichts aufs Spiel setzen für DEINE.« Ich mache einen Schritt vor. »VERDAMMTE.« Noch einen. »TOCHTER!«

»VERPISS DICH, VERFICKTE SCHEIßE!«

»Vater!«, brüllen Edward und Charles gleichzeitig, ziehen ihn am Arm, aber Jake reißt sich einfach los und tritt fluchend gegen den Zaun.

Er verliert völlig die Beherrschung. Je wütender er wird, desto mehr schwindet der Schleier vor meinen Augen. Und plötzlich wird alles klar. Die Farben der verschiedenen Jacken und Mäntel sind kein verschwommenes Bild mehr, sondern gestochen scharf. Genauso wie die Blicke, die allesamt fokussiert und sensationsgeil auf uns gerichtet sind.

Auf Charles.

Auf Edward.

Auf mich.

Und da wird mir klar: Ich muss hier weg.

Blitzschnell entreiße ich mich Emmas Griff, remple einen der Securitys an, als ich orientierungslos an ihm vorbeitaumele, und … *renne*.

THIS IS HOW IT MUST FEEL TO BE EDWARD BLACKWELL

Paola

»Paola!«, höre ich Emma rufen, aber nichts auf der Welt könnte mich jetzt dazu bewegen, stehen zu bleiben. Eiskalte Luft schneidet meine Haut. In meinem Kopf herrscht trübe Leere. Da ist nichts, das ich greifen könnte. Kein Gedanke, kein Halt. Keine Idee, was ich gerade tue. Wohin ich will. Ein erschreckender Hauch von

Gar.

Nichts.

Mir entgeht nicht, dass Leute mit dem Finger auf mich zeigen. Auch die vielen auf mich gerichteten Handys nehme ich beinahe überdeutlich wahr. Ich stürme am See entlang, bis ich den hochwertigen Stall der Polopferde sehe. *Meine Rettung*, denke ich, nur um mich in der nächsten Sekunde zu fragen, wie ein verdammter Pferdestall diesen Scherbenhaufen meines Lebens wieder zusammensetzen soll. Gerade bleiben mir jedoch nicht viele Alternativen, um der Masse zu entkommen, also renne ich weiter-weiter-weiter, bis mein explodierender Puls unter der Handfläche gegen die Stalltür hämmert. Vielleicht war es auch meine Faust. Ich bin zu desillusioniert, um das festzustellen, und diesmal liegt es an keinem einzigen dieser verrückten Grünteeherrscher.

Einen Moment später wird die Tür geöffnet.

»Fuck«, stoße ich aus, als ich sehe, wer *ausgerechnet jetzt* vor mir steht.

»Nette Begrüßung.« Sofia Vendergaard sieht aus wie eine Beauty-Ikone. Groß, eingehüllt in die teuersten Designerstücke und mit einem atemberaubenden Gesicht, dessen Konturen so scharfkantig sind, dass sie wie geschliffen und poliert wirken. Aber der Ausdruck, mit dem sie mich mustert, ist weder feindselig noch arrogant. Sie trägt eine nüchterne Maske, hinter der sie sich perfekt verschließt. Dann tritt sie beiseite. »Komm rein.«

Wie ich neben diesem Victoria's-Secret-Engel hineinstolpere, hat etwas von einem Bauerntölpel. Fahrig reibe ich mir über die Brust, immer wieder, sehe mich um, betrachte die verschwitzten Pferde und die Grooms der Polospieler, die sich um sie kümmern, und habe keinen blassen Schimmer, was ich hier verloren habe. Es riecht nach Heu, Mist und Pferdehaar.

»Willst du mir sagen, was da draußen los war?«, fragt Sofia.

Es kommt mir wie eine Ewigkeit vor, bis es mir gelingt, sie anzusehen. Der dicke Klunker an ihrem Ringfinger erhascht meine Aufmerksamkeit. Ich schlucke, zwinge mich, ihr in die Augen zu sehen. Langsam schüttele ich den Kopf.

Sofia runzelt die Stirn. Aber sie drängt mich nicht. Stellt keine weiteren Fragen. Diese weltbekannte Schönheit sieht mich nur an, als würde sie mich verstehen. Als würde ich all diese Dinge, die in meinem Kopf toben und wüten und nicht mehr aufzuhalten sind, aus mir herausbrüllen. Als würde ich ihr unter Tränen erzählen, dass ich mich in zwei Jungs verliebt habe, die plötzlich *meine Brüder* sein sollen. Die Gedanken schnüren meine Kehle zu. Schon wieder verschwimmt die Sicht vor meinen Augen. Ich spüre, wie der Glanz meine Wimpernkränze befeuchtet.

»Ich muss hier weg«, flüstere ich mit brüchiger Stimme. »Bitte.«

Sofia reagiert nicht sofort. Es vergeht ein Moment, in dem sie mich bloß weiterhin ansieht. Aber dann nickt sie. Sie dreht sich um, öffnet die Tür der Box, vor der wir stehen, und führt eine muskulöse Schimmelstute in die Stallgasse. Sie ist gesattelt und trägt Zaumzeug.

»Ich wollte sie reiten«, erklärt Sofia, als sie meinem Blick folgt. »Aber ich denke, du könntest diesen Ritt gerade dringender gebrauchen.«

Vermutlich sollte ich ihr sagen, dass ich nur wenige Male in meinem Leben geritten bin. Ich sollte ihr sagen, dass ich ihr Angebot sehr zu schätzen weiß, es aber nicht annehmen kann. Ich sollte ihr sagen, dass es zu gefährlich ist. Aber ich bin verzweifelt, kopflos und adrenalingesteuert. Ich bin Edward 2.0 – und will bloß hier weg. Eine schlimme, schlimme Kombi.

»Danke«, sage ich, wobei ich Sofia fest in die Augen sehe, damit sie versteht, wie ernst ich dieses Wort meine. »Wirklich. Du …«

»Schon gut.« Sie stößt die Luft aus, streicht sich eine Korkenzieherhersträhne hinter das Ohr. Mir entgeht nicht, dass sie das hier Überwindung kostet. Das verrät die Art und Weise, wie sie ständig mit dem Finger über ihren Verlobungsring streicht. Ich bin ihre Konkurrenz. Die Frau, die ihr Verlobter geküsst hat. Die erste Frau, die er überhaupt jemals geküsst hat.

Mein Bruder.

Mir wird übel, wenn ich daran denke.

»Bring Saphir zurück, sobald du einen klaren Kopf hast. Meine Groom wird sich um sie kümmern.«

Ohne eine Antwort abzuwarten, wendet Sofia sich mit erhobenem Kinn ab und schreitet wie eine Königin aus dem Stall. Dabei erhasche ich einen kurzen Blick auf die aufgeregt summende Menge, die sich draußen versammelt hat. Schon wieder trommelt mein Herz einen wilden Rhythmus. Ängstlich blicke ich zu Saphir, die wie ein Verlasspferd bereitsteht und wartet.

»Jetzt bleibt mir sowieso keine Wahl, oder?«

Das Pferd bläst seinen warmen Atem auf meinen Handrücken. Ich beiße mir auf die Unterlippe. Das Schnattern der Menge von draußen wird lauter. Scheiße!

Schnell ziehe ich mir einen Tritt heran und stelle mit weichen Knien einen Fuß in den Steigbügel. Mit den Händen klammere ich mich an Sattel und Widerrist des Tiers fest, halte kurz inne und atme tief durch. »Ich muss irre sein«, flüstere ich, »völlig den Verstand verloren haben. Aber gut, ziehen wir es durch.« Bevor ich weiter über diese hirnrissige Aktion nachdenken kann, hebe ich mich in den Sattel. Ein Groom, der gerade neben der Tür nach einem Eimer greift, sieht mich und öffnet die Stalltüren. Und als ich Hunderte Menschen vor mir erkenne, die sensationsgeil ihre Handys auf mich richten, hält mich nichts mehr auf. Ich entscheide, den einzigen Tipp anzunehmen, den Edward mir je gegeben hat: festhalten.

Ich kralle mich an Zügel und Sattel fest, kicke meine Stiefel in Saphirs Bauch und bete, dass ich nicht draufgehe, als die Stute in einem schnellen Trab losprescht.

Ist es dumm, was ich hier tue? Definitiv.

Hätte ich besser darüber nachdenken sollen, bevor ich diese Entscheidung getroffen habe? Mit Sicherheit.

War ich emotional dazu in der Lage? Auf keinen Fall.

Zum ersten Mal habe ich das Gefühl, ein winziges bisschen verstehen zu können, wie es in Edward Blackwell aussieht.

AND WHAT IF I FALL LIKE LEAVES AT THE END OF OCTOBER?

Paola

Die Menschen, die mir im Weg stehen, springen eilig zur Seite. Saphir scheint zu wissen, wo es hingeht: Sie steuert die Alpen an. Ihre Hufe wirbeln Schnee auf, während meine steifen Finger sich um das Leder der Zügel und den Sattel klammern.

Wir traben durch den weißen Nebel. Adrenalin flutet meinen Körper. Einerseits bin ich panisch, andererseits fühle ich mich seltsam klar. Diese lebensmüde Aktion bläst jeden bedrückenden Gedanken aus meinem Hirn, lässt mich frei atmen und ummantelt mich mit einer Art Rausch, angetrieben von zwei wahnsinnigen Fakten: entweder ich falle, wobei ich mir etwas brechen, wobei ich sogar *draufgehen* könnte, oder es geht gut aus.

Das Erschreckendste daran ist, dass ich beide Möglichkeiten in Kauf nehme.

Was ich in meinen unüberlegten Plan ebenfalls nicht miteinbezogen habe: Saphir ist ein ausgebildetes Polopferd. Während andere Tiere vermutlich nach wenigen Minuten in den Schritt wechseln, wird sie nicht müde. Im Gegenteil. Irgendwie scheine ich sie mit meinen hilflos baumelnden Beinen anzutreiben, denn sie zieht das Tempo an und geht über in den Galopp. Impulsiv schießt sie die erhöhten Pfade des verschneiten Berges hinauf, vorbei an den Tannen, dessen Kronen sich verheißungsvoll im Schleier des Nebels verlieren. Im nächsten Moment nimmt sie eine schnelle Kurve. Kurz verliere ich die Balance. Es ist dem Können des Tieres geschuldet, dass ich nicht falle. Ich spüre, wie sie meine Bewegungen ausgleicht, um mich oben zu behalten.

»Fuck«, stoße ich aus. Vor meinem Gesicht entsteht eine weiße Wolke. Hinter meiner Brust wirft sich mein Herz empört und verängstigt gegen meine Rippen. Es *verprügelt* mich, dieses Organ. Meine Glieder zittern, vor allem Knie und Hände. Den Blick starr geradeaus gerichtet, erkenne ich plötzlich einen riesigen Baumstamm, der den Weg versperrt. Und wir galoppieren geradewegs darauf zu. Was bedeutet …

»Oh, Scheiße!«

Mit einer Hand versuche ich, an den Zügeln zu ziehen, aber da ich mich mit der anderen am Sattel festklammere, scheint Saphir keine Ahnung zu haben, was ich von ihr will. Sie reißt nur einmal den Kopf zur Seite, als würde sie mich fragen wollen, was nicht mit mir stimmt, und galoppiert weiter. »Scheiße, Scheiße, Scheiße!«

Wenn sie springt, werde ich fallen. Das ist so sicher wie Annelis Schnauben nach jeder dritten Sekunde. Aber je näher wir dem Baumstamm kommen, desto mehr denke ich, dass es okay ist.

Vielleicht würde ich mir den Kopf stoßen und vergessen. Vielleicht würde ich mich verletzen und hätte andere Sorgen als die Blackwells. Vielleicht … vielleicht würde mein Vater dann merken, dass ich ihm doch etwas bedeute.

Der Baumstamm kommt näher.

Er.

Ist.

Schuld.

Nur noch ein paar Hundert Meter.

Er.

Ist.

Schuld.

Wenn ich falle, vergesse ich. Wenn ich falle, wird er bereuen.

Er.

Ist.

Schuld.

Wenn ich falle, übertrifft der physische Schmerz den psychischen. Wenn ich falle, werde ich aus diesem Albtraum aufwachen.

Adrenalin. Adrenalin. Adrenalin.

Ich schließe die Augen. Ich halte den Atem an und erwarte den Sprung. Aber er kommt nicht. Stattdessen höre ich ein Motorgeräusch. Saphir verliert an Tempo. Ich reiße die Augen auf, gerade in dem Moment, als ein Motorrad an uns vorbeirauscht und einige

Meter weiter in einem riskanten Bremsmanöver zum Stehen kommt.

Saphir stemmt die Hufe in den Schnee. Der abrupte Stopp wirft mich nach vorn. In letzter Sekunde gelingt es mir, den Hals des Tiers zu umklammern. Mein Hintern fliegt hoch, aber ich halte mich. Das hier ist der größte Rodeokick seit der sechsten Klasse, als ich auf dem Jahrmarkt den Rekord gebrochen und einen Sommer lang geglaubt habe, ich werde Cowgirl. Schwer atmend und mit riesigen Augen starre ich das Motorrad an.

Zwei Personen steigen ab. Einer von ihnen, der auf dem hinteren Platz, ist Laxon. Und der andere …

»Hast du den *verfickten* Verstand verloren, little secret?« Edward neigt den Kopf. Seine sonst so schalkhaften Züge sind bedrohlich scharf. Das geschliffene Messer eines Ausdrucks, der zwischen Wahnsinn und Sorge wankt. »Oder sollte ich besser sagen: *Schwesterherz*?«

Ich sehe Edward an. Edward sieht mich an. Nein, ich korrigiere: Er starrt mich nieder. Zwischen uns verdichtet sich der weiße Nebel unserer schnellen Atemzüge. Und ich …

Ich wünschte, ich wäre gefallen.

IT'S A BRUTAL, FUCKED UP REALITY

Paola

»Warte«, sagt Laxon. Seine Stimme klingt dumpf in dieser reinen Stille hier oben in den Bergen. Als würden wir in einem Hohlraum stehen. Teils entsetzt, teils verwirrt sieht er zu Edward. »*Schwesterherz?*«

»Ja.« Edward presst die Lippen zusammen. Ohne den Blick von mir zu wenden, fügt er hinzu: »Sie ist meine verdammte Schwester, Lax.«

»Hör auf!« Ich kneife die Augen zusammen wie ein Kind. Vielleicht ist es einfach nicht wahr, wenn ich nichts sehe. »Hör auf, das zu sagen!«

»Schwester.« Edward macht einen Schritt auf mich zu. Ich höre das Knirschen des Schnees. »Schwester.« Noch einen Schritt. »*Schwester.*«

»Halt die verdammte Fresse, Edward!« Ich reiße die Augen auf, weil ich kaum glauben kann, dass diese Worte soeben meinen Mund verlassen haben. Aber ja. Ich war's. Noch vor wenigen Wochen wäre das undenkbar gewesen. Doch Emma hatte recht: Die Blackwells haben mich verändert. Einen anderen Menschen aus mir gemacht. Mich von innen nach außen gestülpt, damit sie mein Herz zerfetzen und meine Seele zerstören konnten.

Es gibt ein Davor und ein Danach.

Vor den Brüdern war ich brav.

Jetzt, nach den Brüdern, bin ich abgefuckt.

Laxon starrt mich entgeistert an, während Edwards Züge dominiert werden von einer eiskalten Maske. Nicht auszumachen, was er fühlt. Hass oder Schmerz. Verzweiflung oder Leere. Seit Aprils Leiche gefunden wurde, ist der zweitgeborene Blackwell kälter als der Tod.

Schneller Atem entweicht mir. Meine Brust hebt und senkt sich fast synchron mit der des Pferdes. »Das ist nicht wahr, okay?! Das kann nicht stimmen.« Beinahe aggressiv streiche ich das Haar zurück, wieder und wieder. »Elias hat verdammte Scheiße erzählt!«

»Ach, hat mein Onkel das?« Ed hebt eine dunkle Braue in die Stirn. »Also heißt deine Mutter nicht Fernanda Berlusconi? Und ihr Name war meinem Vater kein Begriff?«

Seine Worte sind wie eine Hebelpresse an meiner Kehle. »Das …«

»Hat sie nicht im Blackwell Palace gearbeitet, als sein Zimmermädchen, bis er sie gevögelt, geschwängert und erpresst hat, damit sie verschwindet und den Mund hält und …«

»Stopp!« Ich kriege keine Luft. Immer wieder krümme ich die Finger, damit das Kribbeln meiner Panik abflaut. »Sprich nicht darüber. Nie wieder!«

Noch immer verzieht Edward keine Miene. Mit dem Kinn nickt er zum Pferd. »Steig ab.«

»Und wenn nicht?« Mein Ton ist angriffslustig. Ich will diese verdammte Welt in Fetzen reißen. Ich bin so *angepisst*, dass ganze Kontinente bersten könnten, würde ich explodieren. Wieso hat das Universum entschlossen, mich immer wieder leiden zu lassen? Warum ich? »Willst du mich dann *bestrafen* wie dein lieber Bruder, weil ich nicht gehorche?«

»Auch *dein* Bruder, Paola.«

Das ist schmerzhafter als ein Fausthieb in den Solarplexus. Edward weiß, wie er mit wenigen Worten Seelen zerreißt, und er schreckt nicht davor zurück, genau das zu tun. Er ist ein Blackwell. Kein Heiliger, nein. Ein Sünder. Ein Sünder auf höchstem Niveau.

»Alter«, stößt Laxon aus, gefolgt von einem fassungslosen Laut. »Das ist übel.«

Beinahe hätte ich aufgelacht. Übel, sagt er. *Übel.*

Das ist nicht nur übel. Das ist nukleares Gift in Form von radioaktiven Blackwell-Strahlen, die das Universum auf mich losgelassen hat.

»Steig ab«, wiederholt Edward. Diesmal klingt er fast wie Charles. »Und um deine Frage zu beantworten: Tust du es nicht, zerre ich dich von dem Tier runter.«

Ich schnaube. »Ist klar.«

Für einen kurzen Augenblick blitzt etwas Wahnwitziges in seinen eisblauen Augen auf. »Ich werde nicht zulassen, dass noch jemand in diesen beschissenen Bergen draufgeht, verstanden?« Zum ersten Mal seit Tagen bröckelt Edwards Maske. Schmerz kriecht über seine scharf geschnittenen Züge. Purer Schmerz in seiner freigelegten Form. »Ich schwöre es dir, Paola. Steig jetzt von diesem Pferd oder du wirst mich erleben, wie niemand auf dieser Welt mich je erleben will.«

Wir liefern uns ein stummes Blickduell. Grün in Blau. Verzweifelt in gebrochen. Unsicher in mächtig.

Ich blinzle zuerst. Und weil ich weiß, dass es ein krankes Spiel war, wie alles in Edwards Leben, muss er nicht sagen, dass ich damit verloren habe. Ich rutsche vom Pferd herunter. Meine Beine versinken bis zum Schienbein im Schnee.

»Geht doch.« Edward neigt den Kopf in Laxons Richtung. »Reite Saphir zurück.«

Laxon nickt. Als er an mir vorbeistapft, treffen sich unsere Blicke. Aus der Art, wie er die Brauen zusammengezogen und die Stirn gerunzelt hat, lese ich Mitgefühl heraus. Ein stummes ›Tut mir leid für euch‹. Der Ansatz eines Verständnisses, das niemals an das heranreichen könnte, was ich fühle. Und diese Erkenntnis schmerzt, weil sie mir umso deutlich macht, dass all das hier wahr ist. Dass ich nicht gleich neben Karl der Krabbe aufwache und feststelle, mal wieder von den Blackwell-Brüdern geträumt zu haben.

Nein, das hier ist die brutale, abgefuckte Realität.

FOR HER, I WILL NEVER BE A SONG; REMEMBERED AND EUPHORIUS

Paola

Meine zitternden Finger ziehen 3310 aus der Manteltasche, wählen die Nummer meiner Mutter. Ich presse mir das Handy ans Ohr und warte. Mein Herzschlag dröhnt lauter als das Tuten am anderen Ende. Dann …

»Ja?«

»Mamma?«

»Wer ist da?«

Beinahe hätte ich laut aufgelacht. Als wäre es möglich, dass sie noch eine Tochter hat.

»Paola.«

»Ah, Hallo.« Im Hintergrund höre ich das Klicken der Tastatur. »Süße, gerade ist es schlecht. Ich bin mitten in einer wichtigen Unterhaltung.«

Ich schnaube. »Mit einem Freak in Krokodilkostüm im Habbo Hotel?«

»Wie immer unverändert melodramatisch.« Ein Ratschen dringt durchs Telefon. Kurz darauf höre ich sie paffen. Ich sehe förmlich vor mir, wie sie das Wohnzimmer vollqualmt und in die Miniaturtoilette ascht, die sie von Hans Peter zugeschickt bekommen hat. Hans Peter ist ein alter weißer deutscher Politiker mit Familie, die ihn jedoch nicht daran hindert, seit Jahren mit meiner Mutter zu sexten, wenn sie sich eine Habbo-Auszeit gönnt und mal wieder als Druide mit Schweinefresse die Ebenen von *World Of Warcraft* unsicher macht. »Ich sollte endlich deine Nummer einspeichern, damit ich nicht mehr versehentlich drangehe, wenn du anrufst.«

Ich schlucke meine Verärgerung herunter, weil ich weiß, sie wird sonst auflegen. »Wo ist Gabe?«

»Keine Ahnung. Pennt, glaube ich.«

»Wir haben vor einem halben Jahr den Sorgerechtsprozess angestoßen«, erinnere ich sie. »Weil ihr keinen Bock hattet auf, ich zitiere, *diese ganzen nervigen Verpflichtungen*, Zitat Ende.« Neben mir macht Edward einen Schritt vor, aber ich hebe eine Hand und halte ihn auf Abstand. »Ich habe ein Recht zu wissen, wo er ist.«

»Noch hast du das nicht. Die Entscheidung ist ja noch nicht durch.«

»Das sind nur Formalien.«

»Sind es nicht. Ich bin mir sicher, richtige Erwachsene merken, dass ein pubertierendes Mädchen, über das als Nutte im Internet gesprochen wird, nicht in der Lage ist, sich um ihren Bruder zu kümmern.«

Zornig presse ich die Zähne zusammen. »Ich habe mich sein ganzes Leben um ihn gekümmert!«

»Tja, und bist dann abgehauen. Ohne ihn.« Eine Pause, in der sie wieder pafft. »Hast du eigentlich eine Ahnung, wie anstrengend das für mich hier ist? Matteo kommt kaum zum Arbeiten!«

»Er arbeitet nicht.«

»Du weißt, was ich meine. Er muss ständig früher abhauen, und das macht seine Bosse sehr wütend.« Sie schnaubt. »Nur, weil dich irgendein nostalgischer Mist überkommen hat und du das Bedürfnis hattest, in dieses dreckige Hotel zurückzugehen.«

»Mamma«, stoße ich frustriert aus. »Wo ist Gabe?«

»Wie bereits gesagt.« Am Ende der Leitung gibt meine Mutter ein entnervtes Seufzen von sich. »Er *pennt*.«

»Geh in sein Zimmer«, sage ich. »Guck nach.«

»Mann, nein, nerv mich nicht.« Im Hintergrund ertönt ein lautet Ding-Ding-Ding aus dem Computer. Es klingt wie diese billo Viruswerbung, die ihr ständig fünfzigtausend Euro verspricht und hinterher einen Trojaner beschert. Und auf die sie immer wieder reinfällt. »Ich leg jetzt auf.«

»Halt, warte!« Stille. Fest umklammere ich 3310, aus Angst, es könnte herunterfallen und das Gespräch beenden, so sehr zittern meine Hände. »Ich bin in der Schweiz geboren. Und du warst im Palast angestellt. Als Zimmermädchen.«

Erneutes Ziehen an der Zigarette. »Und?«

»Und du meintest, mein Vater wäre abgehauen. Jetzt sind … jetzt wurden Behauptungen aufgestellt, die dem widersprechen und mich verwirren.«

»Komm zum Punkt, Kind.« Ding-Ding-Ding. »Ah, Scheiße, ich klick doch drauf, verdammt, ich klick drauf!«

»Hast du mich angelogen, was meinen Vater betrifft?«

»Was?«

»Sag mir, ob es stimmt, dass mein Vater ein alkoholsüchtiger, sizilianischer Fährangestellter den du während seiner Arbeit getroffen hast. Sag mir, ob es stimmt, dass er uns für eine Grasdealerin verlassen hat. Sag es mir.«

Sie schweigt.

»Okay, dann anders.« Ich hole tief Luft. »Ist Jake Blackwell mein Vater?«

Noch immer entgegnet sie nichts. Ich höre, wie sie einatmet, etwas sagen will, dann aber doch innehält.

»Hallo?«

»Hat er das behauptet?«

»Antworte mir erst.«

»Will er dir Geld geben?« Sie überlegt. »Nachträglichen Unterhalt zahlen?«

»Also stimmt es?« Rasselnd atme ich ein. Edwards Blick ruht auf mir. Ich wende mich ab und füge leiser hinzu: »Er ist mein Vater?«

»Frag ihn doch«, sagt sie.

»Ich will es von dir wissen.«

»Und ich will mein Game weiterzocken. Kein Bock, wegen dir aus dem Chatroom gekickt zu werden.« Ding-Ding-Ding-Ding. »Oh, verflucht noch mal, jetzt hängt alles!«

»Antworte einfach, dann lege ich auf.«

»Meine Güte.« Meine Mutter klackert in einem heftigen Rhythmus immer wieder auf die Tastatur. »Wenn ich dir sage, dass es stimmt, hörst du dann auf zu nerven?«

»Also ist es wahr?« *Ba-Bumm. Ba-Bumm.* »Ich will nur die Wahrheit. *Dann* höre ich auf zu nerven.«

Sie zögert. »Das hat der Test damals ergeben, ja.«

»Und du hast ihn nicht gefälscht?« Fahrig streiche ich mir über den Hals. »Um … um Geld oder so von ihm zu kriegen?«

»Willst du mich verarschen?«

»Wäre nicht so undenkbar, Mamma …«

»Diese Unterhaltung hat mir jetzt genug wertvolle Zeit geraubt. Aber wenn er, also … melde dich, ja?«

»Bitte?«

»Na ja, wenn es um nachträglichen Unterhalt geht, muss ich im Bilde sein. Das läuft ja über mich.«

Ah. *Dann* muss sie natürlich im Bilde sein. Klar.

»Also dann, Süße.« Im Hintergrund zischt es. Wahrscheinlich hat sie die Zigarette in Hans Peters Klo ausgedrückt. »Ciao.«

Bevor ich etwas entgegnen kann, hat sie aufgelegt.

ONCE WE WERE SAILING IN THE OCEAN OF LIFE; NOW WE ARE SINKING

Paola

Langsam lasse ich 3310 sinken, stecke es zurück in die Tasche. Mein Kiefer schmerzt, so sehr presse ich ihn zusammen. Jeden Moment erwarte ich, dass ein Knacken die Luft erfüllt. Stattdessen ist da nur das Geräusch des Eisengebisses in Saphirs Maul, als Laxon die Zügel in die Hand nimmt und das Pferd in die entgegengesetzte Richtung führt. Einen Augenaufschlag später trabt er davon, bis sein Wollmantel im Nebel verschwindet.

»Paola.« Edward berührt meine Schulter. »Sieh mich an.«

Abrupt schrecke ich zurück. Ich schnappe nach Luft. Eiskalter Sauerstoff setzt meine Lunge in Flammen. »Fass mich bitte nicht an.« Meine Stimme zittert. »Nie … nie wieder, Edward. Das … Was wir getan haben …«

Ein Schatten huscht über seine Augen und tränkt die Iriden in eine tiefere Nuance. »Ich bereue nichts.«

Entgeistert starre ich ihn an. »*Was?*«

»Was wir getan haben.« Er zuckt die Achseln. »Das Leben ist abgefuckt. Ich habe nie geglaubt, es könnte mir in die Karten spielen.« Er gibt ein freudloses, leises Lachen von sich. »Nicht mir.« Kurze Pause. »Nicht nach dem, was ich April angetan habe.«

Ich erwische mich dabei, wie ich Edward mustere. Seine Bewegungen, Züge. Wie ich versuche, in seinen Gesten Ähnlichkeiten zu mir festzustellen. Und plötzlich ist da so vieles, das mein Kopf zu sehen glaubt. Die Art, wie er die Nase rümpft, jedes Mal, wenn er den Blick abwendet. Wie seine Mundwinkel sich heben, sobald er ein grimmiges Lächeln andeutet. Spinnt mein Hirn sich das jetzt zusammen – oder liegt die Antwort tiefer, vergraben in unserer DNA?

»Das ist Wahnsinn«, höre ich mich leise sagen. »Absoluter Wahnsinn.«

Die Explosion kündigt sich an, indem sie mein Sichtfeld verschleiert. Ein ausgeprägter Blur vor meinen Augen. Plötzlich werden meine Knie nass. Meine Oberschenkel. Bevor ich wahrnehme, dass ich in den Schnee gesackt bin, höre ich ein hohes Kreischen. Erst denke ich, jemand ist in Gefahr – bis mir bewusst wird, dass ich diejenige bin, die die Beherrschung verliert.

Der verzweifelte Laut wechselt zu einem tiefen, wütenden Brüllen. Kurz darauf durchzuckt ein heftiger Schmerz meine Kopfhaut. Ich zerre an meinen Haaren, kneife die Augen zusammen, brülle all die Scham, den Schmerz, die Ungerechtigkeit aus mir heraus, will den Himmel bersten, die Alpen unter uns einstürzen und mich von ihnen mitreißen lassen.

Plötzlich spüre ich zwei kräftige Arme, die sich um mich schließen und meinen Kopf an eine feste Brust drücken.

»Schsch«, sagt Edward. Er hält mich so fest, dass ich keine Chance hätte, ihm zu entkommen. Aber ich mache auch keine Anstalten, es zu versuchen. Die Kraft verlässt mich. Das Brüllen wird zu einem Wimmern. »Ich bin ein Arschloch, Paola. Völlig durch. Deshalb verspreche ich dir nicht, dass alles gut werden wird. Das wird es nicht. Nicht, wenn ich Teil des Ganzen bin.« Er streckt mich von sich und sieht mir tief in die Augen. »Aber, fuck … ich schwöre dir, dass ich die Welt *in Flammen* setzen würde, um dich zu beschützen, okay? Wann auch immer du mich brauchst, ich werde da sein. Wir stehen diese Scheiße gemeinsam durch. Seite an Seite.«

Edward sagt diese Worte, und ich reagiere darauf. Mein Körper reagiert darauf. Obwohl ich weiß, dass er mein Bruder ist, spüre ich etwas, das ich nicht spüren darf. Das ich nicht spüren will. Und als mir bewusst wird, dass es Verlangen ist, dass in meine Mitte schießt, während mein Blick über seine Lippen gleitet, verbotene Lippen, die ich niemals auf meinen hätte spüren dürfen, klickt ein Schalter in mir um.

Ich kriege Panik. Vor mir selbst. Vor dem, was ich will. Und diese alles überwältigende Panik zwingt mich, zu handeln.

Vergessen, Paola. Du musst vergessen. Du musst die Gefühle in dir im Keim ersticken. Und wenn es im bewussten Zustand nicht funktioniert …

»Ich brauche dich«, sage ich. »Jetzt, Edward.«

Er runzelt die Stirn. »Was meinst du?«

»Dankenhaal.« Ich blinzle mehrmals hintereinander, weil mein Hirn verarbeitet, was ich gerade im Begriff bin zu tun. »Hilf mir, meinen Kopf auszuschalten.« Eine salzige Tränenspur frisst sich in meine eiskalte Haut. »Hilf mir, diesen Tag zu vergessen. Er soll einfach nie existiert haben.«

Edwards Augen huschen umher. Nord und Süd, West und Ost. Sie studieren die gesamte Landkarte meines Gesichts. Eine Welt mit zertretenen Ebenen und verbrannten Hoffnungen.

Aber dann nickt er. »Okay.«

OH, BUT WE DEFINITELY BELONG TO HELL, BABY

Paola

Es hat eine Zeit gegeben, in der ich mir sicher gewesen bin, nie wieder mit Edward Blackwell auf ein Motorrad zu steigen. Aber jetzt breche ich freiwillig meine Prinzipien.

> *Punkt 4: Mit einem Rebell Motorrad fahren. Lösung: Nie wieder mit einem Rebell Motorrad fahren!!!*

Tja, das war Davor, denke ich, als ich den Helm von Ed entgegennehme, den Laxon zuvor getragen hat, und hinter ihm auf den apokalyptischen Reiter namens Hayabusa aufsteige.

Wanderfalke. Ein Vogel, der uns in eine andere Welt bringen wird. Hoffentlich eine, in der Edward Blackwell und Paola Cortessa niemals Geschwister waren und es auch nie sein werden.

Edward sieht über seine Schulter zu mir. Unter seinen Augen liegen tiefviolette Schatten. Ein gefallener Engel in seiner allerschönsten Dunkelheit. »Bereit, little secret?«

Ich schiebe mir den Helm über den Kopf, lege meine Hände an seine Hüften und nicke. »Bereit, Blackwell.« Ich glaube, ich verliere langsam den Verstand.

Er grinst. »Wir gehören in die Hölle.«

»Ich dachte, da wären wir längst.«

»Was für eine wundervolle Art, zu denken.« Damit schiebt er mir die Klappe herunter, umfasst das Lenkrad und kickt den Motor. Zu beiden Seiten wirbelt der Schnee auf, als das Motorrad vorwärtsjagt.

Kaum zu fassen, dass ich vor wenigen Wochen eine andere Person gewesen bin. Ein Mädchen, das verzweifelt gekreischt hat, weil es von diesem Ding herunterwollte. Nun lacht ebendieses Mädchen laut auf, bei jeder scharfen Kurve, die Edward nimmt, genießt das Adrenalin, das durch seine Adern strömt. Will den Nervenkitzel *spüren*, weil es das einzige Mittel zu sein scheint, das in der Macht steht, alle anderen Gefühle zu übertrumpfen. Der einzige Weg, der es sich *lebendig* fühlen lässt. Auf eine Art und Weise, die berauscht. Beflügelt. Dopamin entstehen lässt, wo vorher gähnende Leere herrschte.

Wir preschen den Piz Nair herunter wie eine Lawine, die die Welt zum Beben bringen will. Edward fährt am Moritzersee entlang. Noch immer hat sich die Menge dort versammelt. In der Ferne jagen süße Häuser auf erhöhten Ebenen an uns vorbei, architektonische Meisterwerke aus Holz und Glas, bis wir uns auf dem langen Pfad zum Blackwell Palace befinden. Vögelchen fliegen durch die Luft, erheben sich zu den Bergen, als wollten sie die Spitzen küssen. Weihnachtslämpchen leuchten in den Tannen, erhellen uns neben den Dreimastern den Weg. Flocken wirbeln kreuz und quer durch die Luft, beleuchtet vom goldenen Schein der Laternen, als wollten sie in ihrem Tanz erstrahlen. Vor uns befindet sich eine Kutsche mit Cobs im Zweiergespann. Die Pferde schrecken auf und wiehern, als Edward an ihnen vorbeijagt.

Vor dem Hotel stoppt er den Motor in einem abrupten Seitwärtsslide. Die Hayabusa schlittert noch wenige Meter weiter. Ich halte den Atem an, als das Gemäuer des Hotels rasend schnell näherkommt. Aber bevor wir mit Wucht dagegen schleudern, kommt das Motorrad zum Stehen.

Edward steigt ab. Er reicht mir eine Hand, um mir herunterzuhelfen. Das Adrenalin hat mich schwitzen lassen. Ich zerre den Helm herunter. Strähnen kleben mir im Gesicht. Und als ich Edward ansehe, bleibt mir kurz die Luft weg.

»Was?«, fragt er.

Vor dem dunklen Hintergrund des Himmels und dem trüben Film der weißen Flocken sieht er so traurig aus, so intergalaktisch hoffnungslos, dass ich denke, nie etwas Schönerem begegnet zu sein. Er sieht aus wie der Abschied des Mondes, wenn die Sonne keine Strahlen mehr für ihn übrighat.

Der Neumond ist die melancholischste Ästhetik, die das Universum zu bieten hat.

»Nichts«, flüstere ich. »Gar nichts.«

Er hebt einen Mundwinkel. »Na dann.« Seine Finger schließen sich um meine. Edward zieht mich mit sich. Wortlos öffnet der Concierge uns die Doppelflügeltür.

Im Foyer gleiten die Pianoklänge eines Weihnachtshits über die Wände. Je mehr Blicken ich begegne, die sich auf Edwards und meine Hände heften, desto mehr sehnt sich mein Kopf nach Freiheit. Alle sind in Weihnachtsstimmung und machen sich bereit für das Abendessen im Sternerestaurant.

Unsere Schritte werden von den luxuriösen Teppichen geschluckt. Wir verlassen die Eingangshalle und nehmen die Treppe in den Keller, bis wir vor den Securitys stehen. Sie zögern nicht eine Sekunde. Sofort öffnen sie uns die Tür. Wir treten ein und sperren die Welt hinter uns aus.

»In Dankenhaal steht die Zeit still«, sagt Edward. Unter uns lässt der Bass des Elektrosongs den Boden erzittern. Mein Blick gleitet über die vielen Menschen auf der Tanzfläche, über ihre ausgelassenen Gesichter. Warum sind so viele Menschen am Heiligen Abend an diesem unheiligen Ort?!

Auf einem Sofa sehe ich, wie eine Frau auf dem Schoß eines Typen sitzt und sich an ihm reibt. Ein paar Meter weiter presst ein Kerl einen anderen gegen die Wand, während ihre Zungen miteinander tanzen. Bunte Lichter zucken durch den Untergrundsaal, eine grüne Wange für zwei Männer, die an einem Tisch weißes Pulver in die Nase schnupfen, pinke Brüste für eine Frau, die auf der Tanzfläche blankzieht, bevor ein Stripper sie mit Champagner übergießt.

Edward sieht mich an. »Wie sehr willst du vergessen, little secret?«

»Wie sehr ist alles?«

Ein raubtierartiges Grinsen schleicht sich auf sein Gesicht. »In deinem Fall eine Pappe.« Edward zieht etwas aus seiner Tasche, das aussieht wie Esspapier. Darauf sind drei pinke Elefanten auf gelbem Hintergrund. »Auf der Zunge zergehen lassen.« Das Grinsen erlischt. Die bunten Lichter flackern in den hellen Pigmenten seiner Augen, aber ich könnte schwören, nur noch Schwärze in ihnen zu sehen. »Willkommen am Abgrund, Paola.«

Ich nehme das Papier entgegen. Langsam führe ich es an meinen

Mund. In meinem ganzen Leben habe ich keine Drogen genommen. Aber das hier ist nicht mehr mein Leben. Nicht wirklich, oder?

Edward und ich sehen uns an. Gleichzeitig öffnen wir den Mund. Ich lege mir die Pappe auf die Zunge. Er auch.

»Los«, sagt Edward schließlich. »Tanzen wir.«

»Wann merke ich, dass es wirkt?«

Er lacht. »Früh genug.«

A DREAM IS NOT REALITY, BUT WHO IS TO SAY, WHICH IS WHICH?

Paola

Eine Erkenntnis, wenn man mit Edward zusammen unterwegs ist: Wir müssen nicht zu den Getränken kommen. Die Getränke kommen zu uns. Und ich trinke *alles*. Champagner, Likör, Bier. Die Frau, die ich schon bei meinem ersten Besuch in Dankenhaal hinter der Bar gesehen habe, knallt uns zwei Tequila auf die Theke. Sie sieht alles andere als begeistert aus.

»Hier.« Edward reicht mir eines der Shotgläser. »Ich zeige dir, wie es geht.« Er nimmt meine Hand. Ein intensives Pulsieren schießt in meine Mitte. Ich ziehe scharf die Luft ein. Für den Bruchteil einer Sekunde treffen sich unsere Blicke, und ich weiß, ich *weiß*, er hat es auch gespürt.

»Wie ich schon sagte«, raunt er. »Ich bereue nichts, Paola.«

Mein Puls beschleunigt sich. Ich weiß nicht, ob ich erleichtert oder enttäuscht bin, als er die Lider senkt. Doch im nächsten Moment reibt er die Zitrone über meinen Handrücken und streut Salz darüber. Er blickt wieder auf, streicht mir eine Strähne aus dem Gesicht. Seine Hand verharrt an meiner Wange.

Er ist mir zu nah, denke ich. *Viel zu nah und viel zu fern.*

»Lecken. Schlucken. Beißen.«

Meine Augen weiten sich. »Was?«

Ein raues Lachen. »Das Salz. Den Shot. Die Zitrone.«

»Oh.«

»Ich sagte es damals, und ich sage es jetzt …« Seine Hand rutscht von meinem Gesicht. Er beugt sich vor, bis seine Lippen mein Ohr berühren. »Du bist ein schlimmes, schlimmes Mädchen.«

Ein heftiges Prickeln durchfährt mich. Edward lehnt sich zurück, und ich … ich kann nicht anders, als ihm in den Schritt zu sehen.

Den Anblick zu genießen, wie die Hose über seinem besten Stück spannt.

Abrupt wende ich mich ab. Meine Wangen glühen. Ich glaube nicht, dass es vom Alkohol kommt. Ich lecke das Salz ab und kippe den Tequila herunter. Er schmeckt so widerlich, ich muss würgen. Schnell beiße ich in die Zitrone. Als ich aufsehe, erwische ich Edward dabei, wie er mir dabei zusieht. Er schluckt. Aber irgendetwas verändert sich. Die Farben werden intensiver. Schärfen sich. Edwards Augen leuchten wie glitzernde Gletscher. Mir wird schwummrig.

»Alles okay?«, fragt er.

Ich nicke. Versuche, ihn zu fokussieren, aber plötzlich ist da so ein Glanz um ihn herum. Langsam lasse ich den Blick schweifen. Dieses Schimmern ist überall. »Die Atmosphäre ist voll mit Glitzer«, sage ich. Meine Augen werden riesig. »Wie ein lebensgroßes Barbiehaus.«

Edward nickt, sieht sich um. »So viele Blasen. Überall Blasen.« Er erhebt sich, greift nach etwas. »Wir können reingehen.«

»Wo rein?«

»In die Blasen.«

»Ohhh.« Fasziniert neige ich den Kopf. »Wir könnten fliegen!«

»Bevor wir fallen.«

»Noch ein letztes Mal.«

»Ja.«

»Aber wir landen auf Zuckerwatte.«

»Natürlich.«

Ich sehe zu Edward, aber etwas verändert sich. Er ist nicht mehr da. Stattdessen stehe ich vor einer Katze. Aber nicht vor irgendeiner …

»Du bist die Grinsekatze!« Ich weiß es nicht genau, aber ich glaube, der Mund steht mir weit offen. Ich mache das, damit eine Blase hineinfliegt. Aus irgendeinem Grund weiß ich, dass sie nach süßer Beere schmecken. »Deine Augen … sind so riesig blau. Und deine Pupille ist ein Schlitz. Da ist eine Tür drin. Ich könnte reingehen, glaube ich. Bin … bin ich verrückt?«

Die Katze steht auf ihrem Schwanz. Sie hört nicht auf zu grinsen. Sie macht ihrem Namen alle Ehre. »Verrückt? Alles eine Frage der Perspektive. Ich denke, wir sind es alle. Du. Ich.«

»Wieso denkst du, dass ich es bin?«

»Musst du. Sonst wärst du nicht hier.«

»Wenn du die Grinsekatze bist«, sage ich, wobei sich alles um mich herum dreht, die Farben wie ein Stroboskop vor und zurück fliegen und ich meinen Körper nicht spüre, »bin ich dann Alice?«

»Ob du es bist oder nicht …« Das Tier kommt näher. »Das hier ist das Wunderland, und das Wunderland ist besser, wenn du komplett verloren bist.«

Die Grinsekatze bewegt sich, und ich habe das Gefühl, sie schlängelt sich über meinen Körper. Immer ist ihr Gesicht da, dann wieder nicht, mal sehe ich nur Farben, ihre Augen, dann bin ich in einer dieser Blasen und fliege über Dankenhaal, während mir Sabber aus dem Mund läuft, den ich für Himbeersorbet halte.

»Wir könnten für immer hierbleiben«, sage ich, als die Grinsekatze erneut an mir vorbeischwebt. Ich versuche, sie zu berühren, aber irgendwie flackert sie. Eine Projektion. »Das Wunderland würde mich aufnehmen.«

»Wer sagt das?«

»Die Milchtüte.« Ich fange an, den Kopf zu kreisen. Es macht Spaß, also tue ich es wieder. Die Blasen begleiten mich dabei und geben ein wundervolles Knistergeräusch von sich. Welch herrliches Konzert! »Neben dem Baum mit der großen Nase. Sie hat es mir verraten.«

»Die Milchtüte ist eine Lügnerin!« Die Katze grinst nicht mehr. Plötzlich wirkt sie aggro. »Du musst zurück. Sonst vergisst du, wer du gestern warst, weil das Heute dich zerfressen hat.«

»Aber ich kann nicht zurück ins Gestern«, entgegne ich. »Da war ich eine andere Person.«

»Wir alle sind jemand, wenn wir ins Bett gehen, und wir sind jemand anderes, wenn wir wieder aufstehen.«

Ich hüpfe aus meiner Blase auf einen fliegenden Teppich aus Sternenschweif. Die Grinsekatze begleitet mich. Dabei kleben ihre Augen plötzlich an ihrem Bauch. Faszinierend.

»Würdest du mir bitte sagen, wie ich von hier aus weitergehen soll?«, frage ich.

»Das hängt zum großen Teil davon ab, was dein Ziel ist.«

Ich neige den Kopf. »Mir scheint, alles ist möglich.«

»Ist es.«

»Dein Mund ist *so* groß.«

»Das ist er.«

»Kannst du damit küssen?«

»Kommt drauf an, ob die Blasen zwischen uns stehen.«

»Was?«

»Willst du, dass es prickelt?«

»Ja.«

»Dann nimm die Blasen.« Die Grinsekatze bewegt die Hände, als würde sie im Delfinstil schwimmen. Dabei blubbern immer mehr von diesen Zuckerwatte-Dingern zwischen uns. In der nächsten Sekunde beugt sich die Katze vor. Ich lege meine Hände an ihr weiches Fell. »Das ist ja mit Perwoll gewaschen.«

»Nein«, haucht sie. »Mit Gard.«

»Schönes Haar ist dir gegeben, lass es leben ...«

»Mit Gard«, raunt die Katze.

Und dann liegen ihre Lippen auf meinen. Dieses Raubtier kann tatsächlich küssen. Und es prickelt. Ein angenehmes Knistern in mir. Aber der Geruch ... der Geruch kommt mir bekannt vor. Männlich. Wie frischer Schnee, aber vom Neumond getränkt in Dunkelheit. Wie teures Parfüm, das den Duft des Schmerzes übertünchen will. Das Letzte, was ich denke, ist:

Die Grinsekatze riecht wie Edward Blackwell.

YOU WERE MY MOON, MY SKY, MY DREAM, MY EVERYTHING – BEFORE THE WORLD WAS CRASHING DOWN

Charles

Mein eigener Puls schlägt mir in den Ohren wie ein beschissener Song, der mir die Seele zerreißt. Und es hört nicht auf. Seit dem Moment, in dem mein Onkel die verhängnisvollen Worte ausgesprochen hat und ich irgendwo in der Tiefe des Abgrunds zersprungen bin.

»Rede mit mir.« Ich blicke auf meine Hände, die ich auf dem massiven Bauhaustisch abgestützt habe. Die Knöchel treten weiß hervor. Meine Finger zittern. Genauso wie meine Stimme. »Sag mir, was hier los ist. Sag mir … sag mir, dass das alles ein beschissener Witz ist!«

Es kommt keine Antwort. Langsam hebe ich den Kopf. Mein Vater steht mit einem Whiskeyglas vor dem Panoramafenster seines Büros und starrt in die vom Nebel verhangenen Bergwipfel. Als ich schon nicht mehr erwarte, dass etwas von ihm kommt, sagt er plötzlich: »Es stimmt.«

Von jetzt auf gleich gleiten Eiswürfel durch mein Hirn, rutschen hinab bis in mein Herz. Ein Keuchen verlässt meinen Mund. Ich richte mich auf, zupfe meine Ärmelaufschläge zurecht, weiß nicht, wohin mit meinen Händen. Aufgewühlt fahre ich mir mit den Fingern durchs Haar, während ich im Gang neben dem Konferenztisch auf und ab schreite.

»Es macht keinen Unterschied.« Das Eis klimpert gegen das Kristallglas, als mein Vater einen Schluck der bernsteinfarbenen Flüssigkeit kippt. »Sie wird verschwinden. Alles bleibt, wie es ist.«

Ich bleibe stehen. »Ist das dein verdammter *Ernst*?« Freudlos lache ich auf. »Du willst deine eigene Tochter zurück in die Armut schicken?!«

»Sie ist nicht arm.« Der Schatten, der sich auf das Gesicht meines Vaters gelegt hat, schluckt jede Herzlichkeit, die ich von ihm kenne. »Signora Cortessa ist eine einwandfrei ausgebildete Sommelière. Sie wird ein gutes Arbeitszeugnis erhalten, mit dem ihr alle Türen offenstehen. Aber hier bleiben kann sie nicht.«

Signora Cortessa …

»Du hast gehört, was sie gesagt hat. Wenn du sie feuerst, macht sie alles öffentlich. Elias Erpressung. Unsere … unsere Verbindung zu … zu ihr.« Übelkeit steigt in mir auf. Schwindel legt sich wie Watte über meine Ohren. *Schwester*, donnert es in meinem Kopf, immer wieder. *Schwester*. »Das wird uns schaden.«

»Sie kann nichts beweisen.«

»Aber Elias.« Ich schnaube. »Dein Bruder, den du nicht aus dem Unternehmen kicken kannst, weil vierzehn andere Personen dem zustimmen müssten – und das werden sie niemals. Nachdem, was er die letzten Monate geplant hat, wird er nicht zögern, sofort auf den Zug der Skandale aufzuspringen, nur um den Ruf anschließend wiederherzustellen und als *professioneller CEO, der als Einziger weiß, wie man eine weltbekannte Firma führt und präsentiert*, dazustehen.« Ich sinke auf den Ohrensessel, lege die Stirn in meine Hände und schüttle langsam den Kopf. »Sein Sohn sitzt im Knast, Vater. Elias ist jetzt alles scheißegal. Wenn Paola anfängt, uns in den Dreck zu ziehen, macht er mit. Und wenn sie es nicht richtig macht, sorgt er dafür, dass es richtig gemacht *wird*.«

Mir ist schleierhaft, wie mein Hirn es schafft, in diesem Augenblick Strategiegespräche zu führen. Vielleicht ist es aber auch gerade deshalb dazu in der Lage, weil es mich andere Gedanken erfolgreich verdrängen lässt.

Gedanken, in denen meine Lippen auf denen meiner Schwester liegen.

Meiner Schwester.

Wenn Menschen verliebt sind, sagen sie oft, die Person wäre alles für sie. In meinem Fall trifft das auf eine fucking ironische Art buchstäblich zu.

Paola ist die erste Frau, in die ich mich verliebt habe.

Sie ist die erste Frau, der ich jeden Wunsch von den Augen ablesen wollte.

Die erste Frau, von der ich mich bewusst fernhalten musste, weil ich jede Sekunde bei ihr sein, aber nicht komisch wirken wollte.

Die erste Frau, die ich geküsst habe.

Die mich verarscht hat.

Sie ist meine Angestellte.

Und meine Schwester.

Also, fuck, ja. Sie ist alles. Ein *alles* ohne Happy End.

LISTEN BECAUSE SOME WARS ARE SILENT

Charles

Das Gesicht meines Vaters wirkt wie taub. Seine Lippen bewegen sich nicht einmal, als er den Rest des Whiskeys herunterkippt. »Ich kann das nicht.«

»Was kannst du nicht?«

»Ich …«

»Für sie da sein?« Keine Ahnung, warum ich hier stehe und mich für sie einsetze, nachdem mein Plan war, sie für immer zu vergessen. Vielleicht, weil es nicht funktioniert. Oder weil ich mich selbst in ihrer Situation wiedererkenne. Oder weil mein geschundenes Herz irgendetwas braucht, um ganz zu bleiben, und das Einzige, das ich niemals loslassen kann, die Kontrolle ist. Der tief sitzende Wunsch, leidende Frauen zu retten, der sich auf eine krank besessene Art in mir festgekrallt hat, nachdem ich zusehen musste, wie die Klinge des Messers sich in das Herz meiner Mutter bohrte. Nachdem ich zusehen musste, wie das Leben aus ihren Augen gewichen ist, und ich

Nicht.

Geholfen.

Habe.

»Du konntest es für mich.«

»Das ist was anderes«, erwidert er.

Jetzt erst hebe ich den Kopf und sehe meinen Vater an. »Was ist daran anders? Du hast eine wildfremde Frau geschwängert, hast einen Scheißdreck drauf gegeben und dann, Jahre später …«

»HALT'S MAUL, CHARLES!«

Klirr. Ich zucke zusammen. Das Whiskeyglas ist am Regal zersprungen. Die Flüssigkeit läuft an den Akten hinab. Das Gesicht meines Vaters ist dunkelrot. An seiner Schläfe pulsiert eine Ader in bedrohlichem Tempo. Er sieht mich an, als würde er jede Sekunde auf mich losgehen. »Denkst du, ich habe diese ganze Scheiße *geplant*, oder was?«

»Offensichtlich nicht«, gebe ich trocken zurück. »Und mir ist egal, wie viele Kinder du in die Welt gesetzt hast, ohne es zu wollen. Aber wenn diese Kinder dann bei dir anklopfen und dich brauchen, dann solltest du, verdammt noch mal, für sie da sein, wie du für mich da gewesen bist!«

Mein Vater fährt sich mit einer Hand über das Gesicht. Er stößt die Luft aus. Und dann fangen seine Schultern plötzlich an zu beben. Er schluchzt auf. »Ich weiß nicht ... ich kann nicht ... das alles passiert so plötzlich. Leopold und Elias, und dann das ...« Scharf zieht er die Luft ein, wischt mit dem Handrücken die Tränen beiseite. »Ich weiß nicht, wie ich damit umgehen soll!«

Ja, Pa, ich auch nicht. Ich weiß es so wenig, dass ich das Bedürfnis habe, mich einzubuddeln und nie wieder dem Tageslicht begegnen zu müssen. Und trotzdem sitze ich hier und spiele den Vater für eine Person, die sich weigert, einer zu sein.

Ich wische mir die feuchten Hände an der Polohose ab und erhebe mich aus dem Sessel. »Sei kein Arsch. Lass sie hierbleiben. Fürs Erste. Der Rest wird sich ergeben.«

Mit Panik in den Augen sieht er mich an. »Es stimmt wirklich, Charles. Ich habe damals einen Vaterschaftstest machen lassen. Das Mädchen war schon sieben, sie hat nie etwas gesagt, weil sie mit ... mit diesem anderen Typen zusammen war. Aber als es zu Ende ging, kam sie plötzlich an, mein Zimmermädchen, mit der nur einmal etwas lief, Charles, nur ein einziges Mal, und meinte, das Kind wäre von mir.« Er schluckt, schüttelt den Kopf. »Ich habe sie für bescheuert erklärt, völlig verrückt, aber der Test stimmte. Es ist die Wahrheit.«

Darauf sage ich nichts mehr. Würde ich den Mund öffnen, käme lediglich ein verzweifelter Schrei heraus. Ein Seelenstriptease, den niemand will. Am wenigsten ich.

Schweigend verlasse ich das Büro.

CHAFIOLA, CHAFIOLA

Charles

Mein Kopf ist ein Bienenstock. Das Summen schwillt zu einer ohrenbetäubenden Lautstärke an, während ich ziellos durch die weihnachtlich geschmückten Gänge des Hotels wandere.

Irgendwann finde ich mich in der Lobby wieder. Süße Pianoklänge erfüllen das Foyer. Mein Blick heftet sich auf die Tür des Prunksaals, in dem so vieles geschehen ist, das nie hätte geschehen dürfen. Jetzt gerade feiern die anderen Polospieler mit der britischen Königsfamilie dort das Freundschaftsspiel und den Heiligen Abend. Vermutlich fragen sich alle, wo ich stecke. Und plötzlich wird mir wieder bewusst, dass ich Pflichten habe, denen ich nachgehen muss. Dass die Welt nicht stehen bleibt, nur weil sie für mich auseinandergerissen wurde. Und dass ich weder Edward noch Sofia im Stich lassen kann, während alle Augen auf uns gerichtet sind. Wenn sich mir eines aus den Privatstunden in Öffentlichkeitsdarstellung ins Hirn gebrannt hat, dann dieser Satz: Sie sehen dich auch dann, wenn du nicht willst, dass sie dich sehen, also präsentiere dich genau so, wie du willst, dass sie dich sehen. Und wenn ich eines sicher *nicht* will, dann, dass all diese Menschen, die mein Leben verfolgen, in der Presse darüber schreiben, wie meine eigene Schwester mir das Herz gefickt hat.

Zum Glück nur das Herz.

Ich richte den Kragen meines Poloshirts, fahre mir über die rasierten Schädelseiten und marschiere mit gerecktem Kinn in Richtung Prunksaal. Einige Mädchen tuscheln hinter vorgehaltener Hand, als ich an ihnen vorbeigehe, anderen schießen heimlich Fotos. Es ist alles wie immer. Zumindest für sie.

Leon, mein persönlicher Security, ist an einer Seite der Doppelflügeltür postiert. »Alles in Ordnung, Charles?«

»Ja«, lüge ich. »Frohe Weihnachten übrigens.«

»Frohe Weihnachten.«

»Wie ist die Lage?«

»Ehrlich gesagt kann ich das schwer einschätzen.« Er verzieht das Gesicht, wodurch sein dunkler Dreitagebart die Position wechselt. »Durch deinen Angriff auf Elias ist für die Leute offensichtlich, dass irgendetwas vor sich geht.«

Ich fluche. »Hast du mitbekommen, was sie sich zusammenreimen?«

»Sie glauben, Elias wäre ausfallend gegenüber Paola geworden. Wegen seiner sexistischen Sprüche in der Vergangenheit.«

»Okay.« Nachdenklich fahre ich mir mit dem Finger über die Lippen. »Das spielt uns in die Karten, oder?«

»Na ja …«

»Was?«

Er seufzt. »Die Leute sind voll auf die Sommelière und dich fokussiert. Sie lieben das Drama. Steigern sich da rein.«

Mein Puls beschleunigt sich. »Wissen sie, dass …«

»Nein.« Leon schüttelt den Kopf. »Das hätte ich mitbekommen. Aber sie wollen High-Society-Trash, Charles. Und da du dieses Mädchen auf dem Ball geküsst hast, obwohl du mit Sofia zusammen bist, explodiert TikTok förmlich mit Chafiola-Videos.«

»Chafiola?«

»So nennen sie euch online. Charles, Sofia, Paola.« Er zuckt die Achseln. »Chafiola.«

»O Gott.« Ich zwicke mir in die Nasenwurzel. »Das ist eine Katastrophe.«

»Mhm …« Leon hebt einen bulligen Arm und klopft mir auf die Schulter. »Du hast sie halt geküsst, Mann.«

»Erinnere mich nicht daran.«

Mitfühlend verzieht er den Mund. »Heftige Sache, was?«

Statt einer Antwort spanne ich den Kiefer an und weiche seinem Blick aus.

»Okay«, brummt Leon. »Schon klar, du willst nicht drüber reden.«

Nicht drüber reden? Ich will nicht einmal daran denken. Nicht eine Sekunde. Nie wieder in meinem ganzen Leben. Ich will Paola, ihren verfickten Verrat und unsere Verbindung aus meinem Leben löschen, als hätte es sie nie gegeben.

Leon beugt sich zur Tür, um sie zu öffnen, aber bevor er den Knauf zu fassen bekommt, schwingt sie auf und Sofia steht mir gegenüber. Das Funkeln der Kristallleuchter bricht sich in ihrem Goldschmuck von Vendergaard.

»Charles!« Sie wirkt erleichtert, mich zu sehen. »Ich wollte dich gerade suchen.«

»Warum? Ist etwas passiert?«

»Das wollte ich *dich* fragen. Weißt du, was ich mir für Sorgen gemacht habe? Erst diese Auseinandersetzung, bei der ich immer noch nicht weiß, worum es ging, dann Paola, die überstürzt in den Stall gerannt kam und mit meinem Pferd abgehauen ist, dann warst du nirgendwo zu finden und …«

»Warte, was?« Unwillkürlich mache ich einen Schritt vor und packe sie am Arm. Erschrocken sieht Sofia zu mir auf. Ich lockere meinen Griff, bevor ich hinzufüge: »*Paola ist mit Saphir abgehauen*?«

»Ja.«

Entgeistert starre ich ihr ins Gesicht. »Wieso?«

»Weil ich sie ihr gegeben habe.«

»Weil du sie ihr …« Ihre Worte dringen nur langsam zu mir durch, aber als sie es dann tun, erleiden meine Neuronen einen heftigen Kurzschluss. »*Was?*«

»Weil ich ihr mein Pferd gegeben habe, Charles.« Ihre Miene wechselt von besorgt zu genervt. »Willst du mir endlich verraten, was hier los ist?«

»Wieso gibst du ihr dein verdammtes Pferd, Sofia?« Meine Stimme wankt auf der Klippe von bedrohlich leise zu wahnwitzig zischend. »Sie kann nicht reiten!«

Sofia blinzelt. »Bitte?«

»Paola weiß nicht, wie man reitet!« Abrupt lasse ich Sofia los, fahre mir durchs Haar, zerre an den Spitzen. »Wo wollte sie hin?«

»Verfluchte Scheiße!« Yep, jetzt ist meine Stimme ein Brüllen. Sie übertönt sogar das weihnachtliche Pianoklimpern. Ein paar Gäste im Foyer wenden sich zu mir um.

»Charles«, sagt Sofia, als ich herumwirble und im Begriff bin, sie stehen zu lassen. »Charles, warte!«

Ich halte inne, sehe sie an. Sie sieht aus, als würde mein bloßer Anblick ihr die Knochen brechen. »Renn nicht immer vor mir weg. Lass mich dir doch helfen.«

»Mir kann niemand helfen, Sofia.«

Bevor sie etwas darauf entgegnen kann, nimmt Leon den Finger von dem Stöpsel in seinem Ohr. »Sie ist in Dankenhaal.«

Langsam wandert mein Blick zu ihm. »Was?«

»Paola«, sagt er. »Hab ein paar Leute angefunkt. Sie ist in Dankenhaal.«

In Danken… was?!

»Was macht sie da?«

Leons Blick ruht einen Moment zu lange auf mir. Mir wird sofort bewusst, dass er etwas weiß, was er mir nicht sagen soll. Klauenfinger zerren an meinen Eingeweiden, nehmen sie Stück für Stück auseinander.

»Leon«, sage ich, darum bemüht, meine zittrige Stimme unter Kontrolle zu halten, »was *macht* sie da?«

Der bullige Security sieht zu Sofia, als könnte die Vendergaard-Erbin ihm irgendwie helfen. Aber auch ihr Blick spiegelt Neugier wider, und schließlich knickt er ein.

»Sie ist mit Edward da.«

THOSE EYES COULD BRING DOWN STARS AND SHIVERS TO THE UNIVERSE – WHAT HOPE DID I EVER HAVE?

Charles

Es ist, als stünde ich auf einem Floß. Im ersten Moment gleite ich noch ruhig dahin, nur um in der nächsten Sekunde von einer zornigen Welle mitgerissen und erschlagen zu werden. Der Schock zerrt mir die Haut von den Knochen. Ein Schauer rieselt meine Wirbelsäule hinab.

Sie ist mit Edward da.

Abrupt wirble ich herum und laufe durch die Lobby. Das Klackern auf dem Marmor verrät mir, dass Sofia hinterherstürmt. Köpfe drehen sich zu uns um, neugierige Blicke wandern durch die Eingangshalle, aber jetzt ist nicht die Zeit, sich darum zu kümmern. Wenn Paola mit Edward in Dankenhaal ist, heißt das nichts Gutes. Es *kann* gar nichts Gutes heißen. Alles, was mit meinem Bruder zu tun hat, führt zu einem Skandal. Seine Hände sind dazu *geschaffen*, andere in den Abgrund zu stürzen. Er ist der böse Prinz der Unterwelt, der keine Ahnung hat, was er tut.

Dankenhaal ist ein Meer aus bunten Lichtern. Das heutige Techno-Event dröhnt in vollem Gange. Zur Feier des Abends steht David Guetta mit Weihnachtsmütze auf der Bühne und bringt die Menge zum Durchdrehen. Sein Blick fällt auf mich, und er hebt kurz die Hand. Abwesend nicke ich zur Begrüßung und setze mich in Bewegung. Ich gebe mir gar nicht erst die Mühe, sie zu suchen. Sofort gehe ich zur Theke, hinter der die Barkeeper in Rekordgeschwindigkeit einen Drink nach dem anderen mixen.

»Jaime!« Sie hat mich nicht gehört. Ich beuge mich über die Bar und brülle noch einmal: »Jaime!«

Die hochgewachsene, blonde Frau wirbelt herum. Sie ruft ihren Kollegen heran, der für sie an der Zapfsäule übernimmt, und eilt zu mir.

»Hast du Paola gesehen?«

»Ja.« Ihr Blick wird finster. »Sie ist in der Black Area.«

»Und mein Bruder?«

Jaime zuckt die Achseln. »Keine Ahnung.«

»Waren sie zusammen hier?«

»Ja.« Ein düsterer Ausdruck huscht über ihr Gesicht. »Sie haben …«

»Ich will's nicht wissen.« Mein Magen verkrampft schon wieder. Schwindel macht sich in mir breit und gesellt sich zu dem dröhnenden Bass, der meine Beine erzittern lässt. »Egal, was es war, sag's mir nicht.«

Jaime nickt. Ich stoße mich vom Tresen ab, schiebe die tanzenden Menschen aus dem Weg und steuere die Tür mit den vergoldeten Elementen an. Als ich hindurchtrete, wechselt die Musik von *Titanium* zu *No Games* von Serani. Meine Augen scannen den Raum, die Tanzfläche, ich mustere jede Frau, die sich an einem der Stripper reibt, bis Sofia plötzlich »Da!« ruft.

Ich folge ihrem Blick und …

… erstarre. Das, was ich sehe, gefriert den Sauerstoff in meinen Lungenflügeln. Für einen kurzen Augenblick kommt kein einziger Atemzug durch.

Nur Eis, Eis, Eis.

»Oh, fuck«, stößt Sofia aus. »Ist sie …«

»Ich bringe ihn um!« Zorn tränkt meine Neuronen, verwandelt sie zu wütenden Flammen, die an meiner Fassung lecken, sie zum Einsturz bringen wollen. »Ich schwöre, ich bringe ihn um.«

In schnellen Schritten stürze ich durch den Raum. Ich stoße jeden, der mir in die Quere kommt, achtlos beiseite, bis ich bei ihr bin.

Paola sitzt in einer Nische zwischen zwei Stehtischen, hat die Arme um die Knie geschlungen und wippt vor und zurück. Ihre Augen sind weit aufgerissen, genauso wie ihr Mund, während sie einen gleichbleibenden, nicht abreißenden Ton von sich gibt.

»Paola.« Ich gehe vor ihr auf die Knie, lege meine Hände auf ihre Schultern und sehe ihr in die Augen. Der Schmerz in mir hat seinen

Höhepunkt erreicht. Es ist schlimm. Als würde ich bei lebendigem Leib filetiert.

Keine Antwort. Keine Regung. Nur immer noch dieser lang gezogene Ton.

»Sie ist drauf«, spricht Sofia das Offensichtliche aus. »LSD, schätze ich.«

In mir kämpfen zwei Löwen miteinander. Der eine zwingt mich, zu helfen. Der Drang, diese Sucht, andere zu *retten*, ihr ganz persönlicher Samariter zu sein. Aber der andere Löwe ... er lässt mich nicht. Er stößt seine Reißzähne in mich und hält mich zurück, weil er weiß, dass es zu viel ist. Dass ich das nicht kann. Nicht jetzt. Nicht nachdem ich erfahren habe, wer sie ist.

Meine. Verdammte. Schwester.

Ich schiebe meine Arme unter ihren Körper und hebe sie an meine Brust. Apathisch starrt sie an die Decke, obwohl die Lichter in alle Richtungen zucken und sie blenden müssten. Ihr Mund steht immer noch offen, aber aus dem »*Aaaaaaa*« wird plötzlich ein »*Ooooooh*«.

»Sofia«, sage ich, während wir durch die Black Area Richtung Ausgang laufen. Den panischen Unterton in meiner Stimme nehme sogar ich wahr. »Ruf Leon an. Sag, er soll herkommen. Sofort.«

Sie nickt und zückt ihr iPhone. Als wir bei Jaime an der Theke ankommen, steht Leon bereits dort. Er ist schneller als ein hungriger Jaguar, der einen fetten Hasen vor sich entdeckt hat, wenn es sein muss. Er und Jaime sehen mich auf die gleiche Weise an: mit diesem fürchterlichen, mitfühlenden Jeder-checkt-dass-du-sie-willst-aber-nicht-haben-darfst-und-das-tut-uns-so-leid-Blick.

»Sie ist drauf«, sage ich knapp, weil ich fürchte, jeden Augenblick durchzudrehen. »Jemand muss sich um sie kümmern. Aber ich ... ich kann das gerade nicht. Ich ...« Verzweifelt sehe ich zu Jaime. »Kann sie über Nacht bei euch bleiben?« Ich schlucke. »Und kannst du dich morgen um sie kümmern? Wenn sie aufwacht, meine ich?«

»Natürlich.« Jaime legt mir ihre beringte Hand auf die Schulter. »Alles, was du willst, Charles.«

Ich stoße die Luft aus. »Danke.« Mein Blick gleitet zu Leon. »Würdest du sie zum ehemaligen Golfclub tragen? Am besten durch die verborgenen Gänge.«

Leon nickt, streckt seine Arme aus und übernimmt Paola. Als die Last ihres Körpers in meinen Armen fehlt, sprudeln zwei Emotionen gleichzeitig über mich hinweg: Erleichterung und Leere.

Ich gebe sie in andere Hände. Ich, Charles Blackwell, gebe freiwillig die Kontrolle ab. Sie braucht Hilfe, und ich ziehe mich zurück.

Jetzt erst merke ich, wie sehr meine Welt aus den Angeln geraten ist. Und dieser Gedanke entfacht eine reißende Welle der Angst in mir. Das geht nicht. Das darf nicht sein. Ich muss dafür sorgen, dass es endet. Dass alles, was mit Paola Cortessa oder Berlusconi oder fucking *Blackwell* zu tun hat, aus meiner Seele verschwindet. Ich muss, verdammt, die Normalität wiederherstellen!

Um mich herum höre ich die Leute zischen. Ihre Blicke schwingen von mir zu Paola, die gerade auf Leons Armen verschwindet.

»Was läuft da nur zwischen den beiden?«, höre ich jemanden sagen.

»Meinst du, er ist noch mit Sofia zusammen?«

»Nein, ich glaube, da läuft was mit der Sommelière.«

»Komm mit!« Impulsiv verschränke ich meine Finger mit Sofias und ziehe sie hinter mir her. Ich zerre sie eine Treppe hoch, bis wir den Außenbereich zu den Bergen erreichen.

»Charles.« Sofia klingt verwirrt. »Wohin gehen wir?«

»Ich will klar werden«, entgegne ich.

»Was …?«

»Und den Leuten ihre Zweifel nehmen.«

Wir haben den Eispool der Saunazone erreicht. Um diese Uhrzeit ist der Wellnessbereich geschlossen. Niemand ist hier. Ohne zu zögern, springe ich in den Pool und ziehe Sofia mit. Darauf war sie nicht vorbereitet. Sie kreischt. Der Ton verliert sich in den stillen Ruf der Berge, ehe wir die Wasseroberfläche durchbrechen und alles rauscht.

Die Eiseskälte frisst sich durch den Stoff meiner Kleidung, reißt an meiner Lunge, foltert meine Glieder. Ein perfekter Gefrierbrand, der die Schwere in meinem Kopf eliminiert. Für eine herrliche, befreiende Sekunde ist alles leer.

Bis wir keuchend wieder auftauchen.

»*Tickst du noch ganz sauber?*« Sofia wischt sich die nassen Haare aus dem Gesicht und stiert mir zornig ins Gesicht. Ihre Zähne klappern aufeinander. Der glitzernde Highlighter ist verwischt, und von ihrer diamantenbesetzten Haarspange perlen Wassertropfen. »Hast du jetzt den Verstand verloren, oder …«

Ich bringe sie mit meinen Lippen zum Schweigen. Ihr wütender Wortschwall wechselt zu einem überraschten Seufzen, das sich in meinem Mund verliert. Fest presse ich sie gegen den Beckenrand, vergrabe meine Finger in ihr Haar, zerre ihren Kopf an den Strähnen zurück und küsse sie mit allem, was ich geben kann. Mit Zähnen. Mit Zunge. Mit Leidenschaft.

»Was tust du da?«, zischt sie zwischen zwei Küssen.

»Die Normalität wiederherstellen«, raune ich.

»Oh.« Ein kurzes Zögern, dann küsst Sofia mich zurück. *Und wie* sie das tut. Sie schlingt ihre Beine um meinen Körper, presst sich gegen mich und stößt einen verlangenden Ton aus, von dem ich mir ziemlich sicher bin, dass er gespielt ist.

Neben uns werden Fotos gemacht. Ich sehe die Blitzlichter in meinem Augenwinkel. Die Leute müssen uns gefolgt sein, sensationsgeil wie sie sind.

»O Gott, Charles …«

Ich habe auf Hitze gehofft, die die Kälte vertreibt. Ich habe Lust erwartet, die verlässlicherweise bei einem Kuss wie diesem in das männliche Geschlechtsteil fließen sollte. Ich habe gebetet, irgendeine verdammte Empfindung möge über mich hinwegrollen, damit ich mir selbst beweise, dass so etwas wie das hier nur Chemie ist.

Dass ich Paola vergessen kann.

Dass das, was wir hatten, nichts Besonderes ist. Dass ich es mit jeder anderen genauso haben könnte.

Dass ich mit Sofia glücklich werden könnte.

Meiner Verlobten.

Aber alles, was ich fühle, ist Reue. Das Gefühl, *sie* zu hintergehen. Und das ist das Schlimmste, denn *sie* hat mich verraten, und *sie* ist tabu. Absolut verboten.

Aber alles, was ich vor mir sehe, während ich Sofia Vendergaard küsse, ist das Meer grüner Blätter inmitten großer Augen. Augen, die der melancholischen Weide aus Moos unter einem grau verhangenen Himmel in meinen eigenen verdammt ähnlich sind.

LIKE A SUNFLOWER, ONE OF THE RARE ONES

Paola

Etwas Kühles berührt meine Augenlider. Es fühlt sich glibberig an. Im ersten Moment denke ich, die Grinsekatze schlabbert über mein Gesicht, aber kurz darauf wird mir klar, dass ihre Zunge rau und warm sein müsste. Und vermutlich den perversen Geruch nach Tequila mit sich trüge.

Als dann plötzlich etwas über meine Unterlippe gleitet, das nach süßer Himbeere duftet, schrecke ich hoch. Abrupt sitze ich kerzengerade und reiße die Augen auf. Hinter meinen Rippen poltert mein Herz, während mein Hirn sich größte Mühe gibt, den Moment mit der mir fremden Umgebung zu verknüpfen.

Bodentiefe Fenster, vor denen die Außenjalousien bis zur Hälfte hinuntergelassen sind. Ein schmaler Streifen Sonne beleuchtet das Parkett wie ein Weg in ein Heiligtum, das mir nicht bestimmt sein sollte. An der mir gegenüberliegenden Wand steht ein Sideboard mit einem riesigen Fernseher, flankiert von jeweils zwei weißen Bücherregalen. Den linken Bereich des Zimmers dominiert ein imposanter Esstisch aus dunklem Echtholz mit modernen Stühlen, darüber baumelt eine Hängelampe mit edlem goldfarbenen Finish. Langsam gleitet mein Blick zurück. Mein Hirn arbeitet in Schneckengeschwindigkeit à la Spongebobs Gary. Oder eher Patrick Star. Ich kapiere überhaupt nicht, was hier abgeht. Scheinbar sitze ich auf einem überdimensionalen Sofa unter einer Bettdecke mit Goldbärchenbezug. Ja, wirklich. Ich liege unter einer Haribotüte. Damit ist es offiziell: Ich bin ein Gummibär.

»Hallo.«

Ich schrecke zusammen. Instinktiv zerre ich mir die Decke bis ans Kinn. Die Gummibären sind mein Schutzwall. Meine ganz persönliche Zuckerarmee, falls ich auf diesem seltsamen Trip von gestern hängen geblieben bin. Wenn die Grinsekatze angreift, bin ich gewappnet.

Aber dann erkenne ich das niedliche Gesicht eines Mädchens, höchstens sieben, das neben dem Weihnachtsbaum und etlichen Geschenken auf dem Teppich kauert. Klar, der erste Weihnachtstag! In der einen Hand hält sie eine kleine Dose mit beerenfarbenem Inhalt, der auch auf dem erhobenen Zeigefinger ihrer anderen Hand schimmert. Da erst fällt irgendein Groschen in meinem vernebelten Hirn. Er fällt so tief, dass ich schwöre, ich kann das Surren hören.

»*Du* hast mir das Zeug auf die Lippe geschmiert.«

Das Mädchen hebt einen Mundwinkel. »Sie ist so trocken, dass sie gerissen ist. Ich dachte mir, das muss wehtun. Die Himbeerbutter hat der Weihnachtsmann gebracht.« Sie hält die Dose in die Höhe. »Sogar Hailey Bieber benutzt die.«

»Bin Team Selena.« Meine Stimme ist kratzig und rau, als hätte ich die ganze Nacht an einer Zigarre genuckelt. Verzögert sickert die Erinnerung an den Glibber unter meinen Augen zu mir durch. Vielleicht doch Spongebobs Gary, der Besitz von mir ergriffen hat und mich jetzt mit seinem Schneckenschleim besudelt. Mit dem Finger will ich mir darüber streichen, als ich eine Erhöhung ertaste.

»Feuchtigkeits-Pads«, sagt das kleine Mädchen. Sie sitzt noch immer auf den Knien. Inzwischen schmiert sie sich Hailey Biebers Zeug selbst auf die Lippen. Sie trägt einen Schlafanzug mit ganz vielen abgedruckten Controllern und Gameboys und dem Schriftzug: *Legend Gamer*. »Die Ringe unter deinen Augen waren dunkelgrau. BeautyBex sagt, das zeugt von Stress. Sie empfiehlt Pads mit extra Glow. Mami findet die auch am besten.«

Perplex starre ich das Kind an. »BeautyBex?«

»Ja.«

»Wer ist das?«

Ihr fallen beinahe die Augen raus. »Du kennst BeautyBex nicht?«

»Nein.« Ich habe das Gefühl, die Gummibären schützen mich nicht. »Wer ist das?«

»Sie war bei *Switzerland's next Topmodel*. Jetzt ist sie immer auf meiner For-You-Page auf TikTok. Also, eigentlich auf Mamis. Aber ich klaue ihr Handy manchmal, und dann sehe ich sie. Weil, ich darf halt keins. Also, kein Handy. Mami sagt, das zerfrisst mir mein talentiertes Hirn.«

»Okay …« Ich weiß nicht, was mich mehr verstört: die verschwommenen Erinnerungen an gestern Nacht, die mehr und mehr zurückkommen, oder die Tatsache, dass ich keine Ahnung habe, was hier gerade abgeht. »Ähm …« Ich zupfe mir die Glow-Pads vom Gesicht und ziehe die Beine an den Körper. Ein roter Gummibär beschützt jetzt mein Knie. »Sorry, wenn das komisch klingt, aber … wo bin ich?«

»Bei uns zu Hause.«

»Ja, schon klar, aber …«

»Malaika!« Eine Frau mit voller blonder Mähne und silbernen Kreolen kommt durch die Tür. In der einen Hand hält sie einen Smoothie, in der anderen eine Verpackung, die verdächtig nach Aspirin aussieht. Sie trägt einen Oversize-Strickpulli, schwarze Leggins und weiße Chucks. »Ich habe dir gesagt, du sollst sie nicht wecken!«

»Ich habe sie nicht geweckt!« Das kleine Mädchen rappelt sich auf und hält seine Himbeerbutterdose in die Höhe wie ein Schwert in einem lebenswichtigen Kampf. »Ich wollte mich nur um sie kümmern.«

»Das ist lieb, Schatz, aber Paola braucht Ruhe.« Die Frau nickt mit dem Kinn in den Flur. »Geh in dein Zimmer und spiel mit deinen neuen Sachen vom Weihnachtsmann, ja?«

Malaika murrt und stapft mit hängendem Kopf an ihr vorbei. Die Frau schließt die Tür und kommt mit einem zögerlichen Lächeln auf mich zu. »Frohe Weihnachten.«

»Frohe … Frohe Weihnachten.«

»Wie geht's dir?«

Ich starre sie an. »Irgendwie … irgendwoher kenne ich dich.«

»Ja, aus Dankenhaal.« Sie setzt sich neben mich aufs Sofa, reicht mir den grünen Smoothie und die Packung Aspirin. »Ich arbeite hinter der Bar.«

Jetzt dämmert es mir! Die Frau, die bei meinem ersten Besuch dort so freundlich zu mir war. Und die Frau, die mir gestern Shots ausgeschenkt hat. Eine der wenigen Erinnerungen, die nicht so verschwommen sind wie der Rest des Abends. Ich sehe nur immer wieder die Katze mit diesem fetten Grinsen, pinke Blasen und bunte Lichter. Sonst ist alles schwarz.

Ich werfe die Aspirin ein und spüle sie mit dem Superdrink herunter. »Was ist gestern passiert?«

Die Art, wie die Frau das Gesicht verzieht, gefällt mir nicht. Ein Schauder rieselt meine Wirbelsäule hinab. Unwillkürlich verkrampfen sich meine Finger um das kühle Glas.

»Nach dem, was ich mitbekommen habe, waren du und Edward Blackwell auf Drogen.«

Ja, denke ich. *Das weiß ich noch.* »Aber wieso bin ich hier?«

»Weil Charles mich darum gebeten hat.«

Meine Augen weiten sich. »Charles?«

»Ja.«

»Er ... er war da?«

Ein trauriger Ausdruck umspielt ihre Lippen. »Ja.«

»Das ist ...« Unangenehme Hitze überkommt mich. Meine Handinnenflächen brennen, als würden sie das kühle Glas zum Schmelzen bringen. »Ist irgendetwas ... ich meine ... also, ist etwas passiert, das ich wissen sollte?«

Die Frau sieht mich eine ganze Weile an. Als sie schließlich spricht, bin ich der Meinung, dass sie wesentlich mehr in sich trägt, als sie zu sagen bereit ist. »Du warst nicht mehr ansprechbar. Charles hat dich gefunden und herbringen lassen. Er war in Sorge.«

Er war in Sorge. Natürlich war er das. Ich kann mir vorstellen, was es mit ihm gemacht haben muss, helfen zu wollen und es nicht zu können, weil wir ... weil alles, was zwischen uns war, zerrüttet ist. Weil alles, was zwischen uns war, zersprungen ist wie eine Scholle im brechenden Eis, sobald der Frühling einkehrt.

»Du bist im alten Golfclub«, fährt die Frau fort. »Hier hat niemand Zutritt. Du brauchst dir also keine Gedanken wegen Paparazzi machen, falls du darüber nachdenkst, dass dir jemand nach gestern gefolgt sein könnte.«

Im alten Golfclub ...?

»Heißt das ... ich bin in ... in Charles' Frauenhaus?«

»Interessanter Name.« Die Frau neigt den Kopf, als würde sie einen Augenblick über diesen Begriff nachdenken. »Für mich ist es einfach mein Zuhause, das Charles uns allen ermöglicht.«

»Uns allen?«

»Wir sind über fünfzig Frauen, die verteilt in den ehemaligen Gebäuden leben und im Blackwell Palace arbeiten. Zusätzlich einige Therapeutinnen, die er temporär einquartieren lässt. Viele von den anderen Frauen sind längst nicht regeneriert, weshalb sie unter sich bleiben. Charles ermöglicht uns an diesem Ort Sicherheit und Heilung, die wir nirgendwo anders gefunden hätten.«

»Oh.« Ein schlimmer Stich reißt an meinem Herzen, als ich daran denke, wie ich zu Elias gerannt bin und Charles verraten wollte. Wie ich dachte, die Frauen würden darüber sprechen, dass Charles sie gefangen hielte. Dass Charles ihnen bald nie mehr wehtun könnte. Stattdessen ging es die ganze Zeit darum, dass er dabei war, sie zu *retten.*

»Das ist ...« In meinem Hals steckt ein fetter Kloß. Meine Stimme zittert. Schnell trinke ich einen Schluck Smoothie, um den Klumpen schlechten Gewissens zu vertreiben, aber er bleibt, wo er ist. »Das ist wunderbar.«

»Ja, ist es. Er hat uns das Leben gerettet. Wir nennen diesen Ort deshalb das Sonnenblumenfeld. Weil er die Fröhlichkeit in unserer Seele wiedererweckt hat. Das glückliche Strahlen nach einer langen Zeit vertrockneter Blüten.« Die Frau lächelt. »Ich bin Jaime.«

Ich ziehe scharf die Luft ein. *Jaime.* Ein impulsives Brennen ergießt sich zwischen meinem Brustbein und sickert bis in mein Rippenfell. *Jaime Sonnenblume.*

»Fuck«, murmle ich.

DIDN'T KNOW THAT FALLING IN LOVE COULD BE EXQUISITELY DANGEROUS

Paola

O Gott. Himmel, das kann nicht wahr sein. In mir zerrt das schlechte Gewissen wie ein teuflischer Reueengel, der mir als Bestrafung die Haut von den Knochen ziehen will. Ich wüsste nicht einmal, ob es mir etwas ausmachen würde, denn am liebsten würde ich gerade meinem Körper entfliehen.

»Alles in Ordnung?«, fragt Jaime.

»Es … ja. Schon gut.« Ich versuche mich an einem Lächeln, das sich eher wie eine verzweifelte Fratze anfühlt. »Gerade gerät bei mir nur alles … Es ist alles ein Chaos.«

»Verstehe.« Jaime streicht sich eine Strähne hinter das Ohr und zieht die Beine auf das Sofa. »Das, was ich mitbekommen habe, und das sind lediglich die Dinge aus der Presse … also, das war schon sehr krass.«

»Wem sagst du das«, murmle ich.

»Und jetzt ist Charles verlobt.«

»Mhm.« Ihr Satz fühlt sich an wie der schmerzhafte Hieb einer Peitsche auf nacktem Rücken. »Scheint so.«

»Wie geht es dir damit?«

»Ich will jetzt nicht über Charles reden«, entgegne ich, den Blick in die grüne Plörre in meinem Glas gesenkt. »Bitte.«

»Natürlich. Es ist nur so …« Sie seufzt. »Es macht mich so traurig. Das alles. Ich verstehe es nicht, weil ich den Jungen seit Jahren kenne und ihn nie so erlebt habe.«

»Wie?«

Sie sieht mich an. »So offensichtlich verliebt. Er war mit Sofia zusammen, ja, aber er hat sie nie so angesehen wie dich. Er hat nie Himmel und Hölle in Bewegung gesetzt wie für dich. Dann küsst er dich vor all diesen Leuten auf dem Ball, und auf einmal verloben die beiden sich? Ich meine, da stimmt doch irgendetwas nicht.«

Völlig richtig, Jaime. Da stimmt was nicht, denn ich habe ihn hintergangen. Da stimmt was nicht, denn ich bin seine Schwester.

Zu den Kopfschmerzen gesellt sich Übelkeit. Ich darf nicht dran denken. Ich *will* nicht dran denken. Stattdessen muss ich meinen Fokus auf Gabriel legen. Auf meine Zukunft, bei der ich keine Ahnung habe, wie sie weitergehen wird. Bekomme ich trotzdem noch das Sorgerecht, auch ohne den Einfluss von Elias' Kontakten? Werde ich genug Geld haben, um Gabe allein dort wegzuholen?

»Ich muss kurz telefonieren«, murmle ich. Mit der Hand taste ich meinen Körper ab. Ich trage noch dieselbe Jeans und den Rollkragenpullover von gestern, aber in meiner Hosentasche finde ich kein Handy. Auch sonst nirgendwo unter der Gummibärendecke.

»Hier.« Jaime greift in ihre eigene Tasche und zieht 3310 heraus. »Es hat heute Morgen die ganze Zeit geklingelt, und da dachte ich, bevor es dich weckt ...« Entschuldigend verzieht sie das Gesicht. »Tut mir leid. Charles gab die Anweisung, dafür zu sorgen, dass du auf jeden Fall ausschläfst.«

Natürlich gab er Anweisungen.

Hastig greife ich nach meinem Nokia. Und mein ungutes Gefühl bestätigt sich: Gabriel hat angerufen. Viermal. *Scheiße.*

»Tut mir leid«, wiederholt Jaime, als sie meinen schockierten Gesichtsausdruck erkennt. »Das war vermutlich wichtig?«

»Ja«, knirsche ich. »War es.« Kurz muss ich die Augen schließen, um den aufwallenden Zorn in mir unter Kontrolle zu kriegen. Mir ist bewusst, was für eine Macht Charles auf andere hat. Jaime verdankt ihm ihr Leben. Natürlich tut sie, um was er sie bittet. Aber trotzdem.

»Könnte ich vielleicht kurz ins Bad?«

»Ja, sicher.« Jaime erhebt sich und geht in die Mitte des großen Wohnzimmers. Ich folge ihr. Sie bleibt stehen und deutet in den Flur. »Die dritte Tür links.«

»Danke.«

Schnell verschwinde ich im Badezimmer und rufe Gabriel zurück. Es tutet mehrmals, bis die Mailbox anspringt. Ich versuche es drei weitere Male. Er geht nicht ran.

Mit angespanntem Kiefer starre ich meinem Spiegelbild entgegen. Meine Haut ist fahl, die Haare sind zerzaust, meine Augen trüb und von geplatzten Äderchen umgeben. Ich sehe genauso beschissen aus, wie ich mich fühle.

Meine Mutter hat es die ganze Zeit gewusst, denke ich. Sie hat es gewusst und mich belogen, mir erzählt, mein Vater wäre ein rebellischer Italiener, der irgendwann während seiner Midlife-Crisis entschieden hätte, sich dem Alkohol zu verschreiben und Drogendealer zu werden. *Genau das* hat sie mir aufgetischt, in dem Wissen, dass mein Vater niemand Geringeres als Jake Blackwell ist. Verdammt, wie krank kann man sein?!

Meine Finger zittern vor Wut, als ich 3310 wieder hebe und die Nummer meiner Mutter wähle. Aber schon in der nächsten Sekunde unterbricht der Anruf. Es tutet exakt *einmal*, bevor mir eine weibliche Roboterstimme auf Italienisch mitteilt, dass die gewählte Nummer nicht erreichbar ist und ich eine Nachricht hinterlassen soll.

Langsam lasse ich das Handy sinken, während ich beobachte, wie mein Spiegelbild vor meinen Augen verwischt. Ich sehe meine Mutter vor mir, ein paar Jahre in der Vergangenheit, wie sie mit ihrem Handy in der Hand, fettigen Haaren und ihrem nach Qualm stinkenden Dauershirt zu mir gedackelt kommt. Ich sehe ihre Zehennägel vor mir, braungelb und rissig vom Pilz. »Paola, ich habe diesem Krokodil aus Habbo meine Nummer gegeben, aber sie nervt mich. Ich habe ihre jetzt blockiert und deine kurz auch, weil ich gucken will, ob der Person gesagt wird, dass ich sie blockiert habe. Ruf mich mal an.«

Ich erinnere mich noch genau, wie entzückt meine Mutter darüber war, als es nur einmal tutete und dann abgebrochen wurde. »Perfekt«, meinte sie. »Das checkt diese Hohlbratze an Krokodil niemals. Ihr Pech, wenn sie mir den Holzfäller abluchsen will, dieses Miststück.«

Meine Mutter hat mich blockiert. Dabei wollte sie doch unbedingt, dass ich sie auf dem Laufenden halte?! Ich rufe sogar Matteo an, so verzweifelt bin ich, aber auch bei ihm komme ich nicht durch.

»Paola?«

Ein Klopfen an der Badezimmertür lässt mich zusammenschrecken. 3310 fällt auf die Fliesen. Zum Glück ist es wie ein Panzer, das verlässliche Ding. Als ich mich bücke, um es aufzuheben, merke ich, dass mir schwindlig ist.

»Alles in Ordnung? Jemand ist hier, um nach dir zu sehen.«

Ich schließe die Tür auf wie ein verschrecktes Reh. Seit gestern fühle ich mich anders. Nicht mehr wie ich selbst. Als wäre ich auf der Flucht oder ständiger Gefahr ausgesetzt. Als wäre *das ganze verfluchte Leben* eine Gefahr.

Als ich sehe, wer auf dem Flur neben Jaime auf mich wartet, in einer Hand eine weiße Tüte mit Aufschrift *litte dragon*, in der anderen mein geblümtes Angstbuch, brandet etwas in mir über.

»Emma!« Ich schluchze auf und stürze meiner Freundin in die Arme. Sie drückt mich fest an sich, obwohl mein Schwung sie gegen die Wand im Flur geworfen hat. »O Gott, *Scheiße*, Emma!«

»Ich weiß«, flüstert sie, streicht mir über das Haar und hält mich so lange, bis ich nicht mehr das Gefühl habe, ohne sie den Halt unter den Füßen zu verlieren. »Frohe Weihnachten, Süße.«

Als sie sich von mir löst, hebt sie die Tüte in die Höhe. »Unser Dinner für den ersten Weihnachtstag: Gebratene Nudeln und Frühlingsrollen aus dem little dragon. Wir haben viel zu besprechen.«

OH, DON'T YOU EVER KISS YOUR BROTHER, GUMMYBEAR!

Paola

»Charles hat mich angerufen«, sagt Jaime. »Er hat Emma hergeschickt für den Fall, dass du eine Freundin brauchst.«

Ich will sagen, dass es nett von ihm ist, aber wenn ich es laut ausspreche, stürzt mein Kopf sich wieder in die Erinnerungen an uns, daran, wie rein, wie *gut* Charles hinter seiner kaputten Seele ist, und das geht nicht.

»Ihr könnt euch am Esstisch ausbreiten«, sagt Jaime. »Ich sehe nach Malaika und spiele mit ihr.« Sie lacht. »Wenn ich nicht aufpasse, dreht sie wieder ein Video über die Ungerechtigkeit der Zwangsaufgaben im Schulsystem und warum Hausaufgaben abgeschafft werden sollten.« Kurz drückt sie meine Schulter und verschwindet dann den Flur entlang.

Emma zieht mich mit sich, pflanzt mich auf einen Stuhl und breitet das Essen auf dem Tisch aus. Es duftet herrlich. Nach Normalität und Unbeschwertheit.

»Also …« Emma beißt in eine Frühlingsrolle und sieht mich ernst an. »Ich würde es gerne beschönigen, aber der absolute Katastrophenfall ist ausgebrochen.«

Statt ihr zu antworten, lasse ich mich nur schlaff auf den Stuhl fallen. Mein Schädel dröhnt wie eine Marschkapelle.

»Hier.« Emma schiebt mir mein Notizbuch über den Tisch. »Wir brauchen einen neuen Punkt.«

»Was meinst du?«

»Deine Angstliste. Schreib auf, was dich beschäftigt, damit du es aus deinem Kopf loswirst.«

Ich sitze nur da, starre auf die bunten Blüten, die langsam vor meinen Augen verwischen, und kann kaum glauben, dass dieses

Buch während der letzten Wochen mein Allheilmittel gewesen ist.

»Das bringt nichts mehr«, murre ich.

»Jetzt schlag schon auf!«

Seufzend blättere ich durch die Seiten, überfliege das Gedicht an meinen Vater, die CHAOS-Zeilen über die Blackwell-Brüder, die nun die ganze Welt kennt, und finde schließlich die Liste.

Beinahe hätte ich laut aufgelacht.

Das waren die Dinge, von denen ich in den letzten Wochen dachte, sie könnten mir Angst einjagen?

Nicht in St. Moritz zurechtzukommen.
Im Hotel nicht dazuzugehören.
Die High Society.
Öffentliche Toiletten putzen.
Norberts Augen.

Es gibt nur zwei Punkte, die eine wirkliche Bedrohung waren. Die Vorboten dieser Jauchegrube, in der ich jetzt bade.

Punkt 4: Mit einem Rebell Motorrad fahren.
Punkt 6: Charles Blackwell.

»Na los«, drängt Emma. Sie schiebt mir einen pinken Glitzerstift über den Tisch, der vermutlich Malaika gehört. »Schreib auf, was dich beängstigt.«

Langsam drehe ich den Stift zwischen den Fingern. Als ich ihn aufs Papier senke, verhöhnt diese Barbiefarbe mich. Sie passt nicht zu den Wörtern, die die Stiftspitze formen.

Punkt 9: Meine Gefühle. Lösung: Jedes von ihnen töten, bis ich leer bin.

»Okay, ähm.« Emma runzelt die Stirn. »Das habe ich nicht gemeint, als ich …«

»Sind das Nudeln?« Ich klappe das Buch zu, schiebe es beiseite und deute auf eine Box.

Emma nickt.

»Kann ich?«

»Klar.«

Hungrig schnappe ich mir die Nudeln und packe die Stäbchen aus der Papierpackung.

»Hör mal.« Emma seufzt. »Wir müssen nicht über … du weißt schon was reden, wenn du nicht willst, aber …«

»Will ich nicht.«

»Ja, okay, schon gut. Ich hätte noch etwas anderes in petto.«

»Dann los. Ich bin für jede Ablenkung dankbar.«

Sie verzieht den Mund. »Für diese ganz sicher nicht.«

»Sag schon.«

»Am liebsten würde ich das nicht.« Einen Moment blickt sie auf ihre Frühlingsrolle hinab, als könnte sie ein Werkzeug sein, das sie vor diesem Moment retten würde. Schließlich seufzt Emma, legt das Essen beiseite und zückt ihr iPhone.

»O nein.« Ich schließe die Augen und atme tief durch. »Bitte sag mir nicht, dass es schon viral geht.«

»Dass ihr Geschwister seid?« Emma hebt kurz den Blick, während sie über ihr Handy wischt, und schüttelt den Kopf. »Nein, das nicht.«

»Aber?« Unschlüssig beißt sie sich auf die Unterlippe. In mir rumort etwas. »Emma …«

»Schon gut.« Wieder seufzt sie. »Hier, sieh selbst.«

Sie reicht mir ihr Handy. Ich nehme mir vor, auf alles gefasst zu sein, egal, was ich jetzt sehe, aber dann gerät meine Welt doch aus den Fugen. Scharfe Klauen bahnen sich Zutritt zu dem verletzlichen Ding, das in mir pulsiert, und drücken zu.

Es ist ein Bild von Charles, der seinen Körper im Pool gegen den von Sofia presst, während sein Mund ihren *verschlingt*.

Der Mann, der mir sagte, er würde niemals jemanden küssen, der Mann, der vor nur wenigen Tagen beschlossen hat, *meine* Lippen sollten die ersten sein, die auf die seinen treffen.

Der Mann küsst nur kurz darauf seine Fake-Freundin, als würde sein Leben davon abhängen. Wie viel von dem, was er mir über ihre Beziehung erzählt hat, war *wirklich* fake?

»Ist vielleicht besser so«, murmle ich, während ich weiterhin auf das Bild starre. »So fällt es mir leichter, alles zu verarbeiten, wenn ich erst mal weg bin.«

»Wenn du weg bist?« Es knirscht, als Emma sich die knackige Frühlingsrolle in den Mund wirft und draufbeißt. »Was meinst du damit?«

»Na, dass ich nicht hierbleibe. Im Hotel.« Ich hebe den Blick und sehe sie an. »Jake Blackwell wird mich feuern. Er will mich loswerden. Das war das Erste, was er gesagt hat, als ... du weißt schon. Du warst dabei.«

»Er wird dich nicht feuern«, widerspricht sie.

»Emma ...«

»Nein, wirklich. Ich weiß das.«

»Und woher?«

»Weil Charles es mir gesagt hat.«

»Wie bitte?«

Sie trinkt einen Schluck Opalin. Das schweizerische Obstgetränk ist in den letzten Wochen ihr ständiger Begleiter geworden, nachdem sie eine neue Sorte für sich entdeckt hat. »Ich habe gefragt, was sie jetzt vorhaben, und er meinte, du würdest bleiben.«

Ich starre sie an. »Hat er sonst noch etwas gesagt?«

»Nein.« Mit dem Finger fährt sie das Etikett ihrer Flasche nach. »Er war sehr kurz angebunden. Meinte nur, wo ich dich finden könnte, und das war's.« Sie verzieht den Mund. »Ehrlich gesagt sah er genauso beschissen aus wie du.«

»Danke.«

»Sorry.«

»Ich weiß eh, dass du lügst.«

»Gut, ja, Charles sieht nie beschissen aus.« Sie seufzt. »Aber er hatte Ringe unter den Augen, falls es dich beruhigt, und die Haare waren sehr durcheinander, als wäre er sich da tausendmal durchgefahren.«

»Mhm.« Weil ich nicht weiß, was ich sagen soll, sehe ich wieder auf das Handy herunter. Aber bei dem Anblick des Bildes drückt eine unsichtbare Macht alles in mir zusammen und schnürt mir die Luft ab. Hastig scrolle ich weiter, einfach nur, damit sich dieser verdammte Post nicht auf ewig in mein Hirn brennt, als ...

Scharf ziehe ich die Luft ein. Meine Augen weiten sich. Von null auf hundert schrillen in mir alle Alarmglocken, ehe eine Eiseskälte das Blut in meinen Adern in Empfang nimmt.

Entgeistert starre ich auf das Display. Das kann nicht stimmen. Es muss ein Fake sein. *Es muss!*

»Was denn?« Emma stellt ihr Opalin auf den Tisch, springt auf und kommt an meine Seite.

Ich will das Handy verschwinden lassen, reagiere aber zu spät. Sie hat es bereits gesehen. Das Video, auf dem Edward Blackwell mich küsst, während ich auf ihm sitze.

Rittlings!

Ich sehe aus wie eine rollige Schimpansin, die ihren Affensex mit Haut und Haaren genießt.

»Fuck«, zischt Emma, ihre Augen groß wie Untertassen. »Bitte sag mir, dass das alt ist. Bitte sag mir …« Aber als ihr Blick an mir hinabwandert, an demselben Rollkragenpulli und der Jeans, die ich auch auf dem Foto trage, das mich und ihn in Dankenhaal zeigt, erstarrt sie. »Oh, *Paola …*«

Mir wird kotzübel. Mein Magen rebelliert, und keine Sekunde später stülpt er sich um. Ich presse mir die Hand auf den Mund, springe auf und renne wieder ins Badezimmer. Über der Kloschüssel erbreche ich mich aus Leibeskräften. Die Reste des Alkohols, das Gift der Drogen, die Nudeln und das abartige Wissen, dass ich gestern Nacht das Schlimmste getan habe, was ich hätte tun können, landen in einer orange-grünen Lache in der Toilette.

»Ich bin da«, höre ich Emma hinter mir murmeln. Dann spüre ich ihre Hände, die meine Haare zusammenbinden und halten. »Alles gut, das wird schon, Paola, das wird wieder.«

Ich kotze weiter. Und während meine Eingeweide heftig gegen diese Bilder protestieren, die gerade wieder Gestalt in meinem Hirn annehmen, weiß ich schon jetzt, dass dieses widerliche Gefühl für immer bleiben wird.

Für den Rest meines Lebens sollte ich in der Hölle schmoren.

DEAD INSIDE

Edward

Ein Rütteln durchfährt meinen Körper. Es riecht nach etwas, das ich mit steifen Erwachsenengesprächen und langweiligen Zwangsveranstaltungen verbinde. Nach Neuwagen. Vermischt mit … Kotze? Ja, Kotze. Definitiv. Interessant.

Noch ein Rütteln. Dann mein Name.

»Edward!«

Im Halbschlaf reiße ich den Arm in die Luft. Meine Hand trifft etwas Festes, gefolgt von einem unterdrückten Schmerzenslaut. Ich reiße die Augen auf – und sehe in das Gesicht meines Vaters, das über mir schwebt. Sein Körper steht außerhalb des Wagens, in dem ich offenbar sitze, nur den Kopf steckt er durch die geöffnete Hintertür. Zornesfalten dominieren seine Stirn, während er sich das Kinn reibt.

Ich habe keine Ahnung, wo ich bin und wieso ich meinem Vater gerade eine verpasst habe, aber … Himmel, was für ein *geiles* Gefühl, geweckt zu werden.

»Habe ich dich getroffen?«, murmle ich. »Falls ja, wird das ein guter Tag.«

Mein Vater verzieht keine Miene. Er sieht aus wie das Arschloch, das mich aufgegeben hat, nachdem Charles die Schwelle unseres Hotels überquert hat. Wie ein Arschloch, das dringend mal der Grinsekatze begegnen sollte, um ein bisschen was von seinem Grumpy-Face zu verlieren. Ich schwöre, er sieht aus wie Gargamel. Mein Vater sieht einfach aus wie Gargamel nach einem Angriff der Schlümpfe.

»Warum, Edward?«

»Weil große Massen den Raum krümmen, sagt Albert Einstein. Oder ist das alles Banane?«

»Wie bitte?«

»Na ja …« Mein Mundwinkel zuckt. »Weil Bananen *krumm* sind und der Raum *gekrümmt* wird. Du verstehst?«

»Willst du mich verarschen?«

»Oder die Banane ist krumm, weil niemand in den Urwald flog und die Banane«, mein Mundwinkel zuckt wie ein Augenlid auf Pollen, »gerade bog.« Ich muss mich heftig zurückhalten, um eine trockene Miene zu bewahren. Etwas in mir – und ich bin mir ziemlich sicher, es ist der Restalkohol in meinem Körper – will laut auflachen. Aber ein anderer Teil, und auch hier bin ich mir sicher, dass es sich um meine Ethanol berauschten Adern handelt, gibt mir eindeutige Vibes, dass ich dann erneut kotzen würde. Vermutlich auf den Dolce-&-Gabbana-Ärmel meines Vaters. Aber das wäre zu viel Highlife für einen Tag, und Karma sollte ausgeglichen bleiben, nicht wahr?

»Warum kann kein Tag vergehen, ohne dass du irgendeine Scheiße verzapfst?«

»Ich wüsste nicht, was ich jetzt schon wieder getan haben soll. Zumal ich gerade erst die Augen aufgeschlagen habe. Oder, warte: *Das* ist die Scheiße, die ich verzapft habe, nicht wahr? Wäre dir lieber, ich wäre an meinem Rausch verreckt?«

Von jetzt auf gleich packt mein Vater mich an der Schulter und zerrt mich hoch, bis mein Rücken aufrecht gegen den Sitz gedrückt wird. Die andere Hand drückt er an meinen Hinterkopf und presst meinen Kopf vor, bis ich eine orangefarbene Lache vor Augen habe, die sich in den letzten Stunden bereits in den Filz gefressen hat. *Daher* rührt dieser himmlische Duft also.

»Erklär mir das«, zischt mein Vater. »Erklär mir, wieso sich *deine verfickte Kotze* in meinem Rolls-Royce befindet!«

Seine Finger brennen sich in meine Haut wie heißes Eisen auf den Arsch einer Kuh. Ich ziehe den Kopf beiseite. Seine Hand rutscht ab. Demonstrativ strecke ich das Bein aus und lege es auf der Mittelkonsole ab. Schmutz rieselt von meinen Boots auf das teure Innenleben der Luxuskarre. »Gute Frage. Höchstwahrscheinlich ist meine Kotze hier, weil ich …«, ich neige den Kopf, »gekotzt habe. Aber nur 'ne Vermutung. Muss sagen, das ist jetzt nicht das Naheliegendste, aber ich denke gern um drei Ecken, wenn es um des Rätsels Lösung geht.«

Er schließt die Augen, atmet tief durch. Als er sie wieder öffnet, sagt er nur: »Leopold wurde entlassen. Du sollst auf die Wache kommen.«

Mein Kopf wirbelt herum. »*Was?*«

»Die Polizei will dich auf der Wache sehen«, wiederholt er. »*Jetzt.*«

»Warum wurde Leopold entlassen?« Ganze drei Sekunden starre ich meinen Vater an. Das ist der vermutlich längste Blickkontakt, den wir seit ewigen Zeiten haben. Ich bin so aufgewühlt, mein Kopf vergisst sogar, hirnrissige Gargamelwitze zu reißen, um das hier zu ertragen. »Meine Leute meinten, die Polizei hätte stichhaltige Beweise, die ...«

»Dein Cousin hat ein Alibi. Kameras, die belegen können, dass er den ganzen Abend mit Adelia beim Puppentheater im Hotel gewesen ist.«

»Dann wurden die gefaked! Oder ...«

»Hör auf.« Plötzlich sieht mein Vater unfassbar müde aus. Mit der Hand reibt er sich über die Stirn, blickt an mir vorbei durch das Fenster. Ich frage mich, was er in der grauen Leere der Tiefgarage zu sehen glaubt. Vielleicht meine Seele, die er längst verloren hat.

Er streicht sich durch das grau melierte Haar, dann sieht er wieder zu mir. »Geh auf die Wache, Ed.« Damit dreht er sich um und will gehen.

Er hat gerade zwei Meter zwischen uns gebracht, als ich mich aus dem Wagen schiebe und zu seinem Rücken sage: »Und wenn ich es gewesen bin?«

Mein Vater bleibt stehen. Langsam, aber nur halb, dreht er sich um. Er neigt den Kopf, blickt jedoch auf den Betonboden. »Wie bitte?«

»Wenn ich es getan hätte.« Neben meinem Körper balle ich die Hände zu Fäusten. »Wenn ich April ermordet hätte. Es ... es wäre dir egal, oder?« Eine zum Zerreißen gespannte Stille hängt zwischen uns. »Wenn ich in den Knast müsste, wärst du ... wärst du erleichtert, oder? Mich nicht mehr ertragen zu müssen? Endlich einen Grund zu haben, mich loszuwerden?«

Es vergeht eine gefühlte Ewigkeit, in der mein Herz im Takt einer rasenden Uhr schlägt, zu deren voller Minute eine Bombe explodiert.

Aber der Knall kommt nicht. Mein Vater wirbelt herum, macht zwei Schritte auf mich zu, doch plötzlich hält er inne. Er sieht mich an, als hätte ich ihn geschlagen. Er sieht mich an, als hätte ich ihm *ins Gesicht gerotzt*. Als hätte ich ihm *unerträgliche* Schmerzen zugefügt. Er ballt die Hand zu einer Faust, schluckt heftig, und ich denke, er will mich schlagen. Ich hoffe, dass er es tut, damit ich ihn hassen kann, so viel mehr hassen kann, damit auch der Rest dieser verkackten Liebe, die sich noch irgendwo in den Ritzen meiner Seele verkrochen hat, stirbt.

Aber er tut es nicht. Von jetzt auf gleich macht mein Vater auf dem Absatz kehrt. Die Sohlen seiner Derby-Shoes hallen von den Wänden wider, bis er nicht mehr zu sehen ist.

Noch eine Weile stehe ich da, den Blick auf die Tür gerichtet, hinter der er gerade verschwunden ist. Irgendwann höre ich auf, die Schläge meines Herzens zu zählen, als wären sie ein Garant für Sicherheit, eine Versicherung, dass ich noch lebe, weil sie das *längst* nicht mehr sind. Weil ich *längst* weiß, dass es nichts weiter als ein betrügerisches Klopfen sein kann, während in mir alles tot ist.

AN UNHOLY KIND OF BLACKWELL SHIT

Edward

Ich verlasse die Tiefgarage und muss feststellen, dass es bereits auf den Abend zugeht. Hinter den Bergen von St. Moritz glüht die Sonne in orangeroten Tönen. Sie tränkt die Gipfel in ihre Flammen, lässt sie bluten, um uns die Schönheit des Lebens zu präsentieren.

Ich habe den ganzen Tag in diesem Wagen verpennt.

Gierig atme ich die eiskalte Luft ein, fülle meinen Körper mit dem frischen Geruch der Berge, genieße das feine Brennen der Eiskristalle an meiner Nase, als es in meiner Jacke vibriert – und nicht mehr aufhört. Kein Wunder, wenn ich die ganze Nacht in Dankenhaal und dieser Tiefgarage war und keinen Empfang hatte. Ich setze mich in Bewegung, ziehe mein iPhone aus der Tasche und werfe einen Blick auf das Display.

Da sind *etliche* Nachrichten. Von Sofia, Laxon, Finn und Suarez, die mich alle fragen, wo ich bin. Ich checke die Uhrzeit und stelle fest, dass die Nachrichten von gestern Abend sind. Vermutlich waren sie am Heiligabend im Prunksaal mit der britischen Königsfamilie. Raul hat geschrieben, er hätte Stress mit einer seiner drei Freundinnen, *die mit der Hello-Kitty-Obsession*, schreibt er dazu, und ob er in meiner Suite pennen könnte, damit sie ihn nicht findet. Und dann ist da noch der Name meines Bruders.

Charles: Wo bist du?

Charles: Antworte!

Charles: Ich schwöre, wenn ich dich finde,
bist du tot

Charles: Ist das dein verfickter Ernst?!

Charles: Ich weiß, was du getan hast, Edward

Kurz verpasst mein Herz einen Sprung, bevor es in doppelter Geschwindigkeit weiterschlägt. Was meint er? Aber noch während mein Hirn mögliche Antworten durchgeht, fällt mein Blick auf die vielen TikTok-Push-Benachrichtigungen am oberen Bildschirmrand.

Phoebe3245 gefällt dein Video.

JuliaCruz gefällt dein Video.

JuliaCruz hat dein Video kommentiert.

Namen über Namen über Namen. Mein Handy gibt keine Sekunde Ruhe. Was für ein Video soll plötzlich so abgegangen sein? Ich habe seit über einer Woche nichts mehr gepostet. Mein Daumen schwebt über dem Display, bevor ich auf die App klicke und auf mein Profil gehe.

Abrupt bleibe ich stehen. Mein Blick verharrt auf dem neusten Video, an das ich mich nicht erinnern kann. Meine Augen weiten sich. Binnen Sekunden *rennt* mein Puls durch meine Brust.

Nein, denke ich. *Nein. Das kann nicht sein.*

Ich kann diesen Clip nicht einmal gedreht haben, denn ganz offensichtlich handelt es sich bei dem Typen, der da auf dem Stuhl sitzt und ein Mädchen auf dem Schoß hat, um mich. Wie also ist dieses Video entstanden – und auf meinem Account gelandet?!

Voller Entsetzen klicke ich es an. Die Speed-Up-Version von *Creepin'* schallt durch die Lautsprecher. *I don't wanna know. If you blame me, keep it on the low.* Und dann beobachte ich mit Entsetzen, wie Paola mich in Jeans reitet, sich *an meinem Schwanz reibt*, während meine Hand auf ihrem Hinterkopf liegt und unsere Zungen miteinander tanzen.

Ach.

Du.

Unheilige.

Verfickte.

Scheiße!

Das Video hat über 20 Millionen Klicks. Ich bin am Arsch. So *dermaßen* am Arsch. Wenn jemals herauskommt, dass sie meine

Schwester ist, werden die Leute uns zerfleischen. Wenn mich nicht vorher mein eigenes Gewissen vollständig zerrupft und in den Schredder wirft.

Sofort lösche ich den Clip, stecke das Handy zurück in die Tasche und stapfe durch den hohen Schnee am Moritzersee entlang Richtung Zentrum.

Die Luft ist klar, aber mein Kopf wie benebelt. Krampfhaft versuche ich, mich an gestern Nacht zu erinnern, aber da sind nur Bruchstücke und grelle Lichter vom LSD.

Meine Hand zittert. *Alles* an mir zittert. Schwindel legt sich über meinen Verstand und ein heftiges Brennen setzt sich in meiner Kehle frei. Verätzt jeden Zentimeter, den es erreichen kann.

Fahrig wische ich über das Display meines iPhones, tippe Paolas Namen an und versuche, sie zu erreichen. Sie hebt nicht ab, also schreibe ich ihr eine SMS.

Edward: Ich war das nicht.

Edward: Ich schwöre dir, ich habe mit diesem Video NICHTS zu tun. Hab es sofort gelöscht!

Edward: Es geht mir beschissen. Wegen gestern. Richtig beschissen. Und allein die Tatsache, dass ich dir gerade meine Seele auskotze, müsste belegen, wie beschissen tatsächlich.

Edward: Bist du okay?

Eine Weile starre ich das Display an, aber es kommt keine Nachricht. Gerade will ich es wieder wegstecken, da vibriert mein Telefon.

Paola: Wenn okay bedeutet, sich wie von einem Schwertransport überrollt zu fühlen …

Edward: Fuck, es tut mir leid. Ich hätte dir das Zeug nie geben dürfen.

Paola: Mein Leben, meine Entscheidungen. Du kannst nichts dafür. Aber ich kann das hier gerade nicht. Wie gesagt, Schwertransport.

Edward: Oder der vierte apokalyptische Reiter?

Aber es kommt keine Antwort mehr. Seufzend stecke ich das Handy weg, versuche, dieses widerliche Gefühl, das mir den Hals zuschnürt und den Brustkorb zerquetscht, beiseitezuschieben, aber erfolglos. Es muss ein verdammtes Relaxo sein, das sich auf mich geworfen hat.

Und keine Pokéflöte weit und breit, um das Ding zu wecken.

THERE IS A SILENCE IN THE ALPS THAT COULD BURN THE WORLD WITH ITS TAKEN SECRETS

Edward

Vor dem weißen Gebäude der Gemeindepolizei halte ich inne. Über das hölzerne Flachdach verfolge ich mit den Augen einen Falken, der über die Kronen der Tannen davonfliegt, als plötzlich die Tür geöffnet wird und ich von einem Beamten in dunkelblauer Uniform gemustert werde. *Wie lange glotzen die schon auf ihren Hof und warten auf mich?* Mein erster Gedanke ist, dass er mit dem Schnurrbart und Überbiss aussieht wie der überzüchtete Shih Tzu meiner Tante Anneli.

»Edward Blackwell«, sagt er. »Wir haben Sie bereits erwartet. Wenn Sie mir bitte folgen würden?«

»Jetzt werde ich sogar reinzitiert?« Mein Schnauben verliert sich in der friedlichen Stille von St. Moritz. »Nur, weil eure Nasen an der Scheibe kleben und gaffen, wann der High Celeb den unheiligen Boden der Polizei betritt, heißt das noch lange nicht, dass ich mich von euch herumkommandieren lasse.«

»Sie wurden her befohlen«, entgegnet er unbeeindruckt.

Demonstrativ schiebe ich die Hände in die Jeanstaschen. »Noch habe ich mich nicht entschieden, einzutreten.«

Der Polizist spannt den Kiefer an. Jetzt ist er kein Shih Tzu mehr, sondern eine Deutsche Dogge. Mir ist bewusst, dass das, was ich hier von mir gebe, unklug ist. Aber leider zieht mich alles an, das in die falsche Richtung geht. Und leider-leider liebe ich das Spiel mit dem Feuer, denn ich bin die Flasche Spiritus, die das Inferno brennen sehen will. Ich strapaziere die Nerven des Polizisten für ein paar weitere Sekunden, in denen ich *sehr genau* beobachten kann, wie die Knöchel seiner Finger sich um den Griff der Türklinke anspannen, dann grinse ich. »*Jetzt* bin ich bereit, Signore.«

Der Beamte quittiert meine Worte mit einem angepissten Blick der Extraklasse. Mit seinem vorstehenden Hundegebiss wartet er, bis ich an ihm vorbeigetreten bin, dann führt er mich in einen fast leeren Raum. In der Mitte stehen lediglich ein Tisch samt Notizblock und zwei Eisenstühle.

»Setzen Sie sich.« Der Polizist zieht einen der Stühle zurück, lässt sich darauf sinken und zückt ein Aufnahmegerät. *Yep.* Das hier wird definitiv ein Verhör. Als ich seinen Worten Folge leiste und mich mit verschränkten Armen auf dem Stuhl fallen lasse, entgeht mir nicht, wie der Shih Tzu die Nase rümpft. Kein Wunder. Nach den etlichen Tequila-Shots und der anschließenden Kotzerei im Rolls-Royce muss ich stinken wie ein drei Wochen altes Tampon in einem vollgepissten Katzenklo. »Geben Sie mir bitte Ihren Ausweis.«

Jede Sekunde fühlt sich an wie eine Geißelung. Jeder anklagende Blick wie ein Skalpell, das sich langsam durch meine Haut bohrt, bis es das Herz getroffen hat und erbarmungslos zerfleischt. Mein Körper will sich auf den Boden werfen, den zerfledderten Bären Pu an die Brust drücken und heulen, Krämpfe erleiden, die ich innerlich spüre, ein grausames Reißen an Gefühlen und Erinnerungen, das niemand sehen kann außer mir. Ich will schreien, diesem verdammten Beamten das Gesicht zerkratzen und weiß nicht, wohin mit diesen ganzen beschissenen Emotionen. Stattdessen sitze ich einfach da, das leicht abfällige Grinsen in meinem Gesicht eine antrainierte Maske, und lasse nicht zu, dass irgendjemand meine Mauern einreißt. Dass irgendwer erkennt, wie zerstörerisch es hinter diesem Schutzwall aussieht. Wie emotionsnuklear gefühlsexplodiert.

»Was ist mit Leopold?«, frage ich. »Sie lassen ihn einfach gehen wegen ein paar Kamera-Aufnahmen, die gefaked sein könnten?«

»Ihren Ausweis«, wiederholt Hundegebiss.

Ich verdrehe die Augen, zücke meine Karten aus der Hosentasche und werfe ihm meinen Ausweis über den Tisch. »Verrecken Sie dran.«

Der Bulle sieht mich lange an. Er mahlt die Kiefer. Ich könnte schwören, er überlegt, wie er es hinbekäme, mich direkt einbuchten zu lassen.

Er wendet sich zuerst ab. Mit seinen vergilbten Fingernägeln grapscht er nach meinem Ausweis und überträgt die Personalien auf seinem Block. Ich glaube, er hat Nagelpilz. Vielleicht sollte ich es ihm sagen. Vielleicht sollte ich es aber auch lassen, damit sich der Pilz bis zu seinem Schwanz ausbreitet. Oh, *Götter*. Könnte er meine Gedanken lesen, würde es mit Sicherheit nicht lange dauern, bis er den Schlagstock aus seinem Gürtel zieht.

Er räuspert sich, schiebt den Ausweis zurück und startet das Aufnahmegerät. »Signore Blackwell, ich habe einige Fragen an Sie.«

»Als was?«

»Wie bitte?«

»Zeuge oder Beschuldigter?«

Die Lippen des Bullen werden schmal. Er lehnt sich im Stuhl zurück und entgegnet: »Weder noch. Fürs Erste sammeln wir Informationen, die uns helfen könnten, April Sanders Fall aufzuklären.«

Ich schnaube. »Das rettet sie jetzt auch nicht mehr.«

Er mustert mich einen Moment. Plötzlich erhebt er sich und schlendert zur Tür. »Kann ich Ihnen etwas bringen?« Er begegnet meinem grimmigen Blick mit erstaunlich professioneller Du-pisst-mich-an-aber-ich-zeige-dir-wie-egal-es-mir-ist-obwohl-es-mir-nicht-egal-ist-Miene. »Kaffee? Tee? Wasser?« Er macht eine kurze Pause. »Eine Ausnüchterungszelle?«

»Ein Brandy wäre angenehm.«

»Wir hätten Wein und ein Feuerzeug. Mal schauen, was dabei rauskäme, wenn ich versuchen würde, Ihnen Brandy daraus zu brennen.«

Ich habe einen Polizisten dazu gebracht, mich abfackeln zu wollen. In unter fünf Minuten. Das ist ein neuer Rekord.

»Der Witz war verbesserungswürdig«, entgegne ich. »Aber ein Anfang. Mit etwas Übung wird das was.«

Mir entgeht nicht, wie er die Finger zur Faust ballt, ehe er das Zimmer verlässt. Ich lausche dem leisen Summen im Hintergrund und betrachte das triste Grau der Wände, überlege, ob Aprils Haut wohl denselben Farbton hatte, nachdem man sie in diesem leeren Tank gefunden hat, bis der Shih Tzu mit einer Tasse samt Milchschaum zurückkehrt.

Natürlich ist er der Latte-macchiato-Typ. Wahrscheinlich inklusive Caramel-Sirup. Ich müsste ihn nur einmal ansehen und könnte aus hundert Metern Entfernung feststellen, dass er der Mi-mi-mimein-Tag-war-so-kacke-ich-musste-um-sieben-aufstehen-und-drei-Berichte-schreiben-bitte-knuddel-mich-Latte-macchiato-Typ ist. Alles an ihm *schreit* danach.

»Können Sie mir sagen, wann Sie am 24.12. des letzten Jahres zuletzt das Haus verlassen haben?«

»Irgendwann, bevor mein Friseur bei mir gewesen ist.«

»Danach nicht mehr?«

»Nein.«

»Und das war zu welcher Zeit?«

»Der mitteleuropäischen.«

Er presst die Zähne zusammen. »Verarschen Sie mich nicht.«

Ich lächle. »Wie könnte ich?«

»Uhrzeit, Signore Blackwell.«

»Keine Ahnung.«

Entnervt schließt er die Augen. »Mittags? Abends?«

»Es war definitiv nach dem Kacken, also eher gegen Abend.«

Eins muss ich dem Köter lassen: Er verzieht nicht eine Miene wegen des Spruchs. Stattdessen nimmt er seinen zuverlässigen Stabilo S Move Easy in Babyblau zwischen die Finger und dreht den Stift solide wie ein Grundschüler, für die diese Dinger gemacht sind. »In welcher Beziehung standen Sie zu April Sanders?«

In welcher Beziehung standen Sie zu April Sanders?

Was soll ich darauf antworten? Sie hat mir die Sterne vom Himmel geschworen, bevor sie sich umgedreht und jeden x-beliebigen Typen gevögelt hat, meinen Geschmack noch auf ihren Lippen? Sie hat mir wieder und wieder gesagt, wie gottverdammt besessen sie von mir ist, bevor ich ein Sextape auf ihrem Handy finden musste, in dem der Schwanz meines Cousins in ihrem Hintern steckte? Ich habe um ihre Aufmerksamkeit gebettelt wie ein vernachlässigter Hund, mich mit dem kleinsten Knochen zufriedengegeben, nur um mir nachts die Augen auszuheulen wie ein Kind, weil mir *natürlich* gesteckt wurde, was sie zur gleichen Zeit in irgendwelchen Ecken Dankenhaals getrieben hat, weil mir natürlich gesteckt wurde, wie sie meinem Cousin einen geblasen hat? In *so einer* Beziehung stand ich zu April Sanders?

»Sie war meine Freundin«, sage ich.

»Ihre feste Freundin?« Zum ersten Mal, seit ich diesen Raum betreten habe, wirkt der Polizist interessiert an mir. »Sie beide waren liiert?«

Liiert. Das klingt ernst. Und das waren wir nicht. Wir waren *alles*, wir waren Sex und Lust und Adrenalin und Leichtsinn und Gift, wir waren *so vieles*, aber sicher nicht ernst.

»Ja.«

»Wie lange?«

»Zwei Jahre.«

»Waren Sie auch zum Zeitpunkt Ihres Verschwindens noch ein Paar?«

Ich zögere.

»Signore Blackwell?«

»Ja«, sage ich. »Waren wir.«

Der Polizist hält meinen Blick fest. »Sind Sie sicher?«

»Ich bin bekannt für akute Alkoholexzesse, nicht für Wahnvorstellungen, Commissario.«

»Nun, das eine schließt das andere nicht aus.« *Wo er recht hat. Die gestrige Nacht ist das beste Beispiel.* »Antworten Sie.«

»Ja«, knirsche ich. »Ich bin mir sicher.«

»Und gab es irgendeine Auseinandersetzung zwischen Ihnen, bevor April verschwand?«

Der Kerl will, dass ich auf die Liste der Beschuldigten komme. Er will, dass ich ganz nach oben seiner Verdächtigten rutsche, die er sich in solider Schreibschrift und mit seinem verlässlichen Stabilofüller notiert hat. Ich kann förmlich spüren, wie er will, dass sein Schema F passt: streitsüchtiger Ex-Freund killt Mädchen im Rachemodus.

Aber da ist auch Aprils Stimme. Direkt in meinen Ohren. Ich höre sie so glockenklar, als stünde sie direkt neben mir.

»Ich will einfach, dass du das akzeptierst, Ed!«

»Hör auf, so wütend deshalb zu werden, Ed!«

»Ist mir doch scheißegal, verdammt. Ich lebe nur einmal, mein Gott.«

»Ich kann nichts dafür. Das ist eine höhere Macht, kapiert?«

»Check doch, dass du da einfach nicht mithalten kannst, Ed!«

»Nein.« Meine Stimme ist tonlos. »Kein Streit.«

»Nun … Ihr Cousin Leopold behauptet, zwischen Ihnen und Signora Sanders hätte es häufiger, sagen wir, Zwist gegeben.«

»Mein Cousin Leopold glaubt auch, dass Bill Gates kleine Kinder frisst.«

»Beantworten Sie bitte die Frage, Signore.«

»Meine Fresse, es gab Pärchenstreit. Dumme Sachen. *Geh nicht so lange aus, du schenkst mir nicht genug Aufmerksamkeit, wieso hast du meinen Geburtstag vergessen* ... die übliche Kacke.« Nur dass es bei uns nicht die Frau war, die wegen all dieser Themen gejammert hat, sondern ich. Aber wenn ich das erwähne, stürzt sich unser kleiner Shih Tzu auf diesen Happen wie auf einen vollgesabberten Hundeknochen, von dem sich die schmackhafte Haut ablöst. »Kann ich jetzt gehen?«

»Wenn Sie mir sagen, wann Sie April Sanders zum letzten Mal gesehen haben.«

»Beim Polospiel«, entgegne ich. »Ich kam fast zu spät, weil ich ihr Geschenk noch vorbereiten wollte und – wie bereits erwähnt – der Friseur bei mir war.«

»Kann der Friseur das bestätigen?«

»Ja.«

»Wie ist sein Name?«

»Lorenzo Russo.«

»Wo lebt er?«

»Keine Ahnung? Bin ich sein Groupie, oder was?«

»Haben Sie keine Adresse von ihm?«

»Sollten Sie nicht wissen, dass Stalking verboten ist, Commissario?«

Der Shih Tzu übergeht das. »Fahren Sie fort.«

»Nach dem Friseur bin ich zum Polospiel. Das Freundschaftsmatch gegen das britische Königshaus findet im Weihnachtsmonat traditionell bei uns in St. Moritz statt. Wir waren alle dort. Danach habe ich April nicht mehr gesehen.«

Er notiert sich etwas. Zögert. »Was wollten Sie April schenken?«

»Wie bitte?«

»Zu Weihnachten.«

Ich starre ihn an. »Was spielt das für eine Rolle?«

»Bitte beantworten Sie die Frage, Signore.«

»Eine Sternschnuppe«, entgegne ich langsam. »Eine, die an dem Ort gefunden worden ist, an dem wir uns zum ersten Mal begegnet sind.«

Das ist eine Lüge, aber es ist die erstbeste, die mir eingefallen ist. Meine Großmutter meinte einmal zu mir: »Komm ja nie auf die Idee und schenke einem Mädchen eine Sternschnuppe. Es sei denn, du verlierst den Verstand.«

Was ich April wirklich schenken wollte? Einen verdammten Verlobungsring. Aber nicht aus romantischen Gründen, sondern aus dem kranken Wahn heraus, sie nicht mehr teilen zu müssen. Sie *endlich* für mich allein zu haben. Wie ein Besitz, den ich nicht bereit war, anderen zu überlassen. Wie lachhaft. Sie hätte trotzdem mit allen anderen gevögelt, wann immer sich ihr die Gelegenheit geboten hätte.

»In Ordnung.« Der Beamte sieht zufrieden aus, als er sich erhebt. »Sie können gehen. Ich bringe Sie zur Tür.«

»Halleluja.«

»Das können Sie laut sagen.«

»Wie bitte?«

Aber er antwortet nicht. Bis wir die Tür des Polizeipräsidiums erreicht haben, sagt er kein einziges Wort. Erst, als ich neben ihm ins Freie trete, öffnet er den Mund. »Sie hören dann von mir.«

Ich hebe eine Braue. »Bedaure, kein Interesse an Männern.«

»Oh, aber ich für meinen Teil«, sein Mundwinkel zuckt, »habe *brennendes* Interesse daran, weshalb Sie behaupten, das Haus nicht mehr verlassen zu haben, *nachdem* ihr Friseur bei Ihnen gewesen ist, nur um mir wenige Atemzüge später zu erläutern, Sie wüssten noch genau, dass Sie April Sanders *nach* dem Friseurbesuch beim Polospiel getroffen haben.« In seinen Augen blitzt es. Vermutlich geilt er sich daran auf, dass mein Name auf seiner Füllerliste soeben einige Stufen höher geklettert ist. »Oder wollen Sie mir jetzt noch weismachen, der Kantergalopp der Pferde fand in Ihrem Hotel statt? Treppe hoch, Treppe runter?« Lässig nippt er an seinem Milchbubenjungen-Macchiato. »Auch die beste Maske verrutscht im Eifer des Gefechts, Edward Blackwell.« Mit dem Finger deutet er auf mich. »Das sollten Sie sich merken.« Damit schließt er die Tür und sperrt mich aus.

Die Minusgrade, die der Winter unbarmherzig durch meine Glieder jagt, sind kein Vergleich zu dem brennenden Schmerz meiner gefrorenen Venen.

Starr, kalt, eisig.

Genauso wie die Wahrheit, deren Panzer in eben jener Sekunde einen grauenhaften Riss erleidet.

Meine Haltung ist aufrecht, das Kinn gereckt. Bis ich hinter das letzte Haus trete, das mich von den Bergen trennt, und *renne*.

Ich sprinte die verdammte Bergkette hinauf. Die Muskeln in meinen Beinen brennen, aber ich bleibe nicht stehen. Als sich die Kälte in meine Glieder frisst, sich zu dem Schmerz gesellt, der dort in jeder einzelnen Faser lauert, die Erinnerungen streichelt, schreie ich. Ich schreie für alles, was sich mir schmerzhaft, unwiderruflich und brutal in die Haut geritzt hat. Aprils Grinsen, ihre niedlichen Momente, die Zeitlupensekunden, in denen kleine Fältchen auf ihrer Nase erschienen sind, weil sie über etwas gelacht hat, das ich gesagt habe, dann ihre wütende Fratze, wenn sie durchgedreht ist, wenn sie mich fertiggemacht, manipuliert, psychisch zerstört hat, Tag für Tag für Tag … Und plötzlich noch Paola. Der Ausdruck auf ihrem Gesicht im Video, als sie sich an mir gerieben hat, ihre Hände in meinem Nacken, unsere Lippen aufeinander …

Meine Beine knicken weg. Die Knie fallen in den Schnee. Ein Schmerz zuckt durch meine Knochen, aber ich spüre ihn kaum, denn er ist nichts, *nichts* im Vergleich zu den Erinnerungen, die meinen Körper innerlich bersten lassen.

Ich senke den Kopf in den Schnee und weine. Die Tränen vermischen sich mit den feinen Eiskristallen. Niemand wird sie jemals zu sehen bekommen. Und niemand wird diesen Schmerz, den ich mir aus der Seele brülle, je hören können.

Die Naturgewalt der Schweizer Alpen nimmt meine Qualen kommentarlos in sich auf.

BLACKWELL MEANS MORALLY GREY AESTHETICS

Paola

Das Foyer des Blackwell Palace erstrahlt in den goldensten Tönen. Marmorstützbalken, edle Verzierungen an den Wänden, hochwertig geknüpfte Barockteppiche über dem glänzend polierten Marmorboden. Vor dem Flügel sitzt der junge Franzose in weißem Anzug, den ich auch oft im Coffee o' Clock spielen sehe. Grünpflanzen in menschengroßen Porzellanvasen flankieren Treppen, die runde Bar inmitten der Lobby und die Sitzgruppen aus teuren Designermöbeln. Eine von ihnen rettet mir gerade das Leben. Ich sollte der Monstera deliciosa die Blätter kraulen, bis ihr einer abgeht, aber meine von Neurodermitis verschandelte Haut reagiert leider Gottes hochallergisch auf Pflanzensaft.

»Was *machst* du da?«

Ich zucke heftig zusammen. Mit der Schulter stoße ich gegen den Rundbalken, die Monstera streift meinen Hals und wird von Lebensretter zu Kontaktallergiekiller.

Emma streckt die Hand aus und bewahrt mich davor, auf den Hintern zu knallen. »Warum trägst du dieses Käppi und ziehst es über die Stirn wie ein billiger Geheimagent?«

»Ich bin Mario von den Kickers«, flüstere ich.

Neben Emma runzelt Blair die Stirn. Sie hat ihre Diensttracht vom Dinner gewechselt und trägt jetzt ihren schicken Kunstpelzmantel von Shein, mit dem sie jeden im Glauben lässt, er sei von Balenciaga und hätte zweiundzwanzigtausend Euro gekostet. »Wer?«

»Der sexy Torwart dieser Anime-Serie aus den 90ern«, murmle ich. »Wurde international ausgestrahlt.« Und war *Gott sei Dank* in Matteos Suchtabo enthalten, das er illegal gedownloadet hat. Als beide immer noch verständnislos dreinblicken, ergänze ich: »Der immer so mysteriös am Torbalken gestanden und seine Cap in die Stirn gezogen hat?«

Sie schütteln den Kopf.

»Ihr habt was verpasst. Meine ersten feuchten Träume handelten von diesem Fußballtypen.« Solche Sprüche sind der Beweis dafür, dass die Situation mich langsam wahnsinnig werden lässt. Ich stoße mich von dem Rundbalken ab und seufze. »Egal. Ich verstecke mich hier, damit mich nach gestern niemand erkennt.«

»Ich dachte, Edward hat das Video inzwischen gelöscht?« Emma bietet mir einen Arm an, in den ich mich einhake, damit ich weiterhin gekonnt zu Boden sehen und sie mich wie eine Schwerkriminelle durch das Foyer führen kann. »Als ich zuletzt geschaut habe, war es nicht mehr da.«

»Es haben trotzdem über zwanzig Millionen Menschen gesehen«, kontert Blair. »Und jeder von ihnen weiß, dass das Girl, das sich willig an seinem besten Stück gerieben hat, Paola war.«

Mein Magen verkrampft. Emma tätschelt mir den Arm und bewahrt mich davor, sofort wieder umzudrehen und mich auf meinem Zimmer zu verkriechen. Bisher kennt Blair das tragische Ausmaß der gestrigen Nacht nicht: Sie denkt immer noch, es ginge nur um Edward und Charles und seine Verlobung und nicht etwa darum, dass die beiden plötzlich meine verdammten Brüder sein sollen.

»Gibt es Neuigkeiten?«, raunt Emma mir ins Ohr, während wir durch zwei Hotelgäste von Blair getrennt werden. »Ich meine … wegen vorhin?«

Emma war dabei, als plötzlich sehr seriös aussehende Frauen an Jaimes Tür geklopft und verkündet haben, sie hätten gern etwas Sabber von mir. Nachdem ich perplex dastand und Emma eine Diskussion darüber anfing, dass die Damen Betrügerinnen seien, die meine Genanalyse an Pharmakonzerne verscherbeln wollen, rief Jaime Charles an, um das Ganze zu klären. Plottwist: *Er* hat die Kittelfrauen zu mir geschickt, weil *er* meinen Sabber will. Nicht für sich, glaube hoffe bete ich, sondern für einen DNA-Test.

»Nein«, entgegne ich, als wir hinaus ins Freie treten. Die kalte Luft legt sich wie ein kühler Schleier auf meine Haut. »Sie haben doch gesagt, so schnell könne das nicht ausgewertet werden.«

»Und hast du deine Mutter oder deinen Bruder erreicht?«

»Nein«, wiederhole ich, wobei ein dicker Kloß in meinem Magen gärt. Ich habe keine Ahnung, wo Gabe steckt, und meine eigene Mutter hat meine Nummer blockiert. »Vielleicht fliege ich nach San Luca.«

»Und wie willst du das machen?« Emmas Brauen wandern so weit in die Stirn, dass sie beinahe ihre graue Mütze mit Vans-Aufdruck berühren. »Du musst arbeiten.«

»Vielleicht ... vielleicht sollte ich kündigen und von hier verschwinden.«

»*Was?*« Blair hat aufgeholt. Der Wind peitscht ihr feuerrotes Haar in alle Richtungen. Vor dem hellen Hintergrund des hohen Schnees wirkt ihre Haut weiß wie die von Schneewittchen. Wenn ich nicht wüsste, dass sie aus den USA kommt, könnte ich schwören, sie sei Skandinavierin. »Nur, weil ein Video von dir und Edward Blackwell viral gegangen ist?« Sie wirkt entgeistert. »*Verstehst* du nicht, was das für ein Privileg ist? Quasi die Eintrittskarte in die High Society?«

Ich stöhne auf. »Blair, ich *will* nicht zur High Society gehören!«

»Das kann ich nicht nachvollziehen«, entgegnet sie. »Nein, nein, nein. Wie kann man das nicht wollen?«

»Nicht jeder steht auf Aufmerksamkeit«, sagt Emma.

Ich schlinge den Schal fester um meinen Hals und wünschte, mein Ego wäre nicht so dermaßen verletzt, dass ich den schicken Chanel-Mantel im Schrank gelassen hätte, nur weil er von Charles ist. Ich friere mir in der alten Cordjacke den Arsch ab.

»Was ist eigentlich mit dir und Finn?«, frage ich Blair, als wir den Weg in Richtung Corviglia einschlagen – eine beliebte Wintersportregion in den Bergen von St. Moritz. Heute findet dort der Ski World Cup statt und Emma meint, es wäre die perfekte Ablenkung für mich. »Habt ihr noch mal geredet?«

»Schon.« Sie zuckt die Achseln. »Ein paar Mal geschrieben.«

»*Geschrieben?*« Emma fallen beinahe die Augen aus dem Kopf. »Du hast ihm *deine Nummer gegeben*?«

»Er mir seine.«

Emmas Kinnlade sackt hinab. Eine Schneeflocke weht ihr in die Kehle. Vermutlich in die Luftröhre, denn plötzlich hustet sie und krepiert beinahe. Ich klopfe ihr einige Male auf den Rücken, bis es wieder geht.

»Und wollt ihr euch treffen?« Ich liebe den Blair-lebt-für-das-Drama-Zug. Immer, wenn er vorbeifährt, springe ich freudig auf und lasse dieses Ding über meine eigenen Probleme rasen. »Oder was schreibt ihr so?«

»Keine Ahnung.« Sie spannt den Kiefer an. Inzwischen geht es bergauf und unsere Atemzüge werden vom Schnaufen der Anstrengung begleitet. »Ich glaube, er will nur Sex.«

»Präzisere Erläuterung, Wagner.«

»Den ganzen Tag ist er süß. Aber dann wird er pervers. Meist gegen Abend. Will Dirty Talk. Schickt Fotos seiner Boxershorts.« Sie seufzt. »Fragt, ob ich auch etwas schicke. Das nervt. Es zerstört das süße Bild, das ich tagsüber von ihm habe. Ich denke an einen Engel, und dann kommt das Dickpic, und plötzlich schwabbelt da nur noch diese Fleischkeule vor meinen Augen, wenn ich an ihn denke.«

»Igitt.« Ich verziehe das Gesicht. »Blockier ihn.«

»Kann ich nicht.« Sie seufzt. »Irgendwie will ich *unbedingt*, dass er mich mag.«

Emma verzieht das Gesicht. »Obwohl er so eklig ist?«

»Vielleicht schlummert hinter seiner perversen Seite eine traurige Seele, und ich bin diejenige, die ihn rettet.«

»Vergiss es«, entgegnet Emma. »Das ist Finn Gerbensteyn und nicht Charles Blackwell. Der Kerl holt seine Eier raus, wann immer es ihn danach gelüstet, betont in jedem zweiten Snap, wie geil sein Leben ist, und hat neulich einen Instapost hochgeladen, in dem er geschrieben hat, er wäre gegen Depressionen immun. Da schlummert keine traurige Seele in ihm, sondern zu viel gespritztes Testosteron in seinem Arschmuskel.«

Ich lache laut auf, woraufhin Emma strahlt. Im warmen Licht der Laternen, die den Weg zur Gondel weisen, wirkt sie noch mehr wie der wunderschöne Goldlöckchen-Engel mit den großen blauen Augen.

Wir steigen in die Gondel zur Chantarella-Mittelstation, um die Corviglia-Pisten zu erreichen. Das Ding wackelt bedrohlich, als wir Platz nehmen, aber meine Angst verschwindet, nachdem wir an Höhe gewinnen und das Tal mit seinen goldenen Lichtern in weite Ferne rückt.

»Atemberaubend«, flüstere ich.

»Ja.« Blair lächelt. »St. Moritz ist nicht irgendeine Stadt. Es ist ein Ort zum Verlieben.«

»Ein Ort für Träumer.« Emma streckt den Kopf an mir vorbei und fährt mit dem Zeigefinger über die von meinem Atem beschlagene Fensterscheibe. Sie malt ein halbes Herz. »Für Abenteurer und gebrochene Seelen, die so mutig sind und versuchen, sie wieder zusammenzusetzen. Für diejenigen, die ihr eigenes Lachen suchen und für«, sie malt den Rest des Bildes am Fenster und vervollständig das Herz, »Wolkenherzen.«

Für den herrlichen Bruchteil einer Sekunde vergesse ich die Blackwell-Jungs. Ich vergesse, was in den letzten Wochen passiert ist, vergesse den Wachs auf meinem Körper, die gefesselten Hände, die Anweisungen und sündhaft attraktiven Gesichter der Männer, ich vergesse Sofia und April, deren Körper ein Jahr lang in einem stillgelegten Wassertank schwappte, und *fühle* Emmas Worte, denn sie hat recht. St. Moritz *ist* magisch. Was ich sehe, während wir hochfahren, lässt meinen Atem stocken und gibt mir das Gefühl, in einer anderen Welt zu sein. Die goldenen Fleckchen, wie Glühwürmchen getaucht in Glitzer, die süßen Straßen, der atemberaubende See und das Funkeln seiner Oberfläche, während die Sonne sich im Eis bricht. Es ist nicht der *Ort*, der für Unheil sorgt, sondern die High Society. Die Blackwells. Sie sind der größte Schatten über all den kleinen, die sich in der grauen Wolke in Sicherheit baden und den Vibe *morally grey aesthetics* neu erfinden, während sie weißes Pulver durch die Nasen ziehen und den Rausch mit einem Zahnpastalächeln über ihrem prickelnden Champagner als etwas Attraktives anpreisen. Etwas *verrucht* Attraktives.

»Wir sind da.«

I'VE BEEN TOLD TO GET YOU OFF MY MIND BUT I HOPE I NEVER LOSE THE BRUISES THAT YOU LEFT BEHIND

Paola

Kaum hat Blair die Worte ausgesprochen, hält die Gondel, und die verschwommenen Lichter des unscharfen Filters meiner Augen während meiner Gedankenträume gewinnen an Farbklecksen. Ich erkenne, dass es Menschen sind. *Extrem* viele Menschen auf Tribünen hinter der abgesperrten, kilometerlangen Skistrecke, die den Berg hinunterführt. An den Pfosten sind Flaggen der Schweiz angebracht, ein weißes Kreuz auf rotem Hintergrund. Beinahe ikonisch flattern sie im Wind.

Wir steigen aus der Gondel und versinken bis zu den Knöcheln im frischen Pulverschnee. Der Wind pustet uns Flocken ins Gesicht, woraufhin ich meine Call-Me-Mr-Sexy-Anime-Kickers-Mario-Torwart-Käppi tiefer in die Stirn ziehe, meinen Arm vor das Gesicht halte und hinter Blair und Emma den Berg hochstapfe, auf dem Ignotus und Lisbeth neben einem riesigen Werbeluftballon mit dem Schriftzug des italienischen Reifenherstellers Pirelli als Aufdruck stehen.

»Da seid ihr ja endlich«, ruft Ignotus über den Wind hinweg. Er trägt einen knöchellangen schwarzen Mantel mit flaumigem Besatz an Kragen und Ärmelaufschlägen, dazu seinen Zylinder und Gehstock. »Was habt ihr so lange getrieben?«

»Blair musste länger arbeiten, weil Anneli sie dazu verdonnert hat, nach dem Dinner den Wickelraum zu putzen.«

Lisbeth verzieht mitfühlend das Gesicht. »Hast du zu viele Punkte bei ihr angesammelt?«

»Yep.« Blair richtet ihre Baskenmütze und rümpft die Nase.

»Dreimal zu spät gekommen und einmal die Pause überzogen, wobei Anneli mich erwischt hat.«

»Wobei erwischt?«, frage ich.

Blairs Wangen färben sich rot. Noch röter als von der Kälte. »Femtasy.«

Ich runzle die Stirn. »Was ist das?«

Ignotus lacht. »Quasi ein Porno für Leseratten.«

»Es ist kein Porno«, widerspricht Lisbeth. »Es ist erotisch geschriebene Kunst!«

»Ich dachte, das wäre Dark Romance?«, frage ich.

»Wenn du den geilen Scheiß willst, geh auf Femtasy«, sagt Emma. »Außer Anneli ist in der Nähe.«

Blair nickt. »Cringefaktor hoch tausend. Aber ich will mich nicht beklagen, denn sie hat mir diese Karten gegeben.« Kurz zückt sie die Eintrittskarten für den Ski World Cup aus ihrem Balenciaga-Fake und wedelt damit in der Luft herum, ehe sie sie wieder einsteckt. »Es hat sein Gutes, sich mit der Tante eines Blackwells gut zu stellen.«

»Wenn sie dir nicht gerade einen Popel ins Gesicht schnaubt«, murmle ich. Hauptsächlich deshalb, um den Klang des Namens Blackwell aus meinem Hirn zu fegen.

Wir stapfen zum Eingang, zeigen unsere Karten und besorgen uns alle einen großen Becher Bier, bevor wir zu unseren Plätzen gehen. Sie sind in Rängen um den Startbereich angeordnet, die Bänke ziehen sich über die Berge wie Stufen, damit alle eine perfekte Sicht haben. Wir setzen uns in eine mittlere Reihe, in der noch vereinzelte Plätze frei sind. Die ganze Zeit über verfolgt mich das seltsame Gefühl, die Leute würden mich beobachten. Immer wieder ziehe ich die Cap vors Gesicht und wage es kaum, aufzusehen oder mich an dem Gespräch der anderen zu beteiligen – bis Emma plötzlich nach Luft schnappt, gefolgt von einem: »*What the …?*«

Mein Kopf fährt hoch. Im ersten Moment habe ich keine Ahnung, warum alle den Atem anhalten, bis die Einstellungen der Lichter geändert werden und nur der runde Startbereich der Skistrecke in warm-goldenes Licht getaucht wird. Und ich erkenne, was da abgeht.

O. Mein. Gott.

Nein, oder? Nicht ernsthaft. Das … bitte nicht. *Bitte.*

»Okay«, kommt es von Ignotus. »Ich weiß vieles, unter den

Vickys bin ich bekannt als Quelle des Klatschs und Tratschs, *und* ich habe herausgefunden, dass der Duke von Wimbledon ein Techtelmechtel mit einer Bürgerlichen hatte, aber … *das hier* habe ich nicht gewusst.«

»Der Duke von Wimbledon?«, fragt Emma. »*Wimbledon?*«

»Ein Adelshaus in unserer Onlinewelt. Es war ein großer Skandal, aber das hier schockt mich gerade mehr.«

»Gott, *wieso*?« Blair wirft die Arme in die Luft, gefolgt von einem frustrierten Laut. »Wieso bekommen diese himmelscheißgeilen Typen in diesem Märchen von Leben auch noch solche Auftritte? Ich meine, macht das Universum sich einen Spaß daraus, wessen Slips zuerst feucht werden, oder was?« Diese Wette würde ich verlieren. »Und wieso, zur Hölle, wusste ich nichts davon, dass das heute passiert?« Ihre Miene ist beinahe entsetzt, und ich kann es verstehen, weil Blair immer alles weiß, was vor sich geht. Egal, was passiert ist: will man mehr wissen, fragt man Blair. Ein Wunder, dass sie noch nichts von dem Geschwisterding erfahren hat. »Ich will da auch mit meiner Harfe sein!«

In der Mitte des Startbereichs, direkt auf dem weißen Schnee, steht ein schwarzer Flügel. Und die Finger, die sich in eben dieser Sekunde auf die Tasten legen, gehören Charles.

Charles Blackwell, die düstere Seele eines Imperiums, Hüter unzähliger Geheimnisse, zwanghafter Kontrollfanatiker, ein Körper vollends bedeckt von schwarzer Tinte, soll den Worldcup mit einem Klavierstück eröffnen wie ein Heiliger über den Wolken.

»Scheiße«, stoße ich aus, aber es ist kaum ein Hauch und klingt wie ein verkrampftes *hisse* während einer schmerzhaften Darmentleerung.

»Komm, Paola«, sagt Ignotus. »Hol deine Geige und let's go.«

»Hallo, und meine Harfe?!«, entgegnet Blair.

»Im Leben nicht.« Ich verziehe das Gesicht, während mein Blick auf Charles ruht, dessen marineblauer Anzug sich wie angegossen an seine Haut schmiegt. Sein Profil wirkt wie von Göttern geschliffen. Sofia sitzt nicht weit von ihm entfernt hinter der Bande in der ersten Reihe, ihre Louis Vuitton auf den Knien. Charles sieht auf, über den Flügel hinweg, direkt in ihre Richtung und lächelt. Er *lächelt*, und sie lächelt zurück.

Diese intime Interaktion macht etwas mit mir.

»Arschloch«, höre ich Blair neben mir im Singsang trällern. Lisbeth seufzt. »Wir hassen ihn, okay?«

Emma legt mir eine Hand aufs Knie und Ignotus flucht, weil der Knüppel von seinem Gehstock unter seinem Gereibe plötzlich abbricht und der Person vor uns gegen den Hinterkopf fliegt.

Charles senkt die Finger auf die Tasten. Und dann spielt er. Ich erkenne das Lied sofort.

Sofort.

Es ist *Fix You* von Coldplay. Der Song, zu dem wir uns auf dem Moritzersee beim Königinnentanz bewegt haben. Die Stellen, die er damals berührt hat, um mich zu führen, brennen. Die Melodie weht durch die Lüfte, tanzt zwischen den fallenden Flocken über die Köpfe der Zuhörer hinweg, ein musikalischer Hauch von Magie, der auf direktem Wege Zugang zu meiner Seele findet. Sie gräbt sich darin ein, als wäre das *okay*, als hätte ich das *erlaubt*, obwohl ich das sicher nicht getan habe.

Es tut weh. So verdammt weh.

In meinem Kopf vervollständige ich seine Melodie mit dem Liedtext. Dabei baut sich hinter meinen Lidern ein schlimmer Druck auf.

And the tears come streaming down your face
When you lose something, you can't replace
When you love someone, but it goes to waste
Could it be worse?

»Oh, Paola.« Emma verzieht den Mund. »Es tut mir *so* leid.«

Plötzlich verändern sich die Klänge. Charles spielt ein Medley, und die Menschen auf den Rängen erheben ihre Stimme zu einer einheitlichen Melodie, um ihn gesanglich zu begleiten. Auch diesen Song erkenne ich sofort.

You were my sun
You were my earth
But you didn't know all the ways I loved you, no

»*Cry Me A River?*« Ignotus schnaubt. »Okay, das ist jetzt mehr als offensichtlich.«

»Wieso?«, fragt Lisbeth. »Was soll offensichtlich sein?«

Blair hält ihr Handy höher. Konzentriert hat sie die Zunge zwischen die Lippen gesteckt und filmt ihn. »Das sind die Lieder, zu denen Charles und Paola auf dem Moritzersee getanzt haben.«

»O Gott.« Lisbeth verzieht das Gesicht. »Wie übergriffig er sich damit in deine Gefühle bohrt.«

»Er bohrt sich nicht in meine Gefühle«, widerspreche ich, aber natürlich glaubt mir keiner, denn meine Stimme klingt erstickt und mir laufen Tränen wie Wasser über das verdammte Gesicht, so ungehemmt, dass nicht einmal meine Kickers-Käppi mich mehr retten kann. »Er ... Gott!« Wütend wische ich mir mit dem Handrücken über das Gesicht. »Ist das eine Scheiße, echt!«

In dem Moment, in dem ich denke, es kann nicht schlimmer werden, holt Charles zum ultimativen Schlag aus.

Er spielt *Bruises* von Lewis Capaldi.

»O nein«, murmelt Lisbeth. »Der Song killt alles.«

»Er killt auf jeden Fall Paola.« Emma klingt nicht wütend, nein, sie klingt richtig *angepisst*. »Und ich ihn, wenn ich diesen Todesengel in die Finger kriege.«

I've been told, I've been told to get you off my mind
But I hope I never lose the bruises that you left behind
Oh my lord, oh my lord, I need you by my side

Charles spielt die Töne nicht nur, er *lebt* sie. Mit geschlossenen Augen fliegen seine Finger über die Tasten. Dabei bewegt er seinen Körper so endlos schön, so melancholisch traurig wie ein Krieger, der von vergangenen Zeiten erzählt, von verlorener Liebe, von einem Kampf, den er mit all seiner Seele geführt hat. Er spielt wie ein Überlebender, *ertrinkt* in der Melodie, bevor er sich aus den Wellen zieht und mit ihnen überbrandet.

Es ist so schön, dass es wehtut.

So schön, dass ich denke, ich sterbe.

Und als er den letzten Klang in den Himmel entlässt, bin ich leer und voll gleichermaßen.

Leer an Hoffnung. Voll an Gefühlen.

Ich wünschte, ich hätte Charles Blackwell niemals Klavierspielen gehört. Wenn ich vorher noch dachte, ich käme klar … na ja, das hier hat gerade irgendwie mein Leben zerstört.

Ich spüre, dass ich noch einen Körper habe, als die Menge um mich herum völlig ausrastet und den Boden zum Erzittern bringt. Charles erhebt sich mit gesenktem Blick. Er lächelt nicht mal. Mit gerader Mundpartie verlässt er den Bereich und gesellt sich zu Sofia, die ihm in die Arme fällt und ihr perfektes Gesicht an seine Halsbeuge presst. Er versucht zu lächeln, aber ich sehe deutlich, wie viel es ihm abverlangt. Wie ein Stein, der gerade von innen völlig in sich zusammenbricht, nach außen aber unzerstörbar wirken will.

Helfer rollen den Flügel weg, und die Skiprofis versammeln sich im Startbereich. Der Worldcup beginnt, aber ich habe keinen einzigen Gedanken für diese Menschen übrig, die auf Brettern den Berg herunterrasen. Hin und wieder reißt Emma meinen Arm in die Luft und zerrt mich mit, wenn sie aufspringt, um die Fahrer anzufeuern, und ich mache mit, weil ich weiß, dass sie sich Mühe gibt, mich abzulenken. Aber immer wieder huscht mein Blick durch die Menge, hält Ausschau nach einem gebrochenen Mann, der aussieht wie ein Engel mit hellen Haaren und blauen Augen, hält Ausschau nach einem genauso gebrochenen Mann, der aussieht wie ein Gott der Unterwelt mit dunklen Haaren und grünen Augen.

Die Blackwell-Brüder haben mein Herz gefickt.

IT'S TIME TO FINALLY TELL THE TRUTH

Paola

Irgendwann – und ich weiß nicht, wie viel Zeit vergangen oder ob das Rennen schon vorbei ist – ziehen Emma und Blair mich auf die Beine.

»Komm«, sagt Emma. »Du musst feiern. Wenn du der Trauer keinen Spielraum gibst, besiegst du sie irgendwann.«

»Feiern?«

»Dein Ernst?« Ignotus starrt mich an. »Du weißt nicht, dass nach dem Worldcup eine Party stattfindet?«

»Eine *legendäre* Party«, ergänzt Lisbeth. »Alle kommen nur deshalb her.«

Mein Magen verkrampft. »Vielleicht sollte ich lieber ins Hotel gehen und …«

»… und was?« Emma stemmt die Hände in die Hüfte. »Karl der Krabbe ein paar Dekodinger knüpfen, die aussehen wie Pickel?«

»Seine Knöpfchen sehen nicht aus wie Pickel«, murre ich.

»Allein das Wort.« Ignotus unterdrückt ein Lachen. »*Knöpfchen.*«

»Emma hat recht. Wenn du vor den Jungs flüchtest, wird es nur schlimmer.« Blair neigt den Kopf. »Wie wäre es damit: Ich stelle mich Finn, wenn du dich Ed und Charles stellst?«

Ich verziehe das Gesicht. »Bitte nicht.«

»Ich stimme Blair zu«, springt Lisbeth ihr bei. »Du solltest ihnen zeigen, dass sie dir egal sind. Angst überwindet man nur mit Konfrontation.«

Uns unterbricht eine Stimme, die mir schrecklich vertraut vorkommt. »Hey.«

Ich wirble herum und blicke in ein Gesicht, von dem ich dachte, es in nächster Zeit nie wiedersehen zu müssen. Schockiert schnappe ich nach Luft. »Leopold!«

Er hebt eine Braue. »Überrascht, mich zu sehen?«

Mir fällt die Kinnlade herunter. Hinter meiner Brust pocht mein Herz rasant. »Du … Was … Ich dachte, dass …«

»… ich im Knast wäre? Ja, war ich. Dank dir, wohlbemerkt.« Er streicht die Krawatte unter seinem Mantel glatt, als ginge es hier um eine belanglose politische Debatte. »Aber ich bin wieder da.«

»W…wieso?«

Der Ansatz eines Lächelns erscheint auf seinem Gesicht. »Weil ich ein Alibi habe, während du«, er beugt sich vor, bis seine Lippen dicht an meinem Ohr sind, »eine kleine, impulsive Petze bist, nicht wahr?«

Meine Augen weiten sich. »Ich …«

»Keine Sorge, ich nehme es dir nicht übel. Ich kann dich sogar verstehen. Du hast Aprils Sachen gesehen und nach der Moral des Lebens gehandelt.« Er macht eine kurze Pause, sieht über seine Schulter in die Menge, die sich bereits ausgelassen von ihren Plätzen erhebt und wild durcheinanderwuselt. Als er den Kopf wieder wendet, wirkt er ernst. Besorgt sieht er erst mich, dann Emma an. »Hört zu, ich muss euch etwas sagen. Über Charles und Edward. Und …«

»April?«, hauche ich.

Leopold nickt. »Wird Zeit, dass alle die Wahrheit erfahren.«

MA GIRL, MA GIRL, TALKING 'BOUT MA GIRL

Paola

Hotline Bling von Drake schallt über den Platz. Die Menschen verteilen sich, viele von ihnen tanzen mit erhobenen Bechern auf der Startfläche des Skirennens.

Wir alle starren Leopold ins Gesicht und warten darauf, dass er weiterspricht. Ignotus ist leichenblass und sieht aus, als würde er sich gleich übergeben. Er hat mir kürzlich erzählt, dass ihm True Crime Angst einjagt.

»Wovon sprichst du?«, fragt Emma. Auch sie wirkt, als wäre sie einem Geist begegnet. Die von der Kälte geröteten Stellen ihrer Haut heben sich deutlich von der plötzlichen Blässe ab. »Wer soll welche Wahrheit erfahren?«

In einer fahrigen Bewegung zieht Leopold sich die Mütze vom Kopf, fährt sich durch das rostbraune Haar und setzt sie wieder auf. »Alle versuchen, mich als den Schuldigen darzustellen, weil April und ich … uns hat etwas verbunden, wisst ihr?«

Ich denke an den Schmerz, der über Edwards Gesicht gehuscht ist, als er mir von der Affäre seines Cousins erzählt hat.

»Sie war Edwards Freundin«, entgegne ich. »Was auch immer euch verbunden hat, sie hätte vorher mit ihm Schluss machen sollen.«

»Tja, das ist das, was ich wollte.« Er verzieht den Mund zu einem bitteren Lächeln. »Aber niemand verlässt einen Blackwell, wenn er sich für dich entschieden hat, nicht wahr?«

Ich begegne seinem stechenden Blick mit eiserner Miene und zwinge mich, nicht wegzusehen.

Irgendwann gibt Leopold ein freudloses Lachen von sich und schüttelt den Kopf. »Ich hatte Aprils Brosche und den Stimmungsring, weil sie mir beides *gegeben* hat, bevor sie verschwunden ist.«

Lisbeth runzelt die Stirn. »Weshalb sollte sie das tun?«

»Ja, warum?« Blair wirft Leo einen angriffslustigen Blick zu. »Gefühlt die ganze Onlinewelt weiß, dass die Sachen von Edward waren und April sie nie abgelegt hat. Wieso also sollte sie sie ausgerechnet dir geben?«

Leopold nippt an seinem Bier. Angepisst mustert er uns. »Ich finde zwar nicht, dass ich mich vor euch auch nur in *irgendeiner* Art und Weise rechtfertigen müsste, denn euch geht das Ganze eigentlich gar nichts an und wegen *dir*«, er deutet auf mich, »musste ich einige unangenehme Stunden in einer Zelle verbringen, aber gut: Weil sie an diesem Abend mit ihm Schluss machen wollte.«

Emma schnappt nach Luft. In ihren Augen schimmert dieser merkwürdige Ausdruck, wenn einem plötzlich ein Licht aufgeht.

»Was?«, frage ich sie. »Was weißt du?«

»Nichts.« Ihre Antwort kommt zu schnell. Zu gewollt. Die Art, wie sie daraufhin ihr Bier herunterkippt, gefällt mir nicht. Schon wieder bekomme ich das Gefühl, sie verheimlicht mir etwas.

»Du willst also darauf hinaus, dass Edward sie getötet hat?«, fragt Ignotus. Stocksteif steht er neben mir, eine Hand um seinen Becher geklammert, die andere um den Gehstock ohne Griffknüppel. Er stützt sich auf den kaputten Stock, als fürchte er, sonst wegzuknicken. »Weil April ihn verlassen wollte?«

»Edward war besessen von April.« Der Ausdruck in Leos Gesicht wird fest und grimmig. »Er hat ihr Handy an seines gekoppelt, um ihre Nachrichten lesen zu können. Was also, glaubt ihr, würde er tun, wenn sie ihm sagt, es wäre vorbei?«

»Sie hat ihn dazu getrieben«, entgegne ich. »Edward … sie hat ihn so gemacht.«

Lisbeth sieht mich an. »Wie meinst du das?«

»April war genauso toxisch wie er. Sie hat mit seinen Gefühlen gespielt, hat ihn manipuliert, ihn psychisch in ein Netz gewickelt, aus dem er nicht mehr rauskam. Sie hat ihm Liebe gegeben, bevor sie ihm das Messer in die Brust gestochen hat, und beides ständig im Wechsel. Natürlich wurde er abhängig von ihr. Das ist emotionale Folter.«

»Du musst es ja wissen«, spottet Leo.

»Fick dich«, zische ich.

Da ist sie wieder. Die neu geschaffene Paola, geformt von zwei kaputten Brüdern. *Ihren* kaputten Brüdern.

»Leute …« Emma sieht zwischen ihm und mir hin und her. »Das hat doch keinen Sinn. Niemand von uns wird diesen Fall aufdecken. Lasst die Polizei ihre Arbeit erledigen.«

Leopold fokussiert sie. »Und was verheimlichst du, Wyss?«

Sie erstarrt. »Wie bitte?«

»Du willst ablenken.«

»Ich will überhaupt nicht ablenken.« Sie stößt einen freudlosen Laut aus. »Ich habe nur keinen Bock mehr, mich von dieser Scheiße runterziehen zu lassen, okay? Wir leben, Leute, und ich denke, April würde es fucking beschissen finden, wenn wir damit aufhören, weil sie nicht mehr da ist.«

»Oh, ich denke, April würde genau das wollen«, murmelt Blair. »Sie liebte die Aufmerksamkeit.«

»Sie ist tot.« Die Art, wie Ignotus das sagt, so hart und kalt und endgültig, das bringt uns alle auf den Boden der Tatsachen zurück. »Was auch immer sie gewollt hätte, April lebt nicht mehr. Also lasst uns weitermachen.«

»Stimmt«, sagt Lis. »Ihr lasst euch immer noch von ihr herumkommandieren.«

»Schwierig, das nicht zu tun«, murmelt Emma. »April hat uns gemobbt, verletzt, fertiggemacht und jeden von uns in der Hand gehabt, weil wir *alle* Angst vor ihr hatten.«

»Scheiße, dieses Thema macht uns krank«, sagt Ignotus. »Ich bekomme Albträume.«

»Du hast recht.« Emma zieht die Brauen zusammen und streckt einen Arm aus, um ihm die Schulter zu drücken. »Sie war ein Monster. Sorry Leute, aber es stimmt. Was auch immer ihr passiert ist – es ist Vergangenheit.«

Ignotus versucht sich an einem Lächeln. »Ich hole uns neues Bier, ja?«

Lisbeth erwidert sein Lächeln. »Danke.«

Ignotus schiebt sich die schwarzen Ponyfransen unter seinen Zylinder und stapft davon.

Leopold öffnet den Mund, um etwas zu sagen, als ihn von hinten plötzlich eine Person anspringt. Er taumelt, stolpert vorwärts und wirbelt anschließend zu dem Mädchen mit den zwei geflochtenen schwarzen Zöpfen herum. »Lena!«

»O Gott« Blair wird bleich. »Wenn Wednesday hier ist, ist Finn nicht weit.«

»Du bist wieder da!« Lena klaut sich Leos Becher und trinkt einen großen Schluck Bier. Sie wischt sich die Schaumkrone von den vollen Lippen und fügt hinzu: »Ist dir klar, was dein Abgang für Gerüchte in die Welt gesetzt hat?«

Sein Lächeln erstirbt. »Ja.«

»Na ja, egal.« Sie zuckt mit den Achseln. »Ich wusste, dass das nicht stimmt. Als ob du April je etwas hättest antun können.« Ihre Pupillen sind winzig kleine Stecknadeln. Sofort denke ich an die Pillen in ihrer Jackentasche, die sie mir vor ein paar Tagen angeboten hat. Lena lässt den Blick über mich, Emma und Blair gleiten. Bei Blair bleibt sie hängen. »Oh, hi!«

»Hi«, entgegnet Blair atemlos.

»Eine Frage ...« Lena geht einen Schritt auf sie zu. »Fickst du meinen Bruder?«

Blairs Lippen teilen sich vor Überraschung. »Wie bitte?«

»Die Frage war nicht sehr missverständlich formuliert.« Das Lächeln auf Lenas Lippen wirkt freundlich, aber seltsam fest. Wie antrainiert. »Ich will wissen, ob mein Bruder dich flachlegt.«

»Nein.« Blair blinzelt zweimal, dann hat sie sich gefasst. »Wie kommst du auf diese Scheiße?«

Das angestrengte Lächeln auf Lenas Gesicht wird breiter. »Weil er dich unter *Ma Girl* in seinem Handy eingespeichert hat.«

»Was?«

»Ja, wirklich. *Ma Girl.* Witzig, oder? Sonst speichert er alle nur unter Buchstaben. Sogar mich. Ich bin L. In seinem Handy steckt ein ganzes Alphabet an Mädchen, aber du bist *Ma Girl.*« Sie feixt. »Er ist auf der Tanzfläche mit den anderen. Komm, gehen wir zu ihnen.« Lena hakt sich bei Blair unter. Mit der Hand streicht sie über den flauschigen Pelz ihres Mantels. »Mega. Prada?«

»Ba...Balenciaga.«

»Nice.« Lena setzt sich in Bewegung und zieht Blair mit sich. Dabei gleitet ihr Blick über uns hinweg. »Kommt ihr auch mit?«

»Oh, ähm …« In meinem Kopf schwebt der Teil ihres Satzes *mit den anderen.* »Eigentlich …«

»Klar.« Lisbeth erwidert Lenas Blick, als würden jeden Augenblick messerscharfe Dolche aus ihren Augen hervorschießen. »*Wir* sind schließlich mit Blair hier, und *wir* haben nicht vor, ohne sie zu gehen.«

Dieses Mal ist Lenas Lächeln definitiv falsch. »Weil die bösen Elitekinder dein hübsches Vögelchen fressen könnten?«

»Weil ihr illegale Substanzen wie Smarties mit euch herumtragt«, zischt Lisbeth.

»Niemand trägt *Smarties* rum«, kontert Lena. »Wieso sollten wir uns freiwillig Kalorien außerhalb der Essenszeiten reinwerfen?«

Lis verdreht die Augen. Auffordernd sieht sie mich und Emma an. »Kommt ihr mit?«

Ich hätte damit rechnen müssen, dass Lis niemandem erlauben würde, auf ihrem eigenen Schlachtfeld gegen sie anzutreten und das Kommando zu übernehmen. Nicht, wenn es um Blair geht. Und mir bleibt keine andere Wahl, als mit ihnen zu gehen. Ich bin vielleicht verletzt, aber keine illoyale Freundin. Wir sind wie eine feine Kette. Wenn das eine Glied das andere braucht, halte ich an ihnen fest wie sie an mir.

IT'S ONLY ABOUT CHEMISTRY BURNING IN MY VENES

Paola

Lena ist wie ein Leuchtfeuer, das uns den Weg leitet. Die Leute machen ihr Platz, wie sie es niemals für uns getan hätten, strahlen sie an, bei vielen bleibt sie stehen, um kurz Hallo zu sagen, bis wir uns schließlich inmitten der tanzenden Menge auf dem Skiplatz befinden. Der DJ spielt einen Remix des Songs *Ferrari,* und die Leute gehen ab wie auf Speed. Vermutlich sind die meisten das sogar. Überall Pelzmäntel, UGGs, Prada und Louis Vuitton, Alkohol und kreischende Partygirls: Das hier ist eine Après-Ski-Party der Extraklasse.

Lena zieht uns direkt in ihre Freundesgruppe rein. Ich erkenne Suarez, den Polospieler aus Argentinien mit dem dunklen Haar und den meerblauen Augen, und Misha, diesen Sohn der bekannten Bankerfamilie.

»Was will sie denn hier?«, brüllt Xenia über den heftigen Bass hinweg und nickt in meine Richtung. »Hast du das Video mit ihr und Edward nicht gesehen?«

»Mann, Xen, komm endlich über ihn hinweg.« Lena verdreht die Augen. »Er will dich nicht, okay?«

Xenia stiert ihre beste Freundin wütend an. »Und das ist ein Grund für dich, ausgerechnet das Mädchen herzubringen, das er will?«

»Er will mich nicht«, sage ich sofort.

»Natürlich will er dich«, widerspricht Xenia. »Das ist offensichtlicher als die Tatsache, dass alle hier auf Drogen sind.«

»Stimmt.« Misha kommt an Xenias Seite, legt einen Arm um ihre Taille und drückt sie an sich. Obwohl sie gerade noch angepisst wegen Edward und mir war, lässt sie es geschehen und lächelt. *Fuck*, denke ich. *Was geht zwischen den Leuten der High Society eigentlich ab?* »Es vergeht kein Tag, an dem Edward nicht irgendeinem Mädchen die Zunge in den Hals steckt, aber auf TikTok hat es seit April Sanders noch keine von ihnen geschafft.«

»Wo ist er eigentlich?« Emma sieht sich in der Menge um. »Edward?«

»Keine Ahnung.« Die Antwort kommt von einer Person, die Emma sofort zur Salzsäule erstarren lässt. Laxon tritt zwischen Suarez und Misha. Hochgewachsen, dunkle Haut, geschliffene Wangenknochen und ein Mund zum Verlieben. Die hellgrauen Augen strahlen mit dem Schnee um die Wette. Er bleibt erst stehen, als er dicht vor Emma ist und zu ihr hinuntersehen kann. »Aber mir reicht, dass *du* hier bist.«

»Laxon«, haucht Emma, wobei ihre Augen noch eine Nuance größer werden. »Hi.«

Okay, das war's. Meine Chancen, hier jemals wieder wegzukommen, sind auf den Nullpunkt gesunken.

Es wird der David-Guetta-Remix von *I'm Good* gespielt. Von jetzt auf gleich streckt Laxon den Arm aus, legt ihn an Emmas Hüfte und zieht sie an sich. Bevor ich überhaupt blinzeln kann, tanzen die beiden *sehr* unholy und *sehr* spicy. Die Blicke, mit denen sie sich gegenseitig ausziehen, eliminieren jeden in der Luft wirbelnden Eiskristall.

Dann taucht plötzlich Finn auf. Der verschleierte Blick in seinen Augen kann nicht wettmachen, was für eine attraktive Ausstrahlung er in seiner Armanijacke und den Boots versprüht. Jedes Mädchen in seinem Umfeld dreht sich zu ihm um, stupst seine Freundin an und kichert. Auch er hat einen Becher Bier in der Hand, aus dem er sich gerade einen großen Schluck in den Mund kippt. Lena entdeckt ihren Bruder, sieht zu Blair und stößt sie in seine Richtung. Darauf war Blair nicht vorbereitet. Sie stolpert vorwärts und wäre gefallen, hätte Finn nicht in letzter Sekunde die wenigen noch funktionierenden Gehirnzellen aktiviert und sie aufgefangen.

»Na, na«, sagt Finn. »Bringe ich dich aus dem Konzept?«

»Nein.« Blair klingt nicht überzeugend. Kein bisschen. Mit ihren dichten Wimpern blickt sie zu ihm auf wie eine Frau am Ende eines dramatischen Liebesfilms. Bevor ich ihr Gespräch weiter anhören muss, wende ich mich ab, doch schon in der nächsten Sekunde bereue ich es.

Als hätte dieser Typ eine magnetische Anziehungskraft auf mich, heftet sich mein Blick direkt auf Charles. Er steht einige Meter weiter mit angelehntem Rücken und überkreuzten Beinen an der Bande, trinkt Bier und beobachtet Sofia, die mit Lenas Freund Max und einem Mädchen, das ich nur vom Sehen kenne, ausgelassen vor ihm tanzt. Charles' Blick wirkt ausdruckslos und düster. Er lächelt nicht. Plötzlich wendet er den Kopf und sieht mir in die Augen. Mein Herz macht einen Satz, aber ich bin auch nicht imstande, wegzuschauen. So läuft das nicht mit Charles Blackwell. Da ist diese unerklärliche, raue Macht, die ihn umgibt, und wenn er mich ansieht, ist es, als hätte er die volle Kontrolle über meinen Körper. Ich kann deutlich erkennen, wie sein Adamsapfel hüpft, als er schluckt. Mit einer Hand kratzt er sich über den Dreitagebart. Sein Blick wandert höher. Er mustert meine Cap, die einmal rot war, aber jetzt so ausgewaschen ist, dass der Stoff einen blassen altrosa Ton bekommen hat. Er senkt die Lider, betrachtet die braune Cordjacke über der schwarzen Röhrenjeans, die vor allem in der High Society längst nicht mehr als trendy gilt, weiter zu meinen alten Docs.

Charles tut nichts anderes, als mich anzusehen, aber allein das entfacht eine ungeahnte Wirkung in mir. Zwischen meinen Beinen pulsiert es. Ein Ziehen gleitet meine Wirbelsäule entlang, wandert verlangend bis in meine Mitte.

Ich. Will. Ihn.

Ich will, dass er mich leckt.

Ich will, dass er mich nimmt.

Ich will …

Keuchend wende ich mich ab. *Das geht nicht*, sage ich mir. *Das ist pervers und krank, Paola. Tu was dagegen, und zwar sofort!*

Panisch lasse ich den Blick über Lenas Freundesgruppe schweifen, über Laxon und Finn, die nicht infrage kommen, über Misha, der auch raus ist, weil er Xenia gerade etwas ins Ohr flüstert und seine Finger über ihren Hintern gleiten, bis ich bei Suarez hängen bleibe. Gewissermaßen sind wir Verbündete mit unseren Stupsnasen und Käppis, nur mit dem Unterschied, dass er sie verkehrt herum trägt.

Entschlossen gehe ich zu ihm, bis unsere Nasenspitzen sich fast berühren, sehe ihm tief in die Augen und sage: »Tanzen wir.«

Er blinzelt, und im ersten Moment denke ich, er wird mich wegstoßen, aber dann formen seine Lippen ein leichtes Lächeln, und er lässt seine Hände an meinem Körper hinabwandern, während wir uns zum wummernden Bass bewegen. Seine Beine stecken in einer engen schwarzen Jeans. Vom Polospielen sind sie fest und trainiert, und plötzlich halte ich es für eine *wunderbare* Idee, sie anzufassen.

Chemie, denke ich. *Das ist alles nur Chemie. Gib mir einen heißen Typen, gib meinen Östrogenen Futter, und schon bald werde ich nicht mehr an die Blackwell-Brüder denken. Schon bald bin ich geheilt.*

Suarez raunt mir ein leises Lachen ins Ohr, als meine Hände sich seinem Schritt nähern. »Fuck, dafür, dass ich dachte, du wärst hinter Edward her, gehst du ganz schön ran.«

»Die Blackwells interessieren mich nicht.«

Er hebt eine seiner dunklen Brauen. »Das glaube ich nicht.«

»Was glaubst du dann?«

»Dass du auf sie stehst. Auf alle beide.«

»Das ist ...«

»Und sie stehen genauso auf dich.«

»Ist mir egal.«

Sein Blick gleitet über meine Schulter hinweg, und ... abrupt lässt er von mir ab. Suarez macht einen großen Schritt zurück, sieht mich bedauernd an. »Sorry, aber mir nicht.«

»Wie bitte?«

Wieder sieht er über meine Schulter. Plötzlich beschleicht mich eine unerwünschte Ahnung. Und mit dem nächsten Augenaufschlag bewahrheitet sie sich.

»Paola.« Charles' vibrierender Bariton lässt mich erstarren. »Dreh dich um.«

Noch immer starre ich Suarez ins Gesicht, mit geweiteten Augen und pulsierender Schlagader, bis er den Blick senkt und sich aus der Affäre zieht. Mir wird eiskalt, und das liegt nicht am Schnee.

»Tu, was ich dir sage«, knurrt Charles.

Da sind sie wieder, denke ich. *Die Anweisungen.* Und als hätte ich nur darauf gewartet, befolge ich sie.

AN OSCAR WINNING BAD BOY

Paola

Charles steht vor mir. In einer schwarzen Daunenjacke von Moncler und Hilfiger-Stiefeln mit hoher Sohle. Er ist groß, breit und wunderschön, mit einem so aggressiv vorgeschobenen Kiefer, dass ich wünschte, meine Hände an sein Gesicht legen und ihn besänftigen zu können. Er sieht aus wie ein Präsidentensohn, der nachts auf die Straße geht, um sich im Untergrund zu prügeln.

Ja, das ist Charles.

»Was ist?«

Er verengt die Augen. »Komm mit.«

»Nein.«

Ich erkenne, wie er tief einatmet. »Ich will mit dir reden.«

»Ich kann das gerade nicht. Sorry.«

Die Art, wie er mich ansieht, macht etwas mit mir. Dieses ungezähmt Verzweifelte. Dieser wilde Zorn. »Es geht um die Sache von heute Morgen. Du weißt schon.«

Der DNA-Test!

»Gibt es … gibt es Ergebnisse?«

Mit dem Kinn deutet er in Richtung der Tribünen. »Komm.«

Ich beiße mir auf die Unterlippe und zögere. Charles wartet nicht auf mich. Er ist sich so sicher, dass ich ihm folgen werde, dass er einfach an mir vorbeigeht. Ich überlege wirklich, ihn ziehen zu lassen, aber meine Neugier ist zu groß, außerdem bin ich ihm etwas schuldig, nachdem ich ihn so hintergangen habe. Also verfluche ich mich, als ich meine Vorsätze über Bord werfe und mich in Bewegung setze.

Wir gehen eine Weile an den Rängen entlang.

»Charles«, spreche ich gegen seinen Rücken. »Es tut mir leid.«

Sein ganzer Körper spannt sich an.

»Weil ich dich ausspioniert habe«, rede ich einfach weiter, obwohl es mir schwerfällt. Nicht, weil ich mich nicht entschuldigen will, sondern weil es mich an das erinnert, was wir glaubten zu haben. Deshalb kommen die nächsten Worte nur im Flüsterton aus mir hervor. »Es war nicht alles gespielt, falls du das denkst.«

Obwohl er einen Anzug trägt, erkenne ich deutlich, wie sich seine Schultern anspannen.

»Elias hat mir diesen Deal angeboten, und ich kannte euch nicht. Es klang perfekt. Ein besseres Leben für mich, und Gabriel würde er frühzeitig nachholen, wenn ich ihm etwas über euch liefere und –«

»Sei still.« Seine Schritte werden schneller.

Ich beeile mich, mit ihm mitzuhalten. »Du sollst aber wissen, dass ich das alles gar nicht mehr wollte, nachdem ich … nachdem wir …«

»Ich will kein Wort mehr hören«, zischt er.

»Aber ich hätte nie weitergemacht, wenn Elias mich nicht –«

Ich unterbreche mich, als Charles urplötzlich herumwirbelt, mich in den Durchgang der Tribünen zieht und meinen Körper gegen die Wand presst. Alles im Bruchteil einer Sekunde. Sein Gesicht ist nur Millimeter von meinem entfernt, und dieses Ziehen in meiner Mitte, es ist sofort wieder zurück. *Sofort.*

»Was sollte das?«, raunt er.

Ich bin atemlos. »Was?«

Er knurrt. »Die Sache mit Suarez gerade!«

Perplex blinzle ich aufgrund des schnellen Themenwechsels. Macht er das extra? Will er ablenken, um nicht mehr an meinen Verrat denken zu müssen?

»Ich habe getanzt«, entgegne ich möglichst cool. »Ist das jetzt verboten, oder was?«

»Die Presse wartet nur auf so etwas!«

Ich schnaube. »Ist doch jetzt sowieso alles egal.«

»Hast du dir das gestern Abend auch gedacht?« Seine Augen werden schmal. »Mit meinem Bruder in Dankenhaal?«

»Charles …«

»Antworte mir.«

»Warum?« Entgeistert sehe ich ihn an. »Gerade wolltest du mir nicht einmal zuhören!«

»Sag schon, Cortessa. Was lief da?«, bellt er.

Einen Moment starre ich ihn weiterhin perplex an, dann entscheide ich mich dafür, seinen Zorn zu erwidern. »Das geht dich einen Scheißdreck an.«

»Es geht mich …« Er blinzelt. Plötzlich lacht er freudlos auf. »Fuck, Paola, *was*? Denkst du, hier geht es um mich?«

»Es geht doch immer nur um dich, Charles.«

»Was hast du vor?« Er kommt noch näher. Ich würde gern behaupten, dass es mich ankotzt, aber das wäre eine Lüge. Die Wahrheit ist gestört und pervers, denn: Ich werde feucht. »Willst du, dass Edward dich fickt?«

»Sei leise.«

»Dein eigener Bruder?«

»Ich habe gesagt, du sollst still sein!«

Sein Mundwinkel hebt sich zu einem raubtierhaften Grinsen. »Willst du, dass er dich leckt, so wie ich dich geleckt habe?«

»Halt die …«

»Gib mir keine Anweisungen«, knurrt er. »Das ist meine Aufgabe, schon vergessen?« Seine Lippen streifen mein Ohr. »Interessant, zu sehen, wie sehr wir dich verändert haben. Von dem unschuldigen Mäuschen zu dieser vulgären Sprache …«

Ich weiß, was das hier wird. Und es ist ganz und gar nicht gut. »Das ist nicht gesund, Charles.«

»Was?«

»Du lenkst ab« entgegne ich. »Du willst Konflikte unter Lust begraben.«

Er lacht. »Ich will alles unter Lust begraben, Cortessa. Aber sicher nicht mit dir.«

Seine Worte passen nicht zu seinem Körper, der dicht an meinem ist. Unter seiner Berührung bäume ich mich auf. Ich schließe die Augen, kämpfe gegen das Verlangen, das in mir aufbrandet. »Wir sollten darüber reden, was ich dir angetan habe. Auch wenn es dich verletzt.«

»Du denkst, du hast mich verletzt?« Freudlos lacht er auf. »Wann kapierst du, dass ich kein Herz besitze, Cortessa?«

»Das ist nicht wahr«, entgegne ich fest. Ich weiß, dass da etwas stark und kräftig unter seiner Brust schlägt. Ich weiß es, weil ich es unter meinen Fingern gespürt habe. Ich weiß es, weil es unter meiner Berührung angefangen hat, schneller zu werden, einen halben Marathon hinzulegen. Und ich weiß es, weil ich ihn weinen gesehen habe. Jemand, der kein Herz besitzt, weint nicht. Die nächsten Worte kommen flüsternd: »Du besitzt ein Herz aus Gold, Charles. Und es tut mir so, so leid, was ich …«

»Willst du seine Finger in dir spüren wie meine, die dich mit festen Stößen zum Höhepunkt geführt haben?« Er keucht. Scheiße, was geht hier ab? Es ist fast so, als könnte er meine Worte, die Erinnerung an den Verrat, nur mit Lust abwehren. Als wüsste er keinen anderen Weg, um die Kontrolle zu wahren. »Willst du, dass er dir in den Mund spritzt, so wie ich es getan habe?«

What the …

»N…nein.« Meine Stimme klingt leise. Sie überzeugt nicht. Meine Körpersprache hingegen schon. Ich dränge mich ihm entgegen, presse meinen Schritt an seinen, während ich genieße, wie sein Gewicht meinen Körper zurückdrängt.

Nein, Paola, nein! Fuck, was tust du da? Das ist widerlich. Krank. Hör auf!

Kurz schließe ich die Augen, presse die Lider aufeinander, rücke von ihm ab. »W…will ich nicht.«

»Auf dem Video sah es aber ganz danach aus.«

Meine Lider flackern, als ich zu ihm aufsehe. »Eifersüchtig?«

»Auf meinen Bruder? Auf *deinen* Bruder?« Sein gehauchtes Lachen fährt über meine Lippen und lässt sie vibrieren. »Scheiße, nein.«

»Ich dachte, es ginge hier um die DNA-Ergebnisse.«

»Und ich bin kein Heiliger, also lüge ich, um zu kriegen, was ich will.« Er grinst bitterböse. »Überraschung.«

Ich schnaube. »Und *was* willst du?«

Seine Miene wird hart. Hart wie sein Schwanz, der sich an meinem Schritt reibt. »Dich daran erinnern, was wir nur vor wenigen Stunden erfahren haben, Cortessa.«

Er kann genauso wenig damit aufhören wie ich. Es widert ihn an, das weiß ich, ich sehe es in seinen Augen, diesem Ausdruck, der mich belagert, der mir den Magen zusammenzwingt, und trotzdem sind da immer noch unsere Momente. Alles, was wir hatten. Was wir waren. Und eine einzige Wahrheit, die uns zwingt, jede Sekunde sofort zu vergessen.

»Cortessa?« Nun bin ich diejenige, die auflacht. »Jetzt sind wir also wieder beim Nachnamen? Trotz unserer Verwandtschaftsverhältnisse?«

Er entgegnet nichts. Stattdessen nähert sich sein Gesicht meinem. Es ist dunkel, aber seine Augen leuchten so hellgrün, dass ich jeden einzelnen Pigmentfleck in ihnen erkennen kann, jede Bewegung, mit der er mein Gesicht mustert.

Plötzlich zieht er mir das Cap vom Kopf, fährt mit den Fingern durch mein Haar. Seine Nägel kratzen über meine Kopfhaut, und ich genieße den bittersüßen Schmerz dieser Berührung mehr, als mir erlaubt ist. Charles drückt meinen Kopf zurück. Er lehnt seine Stirn gegen meine. Sein dichter Wimpernkranz verschwimmt mit meinem eigenen, ehe er die Augen schließt und ein Zittern durch seinen Körper fährt.

»Ich vermisse dich«, flüstert er. »Ich weiß, dass ich das hier nicht tun sollte, dass es krank ist, absolut gestört, ich *weiß* das, aber …« Er hebt die Lider, sieht mir tief in die Augen und gewährt mir einen Blick auf die tieftraurige Zerrissenheit, die darin lebt, »… ich vermisse dich so sehr, dass ich denke, ich *ersticke*, Paola.«

Seine Stimme bricht. Ich halte den Atem an. Meine Augen bewegen sich, nehmen jeden verzweifelten Millimeter seiner Züge auf, erkennen *so viel* in ihm, das ich nicht begehren sollte, erkennen *so viel* in ihm, das sich zu lieben lohnt, und plötzlich schaltet mein Kopf aus. Unsere Lippen bewegen sich aufeinander zu und …

»Charles?«

Sofort lässt er von mir ab, macht einen riesigen Schritt zurück, bis zwischen uns ein ganzer Ozean an tiefen Gefühlen verebbt. Er atmet rasant und heftig – genau wie ich.

»Sofia.« Er hat sich schneller wieder unter Kontrolle als ich. Mein Körper klebt noch immer an dieser Wand, als wolle ich mit ihr verschmelzen, und sein Duft lebt auf meiner Haut wie feiner Nieselregen in einer wolkenverhangenen Oktobernacht. »Ich hatte nur eine Kleinigkeit mit Paola zu klären. Gehen wir?«

In dem Moment tauchen Paparazzi hinter ihr auf. Sofia sieht nicht überrascht aus. Es wirkt, als hätte sie die Leute mitgeschleppt. Entschuldigend verzieht sie das Gesicht. »Du wolltest doch noch das Interview geben, und ich dachte …«

»Natürlich«, sagt Charles sofort. In seiner Stimme ist nicht der Hauch der Emotionalität, die ich wenige Minuten zuvor noch gehört habe. Von jetzt auf gleich klingt er wieder wie ein kalt berechnender Geschäftsmann. Wie der solide Präsidentensohn. Er schenkt den Reportern ein Lächeln. »Suchen wir uns einen anderen Ort für das Gespräch.«

Sofia kommt ihm entgegen, schmiegt sich an ihn und legt ihre Hände an sein Gesicht. Genau vor mir. Charles schnappt überrascht nach Luft, kaum wahrnehmbar, aber mir entgeht es nicht. Sofia zieht seinen Kopf herunter und legt ihre Lippen sanft auf seine.

Genau.

Vor.

Mir.

Das Geräusch ihres Kusses hallt von den Wänden wider, vermischt sich mit dem Klicken der Kameras, während die Reporter ihre Fotos schießen. Meine Kehle ist wie zugeschnürt. Erst im nächsten Moment wird mir bewusst, dass Charles noch immer meine Cap in seiner Hand hält. Aber er macht keine Anstalten, sie loszulassen. Während seine Lippen sich auf denen Sofias bewegen, klammern seine Finger sich an den altrosa Schirm wie um einen Rettungsring in stürmischer Nacht.

»Signore Blackwell«, ruft einer der Paparazzi. »Sind Sie glücklich über ihre Verlobung mit Signora Vendergaard?«

Charles löst sich von Sofia. Das hier fühlt sich an wie ein Messerangriff. Der Kuss war der Stich, aber als er beendet ist, als das Messer herausgezogen wird, schmerzt es immer noch. Es schmerzt *noch viel schlimmer*.

Charles verschränkt die Finger mit Sofias und schenkt den Reportern ein breites Lächeln. »Ich bin überglücklich.«

»Was war dann das mit Signora Cortessa auf dem Maskenball?«, fragt eine andere Journalistin. Mit dem Kinn deutet sie in meine Richtung. Sie spricht über mich, als wäre ich nicht anwesend. »Und offensichtlich waren Sie hier mit ihr allein?«

Charles Blackwell würde einen grandiosen Schauspieler abgeben. Wie überzeugend er lacht, dabei den Blick senkt und den Kopf schüttelt, als wäre diese Frage und ihre mitschwingende Behauptung das Lächerlichste dieser Welt, besitzt Oscarpotenzial.

»Der Kuss auf dem Ball war eine dumme Wette unter Männern. Nichts von Bedeutung.« Ein viel zu dreckiges Lachen kommt ihm über die Lippen. Es passt so wenig zu ihm, dass sich alles in mir zusammenzieht. Als hätte jemand absichtlich die Taschenbuchausgabe einer Reihe gekauft und sie zu den zwei Hardcovern gestellt. Einfach *falsch*.

Charles deutet einen Blick in meine Richtung an, aber er sieht nicht direkt zu mir. »Und das hier …« Er vermeidet es tatsächlich, mir in die Augen zu sehen, dieser Feigling! »War eine Klarstellung, dass sie mich *endlich* vergessen soll.«

Glühend heiße Steine brennen sich in mein Fleisch. Ich bin wie taub, stehe da, mit offenem Mund, und kann nicht fassen, dass er das getan hat. Mich in diese Position gedrängt hat, nur Minuten nachdem er verzweifelt raunte, wie sehr er mich vermisse.

Ich. Kann. Es. Nicht. Fassen!

Mein Blick gleitet an ihm vorbei zu Sofia, die ihn ruhig erwidert. Aber da ist kein mitfühlendes Lächeln mehr wie sonst, kein Verständnis oder Mitgefühl. Nur die Ruhe vor dem Sturm. In ihren Augen brodelt eine Warnung, und die ist unmissverständlich: *Zieh dich zurück. Das hier ist mein Revier.*

»Signora Cortessa«, richtet sich ein Reporter plötzlich an mich. »Sind Sie in einer festen Beziehung mit Edward Blackwell?«

»*Wa …?*« Perplex blinzle ich, bis seine Frage zu mir durchdringt. Das bringt das Fass zum Überlaufen. »Mein Leben geht euch einen Scheiß an!« Abrupt stoße ich mich von der Wand ab und baue mich vor diesen Leuten auf. »Und wenn Charles will, dass ich ihn, ich zitiere, *endlich vergesse*, könnt ihr ihm sagen, er soll aufhören, seinen Schwanz an mir zu reiben und dreckige Sachen in mein Ohr zu raunen!«

Alle starren mich an. Die Reporter. Charles. Sofia.

»Was für Sachen?«, fragt die übereifrige Paparazzi ganz vorn. »Haben Sie Beispiele?«

»Fickt euch doch«, zische ich.

»Das hat er gesagt?« Ihre Kamera klickt, klickt, klickt. »In welchem Zusammenhang? Will er, dass Sie vor seinen Augen mit seinem Bruder schlafen?«

»Genug!«, ruft Charles. Er *bebt* vor Zorn. Aber mir ist egal, wie er diese Situation regeln will. Ich habe nur einen letzten angepissten Blick für ihn übrig.

Aber als ich mich in Bewegung setze und an den Reportern vorbeirauschen will, schließen sich plötzlich warme Finger um mein Handgelenk. Sehr vertraute, warme Finger. »Paola, warte …«

»*Fass* mich nicht an!« Ich entziehe ihm meinen Arm so heftig, dass ich gegen einen der Paparazzi stoße, der eilig seine Fotos schießt. Mit Entsetzen bemerke ich den Schimmer vor meinen Augen, der alles ins Unscharfe stürzt. Bevor ich den Anwesenden gebe, was sie wollen, und anfange zu heulen, verschwinde ich.

LIKE A MONSOON AT THE END OF THE WORLD

Paola

»Das hat er nicht *ernsthaft* gebracht?« Blair sitzt im Schneidersitz auf einer Chaiselongue, eine dicke Wolldecke über den Beinen, und starrt auf ihr Handy. Ich will gerade fragen, was sie meint, als sie aufsieht und die Brauen in die Stirn hebt. »Charles hat gerade erst die Verlobung mit Sofia verkündet und zerrt dich dann in eine Tribünengasse?«

Ich gebe ein entnervtes Stöhnen von mir. »Wie schnell sind diese Creator eigentlich?«

»Schnell wie ein wuchernder Fußpilz.« Lis sitzt in einem Sessel neben dem Feuer und feilt sich die Nägel. Es ist Sonntag, und wir nutzen Lisbeths Housekeeping-Stellung aus, weil sie die Schlüsselkarte zur Turm-Lounge besitzt. Hier oben sieht es aus wie in einem Märchenzimmer: knisternder Kamin, altehrwürdige Polstergarnituren, Teppiche über Teppiche und eine kleine Terrasse, von der ich überzeugt bin, dass sie vor Jahrhunderten ein Überwachungspunkt gewesen sein muss. Wir haben die Fenstertüren weit geöffnet, uns drinnen in Decken gemummelt und beobachten von unserem Platz, wie dicke Schneeflocken vom Himmel fallen. In der Ferne leuchten die Lichter des Tals zu uns hoch, als wollten sie diesen Moment für uns erhellen, während die Tannen der Berge in Dunkelheit gehüllt sind. Nur der helle Schnee lässt hier und da ihre Schemen erkennen.

Seufzend legt Lis ihre Feile beiseite und begutachtet ihre mitgebrachten Lackfläschchen. »Die Lawine ist nicht mehr aufzuhalten, Pao. Das ist eine Schlacht, und du bist mittendrin.«

Mein Magen rebelliert.

»Krass«, murmelt Emma neben mir, den Blick auf ihr Handy

gerichtet. Wir liegen gemeinsam auf einer breiten Ottomane. »@xoxogossipgirl hat ein Foto von euch beiden exposed, das noch niemand kennt.« Sie runzelt die Stirn. »War das nicht an deinem ersten Tag hier? Als du ins CoC kamst?«

»So lange geht das schon mit euch?« Ignotus fallen beinahe die Augen raus. Er trägt ein Nachthemd aus Leinen, das bis zu seinen Knöcheln geht. Puffel liegt auf seinen Füßen. »Seit dem ersten Tag?«

Ich gehe nicht darauf ein. Stattdessen beuge ich mich zu Emma herüber und schnappe ihr das Handy aus der Hand. »Zeig mal.« Auf dem Display sind Charles und ich auf dem Flur zu den Toiletten im CoC zu sehen. Seine Hand liegt an meiner Stirn. Das Gefühl, aus dem Nichts in diese Erinnerung geschleudert zu werden, jetzt, da alles hoffnungslos ist, kommt einem Angelhaken gleich, der an meinen Eingeweiden reißt. »Die stellen das falsch dar.« Zorn schießt in meine Wangen. Unfassbar, dass irgendwelche fremden Menschen schon an meinem ersten Tag ihre Handykameras auf mich gehalten haben! »Wir sind ineinander gelaufen, ich habe mir den Kopf gestoßen, und er wollte sichergehen, dass es mir gut geht.« Wütend werfe ich Emma das Handy zurück in den Schoß. »Mehr nicht.«

»Du bist gruselig, wenn du gereizt bist«, sagt Blair. »Da zuckt ständig ein Muskel über deinem Auge, als wärst du von irgendwas Dämonischem befallen.«

»Holt den Exorzisten«, flüstert Ignotus mit gespielter Horrorstimme.

»Was ist gestern in dieser Gasse passiert, dass du so fertig bist?«, fragt Lis. Sie hat sich für den tannengrünen Lack entschieden. »Habt ihr rumgemacht?«

»Nein!«, protestiere ich sofort. Allein bei dem Gedanken stülpt sich alles in mir um. Jedes Mal, wenn ich daran denke, dass wir uns nahe waren, will ich mich am liebsten auflösen, um den Schmerz und den Ekel über die Wahrheit nicht mehr spüren zu müssen. Ich richte meinen Blick auf mein neuestes Häkelprojekt. Es werden Abschminktücher für Emma, aber so aggressiv, wie ich die Nadel gerade bewege, könnte es sich auch um eine Blackwell-Voodoo-Puppe handeln. »Er wollte reden. Mehr nicht.«

»Den Bildern nach zu urteilen, wollte er das scheinbar ziemlich … nahe«, entgegnet Blair. Ihre Nase schwebt immer noch über dem

Display ihres iPhones. »Wow, auf diesem Clip sieht es aus, als wollte er dich küssen.« Sie hebt den Blick. Verwirrt sieht sie mich an. »Aber mal ehrlich, ich kapiere das alles nicht mehr. Vor ein paar Tagen wart ihr gefühlt zusammen, trotz Sofia. What the hell has happened, dass es zwischen euch plötzlich kälter ist als bei *Ice Planet Barbarians?*«

»*Ice Planet Barbarians?*«, wiederhole ich verwirrt. »Was soll das sein?«

»Ein Buch mit Aliens, die drei Schwängel haben oder so.« Lis verdreht die Augen. »Blair steht auf Smut.«

»Nein«, entgegnet Blair. »Ich stehe auf den ganz crazy Shit, mit einer Prise Trash und Juice on top.«

»Also auf mein Leben«, entgegne ich.

Blair überlegt. »Ja, stimmt. Ich gebe zu, ich bin neugierig. Also, erzähl.«

»Da gibt es nichts zu erzählen«, sage ich.

»Paola.« Ignotus beugt sich vor, krault Puffel hinter den Ohren und sieht mich eindringlich an. »Zwischen euch hat die Welt gebebt, wenn ihr aufeinandergetroffen seid.«

»Ja.« Ich knirsche mit den Zähnen, um die Tränen zurückzuhalten, die hinter meinen Lidern brennen.

In dem Moment wird mir bewusst, dass ich es ihnen sagen will. Sie sind meine Freunde. Ich vertraue ihnen. Perlenkette und so. Und wenn ich dieses furchtbare Geheimnis noch eine Sekunde länger in mir trage, implodiere ich.

»Bis ich erfahren musste, dass sie meine Halbbrüder sind.«

Stille. Nur das Knistern des Feuers und die Windböen von draußen sind zu hören. Emma sieht mich mitfühlend an, legt ihre Hand auf meine und drückt sie. Dann, als hätten die drei sich abgesprochen, stoßen sie alle gleichzeitig dasselbe Wort aus.

»*Was?*«

»Meine Mutter hatte scheinbar was mit Jake Blackwell, als sie sein Zimmermädchen war, und das Ergebnis bin ich.« Meine Stimme zittert. Ich konzentriere mich auf die Häkelnadel, bewege sie in rapider Geschwindigkeit, aber die Wolle verschwimmt vor meinen Augen. »Es ist ekelhaft, schlimm und pervers, das ist mir klar, also bitte … bitte behaltet für euch, was ihr gerade denkt, und … und …«

Ich schlucke, schlucke immer wieder, bis nichts mehr geht und meine Tränen den Kampf gegen den Schutzwall gewinnen. Sie laufen unaufhörlich und hinterlassen feuchte Salzspuren auf meiner Haut. Frustriert werfe ich das Häkelzeug beiseite und vergrabe das Gesicht in den Händen. Meine Schultern beben, als alles aus mir herausbricht. Es ist zu viel. Viel zu viel. Die Reue, Charles hintergangen zu haben. Diese furchtbare, furchtbare Wahrheit über meine Identität. Die Skrupellosigkeit der Medien. Meine Sorge um Gabriel. Alles übermannt mich wie ein Monsun, der literweise auf die Erde knallt.

Aber plötzlich spüre ich Hände, die sich auf meinen Rücken legen, mein Haar streichen, Arme, die sich um mich legen.

»Schon gut, Pao.« Blairs Stimme ist dicht bei mir. »Irgendwann wird es wieder. Irgendwann wird das Gefühl in dir weniger.«

»Und solange sind wir bei dir«, murmelt Lisbeth. Als ich den Kopf hebe, sehe ich, dass sie sich vor mich gesetzt hat. Aus ihren dunklen Augen heraus blickt sie mich mitfühlend an. »Wir sind an deiner Seite, okay? Du bist nicht allein.«

»Stimmt«, bestätigt Emma. »Du hast sogar einen ganzen Breakfast Club, der dir den Rücken stärkt.«

Zittrig lache ich auf. »Breakfast Club?«

»Die Feministin«, Ignotus deutet auf Lis, »die Prinzessin«, auf Blair, »die Coole«, auf Emma, »und den Freak«, auf sich selbst. Dann spannt er seinen nicht vorhandenen Bizeps an. »Ein unschlagbares Team.«

Wieder lache ich, wobei mir Schnotter aus der Nase läuft.

»Richtig so«, sagt Blair. »Anneli wäre stolz auf dich!«

Mit dem Ärmel wische ich mir über das Gesicht. »Es ist alles so eine Scheiße.« Man kann mich kaum verstehen, weil ich so verheult bin. »Wie kann das plötzlich mein Leben sein?!«

»Ich habe dich gewarnt.« Emma seufzt. »Einmal Blackwell, und es gibt kein Zurück. Dass jetzt das auch noch dazu gekommen ist … na ja, das hat niemand kommen sehen.«

»Es ist wirklich heftig«, murmelt Lis.

»Ich glaube, ich würde sterben«, sagt Blair.

Schluckend sehe ich meine Freunde an. »Ohne euch könnte ich das hier auch nicht aushalten, glaube ich.« Mein Kinn zittert unkontrolliert. »Was soll ich denn jetzt tun?«

»Weitermachen, Pao.« Emma seufzt. »Das ist die wichtigste Regel in diesem Spiel, das sich unser Leben nennt. Einfach immer weitermachen.«

»Und dann wird es besser?« Verzweifelt sehe ich sie an. »Kann es überhaupt jemals wieder besser werden?«

»Vielleicht nicht besser«, murmelt Lis. »Aber leichter. Denn wir wachsen, oder nicht? Mit jeder Scheiße, die uns angreift, werden wir stärker.«

»Und irgendwann sind wir alle Endgegner«, sagt Blair. »Die Mewtus der Pokémons.«

Mein Mundwinkel hebt sich. »Du hast einen Pokémonwitz gemacht.«

»Nur für dich. Meine Wunden sind aufgerissen. Und eigentlich liebe ich das Spiel ja. Und, jetzt verrate ich dir mein Geheimnis: Ich spiele es jeden Tag.« Theatralisch presst sie sich eine Hand an die Brust. »Ich hoffe, diese Offenbarung weißt du zu schätzen.«

Ignotus geht zum Fenster, lehnt sich an die Zarge und streckt eine Hand aus. Schneeflocken landen darin. »Ich bin dafür, dass ich Essen bei meinen Eltern im little dragon bestelle, wir den ganzen Tag hier verbringen und uns einen Plan überlegen, wie Paola die Brüder gekonnt aus ihrem Leben streicht. Und mit ihnen auch die Tatsache, dass sie verwandt sind. Oder was du mit ihnen getan hast.«

Ich lächle. »Klingt gut.«

»Komm her, Süße.« Lis zieht mich in ihre Arme und drückt mich fest an sich. Sie riecht beruhigend nach Lavendel. »Du gehörst dir selbst, okay? Lass nicht zu, dass diese Welt dir dein Feuer nimmt. Brenn heller als die Sonne und mach Schmerz zu Asche. Du kannst das, Pao. Du bist eine Frau. Die können alles.« Sie löst sich von mir, lächelt mitfühlend. »Und jetzt muss ich dir leider sagen, dass sich tannengrüner Nagellack auf deinem weißen Shirt befindet.«

Unser Lachen erfüllt den Raum. Und zum ersten Mal seit Tagen fühle ich mich wieder leichter. Als wäre das Monster in meinem Inneren von Freundschaft geblendet worden. Als hätte es sich ein Stück weit in die Schatten verkrochen.

Als gäbe es noch Hoffnung auf Glück, von dem ich dachte, es wäre gnadenlos getötet worden.

TELL ME ABOUT YOU AND APRIL, BROTHER

Charles

Meine Finger fahren über die Rücken der in Leinen gebundenen Hardcover, während ich mit den Lippen in stummen Bewegungen die Titel forme. *Till Eulenspiegel, Die Leiden des jungen Werther, Nathan der Weise, Don Karlos, Hyperion, Maria Stuart …*

Auf dem golden schimmernden E von Emilia Galotti verharrt mein Finger. Das Licht des Kerzenlüsters, der in eindrucksvoller Eisenverrichtung von der Decke baumelt, tränkt das gravierte Familienwappen meines Siegelrings in blutrote Farbe. Vor meinen Augen wabert ein Bild der Vergangenheit, das sich mir bis in die Nebennierenrinde eingegraben hat: Paola, genau hier, auf dem Sofa, die Knie angezogen, den übergroßen Strickpullover über die Beine gezogen und ihr Haar mit dem breiten schwarzen Flechtreif zurückgeschoben. Ihre kleine Nase war vergraben in einem Buch, während sie nichts um sich herum wahrzunehmen schien. Hin und wieder haben sich beim Lesen ihre Lippen bewegt, manchmal hat sie die Kuppe ihres Zeigefingers in das Grübchen ihrer Wange gebohrt. Ich weiß nicht, wie oft ich sie entdeckt habe, nachdem ich mich aus dem Sessel der oberen Galerie erhoben und über die Balustrade geblickt habe. Sie hat mich nie bemerkt, aber jedes Mal ließ mich der Anblick innehalten, und ich konnte mich nicht mehr losreißen. Jedes Mal hat sie in einem anderen deutschen Klassiker geblättert. Sehr häufig war es Emilia Galotti.

Ich nehme das Buch heraus und setze mich auf das Chesterfield-Sofa vor dem Steinkamin, in dessen Inneren sich die hohen Flammen an den Holzscheiten laben.

Das Musik- und Lesezimmer befindet sich in der ersten Etage des Südflügels. Da es das letzte Zimmer im Gang ist, zeigt die breite Fensterfront auf die Berge hinaus. Ich liebe die Ruhe an diesem Ort.

Nur selten kommt jemand her. Die meisten Touristen treffen sich im Zigarrenraum oder in der Cocktailbar, weil sie dort auf der Terrasse sitzen und sich betrinken können. Die wenigsten von ihnen kommen ins Blackwell Palace, um zu *lesen.*

Das dunkle Kirschholz der Regale versprüht den Charme eines alten Herrenhauses. Sie sind über und über mit Büchern gefüllt. Über eine Wendeltreppe mit verschnörkeltem Eisengeländer gelangt man in die Galerie, die das Zimmer in zwei Etagen unterteilt und die hauptsächlich dem Zweck dient, auch die dortigen Bücher zu erreichen.

Ich blättere durch die Ausgabe Emilia Galottis, genieße das Gefühl des feinen Papiers zwischen meinen Fingern und atme den Duft der jahrhundertealten Druckerschwärze ein. An einem Satz bleiben meine Augen hängen.

Die beste Lunge erschöpft sich, auch sogar eine weibliche. Sie alle hören auf zu schreien, wenn sie nicht mehr können.

Etwas an diesen Worten gräbt sich tief in mein Fleisch. Ich lese sie noch ein paarmal, und mit jedem Lesen verstärkt sich die unangenehme Wirkung. Wird das unser Schicksal sein? Wird Paola irgendwann durch die Gänge dieses Hotels gehen, tiefe Ringe unter den Augen und nichts weiter als ein Schatten, der keinen Schrei mehr von sich stößt, weil die bittere Akzeptanz sie ausgehöhlt hat wie ein Jäger sein Wild, nachdem er es auf dem Schlachttisch hatte? Werde ich sie weiterhin beim Lesen beobachten, düstere Sehnsucht in mir empfinden, mir vorstellen, wie ich sie auf das Polster des Chesterfield drücke und sie hart nehme, während der Sturm in mir still ist, weil er längst *weiß*, dass dem Wüten sein Sinn abhandengekommen ist?

Ein ächzendes Geräusch reißt mich aus meinen Gedanken. Ich sehe auf. Mein Blick gleitet zum geöffneten Fenster, hinter dessen weißen Vorhängen der Schatten einer Gestalt in Sicht kommt. Ich schlage das Buch zu, lege es beiseite und erhebe mich. Meine Schritte werden von dem orientalischen Teppich gedämpft. Ich gehe an dem schwarzen Flügel vorbei, schiebe die Vorhänge beiseite und öffne das Fenster.

Der Typ, der sich ohne Sicherung an der steinernen Säulenbalustrade des Balkons hochzieht, ist mein Bruder. Mir fällt kein Mensch außer Edward ein, der bei minus acht Grad nur in Jogginghose und T-Shirt die Wand eines Palasts erklimmt.

»Ich hätte große Lust, dich herunterzustoßen«, sage ich.

Edwards Kopf fährt hoch. Einen Moment ruht sein Blick erschrocken auf mir, dann scheint er sich daran zu erinnern, dass er gerade nur mit den Händen an der Balustrade hängt, während der restliche Teil seines Körpers frei in der Luft baumelt.

»Tu's doch«, presst er hervor, ehe er das Gewicht auf seine Hände verlagert und mit erstaunlicher Körperbeherrschung die gestreckten Beine höher bewegt, bis er eine horizontale Linie bildet. Wie ein Sprungbrett in der Luft. Schweiß perlt von seiner Stirn. Seine Muskeln zittern. Er schwebt über dem Abgrund und könnte jeden Augenblick stürzen, aber Edward macht keine Anstalten, sein Bein über das Geländer zu schwingen. Als ich nichts entgegne, lacht er bitter auf. »In deiner Nachricht hast du groß angekündigt, ja, sogar *geschworen*, mich umzubringen, und jetzt, da der perfekte Moment gekommen ist, es wie einen Unfall aussehen zu lassen, stehst du nur da und glotzt mich an?«

»Du weißt, dass ich dir niemals etwas antun würde«, sage ich langsam. »Du weißt, dass ich dich liebe, Ed.«

»Ach, tust du das, ja?«

»Ja.«

»Weißt du, Bruderherz ...« Sein Gesicht ist hochrot vor Anstrengung, als er seine Arme durchstreckt, die Beine anzieht und mit den Knien voraus über die Brüstung springt. Keuchend landet er vor mir auf den Füßen. In seinen hellen Augen tobt ein eisiger Sturm. »Wenn du mich liebst, dann beweise es.«

»Was meinst du?«

»Sag mir endlich die beschissene Wahrheit.«

»Wie bitte?«

Freudlos lacht er auf. »Du könntest dich erfolgreicher dumm stellen, wenn unser Vater nicht regelmäßig darauf bestanden hätte, unseren IQ zu testen und miteinander zu vergleichen, Charles.« Edward geht an mir vorbei ins Innere, öffnet die Vitrine zwischen zwei Bücherregalen und schraubt die darin enthaltene Karaffe auf. Er gießt den Remy Martin Louis XIII Cognac in das Kristallglas wie ein durstiges Kind den Apfelsaft. Und genauso kippt er ihn auch herunter, ehe er ein weiteres Glas mit der knapp dreitausend Franken teuren Spirituose füllt.

Ich trete ins Innere und schließe das Fenster. Edward beobachtet mich aufmerksam über den Rand seines Glases hinweg. Ich zähle die Schlucke an der Bewegung seines Adamsapfels. Einer. Zwei, drei. Dann: »Mir ist bewusst, was zwischen dir und April lief. Wir *alle* wissen, was bei uns abging. Wir *alle* wissen, was wir getan haben, Charles. Aber da ist noch etwas, das du mir verheimlichst, oder?«

»Nein«, lüge ich.

Er macht einen Schritt auf mich zu. Das Zischen in seiner Stimme, als er spricht, klingt wie erhitztes Eisen auf einer blutigen Klinge. »Sag es.«

»Es gibt nichts, das du nicht weißt, Edward.«

In seinen Augen tanzt blanker Wahn. Keine Sekunde später landet der Remy Martin in meinem Gesicht. Ich schließe die Augen, atme tief durch und zwinge mich, ihm keine reinzuhauen. *Er leidet*, sage ich mir. *Mein kleiner Bruder leidet, und das hier ist sein verzweifelter Ruf nach Hilfe.*

Ich denke an Emilia Galotti.

Die beste Lunge erschöpft sich. Sie alle hören auf zu schreien, wenn sie nicht mehr können.

Mit dem Hemdsärmel wische ich mir über das Gesicht. Der perlweiße Stoff färbt sich braun. »Du solltest aufpassen.«

Edward lacht. »Als ob ich Angst vor dir hätte.«

»Nicht meinetwegen«, entgegne ich langsam. »Deinetwegen.«

»Im Gegensatz zu dir muss ich niemanden *befehligen*, um das Gefühl von Kontrolle zu wahren, Bruderherz.«

»Mir scheint, sie ist dir längst entglitten.«

»Wie bitte?«

Ich mache einen Schritt auf ihn zu und sehe auf ihn hinab. Edward ist einen halben Kopf kleiner als ich. »Du hast Paola geküsst, nachdem … *es* herausgekommen ist. Du hast öffentlichen Trockensex mit ihr gehabt und anschließend ganz TikTok daran teilhaben lassen. Du …«

»Halt's Maul!«

»Was?«, spotte ich. »Kommst du nicht mit der Wahrheit klar, unsere Schwester auf deinem Schoß gehabt zu haben?«

Seine Finger krampfen sich so fest um das Glas in seiner Hand, das ich fürchte, jeden Augenblick könnte er auch das nach mir werfen.

»Ed«, sage ich eindringlich, diesmal sanfter, ernster, »ich will für dich da sein, aber dafür musst du mich lassen. Ich *weiß*, wie es in dir aussieht, ich *weiß*, was du durchmachst, und ich *weiß*, dass alles ...«

»Du weißt einen verdammten Scheißdreck!« Er brüllt. Und er wirft das Glas tatsächlich. Aber nicht in mein Gesicht, sondern gegen die Wand. Es zerspringt am Regal. Die Scherben rieseln zu Boden wie meine Hoffnung, das brüderliche Band zu kitten.

Alles an Edwards Miene schreit nach Verzweiflung. Der feuchte Glanz vor seinen Augen, der die einzelnen Pigmente seiner Iriden zu vergrößern scheint, die verzerrten Lippen, das zitternde Kinn. Das häufige Schlucken, in dem Versuch, einen festsitzenden Kloß aufzulösen, und die trainierte Brust, die sich unter seinem T-Shirt rasch hebt und senkt. Es ist, als würden die Flammen aus dem Kamin statt am Holz nun an seinem Körper züngeln. »Du weißt nicht, wie es ist, von seinem Vater verstoßen zu werden, weil *du* derjenige bist, für den er verstoßen *hat*. Du weißt nicht, wie es ist, wenn die eigene Mutter sich verpisst und nichts mehr von ihrem Sohn wissen will, weil *du* derjenige bist, der dafür gesorgt hat, dass sie verschwindet. Du weißt nicht, wie es ist, seine Freundin zu verlieren, weil *du* derjenige bist, der dafür gesorgt hat, dass sie mich aufgibt. Du bist derjenige, der nicht weiß, wie es ist, erste Hoffnungen zu schöpfen, neue Gefühle zu entwickeln, die in nur einem kurzen Atemzug zerschmettert werden, weil *du* derjenige bist, der dieses kranke Jagdspiel mit Paola machen wollte. Du ...«

»Du hast mit ihr angefangen!« Jetzt zittere auch ich am ganzen Körper. Ich blicke auf meinen kleinen Bruder hinab wie ein Raubtier auf seine Beute. »*Du* hast sie vom Bahnhof abgeholt und als ein neues Jagdobjekt ausgewählt, Edward!«

»Tu doch nicht so. Du wolltest genauso spielen. Sie war genauso nichts weiter als Beute für dich und ...«

»Aber ich habe mich in sie verliebt!«, brülle ich. Zwischen uns tobt das Feuer, glüht das Inferno, geht auf uns über und lässt uns *brennen*. »Ich will sie genauso sehr wie du, obwohl *du* in ihr nur April siehst, und es tut, verdammt noch mal, genauso *beschissen* weh wie für dich, und trotzdem setze ich sie nicht unter Drogen und schiebe ihr meine Zunge in den Hals, weil ich kapiere, dass wir es *akzeptieren* müssen, okay?«

»Warum, Charles?« Er stiert mir wütend ins Gesicht. »*Warum* kannst du nicht aufhören, mir alles zu nehmen, was mir wichtig ist?«

»Fuck, du benutzt sie! Du benutzt sie, damit dein krankes Hirn April nicht für tot erklären muss!« Ich umfasse den Ausschnitt seines Shirts und ziehe ihn an mich, bis unsere Nasenspitzen sich beinahe berühren. Tief sehe ich ihm in die Augen, in denen Verzweiflung und Hass miteinander kämpfen wie ausgehungerte Löwen um die letzte Antilope. »Du wirst sie nicht mehr *anrühren*, verstanden?« Kurz schüttle ich ihn. »Ich liebe dich, Edward. Aber wenn ich noch einmal höre, dass du sie auch nur *angefasst* hast, breche ich dir jeden einzelnen Finger! Sie. Ist. Nicht. April. Kapiert?!« Damit stoße ich ihn von mir. »Und jetzt verschwinde.«

Aber er ist längst nicht fertig.

»Du kannst nicht aufhören, mir alles zu nehmen, weil du ein selbstverliebtes, gieriges Arschloch mit Armutskomplexen und Aufmerksamkeitsdefiziten bist. Du versuchst, deine Mutter in dir lebendig zu erhalten, indem du deinen gestörten Kontrollwahn auf sexueller Ebene auslebst, weil du sie nicht retten konntest und glaubst, so würdest du alles wiedergutmachen, so würdest du dich nicht selbst verraten. Bevor du behauptest, *ich* wäre krank, Charles«, Edward betrachtet mich voller Abscheu, »tu mir den Gefallen und nimm die beschissene Maske ab, wenn du das nächste Mal in den Spiegel siehst.«

Ich bin froh, dass er verschwindet, bevor ich ihm eine reinhauen kann.

Ich will ihn schlagen, weil er recht hat.

Ich will ihn *verprügeln*, weil er die Nähte meiner Wunden aufgerissen hat.

Weil er meinen langen Weg mit nur einem Hieb seiner Löwenklaue *zerrissen* hat.

I DON'T WANNA LOSE CONTROL, THERE'S NOTHING I CAN DO ANYMORE

Charles

Ich stehe da, neben dem schwarzen Flügel, ein klopfendes Herz in meiner Brust, Blut, das durch meine Venen rauscht, absolut lebendig, und doch fürchte ich, zu sterben.

Ich hebe die Faust und schlage auf die Tasten des Klaviers. Ein schauriger Ton erfüllt den Raum, kratzt an meiner Seele, so düster und schockierend, dass er sich in mir wie zu Hause fühlen würde. Alles in mir *bebt*. Ich spüre so viel Wut in mir, so viele Emotionen, dass ich das Gefühl habe, meinem Körper zu entgleiten. Keine Kontrolle mehr über mich zu haben.

Keine Kontrolle.

Fahrig zücke ich mein iPhone aus der Hosentasche. Ich will WhatsApp öffnen, aber meine Hand zittert so stark, dass ich dreimal daneben tippe. In meinem Kopf herrscht düstere Leere. Ein schneller Sturm grauer Wolken, die jedes Stück des freien Himmels verdecken. Wahllos klicke ich irgendeinen Namen an, bevor ich registriere, dass es Mishas ist.

Misha …

Die Räder in meinem Hirn rattern.

Soweit ich weiß, vögelt er zurzeit Xenia.

Und Xenia würde aktiv werden.

Lena nicht. Lena ist Sofias Freundin. Sie würde mich niemals anrühren. Mit Max und Lena ist es langweiliger.

Xenia hingegen … Sie gibt einen Scheiß auf alle, weil sie weiß, dass alle einen Scheiß auf sie geben. Hinter der oberflächlichen, heuchlerischen Freundschaft der Elite steckt meist ein erschreckender Hauch von Nichts.

Xenia ist genau diejenige, die ich brauche.

Charles: Bist du in der Nähe?

Misha: Yo, wieso?

Charles: Wo?

Misha: In eurer Sauna

Charles: Mit Xenia?

Misha: Ja

Charles: Kommt hoch ins Lesezimmer

Misha: Wann?

Charles: Sofort

Misha: Ok

Ich werfe das Handy aufs Sofa, verschränke die Hände hinter dem Kopf und gehe im Raum auf und ab. Da ist so viel Druck in mir. So viel Kontrollverlust, der dafür sorgt, dass sich Fantasien in mir breitmachen und meinen Schwanz heftig pulsieren lassen. Ich blicke hinab und erkenne die feste Beule in meiner Hose. Der Gedanke, die Kontrolle zurückzugewinnen, macht mich geil. Ich kann nichts dagegen tun. So war es schon immer. Ein kranker Fetisch, der seit Wochen nur noch Paolas Gesicht in meinen Gedanken akzeptiert hat. Aber das muss ich ausmerzen. Es muss enden.

Die Tür des Lesezimmers öffnet sich. Misha kommt herein, gefolgt von Xenia. Sie sind lediglich in Bademäntel gekleidet. Sie wissen, was ich brauche. Ich habe sie beide schon benutzt, nur in anderer Konstellation. Misha schließt die Tür hinter Xenia.

»Zieht euch aus.« Mein Atem geht schnell und heftig. »Sofort.«

Sie lassen ihre Bademäntel zu Boden fallen. Im nächsten Moment stehen sie nackt vor mir. Mishas Schwanz ist hart. Xenia beißt sich abwartend auf die Unterlippe, reibt ihre Schenkel aneinander.

Ich lasse mich auf das Chesterfield sinken, öffne meine Hose und nehme meinen Schwanz in die Hand.

Ich will es schnell, dreckig und nach meinen Bedingungen.

»Blas mir einen«, sage ich zu Xenia. Sie schnappt nach Luft, weil sie weiß, dass ich so etwas zuvor nie verlangt habe. Normalerweise sehe ich zu. Aber heute nicht. Heute brauche ich Ablenkung. Heute brauche ich Lippen, die an mir saugen, meinen Schaft lecken und die Erinnerung verblassen lassen, wie ich Paolas Mund ausgefüllt habe. Mein Blick gleitet zu Max. »Und du leckst ihre Pussy, während ich sie in den Mund ficke.«

Mishas Lider flattern vor Erregung, während er sich den Schwanz reibt. Er legt Xenia die Hände auf die Schultern und drückt sie zu Boden, bis sie auf allen vieren zwischen meinen Beinen kauert. Er geht auf die Knie, schiebt ihre Beine weiter auseinander und senkt seinen Mund auf ihre Scham. Xenia wirft den Kopf in den Nacken und stöhnt. Im nächsten Moment nimmt sie meinen Schwanz in die Hände und umschließt ihn mit ihren Lippen. Ein zittriges Seufzen entfährt mir. Mein Schaft verschwindet tief in ihrem warmen Mund, während sie mir einen bläst.

»O Gott«, raune ich. »Scheiße, ja.«

Xenias Finger krallen sich in meine Oberschenkel. Sie gibt lustvolle Laute von sich, was mich nur noch geiler macht. Ich stehe drauf, wenn meine Anweisungen zu Erregung führen. *Ganz besonders*, wenn mir dabei der Schwanz geleckt wird.

»Nimm deine Finger dazu«, weise ich Misha an. »Ich will es schmatzen hören.«

Ein rauer Laut entkommt Mishas Kehle. Als er sich kurz von Xenias Scham löst, sehe ich, wie nass seine Lippen glänzen. Sie wimmert und reckt ihm ihren Pfirsicharsch entgegen, während ihre Zunge in kreisenden Bewegungen über meine Eichel gleitet.

Ich schließe die Augen und ziehe scharf die Luft ein. »Ja, Baby.« Ich lege eine Hand an ihren Hinterkopf und drücke ihn fest herunter, bis meine Spitze ihre Kehle berührt. »Genau so.«

Sie stöhnt laut auf, als Misha zwei Finger in sie schiebt und seine Lippen wieder zwischen ihre Schamlippen gleiten lässt.

Ich kralle meine Finger in ihr Haar, hebe mein Becken an und ficke Xenia hart in den Mund. Mit jedem Stoß, den ich abgebe, verfliegt der angespannte Druck in mir. Mit jedem bisschen Kontrolle, das ich zurückerlange, wächst die Erregung, und ich fühle mich leichter.

»Jetzt fick sie«, stöhne ich. »Gib ihr deinen Schwanz.«

»Ja«, keucht Xenia mit flatternden Lidern. »Bitte. G...gib ihn mir.«

Misha presst ihr einen letzten Kuss auf ihre Perle. Es schmatzt, als er sich zurückzieht. Ich werfe ihm mein Portemonnaie über ihren Kopf hinweg zu, woraufhin er fahrig das Kondom daraus hervornimmt, aufreißt und über seinen erigierten Schwanz rollt. Keine Sekunde später packt er ihren Arsch und schiebt seine Spitze zwischen ihre Beine. Xenias Augen weiten sich, als er in sie dringt, während sie die Lippen fest um meine Härte geschlossen hält und an ihr saugt. Mit geschlossenen Augen und entspannten Zügen, an denen die Lust leckt, beginnt er, sich in ihr zu bewegen.

»Härter«, raune ich. »Gib ihr *dreckigen* Sex, Mish.«

Und das tut er. Sein Körper stößt vor, klatscht auf ihren, immer wieder und wieder. Misha fickt sie fest und heftig. Bei jedem Stoß bewegt sich ihr Körper weiter zu mir hin, was ich dazu nutze, tiefer in ihre Kehle zu gleiten. Der Druck in meiner Mitte braut sich zusammen. Ich werfe den Kopf in den Nacken, schließe die Augen und stöhne laut. Mein Stöhnen vermischt sich mit Mishas Lauten, der sie hemmungslos vögelt, und Xenias spitzen Schreien.

Wir kommen fast zeitgleich. Xenia ist die Erste, die sich an mir festklammert. Ich öffne die Augen und erkenne, wie ihre Beine sich anspannen, woraufhin auch Mishas Stöße langsamer und abrupter werden, seine Atemzüge abgehackter, dann entlässt er einen lustvollen Laut, als er sich in ihr ergießt. In dem Moment presse ich Xenias Hinterkopf fest vor, bis mein Schwanz vollends in ihrem Mund verschwindet, und halte ihn dort, während ich mich in ihr entlade.

Sie. Schluckt. Alles.

Ich bin noch im Delirium, versuche, die Situation zu erfassen und darauf klarzukommen, was gerade geschehen ist, als plötzlich ...

Die Tür wird geöffnet. Eine Person kommt herein, nichtsahnend, was sie hier erwartet. Bis sie den Kopf hebt und uns entdeckt.

Fuck. Ich hätte abschließen sollen.

Paolas Augen weiten sich. Das Buch, das sie in der Hand hält, fällt zu Boden. Abrupt weicht jedes Blut aus ihrem Gesicht.

Aus meinem auch. Und nicht nur daraus. Im Bruchteil einer Millisekunde wird mein Schwanz schlaff. Für einen kurzen Moment hört sogar mein Herz auf zu schlagen.

Misha flucht und versucht, in Sekundenschnelle seinen Bademantel überzuwerfen. Xenia setzt sich ungerührt auf den Hintern und begegnet Paolas Blick mit leichtem Amüsement in den Zügen.

Ich hingegen … ich sitze einfach da, mit entblößtem Schwanz, und kann mich nicht rühren. Alles in mir ist erstarrt. Ich glaube, meine Augen sind riesige Unterteller. Definitiv steht mein Mund offen. Genau wie ihrer.

Es dauert eine gefühlte Ewigkeit, bis Paola wieder zu sich kommt. »Ent … entschuldigt.« Schnell klappt sie den Mund zu, blinzelt mehrmals hintereinander und taumelt rückwärts. »Ich wollte … wollte nicht stören, ich …«

Aber der Rest des Satzes will ihr nicht mehr über die Lippen kommen. Sie schüttelt den Kopf, als würde sie das Bild damit aus ihren Gedanken vertreiben können, und flüchtet.

Keine Sekunde später vibriert mein Handy. Noch immer taub in allen Gliedern drehe ich den Kopf. Sehe mit starren Augen aufs Handy. Es braucht einen Moment, bis der verschwommene Filter verschwindet und sich das Display klärt.

Als ich die Nachricht meines Vaters sehe, stockt mein Herz schon wieder. Diesmal für mindestens drei Sekunden.

Dad: Komm sofort in mein Büro. Die DNA-Ergebnisse sind da.

NOT READY TO FIND OUT YOU KNOW HOW TO FORGET ME

Paola

Kopflos jage ich durch die Gänge des Hotels. Immer wieder wandern meine Finger zu meinem Gesicht, kratzen meine Nägel über die Haut, in dem verqueren Glauben, mir dieses Bild aus dem Hirn zu ziehen.

Ich strecke eine Hand aus und stütze mich an der Wand ab, während ich beinahe renne, um idealerweise einen ganzen Ozean zwischen mich und Charles zu bringen. Ölgemälde mit Männern in Fracks und Frauen in ausladenden Kleidern ziehen an mir vorbei. Ich könnte schwören, sie alle sehen mich an, sie alle denken sich ihren Teil, bewerfen mich mit vorwurfsvollen Schatten, die sich an mich heften und zischen, dass es meine eigene Schuld ist, dass Emma mich gewarnt hätte, dass ich nicht einmal so *fühlen* dürfte, weil wir … weil …

Keuchend stoße ich die Tür zu meinem Zimmer auf.

Emma sitzt auf dem Stuhl vor ihrem Nähtisch. Sie wirbelt herum, in der einen Hand eine Nadel, im Mund einen Faden. Als sie mich entdeckt, zupft sie ihn heraus. »Alles in Ordnung?« Sie hebt eine Braue. »Du siehst aus, als hättest du gerade Anneli dabei erwischt, wie sie sich an einem Bericht über eine Polypenbehandlung aufgeilt.«

In meinen Ohren rauscht es. Ich werfe die Tür hinter mir ins Schloss und wanke zu meinem Bett.

»Hey.« Emma erhebt sich und kommt zu mir. Der Witz in ihren Augen verschwindet und macht einem besorgten Schimmer Platz. »Was ist passiert?«

Ich drücke mir die Knöchel auf die Augen, in der Hoffnung, dadurch würde die Dunkelheit meine Erinnerungen tränken. Aber sie bleiben. Meine Schultern fangen an zu beben. Kurz darauf rinnen Tränen über meine Finger.

»Paola.« Emma streicht mir übers Haar. Aber ich kann mich kaum beruhigen. Irgendwann stupst mir etwas gegen die Wange. »Hey, Süße«, sagt Emma mit zu einem Bariton verstellter Stimme. »Ich bin's, Norbert Nacktmull, und ich verlange, dass du mir sagst, was los ist, weil ich mich sonst in die Flammen des Kamins werfe und meine verstörend hässlichen Augen niemals wieder das Tageslicht sehen werden.«

Ich lasse die Hände sinken. Zwischen die Schluchzer schiebt sich ein Grinsen, als ich sehe, wie Emma vor meinem Gesicht mit Norbert Nacktmull herumwackelt und dabei die Schneidezähne über ihre Unterlippe geschoben hat.

»Du bist bescheuert«, sage ich.

»*Ich* bin bescheuert?« Norbert Nacktmull schießt direkt vor meine Augen. »Wer hat mich denn erschaffen, hm, hm, HM?«

Bei jedem *Hm* kommt er näher. Schluchzend lache ich auf, schiebe das Amigurumi beiseite und sehe mit tränenverschleiertem Blick zu Emma auf. »Ich habe Charles erwischt.«

Meine Freundin schiebt die Schneidezähne wieder zurück. Sie wirkt entsetzt. »Wann?«

»Gerade eben.«

»Mit wem?«

»Xenia und Misha.«

Emma verzieht das Gesicht. »Hat er ihnen zugesehen?«

Ich schüttle den Kopf.

»Wie bitte?« Als ich nichts entgegne, fügt Emma schockiert hinzu: »*Charles hatte Sex?*«

»Keine ... keine Ahnung.« Wieder kneife ich die Augen zu, um die Bilder zu vertreiben. »Sie waren schon fertig. Er saß auf dem Sofa, Xenia hat vor ihm gekniet, Misha hinter ihr, also glaube ich, dass ...«

»... sie ihm einen geblasen hat.«

Ich öffne die Augen wieder und nicke. »Es nervt mich, dass es mich überhaupt trifft.« Frustriert blicke ich auf den Bettüberwurf. Ich stoße die Luft aus, schnappe mir Norbert Nacktmull und fahre über die Maschen seiner Augen. »Ich meine, vorgestern erzählt er der Presse die totale Scheiße über mich, küsst Sofia vor meinen

Augen, hat sich ganz offensichtlich für sie entschieden, und das kann ich ihm nicht einmal verübeln, denn was bliebe ihm für eine Möglichkeit, nachdem wir … nachdem herausgekommen ist, dass …« Ich stocke, drücke meine Stirn gegen Norberts und schüttle den Kopf. »Es sollte mir egal sein. Stattdessen fühle ich mich, als hätte er mich betrogen. Das ist doch *irre*, Emma!«

»Na ja.« Sie seufzt. »Niemand kann Gefühle mit einem Fingerschnippen dazu bringen, sich aufzulösen. Auch keine solche Nachricht. Egal, wie schockierend es ist, das muss erst mal verarbeitet werden. Und vielleicht …«

»Vielleicht was?«

»Jeder geht mit Kummer anders um.« Sie beißt sich auf die Unterlippe. »Vielleicht ist genau das Charles' Art, zu verarbeiten.«

Dem kann ich nichts entgegensetzen, weil ich denke, dass sie recht hat. Ich kann ihm nicht einmal böse sein, weil wir alle in demselben, beschissenen Boot sitzen, das mit jeder Sekunde weiter in die Tiefe sinkt. Und wir alle versuchen, nicht zu ertrinken.

Edward, indem er mich im Rausch küsst.

Ich, indem ich mich auf Drogen setze.

Charles, indem er sich an Gruppensex aufgeilt.

Mit dem Ärmel wische ich mir das Gesicht trocken. Ich werfe Norbert beiseite, rutsche vom Bett und schnappe mir das Blümchenbuch von meinem Nachttisch.

»Was hast du vor?«, fragt Emma.

»Heute Abend ist der Poetry Club.« Ich werfe das Buch in meinen Jutebeutel, schlüpfe in Cordjacke und Docs und schiebe mir den Beutel über die Schulter. Ich muss mich ablenken. Irgendetwas tun, um die Blackwells auszublenden und nicht an den Gedanken zu zerbrechen, weshalb mein Bruder nicht mehr an sein Handy geht. Sollte er bis Ende der Woche nicht angerufen haben, setze ich mich in den Zug und fahre nach San Luca. »Vielleicht bringt mich das auf andere Gedanken.«

»Gute Idee. Ach, ähm, Paola?« Das Lächeln auf Emmas Lippen verrutscht. »Hast du gesehen, was die Presse über …«

»Ja, habe ich.« Mit gespielt desinteressierter Miene setze ich mir die Mütze auf. Blair hat es mir während der Arbeitspause zwischen der Veranstaltung im Tennisclub und dem Dinner gezeigt: ein überaus dramatisch gewähltes Bild, wie Charles und Sofia sich innig küssen, und ich an der Wand zwischen den Rängen klebe, während ich die beiden entgeistert angaffe. Überschrift: *Charles will, dass Paola Cortessa* endlich *loslässt.* »Ist mir egal. Sollen die über mich schreiben, was sie wollen. Ich bin hier, um meinem Bruder zu helfen. Nur das zählt.«

»Wir kriegen das hin.« Mitfühlend hebt Emma einen Mundwinkel. »Rede mit Signore Blackwell, Paola. Ich weiß, gerade nach dieser …« Unbeholfen wedelt sie mit den Händen durch die Luft. »… Sache, fällt es dir schwer, ihm zu begegnen, aber …«

»Er geht mir aus dem Weg«, murre ich. »Es ist nicht so, als hätte ich es nicht versucht, Emma. Aber er lässt sich nirgendwo blicken, zum Westflügel habe ich keinen Zutritt, weil die Karte, die Elias mir gegeben hat, nicht mehr funktioniert …«

»Vermutlich haben sie den Code geändert.«

»Ja.« Ich zucke die Achseln. »Seine Assistentin gibt mir keinen Termin, und Anneli meint, sie kann nichts machen.«

»Vielleicht schenkst du ihr eine Nasenspülung.« Emma hebt abwehrend die Hände, als sie meinem *Nicht-witzig*-Blick begegnet. »Schon gut, schon gut. Und wenn du Leopold fragst?«

»Ja, vielleicht.« Was für eine Ironie, dass ich einen Typen erst in den Knast bringe und ihn anschließend um Hilfe bitten will. Erschöpft reibe ich mir die Augen. »Ansonsten schreibe ich ihm eine E-Mail, kündige an, dass ich mit all der Scheiße an die Öffentlichkeit gehe und hoffe, er springt darauf an.« Ich schenke ihr ein halbherziges Lächeln. »Bis später.«

»Viel Spaß, sagt der Has, und erwähnt dabei null, dass er eigentlich ist ein«, sie lüpft die Brauen und streicht anzüglich über meinen Amigurumi, »Nacktmull!«

Ich öffne die Tür. »Viel Spaß beim Nähen der Kleider, die erquicken werden betörende Leiber, vor allem deinen, wenn du und Laxon sich aneinander reiben.«

In gespielt lüsternem Schock reißt Emma Augen und Mund auf. Sie wirft Norbert Nacktmull nach mir. Lachend weiche ich aus, ziehe die Tür hinter mir zu und mache mich auf den Weg ins Zentrum von St. Moritz.

I KNOW THERE IS HOPE IN THESE WATERS BUT I AM DROWNING IN SILENCE

Paola

Schnee rieselt mir ins Gesicht. Der zweite Weihnachtstag ist vorbei, jede Tanne leuchtet in goldenen Lichterkettenfarben und auf dem gewaltigen Hof des Blackwell Palace singt ein Schweizer Knabenchor neben einer Kutsche, zwei Friesen mit Weihnachtsschleifchen in der Mähne im Gespann.

Plötzlich vibriert meine Manteltasche. Ich zücke mein Handy. Als ich den Namen meines Bruders auf dem Display entdecke, stolpert mein Herz. Sofort nehme ich den Anruf an.

»Gabe?«

»Hi, Pao.«

»O mein Gott, Gabe!«, quietsche ich und presse das Handy fester an mein Ohr. »Ist alles in Ordnung bei dir?«

»Ja.« Er ist draußen. Der Wind pustet in den Lautsprecher. »Mir geht's gut.«

Gott sei Dank!

»Meine Güte, ich bin halb gestorben, weil ich dich nicht erreichen konnte!«

»Hatte nur zu tun.«

»Mach das nie wieder, hörst du? Melde dich, und wenn ich anrufe, geh bitte an dein Handy.«

»Jaah.« Er druckst herum. »Mir ist etwas eingefallen, das ich dich fragen wollte.«

»Was denn?« Fröstelnd ziehe ich den Mantel fester um meinen Körper und stelle mich abseits, als Xenia, Lena und ihre Gruppe eingehakt und giggelnd an mir vorbeischlendern. »Brauchst du mehr Geld? Ich kann dir noch was schicken. Kein Problem! Mein erstes Gehalt kam am fünfzehnten. Wie viel …«

»Darum geht's nicht. Ich, äh, brauche gerade kein Geld.«

Stille.

»Hat Matteo dir was von seiner Mafiakohle gegeben?« Als keine Antwort kommt, stoße ich die Luft aus. »Gabe, das Geld ist *dreckig*, hörst du? Ich will nicht, dass du –«

»Nein!«, unterbricht er mich, ehe er etwas leiser hinzufügt: »Ich arbeite.«

»Du arbeitest?« Nachdenklich beobachte ich Laxon, der neben einer Kutsche steht und einem Mädchen hineinhilft. Sie kommt mir vage bekannt vor. Ich runzle die Stirn und nehme mir vor, Emma davon zu berichten. »Wo?«

»Auf dem Weingut.«

»Auf dem Weingut?«, wiederhole ich perplex. Mein Bruder hatte nie Interesse an meiner Arbeit. Er fand Weine langweiliger, als die Konsistenz von verschimmelter Erde zu analysieren. »Welchem?«

»Val Di Sole.«

»Was?« Perplex stehe ich auf dem Hof, mein Blick immer noch an der Kutsche klebend, in der Laxon gerade mit dem ominösen Mädchen verschwindet. »Wieso arbeitest du auf meinem alten Weingut?«

»Sie haben wen gesucht, und ich dachte, so könnte ich die meiste Zeit nicht zu Hause verbringen und gleichzeitig etwas Geld verdienen.«

»Okaaay.« Verwirrt blinzle ich. Es will mir partout nicht gelingen, meinen kleinen Fußball-vernarrten, Steine-süchtigen Experimentebruder mit Affinität zu Käfern (je ekliger, desto besser) mit dem renommierten Weingut Val Di Sole in Einklang zu bringen. Aber das Einzige, das mich gerade interessiert, ist sowieso, dass es ihm gut geht. »Komisch, weil, na ja, deine große Liebe ist dieser Langhorndingenskäfer und …«

»Rosalia Alpina«, korrigiert Gabriel mich. »Aber der Alpine Longhorn Beetle ist extrem selten, und ich habe gelesen, er könnte in der Region des Weinguts gefunden werden! Cool, oder?«

Unwillkürlich muss ich lächeln. Es ist das erste Mal seit langer Zeit, dass ich diese kindliche Begeisterung aus seiner Stimme heraushöre. »Mega! Grüß Alfonso von mir, ja?«

»Mach ich.«

»Also, was wolltest du mich fragen?« Er zögert. »Gabe?«

»Ja, ähm, diese Person, die dich nach St. Moritz geholt hat, also diese Familie, die haben auch eine Wassermarke, meintest du.«

»Ja.«

»Welche war das noch mal? Morelli?«

»Blackwell's Waters.«

»Ah.«

Wieder Stille.

»Warum fragst du?«

»Nur so. Weißt du, ob die gerade größer werden wollen?«

Ich überlege. Mir fallen Unterlagen ein, die ich damals in Charles' Suite gefunden habe. »Dieser Crystal Award steht bevor. Eine Auszeichnung für Wassermarken. Ist ein großes Ding. Die Gewinner dominieren den internationalen Markt. Blackwell's Waters ist nominiert.«

»Ah«, wiederholt er, diesmal abweisend.

»Ist wirklich alles in Ordnung?«

»Ja, ja. Klar. Frage nur wegen der Schule. Wir sollen einen Wirtschaftsvortrag halten, und ich dachte, vielleicht erzähle ich was über diese Blackwells.«

Sofia tritt aus dem Hotel, eine Yves Saint Laurent in ihrer Armbeuge. Ihr Mantel bauscht um ihre Knöchel, als sie die wenigen Treppenstufen herunterkommt. Ihr Blick fällt auf mich. Sie lächelt schwach und stolziert dann mit gerecktem Kinn zu dem schwarzen Rolls-Royce, der gerade auf dem Hof hält.

»Also, ich muss auflegen«, sagt Gabriel. Im Hintergrund höre ich laute Männerstimmen. Sie klingen aufgewühlt. »Ich muss für Mamma noch irgendeinen Antrag ausfüllen.«

Mein Magen verkrampft. »Tut mir leid, dass du das jetzt alles übernehmen musst. Weißt du, ob Mamma schon Post von der Sorgerechtsstelle bekommen hat?«

»Glaube nicht.«

Ich seufze. »Bald hat das ein Ende, ja?«

»Meinst du?« Seine Stimme klingt leise. Mutlos, aber doch mit einem letztem Hauch von Hoffnung zwischen den Silben. »Glaubst du, das könnte noch klappen?«

Er weiß nichts davon, was beim letzten Polospiel passiert ist.

Nichts von dem geplatzten Deal. Aber es würde mir das Herz zerfetzen und die Seele brechen, eine widerliche schwarze Leere in mir hinterlassen, ihm das zu sagen. Es spielt keine Rolle. Ich werde ihn holen – koste es, was es wolle. Und wenn nichts funktioniert, gehe ich zurück zu ihm.

»Ja«, sage ich fest. »Mach dir keine Sorgen, okay?«

»Okay. Ciao, Pao.«

»Ciao.«

Ein schwaches Lächeln zupft an meinen Lippen, als ich auflege und das Handy wegstecke. *Immerhin geht es ihm gut*, denke ich. *Es geht ihm gut, und bald ist er bei mir.*

WHEN I SEE THE NIGHTMARE I FEEL MORE, I FEEL THE CRESCENT MOON

Paola

»Grüner Tee?« Ignotus hält mir einen dampfenden To-go-Becher vor die Nase. »Emma hat mir geschrieben, dass ich dich treffe, wenn ich noch mal umkehre. Und da ich schon beim Coffee o' Clock gewesen bin, dachte ich, das könnte dich nach dieser Pressesache stärken.«

»Du bist der Beste.« Mit einem dankbaren Lächeln nehme ich ihm den Tee ab. Gemeinsam stapfen wir durch den Schnee im Innenhof. Ignotus langer Steampunkmantel rauscht hinter ihm her wie die Robe des Dunklen aus Shadow & Bone, einer Serie, die Emma vor ein paar Tagen angefangen hat und die seither auf dem Tablet läuft, während sie nebenbei näht. Aus dem Augenwinkel bemerke ich einen leichten Bartschatten auf Ignotus' Gesicht. »Neuer Look?«

»Hm?« Blinzelnd sieht er mich an, fasst sich an den Schirm seiner Ballonmütze. »Die hier? Nein, ist nur Ersatz. Puffel hat meinen Zylinder angeknabbert.«

»Ich meine den Bart.«

»Oh.« Nachdenklich fährt er sich mit der Hand über die Stoppeln. »Nein, eigentlich nicht. War etwas viel in letzter Zeit.«

»Stress auf der Arbeit?«

Er seufzt. »Kann man so sagen.«

»Könnte wetten, Anneli jagt die Leute durch die Zimmer vom Blackwell wie ein Fuchs die Hühner.«

»So ist es.« Sein Blick wandert in die Ferne, im nächsten Augenblick formen sich seine Lippen zu einem breiten Lächeln. »Freust du dich auf das White Turf?«

Das White Turf ist ein Pferderennen auf dem Moritzersee, ein großes Event, das morgen stattfindet. Vor einer Woche waren Blair,

Emma und ich noch ganz aufgeregt, weil wir gemeinsam eingeteilt worden sind, aber jetzt verkrampft sich mein Magen, wenn ich nur daran denke. »Hält sich in Grenzen.«

»Ah, stimmt. Fast vergessen, dass Charles und Edward auch da sein werden.« Wir lassen den See hinter uns und schlagen den Weg in die kleine Altstadt ein. Süße Düfte der Weihnachtsbuden hüllen uns ein, von Maroni über Schmalzkuchen und Poffertjes bis hin zu Glühwein. »Warum warst du überhaupt mit ihm und Sofia bei den Tribünen?«

»Er wollte reden.«

»Über die Sache mit Edward und dir in Dankenhaal?«

»Unter anderem.«

Ignotus öffnet den Mund, um nachzusetzen, aber weil ich keine Lust auf dieses Thema habe und im selben Moment Happy aus dem Saftladen tritt, um ein umgekipptes Plastikreh wieder aufzustellen, reiße ich einen Arm in die Höhe und rufe laut: »Hey, Happy!«

Die hübsche Frau mit dem schwarzen Longbob wendet den Kopf. Als sie mich erkennt, strahlt sie. »Paola! Lange nicht gesehen.« Sie streckt einen Arm aus und drückt mich kurz an sich. »Ich hätte einen Suchtrupp nach dir rausgeschickt, würde dein Gesicht nicht ständig bei TikTok auf der For-You-Page auftauchen.«

Ich verziehe das Gesicht. Als ich mich von ihr löse, sehe ich gerade noch, wie Ignotus eine wedelnde Handbewegung vor seinem Hals macht, um ihr damit ein stummes *abbrechen, Happy, abbrechen* zuzurufen.

»Sorry.« Sie verzieht das Gesicht. »Zu früh, um Witze darüber zu machen, nehme ich an?«

»Gib mir noch eine Woche«, murmle ich.

Ignotus klopft mir aufmunternd die Schulter. »Wenigstens hast du deinen Sarkasmus nicht verloren.«

»Kommt rein.« Sie stellt das Reh auf, aber es fällt direkt wieder um. Mit der Schnauze in den Schnee. Könnte ich sein, nur in schöner. Happy versucht es ein zweites Mal, wieder stürzt es, diesmal bricht ein Ohr ab. Yep, definitiv ich. »Ach, scheiß drauf.« Happy kickt den Hintern des Plastiktiers beiseite und scheucht uns in den Laden.

Es riecht herrlich nach Acrylfarben der Malgruppe, die zuvor hier war, dazwischen mischt sich der Geruch nach Zimt, Äpfeln und Orangen. Im Kamin knistert ein Feuer, an den Sekretären sitzen ein paar Leute über ihre Schreibprojekte gebeugt, manche hocken im Schneidersitz auf den vielen übereinander gelegten türkischen Teppichen, auf Sesseln oder Sitzsäcken und lesen. Auf einem Buchrücken erkenne ich den Titel: Charles Dickens – Eine Weihnachtsgeschichte.

Charles, Charles, Charles. Er ist überall.

»Zur Feier des zweiten Weihnachtstages gibt es Chai, Matcha, heiße Schoki und natürlich auch Smoothies.« Happy deutet auf die vielen gefüllten Gläser auf der Theke. »Bedient euch. Vitamine machen glücklich.«

Ich werfe den leeren Green Tea in den Müll und nehme mir einen Chai, der herrlich nach Vanille duftet, gerade als eine zarte Hand neben mir nach einem Spinatgetränk greift.

»Ich habe gewonnen!« Lisbeth strahlt mich an. »Endlich, nach all den Albträumen von dieser Frau, konnte ich Anneli ins Gesicht kacken.«

»Äh«, sage ich.

»Nicht wortwörtlich.« Lis verzieht den Mund. »Leider.«

»Was hast du getan?« Ignotus schlürft ein Kokos-Vanille-Getränk durch einen Papierstrohhalm. »Ihr gesagt, dass es keine Ameisen gibt, die sich durch die Haut in ihre Zellen fressen? Bitte nicht. Ich finde, sie sollte an dieser Angst festhalten.«

Lisbeth fährt sich durch ihren Pixiecut, auf ihren Lippen ein siegreiches Grinsen. »Anneli war groß.«

»Und?«, frage ich.

Lisbeth kostet den Moment aus. Sie trinkt einen Schluck, stochert mit ihrem Halm in der Spinatplörre herum, so lange, bis Ignotus die Beherrschung verliert. »Jetzt sag' schon!«

Lisbeths Augen leuchten auf. »Die Frau war auf der Schüssel und hat Bremsspuren hinterlassen!«

»Dein Ernst?« Ich starre sie an. »Inwiefern kannst du ihr damit eins auswischen?«

»Vergessen, dass sie uns Punkte gibt, wenn wir die Klobürste nicht benutzen? Anneli tut wie eine Heilige. Wie die *Königin* des Klos, und das so überzeugend, dass man sich manchmal schon erwischt, neidisch auf ihren Status zu sein, dass man selbst die Herrscherin der Toiletten werden will, ein verrückter Machtkampf, aber auf einmal weckt das Geräusch der Spülung in dir den Drang, dein Imperium zu sehen, den kranken Wunsch, Anneli von diesem Thron aus Wasserhähnen zu stürzen.«

»Wie bitte?«

»Das kann ich bestätigen.« Ignotus prostet ihr mit seinem Getränk zu. »Es war mir peinlich, das je zuzugeben, aber jetzt, da du diese Tatsache aussprichst … ja. Der Drang, das Königreich zu übernehmen, ist stark.«

»Tja.« Lisbeths Lippen kräuseln sich vor Zufriedenheit. »Ich habe Anneli erwischt und sie fertiggemacht. Sie wurde wütend wie ein Stier, wollte mit der Klobürste nach mir werfen, aber ich bin ausgewichen, und sie hat Lena getroffen, die *ausgerastet* ist. Ich meine, da war *Scheiße*, die ihre Prada-Bluse getroffen hat, kein Witz. Oh, Freunde, es war *herrlich*. Eine bittersüße Schlacht um ein Königreich, und, na ja, wir haben es nicht ausgesprochen, aber ich denke, Anneli ist klar, dass ich sie offiziell vom Thron gestürzt habe. Am Ende ist sie voller Demut mit der Bürste zu ihrer Toilette gekrochen und hat geputzt, während ich ihr dabei zugesehen habe, wie sie es immer bei uns getan hat. Mit dem gleichen hochnäsigen Blick. Gott, ich schwöre euch, es hat *so* gutgetan.«

»Glaube ich dir.« Ignotus schlürft. »Ich bin neidisch.«

»Ich ernenne dich zu meiner rechten Hand, wenn du willst.«

»Nur, wenn ich die Klobürste wie einen Zepter halten darf.«

»Das muss ich mir noch überlegen.«

»Ich beweise mich auch.« Schlürf. »Mit einem Klostein. Ocean Breeze.«

Und ich dachte, *mein* Leben wäre verrückt.

In dem Moment klatscht Happy in die Hände, und die anwesenden Leute versammeln sich auf den Jutepuffs im Sitzkreis. Als ich mich zwischen Lis und Ignotus setze, fällt mein Blick auf Leopold. Es ist immer wieder seltsam, ihn ohne Schuhe zu sehen. In diesen bunt gepunkteten Socken, die überhaupt nicht zu seinem restlichen Erscheinungsbild passen. Darin wirkt er … so normal.

Er hebt den Blick und lächelt schwach. Ich lächle zurück. In mir herrscht noch immer ein schlechtes Gewissen, weil ich dafür gesorgt habe, dass er vor all diesen Menschen von der Polizei abgeführt wird. Andererseits hat er recht. Nach der Beweislage hätte jeder so gehandelt.

»Es freut mich, dass wir heute wieder zu einer poetischen Runde zusammenkommen«, sagt Happy. Freundlich blickt sie umher. »Hat jemand von euch etwas geschrieben, das er mit uns teilen möchte?«

»Ich«, sagt Leo mit rauer Stimme. Er räuspert sich. »Es gab ein paar Tage, in denen ich ... in denen ich nicht geschlafen habe.« Ein Schauer überkommt mich. »Da gab es einiges, das in mir herumgespukt hat und rausmusste.«

Happy nickt und deutet mit der Hand auf den Zettel, den er in dieser Sekunde entfaltet. »Sehr gern, Leo.«

Das Papier hört auf zu knistern. Um uns herum wird es still. Nur das Geräusch der knackenden Holzscheite erfüllt den Raum. Einen Augenblick starrt Leo das Papier an, und ich denke schon, er wird nichts mehr sagen. Doch dann ...

»Dieses Gedicht heißt *Gebrochener Kolibri.*« Er räuspert sich.

»Wie ein Kolibri
gefangen im Käfig
er flattert mit den Flügeln
will ausbrechen
der Welt erzählen
wie es in den Bergen aussieht
in den tiefen Ebenen
zwischen den Schatten
die niemals
jemand erkundet.

Wie ein Kolibri
aber getroffen
gefangen in einem Mantel
eisiger Klauen
die ihm
ohne Erbarmen
die Flügel zerschmettert haben.

Wie ein Kolibri
der flattert im Wind
mit gebrochenem Herzen
und einem inneren Kind
das verzweifelt versucht
gehört zu werden
obwohl es weiß
dass die Hierarchie
für immer nur den Sturm verheißt.«

Zögerlich sieht er auf. Die Ponyfransen seiner rostbraunen Haare liegen auf seiner bleichen Stirn. Seine braunen Augen heften sich auf meine. Da ist so viel Ausdruck in diesem Blick, so viel Verzweiflung. In seinen Iriden wütet eine Frage, und ich höre sie so deutlich, als würde Leopold sie durch den gesamten Laden brüllen. Obwohl er schweigt.

Weißt du, worüber ich gesprochen habe?

»Die Person in deinem Gedicht fühlt sich unverstanden«, sage ich plötzlich. »Ungesehen, nicht ernst genommen, obwohl sie so viel zu sagen hat.«

»Gleichzeitig schwach«, analysiert Lisbeth. »Im mutigen Kampf, sich gegen andere zu stellen. Gegen die herrschende Macht, gegen die sie keine Chance hat, es aber dennoch versucht. Der Gerechtigkeit wegen.«

Leopold sieht zu Boden, als würde er in den Teppichfasern mit den königlichen Bildern irgendetwas erkennen. Langsam nickt er.

»Das ist ein sehr schöner Text«, sagt Happy. Sie wirkt nachdenklich. Die Strähnen ihres schwarzen Longbobs streifen ihr frei liegendes Schlüsselbein. Dann lächelt sie. »Danke, dass du ihn mit uns geteilt hast.« Sie sieht in die Runde. »Mag noch jemand etwas vorlesen?«

Ein Mädchen meldet sich und trägt in leiser Piepsstimme etwas vor, das sich anhört wie ein Kampf, eine Schlacht gegen die Sucht, das Essen zu verweigern. »Es hilft mir sehr«, sagt sie, als sie geendet hat. »Diese Gruppe mit euch. Ich schöpfe viel Kraft daraus und habe das Gefühl, meine innere Stimme zu finden.« Sie zögert. »Mich selbst zu finden.«

Happy strahlt. In ihren Augen tanzen Tränen. Berührt legt sie ihre manikürte Hand auf die Brust. »Du ahnst ja nicht, wie stolz ich auf dich bin, Klea.«

Das Mädchen lächelt. »Danke.«

Kleas Mut macht etwas mit mir. Erweckt Schmetterlinge, die aus der Hülle einer Raupe schlüpfen und wild wie am ersten Frühlingstag durch meinen Magen flattern. Wenn Klea die Kraft findet, diese intimen Gedanken mit uns zu teilen, wenn es ihr hilft ... dann kann ich das vielleicht auch.

Zögerlich hebe ich eine Hand.

Happys Kopf schießt sofort zu mir. So wie die Köpfe aller anderen.

»Ich hätte da auch noch etwas.«

»Gern!« Happy schnappt sich ihren Smoothie, trinkt einen Schluck und nickt ermutigend. »Nur zu.«

Ich klappe mein geliebtes Notizbuch an der Stelle mit dem geflochtenen Bändchen auf. Mit klopfendem Herzen betrachte ich die Tinte auf dem altgelben Papier. Sie verschwimmt leicht, aber ich kenne den Text. Ich habe ihn so oft gelesen, dass ich ihn auswendig kann.

»Dieser Text trägt den Titel *Neumond*«, flüstere ich. Bevor ich neu ansetze, räuspere ich mich und zwinge meine Stimmbänder zu einem kräftigeren Ton.

»Ich bin wie der Schatten
verschmolzen mit der Nacht
bis du kommst, der Nachtmahr
mit einer Sonne in der Hand
und mir ein Licht gibst
weil du lachst.

Ich bin Herz und Verlangen
das im Stillen pocht
im Dunkeln gefangen
Lichtjahre entfernt, weiter noch.

Ich bin für
Gesunde Beziehungen

aber was wenn
toxisch
das Einzige ist
das in mir lebt
denn ich erkenne nur mich
wenn hinter mir
des Nachtmahrs Sonne schwebt.

Ich bin der Neumond
der deine Strahlen braucht
ich bin der Tod
weil ich deine Seele brauch.

Und ich wünschte
es hätte nichts mit dir
zu tun
aber wenn du da bist
fühle ich mehr, fühle ich den
crescent moon.«

Einen Moment blicke ich nur auf den kleinen Sichelmond neben dem letzten Wort, höre meinem Herz zu, wie es in meiner Brust poltert, bis ich Lis neben mir flüstern höre: »*So schön.*«

Ich sehe zu ihr.

Sie blinzelt schnell, blickt zur Decke, stößt dann ein leises Lachen aus. »Scheiße, fühle ich das.«

»Das war atemberaubend, Paola«, sagt Happy. »In jeder Zeile war die Sehnsucht eines Menschen herauszuhören, so stark, dass ich sie auf meiner eigenen Haut gespürt habe. Ein sehr emotionaler …«

Sie unterbricht sich, als ein kollektives Piepen den Raum erfüllt. Normalerweise sollen Handys während des Poetry Clubs ausgeschaltet werden. Aber offensichtlich hält sich nicht jeder daran, denn das Geräusch scheint aus vielen verschiedenen Benachrichtigungstönen gleichzeitig zu rühren. Ein paar Handys vibrieren. Lisbeth ist verantwortungsbewusst, natürlich ist ihres auf stumm. Also wende ich den Kopf in Ignotus' Richtung, der stirnrunzelnd sein Huawei aus der Hose zieht. Gerade entsperrt er das Display, als ein unterdrückter Schmerzensschrei durch den Raum gellt. Erschrocken beobachte ich, wie Leopold über seinem Handy förmlich in sich zusammenbricht. Seine Finger zerdrücken das iPhone, als würde er es *brechen* wollen, sein Gesicht ist schmerzverzerrt, der Kiefer angespannt, die Zähne aufeinandergepresst. Mit großen Augen starre ich ihn an. Ein paar andere Leute keuchen.

Plötzlich springt Leopold auf, zerrt sich Schuhe und Mantel über und stürzt aus dem Laden. Die Glocke der Tür bimmelt empört.

»Was?« Ich wirble zu Ignotus herum, zerre an seiner Schulter. »Was ist denn?«

Aber auch er entgegnet nichts. Starrt nur wie vom Dolch getroffen auf das Handydisplay, sein Gesicht in weiße Farbe getaucht.

Es ist Lisbeths Stimme, die die Stille durchbricht und mir erklärt, was los ist. »Aprils Obduktionsbericht. Er ist online.« Ein düsterer Schatten belegt die Farbe ihrer Augen und hüllt die Iriden in geheimnisvolle Schwärze, in denen die Monster der Nacht zu Hause sind, die jeder von uns kennt. »O Gott.« Eine Träne läuft ihr über das Gesicht, während sie liest. Sie schlägt sich die Hand vor den Mund. »Das ... das ist *grauenvoll.*«

THEY WILL EAT YOU UP, BLACKWELL

Edward

Schneeflocken zergehen auf meiner Zunge. Wunderschön, zart, *vergänglich*. Der Wind weht weitere gefrorene Sternchen in meinen Mund, während ich die Zunge weit hinausstrecke. Schneidende Luft frisst sich in mein Gesicht und ich *genieße* es, denn dadurch fühle ich mich lebendig.

Meine Finger umfassen das äußere Fensterbrett. Ich senke den Blick und sehe in hundert Meter Tiefe. Es wäre ein freier Fall. Ein sauberer Sprung. Mein Blut würde den Schnee der Bergkette tränken, die unter mir ihren Anfang findet. Der Gedanke, nichts mehr fühlen zu müssen, nicht mehr darüber nachdenken zu müssen, dass April nicht mehr da ist. Wegen *mir* nicht mehr da ist. Es wäre so leicht. So schnell. So …

»Edward?« Ich drehe den Kopf nur halb. Aus dem Augenwinkel erkenne ich eine von Paolas Freundinnen an der Tür des Theatersaals. Sie springt auch manchmal als Dealerin im Casino ein. Unter ihren Arm hat sie Notenblätter geklemmt. Das aschblonde Haar ergießt sich in natürlichen Korkenziehern über den zarten Stoff ihres dunklen Rollkragenpullovers. Sie wirkt aufrichtig besorgt. »Was tust du da?«

Ein trauriges Lächeln zupft an meinem Mundwinkel. »Nichts, das dich beunruhigen sollte.«

»Es sieht für mich nicht danach aus, als würdest du die frische Luft genießen.« Sie runzelt die Stirn, macht einen Schritt über das Parkett des Saals. »Kommst du … kommst du bitte da runter?«

Einen Moment verliere ich mich in der schwindelerregenden Tiefe. Dann schwinge ich meine Beine über das Fenstersims, hüpfe auf das Parkett und schließe das Fenster. »Ich hätte es nicht getan.«

»Was nicht getan?«

»Ich wäre nicht gesprungen, falls du das gedacht hast.«

Ihr Mund formt ein überraschtes O. Die blutroten Lippen heben sich stark von ihrer bleichen Haut ab. Sie blinzelt. Dann …

»Machst du das öfter?«

»Was?«

»Menschen einen solchen Schrecken einjagen?« Ihre Brauen ziehen sich zusammen. »Aus *Spaß?*«

»Ich habe dich nicht gebeten, herzukommen, also ergibt deine Frage keinen Sinn.«

»Sie gibt weitaus mehr Sinn als dein Versuch, fröhlich zu wirken, obwohl du es offensichtlich nicht bist.«

Mein süffisantes Grinsen erlischt auf der Stelle. »Wie heißt du?«

»Blair.« Sie geht an mir vorbei, ohne mich eines Blickes zu würdigen, direkt auf die große Harfe neben dem Ölgemälde meines Ururgroßvaters zu. Edward Blackwell II. Theoretisch gesehen bin ich Edward Blackwell VII. Vielleicht sollte ich anfangen, mich anderen so vorzustellen. »Und es wäre gut, wenn du von hier verschwinden könntest, bevor die Presse ihren nächsten Skandal wittert und Paola glaubt, ich hätte sie hintergangen.«

Verwundert sehe ich sie an. Dann lache ich auf. »Du willst mich aus dem Theatersaal meines eigenen Hotels werfen?«

Sie setzt sich auf den samtbezogenen Hocker und wirft mir einen funkelnden Blick durch die Saiten der Harfe zu. »Soweit ich weiß, ist es das Hotel deines Vaters, nicht deins.«

»Mir gehören fünfundzwanzig Prozent, Madame.«

»Und es ist ein öffentliches Geheimnis, dass du lieber Kotze fressen würdest als das Unternehmen zu übernehmen.«

Ich hebe eine Braue. »Kotze fressen?«

»Willst du es bestreiten?« Blair beginnt, die Saiten zu stimmen. »Wir können darum wetten, wer recht behält, wenn du willst.«

»Nein.« Ich verziehe das Gesicht. »Ich verliere nicht gern.«

Zum ersten Mal lacht sie. Nur kurz und leise, aber es klingt niedlich. Sie spielt ein sanftes Crescendo, dann sieht sie zu mir. »Willst du mir sagen, warum du so wütend bist?«

»Ich bin nicht wütend.«

»Lügner.«

»Wie bitte?«

»Edward.« Ihre Finger gleiten über die Saiten wie ein Windhauch durch den Herbst. »Guck dich an.«

»Das tue ich sehr häufig.« Ich schenke ihr ein keckes Grinsen. »Und für gewöhnlich gefällt mir, was ich sehe.«

Sie verdreht die Augen. »Dein Kiefer ist fest, als würden deine Zähne Beton mahlen. Deine Schultern sind angespannt. Dein *ganzer Körper* strahlt aus, dass du dich erst dann wieder gut fühlen wirst, wenn du dir diese Geige da drüben geschnappt und den Saal in Kleinholz verwandelt hast.«

»Mhm.« Ich neige den Kopf. »Verlockende Idee.«

»Also?«

»Also was?«

Blair runzelt die Stirn. »Willst du es mir sagen?« Ich entgegne nichts. Für eine ganze Weile bleibe ich stumm, sehe sie nur an. Beobachte, wie ihre Finger die Saiten zupfen, wie sie hin und wieder die Augen schließt und die Melodie in jeder Faser ihres Körpers zu fühlen scheint. Irgendwann, als sie sie wieder öffnet, nickt ihr Kinn in Richtung des weißen Flügels. »Wenn du es nicht sagen kannst, spiele es.«

Ich starre sie an. »Was?«

»Deine Gefühle.« Blair zupft eine Quinte. »Wenn du sie immer nur in dich hineinfrisst, wirst du explodieren. Sie müssen raus. Diese Monster sind zu stark, um sie in dir wohnen zu lassen. Zu hungrig. Erst nagen sie nur, knabbern dich an, aber je länger du sie unter Verschluss hältst, desto gieriger werden sie. Bis die zurückgehaltenen Emotionen sich gnadenlos ausbreiten. Glaub mir, ich weiß, wovon ich spreche.« Blair sieht auf, mir direkt in die Augen. »Sie werden dich *auffressen*, Blackwell.«

IF YOU CAN'T TELL YOUR FEELINGS, SHOW THEM WITH PIANO

Edward

Regungslos stehe ich da. Starre sie an. Keine Ahnung, wie viel Zeit vergeht, wie lange ich dem tickenden Zeiger der Uhr dabei zuhöre, wie er das Ziffernblatt umrundet, aber irgendwann quietschen die Schritte meiner Sneaker über das Parkett. Ich setze mich auf den Hocker und schiebe das schwarze Holz des Flügels hoch. Ein Steinway & Sons. Teuer. Edel. Wunderschön. Mit den Fingern gleite ich über die Tasten, probiere ein paar Akkorde, bis ich schließlich weiß, zu welchem Song meine Gefühle mich leiten.

Easy On Me von Adele.

Blair erkennt die Melodie sofort, weiß, wie sie einsteigen muss. *Sie ist ein Naturtalent*, denke ich.

Und dann spielen wir. Die Melodien unserer Instrumente wehen ineinander, liebkosen sich, tanzen in einem wilden Sturm aus Gefühlen, die meiner Brust entkommen. Ich spiele dieses Lied blind, meine Finger arbeiten für mich, während ich die intensiven Klänge fühle, sie tief in mir spüre und bei jedem Ton der Harfe mit einer Gänsehaut antworte.

Und plötzlich singt Blair. Es klingt wie ein Engel, der mit Flügeln Sterne zwischen die Wolken webt.

I had good intentions
And the highest hopes
But I know right now
It probably doesn't even show

Ich öffne die Augen. Blicke direkt in ihre. Erwartungsvoll sieht sie mich an, während ihre Lippen den letzten Vers singen. Und bevor ich weiß, wie mir geschieht, öffnet sich mein Mund wie automatisch und der Refrain des Songs entkommt meiner Kehle.

Wir singen ihn gemeinsam. Ihr klarer Mezzosopran und mein rauer Bariton. Ihre sanfte Harfe, mein verzweifeltes Piano.

Go easy on me, baby
I was still a child
I didn't get the chance to
Feel the world around me
I had no time to choose
What I chose to do
So go easy on me

Der letzte Ton gleitet über die Wände und verklingt im Rundbogen der barockbemalten Decke. Blairs Finger klammern sich an die Saiten der Harfe, als fürchte sie, in unserem Blick zu ertrinken. Ich hingegen sehe keine Wellen. Nur das beruhigende Schimmern einer spiegelglatten Meeresoberfläche. Ich sehe Hoffnung in dem Glanz der Sonne, die sich in ihr spiegelt.

Ein Räuspern zerreißt das Band der Stille. Mein Kopf wirbelt herum. In der Tür des Saals steht mein Vater, ein Ausdruck auf dem Gesicht, den ich nicht einzuordnen weiß. Die akkuraten Brauen wölben sich leicht, als er die Stirn runzelt. »Das war … schön.« Er blinzelt, als hätte er diese Worte aus seinem Mund vorher nicht kommen sehen. Schließlich nickt er in Richtung Flur. »Komm in mein Büro, Ed. Die Ergebnisse sind da.«

Damit verlässt er den Theatersaal.

Blair sieht mich an. »Ergebnisse?«

»Nicht wichtig.« Oh, was für eine Lüge. Eine gewaltige, *triefende* Lüge an das Mädchen, dem ich gerade meine rohe Seele präsentiert habe. »Also dann, war mir ein Vergnügen, oh Liebreizende, oh Anmutige.«

Eine steile Falte gräbt sich zwischen ihre Brauen. »Wie bitte?«

»Dein Name. Es ist seine Bedeutung.« Ich stehe auf und gehe an dem Flügel vorbei. Als ich sie erreiche, beuge ich mich zu ihr herunter, schiebe ihr eine Strähne hinter das Ohr und flüstere: »Und es passt *ganz ausgezeichnet*, wenn du mich fragst.«

Bevor sie etwas entgegnen kann, ziehe ich die Hand zurück und verlasse den Theatersaal. Je weiter ich mich durch die breiten Gänge des Palasthotels entferne, desto unwohler wird mir.

Die Ergebnisse sind da.

Die Untersuchung unserer DNA.

SOME WOUNDS CUT IN TOO DEEP TO FORGET

Edward

Vor der Tür des Panoramabüros meines Vaters gebe ich den Code ein. Das Schloss der Tür blinkt grün auf, gefolgt von einem Klicken. Ich trete ein.

Charles ist bereits da. Er sieht nicht zu mir, als ich eintrete. Locker sitzt er auf dem Chesterfield-Sessel, den Blick düster aus dem Fenster gerichtet. Die untergehende Sonne tränkt die in seine Haut gestochenen Koordinaten in blutrote Farbe, als wüsste sie, was die Tinte verdeckt.

»Setz dich.« Mein Vater weist auf einen Sessel. Er selbst sitzt hinter dem Schreibtisch, sein Gesicht zur Hälfte von seinem riesigen iMac verdeckt, einen dicken Brief mit seriösem Stempelaufdruck des Clarfield-Labors in den Händen. Xenias Eltern. »Bevor ich ihn öffne, gibt es etwas, das ihr wissen solltet.« Er räuspert sich. »Elias ist da. Er kam heute mit dem Privatjet aus den USA zurück und … na ja, der Vorstand glaubt mir zwar, hält sein Verhalten aber für eine Momentaufnahme. Sie sind der Meinung, er wäre zu wichtig für das Unternehmen, als dass wir ihn wegen eines Wutausbruchs rauswerfen sollten.«

»Wutausbruch?« Endlich unterbricht Charles den Blick in die Berge und sieht zu unserem Vater. »Wann war diese Versammlung, und wieso war ich nicht dabei?«

»Sie war nur unter uns. Eine Abstimmung des Vorstands.«

Entgeistert sehe ich meinem Vater ins Gesicht. »Hast du den alten Säcken gesagt, dass er das Hotel in den Ruin stürzen wollte, nur um es unter seiner Leitung wieder reinzuwaschen und allen weiszumachen, er wäre der geborene Geschäftsführer?«

»Habe ich.«

»Und es war denen *egal?*« Auch Charles scheint fassungslos. »Sie lassen ihn einfach *weiter* arbeiten?«

»Nicht unbedingt egal.« Unser Vater dreht den Brief vorsichtig in den Fingerspitzen, als würde es sich um Dynamit handeln. »Sie halten es für hartnäckigen Neid und das Gefühl, neben mir nicht gut genug zu sein.« Kurz zuckt sein Blick über mich und Charles, bevor er aus dem Fenster sieht. »Ihnen ist wichtiger, dass Elias und ich eine gemeinsame Mediation machen, um diese Konkurrenzgefühle aus der Welt zu schaffen, als ihn zu feuern.«

»Lächerlich«, schnaube ich. Wut züngelt in meinen Fasern auf, geht über jeden Muskel über. Frustriert knacke ich die Knöchel meiner Finger. »Er hat uns hintergangen, uns ausspioniert, Paola benutzt, nur um sich einen Spaß daraus zu machen, Charles und mich *leiden* zu sehen.«

»Ich weiß.«

Normalerweise ist Charles derjenige von uns, der diese Unterhaltungen mit unserem Vater führt, aber heute ist er außergewöhnlich still. Beinahe lethargisch starrt er schon wieder ins Leere. In seinen Augen spiegeln sich die Schweizer Alpen. Urplötzlich wendet er sich ab und deutet mit der flachen Hand auf den Brief. »Öffne ihn.«

Mein Vater nickt. Dann nimmt er seinen Brieföffner, schlitzt den Umschlag auf und holt einen zusammengehefteten Stapel Blätter heraus. Seine Augen überfliegen die Zeilen. Mit jeder einzelnen kann ich erkennen, wie die Hoffnung darin schwindet und die Lider tiefer sinken, bis er den Bericht schließlich sinken lässt und uns ansieht. Knapp schüttelt er den Kopf. »Es stimmt.«

»Positiv?«, frage ich, einfach nur, weil ich es nicht glauben will, nicht glauben *kann*. »Sie ist wirklich unsere Schwester?«

Charles springt auf. In schnellen Schritten geht er um den Schreibtisch herum und reißt unserem Vater den Brief aus der Hand. Kurz darauf wirft er ihn fluchend zurück. Verzweifelt fährt er sich durchs Haar. Rote Flecken kriechen ihm aus dem Kragen, den Hals hinauf, über die Wangen. Mehrmals hintereinander schluckt er, geht auf und ab, hält inne. Dann verschwindet er ohne ein weiteres Wort. Hinter ihm knallt die Tür ins Schloss.

Er hatte die gleichen Hoffnungen wie ich.

Ich sitze da und blicke auf meine Hände. Hände, die Paola an

Körperstellen berührt haben, die sie nie hätten berühren dürfen.

»Ich hau auch ab.« Forsch erhebe ich mich. Der Sessel rutscht einige Zentimeter zurück. Keine Ahnung, ob mein Vater mich überhaupt gehört hat. Er starrt noch immer auf das Testergebnis, in seinen Zügen schwere Erschöpfung. Kurz halte ich inne, überlege, etwas zu sagen, das ihn *erreichen* könnte. Aber schließlich drehe ich mich wortlos um und gehe.

HOW A SIMPLE PAPER CAN TURN INTO EXPLOSIVE DYNAMITE

Edward

Die Jazzmusik im Casino legt sich auf meinen Körper wie eine zweite Haut. Es ist wie der Rausch einer Droge, jedes Mal, wenn ich die Schwelle zu diesem eleganten Saal überquere. Kristalllüster senden golden funkelndes Licht hinab, das sich im Meer der Champagnerflöten als ein glitzernder Schwarm niedersenkt.

Ich spiele drei Runden Blackjack und gewinne eine halbe Million. Ich spiele zwei weitere und verliere das Geld wieder. In der nächsten verzocke ich meinen Aston Martin, beim Baccara gewinne ich ihn zurück. Irgendwann sehe ich nur noch Karten, Würfel, Asse, Zahlen, Herzen. Die ganze Zeit über leere ich mein Cognacglas in Rekordgeschwindigkeit. Ich kann gar nicht zählen, wie oft Zoe mit ihrem breiten Lächeln neben mir steht und nachschenkt.

In der sechsten Pokerrunde habe ich die Chance auf einen Flush, einen Berg bunter Jetons und die Nase voller Schnee. Mir gegenüber sitzt Xenia in einer Spitzenbluse und Bleistiftrock. Sie hat das blonde Haar zu einem hohen Zopf gebunden, an ihrem Hals ist eine Perlenkette. Ihre Lippen sind geschminkt, so blutrot wie Blairs, nur dass sie im Gegensatz zu Xenia keinen Gloss benötigt.

»Ich gehe mit.« Sie schiebt Jetons im Wert von dreitausend Franken über den Tisch. Über ihre Karten wirft sie mir einen herausfordernden Blick zu.

Ich kann nicht einschätzen, ob Xenia blufft. Sie besitzt ein astreines Pokerface. Als sie bemerkt, dass ich zögere, schiebt sie ihren Ellbogen über den Tisch und neigt aufreizend den Kopf. »Wir erhöhen den Einsatz«, züngelt sie. »Nach dieser Runde steigen wir beide aus. Gewinnst du, bekommst du etwas von mir, das dich *brennend* interessiert und dein Leben verändert. Gewinne ich«, sie macht eine

Pause, senkt grinsend die Lider und leckt sich über die Lippen, bevor sie wieder aufsieht, direkt in meine Augen, »wirst du mich ficken.«

Xenia ist nicht dumm. Sie kennt mich. Sie weiß, dass mein Schwanz verlangend zuckt, je vulgärer sie mit mir spricht, weil wir all das schon getan haben. Vor ein paar Monaten, eine kurze Phase, bis sie eine Beziehung mit mir wollte und ich sofort über alle Berge war.

Aber das hier …

»Es wäre nicht verbindlich«, stelle ich klar.

»Was?« Sie lacht kurz auf. »Der Sex? Nein, sicher nicht. Der Einsatz? Oh, definitiv.«

Kurz beiße ich mir auf die Unterlippe. »Eine einmalige Sache.«

»Klar.«

»Ich will keine Beziehung. Niemals.«

»Das wissen wir alle, Ed.« Ihr manikürter Fingernagel fährt über meinen Unterarm. »Das hier ist nichts weiter als eine Herausforderung. Und die *liebst* du doch, nicht wahr?«

Ja, die liebe ich tatsächlich.

»Alles klar.« Ich schiebe die Jetons in die Mitte und klopfe auf den Tisch. »Ich gehe mit.«

Xenia grinst wie eine Raubkatze. Mit erotischem Blick lehnt sie ihren Oberkörper wieder zurück, während der Dealer die letzte Karte aufdeckt.

Grinsend lege ich meine Karten offen. »Flush.«

Xenia lächelt schmal. »Hmm, süß.« Mit einem Finger streicht sie über ihre Perlenkette, während sie ihr Blatt umdreht. »Full House.«

Damit hat sie gewonnen. Ohne den Blick von mir zu wenden, streckt sie die Hand in Richtung Dealer aus, ein keckes Lächeln im Gesicht. »Ich steige aus.«

»Ich auch.«

Er zählt die Frankenscheine und überreicht Xenia ihren Gewinn. Wir schieben die Stühle zurück und erheben uns. Ich lege meine Hand in ihr Kreuz und führe sie zum privaten Roulettesaal. Der Security tritt sofort beiseite.

»Sorgen Sie dafür, dass wir nicht gestört werden«, sage ich.

Er nickt, wir treten ein, und die Tür schließt sich hinter uns. In mir ist so viel aufgestaute Wut, so viel Verzweiflung und Hoffnungslosigkeit, dass ich es kaum erwarten kann, Druck abzulassen. Ich wirble Xenia herum, drücke sie gegen die Wand und packe sie an der Hüfte.

Sie keucht.

»Das hier wird hart, schnell und dreckig, verstanden?«

Sie nickt verlangend, haucht ihren Atem über meine Halsbeuge. »Ja.«

»Willst du das?«

»Unbedingt.«

Ich knurre, öffne meine Hose und schiebe ihr gleichzeitig den Rock nach oben. Aus meinem Portemonnaie zücke ich ein Kondom, reiße es auf und rolle es mir über. Xenia kratzt mir mit ihren langen Nägeln über den Bauch. Ich ziehe scharf die Luft ein, zerre ihren Slip beiseite und schiebe meine Härte zwischen ihre Beine. Meine Spitze kreist um ihre Öffnung, dehnt sie für das, was sie gleich erwartet.

»Fuck«, raune ich. »Du bist *so* nass.«

»Nur für dich«, keucht sie.

Dann dringe ich in sie. Xenia öffnet den Mund, stöhnt laut auf. Ich bin nicht behutsam, nicht zärtlich. Schnell und heftig stoße ich in sie, gleite durch ihre Nässe, ziehe sie an den Hüften zu mir heran und lege meine Hand in ihren Nacken, damit sie mich dabei ansieht. Lust flackert in ihren Augen, als meine Bewegungen abgehackter werden. Drängender. Ihre Lider flackern.

»Das … habe ich …« Ihr lautes Stöhnen unterbricht ihren Satz, bevor sie keuchend hinzufügt: »So sehr … vermisst.«

Ich packe das Fleisch ihrer Hüften, zerre sie dicht an mich heran und erfülle sie mit drei letzten tiefen, groben Stößen.

Xenia schreit auf, als der Orgasmus über sie hinwegrollt. Auch ich komme, spüre die Welle in mir zusammenbrechen, das endende Verlangen.

Sofort lasse ich sie los.

»Okay, wow.« Atemlos richtet Xenia ihren Rock. »Das war gut.«

Ich presse die Lippen aufeinander, während ich meine Hose hochziehe. Ja, es war gut. Es war schneller, solider Sex. Aber etwas in mir ist enttäuscht. Etwas sucht nach einem Gefühl, mit dem sich alles in mir *magischer* anfühlt. Wilder, ein absolutes, aber ein gutes Chaos. Etwas in mir will diese hemmungslosen Schmetterlinge in meiner

Magengrube, von denen alle reden, die ich aber noch nie gespürt habe. Diese Sehnsucht, jemanden zu berühren und *mehr* von einer Person zu spüren als nur Sex.

»Hier«, reißt Xenia mich aus den Gedanken. »Nimm.«

Stirnrunzelnd blicke ich auf das gefaltete Papier, das sie mir entgegenhält. »Was ist das?«

»Dein Gewinn.«

Ich sehe sie an. »Aber ich habe nicht gewonnen.«

»Nimm es einfach. Es betrifft diese Sommelière, und ich bin mir sicher, du willst es haben.«

»Was wird das, Xenia?« Skeptisch betrachte ich sie. »Du kannst sie nicht ausstehen.«

»Ich bin nicht gut, aber ich bin auch nicht böse. Ich mag sie nicht, ja, aber auch ich habe ein Gewissen.« Als ich sie weiterhin nicht überzeugt ansehe, seufzt Xenia so schwer, als würde gerade jeder Schmerz dieser Welt in sich zusammenbrechen. »Und ich bin verliebt in dich, Ed, so *elendig verliebt*, dass ich es nicht ertrage, dich leiden zu sehen. Also, auch wenn das mein endgültiges Ende ist …« Sie zuckt die Achseln. »Hier.«

Langsam, als würde ich eine tickende Zeitbombe von ihr entgegennehmen, entfalte ich das Papier.

Lese die Zeilen.

Mit jedem Buchstaben, den ich inhaliere, pumpt mein Herz kräftiger. Aber auch langsamer. Als würde alles um mich herum sich auflösen, nur mein Puls nicht.

Paola ist nicht *unsere Schwester.*

Paola ist keine *Blackwell.*

Paola ist, mit einer Wahrscheinlichkeit von 99,9 Prozent, nicht *Jakes Tochter.*

Adrenalin rauscht durch meine Venen. »Woher hast du das?«

»Meine Mutter«, sagt sie nur. Mir entgeht nicht, wie abfällig das Wort aus ihrem Mund klingt. Etwas, das wir gemeinsam haben. »Ich habe mitbekommen, wie Elias und sie den Scheiß geplant haben. Keine Ahnung, warum. Sie steht auf ihn und die hatten mal was, weiß ich alles, aber dass sie bei so was echt mitmacht? Da muss mehr dahinterstecken. Ich meine, das Labor ist ihr Baby, und es so zu gefährden und sich vielleicht sogar strafbar zu machen, sieht ihr nicht ähnlich.« Sie seufzt. »Na ja, danach war es ein Leichtes, *das*«, sie deutet auf das Papier, »in ihrem Büro zu finden.«

Den echten Test. *Er hat ihn gefaked*, denke ich. Und dann, nur eine Millisekunde später …

»Dieser dreckige Bastard.«

»Ja, tatsächlich.« Sie lächelt traurig. Plötzlich kommt sie näher, haucht mir einen Kuss auf die Wange, der sich nach Abschied und Sehnsucht gleichermaßen anfühlt. »Viel Glück, Ed. Mit allem. Für alles. Aber das hier ist jetzt für mich vorbei. Ich brauche ein Ende. Ich kann das nicht mehr. Dir ewig hinterherzuheulen und zu hoffen, obwohl ich weiß, dass es sinnlos ist.«

Ich schlucke. »Ja, es ist besser so.« Sie ist fast bei der Tür, da halte ich sie noch einmal zurück. »Xenia?«

Sie dreht sich um. »Ja?«

»Danke. Und pass auf dich auf, ja?«

»Mach ich.«

»Versprich mir, dass du jemanden findest, der wertvoller ist als ich.« Mein Hals fühlt sich eng an. »Der nicht völlig abgefucked ist, okay? Nur das hast du verdient.«

»Oh, Ed.« Ein letztes, erschüttertes Lächeln, und sie verlässt das Zimmer. Und ich stehe da, mit einem Papier in der Hand, das sich tatsächlich anfühlt wie hochexplosives Dynamit, und einem iPhone in der Tasche, das plötzlich vibriert.

Noch immer entgeistert und neben der Spur, lasse ich das Papier sinken und zücke das Handy. Lese die Pressemitteilung der *tmz*.

Und spüre, wie die Klauenhand, die die ganze Zeit grässlich grinsend auf den richtigen Moment gewartet hat, zudrückt.

Es erfordert alles an Kraft, was ich noch habe, eine Nachricht an meinen Vater und Charles zu schicken.

Wir müssen uns treffen. In Vaters Büro. Jetzt. Es gibt Neuigkeiten.

Pressemitteilung
tmz

Die Kantonspolizei von St. Moritz hat soeben bestätigt, dass es sich bei der Todesursache von April Sanders um einen Genickbruch infolge eines Sturzes handelt. Ob durch Fremdverschulden oder aufgrund eines Unfalls, wird noch ermittelt. Zudem konnten Hämatome, von Nägeln herrührende Kratzer und Verletzungen der Genitalinnenseiten festgestellt werden. Ein sexueller Missbrauch wird nicht ausgeschlossen. Auch in diese Richtung wird ermittelt. April Sanders war in der dreizehnten Woche schwanger. Ihre Mutter, Kinsley Sanders, bestätigte die Aussage der Polizei.

BLACKWELL IS A CURSE, A PLAGUE WHICH WE WON'T EVER GET RID OFF

Charles

Unser zweites Treffen an nur einem Tag.

Aus denselben Gründen.

Wann hat das hier ein Ende?

Edward sitzt im Ohrensessel vor dem Panoramafenster, als ich das Büro betrete, das Moncler-Cap tief in sein Gesicht gezogen. In der Hand hält er ein gefaltetes Stück Papier, das er abwesend durch die Finger gleiten lässt. Sein Blick ruht auf einen Punkt an der Wand. Eines unserer Familienporträts. Ich erinnere mich an den Tag. Es war kurz nach meiner Ankunft, nachdem Edwards Mutter Zara abgehauen ist. Ed und ich sitzen nebeneinander auf einem kleinen Chesterfield-Sofa. Wir sehen beide aus, als hätten wir drei Wochen nicht geschlafen und gerade erfahren, dass wir einen Eimer voller Schnecken fressen sollen. Unser Vater steht hinter uns, gerade wie ein Zinnsoldat, die Hände hinter dem Rücken gefaltet.

»Hallo, Charles.« Mein Vater bedeutet mir, einzutreten. »Komm rein.«

Ich schließe die Tür hinter mir, setze mich aber nicht. Stattdessen schenke ich mir ein Glas Wasser aus der Karaffe ein und stelle mich an das Panoramafenster. »Was gibt's?«

In meiner Stimme schwingt kein Hauch von Unsicherheit, aber in mir wirbelt ein heilloses Chaos. Nervosität labt sich an meinen Venen, pulsiert in meinen Eingeweiden und vergiftet mein Herz.

»Edward hat etwas herausgefunden.« Zwischen Zeige- und Mittelfinger seiner einen Hand balanciert unser Vater seinen Montblanc-Kugelschreiber, die andere liegt ruhig auf dem Tisch neben dem geöffneten Brief. Eine bedeutungsschwere Pause entsteht, in der ich seinen Blick festhalte. Edward starrt immer noch das Familienporträt an, als könnte es jeden Moment in Flammen aufgehen. Mein Herz wirft sich wie ein Martial-Arts-Kämpfer gegen meine Brust, begleitet von dem schweren Ticken der Uhrzeiger. Und dann –

»Es kann zu 99,99999 % ausgeschlossen werden, dass Paola Cortessa meine Tochter ist.«

Seine Worte bohren sich in mich wie ein Injektion, die jeden Muskel lockert. In nur einer Sekunde zerbröselt der fest gewordene Lehm, der seit Tagen eine unbarmherzige Anspannung in mir hervorgerufen hat. Alles in mir zerfließt wie Butter in der Pfanne. Ich klammere mich an mein Wasserglas, während ich das Gefühl bekomme, unter mir wieder festen Boden zu spüren. Schwindel rauscht über mich hinweg, etwas legt sich auf meine Ohren. Es klingt verrückt, aber ich fühle mich, als würde mich in dieser *fucking* Sekunde ein Dämon verlassen, der von mir Besitz ergriffen hatte.

Es kann zu 99,99999 % ausgeschlossen werden, dass Paola Cortessa meine Tochter ist.

»Aber wie …« Perplex blinzle ich. »Wir haben doch gerade erst den positiven Test gesehen. Wie …?«

»Elias.« Die Antwort kommt nicht von meinem Vater, sondern von Edward. Endlich wendet er den Blick von dem Bild ab und sieht mich an. In seinen hellen Augen züngelt etwas, das ich nicht einzuordnen weiß. Es wird von Mal zu Mal schlimmer, wenn ich ihn sehe. »Er hat den Test gefaked.«

»Bitte?« Ich weite die Augen. »Woher weißt du das?«

»Nicht wichtig.« Noch einen Moment hält Edward unseren Blickkontakt, dann wendet er sich ab. Er betrachtet das Stück Papier in seinen Händen. »Aber meine Quelle ist verlässlich.«

Ich glaube ihm. Ganz egal, was zwischen uns steht; ich vertraue ihm blind.

»Es stimmt«, entgegnet mein Vater, schiebt seinen Briefbeschwerer hin und her und wirkt nachdenklich. »Nach dem letzten Ergebnis habe ich jemanden beauftragt, das zu überprüfen. Dem Ganzen nachzugehen. Er war sehr schnell.« Jetzt sieht mein Vater auf. »Elias stand im E-Mail-Kontakt mit Lou Clarfield und hat gefordert, den Test zu fälschen.«

Dieses Drecksschwein.

»Wie verfahren wir jetzt mit ihm?« Ich gebe mir Mühe, mich auf das Wichtigste zu konzentrieren. Wenn ich mich jetzt meinen Gefühlen hingäbe, würde ich die Kontrolle verlieren. »Das ist keine Geschäftsbasis mehr. Wir können ihm nicht trauen.«

»Mhm.« Nachdenklich wippt mein Vater den Montblanc zwischen den Fingern. »Schwierig.«

»Schwierig?« Edward lacht trocken auf. »Was, zur Hölle noch mal, ist daran schwierig? Der Wichser hat uns alle ins Messer rennen lassen, war kurz davor, uns mit dieser beschissenen Geschwistersache zu zerstören, und du findest es *schwierig*, ihn aus dem Unternehmen zu kicken?«

»Der Vorstand hat mitzuentscheiden«, entgegnet mein Vater. Aber er blickt noch immer nicht auf. »Wenn du dich ein bisschen mehr mit der Firmenpolitik beschäftigen würdest, Edward, wüsstest du …«

»Es ist *unser* fucking Hotel!« Edward erhebt sich, baut sich vor dem Schreibtisch auf. »Wir könnten den ganzen Vorstand kicken, wenn wir wollten! Also, was ist dein Problem?«

»Er hat recht«, sage ich. Zu meiner und auch zu Edwards Überraschung. Normalerweise sind wir niemals einer Meinung, was das Unternehmen betrifft. Aber das … irgendetwas stimmt hier nicht. »Wenn wir wollten, könnten wir die ganze Satzung umschreiben.«

Jetzt erst hebt mein Vater den Kopf. Er sieht mich an, presst die Lippen aufeinander, überlegt. »Das ist den Aufwand nicht wert. Und die Konsequenzen.«

»Konsequenzen?« Edward spuckt ihm das Wort förmlich vor die Füße. »Du pisst dich ein bei dem Gedanken, die Presse könnte schlechte Publicity bringen, wenn wir Elias rauswerfen, aber jeden Tag aufs Neue von deinem eigenen Bruder hintergangen zu werden, ist dir egal?«

Er zögert. »Jungs«, seufzt er schließlich. »Euch mag das seltsam vorkommen, aber ich kenne Elias. Es ist wie mit euch beiden. Was auch immer zwischen euch abgeht, ihr seid immer noch Brüder, oder?« Seine Lippen ziehen eine seltsame Grimasse. Ich weiß nicht, ob es ein mitfühlendes Lächeln oder ein abwertendes Zucken sein soll. »Am Ende des Tages verbindet euch das gleiche Blut.«

»Klar.« Edwards Nasenflügel blähen sich auf. »Deshalb hast du Elias' Frau gevögelt, nicht wahr?« Unser Vater zuckt zusammen, aber Edward kümmert es nicht. Er sieht zu mir. »Und deshalb warst du hinter April her. *Ist das gleiche Blut in uns, Eddy, stell dich nicht so an, wir sind doch verbunden.*« Edward schnaubt. »Die Leute sagen, *ich* wäre kaputt, aber ganz ehrlich?« Er sieht von mir zu unserem Vater und zurück. »Diese ganze Blackwell-Dynastie ist ein genetischer Fluch. Und er lebt in jedem Einzelnen von uns.« Er verzieht das Gesicht. »Wie eine verdammte Seuche, die wir nie wieder loswerden.«

THE LORD OF CUMBERTON

Paola

»Meint ihr echt, er wusste das nicht?« Blair hockt im Schneidersitz auf einem Air-Hockey-Tisch und wirft den Pusher von der einen in die andere Hand. »Dass April schwanger war?«

»Gut möglich«, entgegnet Emma. Sie schwingt den Arm und wirft die Bowlingkugel auf die Bahn. Gemeinsam beobachten wir, wie sie nach rechts abdriftet und ein paar Kegel trifft. Dann dreht Emma sich um, setzt sich neben mich in die Nische und nimmt einen Schluck ihres Palüs. »Die beiden waren toxic as fuck. Sie war in der dreizehnten Woche. Das heißt, ihre Periode müsste schon zweimal ausgeblieben sein. Aber kann sich jemand von euch daran erinnern, dass sie sich vor ihrem Verschwinden von Alkohol und Drogen ferngehalten hat?«

»Nein.« Das bunte Licht der Bowlinghalle färbt Ignotus' Vampirgesicht abwechselnd gelb, grün und rot. Er sieht aus wie eine Ampel in Steampunkgewand. »@xoxogossipgirl hat doch sogar den Skandal kurz vor Weihnachten gepostet, erinnert ihr euch?«

»Da kann ich nicht mitreden«, sagt Lis. »Bin erst seit einem halben Jahr hier.« Sie trinkt einen Schluck Rivella und fügt dann, etwas leiser, hinzu: »Zum Glück.«

»Aber ich erinnere mich!« In Blairs Augen leuchtet Erkenntnis. »Es ging das Gerücht, Edward würde ihr bald einen Antrag machen wollen, und dann hat April auf dieser Party mit Leo gevögelt!«

»Was?« Ich blinzle heftig. »Das hat sie nicht wirklich getan, oder?«

»Oh, Paola, glaub mir, hättest du April gekannt, würde dich das gar nicht wundern.«

»Und Edward war da?« Entgeistert starre ich sie an. »Auf dieser Party?«

»Ja, war er.« Blair rutscht von ihrem Air-Hockey-Thron und geht zur Bowlingbahn, um ihren Wurf zu machen. »Die Beziehung der beiden war eine eklige Schlammschlacht, die jeder mitbekommen hat, dem Augen im Kopf stecken.« Sie entscheidet sich für eine lilafarbene Kugel und schwingt sie probehalber vor und zurück. »Sie waren Johnny Depp und Amber Heard der Schweiz. Von unendlich verliebt in der einen Sekunde zu unbändigem Hass in der nächsten, nur um sich kurz danach wieder die Zunge in den Hals zu rammen.« Blair wirft, wobei ihr langer blonder Pferdeschwanz hin und her wippt. Die Kugel rollt in perfekter Linie über die Bahn und –

»Strike!« Blair reckt die Faust in die Luft und wirbelt mit einem perfekten Lächeln zu uns herum. »Topp das, Bridgertonboy.«

»Ich bin kein Bridgerton«, murrt Ignotus. »Die Jünglinge dieser Familie legen allesamt ein ehrloses Verhalten an den Tag, wenn ihr mich fragt.«

»Wer bist du dann?«, frage ich. »Mr. Darcy?«

»Grundgütiger.« Ignotus schnaubt. »Viel zu rebellisch.«

»Niemand will die lieben Jungs, Ignotus.« Emma seufzt. »Obwohl wir wissen, dass wir mit ihnen besser dran wären. Stattdessen werden unsere Herzen von klischeehaften Bad Boys angezogen, die uns die Sterne vom Himmel holen und uns das Gefühl geben, wir wären ihre einzigartige Prinzessin, die schönste von allen, nur um dann, wenn wir ihnen längst mit Haut und Haar und jedem Fingernagel verfallen sind, die Seele zu zerstückeln.«

Blair hebt die Brauen. »Ich würde ja sagen, dass das krass klang, aber … Fingernagel? Ernsthaft, Wyss? Wir verfallen ihnen mit unseren *Fingernägeln*?«

»Paola kann's bestätigen«, entgegnet Emma. »Oder?«

»Irgendwie schon«, murmle ich. »Obwohl ich keine Ahnung habe, warum.«

»Ist mir egal.« Ignotus richtet seinen Zylinder. »Ich werde mich nicht auf dieses niedere Verhalten einlassen.«

»Iggy ist ein echter Lord.« Lis' Mundwinkel zuckt belustigt. »Ihm gehört sogar ein Stück Land.«

»Korrekt.« Der Stolz leckt aus Ignotus' Stimme wie geschmolzenes Eis im Sommer. »Beglaubigt und schriftlich niedergelegt.«

»In einer Urkunde.« Lis hüstelt. »Die nach Rauch stinkt.« Sie hüstelt ein weiteres Mal. »Von Ebay.«

Ignotus funkelt sie an. »Du bist nur neidisch.«

»Oh, fürwahr, Mylord, fürwahr.«

Ich trinke einen Schluck grünen Tee. »Vielleicht teilt er den Titel mit dir, wenn du ihm das Zepter des Klos überträgst.«

»Für eine Ebay-Urkunde, die irgendein Messi-Kettenraucher-Typ auf Ebay vertickt? Bist du irre?«

»Tja, Ignotus«, murmelt Emma. »Dein Titel reicht nicht. Besser du holst dir das Bad-Boy-Starterpaket und ab geht's.«

»Was ist darin enthalten?«, frage ich. »Eine Lederjacke, Bikerstiefel und Tattoonadeln?«

»Plus eine Schneidemaschine. Für den Boxerschnitt.«

»Ah, stimmt. Vergiss nicht das Mitmachbuch. *1001 Tipps, einem Mädchen erfolgreich das Herz aus der Brust zu reißen, damit sie dir auf ewig verfallen ist, obwohl du längst die nächste fickst.*«

»Yep.« Emma trinkt ihr halbes Bier auf ex. »Es verstört mich immer noch, wenn du plötzlich so vulgär sprichst.«

»Bedank dich bei den Erfindern dieses Bad-Boy-Coachingprogramms«, murre ich.

Emmas Blick huscht zu der Gruppe von Laxon, Lena und den anderen, die sich drei Bahnen weiter betrinken und den Songtext von *Ferrari* mitgrölen, das gerade aus den Lautsprechern tönt. »Charles und Edward sind gar nicht dabei.«

»Wundert es dich?«, fragt Lis. »Ed hat gerade erfahren, dass seine tote Ex-Freundin schwanger war.«

»Und Charles trauert immer noch einer Frau hinterher, die plötzlich seine Schwester ist«, fügt Blair hinzu.

Und die ihn hintergangen hat, denke ich. *Belogen, betrogen, etwas vorgespielt, um ihn seiner eigenen Familie auszuliefern. Gott, Paola, du hast so dermaßen verkackt.*

Ignotus stöhnt auf, als er nur einen einzigen Kegel trifft.

»Tja«, sagt Blair. »Gegen meinen Strike kommt wohl nicht einmal der Lord von Cumberton an.«

Ignotus will etwas erwidern, als er plötzlich sein Telefon aus der Knickerbockerhose zieht. Es vibriert. Stirnrunzelnd blickt er aufs Display, bevor er drangeht. »Ja?« Er drückt sich einen Finger in das andere Ohr, um besser hören zu können. »Warte, was?« Er wirft uns einen Seitenblick zu, hebt einen Finger, um uns zu bedeuten, gleich wiederzukommen, und verschwindet.

Ich habe das ungute Gefühl, dass die nächste Katastrophe nicht lange auf sich warten lässt.

LIKE LIGHT AT THE END OF THE WORLD, IT'S ALL THERE, BETWEEN YOU AND ME, EVEN IF WE SIT IN DARKNESS

Paola

»Lass mich mal durch«, sagt Lis zu mir. »Ich bin dran.«

Ich schiebe mich aus der Nische. Als ich aufsehe, fällt mein Blick auf die Tür der Bowlinghalle, die sich in diesem Moment öffnet.

Charles tritt ein. Seine Augen finden meine. Mitten in der Bewegung hält er inne, die Hand noch auf dem Türknauf. Aber dann grölt Finn seinen Namen, und er reißt sich von mir los.

Obwohl es elendig heiß hier unten ist, wird mir plötzlich eiskalt.

Blair drückt meinen Arm. »Alles okay?«

»Geht so.« Ich schlucke. Mit den Händen umklammere ich die Blackwell-Palace-Tasse, in der Hoffnung, der heiße Tee kann mich wärmen. »Das Schlimmste ist nicht einmal, dass er mein Bruder ist. Das Schlimmste ist …«

»Dass du diese Gefühle hast, die du nicht haben darfst«, beendet Emma den Satz für mich. »Weil du dich dafür schämst, oder?«

Ich nicke langsam. »Ich habe die ganze Zeit das Gefühl, mit mir stimmt was nicht. Dass ich krank oder gestört bin, weil diese Anziehung einfach nicht verschwindet, obwohl …«

»Das ist normal, Pao.« Mitfühlend zieht Blair die Brauen zusammen. »Was meinst du, wieso Charles dich in diese Gasse gezogen hat? Warum er dich immer noch ansieht, wie er dich ansieht? Weil er es genauso wenig abstellen kann. Das könnte niemand von jetzt auf gleich.«

»Eben«, bestätigt Emma. »Ich meine, es hat doch keiner damit gerechnet, dass auf einmal der Storch um die Ecke kommt und in einem fröhlichen Geklapper verkündet, euch in demselben Beutelchen gebracht zu haben.«

»Oh, Mann, Emma.« Blair kneift sich in die Nasenwurzel. »Weißt du, an wen du mich erinnerst?«

»An wen?«

»Sheldon Cooper.«

»Was? Ich bin doch kein Nerd!«

»Aber du bringst manchmal Sprüche, die könnte er bringen.«

»Nein, Anneli ist Sheldon«, widerspricht Emma. »Die ist strange. Ich nicht. Ich bin cool. Wie Penny.«

»Penny bin ich schon«, sagt Blair. »Du bist eher Bernadette.«

Emma plustert sich auf, holt tief Luft, und –

»DIE FURIE?!«

»Yep, there it is …«

»Und wer bin dann ich?« Dankbar für die Ablenkung, hebe ich einen Mundwinkel. »Leonard?«

»Ana Steele«, sagt Blair. »Looking for Christian Grey.«

Ich funkele sie an. »Ich könnte Finn erzählen, dass du einen Fetisch für Ohrenschmalz hast.«

»Habe ich nicht!«

»Hast du«, bestätigt Emma. »Du willst bei jedem ständig mit dem Q-Tip ins Ohr gleiten.«

»Es war erst mein zweiter Tag, als du mir gesagt hast, meine, ich zitiere, *Muscheln* hätten die perfekte Größe für die Säuberung.«

»Und mein dritter Tag, als du mir dein professionelles Ohrenputzset von Alibaba gezeigt hast«, fügt Emma hinzu. »Mit *Taschenlämpchenstab*!«

»Und neulich habe ich dich erwischt, wie du Puffel den Augendreck entfernt und dabei aufgeregt gequiekt hast, als wäre es das Highlight deines Tages.« Ich verschränke die Arme vor der Brust und recke das Kinn. »Du stehst auf bakteriellen Schleim aka Schmalz, Blair Wagner, und somit habe ich etwas gegen unsere Schönheitsqueen in der Hand.«

Blair öffnet den Mund, um etwas zu erwidern, schließt ihn wieder, als ihr scheinbar bewusst wird, dass sie das nicht kann, und verdreht dann die Augen. »Ihr seid eklig.«

»WIR?«, sagen Emma und ich unisono, und dann lachen wir alle.

Das Gelächter erstirbt erst, als Ignotus mit aufgewühltem Gesichtsausdruck wieder auftaucht. »Leute, es ist krass. Richtig krass.«

»Was?«, fragt Blair. Wie immer, wenn es Neuigkeiten gibt, verändert sich ihre Körperhaltung. »Wer war das am Telefon?«

»Der Schatzmeister der Vickys.« Er rutscht in unsere Nische, gerade als Lisbeth wieder zu uns stößt. Sie setzt sich neben ihn. Ignotus hält sein Handy hoch, als wäre es ein Beweisstück. »Popl.«

Stille. Dann –

»Der Typ heißt Popl?«, stößt Emma aus. »Ernsthaft? *Popl?*«

»Ja.«

»Welche Eltern nennen ihren Sohn bitte Popl?«, fragt Lis.

»Popl, der Popel.« Blair grunzt. »Wie ist sein Nachname?«

»Popl Grün.«

Erneute Stille.

»Popl ... Grün.« Emmas Stimme zittert, ihre Lippen zucken unkontrolliert. »Klingt nach jemandem für dich, Blair.«

Blair setzt ein irres Grinsen auf und zeigt ihr den Mittelfinger.

»Besser, du sprichst weiter, Ignotus«, sage ich. »Lenk uns ab.«

»Popl ist Hacker.« Aus Emma bricht ein Lachen hervor, aber Ignotus übergeht es. »Ein ziemlich guter sogar. Und na ja, also, das dürft ihr niemandem verraten, okay?«

»Klar«, sage ich. »Popls Geheimnisse sind bei uns sicher.«

»Anneli würde ihn vergöttern«, murmelt Lis. »Könnte ein geiler Pitch für einen Roman geben. Ein bitterer Machtkampf zwischen Blair und Anneli bricht aus. Wer gewinnt die Schlacht um Popl Grün?«

Blair funkelt sie an. »Noch ein Wort und ich verrate allen, dass ich ein Foto von dir mit der Klobürste als Zepter machen sollte, um es in dein Tagebuch zu kleben.«

»Gut, also ...«, sagt Ignotus, »manchmal verdient er sich etwas dazu, indem er Aufträge entgegennimmt, weil er, also ... er hat zwei Familien, die er durchbringen muss, und die eine weiß nichts von der anderen, weshalb die andere ihn erpresst, also ...«

»Popl, der Bad Boy«, sagt Lis. »Hat bestimmt das Coachingprogramm durchgemacht.«

»Er hat Geld bekommen«, sagt Ignotus.

»Für das Coachingprogramm?«, frage ich.

Er verdreht die Augen. »Für die Hackersache.«

»Hä?«, macht Emma.

»Jake Blackwell hat ihn bezahlt, damit er etwas herausfindet.«

»Und was?«, frage ich.

»Ihr habt einen neuen DNA-Test machen lassen«, sagt Ignotus langsam, schiebt seine Flasche von der einen in die andere Hand. »Und der war positiv.«

»Oh.« Mein Magen verkrampft. »Ich will nicht darüber sprechen, Ig …«

»Aber Jake hat den Test doppelt prüfen lassen«, sagt er. »Und vor wenigen Stunden, als er das Ergebnis erhielt, hat er Popl beauftragt, sich in das System des anderen Labors zu hacken und alles über diesen positiven DNA-Test herauszufinden.«

»Und?«

»Und die Sache ist eindeutig.« Ignotus entsperrt sein Handy und legt es auf den Tisch, damit wir das Bild darauf erkennen. »Hier der E-Mail-Verkehr zwischen der Laborbesitzerin und Elias.« Er swiped von einem Bild zum nächsten. In mir gefriert alles zu Eis. Die Dinge, die dort stehen, jagen über meinen Körper. Ein fürchterlicher Schauer, eine Mischung aus Entsetzen, Herzrasen und Hoffnung. E-Mail für E-Mail für E-Mail.

Sind die Ergebnisse schon da?

Ja, er ist negativ.

Bist du sicher?

Ja, absolut. Sie ist nicht seine Tochter.

Könntest du diesen Test fälschen?

Oh, Elias. Das geht nicht. So was kann ich nicht tun.

Bitte, Süße. Für mich. Nur diesen einen Gefallen.

Ich kann nicht …

Wenn du es nicht tust, werde ich deinem Mann verraten, wie du wieder und wieder und wieder für mich gekommen bist.

Und ich könnte es deiner Frau verraten.

Die weiß längst, was ich treibe, Süße.

Ich werde es nicht tun, Elias.

Treffen wir uns morgen. Zehn Uhr am Moritzersee, neben dem Coffee o' Clock. Ich werde dir etwas zeigen, das dich überzeugen wird.

Ignotus swiped zum letzten Bild, und da ist er. Der echte Test.

Zu 99,999999 % nicht ihr Vater.

Wir *alle* schnappen nach Luft. Es ist, als würde eine Tonne von mir herunterfallen, die mich in den letzten Tagen erbarmungslos zerquetscht hat.

»Du bist nicht ihre Schwester«, flüstert Emma, die Hand auf meinem Arm. »O mein Gott, Paola, es war alles ein Fake!«

»Scheiße, ist das krass«, sagt Blair. »Ich komme mir vor wie bei *Gossip Girl.*«

»Ich auch«, sagt Lis. »Oder bei *Elité*. Die Serie ist diverser. Besser.«

Als hätte ich Charles' Blick gespürt, zuckt mein Kopf hoch. Und tatsächlich: Seine Augen bohren sich in meine. Verzweifelt, noch immer verletzt, aber auch … hoffnungsvoll?

Meine Lippen formen lautlose Worte. *Du bist nicht mein Bruder.*

Er sieht mich lange an, ohne eine Regung. Dann nickt er. Und sagt stumm zwei Wörter, die sich im Sturzflug auf mein Herz stürzen, um sich in seinem schnell rasenden Kern einzunisten.

Ich weiß.

PUMELUFF, RELAXO, SCHIGGY

Paola

»Meint ihr, Edward wusste davon?« Blair beißt sich auf die Unterlippe, während sie die goldenen Knöpfe ihres schwarzen Arbeitsblazers schließt. Von draußen gleißen kräftige Sonnenstrahlen in das VIP-Zelt und lassen das reich verzierte Blackwell-Palace-Emblem auf ihrer Brust strahlen. »Wenn April schon in der dreizehnten Woche war, hat sie es ihm sicher gesagt, oder nicht?«

»Könnte genauso gut sein wie auch nicht sein.« Emma überprüft die vielen Nadeln in ihrer aufwendig geflochtenen Hochsteckfrisur. Bei ihrer Lockenmähne hat das ewig gedauert. Den ganzen Vormittag saßen wir vor dem Frisiertisch, während Lisbeth uns mit den Haaren geholfen hat. Meine lange Mähne hat sie zu zwei dicken französischen Zöpfen geflochten. »Bei April wäre alles möglich. Sie war … sagen wir, sehr sprunghaft. An dem einen Tag besessen von ihrem«, Emma malt Anführungszeichen in die Luft, »*Eddylein*, und am nächsten lief sie erhobenen Hauptes an ihm vorbei, als existierte er nicht, nur um am Abend wieder auf seinem Schoß zu sitzen und sich Champagner von ihrer Brust lecken zu lassen.« Sie seufzt. »Gott, die beiden waren so …«

»… speziell?«, frage ich, und sie nickt.

Aus der Ferne weht das stete Summen von Gesprächen herein. Die ersten Gäste erscheinen auf dem weißen Platz, gekleidet in teure Pelzmäntel und Hüte, Moon Boots und Designertaschen. Heute ist der erste von drei Sonntagen der White Turf Racing Days. Der Eintritt für nur *ein* Event kostet mehrere tausend Franken. Allein heute finden sechs statt. Hier trifft sich die Elite, die reichsten der Reichen, die *absolute* High Society, um sich das spektakulärste Pferderennen der Welt anzusehen: vor der märchenhaften Kulisse der alpinen Bergwelt auf dem gefrorenen

Moritzersee. Das Blackwell Palace ist einer der Hauptsponsoren des Events.

»Bist du den Jungs schon begegnet?«, fragt Emma, während sie einen Blick über das aufgebaute Büfett wirft und überprüft, ob etwas fehlt. »Und weißt du zufällig, ob Laxon bei ihnen ist?«

»Nein.« *Gott sei Dank bin ich das nicht.* »Aber diese Zeltstadt an kulinarischer Vielfalt ist gigantisch. Ich bezweifle, dass wir sie unter all den Leuten heute treffen.«

»Oh, sag das nicht. Und vor allem nicht in diesem euphorischen Ton.« Blairs Blick heftet sich auf das Champagnerglas, das sie gerade befüllt und zu den anderen auf Büfett stellt. »Es gibt heute als Auftakt ein Amateurrennen, just for fun quasi, und sie sind dabei.«

Ich starre sie an. »*Wie bitte?*«

»Wusstest du das nicht?«

»Woher?«

Sie zuckt die Achseln. »Dachte, sie hätten es dir gesagt.«

»Und wann soll das gewesen sein?« Entgeistert sehe ich sie an. »Beim gemütlichen Abendessen?«

»Oder du hättest es aufgeschnappt wie ich, keine Ahnung. Da haben doch alle drüber geredet.«

»Scheinbar nicht mit mir.« Ich nehme einen Kübel, befülle ihn mit Eis und stelle den Moët kalt. »Gibt es eigentlich irgendetwas, das die beiden nicht können?«

»Enthaltsam leben«, sagt Emma.

»Jedenfalls macht Edward wohl mit, weil ... na ja, es ist Edward. Einmal Adrenalin zum Mitnehmen? Her damit. Und Charles ...«

»... will ihn fertigmachen.«

Blair stellt das letzte Glas ab und verzieht den Mund. »Ja, so erzählen es sich alle.« Kurz huscht ihr Blick zu mir. »Sie sagen, dass es ein inoffizieller Kampf um dein Herz wäre.«

»Ja, mit Sicherheit.« Freudlos lache ich auf. »*Wieso* ging das an mir vorüber?«

»Weil dein Kopf nur über den Seiten dieser hochgestochen geschriebenen Bücher hängt«, sagt Emma.

»Da sind die Männer wenigstens keine Psychopathen oder mutmaßliche Killer.« Ich verdrehe die Augen. »Egal, anderes Thema. Was läuft jetzt zwischen dir und Laxon?«

»Nichts.«

»Mir entgeht dieser grimmige Zug um deine Lippen nicht.« Ich runzle die Stirn. »Was ist passiert? Nach dem Worldcup saht ihr aus wie forever in love.«

»Er hat sich nicht mehr gemeldet.«

»Da muss noch was anderes sein.« Mit dem Finger deute ich auf sie. »Etwas in deinen Gesichtszügen verrät mir das. Sie wirken, wie Karl die Krabbe jeden Morgen guckt.« Ich mache eine kurze Pause. »Irgendwie ... angepisst.«

Emma hebt eine Braue. »Willst du mir gerade sagen, ich sehe aus wie deine Krabbe?«

»Ein bisschen. Weil ich die Augenbrauen zu tief gesetzt habe.«

»Was?«

»Zu tief und zu nah. Sie sehen aus wie ein schiefes V. Wie ein zorniges Pumeluff, dieses Pokémon, das dich einschlafen lässt, wenn es singt und ...«

»Ah, Pokémon«, sagt Blair. »Meine große Liebe und mein schlimmster Schmerz.«

»Warum Schmerz?«

»Weil ich eine Blechdose mit ultra alten, ultra seltenen Karten hatte und die bei einem ...« Sie zögert. »Äh, Umzug verloren gegangen ist. Jetzt geilt sich irgendein Spinner an meinem Metallic-Glurak auf, und ich will weinen, weil ich heute da draußen auf den Sitzen statt in diesem Zelt hinter der Theke sein könnte.« Blair lehnt sich gegen den Tresen und verschränkt die Arme vor der Brust. »Also sag schon, Emma.«

Sie presst die Lippen zusammen. Der Teller mit den Schweizer Käse-Weintrauben-Würfeln landet zu forsch auf dem Büfett. Einer fällt um und reißt die anderen mit. Eine essbare Dominokatastrophe. »Hab ihn mit einer anderen gesehen. *Händchen haltend.*«

»Wie bitte?«, sagen Blair und ich wie aus einem Mund.

»Mit wem?«, füge ich bestürzt hinzu.

Emma schnaubt. »Isabella aus dem Housekeeping.«

»Die Neue?«, fragt Blair, und Emma nickt.

»Ah ja, das war die, mit der er in die Kutsche gestiegen ist!«

»Kutsche?«, quietscht Emma.

»Ja, gestern. Wollte es dir erzählen, habe es aber wegen der Aprilmeldung vergessen.«

»Super. Eine romantische Kutschfahrt für Isabella ist also drin.«

»Sorry.« Ich verziehe das Gesicht. »Diese Rich Kids sollten einen Swingerclub eröffnen. Mit denen, die reinwollen, sollen die sich ausleben und alle anderen in Ruhe lassen.«

Wir müssen unser Gespräch unterbrechen, weil sich das Zelt mit Gästen und Angehörigen der Sponsoren füllt. Von draußen schallt Livemusik über den Platz. Die ganze Zeit über bin ich in Bewegung, begrüße die Menschen in meinem eleganten Kostüm aus Blazer und Bleistiftrock, empfehle ihnen die besten Weine und erzähle ihnen etwas über die edlen Tropfen. Einmal begegnet mir Lena und begrüßt mich mit einem freundlichen Lächeln. Sie stellt mich ihrer Tante vor, die zu Besuch in St. Moritz ist und irgendeine wichtige Position am Europäischen Gerichtshof hat. Ich würde gern noch länger mit ihr reden, muss aber schnell andere Gäste bedienen, weil Blair sich hinter dem Tresen vor Finn versteckt.

Misha betritt das Zelt. Ich halte mitten in der Bewegung inne. Mein Mund klappt auf, während ich ihn ansehe. An seinem Hals kriechen rote Flecken hinauf und …

»Hey!« Der Herr, dem ich gerade Rotwein eingeschenkt habe, springt auf. Vor Schock weiten sich meine Augen, als ich sehe, was ich angerichtet habe: Sein Glas ist übergelaufen. Jetzt tränkt der Wein nicht nur die Tischdecke, sondern auch seinen Mantel.

»O Gott.« Entsetzt schlage ich die Hand vor den Mund. »Das tut mir …«

»Sparen Sie sich das!« Er erhebt sich und verlässt mit einem zornigen Schnauben das Zelt, genau in dem Moment, in dem auch Misha verschwindet.

Beschämt wende ich mich ab und gehe hinter die Theke zu Blair. »Pumeluff«, zische ich.

Sie runzelt die Stirn. »Was?«

»Pumeluff, Pumeluff, Pumeluff.« Viel zu forsch trockne ich eines der Gläser mit dem Handtuch. »Relaxo. Schiggy. Bisa –«

»Was soll das bezwecken?«

»Ich bestrafe dich.«

»Wofür?«

»Wenn du die Gäste bedient und dich nicht vor diesem Gerbensteyn-Rebellen versteckt hättest, wäre der Wein nicht übergelaufen.«

»Na ja ... Wenn du Misha nicht angestarrt hättest, als wäre er zwischen deinen Schenkeln gewesen ...«

»War er nicht!«

»Was war das dann eben?«

»Aquaknarre!« Unauffällig spritze ich Blair Wasser auf die Hände. »Platscher!«

»Platscher bringt nichts«, sagt Emma, die gerade hinter die Theke kommt und den sieben Jahre alten Säntis Malt aus dem Regal nimmt. »Das macht nur ein nichtsnutziges Karpador. O Gott, da ist Laxon! Blair, geh du hin. Dafür übernehme ich Xenias Tisch.« Sie scheucht Blair vorwärts. »Bitte, bitte, bitte!«

Die beiden lassen mich allein. Kurz schweift mein Blick nach draußen, zu den Pferden, die gerade das Eis betreten. Die Teilnehmer sitzen auf einem schlittenähnlichen Eisending und werden über den See gezogen. Seufzend widme ich mich dem nächsten Glas, sehne einer Pause entgegen, in der ich frische Luft schnappen und ...

»Hallo.«

Ich zucke zusammen, als Charles plötzlich neben mir auftaucht. In weißer Reithose, schwarzen Stiefeln und Jockeyjacke mit Aufdruck des Blackwell Palace. Seine dunklen Haare sind vom Wind zerzaust, die Haut noch immer gut gebräunt von seinem letzten Auslandsaufenthalt.

Er könnte als olympischer Gott durchgehen, wäre er nicht der Teufel höchstpersönlich.

YOU WERE MY FIRST, YOU'LL EVER BE

Paola

»Was willst du hier?«, frage ich schroff.

Charles grinst. »Ah, mich ereilt ein Déjà-vu.«

»Wie bitte?«

Er schnappt sich ein Trockentuch, nimmt eines der Gläser und hilft mir. Am liebsten würde ich ihn dafür in den Arsch treten, weil er damit eine wohlige Wärme in mir auslöst.

»Du. Ich. In *meinem* Hotel, als du mich fragtest, was ich in *meinem* Fahrstuhl verloren hätte.«

Meine Wangen werden heiß. »Solltest du nicht da draußen sein und dich für das Flachrennen bereit machen?«

»Sollte ich.« Er grinst. »Aber ich tue selten das Richtige. Das müsstest du am besten wissen, Cortessa.«

Ich *hasse* es, dass er mich wieder bei meinem Nachnamen nennt.

Mein Kiefer schmerzt, so angespannt ist er. »Entweder sagst du mir, was du willst, oder du hörst auf, mit mir zu reden.«

»Anweisungen über Anweisungen.« Er seufzt. »Hat sich das Blatt gewendet?«

Ich funkle ihn an. »Wenn mich meine Augen nicht getäuscht haben, hast du genügend willige Personen, denen du deine bescheuerten *Anweisungen* geben kannst.«

»Ah, da ist sie ja.«

»Wie bitte?«

»Die Eifersucht.«

»Ich bin nicht …« Die Worte kommen viel zu laut aus meinem Mund. Zornig atme ich aus, bevor ich zischend hinzufüge: »Eifersüchtig.«

Charles legt das Handtuch beiseite, greift nach dem Moët & Chandon und schenkt den Champagner in das Glas. Lässig lehnt er sich mit der Hüfte gegen die Theke. Selbst das regt mich auf. Alles an ihm regt mich auf. Dieses blöde Grinsen, die Art, wie er den Champagner im Glas schwenkt, als wäre er der Pate in nobel, seine enge Reithose, die sichtbare Beule zwischen seinen Beinen, die hohen, prägnanten Wangenknochen, der volle Mund …

Ich muss hier weg.

Entschlossen werfe ich mein Handtuch neben die Spüle und setze mich in Bewegung, aber ich komme nicht weit.

»O nein. Du wartest jetzt.« Charles' Finger umschließen mein Handgelenk. Ich versuche, mich loszureißen, aber sein Griff ist fest. Tief atmet er durch, dann: »Es tut mir leid, was ich zu den Reportern gesagt habe.«

»Verschwinde, Charles.« Ich versuche, nicht allzu angepisst auszusehen, weil mir bewusst ist, dass wir uns immer noch in einem Zelt voller Menschen befinden, aber ich glaube, es gelingt mir nicht. »Geh zu Sofia. Xenia. Oder Lena. Mir egal, aber verzieh dich einfach.«

»Hmm.« Er neigt den Kopf und tut, als würde er überlegen, dann verzieht er entschuldigend den Mund. »Nein, danke.«

Ich starre ihn an. »Nein?«

»Nein.«

»Das war keine Bitte!«

»Oh, aber meins war eine Feststellung.« Ein Grübchen bohrt sich in seine Wange. Er nippt am Champagner, während er seinen Blick über meinen Körper gleiten lässt. »Hier gefällt es mir außerordentlich gut.«

»Mir aber nicht.«

Sein Mundwinkel zuckt. »Nicht?«

»Nein.« Wieder ziehe ich meinen Arm zurück, und diesmal lässt Charles los. »Du stinkst nach Arroganz.« Jetzt bin ich diejenige, die hämisch grinst. »Nicht ganz meine Duftnote, bedaure.«

Kurz leckt er sich über die Lippen und löst dabei ein nervöses Flattern in meiner Mitte aus. »Wir könnten den Geruch überdecken.«

Mit dem Kinn nicke ich zu seiner Flöte. »Mit Alkohol?«

»Nein.« Kein Grinsen mehr. Aber dafür ein animalisches Knurren in seinen Augen. »Mit Lust.«

»Du bist pervers.« Augenblicklich beschleunigt sich mein Puls. Ich mache einen Schritt auf ihn zu, um sicherzugehen, dass uns niemand hört. »Wie kannst du so etwas ausgerechnet hier in den Mund nehmen …«

»Mir gefällt, wie du das sagst.« Er wendet sich mir zu. Erdolcht mich mit dem Verlangen, das wie Feuer in seinen Augen tanzt. »*In den Mund nehmen.*«

Entgeistert starre ich ihn an. *Wie kann er …?*

»Hier.« Charles zückt ein Papierstück aus seiner Jackentasche und reicht es mir. »Mein Vater bat mich, es dir zu geben. Wir haben es überprüfen lassen. Mehrmals. Es ist echt. Nur, damit du es auch schriftlich hast.«

Ich nehme das Papier entgegen und öffne es. Ich kenne die Worte schon von Ignotus' Bildern, trotzdem ist das hier wie ein Himmelsflug.

Das, was in diesem Brief steht, ist meine Befreiung. Der Schlüssel zum Öffnen eines düsteren Käfigs aus verrotteten Knochen, in dem mein Herz gefangen war. Der Klang, als das Schloss zu Boden fällt, nimmt die Last eines tonnenschweren Drucks mit sich. Ein Vogel, der ins Freie fliegt.

Ich bin nicht seine Tochter. Ich bin nicht ihre Schwester.

Mit jedem Atemzug pumpt mein Herz langsamer. Als würde es der Erkenntnis mehr Bedeutung einhauchen wollen. Bis es plötzlich rapide anschlägt und rast wie die Pferde draußen auf dem Eis. Langsam, es kommt mir wie eine Ewigkeit vor, hebe ich den Kopf und sehe Charles an. Und ich spüre es. Seit der Bowlinghalle ist *alles* wieder anders. Von jetzt auf gleich. *Alles.* Der Schutzwall, den ich vor meinen Gefühlen errichtet habe, ist in sich zusammengebrochen, von der Wahrheit mit einem Presslufthammer zerschmettert. Das düstere, verbotene Knistern wechselt zu euphorischer Lust, und das Band aus Molekülen wechselt die Farben. Von Schwarz zu Rot. Aber da ist immer noch …

»Xenia«, hauche ich. »Sie war an deinem … du hast mir gesagt, du würdest das nicht machen, weil es zu bedeutend sei, zu … tief geht, aber …«

»Ich wollte dich vergessen.« Die Art, wie er mir in die Augen sieht, spricht von Sehnsucht. Doch als würde ihm genau das plötzlich bewusst werden, erlischt der Ausdruck. Er spricht, und nun klingt seine Stimme gleichgültig. »Außerdem sind wir kein Paar. Nie gewesen. Was du machst, kann mir egal sein, genauso umgekehrt.« Sein Blick geht tiefer. Wird intensiver. »Ich bin kein Heiliger, Paola. Das habe ich dir von Anfang an gesagt.« Wieder eine Pause. »Und ich werde nie einer sein.«

In mir verkrampft etwas, trotzdem nicke ich. »Du und Sofia …«

»Nur Show.«

»Immer noch?« Ich hebe eine Braue. »Du wirst sie heiraten. Du hast sie *geküsst.*«

»Aber dich habe ich zuerst geküsst.« Plötzlich greift Charles in den Champagnerkübel und nimmt einen Eiswürfel zwischen die Finger. Erst mustert er ihn, aber dann …

Ich kann nicht einmal blinzeln, so schnell ist er. Hinter dem Schutz der hohen Theke gleitet seine Hand meine Beine hinauf, nähert sich meinem Slip. Ich bin dankbar für die laute Livemusik und das Pferderennen, denn die Leute sind abgelenkt, Blair und Emma bei den Tischen draußen. Aber sie könnten jederzeit hereinkommen und hinter die Theke treten. Die Gedanken verschleiern, als Charles' Lippen meinem Ohr gefährlich nahe kommen. »Du warst meine Allererste, Paola. Du wirst es immer bleiben.« Ich keuche, als er meinen Slip beiseiteschiebt und die Kälte des Eiswürfels meine Klit berührt.

»Und?«, raunt er. »Dürfen wir jetzt?«

NEVER PROVOKE A BLACKWELL

Paola

»Uns kann jeder sehen«, zische ich.

Seine Lippen verziehen sich an meinem Ohr. »Können sie nicht. Die Theke ist hoch.«

»Aber … unsere Gesichter.«

»Dann lass dir nichts anmerken.« Meine Nackenhaare stellen sich auf, als sein Atem über mein Ohr gleitet. »Stöhn leise, Paola. Nur für mich.«

Wieder gleitet der Eiswürfel über meine Schamlippen. Ich keuche. Charles penetriert meine Nerven, entfacht Hitze durch Kälte und schiebt dann zwei Finger in meine Nässe. Ich kralle die Hände in die Theke und zwinge mich, neutral zu schauen. Für andere, die hersehen, müsste es aussehen, als würde sich Charles, den Rücken ihnen zugewandt, lässig unterhalten, während ich ihm desinteressiert zuhöre. *Wenn sie wüssten, dass er in diesem Moment seine Finger krümmt und gegen den empfindlichen Punkt in mir stößt …*

»Charles«, raune ich. »Du … du tust es schon wieder.«

»Was tue ich schon wieder?«

»Alles in Lust ertränken, damit du nicht daran denken musst, was passiert ist.«

»Hör auf.«

»Wir sollten reden.« Meine Worte klingen nicht ganz so ernst, wie ich sie aussprechen wollte, weil seine Berührungen mich lustvoll keuchen lassen. »Über den Verrat. Über deine Gefühle deshalb. Über …«

Er übergeht mich einfach.

»Hast du das hier vermisst?«, raunt er. »Oder hast du deine Sehnsucht von meinem Bruder stillen lassen?«

Am liebsten würde ich ihm eine schlagfertige Antwort entgegenschmettern, aber ich will nicht, dass er aufhört. Es fühlt sich zu gut an. Zu lange her.

»Ich sollte dich bestrafen«, murmelt Charles. »Für das, was ihr beide getan habt. *Und* für den Verrat.«

»J…ja.« Kam das gerade aus meinem Mund? Anscheinend. Fuck, es turnt mich an, wenn er diese Dinge sagt. Wenn er von Anweisungen und Bestrafungen spricht. Ich steh auf diese Scheiße. »Solltest du.«

Etwas in mir sagt, dass ich das beenden sollte, dass ich stattdessen mit ihm sprechen muss, aber mein Kopf setzt einfach aus.

Charles grinst wie ein Endgegner, dem gerade bewusst wird, dass er gewonnen hat. Er lässt seine Finger auf und abgleiten, umkreist mit dem Daumen meine Perle. Immer wieder stößt er in mich, gleitet zwischen die sensiblen Stellen meiner Schamlippen, treibt mich in den Wahnsinn. Er weiß ganz *genau*, wie das hier geht.

»Wie gern würde ich dich jetzt schmecken.« Er schiebt einen weiteren Finger hinein. Ich stöhne leise auf, denn jetzt sind es drei. »Stell dir vor, wie ich meine Lippen um deine Perle schließe. Wie ich mit der Zunge an deiner Feuchtigkeit lecke, bevor ich dich mit dem Mund ficke.«

Ein elektrischer Stoß der Lust durchzuckt mich. Beinahe wäre mir der Mund aufgeglitten und ein verlangender Laut entkommen. Ich schlucke ihn herunter, während ich die quälende Hitze in mir aufsteigen spüre.

Seine Stöße werden schneller. »Stell dir vor, wie ich an dir sauge, während meine Finger in deiner pulsierenden Nässe verschwinden und dich zum Höhepunkt treiben, Baby.«

O Gott.

»Wie sehr hast du das vermisst, hm?«

Er wird noch schneller.

»Sag es mir.«

»Sehr.« Ich unterdrücke ein Stöhnen. »Ich habe es … sehr vermisst.«

»Mhm.« Seine Unterlippe streicht über mein Ohrläppchen. »Dachte ich mir.«

Plötzlich erhebt sich Lena von ihrem Tisch und kommt auf uns zu. Meine Augen weiten sich. »Charles, hör … hör auf.«

»Ich denke gar nicht dran.«

»Lena kommt her!«

»Dann bediene sie.«

»W...was?«

Charles grinst. »Du willst nicht wirklich, dass ich aufhöre, oder?«

Er hat recht. Will ich nicht. Es fühlt sich unbeschreiblich an. Ich stehe kurz vor dem Höhepunkt. Aber ...

»Ich will, dass du mit ihr sprichst, während meine Finger in dir stecken. Schenk Champagner nach, lächle, tu so, als würde ich dich nicht gerade mit der Hand zum Orgasmus treiben. Verstanden?«

»Ist ... ist das eine Anweisung?«

»Definitiv.«

Das Pulsieren in mir wird stärker, der Druck in meiner Mitte beinahe unerträglich. Fuck. Warum macht mich das so an?

»Hi!« Lena bleibt vor der Theke stehen. Charles' Finger werden langsamer. Betörender. Er bewegt sich so geschickt, dass nicht einmal sein Unterarm sich regt. Über die breite Theke schiebt Lena mir ihr leeres Glas herüber, und Charles nimmt sein Handy in die andere Hand, damit es so wirkt, als würde er gelangweilt hier rumlungern. »Deine Freundinnen sind draußen beschäftigt. Ich hätte gern noch einen Moët.«

»Okay.« Ich klinge wie ein Roboter. Wie Emmas Siri, wenn sie sie jeden Morgen fragt, warum sie Single ist, und Siri antwortet, das Balzverhalten der menschlichen Spezies sei ihr unbekannt und sie wisse nur, dass es um anrufen und nicht anrufen ginge. Ja, das bin ich. Jetzt gerade.

Warum fingert Charles dich, während ich mit dir rede?

Nun, ich weiß nicht, Lena. Das menschliche Balzverhalten ist mir unbekannt.

Meine Hand zittert, als ich nach der Flasche aus dem Eiskübel greife.

»Alles in Ordnung?« Lena neigt den Kopf. »Du bist so rot.« Ihr Blick gleitet von mir zu Charles. Vermutlich glaubt sie, er hätte mich fertiggemacht, bei dem, was online über uns kursiert.

»Mir ist ... warm.«

Charles gibt ein leises Lachen von sich. Seine Kuppen penetrieren meinen Eingang, während sein Daumen immer wieder gegen meine Klit schnippt. Ich werde gleich wahnsinnig.

»Hallo, Lena.«

»Hey, Charly.« Sie zieht an ihren zwei geflochtenen schwarzen Zöpfen und strahlt sein zur Seite geneigtes Profil an. »Viel Glück gleich.«

Er lächelt schief. »Danke.«

»Du kommst sicher als Erster ins Ziel. Hoffentlich ist die Rennbahn nicht feucht.«

Das schiefe Lächeln mutiert zu einem perversen Grinsen, das vermutlich nur ich verstehe. »Je feuchter, desto schneller.«

O. Mein. Gott.

»Stimmt.« Lena macht eine rutschende Bewegung mit ihrer Hand. »Du slidest gekonnt hindurch und merkst gar nicht, wie sie kommt.«

Ähhh…

Charles findet zunehmend Gefallen an dem Gespräch, während seine Finger meine Nervenenden umkreisen. »Bis wer kommt?«

»Na, die Kempen. Du weißt doch, die österreichische Favoritin. Sie macht auch mit beim Spaßrennen.«

»Ah.« Seine Lippen kräuseln sich vor Belustigung. »Sicher.«

»H…hier. Bitte schön.« Ich schiebe ihr das gefüllte Champagnerglas zurück über den Marmortresen. Lena nimmt es entgegen, mustert meine roten Wangen noch einmal skeptisch und dreht sich um. Erleichtert atme ich aus, aber es klingt eher wie ein leises Stöhnen, dem ich mich endlich hingebe.

»Braves Mädchen«, sagt Charles. »Und jetzt will ich, dass *du* kommst.«

Wieder drei Finger. Sie gleiten in meine pulsierende Nässe, treffen meinen Punkt und bewirken, dass ich kurz die Augen schließen muss, um mich zu sammeln. Meine Atemstöße sind abgehackt.

»Oh, fuck«, raunt er mir ins Ohr. Er lässt die Finger an meinen sensiblen Nerven kreisen. »Du bist so nass und eng, Baby.«

Plötzlich werde ich mutiger. Ich spreize die Beine weiter, dränge mich ihm entgegen. »Nimm noch einen.«

Er lacht. »Was?«

»Noch einen Finger.«

»Sind wir heute gierig?«

»Mhm.«

Er tut es. Vier seiner Finger sind in mir und dehnen mich. Ich kralle eine Hand in meine eigene Hüfte, die andere in Charles' Bein, während der verlangende Druck in mir zunimmt. Mit jedem Stoß, mit dem er mich ausfüllt, schwappt die Welle höher. Aber dann, kurz bevor sie bricht und ich Erlösung finde, entzieht Charles mir seine Hand. Kurz wimmere ich über die Leere. Er macht einen Schritt zurück.

Entsetzt sehe ich ihn an. »Was tust du?«

»Wie gesagt.« Ein amüsierter Glanz liegt in seinen Augen, als er den Kopf neigt. »Ich bestrafe dich, Cortessa.«

Mir klappt die Kinnlade herunter. »Was?«

Charles' Hand verschwindet in seiner Hosentasche. Im nächsten Moment drückt er mir einen Bündel Scheine in die Hand. »Das sind fünftausend Franken.«

»Wa …« Perplex sehe ich auf das Geld hinab, als es mir dämmert. Zorn brandet in mir auf, paart sich mit meiner unbefriedigten Lust. »Ich will dein Geld nicht!« Ich will es ihm entgegenschmettern, aber als hätte Charles das geahnt, schießt seine Hand vor und umschließt meine.

Er zwingt mich dazu, eine Faust um das Geld zu machen, und sieht mir tief in die Augen. »Es ist meins. Ich schenke es dir nicht, sondern gebe dir eine Anweisung.«

»Und was für eine?«

»Setz alles auf mich.«

»Wie bitte?«

»Geh zum Wettzelt. Zahle das Geld in eine Siegwette ein, tippe auf mein Rennpferd Jordan.« Er lässt meine Hand los. »Solltest du gewinnen, habe ich eine Überraschung für dich. *Plus* die Fortsetzung von dem hier.« Er beugt sich vor und flüstert: »Aber diesmal bekommst du *alles*.«

Fassungslos starre ich ihn an. »Du lässt mich jetzt echt hier stehen? Ohne es zu beenden?«

»Ja, lasse ich.« Sein Mundwinkel hebt sich zu einem schiefen Lächeln. »Provoziere niemals einen Blackwell.« Das Lächeln erlischt. »Und erst recht nicht mich.«

BET ON YOU

Paola

»Ich verstehe nicht, warum du das tun willst.« Emma stapft neben mir her, in der Hand einen Cappuccino. »Wetten sind ungesund. Sie machen süchtig. Und ziehen dich in eine gruselige Bubble rein, die dein Hirn infiltriert und dich hinterher glauben lässt, wir würden von reptiloiden Lebewesen regiert, die sich als Menschen tarnen.«

Ich nippe an meinem grünen Tee und verbrenne mir die Zunge. »Wie bitte?«

»Ja, wirklich. Und das alles nur, weil du süchtig wirst.«

Meine Zunge pocht und ist pelzig. »Was für eine Bubble denn?«

»Die Wettbubble, die nicht genug bekommt und schließlich ihren letzten Rappen darauf verwettet, dass die Erde eine Scheibe ist!«

»Und weil sie glauben, die Erde wäre eine Scheibe …«

»… steigern sie sich da rein und enden mit paranoider Angst vor Angela Merkel.«

»Weil sie ein Reptil ist, das uns regiert hat?«

»Richtig. Genau wie Mark Zuckerberg und Hillary Clinton.«

Ich lache. »Okay, ganz ruhig, Miss Crocodile Hunter. Keine Bubble wird mich der Buchszene abwerben können.«

Emma seufzt. »Wie viel willst du einsetzen? Ich dachte, du wolltest dein Gehalt sparen.«

»Es ist nicht mein Geld.«

»Wessen dann?«

»Es gehört Charles.«

Ihr Kopf wirbelt herum. »*Charles?!*«

»Ja.«

»Warum um alles in der Welt verzockst du sein Geld?« Sie verengt die Augen. »Ist das wieder eine Intrige, von der ich wissen sollte?«

»Nein. Und ich kriege es nicht. Er will nur, dass ich wette, und wenn ich gewinne, bekomme ich eine Überraschung.« Ich ziehe sie an einer Traube von Menschen vorbei und steuere das Wettzelt an. Mein Herz pocht immer noch rasend schnell. Zum einen wegen dem, was er eben mit mir gemacht hat, zum anderen wegen der immer noch vorherrschenden euphorischen Erkenntnis, dass wir nicht verwandt sind. *Er ist nicht mein Bruder.* Gott, ich hätte nie gedacht, dass diese Worte einmal solch eine Flut an Erleichterung in mir bewirken könnten, aber seit gestern Nacht denke ich an nichts anderes mehr.

Am Ende der Schlange halten wir an. Ich ziehe das Blatt Papier aus meiner Cordjacke und reiche es Emma mit kribbelnden Fingern. »Hier, lies. Er hat es bestätigt.«

Sie entfaltet es. Der Ausdruck in ihrem Gesicht wechselt von Verwirrung zu massiver Erleichterung. »Oh, dem Himmel sei Dank. Ich hatte schon Sorge, Ignotus könnte auf einen Scam oder so reingefallen sein, von irgendwelchen Leuten, die dich einfach fertigmachen wollen.« Sie legt sich eine Hand auf die Brust und schließt kurz die Augen. »*Dem Himmel sei Dank* muss ich nicht mehr darüber nachdenken, was du mit deinen …«

»Stopp!« Alles in mir schaudert. »Sprich es nicht aus. Ich will diesen Gedanken nie wieder in meinem Hirn haben.«

»Also doch lieber die reptiloiden Lebewesen?«

»Sogar lieber das, ja.«

»Alles klar.« Sie gibt mir das Papier zurück. »Charles hat sich also direkt auf dich gestürzt?«

Sofort wird mir wieder heiß. »Er will nur, dass ich auf ihn wette.«

»Ja, klar. Natürlich. Der schwanzgesteuerte Blackwell, *der sonst was* mit dir getrieben hat, erfährt, dass ihr nicht verwandt seid und sucht dich *sofort* auf, weil er dich *die ganze Zeit* schon bitten wollte, sein Geld einzuzahlen, einfach so, mehr will er nicht, danach seht ihr euch nie wieder, das war's.«

Zum Glück muss ich nicht antworten, denn wir sind die nächsten in der Reihe. Auf den Monitoren um mich herum werden die Eventualquoten für die Siegwette angezeigt. Diese Kempen, von der Lena gesprochen hat, ist ganz vorn mit dabei.

Die Frau hinter dem Tisch sieht mich an. Sie hat kurze Haare, lange Wimpern und große Poren, die sie erfolglos versucht hat, mit Concealer zu überdecken. »Wettart, Startnummer, Betrag?«

»Ähm …«

Sie blinzelt. »Sind Sie zum ersten Mal hier?«

»Ja.«

»Okay. Also, Sie wollen für das Amateur-Flachrennen wetten?«

»Ja.«

»Siegwette oder Platzwette?«

»Äh …«

»Wollen Sie auf ein Pferd wetten, von dem Sie glauben, es wird als Erster gewinnen, oder wollen Sie auf ein Pferd wetten, von dem Sie glauben, es wird unter den ersten dreien ins Ziel kommen?«

»Auf eines, das gewinnt. Den ersten Platz.«

»Okay.« Sie lächelt freundlich, während sie den Wettschein für mich ausfüllt. »Startnummer?«

»Äh …«

Jetzt lacht sie. »Wie heißt das Pferd?«

»Jordan.«

In ihren Augen leuchtet etwas auf. »Ah, Charles Blackwell.«

»Richtig.«

»Wir sind alle gespannt, wie er sich macht, nachdem er im letzten Jahr nicht am Spaßrennen teilgenommen hat.«

»Aber davor schon?«

Sie notiert die Startnummer sieben und nickt. »Vier Jahre in Folge. Sein Bruder zwei.«

»Wusste ich nicht.«

»Sie sind gut. Obwohl sie keine Profis sind. Aber für die Spaßrennen trainiert von dem besten Mann in diesem Reitsport, was will man da erwarten?« Sie zwinkert verschwörerisch. So verschwörerisch, dass sie meine Verbündete im Kampf gegen die Reptilienkönige sein könnte. »Wollen Sie auch auf Edward Blackwell wetten?«

Ich schüttle den Kopf. »Nein.«

»Verstehe.« Sie lacht. »Team Charles also.«

»Was?«

Sie zwinkert noch mal. »Wie viel setzen Sie?«

Ich fühle mich wie eine Kriminelle, als ich das Bündel aus meiner

Jackentasche hole und ihr über den Tisch schiebe. »Fünftausend Franken.«

Die Frau verzieht keine Miene. Sie nimmt das Geld entgegen, als würde es sich dabei um ein paar Münzen handeln. Ich will nicht wissen, wie viel Kohle hier den ganzen Tag über den Tisch geht.

»Gut. Bei seiner Quote könnten Sie mit Ihrem Einsatz zweiunddreißigtausend Franken gewinnen. Hier ist Ihr Wettbeleg.« Sie reicht mir das weiße Stück Papier. »Viel Erfolg.«

Zögerlich werfe ich einen Blick darauf und spüre, wie das Herz in meiner Brust stärker pumpt. *Zweiunddreißigtausend Franken …*

Ihr Blick huscht zu Emma. »Wollen Sie auch auf Jordan wetten?«

»Oh, sicher nicht.« Emma lacht bitter auf. »Wenn ich wetten *würde*, was ich nicht tue, dann nie im Leben auf einen Blackwell.«

Die Frau quittiert Emmas Aussage mit einer merkwürdigen Bewegung. Einerseits verstehend, andererseits abschätzig. Schnell ziehe ich meine Freundin am Ellbogen aus dem Zelt, bevor sie sich wieder in ihren Warum-sollte-jeder-die-Blackwell-Brüder-hassen-Vortrag-Nr. 43546473435 stürzen kann, und wir suchen uns einen Platz am gefrorenen See.

YOU'RE A WINNER BUT WE'RE A LOSING GAME

Paola

»Ich habe Ignotus und Lis geschrieben, wo wir sind«, murmelt Emma, während sie aufs Handy blickt. »Sie konnten noch Mitarbeiterkarten über Anneli ergattern, aber kommen jetzt doch nicht.« Mitfühlend verzieht sie die Brauen. »Ignotus hat Magenschmerzen. Und Lis schreibt, sie nutzt die Zeit dann lieber für ihr Paper.«

»Für den geplanten Aktivistinnenflashmob?«

»Yes.« Emmas Lippen heben sich zu einem Lächeln. »Find's mega, dass sie diese sexistische Discounterkackscheiße zerstören wollen.«

Kürzlich kam ein Supermarkt auf die glorreiche Idee, unverpacktes Gemüse mit nackten Frauen zu bewerben, voll einen auf Fünfzigerjahre zu machen und das weibliche Geschlecht auf seinen Körper zu reduzieren. Weil sich alles besser vermarkten ließe, wenn *g3iLe nAcKt3 W3iber* – perverse Habbo-Hotel-Sprache off – zu sehen wären.

»Lis rockt.« Ich werfe einen Blick auf die Uhr. »Wie lange geht das Rennen? Wir dürfen auf keinen Fall die Pause überziehen. Wenn wir nur eine Minute zu spät kommen, dreht Blair durch.«

»Ganz ruhig, Girl.« Emma zeigt neben den See. »Die Jockeys sind fast fertig mit dem Satteln. Geht gleich los, dann präsentieren sie ihre Pferde und laufen in die Startboxen. Schaffen wir.«

Ich nippe an meinem grünen Tee und beobachte Edward und Charles dabei, wie sie ihre Tiere vorbereiten. Die Art, wie geschickt sie mit dem Zaumzeug umgehen, wie schnell sie aufgesattelt und sich liebevoll ihrem Tier zuwenden – das macht etwas mit mir. Ein warmes Prickeln breitet sich in meinem Magen aus.

»Sie benutzen keine Scheuklappen oder Ohrenstöpsel«, sagt Emma nach einer Weile.

»Was?«

»Die Jungs.« Mit dem Finger deutet sie auf die Teilnehmer, die sich jetzt in einer Linie aufreihen und sich darauf vorbereiten, den See zu betreten. »Die beiden haben vor einiger Zeit eine riesige Petition gestartet, beides zu verbieten.«

»Ich bin der Meinung, all das hier sollte verboten werden.« Mit grimmiger Miene blicke ich über den Platz. »Das ist doch Tierquälerei.«

»Da scheiden sich die Geister. Andere sagen, die Pferde hätten Spaß.«

»Ja, mit Sicherheit.« Ich schnaube. »Ich verstehe nicht, warum Charles und Edward eine Petition starten, dann aber selbst mitmachen bei so einem Rennen.«

»Das ist ein klarer Fall von EGMESDIDHS.«

Verwirrt sehe ich sie an. »Ist das eine Krankheit?«

»Gewissermaßen.« Emma seufzt. »Erfolgreiche gesellschaftliche Manipulation eines superreichen Daddys inmitten der High Society.«

»Du meinst, weil sie damit aufgewachsen sind?« Fest schließe ich die Finger um den Becher und beobachte, wie die Kempen mit ihrem Pferd den See betritt. Sie läuft schon wie eine Gewinnerin, mit großen Schritten und vorgerecktem Kinn. »So wie Leute Fleisch essen, obwohl sie wissen, dass die Tiere dafür leiden mussten?«

»Ja, glaube schon. Du musst dir mal reinziehen, all das hier, dieses Leben der Superreichen und ihre Veranstaltungen … das ist für die Jungs wie ein riesengroßer Spielplatz, auf dem alle immer versucht haben, der Coolste zu sein, der die Rutsche beherrscht. Dann ein Daddy, der ihnen von klein auf erzählt, wie wichtig all das ist, wie richtig und eindrucksvoll und nicht wegzudenken in ihrer Lebensposition. Ein süßer Scheißer namens Edward, der seinen Vater beeindrucken will, und ein großer Scheißer namens Charles, der, warum auch immer, erst mit elf herkam und seinen Vater *erst recht* beeindrucken will.«

Warum auch immer. Es weiß tatsächlich niemand, weshalb Charles so spät zu den Blackwells kam. Die Öffentlichkeit weiß nichts von seiner Vergangenheit.

Aber ich schon.

»Ergibt Sinn.« Ich wische mir über die von der Kälte laufende Nase. »Find's trotzdem scheiße.«

»Ja, ich auch. Aber diese Rennen *existieren*, und nicht mal die Brüder hätten die Macht, ein jahrhundertealtes Spektakel enden zu lassen. Sie sind nur Opfer ihres inneren Kindes.«

»Du bist heute aber weise unterwegs.«

Emma seufzt. »Wenigstens sind ihnen ihre Pferde nicht egal. In einem Jahr war Jordan neben der Spur und hat gescheut. Er wollte vom See runter. Die meisten Jockeys hätten ihr Pferd gezähmt und zur Startbox gezerrt. Aber Charles nicht. Er ist sofort mit Jordan runter, hat ihn abgesattelt, auch das Zaumzeug weg, hat ihm so ein gebissloses Flechtding umgemacht und – Zack! – ab in die Berge.« Ein Lächeln umschleicht ihre Lippen. »Das war ein legendärer Abgang und als …«

Ihre Worte gehen in ein Rauschen über, als sich mein Blick auf Jake Blackwell heftet. Er steht an der Bande zur Pferdebahn, ein Champagnerglas in der Hand, gehüllt in eine dicke North-Face-Jacke. Graue Strähnen ziehen sich durch sein dunkles Haar. Nicht weit entfernt steht Elias, als wäre nie etwas gewesen, und lacht mit seiner Frau, die er scheinbar regelmäßig betrügt, wenn er etwas mit Xenias Mutter hatte.

»Alles okay?«, fragt Emma.

»Ja.« Ich hefte meinen Blick wieder auf die Rennbahn. *Was verbirgt dieser Mann? Wieso lässt er sich das alles von seinem eigenen Bruder gefallen, statt ihn einfach rauszuwerfen?* »War nur in Gedanken.«

»Und da kommt Edward Blackwell mit der Startnummer sechs«, schallt die Stimme des Kommentators durch die Lautsprecher. »Mit dem renommierten Starttrainer Coach Berry, bekannt als ehemaliges Mitglied des königlichen Stalls von Großbritannien. Er reitet auf Hummus, seinem Traber mit einem Stockmaß von 1,68 Metern. Gefolgt von seinem Bruder Charles Blackwell, ebenfalls trainiert von Coach Berry. Ich denke, ich spreche für uns alle, wenn ich sage, dass wir besonders gespannt auf seine Teilnahme sind, nachdem er im letzten Jahr pausiert hat. Sein Pferd Jordan läuft unter der Startnummer sieben. Beide Pferde gehören dem Stall des Blackwell-Palace-Poloclubs an.«

Mein Blick liegt auf den Rücken der Brüder. Sie tragen die schwarzblaue Jacke mit dem Blackwell-Logo, dazu farblich passende Helme und Schutzbrillen. Aus irgendeinem Grund flattert mein Magen, als die Pferde in die gelben Startboxen laufen. Ein Grund, der mir dämmert, je mehr ich spüre, wie der Wettschein in meiner Jackentasche sich durch eine seltsame Aura direkt in meine Seite bohrt. *Wenn Charles gewinnt, hat er eine Überraschung für mich. Wenn Charles gewinnt, würde er zu Ende bringen, was er hinter der Theke im Zelt in aller Öffentlichkeit angefangen hat.*

Der Moderator erzählt etwas über die Strecke und den Ablauf und geht dann über in die Präsentation der Favoriten, während die Reiter und Pferde von Trainern und Gehilfen in die Startboxen geführt werden.

Jordan und Hummus trippeln hinein, als würden sie das Rennen freudig erwarten, aber ein anderes Pferd scheut und will ausweichen. Es braucht fünf Gehilfen, um es in die Box zu schieben, und in mir kocht brodelnde Wut auf.

»Ich will die Reiterin von ihrem Pferd reißen«, zische ich. »Vielleicht sollte ich sie mal zwingen, in ein Arschloch gestopft zu werden.«

Emma lacht auf. »In ein Arschloch?«

Grimmig beobachte ich, wie sich die Tür hinter dem Pferd schließt. »Da gehört sie hin, wenn dieser Wettkampf ihr wichtiger ist als die Bedürfnisse ihres Pferdes, das sie wahrscheinlich überall heuchlerisch als ihren«, ich male Anführungszeichen in die Luft, »*besten Freund fürs Leben* betitelt. Ist klar.«

»Paola on rage«, murmelt Emma.

»Paola on Killermodus«, gebe ich zurück.

»Alle Pferde drin«, sagt der Kommentator. »Es wird in wenigen Sekunden losgehen, wenn …«

Weiter kommt er nicht. Eine Glocke ertönt. Die gelben Tore springen auf. Und die Pferde galoppieren über diese Bahn, als würde eine Meute an Jaguaren hinter ihnen herpreschen. Nur dass in dem Fall die Menschen, die auf ihnen sitzen, die Raubtiere sind.

Hufgetrappel erfüllt die Luft. Ich kann die Anspannung der Menschen um mich herum spüren, die Wolke des Adrenalins, von Wetteinsätzen und Verlustängsten geschwängert, kann ihre angehaltene Atmung wahrnehmen, weil auch meine Lunge stockt.

Im Standsitz halten sich die Jockeys auf ihren Pferden, während sie über den gefrorenen See reiten. Ich denke an meinen Ritt mit Saphir zurück, als ich Schwierigkeiten hatte, schon während eines schnellen Trabs mein Gleichgewicht zu halten. Es ist mir schleierhaft, wie es den Reitern gelingt, nicht runterzufliegen.

Ich folge der Menge an braunen, weißen und schwarzen Pferden, die auf das Ziel zusteuern, während vor ihnen tiefgrüne Tannen und die alpine Bergkette aufragen, bepudert von feinem Glitzerschnee.

»Der erste Bogen«, berichtet der Kommentator. »Guardian mit der Startnummer drei führt, gefolgt von Dexler mit der Startnummer dreizehn. Beides Favoriten, sehr hohe Quote in diesem ersten Flachrennen.«

»Tja«, murmelt Emma neben mir. »Das war's wohl mit Charles' fünftausend Motten.«

Und mit meiner versprochenen Wiederholung …

»Es geht in den nächsten Bogen und … wir haben einen Sturz!« Die Menge um mich herum schnappt nach Luft. »Hollánd Hermoso mit Dexler, seinem nun reiterlosen Pferd. Jordan holt auf, überholt Frappino, überholt Hummus. Startnummer sechs und sieben jetzt hinter der Startnummer drei, Guardian von Sara Kempen.«

Ich halte den Atem an. »O mein Gott.«

»Könnte eine Platzwette werden.« Emma zieht die Unterlippe zwischen die Zähne. »Kempen, Edward und Charles als die ersten drei im Ziel.«

»Ich brauche Charles ganz vorn«, murmle ich. Unruhig drücke ich die Hände an meinen To-go-Becher. »Komm schon, Jordan, *komm schon.*«

»Du hast doch eh nichts davon.« Emma ist dazu übergegangen, an ihren Nägeln zu knabbern. »Oh, krass, Edward hat Kempen überholt.«

»Was für eine Wendung!«, ruft da der Kommentator. »Hummus drängt Guardian beiseite, da der Einlaufbogen, Jordan gewinnt an Tempo, gleichauf mit Guardian, aber es sieht so aus, als würde Hummus siegen! Nur noch wenige Meter, die … ah, ein weiterer Sturz!«

Ein kollektives Luftschnappen. Mir fällt der Becher aus der Hand. Meine Kinnlade sackt hinab.

»Edward Blackwell ist vom Pferd gefallen, ein reiterloses ... aber was ist das? Hummus wendet! Das gibt's nicht, das Tier wendet, kehrt um zu seinem Reiter, stößt gegen Guardian, drängt ihn beiseite, und ... Jordan im Ziel! Startnummer sieben, Jordan mit Charles Blackwell kommt als Erster ins Ziel, gefolgt von Startnummer drei, Guardian mit Sara Kempen, dritter Platz reiterloses Pferd Drexler mit der Startnummer dreizehn, vierter ...«

Die Stimme des Moderators geht in einem Rauschen unter, das plötzlich meine Ohren dominiert. Sogar die Jubelrufe und enttäuschten Wutschreie der anderen Leute dringen nur als ein gedämpfter Badewannenlaut zu mir durch. Ich denke nicht einmal daran, dass ich Charles gerade zweiunddreißigtausend Franken und mir eine Überraschung beschert habe. Auch nicht an die Wiederholung. Es kommt mir nicht für eine Sekunde in den Sinn.

Das Einzige, was ich denke, ist:

Edward.

WHAT ARE YOU HIDING FROM ME?

Paola

Eine erdrückende Sorge übernimmt die Führung in mir. Ich merke kaum, wie ich auf die Beine springe und in schnellen Schritten über den Platz laufe, mein Herzschlag Hunderte trommelnder Ameisen unter dem Brustkorb.

»Paola!« Emma stapft mir nach. Atemlos erscheint sie an meiner Seite. »Was ist los?«

»Edward …« Mit Augen so groß wie Unterteller steuere ich die Bank an, auf der Edward sitzt und von drei Personen in Erste-Hilfe-Montur untersucht wird. Er spricht mit ihnen, sieht angepisst aus und spuckt in den Schnee. Zum ersten Mal erleichtert mich sein typisches Edward-Blackwell-Verhalten. *Er scheint okay.* Verschwitzt, *höllisch* heiß mit dem Schmutz im Gesicht, aber in erster Linie okay.

»Verzeihung.« Eine Wand von Mensch breitet die Arme aus und hält mich und Emma zurück. »Sie dürfen nicht zu ihm.«

»Aber …« Ich versuche, über seine bullige Schulter hinwegzulinsen, erkenne jedoch nur die Hälfte von Edward. »Geht es … geht es ihm gut?«

»Ich bin nicht befugt, Ihnen Auskunft zu geben.«

»Er kennt mich«, sage ich, klinge aber nicht besser als ein verzweifeltes Groupiemädchen. »Wir sind befreundet. Wir …«

»Vögeln«, murmelt Emma.

Ich werfe ihr einen vernichtenden Blick zu. »Nein, tun wir nicht. Aber …«

»Signora, ich bitte Sie, zu gehen.«

»*Bitte.*« Die Verzweiflung ist überdeutlich. »Ich will nur wissen, ob es ihm …«

Eine Stimme unterbricht mich. Und lässt auch den Security mit einem Mal innehalten. Sein Blick wechselt von eiserner Entschlossenheit zu Verwirrung.

»Signore Blackwell, stimmt es, dass Ihre DNA gerade mit der des toten Kindes überprüft wird?«

»Ficken Sie sich ins Knie.«

»Es wird nicht lange dauern, Signore.«

»Was? Wenn Sie sich ins Knie ficken?« Edward lacht. Es klingt freudlos. Hoffnungslos. Es klingt wie jemand, der *alles* verloren hat und deshalb vor nichts mehr zurückschreckt. »Mit Sicherheit länger, als wenn ich das übernehmen würde.«

»Es besteht großes mediales Interesse«, spricht die Frau ungerührt weiter. »Wird Ihre DNA mit der des toten Kindes von April Sanders überprüft, Signore?«

Ein Zögern. Dann: »Ja.«

»Hey!« Das war wohl der ausschlaggebende Punkt. Der Bodyguard wirbelt herum. Weil sein Augenmerk auf mir und Emma lag, hat er die Pressefrau übersehen, die jetzt mit Kamera und großem Mikro vor Edward steht und die Ersthelfer beiseitedrängt. »Sie haben keine Befugnis …«

Edward bringt ihn mit einer erhobenen Hand zum Schweigen. »Schon gut. Ich bin okay. Lass sie ihre Fragen stellen.« Edward wirkt nicht nur angepisst, sondern unberechenbar. Das Feuer, das in seinen hellen Augen tanzt, flackert bedrohlich auf, erhebt sich aus schwarzer Glut. »Ich habe *Einiges* zu sagen.«

O Gott. Was hat er vor?

»Wenn es Ihr Kind wäre«, fährt die Reporterin nun beflügelt fort. »Was würde das mit Ihnen machen?«

Der Bodyguard achtet nicht mehr auf mich und Emma. Er scheint zu gefesselt von dem Interview, zu verängstigt, dass hier gleich eine Bombe losgehen und eine nukleare Katastrophe anzetteln könnte.

»Ich denke nicht darüber nach.« Einer der Sanitäter desinfiziert die Wunde an seiner Wange. Es muss höllisch brennen, aber Edward verzieht keine Miene. »Schließlich besteht eine hohe Wahrscheinlichkeit, dass es das Kind meines Bruders sein könnte, nicht wahr?«

Hinter meiner Brust pocht mein Herz wie eine Uhr auf dreifacher Geschwindigkeit, rast bis in meinen Hals. Das unangenehme Pochen zieht bis in die Nervenenden meiner tauben Fingerkuppen, erweckt sie wieder zum Leben.

»Das Kind Ihres Bruders?« In der Stimme der Reporterin schwingt überdeutlich die sensationsgeile Hoffnung auf einen Skandal mit. »Warum?«

»Ich bitte Sie.« Edward lacht trocken auf, während der Sanitäter ihm ein großes weißes Pflaster auf die Wange klebt. »April hatte Hämatome in Form eines Handabdrucks, der nun, gerichtlich angeordnet, mit *seiner* Hand überprüft werden soll. *Warum*, frage ich mich? Wie kommen sie auf ihn?«

»Oh, Shit«, haucht Emma neben mir.

»Sie hatte Verletzungen«, fährt Ed fort, »und wir wissen alle, dass Charles das Monster in sich nicht mehr unter Kontrolle hat, wenn er vögelt.«

Die Reporterin erstarrt. »Das ist mir neu. Was meinen Sie damit?«

»Ach, das wussten Sie nicht?« Das Lächeln auf seinem Gesicht wird boshaft. Und in mir zerrt etwas, das sich anfühlt wie eine Mischung aus Mitgefühl, Trauer und dem Drang, ihn in den Arm zu nehmen, ihm aber gleichzeitig in die Eier zu treten für das, was er gerade im Begriff ist zu tun.

»Er soll Sofia mit April betrogen haben?« Die Reporterin rückt das Mikro näher an sein Gesicht heran. »Wollen Sie mir das damit sagen?«

»Fuck«, murmelt Emma. Ihre Augen sind riesig. Verängstigt. Ich glaube nicht, dass ihr bewusst ist, dass ich sie höre. »Er sollte doch seine verdammte …«

»Oh, dessen bin ich mir sicher.« Edwards Ton ist vergnügt, als spräche er über den herrlich sonnigen Tag. »Mit April, mit Paola …« Sein Blick zuckt zu mir. Er grinst. Es wirkt nicht freundlich. Eher verzerrt. Verzweifelt.

Ich schaue ihn an, als wäre er ein Totenkopf.

»Charles sieht es nicht gern, wenn ich etwas habe, das er nicht kriegen kann.« Er bricht den Blickkontakt ab und wendet sich der Reporterin zu. »Mann, herrlicher Tag heute, nicht wahr?« Mit einem Mal drückt er die Sanitäter weg und erhebt sich. Er winkt ihnen zum Abschied. »War mir eine Freude. Bis dann!« Sein aufgesetztes Lächeln verblasst, noch bevor er uns ganz den Rücken zukehrt.

Es dauert einen Moment, bis der Security sich wieder an uns erinnert, aber dann wirbelt er in seiner ganzen Tonnenpracht herum. »Ihr verschwindet jetzt!« Bedrohlich baut er sich vor uns auf. »Sofort!«

Ich hätte sowieso keine Sekunde länger bleiben wollen. In meinem Kopf ist alles verdreht, das stete Summen eines wütenden Bienenschwarms.

»Wow«, murmelt Emma neben mir, während wir auf das VIP-Zelt zusteuern. »Das war krass, oder?«

Ich entgegne nichts. Selbst, wenn ich etwas erwidern wollen würde … sobald ich den Mund öffnen würde, käme nichts heraus. Die Bienen leisten ganze Arbeit. Vielleicht sind es auch Hornissen. Könnte sein, so fett und mit Gift.

»Da seid ihr ja!«, zischt Blair, als wir das Zelt betreten. Sie balanciert zwei Tabletts in den Händen und kämpft sich durch die Tische. »Ihr habt *sieben* Minuten überzogen, ihr …«

»Und es wird noch eine mehr.« Ich erfahre nicht, als was sie uns betiteln wollte, weil ich Emma am Ellbogen fasse und an der Theke vorbei durch die Plane in das Vorratszelt schleife.

»Hey!« Emma will sich losmachen, aber mein Griff ist fest. »Was soll das?«

Abrupt fahre ich herum und stoße sie gegen einen Kistenberg voller Rivella-Flaschen. »Was weißt du, Emma?«

Sie blinzelt überrascht. »Wie bitte?«

»Ich bin nicht dumm.« Ich verstärke meinen Druck. Vielleicht trage ich gerade dick auf, aber es geht um Charles. Es geht darum, dass er April missbraucht haben könnte. Und es geht darum, dass meine beste Freundin die ganze Zeit etwas darüber wusste, ohne es mir zu erzählen. »Die Art, wie du und Charles miteinander umgeht, eure geheimnisvolle Unterhaltung vor dem Königinnentanz und jetzt deine Reaktion gerade beim Interview. Du wusstest von dem, was Edward ihr erzählt hat. Also«, tief und ernst sehe ich ihr in die Augen, »*was* verheimlichst du mir?«

ASK, WHAT YOU MEAN TO ME, AND MY ANSWER WILL BE, DARLING, YOU'RE MY POETRY

Paola

Die VIP-Lounge ist ein neu entdeckter Geheimort, der sofort zu einem meiner Lieblingsplätze im Blackwell Palace geworden ist. Ich habe das Feuer im Kamin entzündet, mich auf dem Big Sofa vor den geöffneten Panoramafenstern in Wolldecken gekuschelt und lese in Heinrich Bölls *Die verlorene Ehre der Katharina Blum*. Es fällt mir jedoch schwer, mich auf die Sätze zu konzentrieren. Die ganze Zeit über schwirren mir Edwards Interview und Emmas Blick dabei im Kopf herum. Sie wollte mir nichts verraten. Hat getan, als würde ich den Verstand verlieren, und daran festgehalten, dass sie mit alldem nichts zu tun hätte. In mir wächst ein unwohles Gefühl, aber ich kann auch nicht mit Gewissheit ausschließen, dass sie die Wahrheit sagt.

Nachdenklich hebe ich den Blick vom Buch und betrachte die Sterne am nachtschwarzen Himmel.

»Vielleicht hat mein Bruder recht.«

Ich wirble herum. Charles steht hinter dem Sofa vor der Tür, zwei große Tassen in beiden Händen. Er trägt einen schwarzen Adidas-Jogginganzug und weiße Nikes. Es ist jedes Mal seltsam, ihn so lässig zu sehen.

»Womit?«, frage ich.

»Du bist eine geheimnisvolle Schönheit.«

Ich runzle die Stirn. »Und wieso?«

»Weil du dich in *mein* Lieblingsturmzimmer schleichst, zu dem kaum jemand Zutritt hat, und auf *meinem* Lieblingssofa sitzt, als wäre es das Normalste auf der Welt.«

Ich werde rot. »Tut mir leid. Ich bin an die Zimmerkarte gekommen und dachte …« Kopfschüttelnd schiebe ich die Decken von mir und will mich erheben. »Egal. Das hätte ich nicht tun sollen. War dumm von mir. Ich gehe, dann kannst du …«

»Wenn du gehst, habe ich keinen Grund mehr, hier zu sein.«

Ich halte in der Bewegung inne. Fragend sehe ich ihn an.

Charles hebt die Tassen in die Höhe. »Außer dir trinkt niemand dieses grüne Zeug, das sich auf keinen Fall in meiner Hand befindet, weil ich dich herkommen sehen habe, und ich auf keinen Fall dachte, du würdest vielleicht frieren. Und ebenfalls auf gar keinen Fall wollte ich dir den Tee bringen, in der Hoffnung, wir könnten reden. Weil das nicht mein Stil ist, wie wir beide wissen, denn …« Sein Mundwinkel zuckt. »Wie war das noch? Ich löse Konflikte mit Lust, niemals mit Kommunikation?«

Ich lächle. »Du hast mir einen grünen Tee besorgt?«

»Es ist mir ein Rätsel, wie du das aus meinen Worten heraushören konntest.« Der Teppich dämpft seine Schritte, als er durch den Raum geht. Grinsend reicht er mir die Tasse. »Aber wenn du das unbedingt trinken willst …«

»Du trinkst auch einen?«

»Denkst du, ich will mich selbst vergiften?«

»Was ist bei dir drin?«

»Goldene Milch.«

»Igitt!« Ich verziehe den Mund. »Dieses Teufelszeug soll besser sein als grüner Tee?«

»Hab gehört, es verleiht Superkräfte.«

»Ah, und die fehlen dir noch, damit du zum Mister Universum gekürt wirst.« Ich trinke einen Schluck und seufze leise. Der Tee schmeckt herrlich. »Fast vergessen, dass du ein Promi bist.«

Er lacht leise. »Wenn ich Superkräfte hätte, würde ich dich verzaubern.«

»Wie kitschig.«

»Okay, warte.« Er überlegt. »Wenn ich Superkräfte hätte, würde ich auf einem fliegenden Drachen um die Welt fliegen.«

»Für den richtig krassen Kick, was?«

»Überleg mal, was für Eindruck ich schinden würde.« Er setzt sich neben mich auf das Sofa. Mein Herz verpasst einen Sprung, aber ich lasse es mir nicht anmerken. Stattdessen rühre ich im Tee, als wäre das hier eine lächerliche Teezusammenkunft im achtzehnten Jahrhundert, mit einem Kerl, der definitiv nicht zur Wahl steht, um meine Hand anhalten zu dürfen. Ich bin so hardcore. Ich bin Elizabeth Bennet, und Elizabeth Bennet ist lit, einfach lit.

Charles fährt sich durchs Haar. Als er grinst, bohrt sich ein Grübchen in seine Wange. »Die Leute würden sich darum reißen, den Drachenjungen zu sehen, aber ich wäre ein Mysterium, so wie Loch Ness, und wenn ich Bock habe, Unruhe zu stiften, zeige ich einmal meinen Feuerschweif und bin wieder weg.«

»Das sind Worte, von denen ich nie gedacht hätte, sie einmal aus deinem Mund zu hören.« Ich neige den Kopf. »Wenn du Feuerschweif sagst, meinst du dann ein Glurak?«

Er grinst. »Ein Pokégirl also, ja?«

»Nein, das ist Blair. Aber sag trotzdem.«

»Geht nicht, Cortessa.« Amüsiert nippt er an seiner Tasse. »Ich bin doch ein Mysterium.«

»Und wenn ich dich mit einem Masterball fangen würde?«

»Dafür müsste ich mich dir erst mal zeigen.«

»Vielleicht jage ich dir hinterher.«

»Mit einem Taubsi?«

Ich blicke in meinen Tee, um nicht laut loszulachen. »Tauboga.«

Er lacht. »Der Versuch wird aussichtslos, Süße.« Er deutet auf mein Buch. »Was liest du?« Ich zeige ihm das Cover. Er hebt eine Braue. »Die verlorene Ehre der Katharina Blum?«

»Ja. Mir war nach etwas, also … ich kann mich mit ihr identifizieren.«

»Mit Katharina?«

Ich nicke.

Er zieht die Brauen zusammen. »Wie geht es dir mit alldem, Paola?«

Ich atme tief ein, aber es kommt nichts an. »Es ist viel.«

»Verstehe.« Charles versucht, professionell zu klingen, aber sein Gesichtsausdruck wirkt gequält. »Kann ich irgendetwas tun, damit es leichter wird?«

»Ich glaube nicht.« Ich umklammere die Tasse und schlucke. »Die ganze Welt kennt mein Gesicht und macht sich täglich die Mühe, irgendwelche Clips von mir zu erstellen oder Gerüchte zu verbreiten.« Ich zucke die Achseln. »Das kann man nicht mehr aufhalten.«

Eine ganze Weile schweigt Charles, bis …

»Es tut mir leid.« Er kratzt über das BP-Logo auf seiner Tasse, ehe er sie beiseitestellt. Er schüttelt den Kopf. »Ich hätte dich niemals in mein Leben ziehen dürfen.«

»Wir sind im Coffee o' Clock ineinander gerannt«, entgegne ich. »Das hätte niemand verhindern können. Und selbst da wurden schon Fotos gemacht.«

»Aber ich habe dir dieses Kleid geschickt. Hätte ich es einfach gelassen –«

»Wäre etwas anderes passiert. Edward hat den Anfang mit der Motorradfahrt gemacht. Und außerdem …« Mein Magen rebelliert, stürzt mein Inneres ins Chaos. Ich muss die Augen schließen, um es auszusprechen. »Außerdem habe ich eure Nähe gesucht, um euch hinterherzuspionieren.«

Es kommt keine Antwort. So lange, dass ich irgendwann die Augen öffne, weil ich denke, Charles wäre abgehauen.

Aber er sitzt noch immer neben mir, einen der Nikes auf seinem Knie abgelegt, den Oberkörper zurückgelehnt und die Arme hinter dem Kopf verschränkt. Der Saum seines Hoodies ist hochgerutscht und entblößt ein Stück braun gebrannte, feste Haut. Fein gestochene Koordinaten wandern über seine Bauchmuskeln und verschwinden unter dem Pullover.

»Okay«, sagt er.

»Okay?«

»Okay.« Sein Blick geht hinaus in die Sterne. »Lass uns drüber reden.«

»Okay«, wiederhole ich. »Die ganze Wahrheit.« Er nickt, und ich hole tief Luft. »Dein Onkel tauchte im Weingut Val Di Sole auf. Er erklärte, er sei Teil des Blackwell Palace und wäre durch Zufall auf mich gekommen, als er nach einer renommierten Sommelière gesucht hätte. Er sei gerade in San Luca vor Ort und jemand hätte mich empfohlen. Ich meinte, ich könne nicht weg, wegen Gabriel.«

»Dein Bruder.«

Ich nicke. »Elias sagte, er könne auch ihm ermöglichen, im Blackwell Palace unterzukommen. Ihm war ja klar, dass ich nicht genug

Geld für eine eigene Wohnung hatte, und er meinte, im Gegenzug müsse ich aber etwas für ihn tun.«

»Uns ausspionieren«, sagt Charles.

»Ja.« Fahrig reibe ich mir über die Brust. »Elias sagte, er wolle etwas gegen euch in der Hand haben, damit er deinen Platz als Geschäftsführer einnehmen könne.«

»Aber warum du?« An seinem Ausdruck erkenne ich, wie er verzweifelt versucht, zwei nicht passende Rädchen ineinanderzufügen.

»Weil er wusste, du und Edward würden diesem Jagdspiel nicht widerstehen können.«

»Ja, aber warum war es ihm so wichtig, uns zu entzweien und ins Chaos zu stürzen?«

»Keine Ahnung«, murmle ich. »Um euch leiden zu sehen? Euren Fokus zu verschieben? Oder einfach, um euch zu brechen, damit es leichter für ihn wird, dich vom Thron zu stürzen.«

»Vermutlich.« Charles kratzt sich über den Dreitagebart. Er versinkt in seine Gedanken, bis … »Wir könnten deinen Bruder holen.«

Ein schwerer Seufzer entkommt mir. »Das Problem ist, dass der Sorgerechtsprozess noch nicht durch ist, und Elias weiß das.«

»Sorgerechtsprozess?«

»Ich habe meine Mutter gebeten, es zu bekommen, und sie hatte nichts dagegen. Gabriel ist ihr egal, genau wie ich. Elias wollte mir helfen, indem er seine Kontakte spielen lässt. Bisher ist noch nichts durch, und er ist darüber im Bilde. Würde ich Gabe holen, könnte er das sofort anzeigen.«

Sein Blick verdüstert sich. »Verstehe.« Eine Weile vergeht, ohne dass wir etwas sagen. Durch das Fenster betrachte ich die Spitzen der Alpen, ihre wunderschön zackigen und sanften Linien, die eine Bergkette voller Geschichten malen. Dann –

»Wann hat es angefangen, ernst für dich zu werden?«

»Was meinst du?«

Er dreht den Kopf und sieht mich an. »Zwischen uns.«

»Oh.« Röte schießt mir in die Wangen. »Ziemlich früh, eigentlich.«

»Was bedeutet früh?«

»Ich glaube, nach dem Königinnentanz.« Er nickt, als würde das Sinn ergeben. »Aber ich war in einer Zwickmühle, Charles. Ich wollte … ich wollte euch nicht schaden, deshalb habe ich so lange hinausgezögert, überhaupt etwas finden zu wollen. Gleichzeitig hat mich das innerlich zerfressen, weil ich so Angst um Gabe habe und mir die Hände gebunden sind. Und als dann die Verlobung mit Sofia kam, war ich so wütend, dass ich …« Verzweifelt hebe ich die Hände. »Dass …«

»Dass du dich geschämt hast, mich überhaupt an gleiche Stelle mit Gabriel zu setzen.«

Ich lasse die Hände in den Schoß fallen und nicke. »Es tut mir so leid, Charles. Das schwöre ich dir.«

»Du hättest einfach ehrlich mit mir sein sollen.« Er verzieht den Mund. »Wenn du mit mir gesprochen hättest …«

»Ich weiß.«

Fest stößt er die Luft aus. »Aber ich verstehe dich.«

Überrascht sehe ich ihn an. »Wirklich?«

»Ja.« Er spielt mit den Bändern seines Hoodies. »Wenn es um meine Familie gegangen wäre, hätte ich wahrscheinlich nicht anders gehandelt. Dazu der Druck, weil die Medien dich nebenher immer wieder in den Fokus gerückt haben.« Er deutet auf das Buch. »Weißt du, was Heinrich Böll gesagt hat?«

»Was?«

»Die Gewalt von Worten kann manchmal schlimmer sein als die von Ohrfeigen und Pistolen. Und er hat völlig recht.«

Das trifft mich eiskalt. »Ja«, flüstere ich. »Hat er.« Schon wieder brennt ein Kloß in meiner Kehle und droht, mich zu ersticken. »Es gibt Momente, in denen ich glaube, zu schwach für all das zu sein. Dass ich daran kaputtgehe, weil sie ständig mein Gesicht der Welt präsentieren und mich zerreißen, ohne mich zu kennen. Sie stellen mich als Monster dar, als, ich zitiere, *eiskalte, berechnende Nutte*, obwohl sie keine Ahnung haben, wer oder wie ich bin.« Ich schlucke heftig. »Genau wie bei Katharina Blum. Von ihr wurde ein völlig verdrehtes Bild präsentiert. Jeder dachte, sie wäre eine Mörderin gewesen, obwohl das nicht stimmte, bis die Welt sie tatsächlich zu einer machte.« Panisch schnappe ich nach Luft. »Was, wenn ich mich verändere, zu einer Person werde, die ich nicht bin, nur weil andere Menschen die Macht über mich übernehmen?«

»Das wird nicht passieren.«

»Woher willst du das wissen?« Meine Stimme zittert. »Woher willst du wissen, dass es mich nicht zerstört?«

Als meine Stimme am Satzende bricht, richtet Charles sich auf und wendet sich mir zu. Er schiebt die Wolldecke zurück über meine Beine, streift dabei meine Hand. Er zögert, aber plötzlich nimmt er sie in seine. Der Stromschlag, der dabei durch mich hindurchgeht, ist erschreckend wie ein Pistolenschuss. »Weil du zwei lebensrettende Eigenschaften hast, Paola.«

Unter einem Tränenschleier sehe ich zu ihm auf. »Und die wären?«

»Treue und Stolz.« Mit dem Daumen malt er Kreise über meine Knöchel. Er hebt den Blick, lächelt schwach. Mit der freien Hand schiebt er mir eine Strähne hinter das Ohr, richtet meinen Flechtreif, den er so liebt. »Dich kriegt keiner kaputt.« Mit dem Daumen fängt er eine Träne auf. »Bevor das auch nur ansatzweise passiert, bin ich da und brenne die Welt nieder, okay?« Er zögert. »Ich könnte es dir auch mit einem Zitat aus diesem Buch sagen, wenn du willst.« Ich nicke. Er schluckt. Sein Gesicht ist mir so nah. Die grünen Iriden. Volle Lippen. Ausgeprägte Wangenknochen.

Mit beiden Händen umfasst er meine Wangen. Kurz bleibt mein Herz stehen. Er sieht mir tief in die Augen. »Ich würde alles tun, um ihr zu helfen«, flüstert er dicht an meinen Lippen, »ich würde sogar meinen Ruf aufs Spiel setzen, denn, du darfst getrost lachen …« Seine Lippen berühren meine für einen hauchzarten Kuss. Sofort geht mein Herz in Flammen auf. Sanft streicht er über meine Unterlippe, ehe er raunt: »Ich liebe diese Frau.«

Ich schnappe nach Luft. Aber er fängt meine Überraschung mit einem weiteren Kuss auf, diesmal fester, inniger. Seufzend kralle ich mich in seinen Pullover, atme seinen himmlischen Duft ein, das teure Parfüm, den frischen Hauch von Natur und Schnee. Diese Berührung ist der langsamste Kuss, den er mir je gegeben hat. Und der bedeutungsvollste. Seine Daumen streichen über meine Wangen, während er mich kostet, als wäre ich ein wertvoller Schatz, den er nicht zerbrechen will.

Schließlich löst er sich von mir und lächelt. »Unterschreibst du mir was?«

Ich hebe die Brauen. »Eine Verschwiegenheitserklärung?«

Er lacht. »Nein. Deinen ETF-Sparplan.«

»Bitte was?«

»Einen Fonds, der Börsenindexe nachbildet.«

»Äh …«

Mein Unwissen amüsiert ihn. »Ich habe deinen Gewinn eingezahlt. Zweiunddreißigtausend Franken. Noch läuft der Fonds über mich, aber ich will ihn auf dich übertragen.«

Mein Gesicht wird starr vor Schock. »W…was?«

»Ich brauche das Geld nicht. Und da du es gewonnen hast …«

»Das kann ich nie im Leben annehmen.«

»Aber du hast es gewonnen.«

»Aber es waren *deine* fünftausend Franken.«

Sein Mundwinkel zuckt. »Willst du wirklich mit mir diskutieren, Paola?«

»Ja.«

Er seufzt. »Dann gib mir die fünftausend wieder, wenn du dadurch beruhigter schlafen kannst.«

Immer noch entgeistert starre ich ihn an. »Und du zahlst mir siebenundzwanzigtausend Franken in diesen Fonds?«

»Ja«, entgegnet er schlicht. »Also, unterschreibst du, bitte?«

»Wenn ich den Vertrag vorher lesen darf«, sage ich langsam.

Er hört die Zweifel in meiner Stimme und seufzt. »Du hast gewettet. Du hast gewonnen. Es ist dein Geld. Ich will dir nur helfen, es anzulegen, damit du mehr daraus machen kannst.«

»Aber wieso?«

»Das weißt du.« Er reibt seine Nasenspitze an meiner. »Erstens wegen des Zitats, das ich gerade wiedergegeben habe, zweitens wegen eines ausgeprägten Helferkomplexes und drittens, weil es mich glücklich macht, dich glücklich zu sehen.« Er zieht zusammengefaltete Dokumente aus seiner Hoodietasche und reicht sie mir. »Wenn du sie geprüft hast, gib sie mir unterschrieben zurück.«

Wie gelähmt nehme ich die Papiere entgegen und nicke. Plötzlich legt Charles seinen Arm um mich, zieht mich mit sich aufs Sofa und drückt meinen Rücken gegen seinen Bauch. Er vergräbt die Nase in meinen Haaren und atmet meinen Duft ein. Ich spüre seinen warmen Atem an meinem Nacken. »Ich bin so froh, dass dieser ganze Wahnsinn ein Ende hat.«

»Was meinst du?« Ich kann kaum sprechen, weil mein Herz so rast.

Seine Finger fahren über meinen Arm. Ich trage nur ein übergroßes Blackwell-Palace-Shirt, weshalb er meine Gänsehaut sofort bemerken sollte. »Die Angst, dir nicht mehr nahe sein zu dürfen.«

»Ja«, flüstere ich. »Ich auch.«

Er schiebt ein Bein zwischen meine Beine und hält mich fest umschlungen. »Siehst du die Sterne dort oben?«

»Da sind viele Sterne.«

»Die aussehen, als würden sie ein W ergeben.«

Ich muss einen Moment suchen, bis ich weiß, welche er meint. Direkt über der Spitze des Piz Nairs. »Ja.«

Charles' Hand wandert unter mein Shirt und malt beruhigende Kreise auf meinen Bauch. Ich frage mich, ob er eine Ahnung hat, was die kleinsten seiner Berührungen in mir entfachen. »Das bist du.«

»Wie meinst du das?«

»Das Sternbild. Die Kassiopeia. Es steht für die schöne Königin an der Seite des Königs. Und das bist du für mich.«

Ich muss kurz die Augen schließen, weil seine Worte so tief gehen. Es ist eine seltene Mischung aus Glück und Trauer, weil ich weiß, dass er die Wahrheit sagt, und es dennoch nicht die Wahrheit sein kann.

Sofia ist die Königin an seiner Seite. Nicht ich.

Im Hintergrund knistert das Feuer, während er mich so fest auf diesem großen Sofa hält, als befürchte er, ich würde mich sonst auflösen. Noch ein Kuss, diesmal auf die empfindliche Stelle unter meinem Ohr.

So liegen wir da, unter den Wolldecken eng aneinander gekuschelt, und schlafen zu dem sanften Gesang des Schnees ein, während im Kamin das Feuer herunterbrennt.

CAN YOU PUT YOUR FINGER ON THE DAY, WHEN WE NEVER AGAIN DID PLAY, OUR CHILDHOOD WASTED AWAY TO THIS?

Charles

»… und ob es möglich wäre, McMillion ins Boot zu holen. Blackwell's Waters läuft vor allen in den USA exorbitant gut, unsere Ausschussquote ist gering und wir steuern geradewegs auf den Crystal Award zu. Was also den Launch unserer zuckerfreien Teesorten betrifft, bin ich zuversichtlich, McMillion für Walmart überzeugen zu können.«

Ich wechsle zur Power-Point-Folie des Benchmarkings, in der ich den systematischen Vergleich unserer Prozesse und Methoden mit Volvic aufgestellt habe. Aber bevor ich an meinen Vater abgeben kann, der für diesen Teil gewappneter ist als ich, meldet sich mein Onkel zu Wort.

»Wenn ich etwas dazu sagen dürfte …« Elias klickt den Kugelschreiber in seiner Hand, die buschigen grauen Brauen zusammengezogen und den Blick auf seine Notizen geheftet.

Wut durchströmt meinen ganzen Körper wie eine elektrisch geladene Welle. *Nein*, denke ich. *Nein, du beschissener, verfickter Heuchler an Verräter, du darfst nichts dazu sagen.*

»Blackwell's Tea wird überwiegend mit dem Punkt vermarktet, dass er schmeckt wie gezuckerter Eistee, nur eben auf völlig natürlicher Basis.«

»Richtig«, entgegne ich durch zusammengebissene Zähne.

»Da ich zuständig bin für die Außengeschäftspolitik und die Teefelder überprüfen und, vor allem, finden muss, regen sich in mir Bedenken, inwieweit mir die Koordinierung hierbei erhalten bleibt.«

»Wie wir bereits geklärt haben«, schaltet sich mein Vater vom Kopf des Konferenztisches ein, »laufen die Bewerbungsrunden, um dir Unterstützung an die Seite zu stellen.«

... besser gesagt, um dich im Auge zu behalten, weil die anderen anwesenden Säcke an diesem Tisch sich weigern, dich feuern zu lassen, Wichser.

»Ah, ja, da wären wir wieder beim Thema. Die Bewerbungsrunden.« Elias kratzt sich mit dem Kugelschreiber am Kopf und schenkt seinem Bruder ein nachsichtiges Lächeln, als wäre mein Vater derjenige, der ihn hätte beschatten lassen – und nicht andersrum. »Ich kenne diese Menschen nicht. Sie in das Unternehmen einzuweisen, wird eine Ewigkeit in Anspruch nehmen. Blackwell's Tea soll aber bereits im nächsten Quartal auf den Markt kommen. Wie stellt ihr euch das vor?«

»Diese Personen sind hochqualifiziert«, komme ich meinem Vater zuvor. Es gelingt mir, meine Stimme professionell und ruhig zu halten, weil Kontrolle mein Spezialgebiet ist. Aber innerlich beben meine Nerven wie unmittelbar vor einer Naturkatastrophe. »Wir sind in der dritten Bewerbungsrunde mit Absolventen aus Harvard, Cambridge, KU Leuven, Tilburg und von der Humboldt-Universität. Ehemalige Elitestudenten, die einen exzellenten Master besitzen, einige von ihnen mit Doktortitel.« Ich mache eine Kunstpause, um Elias mit meinem ernsten Blick mehr zu vermitteln als nur die Warnung, dass er hier nichts zu melden hat. »Du kannst dir sicher sein, dass die neuen Festanstellungen nicht willkürlich getroffen werden.«

»Nun ...« Seine Lippen kräuseln sich, als er sich vorbeugt. »Da es sich um *meinen* Geschäftsbereich handelt, dem sie zugeordnet werden sollen, sie *meine* Einweisung benötigen und neues Personal ebenfalls in *meinen* Aufgabenbereich fällt, halte ich es für angebracht, in die Entscheidung miteinbezogen zu werden.«

Mein Vater sieht Elias nicht an. Es ist offensichtlich, wie angepisst er ist. Ihm gelingt es weniger gut als mir, seine Gefühle zu verschließen. Sein Kiefer ist fest angespannt und vorgeschoben, der trübe See seiner Augen blickt leer auf die gesinterte Steinplatte des Konferenztisches, als würde er in den Maserungen ertrinken. Der Raum hält den Atem an. Wartet auf seine Antwort. Auf die Reaktion des obersten Geschäftsführers. Schließlich regt er sich, wischt sich mit der Hand über Mund und Nase und erwidert: »Der Großteil dieses Raumes stimmt dagegen, dich aus dem Unternehmen zu werfen, Elias. Die Verträge verbieten es mir, eine alleinige Entscheidung zu treffen. Dennoch halte ich es für angebracht, darüber abzustimmen, dir die Leitung des Personals zu entziehen. Aufgrund der Tatsache, dass du deine Position ausgenutzt hast, um ein ahnungsloses Mädchen einzustellen, sie zu erpressen, meine Söhne mutwillig zu verletzen und hinterher Urkundenfälschung zu begehen, indem du einen DNA-Test fälschen ließest, um mich in dem Glauben zu lassen, die von dir angestellte Person wäre meine leibliche Tochter.«

Ich kann förmlich hören, wie der Takt der anwesenden Herzen stolpert. Manchen fällt die Kinnlade herab, andere ziehen die Brauen zusammen.

Einer von den reichen Säcken, Harold Oakley, schnaubt empört. »Das sind schlimme Anschuldigungen, Jake!«

»Lass nur, Harold.« Elias schnalzt mit der Zunge und seufzt schwer, als hätte er es satt, einem Kleinkind zu erklären, warum es nicht auf den Boden kacken darf. »Ich bin es leid, mir diese unbewiesenen Anschuldigungen anzuhören, aber mein Bruder scheint nicht über seinen Hass mir gegenüber hinwegzukommen.«

»Unbewiesen?« Mein Vater verzieht das Gesicht. Mit dem Stift in der Hand weist er auf ihn. »Ich zeige dich allein aus dem Grund nicht an, *weil* du mein Bruder bist.«

Elias lacht auf. »Du zeigst mich nicht an, weil die Sache mit Paola Cortessa einen neuen Skandal aufrollen und deine Söhne in ein noch dreckigeres Licht stürzen würde. Du zeigst mich nicht an, weil du meine Frau gefickt hast und Schiss hast, ich würde auch damit an die Öffentlichkeit gehen. Du zeigst mich nicht an, weil du weißt, dass ich einiges gegen dich in der Hand hätte, das ich nur allzu gern auf den Tisch bringen würde, wenn …«

»… ich nicht genauso viel gegen dich in der Hand hätte. Der Grund, warum du wolltest, dass ein unschuldiges Mädchen in den Mittelpunkt gerät und diese schmutzige Schlacht für dich kämpft.« Mein Vater rückt mit dem Stuhl zurück und erhebt sich. Wütend sieht er auf Elias hinab, während dieser ihn nur mit einem hämischen Grinsen beobachtet. »Du …«

Ein Klopfen an der Tür lässt ihn verstummen.

Emilia Roth, Vertriebsleiterin, lässt die Schultern sinken, sichtlich erleichtert über diese Unterbrechung. »Herein!«

Im Spalt zum Flur erscheint das unsichere Gesicht meiner Assistentin Vada. Die Haut an ihrem Hals ist von roten Flecken übersät und das mattgelbe Licht beleuchtet einen schwachen Film auf ihrem Gesicht. Ich glaube, sie schwitzt. »Ähm …« Sie schluckt, öffnet die Tür etwas weiter. In der Hand hält sie ein Stück Papier. Ich erkenne ein offiziell aussehendes Logo. »Ver…verzeihen Sie die Unterbrechung, aber, ähm, Signore Blackwell …« Ihr Blick gleitet zu mir. Vada schluckt. Ihr ist deutlich anzumerken, dass sie wünschte, nicht die Person sein zu müssen, die mir sagen muss, was auch immer sie sagen will. »K…könnte ich Sie wohl kurz sprechen?«

»Natürlich.« Stirnrunzelnd setze ich mich in Bewegung, wohlwissend, dass sich jedes Augenpaar in diesem Raum auf den Rücken meines Armani-Anzugs heftet. Gewissenhaft schließe ich die Tür hinter mir und gehe sicherheitshalber ein paar Schritte in den Flur hinein, um mögliche Zuhörer auf Abstand zu halten, bevor ich mich zu Vada drehe. »Was ist los?«

»Es ist, ähm, also …« Ihre Hand zittert, als sie mir das Papier überreicht. »Die Kantonspolizei wartet vor dem Westflügel, Signore. Sie haben, also, sie sagen, sie müssen auf, ähm, gerichtlichen Beschluss, ähm, Ihre Suite durchsuchen.«

Hitze schießt meine Wirbelsäule hinunter, drückt in meinen Magen und wird dort zu Eiseskälte, die sich bis in meine Kehle kämpft. Starr blicke auf das Papier hinab, lese die Zeilen, sehe den Stempel des Gerichts und die Unterschrift des Richters. Es ist nicht so, als käme es überraschend. Eigentlich habe ich es erwartet, seit ich vorgestern nach dem White Turf bei der Polizei gewesen bin, um – ebenfalls gerichtlich angeordnet – sie einen Abdruck meiner Hände machen zu lassen.

Ich habe es erwartet. Und dennoch erwischt es mich eiskalt.

THEY TRY HARD TO CATCH MY SHADOW BUT IT MOVES MUCH TOO FAST

Charles

Ich zwinge mich, tief einzuatmen, aber meine Kehle brennt, als hätte sie Feuer gefangen. Langsam sehe ich zu Vada auf. »Warten sie die ganze Zeit in der Lobby?« Sie nickt. Das Brennen schwillt an. »Wie lange schon?«

»Zehn Minuten etwa. Die Rezeption rief mich an, ich brauchte einen Moment, um ins Foyer zu kommen, mir anzuhören, was sie wollten, herauszufinden, wo ich dich finden –«

»Schon gut«, unterbreche ich sie. »Du brauchst dich nicht zu rechtfertigen.«

»Doch, irgendwie schon.« Sie schluckt wieder. »Ich bin so schnell gekommen, wie ich konnte, aber wäre ich nicht ins Coffee o' Clock, um mir einen Kaffee zu holen, hätte ich sie vermutlich abfangen und bitten können, draußen zu warten, damit –«

»Schon gut, Vada«, wiederhole ich. Mit schnellen Schritten durchquere ich das Hotel, nehme eine Abkürzung durch einen versteckten alten Dienstbotengang und trete durch den Wandteppich am anderen Ende, der mich in einen abgezweigten Flur zur Lobby führt.

Ich sehe die uniformierten Männer und Frauen sofort. Sie fallen auf wie ein Haufen Eisbären inmitten einer Innenstadt. Mir entgeht nicht, wie sich jeder Kopf in der Lobby nach ihnen umdreht, wie die Leute vorgeben, Zeitung zu lesen, ihre Blicke aber immer wieder über den Rand des Papiers wandern. Ich weiß schon jetzt, wie die Schlagzeilen der Presse in den nächsten Tagen aussehen werden.

Mit gerecktem Kopf und selbstsicheren Schritten gehe ich auf die Beamten zu. Mein Anblick versetzt ihre Körper unter Spannung. Einige von ihnen verschränken die Arme hinter dem Rücken oder vor die Brust, um eine eindrucksvolle Wirkung zu versprühen.

»Signore Blackwell?«, sagt derjenige von ihnen, der mir am nächsten ist. Er hat schütteres Haar, einen Schnurrbart und mit seinem Überbiss wirkt er auf mich wie ein Shih Tzu. Ich nicke und er fügt hinzu: »Wir haben einen Durchsuchungsbefehl und weisen Sie hiermit an, uns Zugang zu Ihrer Suite zu verschaffen.«

Der Polizist spricht nicht leise. Viele der Gäste können jedes Wort dieser Unterhaltung hören. Bevor die Kriminalpolizei also entscheiden kann, noch etwas von sich zu geben, hebe ich meine Karte an das schmiedeeiserne Schloss zum Westflügel und führe sie bis zu meiner Suite. Ich öffne ihnen, sie strömen ein und beginnen sofort, alles auseinanderzunehmen.

Ich kann nichts anderes tun, als zuzusehen.

Kissen, die aufgeschlitzt werden. Umgerissene Sofapolster. Regalinhalte, die auf dem Boden landen. Mein Schlafzimmer, das von drei Beamten gleichzeitig in Beschlag genommen wird. Mit Schwarzlicht beleuchten sie meine Matratze, vermutlich auf der Suche nach Ejakulat oder sonst was, obwohl ich mich frage, was ihnen das bringt. Selbst wenn ich Sex in meinem Zimmer haben würde, was ich nicht habe, aber *selbst wenn* … ich bin ein vierundzwanzigjähriger, verlobter Milliardär. Ich könnte jeden Tag eine Nummer in meinem Bett schieben. Wie, *um alles in der Welt,* sollte mein verdammtes Sperma sie weiterbringen?

Es sei denn, sie suchen nicht nach meinem. Es sei denn, sie wollen nicht meine Proben, sondern die weiblichen Spuren.

Sie wollen *ihre* DNA.

Es dauert vier Stunden, bis die Polizei einsieht, nichts gefunden zu haben. Vier Stunden, in denen ich neben der Tür gestanden und mich nicht bewegt habe. Vier Stunden, in denen sie jeden Zentimeter und jeden Raum doppelt und dreifach untersucht haben. Die Enttäuschung, als sie einsehen müssen, dass sie hier nicht weiterkommen, ist ihnen sichtlich anzusehen.

Schließlich verschwinden sie. Hinter mir fällt die Tür ins Schloss. Stille hüllt mich ein. Das leere Geräusch eines verdachtgeschwängerten Raumes. Vorsichtig setze ich einen Fuß vor. Mein Bein ist eingeschlafen. Ich trete in das Zimmer hinein, lasse den Blick schweifen, über das angerichtete Chaos, und denke an meinen Handabdruck. Schwindel überlagert meine Gedanken. Ich muss mich am Eisengeländer der Wendeltreppe festhalten, um das Gleichgewicht zu halten.

Plötzlich klopft es. Ich sammle mich, stopfe all meine Ängste in den hintersten Winkel meines Körpers und setze mich in Bewegung, um die Tür zu öffnen.

Vor mir steht Laxon. Er wirkt gehetzt. Sein Blick schweift über meine Schulter. »Fuck«, stößt er aus. »Bei dir waren sie also auch.«

»Bei dir auch?« Ich runzle die Stirn. »Sie haben keinerlei Grund, dich zu verdächtigen.«

Er schüttelt den Kopf. »Nicht bei mir.«

Ich trete beiseite und lasse ihn rein, bevor ich die Tür schließe. Mit großen Schritten durchquert er den Raum, tritt über Kissen und Bücher, bis er die Vitrine erreicht. Laxon gießt Whiskey in zwei Gläser, gibt Eis aus dem Kühlfach hinzu und reicht mir eines. »Sie waren bei Edward.«

Das hätte ich mir denken können.

Ich blicke finster drein und trinke einen großen Schluck. Das Brennen klärt meine enge Kehle.

»Meinst du, es ist wegen ihm?« Laxon fährt sich durch das kurze Haar. Er tritt an das Panoramafenster. Die Lichter der gegenüberliegenden Hotelfenster legen sich wie glitzernde Diamanten auf seine schwarze Haut. »Wegen dem, was Edward der Presse gesteckt hat?«

»Nein.« Ich presse die Lippen zusammen bei dem Gedanken daran, wie er mich verraten hat. »Sie haben mich schon vorher verdächtigt.«

»Aber warum?«

Das Eis klimpert gegen das Glas, als ich noch einen Schluck trinke. »Vermutlich, weil mein liebreizender Cousin seine Fresse nicht halten konnte.«

»Aber er kann nichts wissen.« Laxon sieht mich nicht an, während er spricht. Sein Blick ruht nachdenklich auf dem Innenhof des Palasts. »Er tappt im Dunkeln, nicht wahr?«

»Er muss.« Ich starre in mein Glas, beobachte das Eis, das zu schmelzen beginnt. »Reine Spekulation.«

»Scheiße, Mann. Weiß Edward, was noch passiert ist? Nach der Sache zwischen dir und April?«

Ich schüttle den Kopf.

Laxon stößt die Luft aus. Jetzt blickt er mich doch an. »Das sieht nicht gut für dich aus.«

Laxon ist das, was ich als echten Freund bezeichnen würde. Ich würde meine Hand dafür ins Feuer legen, dass er lieber in den Knast wandern würde, als mich zu verraten, wenn ich mich ihm anvertraue. Die einzigen Personen, die in Bruchstücken wissen, was am Heiligen Abend vor einem Jahr geschehen ist, sind Sofia, Laxon, Emma und Edward. Die ganze Zeit über dachte ich, dass ich nur Emma im Auge behalten müsste. Aber jetzt ist es auch Edward. Er hat mich an die Presse verraten. Wie lange wird es dauern, bis seine Wut den Abend verdreht?

Das, was mich seit einem Jahr in den Wahnsinn treibt, hat April meinem Bruder erzählt. *Warum?* Dachte sie, jemand müsse die Wahrheit erfahren, bevor ich sie zum Schweigen bringe? Sie hat das Monster in mir gesehen und wollte es die Welt wissen lassen. Das muss es gewesen sein.

»Nein«, entgegne ich langsam. »Sieht es nicht.«

Zwischen uns breitet sich eine schwere Stille aus. Eine von der Sorte, die sich so fest gegen die Brust drückt, dass man denkt, man würde ersticken, wenn man den Mund öffnet. Eine Stille, die gehört werden will. Die zwingt, zu existieren.

Es klopft erneut. Laxon und ich zucken zusammen. Wir wechseln einen Blick, bevor ich losgehe und die Tür öffne. Vor mir steht ein Mädchen mit goldener Lockenmähne und riesigen blauen Augen. Sie sieht aus, als wäre sie dem Tod begegnet.

ABOUT A BUTTERFLY WHO BECOMES A HORNET

Charles

»Emma«, sage ich. »Hi.«

»Hi.« Sie schluckt mehrmals. »Ich muss mit dir reden, Charles.«

»Waren sie auch bei dir?«

Emma runzelt die Stirn. »Wer?«

Ich mache einen Schritt beiseite, sodass sie einen Blick auf die Verwüstung werfen kann.

Emmas verwirrte Züge klären sich. »Oh. Nein, bei mir war niemand.«

»Gut. Komm rein.«

Sie huscht über die Schwelle, dann erst fällt ihr Blick auf Laxon. Ihre Schultern versteifen sich.

»Hallo«, sagt Laxon.

Emma entgegnet nichts. Angestrengt schaut sie an ihm vorbei in den schwarzen Himmel hinter den Panoramafenstern. Sie ringt um Fassung, woraufhin ich Laxon einen grimmigen Blick zuwerfe. Eine stumme, aber eindeutige Mitteilung: *Ich habe dir gesagt, du sollst die Finger von ihr lassen.*

Reumütig senkt er den Blick. Seine Nasenflügel blähen sich. Er öffnet den Mund, um etwas zu sagen, dann schließt er ihn wieder, stellt sein Glas ab und sagt: »Falls was ist, ich bin bei Ed.«

Er verschwindet.

Emma schlingt die Arme um ihren Körper. Als wäre ihr kalt, obwohl im Kamin ein warmes Feuer knistert.

»Möchtest du etwas trinken?« Ich gehe an ihr vorbei und schenke mir von dem 1937-Macallan nach. »Whiskey?«

Weil keine Antwort kommt, sehe ich auf.

Emma steht noch immer da, die Arme um sich gepresst, und starrt zu Boden.

»Emma?«

Sie schüttelt den Kopf. Und dann folgt ihr ganzer Körper. Ihre Glieder schlottern, und Emma weint.

Meine Finger verkrampfen um das eiskalte Glas, während ich nur dastehe und zusehe, wie sie zerbricht.

»Paola ahnt etwas«, presst sie zwischen zwei Schluchzern hervor. Ihr blasses Gesicht wird fleckig, das Weiß in ihren Augen blutunterlaufen. »I…ich kann sie nicht länger belügen.«

»Was ist passiert?« Mir stockt der Atem. Panisch mache ich einen Schritt auf sie zu. »Emma, *was* weiß sie?«

Emma entgegnet nichts. Sie schluchzt nur lauter.

Eis überzieht meine Venen. »Hast du es ihr gesagt?«

Endlich schüttelt sie den Kopf. »Nein.«

»Warum ahnt sie etwas?«

»Wegen Edwards Interview.« Sie wischt sich mit dem Ärmel über das Gesicht. »Und weil wir … weil sie merkt, dass etwas zwischen uns komisch ist.«

»Was hast du ihr gesagt?«

»Dass sie … dass sie sich irrt und was zusammenreimt, weil sie … weil sie …« Wieder schluchzt sie laut auf.

Noch ein Schritt auf sie zu. »Weil wie *was*, Emma?«

»Weil sie so besessen von euch beiden ist.« Mit den Handballen reibt sie sich über die Augen. Die Wimperntusche färbt die umliegende Haut schwarz. »Und unbedingt bestätigt haben will, dass alles gut ist, dass sie … dass sie sich in keine Mörder verliebt hat und langsam paranoid wird.«

»Ich kann mir vorstellen, wie sie reagiert hat.« Paola ist keine Person, die sich so etwas sagen lässt. Sie ist ein zarter, wunderschöner Schmetterling, aber kommt man ihr zu nahe, greift man sie an, wird sie zu einer tödlichen Hornisse.

Emma schnappt schluchzend nach Luft. »Erst war sie wütend, aber dann … ich glaube, sie kann einfach nicht mehr. Ihr Bruder … die Sache mit euch und … April …« Es gelingt ihr kaum, den Namen auszusprechen. Ihre Stimme bricht weg. Emma macht ein paar unsichere Schritte, lässt sich auf das Sofa sinken und umschlingt ihre Knie. Tränen tropfen auf ihre Jeans. Sie wippt vor und zurück. Verstört blickt sie geradeaus, fixiert den Druck der Lithografie von Edvard Munch an meiner Wand, *Der Schrei*, ein glatzköpfiger Mann, Mund und Augen weit aufgerissen. Aber ich glaube, sie sieht es gar nicht.

Ich gieße Whiskey in ein zweites Glas und setze mich neben sie. »Hier. Der hilft.«

Sie nimmt das Glas. Es zittert in ihrer Hand. So sehr, dass die Eiswürfel gegen das Kristall klirren. Emma trinkt drei große Schlucke, leert es bis zur Hälfte. Die Bernsteinfarbe des Alkohols spiegelt sich in ihren Augen, lässt sie dunkler erscheinen.

»Wir hätten das nicht tun dürfen, Charles«, flüstert sie, ihren Blick immer noch auf das Gemälde gerichtet. »Wir hatten das wirklich nicht tun dürfen.«

»Nein.« Ich leere mein Glas in nur einem Zug. »Nein, das hätten wir nicht.« Ein kurzer Moment Schweigen. Als ich erneut zum Sprechen ansetze, klingt meine Stimme tiefer. Rauer. Leiser. »Aber jetzt ist es zu spät.«

Emma entgegnet nichts. Sie weiß, dass ich recht habe.

WHAT A POWERFUL STATE, NOSTALGIA, AND WHAT A PAINFUL STITCH OF YOURS, MAMA

Edward

»… wird deinem Bruder nicht schaden. Ich meine, natürlich, du hast ihn durch diese Aussage ins Rampenlicht gerückt, aber ich kann dir versichern, dass er da so oder so wäre.«

»Bist du sicher?« Ich drücke mir das Handy wie einen Anker ans Ohr, während ich durch meine zerstörte Suite wandere. Jetzt, wo es ernst wird, wo die verdammten Bullen unser Hotel gestürmt haben … aus vielerlei Gründen bin ich ein Arschloch, das seinen Bruder in den Dreck zieht. Aber eine Schlammschlacht wie diese hat nichts mehr mit meiner Art von Dreck zu tun. Durch die müssen wir zusammen kämpfen, wenn wir je wieder sauber werden wollen.

»Bin ich«, versichert mein Anwalt mir. Signore Ukad ist einer der besten im Strafrecht und vertritt unser Hotel seit etlichen Jahren. Vater hat ihn mir zur Seite gestellt, weil, wie er sagt, *die Kacke bei mir heftiger am Dampfen wäre*. Charles wird von Ukads Seniorpartner Rukop vertreten. »Der Handabdruck wurde angeordnet, weil Leopold ihnen sagte, sie sollten Charles überprüfen. Die Gerüchte seiner … nun ja, sexuellen Vorlieben und irgendein Jagdspiel nach denselben Mädchen zwischen euch sprächen dafür, dass Charles April etwas angetan haben könnte.«

»Dieser Bastard.«

»Nun, in gewisser Weise hast du dasselbe gesagt.«

»Ja, aber …« Ich unterbreche mich, weil ich keine Ausrede habe. Ukad hat recht, und ich werde ihm sicher nicht ins Telefon heulen, dass Charles' Auftauchen mein inneres Kind verprügelt hat. Ukad ist Fachanwalt für Strafrecht, kein Therapeut. Ich steige über die am Boden liegenden Kissen, als wären sie Hindernisse auf einem Weg ins Tal, und presse angespannt die Zähne aufeinander, als mir ein Gedanke kommt. »Werden sie meinen Handabdruck auch wollen?«

Ukad zögert.

»Hallo?«

»Vermutlich«, entgegnet er. »Das können wir nicht ausschließen.«

Mein Herz setzt einen Schlag aus. »Und was, wenn er passt?«

»Die Anordnung der Überprüfung ist eine Verzweiflungsaktion. Sie tun alles, um den Fall aufzuklären, aber sowohl Gericht als auch Polizei werden nur wenig Hoffnung haben, mit euren Handabdrücken weiterzukommen.«

Ich setze mich in einen Sessel, nehme ein zerschlissenes Kissen in die Hand und rupfe an der Wolle. »Warum?«

»Weil Aprils Tod ein Jahr her ist. Selbst wenn überwiegend Minusgerade in dem leeren Wassertank nahe der Bergkette geherrscht haben – die Sommermonate werden einen gewissen Verfall begünstigt haben. Mir liegt der Obduktionsbericht vor.« Im Hintergrund klickt etwas. Vermutlich das Mousepad seines MacBooks, als er sich durch die Datei arbeitet. »Die Hämatome an ihren Schenkeln sind flüssig. Sie haben sich durch die kalten Temperaturen lange gehalten, durch den Verfall jedoch verformt. Es wird kaum möglich sein, einen passenden Handabdruck zu finden, zumal viele Männerhände ähnliche Größen aufweisen. *Selbst wenn* die Staatsanwaltschaft Anklage erhebt und einen passenden Abdruck als Beweis nutzen will, wird es ein Leichtes sein, diesen zu zerschmettern.«

»Okay.«

»Na gut. Sollte irgendwas sein, ruf mich sofort an. Sag kein Wort mehr zu *niemandem*, wenn ich es nicht vorher bewilligt habe, verstanden?«

»Verstanden.«

»Zur nächsten Befragung werde ich dich begleiten.«

Zur nächsten Befragung. Das klingt, als wäre es bereits beschlossene Sache, dass sie kommen wird. Kein *falls*. Kein *sollte*. Sie wird kommen.

»Alles klar.«

»Ich melde mich, wenn es etwas Neues gibt. Ade.«

»Merci. Bis dann.«

Wir legen gerade auf, da klopft es an der Tür. Ich erhebe mich, kämpfe mich durch das Chaos und öffne. Vor mir, groß, bullig und mit ihren zehntausend Haarspangen, steht meine Tante Anneli.

»Hallo.« Sie linst an mir vorbei in die Suite und rümpft die Nase. »Hm. Sieht beschissener aus, als ich dachte.«

»Witzig. Der Gedanke kommt mir jedes Mal, wenn ich die Feen auf deinem Kopf sehe.«

Sie schnaubt. »Charmant wie eh und je.«

Ich öffne die Tür und deute in die Suite. »Willst du den Schaden begutachten?«

Sie nickt und hält ein Klemmbrett in die Höhe. »Soll notieren, was der Innenarchitekt retten kann.«

»Sag ihm, meine Seele.«

»Dazu braucht es schon Magie, Junge.«

»Du hast doch sicher Kontakt zu einem Medium.«

»Habe ich, leite ich dir aber nicht weiter.«

»Warum?«

Sie stakst an mir vorbei in den Raum. »Weil du sie vögeln und ihren reinen Geist mit diesem Minenfeld, das in dir tickt, zerstören würdest, bevor sie auch nur *versuchen* könnte, dich zu heilen.«

Wo sie recht hat.

»Meine Fresse«, zischt meine Tante, als sie sich den Knöchel an der Ecke einer Ninja-Turtle-Hörspiel-Collection-Box stößt. »Wann hörst du auf, diese albernen Kassetten zu sammeln?«

»Gegenfrage.« Ich bücke mich zu der Collection-Box und stelle sie in zurück in mein Regal. »Wann hörst du auf, die Fussel aus deinem Bauchnabel zu fischen und in Einmachgläsern farblich zu sortieren?«

»Das ist wenigstens ASMR.«

»Fusselgrabbeln wirkt auf dich wie ein sanftes, elektrostatisches Gefühl, das dich beruhigt?«

»Ja.«

»Und warum wirfst du sie nach diesem herrlichen Angelausflug nicht weg?«

»Weil ich mich an den besonderen Moment erinnern will.« Anneli schiebt sich durch die umgeworfenen Stühle, Sofapolster, Kissen und anderen Kram, während sie Dinge auf ihrem Klemmbrett notiert. »Hab gehört, du hast dich beim White Turf ganz schön unbeliebt bei deinem Bruder gemacht.«

»Unbeliebt ist mein zweiter Vorname.«

»Ah, ich dachte, der wäre Marinade.«

»Was?«

Sie begutachtet die auseinandergenommene Altflöte neben dem schwarzen Flügel. »Weil du immer alles, was du isst, mariniert haben willst.«

»Paniert«, entgegne ich. »Ich will alles *paniert* haben.«

»Ist doch dasselbe.«

»Marinade ist das Einlegen von Lebensmitteln in Soße.«

»Und Panade ist das Einlegen von Lebensmitteln in Brotkrümeln«, hält meine Tante dagegen, während sie überprüft, ob die Flöte sich wieder zusammenschrauben lässt. »Sei nicht so kleinlich, Ed. Die Welt ist allergisch gegen Besserwisser.« Sie steckt das letzte Stück an und hält die Flöte von sich. »Noch heile. Benutzt du das alte Ding eigentlich noch?«

»Nein.«

Sie legt die Flöte zurück. »Weil meine Schwester sie dir geschenkt hat?«

Meine Schwester, sagt sie. Nicht *deine Mutter.*

»Weil Flöte mir keinen Spaß macht«, lüge ich.

»Sie erkundigt sich oft nach dir, weißt du?«

Ein kalter Schauer rieselt meine Wirbelsäule hinab. »Interessiert mich nicht.«

Kurz linst Anneli zu mir herüber. »Zara vermisst dich.«

»Ach, wirklich?« In mir erhebt sich ein Schwert aus Glut inmitten schwarzer Asche. »Fällt ihr ja früh ein, so nach dreizehn Jahren, in denen sie nicht ein einziges Mal versucht hat, mich zu kontaktieren oder auf meine Anrufe zu reagieren.«

»Das mit Charles fiel ihr schwerer als sie …«

»Bitte geh, Anneli.«

»Aber ich bin noch nicht fertig hier.«

»Ich lasse dir eine Liste zukommen.« Mit angespanntem Kiefer gehe ich zur Tür und öffne sie. »Geh.«

»Es tut mir leid.« Sie seufzt schwer. »Ich wollte keine Wunden aufreißen.« Ich senke den Blick, aber ich entgegne nichts, warte nur darauf, dass sie verschwindet.

Es verstreicht ein weiterer Moment der Stille, dann höre ich ihre Absatzschuhe auf dem Marmor. Einen Augenblick später liegt ihre massige Hand auf meiner Schulter. »Du bist ein guter Junge, Edward. Egal, was passiert. Du bist ein guter, *guter* Junge.«

So gut kann ich nicht sein, wenn ich meine Ex-Freundin auf dem Gewissen habe, oder?

Meine Tante verschwindet. Es ist selten, dass sie Worte in den Mund nimmt, die fürsorglich und warm klingen. Für gewöhnlich werden Unterhaltungen mit ihr von Skurrilität und Sarkasmus dominiert. Trotzdem gelingt es ihrer Zuwendung nicht, sich durch die stahlharte Festung meiner Brust zu bohren.

Fest werfe ich die Tür hinter ihr ins Schloss, streife planlos durch den Raum, bis ich irgendwann benommen feststelle, wie ich die Altflöte in die Hand nehme. Mit dem Finger fahre ich über die einzelnen Löcher, drehe und mustere sie. In meinem Kopf schwirren verblasste Töne und tragen ein Bild mit sich, von einer Frau mit weißblonden Haaren und einem Jungen, dem sie ein anerkennendes Lächeln schenkt, während er schiefe, schmerzhaft hohe Töne mit der Flöte erklingen lässt. Wie in Trance hebe ich das Instrument, der Schnabel streift meine Lippen, ich öffne sie und …

Ein dumpfes Geräusch ertönt auf dem Balkon. Sofort lasse ich die Flöte sinken und wirble herum. Kaum eine Sekunde später klopft es an meiner Scheibe.

Was zur Hölle?

WANNA TAKE MY UFO?

Edward

Ich runzle die Stirn, werfe die Flöte aufs Sofa und durchquere die Suite. Vielleicht ein Vogel? Aber dafür war das Klopfgeräusch zu fest. Zu … menschlich.

Ich schiebe die schweren Vorhänge beiseite und blinzle. Mein Hirn braucht einen Moment, um zu begreifen, dass da gerade wirklich jemand auf meinem Balkon steht.

Dreißig Meter über der Erde.

Ein Mädchen, von dem ich dachte, ich würde nicht so schnell wieder auf sie treffen. Wäre ich vermutlich auch nicht, wenn sie nicht plötzlich hinter der Scheibe meiner Suite stehen und mich halb entschuldigend, halb psychotisch angrinsen würde – in der Tasche eine Tüte bunter Brause-Ufos.

Blair.

Wie, *zur Hölle*, ist sie hier hochgekommen?

Verwirrt schiebe ich die Balkontür beiseite. Kalter Wind bläst mir ins Gesicht.

»Hi«, sagt Blair. Einfach *hi*, als wäre es ganz normal, dass sie sich gerade auf meinen Balkon gezaubert hat. Sie deutet in meine Suite. »Darf ich reinkommen?«

Perplex starre ich sie an. »Was *machst* du hier?«

»Dich fragen, ob ich reinkommen darf.«

Ich starre immer noch. Die Tüte der Brause-Ufos flattert im Wind, als würde das Universum nach ihnen rufen. »Aber wie bist du …«

»Oh, ich bin geklettert.«

Meine Augen weiten sich. »Du bist *was*?«

»Geklettert«, wiederholt sie. Mit dem Kinn nickt sie zu den hervorstehenden Quadratziegeln, die den Palast zieren. »Die Dinger sind wie eine Leiter.«

»Du bist dreißig Meter an einer Wand hochgeklettert?« Mein Ton klingt teils schockiert, teils bewundernd. »*Ungesichert?*«

»Ja.« Sie zuckt die Achseln. »Machst du doch auch öfter.«

»Aber ich kann klettern.«

»Entschuldige mal!« Ihr Lächeln wechselt zu einem sich beweisenden Funkeln. »Ich bin gerade eine Viertelstunde diese Mauer hochgeklettert, und du willst mir sagen, ich könnte nicht klettern?«

»Na ja, nein. Ich meine nur, ich mache das häufig, du hingegen ... du hättest dich verletzen können und ...«

»Ich mache das auch häufig!« Sie schüttelt die Ufotüte, weil sie wütend mit den Händen gestikuliert. Die armen Dinger erleiden ein Schleudertrauma. »Ich klettere, seit ich klein bin. Das war mein Ding, weil ich ...« Plötzlich unterbricht sie sich, wird starr, als hätte sie mir fast etwas verraten, was sie nicht sollte. Schnell schüttelt sie den Kopf. »Ich weiß, was ich tue. Und ich bin *gut* in dem, was ich tue.«

»Okay, okay.« Entwaffnet hebe ich die Hände. »Schon gut.« Ich deute eine Verbeugung an und tue, als würde ich mir etwas vom Kopf nehmen. »Ich ziehe meinen Hut vor Ihnen, Mylady.«

Als ich mich wieder aufrichte, hat Blair eine ihrer Brauen weit in die Stirn gezogen. »Darf ich jetzt reinkommen?«

Mein Mundwinkel hebt sich. »Du bist das Hotel hochgeklettert und fragst mich ernsthaft noch, ob du reinkommen darfst?«

»Ja.«

Punkt 1, warum ich dieses Mädchen mag: Sie klettert auf meinen Balkon.

»Was würdest du machen, wenn ich ablehne?« Lässig grinsend lehne ich mich gegen die Zarge. »Wieder runterklettern?«

»So weit habe ich nicht gedacht, aber ja. Wahrscheinlich.«

»Nun, da ich diese adrenalingesteuerte Tat anerkenne ...« Ich stoße mich von der Zarge ab und weise in die Suite. »Nur zu.«

Sie macht einen Schritt vor, bleibt aber direkt wieder stehen. Mit großen Augen betrachtet sie das Chaos. »Was ist denn hier passiert?«

»Die Herde Rhinozeros ist durchgedreht.« Ich mache eine kreisende Bewegung mit dem Finger neben meiner Schläfe und verdrehe die Augen. »Völlig plemplem.«

»Hast du ihnen deine Socken unter die Nase gehalten?«

»Wäre möglich.«

»Verstehe.«

Punkt 2, warum ich dieses Mädchen mag: Sie stellt keine unnötigen Fragen.

Ungerührt steigt sie über die Hindernisse, murmelt »Mann, ich fühle mich ja wie bei Maze Runner« und zieht sich in den Hängesessel. Sanft schwingt er vor und zurück, während sie sich wie ein zartes Häufchen in die Kissen schiebt. Von dort aus sieht sie mich erwartungsvoll an, als warte sie auf etwas, das ich ihr versprochen hätte. Dann streckt sie ihren Arm mit der Bonbontüte vor. »Ufos?«

Punkt 3, warum ich dieses Mädchen mag: Ihre Augen glitzern wie goldener Honig.

»Blair.« Ich spreche ihren Namen präzise und lang gezogen aus. »Was willst du hier?«

»Dir Ufos anbieten.«

»Nein, sicher nicht.« Ich gehe ein paar Schritte vor und baue mich vor ihr auf. Mit den Fingern umschließe ich den runden Hängesessel, ehe ich mich zu ihr herunterbeuge. »Willst du spionieren, weil sich herumspricht, was in der Lobby los war?«

»Was war in der Lobby los?«

Ich verenge die Augen.

Sie verdreht ihre. »Ich war heute im Casino eingeteilt. Den ganzen Tag. Keine Ahnung, was passiert sein soll.«

»Und warum kletterst du dann das Hotel rauf, statt durch die Tür zu kommen?«

»Weil der Westflügel abgesperrt ist.« Seelenruhig öffnet sie den Verschluss der Ufotüte. Das Papier knistert. »Und euer Security mich weder reinlassen noch dich für, Zitat Anfang, *eine Angestellte, die nichts in Edward Blackwells Gemächern zu suchen haben sollte*, Zitat Ende, anrufen wollte.«

»Und dann dachtest du dir, du kletterst einfach mal die Wand hoch?« Ich lächle schief. »Bist du Spiderman?«

»Spidergirl, wenn ich bitten darf.« Sie wirft sich ein Ufo in den Mund. Ich beobachte, wie sie es auf ihre Zunge legt. Ich beobachte ihre Zunge. Ihre … Zunge. Ihre … »Hallo?«

Blinzelnd sehe ich ihr wieder in die Augen. »Was?«

»Ich habe gesagt, dass ich wissen wollte, wie es dir geht.«

»Wie es mir geht?«

»Ja.«

Ich beuge mich zurück, lasse den Sitz los und mustere sie skeptisch. »Was hast du vor?«

Seufzend wirft sie eine Hand durch die Luft. »Ist es echt so selten, dass sich jemand nach deinem Wohlergehen erkundet?« Als ich nichts entgegne und ihr dämmert, dass sie damit ins Schwarze getroffen hat, frieren ihre Züge ein. »Oh.«

Ich hebe eine Braue. »Also?«

»Es ist nur wegen der Sache beim White Turf. Was du gesagt hast.« Sie dreht ein Ufo zwischen den Fingern und betrachtet es. »Irgendwie hast du so, na ja …«

»So was?«

Jetzt hebt sie den Blick. »Du hast so traurig geklungen im Interview, das ich online gesehen habe. Und ich dachte, dass das alles so heftig für dich sein muss. Erst verschwindet deine Ex-Freundin, plötzlich wird sie gefunden, und dann noch diese Sache mit …« Ihre Brauen verziehen sich mitfühlend. Sie kann es nicht aussprechen, aber ich weiß auch so, was sie meint.

Die Sache mit dem Baby.

»Alles in Ordnung mit mir«, presse ich hervor. »Ich brauche keine Aufpasserin.«

»Du solltest dringend ein Ufo essen«, erwidert sie ungerührt, während sie sich ein weiteres in den Mund schiebt. »Bei deiner schlechten Laune.« Sie unterbricht den Blickkontakt nicht. Die ganze Zeit hält sie ihn aufrecht, bis sie das Ufo herunterschluckt. »Ich bin auch hergekommen, weil ich dir sagen wollte, dass ich kein Wort glaube von dem, was NOISE IN THE DARK heute gepostet hat.«

Mein Herz gerät aus dem Takt. NOISE IN THE DARK ist der international bekannteste True-Crime-Account auf TikTok. »Was haben die gepostet?«

Blair hält mitten in der Bewegung inne. Ein neues Ufo schwebt vor ihren Lippen. »Du hast es noch nicht gesehen?«

»Nein.«

»Oh.«

Unruhe sickert durch meine Venen wie verschütteter Teer. Ich ziehe mein Handy aus der Hosentasche, entsperre es und öffne Tik-Tok. In meinem Hals erzittert mein Puls wie eine Stimmgabel, während ich den Namen des Accounts im Suchfeld eintippe.

Ich sehe es sofort. Das letzte Video ziert ein fettes rotes Badge mit dem Titel: *Edward Blackwell – ein Killer!* 💀

Ein widerliches Brennen erreicht meine Kehle und zerfrisst jede erreichbare Nervenbahn. Entsetzt schließe ich für einen Moment die Augen, atme tief durch, versuche, mich auf das, was gleich kommen könnte, mental vorzubereiten und …

»Vielleicht siehst du es dir besser nicht an«, murmelt Blair. »Es ist sowieso lächerlich. Das beweist gar nichts. Reiner Clickbait. Außerdem –«

Ihre Stimme bricht ab, als die absichtlich bedeutungsschwere Stimme der True-Crime-Creatorin erklingt. »Leute, o mein Gott, der Fall April Sanders wird immer abgedrehter. In meinem letzten Video habe ich euch erzählt, dass die Leiche des Mädchens in dem stillgelegten Wassertank nahe des Blackwell Palace gefunden worden ist. Die ganzen letzten Monate hat die Gerüchteküche gebrodelt, ob die Brüder etwas mit dem Verschwinden zu tun haben könnten. Viele von euch waren der Meinung, dass Edward seiner Ex-Freundin niemals etwas hätte antun können. Klar, wir haben alle mitbekommen, wie sehr er April vergöttert hat. Aber jetzt ist etwas ans Licht gekommen, das mich definitiv stutzen lässt.« Der Greenscreen-Hintergrund ändert sich. Es wird ein Chatverlauf eingeblendet. Mit dem Finger deutet die Creatorin nach oben. »Und zwar wurde ein Chatverlauf zwischen Leopold Van Dyk, ihr wisst schon, der Cousin der Brüder, und April gedropped. Er selbst behauptet, es nicht gewesen zu sein und meinte, jemand hätte sich in seine iCloud gehackt. Die Beweise wären nur für die Polizei gedacht. Klingt komisch, oder? Na ja, die Nachrichten, die ihr hier seht, sind von dem Tag, an dem April verschwunden ist. Es war vermutlich eine ihrer letzten Nachrichten. Leopold fragt sie, was er mit den Sachen von Edward machen soll, ihr wisst schon, der Brosche und dem Stimmungsring, von denen wir durch seine Aussage inzwischen wissen, dass sie ihm die Sachen gegeben hat, weil sie mit Edward Schluss machen wollte. Hier antwortet April, es wäre ihr egal, ihretwegen solle er draufkotzen. Leo schickt einen Lachsmiley, und dann, passt auf, die letzte Nachricht, die April je versendet hat, war …« Die Creatorin wechselt erneut den Hintergrund, damit die Textnachricht vergrößert angezeigt wird, »*Ich treffe mich jetzt mit Edward. Keine Ahnung, wie er reagieren wird. Bestimmt dreht er durch. Aber danach hat der Wahnsinn endlich ein Ende.*« Die Creatorin blickt mit riesigen Augen und erhobenen Brauen in die Kamera. »Like, *what?* Sie trifft sich mit ihm, denkt, er wird durchdrehen, sagt, der Wahnsinn hätte ein Ende. Welcher Wahnsinn? War er schon vorher gewalttätig? Und das war einfach ihre *letzte* Nachricht! O mein Gott, Leute, das ist so crazy. Ich glaube echt, der hat das nicht ertragen und sie gekillt. Ich meine, alles spricht dafür, oder? Was meint ihr? Schreibt es in die Kommentare und macht das Plus weg, wenn ihr nichts mehr verpassen wollt!«

Wie gelähmt öffne ich die Kommentare. Ich kann sie kaum lesen, weil meine Hand so zittert.

@bloodymary23 safe waren das die Brüder, die Leo in den Knast gebracht haben, als Vorwand, damit niemand auf die beiden kommt. Ich glaube, die haben zusammengearbeitet!

@freiwild_4ever_doubstep er war das locker man kann mir niemand was anderes erzählen ich seh schon in seinen augen das er ein psycho ist

@edwardblackwellfanpaggge ihr seit so scheisse was erzält ihr für dumme sachen?? Edward hat april geliebt als ob er sie abstechen würde omg ey kommt klar auf euer leben einfach
Antwort von @call-of-duty-tutorials vlt nicht erstochen aber geschlagen auf jeden
Antwort von @pilote.pirate ja die hatte doch auch blaue flecken und genick gebrochen locker verprügelt denke auch bro
Antwort von @edwardblackwellfanpaggge ja ist klar ihr regt mich so auf ihr kennt ihn doch gar net!!!
Antwort von @call-of-duty-tutorials aber du???

@susannefröhlich ich glaube auch, er war es. Oder der bruder. Einer von beiden. Liebe deinen account!

Antwort von @NOISEINTHEDARK danke schön ☺

@klopapier_dreilagig_kamille denke es war leopold selber und dass er nur ablenken will, der verhält sich krank suspicious
Antwort von @Hugir.der.rabe omfg genau das denke ich auch die ganze zeit, wieso merkt das keiner lol??

@Dein_Erfolgs_Coach ich glaube es war die neue, diese paola, die gerade überall auf tiktok zu sehen ist.
Antwort von @edwardblackwellfanpaggge hä?? Paola ist erst seid ein paar monaten da und april vor ein jahr verschwunden aber auch egal
Antwort von @Dein_Erfolgs_Coach paola hat das alles geplant denke ich, weil sie sich edward angeln wollte und dafür musste april aus dem weg
Antwort von @klopapier_dreilagig_kamille okay das wäre hart krank

Bevor ich noch eine weitere Antwort lesen kann, drücke ich mit dem Daumen auf den Entsperrknopf. Ich schließe die Augen, um die Übelkeit wegzudrängen, die sich wie Säure durch meinen Magen frisst.

Als ich sie wieder öffne, blicke ich direkt in Blairs Augen.

»Ich, ähm …« Besorgt betrachtet sie mich, die Finger um diese lächerliche Ufotüte geklammert. »Ich gehe jetzt wohl besser.«

Sie hüpft aus dem Sessel. Ihr Duft weht in meine Nase. Eine Mischung aus Schnee, frischer Luft und Blumen. Sie geht an mir vorbei in Richtung Balkon.

»Nimm die Tür.« Meine Stimme klingt kalt, spröde und hoffnungslos. Wie totes Laub. »Bevor du abrutschst und ich wegen eines zweiten toten Mädchens verdächtigt werde.«

Blair verharrt kurz am Griff des Fensters. Aber schließlich nickt sie, kämpft sich einen Weg durch die Suite und verschwindet.

Das Klicken der Tür dröhnt in meinem Kopf wie eine Explosion. Vielleicht ist es auch das Minenfeld in mir.

Es geht hoch und eröffnet eine Katastrophe.

NOTHING BEATS DEMONS BETTER THAN BLACK INK ON TEXTURED PAPER

Paola

Die Bibliothek des Blackwell Palace entfacht in mir immer das Gefühl, ich wäre Maria Stuart – und das hier mein schottisches Schloss. Die altehrwürdigen Regale und Polstermöbel, die Barocktapete und romantische Wendeltreppe, die zur Galerie führt, entstammen einer anderen Epoche. Ich liebe diesen Raum. Es ist jedes Mal wie eine Zeitreise. Trete ich über die Schwelle, bin ich nicht mehr Paola Cortessa. Für einen Moment gebe ich mich auf und habe die Möglichkeit, tausend Leben zu leben.

Das ist das Wertvolle am Lesen. Nichts bekämpft Dämonen erfolgreicher als schwarze Tinte, die dich in eine fremde Welt entführt.

Ich gehe zu der üblichen Stelle im Regal, zwischen Goethes *Faust* und Schillers *Kabale und Liebe,* und ziehe Emilia Galotti heraus. Es ist eine Hardcover-Ausgabe, die Seiten sind rau und zerfleddert. Gemeinsam mit dem Buch kuschle ich mich in das mit Polstern ausgestattete Erkerfenster, genieße die Aussicht über die Schweizer Alpen und schlage das Buch auf. Ich weiß nicht, warum es mir so viel Spaß macht, eine Geschichte doppelt und dreifach zu lesen. Es ist, als würde ich die Sätze bei jedem Mal anders verstehen. Versteckte Botschaften entdecken, die mir vorher verborgen geblieben sind. Lächelnd blättere ich bis zum Lesebändchen, als plötzlich etwas herausfällt. Es ist ein Foto von mir. Ein Polaroid. Stirnrunzelnd nehme ich es zwischen die Finger und betrachte es.

Ich sitze auf einem Ohrensessel in der Lobby des Hotels, gleich neben der großen Hirschstatue. Anfangs war ich oft dort, weil ich das Gefühl hatte, dieses Eisending würde mich vor allen verbergen. Mein wildes Haar wird von dem schwarzen Flechtreif zurückgehalten, aber trotzdem fallen mir einige Strähnen ins Gesicht. Ich sitze seitlich auf den Knien, den Ellbogen auf die Sessellehne gestützt, meine Wange auf die Faust gebettet, und lese in demselben Buch, das ich gerade in den Händen halte. Ich trage meinen LOS-ANGELES-Pullover und meine Füße, die unter der Wolldecke herausragen, stecken in selbst gehäkelten Socken. Da weiß ich plötzlich wieder, wann das war: kurz nach meiner Ankunft, mitten in der Nacht, als ich nicht schlafen konnte, weil Elias' Aufgabe mich fertiggemacht hat. Bis auf ein paar Nachtschwärmer war die Lobby damals leer. Ich kann mich nicht erinnern, dass jemand ein Foto von mir gemacht hat. Andererseits war ich in das Buch vertieft, und wenn ich einmal angefangen habe zu lesen, könnte auch eine Elefantenherde vorbeijagen, ohne dass ich es bemerken würde.

Ich drehe das Foto in meinen Händen und erkenne, dass auf der Rückseite etwas verewigt worden ist. Ordentlich, mit dicker Füllfeder, steht da: *Deine Hand ist in meiner, solange du sie dort lässt.*

Plötzlich vibriert mein Handy. Ich zucke zusammen, und das Foto fällt auf meinen Schoß. Blinzelnd betrachte ich das Display.

Gabriel.

»Endlich rufst du an!«, begrüße ich ihn. »In letzter Zeit bist du so schwer erreichbar.«

»Tut mir leid. Durch die Arbeit auf dem Weingut bin ich viel beschäftigt.«

»Verstehe.« Ich verändere meine Position. »Wie geht es dir?«

»Ganz gut.«

Er klingt heiser. Und als würde er meine Gedanken bestätigen wollen, hustet er.

»Bist du krank?«

»Nein.« Er zögert. »Mamma raucht sehr viel zu Hause, mehr nicht.«

»Bist du sicher?« Ich runzle die Stirn und setze mich aufrechter. »Du würdest mich doch nicht anlügen, oder, Gabe?«

»Nein.« Im Hintergrund knallt eine Tür, dann noch eine. Ich höre Gebrüll.

»Wo bist du?«, frage ich.

»Auf dem Weingut.«

Wieder Gebrüll. In mir regt sich ein flaues Gefühl. »Die Landherren sind über siebzig«, sage ich langsam. »Und ihre Kinder nie da. In all den Jahren, in denen ich dort war, habe ich nie jemanden schreien gehört, Gabe.«

»Es ist der Enkel«, entgegnet er. »Seit einiger Zeit kommt er immer wieder vorbei und belästigt seine Großeltern. Keine Ahnung, was hier los ist.« Er entfernt sich von dem Gebrüll, denn plötzlich wird es leiser. »Was ich dich fragen wollte ... hast du diese Blackwells mal über San Luca reden hören?«

»Was?« Ich sehe nach draußen in die Alpen. »Warum sollten sie?«

»Weiß nicht. Ich dachte nur, also, weil dieser Typ dich hier getroffen hat, also weil er hier war. Vielleicht wollen sie ein Hotel bauen?«

»In San Luca?«

»Könnte das nicht sein?«

»Auf keinen Fall«, entgegne ich. »Wie kommst du darauf?«

»War nur ein Gedanke«, murmelt Gabe. Er scheint zu überlegen, dann fügt er hinzu: »Dann hättest du zurückkommen können.«

Traurigkeit flutet meine Brust. »Ich werde dich holen, Gabe. Ich habe Geld. Das Einzige, das jetzt noch fehlt, ist der Bescheid. Kam schon was an?«

»Nein.«

»Scheiße, wie lange dauert das denn noch?«

»Kannst du mich nicht einfach so holen?« Er zögert. »Mamma wäre es doch eh egal.«

Aber Elias nicht. Und dann wären wir schneller zurück in San Luca, als wir Neuanfang sagen könnten – ich mit einer Anzeige am Hals.

»Es kann nicht mehr lange dauern, Gabe. Halt die Augen offen für den Bescheid. Ich schreibe gleich noch eine weitere E-Mail an die Behörde.«

»Okay.« Er zögert. »Also meinst du nicht, der Typ war hier, weil er im Dorf oder in der Nähe etwas geplant hat?«

»Welcher Typ?«

»Der dich weggeholt hat.«

»Ach so, nein.« Ich versuche, mich an Elias' Worte zu erinnern, und spüre unsagbare Wut, als mir wieder in den Sinn kommt, dass er mich von Anfang an manipulieren wollte. Er dachte, ich sei Jake Blackwells Tochter und wollte seine Familie in den Abgrund stürzen.

Deshalb war er in San Luca. Aber das kann ich meinem dreizehnjährigen Bruder nicht erzählen. »Er ist durch Zufall auf mich gestoßen.«

»Hm.«

»Warum denn?«

»Ach, nur so.« Wieder höre ich lautes Geschrei. Und plötzlich etwas, das sich wie quietschende Reifen anhört. »Ich muss auflegen, Pao!«

»Ga...« Bevor ich seinen Namen aussprechen kann, hat er das Telefonat bereits beendet. Fluchend werfe ich das Handy auf die Kissen, als es plötzlich erneut klingelt.

Mamma, steht auf dem Display.

Stirnrunzelnd nehme ich den Anruf an. »Hallo?«

»Ah, hi, Süße!«

What the fuck?

»Was willst du?«

»Darf ich meine Tochter nicht anrufen, wenn mir danach ist?«

»Du meinst die Tochter, deren Nummer du blockiert hast?«

»Wie bitte?« Sie lacht schallend auf. Im Hintergrund höre ich eine Quizshow im Fernseher. *Der Hot Button wartet, gleich wird er zuschlagen, bleibt dran, oh, wie spannend!* »Ich habe dich nicht blockiert. Mein Handy war kaputt.«

»Ja, sicher.« Ich lache trocken auf. »Und Matteos auch, ja?«

»Ich habe keine Ahnung, was mit Matteo ist.«

»Bitte?«

»Er ist seit ein paar Tagen unterwegs.«

»Wohin unterwegs?«

Ich höre sie paffen. »Keine Ahnung. Die Arbeit, Paola.«

Ich ziehe die Brauen zusammen. »Wieso rufst du an?«

»Oh, ich wollte nur nachhorchen, wie jetzt die Lage ist.«

»Welche Lage?«

»Mit Jake.« Jake. Jake Blackwell. Sie denkt noch, er wäre mein Vater. »Du weißt schon, wegen der Vaterschaftssache. Zahlt er nachträglichen Unterhalt?«

»Ah, jetzt verstehe ich.« Das Ganze ist so armselig, dass ich tatsächlich auflache. »Dir geht es um Kohle.«

»Wie bitte?«

»Hätte wissen müssen, dass du mich nur dann kontaktierst, wenn etwas für dich dabei rausspringt.«

Sie zieht an ihrer Zigarette. »Ach, hör doch auf, Süße.«

»Spar dir das.«

»Du darfst natürlich etwas von dem Geld behalten«, entgegnet sie. »Aber ich habe auch einen Anspruch darauf, verstehst du? Ich musste dich damals allein durchbringen, allein nach Italien flüchten, ohne Hilfe.«

»Er ist nicht mein Vater, und das weißt du.«

Stille. Dann –

»Wie bitte?«

»Du weißt es, weil du den Vaterschaftstest damals gefälscht hast. Anders wäre er nie positiv gewesen.«

»Du willst mir vorwerfen, ich hätte ihn hintergangen?« Ihre Stimme wird angepisst. »Dich belogen, was ihn betrifft, um an Geld zu kommen?«

»Du triffst die Sache auf den Punkt.«

Sie schweigt und raucht. Dann sagt sie: »Es erschüttert mich, dass du so von mir denkst, Paola!«

»O Gott, Mamma.« Ich verdrehe die Augen. »Hör auf. Du brauchst dich nicht weiter verstricken. Der DNA-Test war negativ, ich bin nicht mit den Blackwells verwandt und du kannst aufhören, mir etwas vorzumachen.«

»Dann war der Test falsch.«

»Ja, deiner.« Meine Stimme wird lauter. »Deiner war falsch, Mamma, weil du ihn betrügen wolltest!«

»Also, das ist wirklich …« Sie zischt ungehalten. »Jetzt sollte ich dich blockieren, Paola, für diese widerlichen Anschuldigungen!«

»Ja, bitte!« Ich werfe den Kopf zurück auf die Sofalehne und schließe die Augen. »Bitte tu es, Mamma, und lass mich in Ruhe.«

Sie fängt an zu brüllen, ich sei die größte Enttäuschung ihres Lebens, der Grund, weshalb ihr Leben zerstört sei, die übliche Leier, und ich lege auf.

Als ich das Handy beiseite werfe und mit den Knöcheln über meine Augen reibe, wird die Tür geöffnet.

YOUR HAND IN MINE AS LONG AS YOU WANT IT

Paola

Es ist Charles. Er trägt eine Weste über einem perlweißen Hemd, Anzughose und teure Valentinos. Heute war irgendeine Veranstaltung. Emma wurde eingeteilt, ich habe den Abend frei.

»Ich wusste, dass ich dich hier finde.«

»Ach ja?«

»Ja. Du kommst meistens her, wenn es dunkel wird.«

»Sollte ich mich beschattet fühlen?«

Statt es zu bestreiten, lächelt er nur schwach. Er kommt zu mir, legt seine Hand an meinen Hinterkopf und küsst mich. Ich bin so überrascht, dass ich nach Luft schnappe.

Er löst sich von mir. »Ich konnte den ganzen Abend an nichts anderes denken.«

»Ist die Veranstaltung schon vorbei?«

»Nein.«

»Warum bist du nicht da?«

»Weil ich fast durchgedreht wäre, so sehr habe ich dich vermisst.«

Meine Wangen brennen. »Wirklich?«

»Du hast ja keine Ahnung.«

Lächelnd hebe ich das Foto zwischen uns. »Warst du das?«

»Wer sonst?« Er küsst meine Schläfe. »Du hast mich von der ersten Sekunde an verzaubert, als ich dich dort sitzen sah. Das Foto habe ich gemacht, um es dir zu schenken.« Er verzieht den Mund. »*Bevor* die Welt zwischen uns untergegangen ist.«

Ich lächle sanft. »Danke.«

Er erwidert mein Lächeln, doch einen Moment später erlischt es. »Ich muss dir etwas sagen.«

»Was denn?«

»Ich habe seit einiger Zeit etwas recherchiert, was dich betrifft, und …«

»Wenn du mir jetzt sagst, dass du hinter @didntyouhearthat steckst, werde ich dich mit Emilia Galotti verprügeln.«

»Mit dem Hardcover?« Er hebt einen Mundwinkel. »Wie morbide.«

»Keine Gnade.«

»Nein.« Er setzt sich zu mir in den Erker, streicht abwesend über meine Hand. »Es geht um deinen Vater.«

Mein Herz setzt aus. Erst das Telefonat mit meiner Mutter und jetzt … »Was?«

»Nach dem Polospiel, du weißt schon, als alles rauskam, habe ich angefangen, die Dinge zu hinterfragen.«

»Und?«

Er antwortet nicht sofort. Stattdessen streicht er weiter über meinen Handrücken, berührt die rauen Stellen meiner Ekzeme mit einer Sanftheit, die eine tiefe Wärme in mir entfacht. Schließlich blickt er auf. »Meine Detektive haben mir gerade den finalen Bericht gesendet.«

Entgeistert sehe ich ihn an. »Welchen Bericht?«

Charles schluckt. »Dein Vater war ein hart arbeitender, guter Mann, dem eine Werkstatt in einem kleinen Dorf in der Nähe von Rom gehörte. Er wusste, dass es dich gibt, und in seinem Wohnzimmer waren viele Babybilder von dir. Er hat dir geschrieben, aber deine Mutter hat jeden einzelnen Brief verweigert, und nachdem ihr umgezogen seid, kannte er eure Adresse nicht mehr. Von da an hat er nach dir gesucht, dich aber nie gefunden.«

In mir breitet sich Übelkeit aus, gefolgt von einem rasenden Puls. »Warum sprichst du in der Vergangenheitsform von ihm, Charles?« Er sieht mir tief in die Augen, aber er antwortet nicht. Zittrig hole ich Luft. »Charles?«

»Ich habe alles organisiert«, sagt er langsam, ohne den Blickkontakt abzuwenden. »Ich wollte ihn einfliegen lassen, und er hat sich gefreut, aber vorgestern, da … Heute waren meine Männer bei ihm, und er …«

»Sag es, Charles.« Tränen verschleiern meine Sicht. »Sag es.«

»Er wurde ermordet.«

Ich schluchze auf. Es ist wie Gift, das seine Worte mir in die Venen gejagt haben. Ich sacke in mir zusammen, und Charles fängt mich auf. Er hält mich fest, presst mein Gesicht fest an seine Brust, hinter der ich sein Herz schlagen höre.

»Es tut mir so leid, Süße.« Er küsst mich auf die Stirn, meinen Scheitel, immer wieder, während ich sein Hemd mit Tränen tränke. »Es tut mir so unendlich leid.«

»Warum?« Ich kralle mich an ihm fest, drücke zu, in der Hoffnung, das möge meinen Schmerz lindern. Erfolglos. »Wer hat das getan?«

Sein Atem stockt, und mein Magen zieht sich schmerzhaft zusammen. »Neben ihm lag ein Messer, und in der Klinge …« Er hält inne und stößt die Luft aus. »Ich denke, es wäre besser, wenn ich es dir nicht sage.«

»Charles, *bitte*!«

Er presst die Lippen aufeinander. Schmerz zuckt durch seine Züge. Verkrampft wendet er den Blick ab, sieht aus dem Fenster, schließt die Augen. »In die Klinge war ein Wappen eingraviert, das meine Männer einer Mafiafamilie aus San Luca zuordnen konnten.«

Das Gift bahnt sich einen Weg durch meine Kehle und offenbart sich in einem verzweifelten Wimmern.

»Scheiße«, flucht Charles, gefolgt von einem Schlag gegen die Wand hinter meinem Kopf. »Fuck, Paola, es tut mir so leid.«

Dann drückt er mich wieder an sich, wiegt mich, bis ich keine Tränen mehr habe und starr werde. Er gibt mir einen bedeutungsschweren Kuss und wischt die letzten feuchten Spuren unter meinen Augen fort, ehe er etwas aus der Ledertasche zieht, die er mitgebracht hat. »Hier. Falls du sie lesen möchtest.« Erst als er mir das Bündel in den Schoß legt, erkenne ich, um was es sich handelt. Ein Stapel vergilbter Briefumschläge. »Die Briefe deines Vaters an dich.«

Meine Finger sind eiskalt, als ich das Bündel in die Hand nehme und die Schrift mustere. »Er macht die gleichen Schwenker beim I wie ich«, flüstere ich. »Und das gleiche P in meinem Namen.«

Charles streckt die Hand aus und streicht mir über die Wange. »Auch wenn er dich jahrelang nicht sehen durfte – er hat dich immer geliebt.«

Mit einem schweren Gefühl der Leere blicke ich auf die Briefe und nicke.

Charles zögert. »Paola?«

»Ja?«

»Du …« Er unterbricht sich. »Du hast eine Schwester.«

Ich blinzle. Starre ihn an. »Was?«

Er deutet wieder auf die Briefe. »Bestimmt hat er davon geschrieben. Du solltest wissen, dass wir sie suchen können, wenn du willst. Sie ist auf der Flucht, seitdem das passiert ist, aber ich bin mir sicher, wir können sie finden.« Charles haucht mir einen Kuss auf die Lippen. »Ich muss jetzt zurück. Aber falls du mich brauchst …« Er hebt mein Kinn an, küsst mich sanft und sieht mir tief in die Augen. »Ich bin da, ja? Sofort, immer, jederzeit.«

Ich bin immer noch starr. Kann nichts sagen. Mich nicht bewegen.

Ich habe eine Schwester.

Eine *Schwester.*

»W…wie alt?«, krächze ich. »Wie alt ist sie?«

»Elf. Sie heißt Alessia. Ich habe sie getroffen, als ich bei deinem Vater war, und sie sieht dir sehr, sehr ähnlich.« Er lächelt traurig, drückt sanft meine Finger. »*Deine Hand ist in meiner, solange du sie dort lässt.*«

Dann geht er und lässt mich allein mit der Liebe meines Vaters, die er mir niemals mehr wird zeigen können, weil meine Mutter mich ihm verwehrte.

Und Elias mich holte.

San Lucas Mafia hat meinen Vater ermordet, und das muss etwas mit mir zu tun haben.

Ich weiß nur nicht, was.

Drei Puzzleteile, von denen das mittlere fehlt.

Meine liebe Paola,
dein vierter Geburtstag! Ich kann mir vorstellen, wie süß du mit einer kleinen Prinzessinnenkrone durch die Gegend rennst und in einem Kleidchen tanzt. Hoffentlich hast du eine schöne Torte bekommen. Ich denke an dich, jeden Tag, und ich hoffe, eines Tages wird dir das bewusst.

Die Arbeit verlangt mir momentan einiges ab. Mir ist klar, dass es sinnfrei ist, dir das zu schreiben, aber wem könnte ich sonst davon berichten? Meine Tage sehen alle gleich aus: aufstehen, arbeiten, essen, schlafen. Und immer an mein kleines Mädchen denken, das heute VIER geworden ist. Kannst du dir das vorstellen? Bald fallen dir schon die Zähne aus, so alt bist du.

Hab dich lieb, meine Kleine, und ich denke an dich!
Pappa

Hey mia dolce fata,
du bist sechs und es ist Mitte Oktober, also müsstest du bereits eingeschult worden sein. Das ist so aufregend! Ich habe hier einige Läden betreten, um mir Ranzen anzusehen, Schultüten, einfach nur, um das Gefühl zu haben, bei dir zu sein. Das war schön, aber auch traurig.

Gehst du eigentlich an Halloween los? Ich versuche, mir vorzustellen, als was du dich verkleidest, aber habe keine Idee.

Vielleicht ein süßer Paola-Kürbis?

Abends lese ich momentan viel in meinem Lieblingsroman. Ich frage mich, ob du schnell lesen lernen und es genauso lieben wirst wie ich. Ich kann es kaum erwarten, mich eines Tages mit dir über Bücher zu unterhalten und verschiedene Texte zu diskutieren.

Ich hoffe, du hast einen schönen Schulstart, und ich bin mir sicher, alle werden dich lieben.

Ti amo così tanto!
Pappa

Amore,
Buon natale! Ich hoffe, der Weihnachtsmann hat dich reich beschenkt und deine Mamma hat dir mein Päckchen gegeben.

Ich habe eine Frau kennengelernt, und sie ist toll! Giulia heißt sie, und ich bin mir sicher, du würdest sie mögen. Sie lacht viel, bringt sogar mich zum Lachen (und das ist wirklich eine Herausforderung), und sie versucht, mit mir herauszufinden, wo du bist. Im Palasthotel nicht mehr, das weiß ich, weil ich dort war. Man sagte mir, deine Mutter wäre vor drei Jahren zurück nach Italien gegangen.

Hier war neulich ein Fischerfest, und ich habe mir vorgestellt, ich würde mit dir in einem Boot tuckern, einen tollen Fang machen und hinterher zusehen, wie du ihn stolz auf dem Markt verkaufst.

Aber vermutlich ist das nur meine Wunschvorstellung und du würdest die Nase rümpfen, weil der Gestank dich so ekelt, haha.

Ich hoffe, dort, wo auch immer du bist, hast du es gut. Ich werde diesen Brief abschicken, sobald ich weiß, wo deine Mamma lebt.

Ti amo, mia figlia,
Pappa

Ciao Pao,
Giulia und ich haben letzte Woche geheiratet. Es war ein kleines Fest, aber schön, und ich bin so froh, dass sie bei mir ist. Mit ihr geht es mir besser.

Vor einer Weile haben wir erfahren, dass sie schwanger ist. Es wird ein Mädchen. Wunderbar, nicht wahr? Ich hoffe so sehr, dass du die Kleine eines Tages kennenlernen kannst. Sie wird Alessia heißen.

Jetzt bist du schon dreizehn, auf dem Weg in die anstrengende Pubertät, und ich kann nicht da sein, um dir zu erklären, wie Männer ticken. Der Gedanke erfüllt mich mit riesengroßer Trauer.

Aber vielleicht eines Tages.

Wenigstens kommen meine Briefe an, und ich weiß dank des Detektivs, dass du in San Luca bist. Mamma lässt mich nicht zu dir, und dieser Typ, Matteo, ist ein Arsch. Aber solange es dir gut geht, geht es mir gut.

Eines Tages, la mia piccola topolina, ich bete dafür!

Ti amo!
Pappa

Hallo meine Große (ja, mit sechzehn bist du das jetzt offiziell!),
heute war der zweite Geburtstag deiner Schwester Alessia. Sie hält Giulia auf Trab, mich sowieso, aber ich arbeite ja viel in der Werkstatt.

Ich habe mir überlegt, einen Agriturismo zu kaufen. Dort könnte Giulia sich um Pferde und Hühner kümmern und Alessia hätte es schön. Mal schauen, was daraus wird.

Alles in allem geht es uns gut, aber du fehlst. Du fehlst immer, Paola, jede Sekunde, und das spüren wir alle. Auch Giulia.

Ich hoffe, die Schule gefällt dir. Hast du das Buch erhalten, das ich dir mit dem Brief geschickt habe? Effi Briest? *Es soll gut sein. Ein deutscher Klassiker. Könnte ich die Sprache, würde ich es lesen, haha. Aber da ich davon ausgehe, dass du im Palasthotel mit Deutsch groß geworden bist und deine Mamma das weiter durchgesetzt hat, hoffe ich, dass es dir gefällt. Der Typ auf dem Markt meinte jedenfalls, es wäre gut. Aber er sah seltsam aus, mit mehr Bart als Gesicht, also kann ich seinem Urteil vielleicht nicht trauen.*

Schreib mir doch mal zurück, Pao. Immer an diese Adresse, und falls wir einen Hof kaufen, teile ich es dir mit, ja?

Ti amo così tanto!
Pappa

Hey Pao,
BUON COMPLEANNO! Dein achtzehnter Geburtstag. Mamma mia, unfassbar. Meine Maus ist erwachsen! Ich habe ein paar Berichte über dich im Internet gefunden, in denen du als Sommelière ausgezeichnet wurdest, und da waren sogar Bilder von dir. Du siehst mir so ähnlich, sagt Giulia.
Und ich habe echt geheult, wirklich. Wir haben alle Bilder ausgedruckt, die wir finden konnten, und zu den Babyfotos gestellt, die ich noch von der Zeit habe, bevor deine Mamma mich verlassen hat. Du weißt ja aus meinen letzten Briefen schon, dass wir auf den Agriturismo gezogen sind, und im Wohnzimmer ist alles voll mit Bildern. Giulia sagt immer, das wäre unser Paola-Raum. Alessia ist jetzt sieben und eingeschult worden. Sie hat sich für eine Schultüte mit Autos statt Feen entschieden. Giulia hat gelacht, und ich war so stolz auf sie. Du würdest deine Schwester lieben. Sie zaubert uns allen jeden Tag ein Lächeln auf die Lippen.

Du bist wahrscheinlich noch auf Reisen in den Sternerestaurants, aber vielleicht leitet Mamma dir die Briefe ja weiter?

Melde dich, mia figlia.
Wir haben dich lieb und sind so stolz auf dich!
Pappa

Hallo Pao,
neulich hat Giulia dein Gesicht auf TikTok gefunden! Du bist zurück im Palasthotel und meine Güte, was für Gerüchte da kursieren (keine Sorge, ich glaube kein Wort, das die Welt über meine süße Kleine verliert).

Eigentlich habe ich diese App immer verteufelt, aber jetzt kann ich nur sagen, dass ich sie vergöttere. Und gefesselt bin. Jeden Tag liefert sie mir neue Videos oder Bilder meiner Tochter, die mir seit über zwei Jahrzehnten verwehrt blieben.

Wir planen, ins Blackwell Palace zu kommen, um dich endlich zu sehen. Giulia, Alessia und ich. Das wäre so schön, oder?

Ich muss sagen, ich habe aber auch Angst. Du hast mir nie geantwortet, nie ein Zeichen von dir gegeben. Ich fürchte mich davor, seit Jahren an meiner Illusion festzuhängen, alles wäre in Ordnung, aber ich weiß nicht, was deine Mamma dir über mich erzählt hat. Vielleicht wirst du mich nicht sehen wollen oder mich ablehnen, wenn ich im Hotel auftauche. Trotzdem. Nichts wird mich davon abhalten, meine Pao endlich in die Arme schließen zu können.

Bis ganz bald, hoffe ich!
Dein Pappa

Hey Paola,
ich kann es nicht fassen, aber der Sohn der Blackwells hat Kontakt mit mir aufgenommen! Er möchte uns zusammenbringen und hat mir einige Sachen über dich erzählt. Du liebst das Lesen, bist ehrgeizig, intelligent, stark und schön. Außerdem habe auch ich eine Schwäche für Grünen Tee, und Alessia ist zwar erst elf, aber sie liebt es zu häkeln. Ich bin sicher, du wirst ihr einiges beibringen können.

Also, wir packen jetzt unsere Koffer und werden schon bald von den Leuten dieses Blackwell-Jungen abgeholt, um dich zu besuchen. Wir alle können es kaum erwarten. Das wird grandios!

Ti amo, meine Kleine (Große!)
Dein Pappa

Der letzte Brief zerfließt unter meinen Tränen.

A FAIRY BIT OF SNOT

Paola

Fast jeder Sitzplatz im Rustic Theatre ist besetzt. In dem gemauerten Kamin prasselt ein großes Feuer, das den ganzen Saal beheizt, und das einzige Licht rührt von den flackernden Kerzen, die von den vielen Dreimastern eine gemütliche Atmosphäre versprühen. Gemälde hängen an der getäfelten Holzwand, zeigen St. Moritz in verschiedenen Epochen, vom Mittelalter über Regency bis Flowerpower.

»Ich kann immer noch nicht fassen, dass du heute da raufgehen willst.« Shiyan schiebt ein paar Rahmgipfeli auf einen Pappteller und übergießt sie mit warmer Schokoladensoße, während sie sich mit Ignotus unterhält. »Ich meine, mein zurückhaltender Bruder auf einer Bühne? Bin ich in einem Paralleluniversum?« Theatralisch sieht sie zur Decke. »Wird es einen Haufen nackter Harry Styles regnen, einen für jede von uns sabbernden Frauen?«

»Und Männern«, ergänzt Lisbeth.

Achselzuckend schiebt Ignotus das Geld über den Verkaufsstand und nimmt seiner Schwester den Teller ab. »Dachte, ich mache mal etwas Außergewöhnliches.«

»Leuchtet ein. Weil *das*«, sie deutet von seinem Zylinder über den Stehkragen seines Kingdom-Heart-Mantels bis hin zu den weißen Strumpfhosen unter der Knickerbocker, »ja nicht außergewöhnlich genug ist.«

»Also keine nackte Harry-Styles-Party?«, frage ich.

Shiyan lacht, als sie mir das Tütchen mit den Brunsli gibt – schokoladig-nussige Schweizer Weihnachtsplätzchen. Der süße Duft weht mir in die Nase und betört meine Sinne. Ich beiße die Nase von einem Rentier ab und genieße, wie der warme Teig auf meiner Zunge zergeht, bevor ich eine gespielte Schnute ziehe. »Schade.«

»Taylor Swift wäre mir eh lieber.« Lisbeth nimmt ihre Biberli entgegen, Lebkuchen mit süßer Mandelfüllung, und beäugt mich misstrauisch. »Außerdem würde die Onlinewelt durchdrehen, wenn sie neben Edward und Charles auch noch Videos über dich und Harry drehen müssten.«

»Krch, krch. Eilmeldung«, sagt Ignotus. »Nackter Adonis soeben im Schnee gelandet. Edward und Charles reiten eilig. Wird dies ein blanker Peniskampf um Paolas Herz?«

»Ein blanker Peniskampf?« Lisbeth verzieht das Gesicht. »Das klingt eklig.«

»Krch, krch.« Ignotus bekommt ein Doppelkinn, wenn er das macht. »Welcher Dolch schwängelt am schnellsten? Krch.«

»Igitt!«

»Was soll das krch?«, frage ich. »Bist du jetzt eine Krähe?«

»Er spielt einen alten Fernseher«, entgegnet Shiyan, genau in dem Moment, als aus Ignotus' Mund »ich spiele einen alten Fernseher« kommt.

»Oh, Mann.« Shiyan verdreht die Augen. »Ich bin vierundzwanzig, sitze am Samstagabend in einem rustikalen Theater, verkaufe selbst gebackene Sachen und weiß, was in dem merkwürdigen Hirn meines viktorianischen Bruders abgeht.« Verzweifelt schiebt sie die Hände in ihr volles Haar. »Ich brauche dringend einen Freund!« Erst jetzt scheint ihr aufgefallen zu sein, dass ein Typ hinter uns steht und darauf wartet, eine Bestellung aufzugehen. »*Oh, verfluch die Makkaroni*«, flüstert sie. Shiyans Wangen werden glutrot. Beschämt wendet sie sich ihm zu. »Das, ähm, war nur eine Übung.«

Er hebt eine Braue. »Aha?«

»Ja.« Sie räuspert sich. »Mein Bruder geht gleich auf die Bühne, und wir wollten was Kleines improvisieren. Als, äh, Probe.«

Ignotus öffnet den Mund, um zu widersprechen, was jedoch in einen Schmerzenslaut übergeht, weil ich ihm in die Rippen boxe.

»Aua!« Empört reibt er sich die Stelle. Weil er dabei seinen Gehstock in der Hand hält, schwingt dieser nach hinten und stößt Shiyans Typen gegen die Hüfte. Sie erdolcht ihn mit einem Heute-Nacht-zerstöre-ich-all-deine-Ebay-Klamotten-Blick. Schnell ziehe ich ihn weiter und lasse mich auf das alte Chesterfield-Sofa fallen, das wir clevererweise mit unseren Jacken und Taschen belagert haben. Sofort nehme ich 3310 in die Hand. Der Blick aufs Handy ist in den letzten Tagen zur Routine geworden. Aber noch immer keine Rückmeldung von Gabriel. Enttäuscht sacken meine Schultern hinab. Allein heute habe ich es vierzehn Mal bei ihm versucht, davon sieben Mal auf die Mailbox gesprochen. Das Monster in meinem Magen gewinnt mit jeder vergangenen Stunde an Größe.

»Also, jetzt verrate uns endlich …« Lisbeth beißt in einen Biberli, während sie ihre Stiefel von sich kickt und die Beine in den Schneidersitz zieht. Ihr Flatterrock ergießt sich über ihre in eine Ringelstrumpfhose verpackten Beine. »Warum habe ich plötzlich das Gefühl, in ein atomares Kraftfeld eingesaugt zu werden, wenn du und Emma aufeinandertrefft?«

Ich ziehe den LOS-ANGELES-Pulli über die Knie, knabbere an meinem Brunsli und blicke angestrengt geradeaus. Das Rot der geschlossenen Vorhänge verschwimmt vor meinen Augen. »Nur wegen Karl«, lüge ich.

»Nicht dein Ernst, oder?« An Ignotus' Mundwinkel klebt Schokolade von dem Rahmgipferli, das er in der Hand hält. Ein weiterer Tropfen folgt und landet auf den weißen Rüschen, die oben aus seinem violetten Aristokraten-Korsett herausschauen. Es sieht aus wie ein vollgekotztes Babylätzchen. »Nur weil sie dieser gehäkelten Krabbe einen Schnurrbart verpasst hat?«

»Mit Edding«, murre ich.

»Ich finde, es steht ihm«, entgegnet Lis.

Ignotus nickt. »Es macht ihn schnöselig, und ich hatte immer den Eindruck, er hätte irgendwie was von einem … Politiker oder so, wisst ihr?«

»ODER??« Lis ist so on fire, ihr fallen sogar Krümel aus dem Mund. »Das kommt wegen der Augen, *ich schwöre dir*, das sind die Augen! Karl die Krabbe sieht einfach genauso aus wie …«

»… Karl Lagerfeld!«, rufen beide unisono.

Ähm …

»Ihr redet über ein Häkeltier«, entgegne ich, bin aber insgeheim froh, dass die zwei sich in ihre Diskussion stürzen und das Thema Emma vergessen. Sie ist meiner Frage beim White Turf ausgewichen, hat darauf beharrt, dass sie von nichts wüsste und ich langsam paranoid werden würde, wenn es um die Jungs ginge. Und ehrlicherweise frage ich mich, ob sie recht hat. Die Medien machen mich verrückt.

Sie manipulieren mich. Jedes Mal, wenn Blair oder Emma mir eines der TikTok-Videos, Instragram-Posts oder Zeitungsartikel über die neusten Infos gezeigt haben, habe ich mich erwischt, wie ich selbst ins Grübeln gekommen bin. Wie meine Zweifel gewachsen sind. Dieser NOISEINTHEDARK-Account ist von allen der schlimmste. Noch schlimmer sogar als @xoxogossipgirl und @didntyouhearthat, die sich an der Klatschspitze ein bitteres Duell liefern, wer am schnellsten die neusten Gerüchte über mich, Sofia und die Brüder bringt. Damit kann ich leben, weil ich die Wahrheit kenne. Aber NOISE IN THE DARK macht mich fertig, denn ich habe keine Ahnung, was vor einem Jahr mit April Sanders geschehen ist. Ich habe keine Ahnung, ob ich mich in einen Mörder verliebt habe.

Oder in zwei.

»Oh, es geht los«, zischt Lisbeth.

»Herzlich willkommen.« Der Typ in dem schwarzen Anzug, dem Ignotus eben beim Stand von Shiyan seinen Stock gegen den Hintern geschleudert hat, steht vor der Bühne und wirft ein breites Lächeln in den Saal. »Wie schön, die heutige Impro-Veranstaltung wieder einmal ausverkauft zu erleben! Sie sehen nun den ersten Showakt. Die Künstlerin nennt sich *a fairy bit of snot.*« Er macht eine kurze Pause, um den Namen wirken zu lassen.

Ignotus, Lis und ich wechseln einen verstörten Blick, und ich übersetze flüsternd: *»feenartiger Schnodder?«*

»Sie wird einen Ausdruckstanz vollführen«, spricht der Moderator weiter. »Aber hierfür brauchen wir ein Thema. Ideen?«

Kurz ist nichts weiter als das Knistern des Feuers zu hören. Dann ruft Ignotus: »Darmspülung!«

Alle lachen.

»Interessant«, murmelt der Moderator. Sein Mundwinkel zuckt. »Schön, beginnen wir mit der Darmspülung. Ihr könnt jederzeit Themenwechsel machen, indem ihr neue Ideen in den Raum werft und die Künstlerin sich dem anpasst. Also, viel Spaß!«

Die Vorhänge öffnen sich. Das summende Geräusch der Gespräche verstummt. Auf der Bühne liegt ein Knäuel im Dunkeln. Aber in dem Moment, in dem die Scheinwerfer eingeschaltet werden, beginnt das Knäuel, sich wie einen Wurm zu winden. Als die Person ihr Gesicht dreht und ihre merkwürdigen Grimassen verschiedener

Variationen eines aufgerissenen Mundes dem Publikum präsentiert, erstarre ich mitten im Kauvorgang meines Brunslis.

»O mein Gott«, stößt Lisbeth aus. »Ist das *Anneli*?«

»Ja, *bow wow Hammelfleisch*, ist denn das zu fassen?« Ignotus nimmt vor Schreck seinen Zylinder ab. »Da frisst mich glatt ein Besen!«

»Es heißt, ich fresse einen Besen«, verbessere ich ihn, den Blick verstört auf die Bühne gerichtet, auf der Anneli gerade seltsam ruckartige Armbewegungen macht und sich zeitgleich mit den Beinen abstößt, damit sie in rotierenden Bewegungen über den Boden gleitet, während sie ihre Glitzertücher hinter sich herzieht. Sie sieht aus wie ein bunt-fröhlicher Glibberaal.

»Was hat das mit einer Darmspülung zu tun?«, murmelt Ignotus.

»Vielleicht bekämpft sie gerade die Pilzwucherungen.«

»Ihr seid so *ekelhaft*«, sagt Lisbeth.

»Gotta catch' em all!«

Ignotus grunzt vor Lachen.

»Krieg der Schmetterlinge!«, ruft jemand aus dem Publikum.

Auf einmal richtet Anneli sich auf, sitzt kerzengerade, zerrt ihre Tücher um ihren Körper und sieht sich wachsam um. Dann springt sie hoch, vollführt scherenartige Bewegungen mit ihren Beinen, ehe sie einen Buckel macht und panisch über die Bühne rennt. Die Tücher flattern hinter ihr her, Anneli stolpert über eines und stürzt, ihr ganzer Körper rutscht über den Boden und sie nutzt den Moment, um die Arme auszustrecken wie Superman.

Ich lache laut auf. Doch schon im nächsten Moment erstirbt mein Lachen, als eine Vibration durch mein Bein geht. Der Raum ist von Gelächter erfüllt, aber mir schlägt plötzlich das Herz bis zum Hals. Schnell zerre ich 3310 aus meiner Hosentasche und werfe einen Blick aufs Display.

Gabriel.

AN ANXIOUS SMELL OF SORROW

Paola

Einen Moment bin ich so erstarrt, dass ich nur dasitze und die schwarze Schrift auf dem Display anglotze. Dann, urplötzlich, bin ich auf den Beinen. Die Türe mit den Brunslis rutscht auf Lisbeths Rock, aber sie starrt so entsetzt zur Bühne, dass sie es gar nicht bemerkt.

Ich schiebe mich an meinen Freunden vorbei und nehme den Anruf noch auf dem Weg nach draußen an. »Hallo?« Atemlos öffne ich die Tür, schiebe mich in die bittere Kälte und schlüpfe in meine Jacke. Schnee rieselt durch die Luft, der goldene Schein der Straßenlaternen präsentiert seinen Himmelstanz. »Gabe?«

»Hey, *tata.*«

Tata. Große Schwester. Ich bin so erleichtert, ich kann kaum atmen.

»Wie geht's?«

»Du fragst *mich*, wie es *mir* geht?« Adrenalin rauscht durch meine Venen. Schnell setze ich mich in Bewegung, lasse meine Stiefel durch den Schnee knirschen. Ich kann unmöglich stehen bleiben. Alles in mir *rennt* wie Ameisen, die sich vor dem Gewitter verziehen. »Ich habe seit zwei Tagen kein Wort mehr von dir gehört. Weißt du, was ich mir für Sorgen gemacht habe?«

»Tut mir leid. Ich hatte viel für die Schule zu tun und mein Handy verlegt.«

»Dein Handy verlegt?« Mein Puls wird immer schneller. Gleich kann ich ihn zur Formel 1 anmelden, den Flitzer. »Gabe, ich habe dir gesagt, du sollst es immer bei dir haben. *Immer.* Es ist die einzige Verbindung, die wir haben, bis ich dich holen kann.«

»Ich weiß.«

»*Mamma Mia.*« Zittrig fahre ich mir über das Gesicht, versuche, mich unter Kontrolle zu kriegen. »Was war in den letzten Tagen los?«

»Nicht viel.« Im Hintergrund ist es ruhig. Ich höre keinen einzigen Laut. Normalerweise müsste meine Mutter fluchen oder in ihr Headset brüllen, und wenn nicht das, dann wenigstens Matteos Mafiamusik laufen. Oder der Fernseher. Aber da ist nichts. Stille wie der Tod. »Hab gelernt, war in der Schule, Fußball, Weingut, so was.«

»Bist du bei deinem Kumpel, wie ich es dir gesagt habe?« Er zögert. Ich werde unruhig. »Gabe?«

»Ja?«

»Bist du bei deinem Kumpel?«

»Nein.«

Ich schließe kurz die Augen und atme ein. »Wo bist du?«

»Zu Hause.«

»Warum ist es so still?« Wieder zögert er. »Gabe, wo ist Mamma? Und Matteo?«

»Einkaufen.« Ich höre, wie er mit etwas raschelt. Vielleicht seine Klamotten in den Sofakissen. Aber auch seine Atmung wird unruhiger. »Ich wollte nur schnell anrufen, um dir zu sagen, dass du dir keine Sorgen um mich machen musst. Mir geht es gut. Alles ist super hier. Meinetwegen musst du mich auch nicht mehr wegholen, okay? Mamma ist gar nicht mehr am Computer, und Pappa geht nicht mehr zu den Mafialeuten. Alles hat sich gebessert.«

»Wa…?« Ich bleibe stehen. »Gabe, du erwartest doch nicht, dass ich dir das –«

»Hör mal, ich muss jetzt auflegen. Ruf dich bald wieder an. Alles ist gut, wirklich. *Ti amo, tata, Ciao*!«

Ich öffne den Mund, um ihn aufzuhalten, aber da hat mein Bruder den Anruf wieder einmal beendet. Fassungslos starre ich aufs Handy, meine Füße wie festgefroren im Schnee, während die Flocken auf mich hinabrieseln und die weihnachtlichen Lichterketten so tun, als wäre alles schön. Gerade will ich ihn noch einmal anrufen, als eine SMS auf meinem Display aufblinkt.

Emma: Du sollst jetzt schon zum Dinner in das Restaurant kommen. Jemand hat den falschen

Wein hochgebracht, und wir haben alle keine Ahnung, welcher der richtige ist. Blair meinte, Château Margaux, aber aus dem, der uns gebracht wurde, dünstet irgendeine nach Essig riechende Scheide, und Blair musste kotzen, orange mit Brocken

(Hast du mich schon wieder lieb???
Hundeblick mach)

Emma: nach Essig riechende Scheiße*** (nicht Lis erzählen, dass ich Scheide geschrieben habe)

Emma: wegen diesem thema dass jeder körper gut ist, egal, wie er riecht, obwohl das ja nur autokorrektur war, aber das glaubt sie mir dann eh nicht

Frustriert stecke ich das Handy weg und mache mich auf den Weg zu ihr ins Hotel, begleitet von Fasern der Angst, die sich mit jedem Atemzug fester um mich wickeln. Und plötzlich weiß ich …

Ich muss nach San Luca.

DROWNING IN YOUR EYES

Paola

»Oh, Gott sei Dank, da bist du.« Blair wirkt, als würde ihr ein tonnenschwerer Stein von der Brust rollen, als ich aus der Umkleide in die Küche trete. Wie immer vor den Mahlzeiten herrscht hier ein heilloses Durcheinander. Mitarbeiter wuseln durch den Raum, schieben Geschirrwagen herum, bereiten Nachschub für das Büfett vor. Dampfschwaden sammeln sich über der Kochinsel, an der frische Portionen Linguine mit Pesto zubereitet werden. Sushi wird im Saal vor den Gästen gerollt, genauso wie der Lachs gebeizt. »Wir haben den Killerwein der Scheidenscheiße entsorgt, aber …«

»Ich war schon im Weinkeller«, sage ich, während ich den letzten goldenen Knopf meines Kostüms schließe und die Kragennadel richte. »Die Chateaux-Flaschen wurden aufgefüllt.« Mit dem Kinn nicke ich durch das Fenster in der Tür Richtung Weinregal, das eine komplette Wand im Sternerestaurant einnimmt.

»Du bist ein Engel. Ach, ähm, noch etwas …« Zwischen uns wird die Spülmaschine geöffnet und heißer Wasserdampf wabert uns ins Gesicht. Blair zieht mich beiseite und beißt sich auf die Unterlippe, ehe sie hinzufügt: »Die Blackwells sind da.«

»Mir egal.«

»Ja, ich weiß, also … ich dachte nur, ich warne dich vor, weil Sofia, äh, sitzt bei ihnen.«

»Mir egal«, wiederhole ich, obwohl in mir etwas rebelliert wie ein Affe in einem Käfig. Ich taste meine Hüfte ab, weil mir plötzlich etwas auffällt. Unruhig sehe ich mich um. »Wo ist mein Täschchen mit den Korkenziehern?«

»Voilà.« Emma taucht neben uns auf, die Tasche an ihrem Finger baumelnd. »Galant vor Blairs Kotze gerettet.«

»Perfekt.« Ich schnappe mir das Ding, ignoriere mein donnerschlagendes Herz, drücke die Schultern durch und betrete den Speisesaal.

Sanfte instrumentale Klänge der Liveband schweben über die Köpfe der Gäste. Das goldene Licht des Kronleuchters bricht sich im Kristall der Gläser. Besteck klimpert über Porzellangeschirr. Die schweren Samtvorhänge sind zusammengerafft, und die Bodenlichter der Terrasse ermöglichen einen atemberaubenden Blick auf die weiße Bergkette der Alpen.

Mir ist bewusst, welchen Tisch ich zuerst bedienen sollte. *Jedem* in diesem Raum ist das bewusst. Aber ich kann es nicht. Ich bringe es nicht über mich. Die verfluchte Stimme von NOISE IN THE DARK hängt mir in den Ohren, flüstert *Mörder, Mörder, Mörder*, immer wieder, und dann schwebt noch Emmas schockiertes Gesicht vor mir, als sie gehört hat, was Edward über Charles behauptete, wie *ertappt* sie ausgesehen hat. Er kann es nicht gewesen sein. Niemals. Das glaube ich einfach nicht.

Aber trotzdem ist da eine gewisse Angst, mich zu irren.

Wie blind laufe ich durch das Restaurant, in dessen Mitte ein imposanter Brunnen rauscht, steuere irgendeinen Tisch an.

»Einen wunderschönen Abend im Blackwell Palace.« Die Begrüßung kommt wie automatisch aus meinem Mund, genauso wie das Lächeln, das sich auf meinem Gesicht ausbreitet. »Wünschen Sie einen feinen Chateau Margaux zu Ihrem Essen, Signore?«

»Ah, dieser Ton gefällt mir doch schon viel besser, *Cortessa.*«

Ich erstarre. Wie in Trance stehe ich da, während sich erst jetzt das Bild vor meinen Augen klärt. Und dann ist da plötzlich Elias Van Dyk. Direkt vor mir.

»Sie …« Perplex blicke ich zum Tisch der Blackwells. »Sie haben Sie immer noch nicht gefeuert?«

Van Dyk grinst. »Sie haben nicht die Macht, mich zu feuern, Mädchen.«

»Aber es ist sein Hotel!«

Neben Elias schnalzt jemand mit der Zunge. Ich wende den Kopf und erkenne seine Frau Donna. Rotes Haar, elfenbeinfarbene Haut, gemachte Nase und Kreolen in den Ohren. »Führe diese Unterhaltung *nicht* im Sternerestaurant, in dem jeder Ohren hat, Elias!«

In mir naht der Wahnsinn. Erst Gabe, jetzt das …

»Ich will ihr nur klarmachen, dass sie verloren hat, Donna«, höre ich Elias' Stimme hinter einem schlimmen Rauschen. »Sie dachte, sie würde unseren Sohn in den Knast bringen, aber er ist raus. Sie dachte, sie würde uns zerstören, aber hier sind wir.«

»... du sollst ...«

Den Rest bekomme ich nicht mehr mit. Rückwärts trete ich zurück, wende mich abrupt ab und bringe so viel Distanz zwischen mich und diesen Tisch wie nur möglich. Das harte Rauschen des Brunnens neben mir klingt wie eine wohlige Ziehharmonika im Gegensatz zu Van Dyks nasaler Stimme. Und da erst wird mir bewusst, dass der Tisch der Blackwells kaum zwei Meter von mir entfernt ist. Jetzt bleibt mir keine andere Wahl, als sie zu bedienen. Edward sitzt mit dem Rücken zu mir. Er bemerkt mich nicht. Ihm gegenüber jedoch hebt Charles in dem Moment den Blick, in dem das Gepolter meines Herzens in meinen Ohren bebt.

Er sieht mich an, und ich ertrinke.

WHAT WE DID WHAT WE THOUGHT WE DID JUST TO DO IT OVER AGAIN

Paola

In der Farbe seiner Augen, diesen besonderen Spektren von Grün, so hell, so stechend, dass es gar nicht *echt* sein kann.

In den Erinnerungen, die sich jedes Mal um meine Kehle drücken, wenn er auftaucht.

Was wir getan haben.

Was wir *dachten*, was wir getan haben.

Was wir dann *wieder* getan haben.

Er trägt einen maßgeschneiderten Anzug mit silbernen Manschettenknöpfen. Unter dem hochgerutschten Ärmel blitzt eine Rolex. An den Seiten ist sein Haar frisch geschoren, oben wild und frech wie der Mann, der die Führung übernimmt, wenn wir allein sind. Der mich auf einen Tisch drückt und Wachs über mich gießt, bevor er seine Zunge zwischen meine Schenkel schiebt. Seine Hand liegt auf Sofias. Der fette Klunker ihres Verlobungsrings glitzert im Licht des Kristalllüsters und ist nicht zu übersehen.

Zittrig hole ich Luft, dann trete ich an sie heran. »Einen wunderschönen Abend verehrte Herren, wehrte Damen …« Sofia ist die Einzige, die mich anlächelt, obwohl sie jeden Grund hätte, mich zu hassen. »Wünschen Sie einen Wein zum Nachtessen?«

Der Pianist spielt Chopin. Seine Klänge erheben sich zu einem Stakkato, das sich wie ein aufgewecktes Häschen zu meiner Aufregung gesellt und durch mich hindurchhüpft.

Jake hat ein Bein übergeschlagen und blickt in die Karte. Unauffällig werfe ich einen Blick auf Edward. Ich erschrecke, als ich sehe, wie tief die Schatten unter seinen Augen sind, wie rot geädert das Weiß und wie ausdruckslos er ins Nichts starrt. Von dem Edward, der mit mir über die Eisenbahnbrücke gerast ist, dem Edward, der keine Gelegenheit auslässt, einen Spruch abzufeuern, ist nichts mehr übrig. Es ist, als wäre dieser Edward tot.

»Was können Sie empfehlen?« Jake Blackwell spricht in einem freundlichen Ton mit mir. Er lässt sogar seine Karte sinken und sieht mich an. Jetzt, da er weiß, dass ich nicht seine Tochter bin, kann er mich vielleicht sogar leiden.

»Für den heutigen Abend den Chateau Margaux Premier Cru Classé.« Mir entgeht nicht, dass Charles' Blick an meinen Lippen hängt, während ich spreche. Ich ignoriere ihn (vor allem seine beringte Hand) geflissentlich und konzentriere mich auf seinen Vater. »Fein unterlegt mit schwarzen Kirschen, eine zarte Edelholzwürze und eine Lakritznote mit dem Hauch einer Nougatzugabe. Blumigmineralisch im Abgang.«

»Mhm.« Jetzt muss ich ihn doch ansehen. Ihn und seine geschliffenen Kunstwerkzüge. So sieht er aus. Wie ein Kunstwerk der Antike, ein gefeierter Adonis, für seine dreizehn Frauen und kaltblütigen Intrigenkämpfe bekannt, und, nein, ich spreche nicht von Julius Caesar, surprise surprise.

Charles reibt sich über den Dreitagebart. Ich kann nicht fassen, wie gebräunt er immer noch ist. Vor ein paar Tagen war Heiligabend und er sieht aus wie der Held der Karibik. *Oder der Fluch der Karibik*. Wenn ich mich nicht irre, war er erst kürzlich genau dort. Gerüchten zufolge, um in einem Boot der Seenotrettung auf dem Atlantischen Ozean zu treiben. »Mir wäre eher nach einem Schaumwein. Samtig und üppig im Geschmack.« Die Art, wie seine Lippen sich bewegen, als er *samtig* und *üppig* sagt, gefällt mir nicht, weil es mir ein bisschen *zu sehr* gefällt. »Mit Vorliebe einer, der lange im Fass ausgebaut hat, um für den entscheidenden Moment herrlich«, in seinen Augen blitzt etwas auf, etwas gefährlich Attraktives, »*geschmeidig* zu werden.«

Meine Wangen brennen. Ich weiß nicht, ob irgendwer sonst an diesem Tisch kapiert hat, wie zweideutig das gerade war oder ob ich irgendetwas reininterpretiere, aber, und dieser Satz ist eine Premiere in all den Arbeitsjahren: mir geht mein Sommelière-Arsch gerade auf Grundeis.

»Ich kann Ihnen den Mas Doix 1902 Priorat empfehlen, Signore.« Würde ich meine Hände nicht hinter meinem Rücken verschränkt halten, könnte der ganze Tisch sehen, wie ich gerade hochprofessionell an meiner Nagelhaut knibbele. »Ein Kultwein aus Katalonien. Durch den Fassausbau über sechzehn Monate besitzt er ein feines Röstaroma. Nicht selten wurde mir gesagt, er besäße den Geschmack der …« Ich stocke, als mir bewusst wird, was mein automatisiertes Sommelière-Hirn gerade im Begriff ist, zu sagen. Aber das Wort ist schon fast über meine Zunge gerollt. Ich kann es nicht mehr aufhalten. »… Erotik.«

Die Bombe ist geplatzt. Sobald die Silben ihre Wirkung in der Luft entfalten, kann ich spüren, wie sich die Moleküle zwischen uns verändern. Sofia runzelt die Stirn und entzieht Charles die Hand. Edward starrt immer noch apathisch auf sein Steak hinab, als erwöge er, sich zu dem toten Tier zu gesellen. Jake sieht zu seinem erstgeborenen Sohn und der wiederum … grinst mich an wie der Jägervampir von *Twilight*, der es auf grumpy Bella abgesehen hat.

»Klingt nach einer Note, die ich präferiere.« Er neigt leicht den Kopf. »Nun, dann bringen Sie mir den 1902, Signora Cortessa.«

Ich liebe, wie er *Signora* sagt. Ich liebe, wie verführerisch er das R rollt. Aber ich hasse, dass meine Mitte pulsierend reagiert, als wäre ihre Meinung gefragt. Spoiler Alert: ist sie nicht, denn Sofia sitzt neben ihm. Sofia gehört zu ihm. Ganz offensichtlich.

»Für mich den Chateau.« Sofia lächelt immer noch, wenn auch verhaltener. Und ich kann es ihr nicht verübeln. »Danke.«

»Für mich auch«, sagt Jake.

Ich nicke. Schließlich wende ich mich Edward zu. »Und für Sie, Signore?«

Es ist so seltsam, dieses förmliche Getue. Seine Zunge war in meinem Mund. Ich habe mich an seinem Schwanz gerieben, meine Finger in sein Haar vergraben. Aber hier, in diesem Restaurant mit Riesenbrunnen und Chopin-Geklimper, ist er plötzlich meilenweit weg, die Differenz unserer Klassen gewaltig wie ein Fallturm.

Endlich blickt Edward auf. Er blinzelt das tote Laub in seinen Augen fort, treibt den düsteren Nebel weiter, aber ich erkenne sie trotzdem, die tiefe Melancholie, die hinter den Schatten einen brisanten Todestanz hinlegt und jeden mitreißt, der es wagt, ihm zu nahe zu treten.

»Kein Wein«, sagt Edward. »Whiskey. Mortlach 2022. Ohne Eis.«

Sein Grinsen ist düster, und ich weiß auch, warum: Der Mortlach, von dem er spricht, ist eine Special Edition, geprägt mit dem Bild einer schwarzen Eule, die einem blutgetränkten Himmel entsprungen ist.

Einen Moment sehe ich ihm in die Augen, versuche, etwas von seiner Lebensfreude in dem hellen Eis zu erkennen, aber da ist nichts. Nur der tanzende Nachtmahr.

Nickend trete ich zurück und besorge die Flaschen, die ich auf einem fein geschnitzten Servierwagen präsentiere. Dann kehre ich zu ihnen zurück, schenke Jake Blackwell den Wein aus dem Dekanter ein. Als ich neben Sofia trete, nippt er bereits am Glas. Kurz darauf sagt er: »Der Chateau ist himmlisch. Setzen Sie ihn bitte auf Ihre Liste der Weine, die Sie für die Hochzeit meines Sohnes zusammenstellen.«

Es gleicht einem Wunder, dass ich die elegante Haltung wahren kann, mit der ich Sofia den Wein einschenke. Mein Blick heftet sich auf die blutrote Flüssigkeit, die das Glas benetzt, und ich wage es nicht, aufzusehen.

»Natürlich«, entgegne ich steif.

»Was für eine Ironie, nicht wahr?« Statt mich meine Arbeit erledigen zu lassen, hat Edward sich die Whiskeyflasche vom Servierwagen geschnappt. Sein freudloses Grinsen ist auf den braunen Alkohol gerichtet, während er sein Kristallglas statt zwei Finger breit fast bis zum Rand füllt. »Unsere geheimnisvolle Schönheit kommt als *Angestellte* ins Hotel, wird die Affäre meines Bruders, nur um dann doch als *Angestellte* auf seiner Hochzeit zu enden.«

»Es ist keine Affäre, wenn ich davon wusste«, zischt Sofia. Die Dolche, die aus ihrem Blick hervorschießen, sind kälter als Edwards Eisschollenaugen. »Ich bin keine, die sich verarschen lässt, Edward.«

»Nein«, murmelt Edward. »Nicht du, aber Paola.«

»Edward«, mahnt sein Vater.

Es ist offensichtlich, wen Ed mit dieser Aussage provozieren will. Und es ist offensichtlich, wer nicht darauf anspringt.

Charles ignoriert ihn. Meine Hand zittert, während ich ihm diesen bescheuerten *erotischen* Wein eingieße. Es kostet mich enorme

Mühe, nichts zu verschütten. Aber plötzlich spüre ich Charles' Hand an meinem Bein, ganz zart, ein winzig kleiner Zuspruch, als wolle er sagen: *schon gut, alles okay, ich beschütze dich, das hier ist mein Kampf, nicht deiner.*

Ich bin froh, dass der Wein tadellos ins Glas findet, und will mich zurückziehen, aber in dem Moment gibt es ein Gepolter.

Wir alle sehen auf. Und ich erkenne Leopold, der mit teils entschlossenem, teils wutverzerrtem Blick Stühle beiseiterückt und auf uns zukommt.

Sofia versteift sich. Charles' Ausdruck wird düster, so dunkel, dass ich sofort das Weite gesucht hätte, würde er mich so ansehen. Und Edward ... zum ersten Mal, seit ich ihn kenne, meine ich, etwas wie Angst in seinen Zügen aufblitzen zu sehen.

OH, WHAT A PLOTTWIST!

Paola

Leopold erreicht den Tisch und hält sein iPhone in die Höhe. Ich erkenne nur ein verschwommenes Bild vieler Personen. Wie angewurzelt stehe ich einfach da und glotze. *Sehr professionell, Paola.*

»Bald seid ihr dran, das schwöre ich euch.« Er klickt auf Play, das Bild schärft sich und plötzlich sehe ich, wen die Kamera fokussiert: Sofia und … April. Ich kenne sie nur von den Bildern, die Edward mir gezeigt hat, aber sie muss es sein. Sie trägt die Brosche, und da sind die braunen Sommersprossen in ihrem Gesicht, meinen so ähnlich. Die beiden stehen in der Lobby, abseits von anderen Gästen, aber genau neben der Kamera, die, so scheint es, dieses Video aufgenommen hat.

»Ich *schwöre* dir, April«, zischt Sofia. Sie trägt einen langen, beigen Kunstpelzmantel und das üppige Haar zu einem Hochzopf. Sie sieht aus wie eine Ikone. Ein It-Girl durch und durch. Der Finger, den sie ihrer Freundin fast in die Brust bohrt, glitzert von dem galanten Doppelring. »Wenn du es ihm nicht sagst, mach ich es!«

April grinst, als würde ihr diese Diskussion sichtliche Freude bereiten. Sie sieht ganz anders aus als die Frauen, die ich bisher aus der High Society kenne. Irgendwie rebellischer mit dieser Bomberjacke und Baggyjeans über den UGGs. »Seit wann bist du eine kleine Petze, So-So?«

»Es ist nicht fair ihm gegenüber, okay? Außerdem sind Charles und ich …«

»Ihr seid *gar* nichts«, unterbricht April sie, ihr Ton diesmal wesentlich schärfer. »Gar nichts. Nada. Niente. Erzähl mir keinen Scheiß.« Sie gibt ein arrogantes Lachen von sich. »Willst du mich für dumm verkaufen, oder was?«

»Was ist los mit dir?«

»Mit *mir*?« Teilnahmslos betrachtet April ihre Nägel. »Oder eher mit dir, weil du nicht ertragen kannst, dass Eddy *mich* vögelt, dass er *mich* liebt, während dir nichts weiter bleibt, als ihn heimlich anzuglotzen?«

Sofias Augen weiten sich. »Wie bitte?«

»Oh, komm schon.« April lässt die Arme sinken und hebt eine Braue. »Denkst du nicht, ich habe längst gecheckt, dass du in ihn verknallt bist? Jeder hat das, So-So!«

Sofia erstarrt. »Das … ich …« Sie blinzelt. »Du sollst ihn einfach nicht verarschen!«

»Du sollst ihn einfach nicht verarschen«, äfft April mit einer Babystimme nach. »Ich tue, was ich will, wann kriegt ihr das endlich alle in eure minderbemittelten Hirne?« April macht eine dramatische Pause, dann gibt sie ein theatralisches Seufzen von sich. »Ach, weißt du, ich denke, ich werde Eddy sagen, was du für ihn empfindest. Ich denke, ich tue es, wenn sein Schwanz das nächste Mal in mir zuckt, damit du ihm wenigstens *einmal* nahe sein kannst. Gewissermaßen.«

»Das wagst du nicht!« Sofias Hand prescht vor. Mit den Nägeln kratzt sie über die einzige freie Stelle Haut, die sie finden kann: Aprils Hals. »Ich mach dich fertig, wenn du das bringst, verdammte Scheiße!«

April zuckt zurück und stößt Sofia weg. Angewidert sieht sie ihre Freundin an. »Versuch's doch, du Ratte.« Sie spuckt ihr vor die Füße. »Am Ende fickt er eh wieder *mich*.«

Sofia holt aus. Ihre Hand landet in Aprils Gesicht. Das Geräusch der Backpfeife gellt ewig nach. Schockiert fasst April sich über die rote Wange. Dann macht sie auf dem Absatz kehrt und verschwindet. Das Video endet.

Mit großen Augen sehe ich zu Sofia. Wie versteinert starrt sie Leopold an, ihr Mund weit geöffnet.

»Keine Sorge, Vendergaard.« Ein schwarzes Feuer tanzt in Leopolds Augen. Eines, das ganz und gar nicht glänzt wie sein rostbraunes Haar, sondern das alles *verschlingt* und nur tote Wälder hinterlässt. »Irgendjemand aus der Technikabteilung war der Meinung, die Wahrheit müsse in die Welt getragen werden, und hat das Video kurzerhand veröffentlicht. Jetzt liegt es nicht mehr nur der

Polizei vor, sondern auch NOISE IN THE DARK.« Ich spüre, wie die Atmosphäre ihren Tiefpunkt erreicht. Sogar Jake ist erstarrt. Langsam beugt Leo sich zu Sofia vor. »Edward also, hm?« Sein Blick gleitet von ihr zu Ed, dann zu Charles. »Ein verficktes, mörderisches Trio. Wer von euch war es? Ach, spielt keine Rolle. Bald seid ihr *alle* dran.«

»Verschwinde, Leopold!« Jake ist wieder zum Leben erwacht. Der erstarrte Blick in seinen Augen klärt sich. Er muss seinen Neffen nur einmal drohend ansehen, und Leo verschwindet mit einem letzten Schnauben.

Am Tisch wird es still.

Totenstill.

Bis Edward seinen Whiskey ext, das Glas auf den Tisch knallt und sich im Stuhl zurücklehnt. »Tja, Charles.« Er sieht zu seinem Bruder. »Was für ein riesiges Netz aus unserem Jagdspiel geworden ist, nicht wahr?« Seine Augen blitzen. »Es *lebt*, breitet sich aus, und es hört nicht mehr auf, ganz egal, wie viel Mühe du dir gibst.« Er fängt an, seine Krawatte über den Finger zu rollen. »Meine Freundin wollte *dich*, deine Verlobte will *mich*, Paola will *uns beide*. Wie nennt ihr das in euren geliebten Wälzern noch gleich?« Die nächsten Worte flüstert er beinahe, der Ton bedeutungsschwanger und rau. »Was für ein *ungeahnter* Plottwist!«

E IS FOR ESCAPE …

Sofia

»Sofia.« Charles legt mir eine Hand aufs Bein. Für gewöhnlich hat sein gefasster, autoritärer Ton eine beruhigende Wirkung auf mich, aber jetzt gerade nicht. Jetzt gerade fühle ich mich, als würde ich jeden Augenblick das Bewusstsein verlieren. »Sofia, er kann nichts …«

»Entschuldigt mich.« Mit tauben Fingern schiebe ich den Stuhl zurück und erhebe mich. Ich wage es nicht, Edward in die Augen zu sehen. In diese verdammten Huskyaugen, in denen ich doch nur kranke Belustigung wiederfinden würde, hinter der sich der innere Verfall seiner Seele versteckt. »Ich muss … ich gehe.«

»Sofia«, wiederholt Charles.

»Nein.«

Ich zwinge mich, das Kinn zu recken. Ich bin Sofia Vendergaard und werde mit Sicherheit nicht mit hängenden Schultern abtreten, nur weil Leo glaubt, seinen Moment gehabt zu haben.

Als ich um den Stuhl herumtrete und mir meine Tasche schnappe, bleibt mein Blick an dem der Sommelière hängen. Paola Cortessa. Dem Mädchen, an das Charles sein Herz verloren hat. Obwohl er mich geküsst hat, weiß ich das. Oder eher: *vor allem*, weil er mich geküsst hat. Ich habe seine Verzweiflung förmlich geschmeckt, seine Sehnsucht, seine Panik, ihr verfallen zu sein. Warum ich mitgemacht habe? Weil ich es wollte. Ganz einfach. Weil es schön war. Für den Moment. Zeig mir einen Menschen, der behauptet, er würde sich nicht gern von Charles Blackwell küssen lassen, und schließ ihn an einen Lügendetektor.

Paola sieht mich mit einer Mischung aus Verwirrung, Mitgefühl und Angst an. Sie schluckt schwer, drückt den 1902 wie eine Waffe an ihre Brust.

Ich hebe eine Braue. »Lässt du mich vorbei?«

»Oh, ja, natürlich.« Sie macht einen großen Schritt zur Seite und rempelt dabei gegen meinen Stuhl. Etwas von dem entkorkten Wein tropft auf das schwere Leintuch. »Oh, *Fu*… ich meine, ent… entschuldigt.«

Ich beobachte nicht weiter, wie sie erfolglos versucht, über den Fleck zu wischen. Stattdessen schiebe ich den Henkel meiner Chanel-Tasche höher auf die Schulter und verlasse das Sternerestaurant zu den betörenden Klängen Chopins, deren Tempo nichts ist im Vergleich zu den ratternden Schlägen meines Herzens.

Meine Füße tragen mich wie blind durch die Lobby und die pompöse Treppe in den ersten Stock des Ostflügels hinauf. Ich kenne das Hotel seit meiner Kindheit, bin hier jede Ferien gewesen, lebe seit dem Arrangement mit Charles hier und kenne die etlichen Winkel wie mein Ankleidezimmer. Aber jetzt gerade ist es, als wäre ich zum ersten Mal hier. Völlig kopflos irre ich durch die Gänge, an Gemälden und Büsten vorbei über die königlichen Teppiche, während meine Gedanken rotieren.

Ich hätte wissen müssen, dass das passiert. Ich wusste, dass ich es nicht ewig würde geheim halten können. Es grenzt an ein Wunder, dass die Sache erst jetzt ans Licht gekommen ist. Ehrlich gesagt habe ich viel früher damit gerechnet. Dass die Polizei sich die Überwachungsvideos des besagten Abends ansehen würden, war mir klar. Aber dass es intern an NOISE IN THE DARK geschickt werden würde?

»Signora Vendergaard!«

Ich wirble herum. Gerade ist jemand aus dem Fahrstuhl in den Flur getreten. Der Mann trägt einen langen Wollmantel und Handschuhe. Etwas rüttelt an meiner Erinnerung. Irgendwoher kenne ich ihn. Er setzt ein freundliches Lächeln auf. »Was für ein glücklicher Zufall, Sie hier zu treffen. Gibt es etwas, das Sie zu den neusten Entwicklungen zu sagen haben?« In seinen Augen blitzt sensationsgeile Neugier. »Vielleicht über Ihren Streit mit Signora Sanders?«

Als er nur noch wenige Meter entfernt ist, erkenne ich ihn.

Crimson Jeffka, Journalist der *Blick*, hat mich bereits einige Male nach den Victoria's-Secret-Shows interviewt. Die Erkenntnis rüttelt mich wach. Abrupt drehe ich mich um und laufe in eiligen Schritten den Flur hinunter.

»Signora Vendergaard!« Ich höre, wie er näher kommt. Die Schritte anzieht. Panisch lasse ich den Blick schweifen, suche nach einem Notausgang oder Gobelin, von dem ich weiß, dass er in einen Gang führt, irgendetwas, worin ich verschwinden kann. »Nur ein paar Fragen, ich bitte Sie, es dauert nicht lange. Ein Statement könnte auch Ihnen helfen, wenn –«

Da! Eine geöffnete Zimmertür. Wie es aussieht, unbewohnt. Schnell husche ich hinein, werfe die Tür hinter mir ins Schloss und sperre ab. Für mindestens fünf weitere Sekunden liegt meine Hand auf dem Knauf, während der Puls in meinen Ohren dröhnt. Ich schließe die Augen, hole zitternd Luft und …

»Äh …«

Schockiert öffne ich die Augen, drehe meinen Kopf in quälender Langsamkeit, bis mein Hirn realisiert, dass ich nicht allein in diesem Zimmer bin.

… L IS FOR LILIBET

Sofia

In der Tür zum Bad steht eine Angestellte in Housekeeping-Uniform, in der einen Hand einen Duschabzieher, in der anderen ein Reinigungsspray. Sie trägt das dunkelbraune Haar in einem Pixiecut, ihre Augen sind groß und rund, und ihre Haut ist sehr, sehr blass. Sie erinnert mich an *Die fabelhafte Welt der Amelie*. »Alles in Ordnung?«

Einen Moment sehe ich sie perplex an. Irgendwann komme ich zur Besinnung. »Ja.« Blinzelnd stoße ich mich von der Tür ab und trete in den Raum hinein. »Ich bin nur … Ich dachte, das wäre mein Zimmer.«

»Dein Zimmer?« Der Unglaube in ihrer Stimme ist nicht zu überhören. »Das hier ist der Ostflügel.«

O-Ton: Hier wird die Mittelklasse untergebracht. Die günstigsten Standardzimmer. Kein Ort, an den sich eine Vendergaard verirrt.

»Oh«, entgegne ich langsam, bemühe mich um einen überraschten Ton.

Aber der Blick dieser Amelie ist eisern. Sie hat etwas Stahlhartes an sich. Irgendetwas, das sich durch meine Rüstung bohrt, als wäre sie Butter.

Schließlich sacken meine Schultern kapitulierend hinab. »Ich flüchte.«

»Vor wem?«

»Vor der Presse.« Ich seufze. »Oder vor meinem Leben. Keine Ahnung.«

Das Mädchen lässt den Blick auf seine Putzutensilien sinken. Es geht zurück ins Bad, kommt mit leeren Händen wieder und lehnt sich gegen die Zarge. »Willst du reden?«

»Nein.«

»Man sagt, ich sei eine außerordentlich gute Zuhörerin, weil ich das Talent besitze, immer das Wesentliche zwischen den Zeilen herauszuhören.«

Ich gehe ein paar Schritte in den Raum hinein und setze mich schließlich in einen Sessel. In mir wirbelt alles durcheinander, kein klarer Gedanke weit und breit. Ich lasse den Kopf in die Hände sinken und reibe mir die Schläfen. »Es ist dieses Video«, höre ich mich plötzlich sagen. Gleichzeitig frage ich mich, ob das gerade wirklich passiert: ich, Sofia Vendergaard, die Person, die alles mit sich allein ausmacht, vertraut sich irgendeiner wildfremden Angestellten an. Ich muss verzweifelter sein, als ich dachte. »Eine Lobbyaufnahme, die mich und April zeigt. Wir haben gestritten.«

Das Housekeeping-Mädchen setzt sich mir gegenüber aufs Bett und nickt. »Schon gesehen. Du meinst das neue Video von NOISE IN THE DARK, oder?«

»Ja.« Der Gedanke an diesen Account zwingt mich, kurz die Augen schließen zu müssen. »Und jetzt denkt alle Welt, Charles Blackwells Verlobte wäre in Edward verliebt. Seinen Bruder.«

»Bist du es denn?«

Die Art, wie sie das sagt, bewirkt, dass ich den Kopf hebe und sie ansehe. In ihrem Ton schwingt keinerlei Neugierde mit. Kein Vorwurf. Sie formuliert es eher wie eine Fallstudie. Etwas, das analysiert werden muss. Da ist nichts von diesem sensationsgeilen Feuer in ihren dunklen Augen, dem ich bei anderen immer begegne, kein Wenn-sie-mir-darauf-antwortet-bin-ich-um-ein-paar-tausend-Franken-reicher-Ausdruck. Sie fragt, weil sie nach einer Lösung sucht. Um mir zu helfen. Sie fragt um *meinetwillen.* Ich glaube, das ist der Grund, weshalb ich sie anlüge.

»Nein.«

»Wegen Charles?«

Ich schüttle den Kopf. »Wegen mir.«

Das Mädchen neigt den Kopf, überlegt. »Weil du dir selbst zu wichtig bist.« Meine Lippen teilen sich vor Überraschung, woraufhin sie lächelt. »Ich sagte doch, ich bin gut darin, das Wesentliche zwischen den Zeilen zu lesen.«

Einen Moment verharrt mein Blick auf ihren dichten Brauen und dem Ring, der in einer von ihnen steckt. Ich erwische mich dabei, mir vorzustellen, wie sie lächelt, wenn ich ihr einen mit Diamanten besetzten Vendergaard-Ring schenken würde. Bei der Vorstellung durchzieht ein merkwürdiges Kribbeln meinen Magen.

»Ja, scheint so.« Ich sehe sie immer noch an. Mir wird bewusst, je länger ich hier sitze und mit ihr spreche, desto mehr weicht meine innere Unruhe einer besonderen Gelassenheit. »Man sieht es mir nicht an, aber in meinem Leben war längst nicht alles so glamourös, wie es scheint. Ed und Charles waren lange mein Anker. Ich habe nie gemerkt, dass ich mich an ihnen festgekrallt habe, mit der großen Angst, unterzugehen, wenn ich loslasse. Ich habe panisch nach Halt gesucht, nach dem Gefühl von Sicherheit. Und ich habe lange geglaubt, sie könnten ihn mir geben, weil sie das waren, was alle sehen wollten. Mich an der Seite eines Blackwells. Es schien mir so ... so richtig und ich habe mir *eingeredet*, sie zu brauchen, verstehst du? Ich dachte, bin ich mit ihnen zusammen, läuft alles in geregelten Bahnen. Meine Eltern sind zufrieden, die Gesellschaft ist zufrieden, meine Freunde sind zufrieden, nur ...«

»... du warst es nicht.«

Ich seufze. »Mir wurde irgendwann klar, dass ich nicht sie brauche, um zu überleben, sondern mich selbst. Dass ich mich nicht über sie definieren muss. Dass ich vor allem dann Halt in mir als Person finde, wenn ich sie loslasse. Es war so seltsam. Als wäre ich geklettert und geklettert und hätte endlich aus einem tiefen Gebirge herausgefunden. Die Jungs sind ... Sie haben Probleme, die niemand ihnen abnehmen kann. Das wissen sie. Und ich habe Probleme, die mir auch niemand abnehmen kann. Erst recht nicht sie. Im Gegensatz zu ihnen wusste ich das aber lange Zeit nicht.«

»Aber jetzt schon?«

»Jetzt schon.« Abwesend reibe ich mir die feuchten Handinnenflächen über die Jeans. Dann gebe ich ein nervöses Lachen von mir. »Sorry, dass ich dir das erzähle. Keine Ahnung, was in mich gefahren ist. Ich meine, wieso plappere ich gerade mehr aus als in dem vergangenen letzten Jahr?«

»Du musst dich für nichts entschuldigen«, sagt sie. »Manchmal wird einem alles zu viel.«

»Wohl wahr.«

Für einen Moment hält unser Blickkontakt. Sie sieht nicht weg, ich sehe nicht weg, und ich bin mir sicher, in diesen bedeutungsschweren Sekunden schlägt unser Puls synchron.

Irgendwann schlägt sie die Augen nieder und sagt: »Mir geht es ähnlich.«

»Womit?« Ich streiche mir eine schwere Locke zurück und streife dabei meine Vendergaard-Kreole. »Finde ich dein Gesicht auch auf NOISE IN THE DARK, wenn ich TikTok öffne?«

Sie grinst schwach. »Dann würde ich diese Person bis in ihre Albträume jagen und ihr das Maul stopfen.«

Mit dem Kinn nicke ich auf den Lappen in ihrer Hand. »Mit einem Mikrofasertuch?«

»Nein, ich nehme das harte Zeug.« Ihr Grinsen wird diabolisch. Verrucht lüpft sie eine Braue. »Mit Vanish Oxi Action.«

Ich lächle schief. »Böses Mädchen.«

Sie erwidert das Lächeln kurz. »Nein, es geht um eine Freundin. Mir ist bewusst, dass sie auf Männer steht, aber meine Hoffnungen waren da. Nur irgendwann in der letzten Woche habe ich gemerkt, dass es keinen Sinn hat, meine Energie in sie zu verschwenden. Jetzt schwinden die Gefühle, und irgendwie macht mich das traurig und glücklich zugleich.« Ihr Blick ruht auf dem Laken. Sie kratzt sich an der Wange, zieht nachdenklich die Brauen zusammen. »Ironisch, dass Loslassen irgendwie auch Haltfinden bedeutet, oder?«

»Ja. Und sich selbst plötzlich …«

»… so viel besser zu verstehen.« Sie hebt den Blick und sieht mich an. »Was ist mit der Hochzeit?«

»Charles und meiner?«

Sie nickt.

»Sie findet statt.«

»Warum?«

Über meine Antwort denke ich lange nach. »Weil ich eine Art Mauer benötige.«

»Mauer für was?«

»Für etwas, gegen das auch mein eigener Halt nicht stark genug wäre.«

Das Mädchen sieht mich lange an. Ich spüre, dass sie nachfragen will, es aber nicht tut.

»Wie heißt du?«, frage ich.

»Lilibet Lisbeth.« Sie sitzt aufrecht, wie eine Festung, die sich gegen eintausend Mann behaupten könnte. Nur sie allein. »Aber meine Freunde nennen mich Lis.«

»Lilibet finde ich schöner.« Lächelnd erhebe ich mich, noch immer dieses merkwürdige Ziehen in meinem Bauch und der Drang, meinen Blick nicht von ihr abzuwenden. Es ist, als würde ihre porenfreie bleiche Haut mich magnetisch anziehen. »Am besten, du vergisst diese Unterhaltung, sobald ich aus der Tür raus bin, ja?«

»Nein.« Perplex sehe ich sie an, und sie fügt hinzu: »Ich behalte sie für mich, aber vergessen will ich nicht.« Ihr Grinsen wird wieder kokett. »Ist nicht so mein Ding.«

»Meins auch nicht.« Ich blinzle. Irgendetwas in mir feiert plötzlich eine Party und das verwirrt mich wesentlich mehr als meine Antwort. »Wir sehen uns, Lilibet.«

»Ja, bestimmt.«

Sie sagt das so lässig, so und-wenn-nicht-ist-auch-okay-mäßig, und das zieht mich an. Das erweckt in mir den Wunsch, sie würde hoffnungsvoller klingen. Mir zeigen, dass sie mich *unbedingt* wiedersehen will. Und das wiederum bewirkt, dass *ich* sie unbedingt wiedersehen will. Himmel. Was passiert mit mir?

»Also«, murmle ich, während ich zur Tür gehe, »sollte in den nächsten Tagen publik werden, dass die NOISE-IN-THE-DARK-Creatorin an einer Überdosis Vanish Oxi Action gestorben ist … ich weiß, wo ich dich finde.«

»Dann finde mich mal.«

Ein Lächeln schleicht sich auf mein Gesicht. Sie kann es nicht sehen, weil ich mit dem Rücken zu ihr stehe und den Türknauf umfasse. »Fordere mich besser nicht heraus.« Leicht drehe ich den Kopf, damit sie mein Grinsen bemerkt. »In der dritten Klasse habe ich ein Abzeichen für die beste Finderin im Versteckspiel erhalten. Ich bin ein Ass.«

»In der siebten habe ich das Cluedo-Turnier gewonnen. Big-Bang-Theory-Edition.« Sie schiebt die Hände auf dem Bett zurück und streckt den Oberkörper durch. Dabei zeichnen sich ihre vollen Brüste unter der Arbeitsbluse ab und mir fällt auf, dass sie keinen BH trägt. Sofort durchzuckt mich ein elektrisches Ziehen bis in meine Mitte. O Gott. Meine Wangen werden heiß.

Ihr Grinsen wird breiter. »Willst du dich *wirklich* mit einer Frau anlegen, die Howard entlarvt hat, in der Waschküche ein Eselsohr in Sheldons Comic gemacht zu haben?«

Jetzt wende ich mich ihr ganz zu. Ich bin mir sicher, mein Blick ist so feurig, dass sie es in meinen Augen erkennt. »Ich steh auf Herausforderungen.«

»Ich auch.«

»Dann wären wir uns ja einig, Lilibet.«

Und bevor sie noch etwas sagen kann, verlasse ich das Hotelzimmer. Wesentlich klarer, als ich es betreten habe, um eine Erkenntnis reicher, die mich selbst betrifft, und dennoch …

… maximal verwirrt.

JUST ASK AND I'LL BE THERE

Paola

Es ist früh, kurz nach sieben, ein Tag vor Silvester und die Lobby schon gut besucht. Immer wieder reibe ich mir über den Arm, schaue mich um, versuche, den geiernden Blicken auszuweichen, während ich vor dem schmiedeeisernen Tor zum Westflügel stehe und warte. Zum ersten Mal verfluche ich mich dafür, dass ich Charles noch nicht nach seiner Handynummer gefragt habe, und nehme mir vor, es direkt zu tun.

»Alles klar«, spricht der Security schließlich in sein Telefon. »Bis gleich.« Er steckt es weg und sieht mich an, als würde er mich töten wollen. Ich weiß nicht, ob das sein Alltagsgesicht ist. »Charles kommt.«

Erleichtert stoße ich die Luft aus. Scheinbar hat ein Teil in mir geglaubt, er würde es nicht tun.

Es dauert keine fünf Minuten, bis Charles aus dem Fahrstuhl tritt. Ein weißes Hemd spannt über seinen Bizeps, der Saum steckt in einer Burberry Chino mit Hosenträgern. Die Hose endet bei den Knöcheln über den braunen Docs.

Scheiße, sieht er gut aus.

Er kommt direkt auf mich zu. Der Security öffnet endlich das verdammte Tor, und ich taumele in den heiligen Bereich des Westflügels.

»Hey.« Charles fasst mich am Ellbogen, damit ich nicht stolpere. »Alles in Ordnung?«

Langsam nicke ich. »Ja, also, ich meine, nein, ich …«

»Ist etwas passiert?«

Ich schüttle den Kopf. »Ich muss dich etwas fragen.«

»Was denn?«

»Also …« Mein Herz pumpt schnell und stark, und während ich

ihn ansehe, wird mir bewusst, wie dumm das hier ist. Was habe ich mir dabei gedacht? »E...eigentlich hat es sich schon erledigt. Tut mir leid, dass ich dich aufgehalten habe. Ich, äh, gehe wieder und ...«

»Moment.« Seine Finger schließen sich um mein Handgelenk und halten mich zurück. Die Haut, die er berührt, kribbelt angenehm. Mein Magen auch, als ich sehe, wie süß er lächelt. »Ich lasse dich nicht gehen, bevor du mir nicht sagst, wieso du mich sprechen wolltest.«

Leise stoße ich die Luft aus. Dann –

»Kannst du mit mir nach San Luca fliegen?«

Charles wirkt überrascht. »Nach San Luca?« Ich nicke. »Wegen deines Bruders?«

Wieder nicke ich. »Ich kann nicht mehr hier sein, ohne zu wissen, was er treibt. Irgendetwas geht dort vor sich, und ich bin mir sicher, er verschweigt es mir. Es ...« Ich beiße mir auf die Unterlippe, schlucke. »Ich muss nach ihm sehen und wissen, dass es ihm gut geht.«

»Gibt es Neuigkeiten über das Sorgerecht?«

»Nein«, entgegne ich, wobei meine Schultern resigniert hinabfallen. »Kein Brief, meinte Gabriel, und keine Antwort auf meine E-Mail.«

Er runzelt die Stirn. Plötzlich nimmt er sein iPhone aus der Hosentasche und wählt eine Nummer. »Vada? Ja, dir auch guten Morgen. Kannst du meine Termine für heute absagen?«

Er hatte Termine? Oh, verdammt! Aber, ganz ehrlich, was habe ich mir gedacht? Dass jemand wie Charles Blackwell freie Tage hat? Wohl kaum.

»Für morgen auch. Ich weiß nicht, wann ich wieder verfügbar bin. Ja. Kannst du dafür sorgen, dass der Privatjet sich bereit macht? Nach San Luca in Italien. Flughafen Reggio Calabria. Alles klar, danke. Bis dann.«

Er legt auf. Meine Wangen brennen. »Wenn du Termine hast, musst du nicht ... also, ich kann mit dem Zug fahren, ich wusste nicht, dass du ...«

»Du fährst mit Sicherheit nicht allein mit dem Zug in dieses Mafiadorf.«

»Ich bin da aufgewachsen. Ich kenne mich aus.«

»Mir egal.« Sein Handy piept. Stirnrunzelnd blickt er darauf, dann wieder zu mir. »Pack eine Tasche. Wir treffen uns in einer Viertelstunde im Innenhof. Der Fahrer steht bereit.«

»Ich will keine Umstände machen«, murmle ich kleinlaut. Meine Wangen sind noch heißer geworden. »Wenn du viel zu tun hast, könnte ich wirklich …«

»Paola«, unterbricht er mich, legt die Hände an meine Wangen und sieht mich eindringlich an.

»J…ja?«

»Viertelstunde. Innenhof.« Dann lässt er mich los, macht auf dem Absatz kehrt und steuert den Fahrstuhl an.

Schluckend sehe ich ihm nach, bis das Klicken des Tors mir verrät, dass der Security mit dem Killerblick es mir stillschweigend geöffnet hat. Mit dem Kopf nickt er zur Treppe. »Besser du tust, was er sagt.«

Ja, denke ich. *Besser ich tue, was er sagt.*

Kaum eine halbe Stunde später steige ich aus einem Rolls Royce und stehe direkt vor einem Privatjet auf dem Flughafen Samedan.

Mir steht der Mund offen, als ich dieses Schlachtschiff betrete und das elegante Interior sehe. Charles hingegen wirkt, als wäre das alles ganz normal für ihn. Als würde er gerade in einen Zug einsteigen. Es gibt nicht Hunderte von Sitzen, sondern nur ein paar große beige Sessel. In einen von ihnen lässt Charles sich nun fallen. Zögerlich nehme ich ihm gegenüber Platz.

»Ich fühle mich furchtbar«, sage ich.

»Warum?«

»Wegen all dem hier.« Mit der Hand deute ich durch das Flugzeug. »Dieser Jet wird nur wegen mir gestartet, weil ich Sorge um meinen Bruder habe, die vielleicht sogar unbegründet ist.«

»Dein Bruder ist dreizehn«, entgegnet Charles. »Und taucht nicht mehr zu Hause auf. Das ist für mich keine unbegründete Sorge.« Ich schweige und er fügt hinzu: »Außerdem sitzen wir in diesem Jet, weil ich es wollte. Weil ich nicht verantworten möchte, dich mit dem Zug in deine Heimat zu schicken, und jemanden dort haben will, der dich direkt nach St. Moritz bringen kann, falls mir etwas passieren sollte.«

Alarmiert sehe ich auf. »Warum sollte dir etwas passieren?«

»Ich sage nicht, dass es so kommen wird. Ich bin nur gern auf alle Eventualitäten vorbereitet.« Entgeistert sehe ich ihn an. Er lacht. »Entspann dich, Paola.« Plötzlich beugt er sich vor, nimmt meine Hände in seine. »Alles wird gut, okay?«

»Okay.« Er drückt noch einmal bestärkend meine Hände, dann lehnt er sich zurück und nimmt ein MacBook aus seiner Tasche. »Ich muss ein paar E-Mails schreiben.«

»Klar, mach nur. Ich werde lesen.« Ich nehme Effi Briest aus meinem Jutebeutel.

Charles grinst.

»Was denn?«, frage ich.

Er schüttelt den Kopf und senkt den Blick auf sein Display. »Nichts.«

Der Jet startet. Für den Rest des Flugs versinke ich in den Zeilen eines anderen Lebens, während ich dem beruhigenden Klicken von Charles' Tastatur lausche.

Als wir landen und ich aus dem Fenster sehe, fehlen mir die Alpen sofort. Die Landschaft ist sanft-hügelig. Und mir wird eine Sache mehr als deutlich bewusst: Das hier war nie mein Zuhause.

Nicht wirklich.

AND SOME MEMORIES NEVER LEAVE YOUR BONES UNTIL …

Paola

Ich weiß nicht, wie Charles das macht, aber er scheint seine Kontakte überall zu haben. Als wir aus dem Jet steigen, erwartet uns nämlich ein Fahrer in einem schwarzen Wagen. Er muss aus einer der größeren Nachbarstädte kommen, aber ich frage nicht nach. Ich bin viel zu nervös, um überhaupt ein Wort herauszubekommen. Zurück in San Luca zu sein, macht etwas mit mir. Aber nichts Gutes. Es ist wie eine Klauenhand, glitschig und eiskalt, die sich an den Innenwänden meines Körpers labt.

»Alles okay?«, fragt Charles, während wir durch die engen Straßen fahren. Das Auto ruckelt über jede Unebenheit im Boden.

»Ja.« Mein Blick gleitet über die rissigen Steinwände der Häuser, die grünen Geländer der Außentreppen in höhere Stockwerke, die Stromkabel, die von Haus zu Haus gesponnen wurden. »Es ist nur … so komisch.«

»Was ist komisch?«

Ich wende den Kopf und sehe Charles an. »Wie kann mir alles so fremd vorkommen, wenn ich an diesem Ort aufgewachsen bin?«

Eine Weile blickt er mich an, ehe er entgegnet: »Weil dein Herz nicht hier sein will.« Er zögert. »Nicht hierhergehört.«

»Und wo gehört es dann hin?« Meine Finger kneten den Saum meines Rocks über der Strumpfhose. »Nach St. Moritz?«

»Auch.«

»Auch?«

Charles legt seine Hand auf meine und stoppt mich darin, meinen Rock zu zerknittern. »Zu mir.«

Zittrig stoße ich die Luft aus. Bevor ich etwas entgegnen kann, hält der Wagen an der Adresse, die ich ihm genannt habe.

Mein Nacken fühlt sich an wie gelähmt, als ich mich umdrehe und das Haus mustere. Ein viereckiger, grauer Kasten mit dunklen Stellen am Balkonstein. Löchrige Bettlaken wurden achtlos zum Trocknen über das Geländer geworfen. Die Außenfassaden der Fenster wurden zugeklappt, wie immer, und in der zugemüllten Einfahrt sitzt eine streunende Katze neben einem roten Kastenwagen.

Noch einmal drückt Charles meine Hand. »Ich bin bei dir, okay?«

»Okay.« Eigentlich wollte ich mich stark geben, wie immer, wenn ich dieses Haus betreten habe, aber irgendetwas in mir bricht gerade zusammen wie ein gefallener Jengaturm. »Danke.«

Charles steigt zuerst aus. Er geht um den Wagen, öffnet mir die Tür und hilft mir raus. Ich rechne es ihm hoch an, weil ich sonst vermutlich keinen Schritt auf diesen brüchigen Asphalt gesetzt hätte. Hand in Hand gehen wir bis zur Schwelle meines alten Lebens. Das ist so bizarr. So absolut falsch. Der Goldjunge Charles Blackwell, Rolex am linken Handgelenk und die trainierten Beine eingepackt in Burberry, hier mit mir in meinem verarmten Dreitausend-Seelen-Dorf. Ich halte ihn so fest, wie nur geht, weil ich fürchte, er könnte sich sonst auflösen, das hier nichts weiter als eine Illusion meiner Märchengedanken sein. Aber schließlich muss ich es doch tun, damit wir ins Haus kommen. Zu meiner großen Überraschung löst Charles sich nicht auf.

Fahrig krame ich den Schlüssel aus der Manteltasche. Es braucht drei misslungene Versuche, ihn ins Schloss zu kriegen, bis Charles mir den Schlüssel schließlich abnimmt und die Tür öffnet.

Sofort schlägt mir der vertraute Geruch von Tiefkühlpizza, Schweiß und Zigaretten entgegen. Tränen schießen mir in die Augen, weil ich mich so schäme. Aber Charles scheint es nichts auszumachen. Er lächelt mir aufmunternd zu, seine starke Hand an meinem Kreuz, und nickt in den Flur.

Also gehe ich voran.

»Du PISSER!«, schreit eine mir nur allzu vertraute Stimme aus dem Wohnzimmer. »Was sollte das, Gangolf?! Ich war fast bei Ringo am Feuerfedergrat, um ihm seine verdammte Feldflasche zu bringen, und das wusstest du! Was *killst* du mich einfach?!« Kurze Pause. »Spaß?! Jetzt muss ich die beschissene Quest noch mal machen, dabei beginnt gleich das Habbo-Event!«

Ich gehe am Wohnzimmer vorbei. Ich will nicht zu ihr. Ich kann nicht.

Noch nicht.

Stattdessen laufe ich den Flur entlang, bis zur letzten Tür. Mit den Fingern umfasse ich die Klinke, schließe kurz die Augen und atme tief durch, dann öffne ich sie.

Gabriels Bett ist verlassen. Die Wolldecke zerwühlt, das Kissen liegt auf dem Boden. Mutlos sinkt meine Hand von der Klinke. Automatisch führen meine Beine mich in den Raum. Ich betrachte die geöffneten Schulbücher auf seinem Schreibtisch, streiche über seine Schrift in den Arbeitsheften, in denen er Brüche übt und ein italienisches Buch analysiert.

Schluckend drehe ich mich um meine eigene Achse. Sein Schrank ist geöffnet, die verbliebene Kleidung unachtsam hineingestopft. Im unteren Fach liegen seine Fußballschuhe neben den Schienbeinschonern.

Charles lehnt in der Tür und mustert mich besorgt. »Vielleicht ist er in der Schule.«

Ich deute auf Gabriels Rucksack. »Ohne den?«

Charles seufzt. »Du wirst nicht drumherum kommen, mit deiner Mutter zu sprechen, Paola.«

In dem Moment fängt sie wieder an zu brüllen. »… Gangolf, was flüsterst du mich an? Du bekommst keinen Heiltrank von mir!« Stille, dann – »Ja, ich habe gesagt, wer mich anflüstert, bekommt einen, aber DU HAST MICH GERADE BEI RINGO GEKILLT!«

Charles verzieht keine Miene. Er sieht mich immer noch an. Hitze schießt mir in die Wangen. Schnell wende ich den Blick ab, nicke und stapfe an ihm vorbei in den Flur. Er streift meine Finger, aber ich bleibe nicht stehen. Das hier ist das Offenste, Schlimmste, Peinlichste, das er je von mir zu sehen bekommt.

Ich schiebe mich durch den Vorhang ins Wohnzimmer, und da sitzt sie. In ihrem Gamingstuhl vor dem Computer, eine Kippe in der Hand, die andere auf den Pfeiltasten ihrer Tastatur, einen Buckel wie der Glöckner von Notre Dame. Auf ihrem großen Bildschirm erkenne ich die Open World von WoW und ihren Nachtelfen, auf dem anderen einen bunten Raum im Habbo Hotel. Sie bemerkt mich nicht.

»Mamma?«

Ihr Kopf wirbelt zu mir herum. »Paola!« Von ihrer Zigarette fällt Asche auf den Tisch. »Was machst du hier?«

Schluckend gehe ich einen weiteren Schritt in das kleine Wohnzimmer rein. *Noch immer dieselben Risse im schwarzen Ledersofa,* denke ich. *Noch immer die dicke Staubschicht auf der alten Holzkommode, auf der der Fernseher steht.*

Seltsam, wie das Leben hier stehen geblieben ist. Wie sich seit meinem Fortgang nichts verändert hat, während ich ein neuer Mensch geworden bin.

»Ich will nach Gabriel sehen«, sage ich.

Sie schaut mich an, als hätte ich ihr soeben verkündet, den langen Weg auf mich genommen zu haben, um mich zu vergewissern, dass die Milch im Kühlschrank noch nicht sauer geworden ist. »Wieso?«

»Weil ich mir Sorgen mache.«

Hinter mir wischt Charles den Vorhang beiseite und tritt neben mich. Meine Mutter sieht zu ihm. Dann weiten sich ihre Augen. »Du siehst aus wie er.«

»Verzeihung?«

»Wie dieser Blackwell-Typ.« Kurz huscht ihr Blick zu mir. »Ihr Vater.«

Ich kann spüren, wie Charles' Aura sich verändert. »Er ist nicht ihr Vater.«

»Doch, ist er.« Mamma räuspert sich. Ich erkenne die Panik in ihren Augen. Mit einer Hand wischt sie sich die fettigen Strähnen zurück. »Ich habe einen Test gemacht.«

»Mamma, hör auf. Ich habe dir schon gesagt, dass du deine Lügen nicht aufrechterhalten kannst. Wir kennen die Wahrheit.«

Sie verengt die Augen. »Du sagst das nur, weil du all das Geld für dich behalten willst.«

»Geld?«, fragt Charles. »Welches Geld?«

Ich stoße frustriert die Luft aus. »Sie ist der Überzeugung, dein Vater würde eine nachträgliche Unterhaltszahlung leisten.«

»Ah.« Charles nickt. »Jetzt verstehe ich.«

Meine Mutter leckt sich über die rissigen Lippen. Ihre Haut ist bleich, die Wangen sind eingefallen. Vor ihrer Tastatur steht eine angeknabberte, verbrannte Pizza. »Also?«

»Was also?«

»Wann gibt's die Kohle?«

Meine Güte, sie ist völlig durchgeknallt.

Ich verdrehe die Augen. »Wo ist Gabe, Mamma?«

»Weiß ich nicht.«

»Du musst doch wissen, wo er hinwollte!«

»Warum? Bin ich seine Babysitterin?«

»Du bist seine Mutter!«

»Ach.« Sie winkt ab, ascht ihre Zigarette in Hans Peters Klo. »Das warst doch von Anfang an du, Paola. Machen wir uns nichts vor.«

»Seit wann ist er weg?«, fragt Charles an meiner Stelle, weil er gemerkt haben muss, wie sehr ich mich versteife. »Wann haben Sie ihn zuletzt gesehen, Signora Cortessa?«

Er spricht in seiner Schmeichelstimme, in diesem höflich-rauen Ton, dem nie jemand widerstehen kann. Auch meine Mutter nicht.

»Das ist eine wirklich gute Frage.« Ihre Stimme klingt plötzlich viel freundlicher. »Vielleicht vor ein, zwei Wochen?«

»*Was?*« Entgeistert sehe ich sie an. »Du hast Gabe vor Wochen zuletzt gesehen, und es ist dir egal?!«

Sie zuckt die Achseln. »Er ist ja mit Matteo los.«

»Wohin?«

»Weiß ich nicht.«

»Und Ihr Mann war seitdem auch nicht zu Hause?«, fragt Charles.

»Hmm, mal nachdenken.« Sie verzieht nachdenklich den Mund. »Doch, ab und zu schon.« Sie tippt eine Chatnachricht bei Habbo ein, ehe sie sich uns wieder zuwendet. »Er will schließlich Sex. Danach haut er meist wieder ab, aber ist mir auch egal. Er weiß, ich brauche meine Zeit im Internet, und ab und zu ein bisschen Spaß mit ihm reicht mir. Danach kann er ruhig verschwinden.« Sie zuckt die Achseln. »Hab eh keine Zeit mehr dann, und das weiß er, ist ja nicht dumm, mein Mann.«

»Verstehe«, entgegnet Charles.

Ich frage mich, wie ihm dieser professionelle Ton gelingt. Als wäre er gerade mit meiner Mutter in einem Businessmeeting und würde ihre Geschäftsideen tatsächlich in Erwägung ziehen.

Ich hingegen bebe vor Zorn. Ich bin ein Vulkan, kurz davor, auszubrechen. Mein Gesicht kribbelt schon, meine Wangen, Stirn, Lippen, alles glühende Lava, die hinter den Poren drängt, freigelassen zu werden.

Weil ich fürchte, jeden Moment auf meine Mutter loszugehen und sie von ihrem verkackten Gamingstuhl herunterzureißen, wende ich den Blick ab. Charles unterhält sich weiter mit ihr, aber ihre Stimmen werden zu einem unverständlichen Rauschen, als ich den Stapel ungeöffneter Briefe auf dem von Softgetränken verklebten Beistelltisch neben der Kommode sehe. In der Mitte ragt einer aus dem schiefen Turm heraus, ein blaues Logo in der Ecke. Stirnrunzelnd trete ich näher und ziehe ihn heraus.

Das Logo verschwimmt vor meinen Augen. Der Brief zittert in meinen Händen. Er kommt vom Familiengericht.

Tribunale della famiglia di San Luca.

»Was weiß ich, wo er hin ist? Wahrscheinlich zu seinem Schulfreund. Keine Ahnung. Warum nervt ihr mich damit und ... GANGOLF, VERFLUCHT NOCH MAL, NICHT JETZT!«

Mit schnell pochendem Herzen öffne ich den Umschlag und ziehe den Brief heraus.

»Nein, Blackwell, eben nicht! Der Junge ist so gut wie erwachsen und ich lasse meinen Kindern den Freiraum, den sie benötigen, um –«

»Er ist dreizehn«, entgegnet Charles. »Gabriel ist noch ein Kind.«

»In deiner Welt vielleicht«, spottet sie. »Aber nicht in San Luca. Hier läuft das Leben anders, Blackwell.«

Ausnahmsweise muss ich ihr recht geben.

Ich entfalte das Dokument und lese. Mit jeder Zeile, über die mein Blick huscht, sickert das taube Gefühl in meinen Gliedern weiter, bis es meine Fingerspitzen erreicht hat und ich den Brief sinken lasse.

»... faktisch ein Kind ist, das seine Mutter benötigt und ...«

»Charles«, hauche ich.

»... nicht erwachsen werden kann, wenn ihm keine Sicherheit geboten wird von ...«

»Charles.« Diesmal ist meine Stimme lauter.

Charles dreht sich zu mir um. Genau wie meine Mutter. Aber ich sehe nur ihn an. Ich bin starr wie ein Geist. »Es ist durch.«

»Was ist durch?«, fragt meine Mutter. »Die nachträgliche Unterhaltszahlung?«

Da bricht der Vulkan in mir aus. Zornig fahre ich herum, halte den Brief in die Höhe. »Wann wolltest du mir davon erzählen?«

Sie runzelt die Stirn. »Was ist das?«

»Der Sorgerechtsbescheid!«

»Hä?« Meine Mutter blinzelt. Ihr Blick gleitet zu dem Stapel ungeöffneter Briefe, als es ihr dämmert. »Ah, der war dabei?«

»Ist das dein Ernst?«

Sie zuckt die Achseln. »Matteo kümmert sich um so was. Aber er war nicht da.«

Aber er war nicht da. Wie sie das sagt. So selbstverständlich, als wäre das eine anzunehmende Erklärung. Matteo war nicht da, also konnte niemand die Briefe öffnen. Ging einfach nicht. Ein Ding der Unmöglichkeit, natürlich, denn MATTEO WAR NICHT DA.

»Was steht drin?« Charles kommt an meine Seite. Ich reiche ihm den Brief. Schnell liest er ihn, dann strahlt er mich an. »Du hast es bekommen!«

»Was, echt?« Meine Mutter hebt den Arsch aus ihrem Gamingstuhl. In ihren Pantoffeln kommt sie zu uns geschlendert und will mir das Dokument aus der Hand nehmen, aber ich schrecke vor ihr zurück. Sie verdreht die Augen. »Als ob ich dir das wegnehmen würde. Ich habe dem Ganzen zugestimmt, schon vergessen?«

Ich funkle sie an. »Du hast noch eine Chance, mir zu sagen, wo Gabe ist. Ansonsten bin ich weg, und wenn ich ihn gefunden habe, nehme ich ihn mit – ohne, dass du ihn noch einmal zu Gesicht bekommst!«

Meine Mutter neigt den Kopf, und für einen Moment scheint sie abzuwägen, ob das tatsächlich eine schlimme Option für sie wäre. Schließlich zuckt sie die Achseln, nuschelt »wie gesagt, keine Ahnung« und geht zurück vor ihren PC. Sie schiebt sich das Headset auf den Kopf und widmet sich dem Habbo Hotel. »Schließt die Tür von außen ab, wenn ihr geht.«

Entgeistert starre ich sie an. Wahrscheinlich hätte ich das noch ewig getan, wenn Charles mir nicht eine Hand auf den Arm gelegt und mich rausgeführt hätte.

»Komm schon«, sagt er sanft. »Lass uns gehen.«

Wir sind zurück im Wagen, und ich fühle mich betäubt. Starr blicke ich auf das Papier in meinen Händen. Es ist wie ein Schatz, den ich wochenlang verzweifelt finden wollte, nur um ihn schließlich zu bekommen und herauszufinden, dass er wertlos ist.

Ich habe das Sorgerecht, denke ich. *Aber mein Bruder ist verschwunden.*

»Paola?«

Endlich blicke ich auf. »Hm?«

»Hast du gehört, was ich gesagt habe?«

»Entschuldige, nein.« Verwirrt sehe ich Charles an. »Was denn?«

Er nimmt mir den Brief aus der Hand, faltet das Papier und steckt es in meine Manteltasche. Dann nimmt er meine Hände in seine und sieht mich intensiv an. »Meine Männer sind immer noch auf der Suche nach Gabe. Sie informieren mich über jede Spur und lassen mich wissen, wenn es Neues gibt.«

Ich schlucke. »Danke.«

Er nickt. Dann –

»Möchtest du deine Schwester kennenlernen?«

YOU CREATE A NEW ONE, HOLDING IT IN YOUR HEART FOREVER

Paola

»Was?«

»Ich stehe im Kontakt mit Giulia. Der Frau deines Vaters.«

Er sagt bewusst nicht Witwe. Oder Ex-Freundin. Er spricht es aus, als würde es meinen Vater noch geben, um den offenen Wunden in meinem Herzen keine zusätzlichen Schnitte zuzufügen. Und ich bin ihm dankbar dafür.

»Wissen sie, dass wir hier sind?«

Charles nickt.

Ich lecke mir die Lippen, überlege. »Und wollen ... wollen sie mich sehen?«

»Unbedingt.«

»Ich weiß nicht.« Nervös stoße ich die Luft aus. »Was, wenn sie mich hassen, weil mein Vater ... weil sie wissen, dass es etwas mit mir zu tun haben muss.«

»Das weiß man nicht«, entgegnet Charles.

»Es war das Wappen der Mafia von San Luca auf dem Messer«, halte ich dagegen. »Ausgerechnet das kleine Dorf, in dem *ich* gelebt habe, in das mein Vater regelmäßig seine Briefe geschickt hat.«

Charles hält unseren Blickkontakt aufrecht. »Sie geben dir keine Schuld.«

»Und wenn ich die Mafia aus irgendeinem Grund mit meinem Besuch dort wieder zu ihnen schicke?« Ich schlucke. »Wenn sie als Nächstes auf Giulia oder Alessia losgehen?«

»Ich habe Sicherheitsmänner um den Agriturismo postiert.« Charles drückt meine Hände. »Sehr gut ausgebildetes, bewaffnetes Personal mit dem Wappen des Blackwell Palace. Die Mafia ist berechnend, aber nicht dumm. Sie wissen, dass sie sich mit einem

Imperium anlegen, wenn sie meine Männer angreifen. Und was sie viel mehr reizt als Mord sind Allianzen mit mächtigen Persönlichkeiten.« Er gibt mir einen Kuss auf die Stirn. »Es wird nichts passieren, Paola.«

Ich verliere mich in seinen warmen Augen, seinen Lippen, die noch ein paarmal beruhigend über meine Schläfe streichen, bis ich schließlich nicke. »Okay.«

Charles nennt dem Chauffeur eine Adresse, und wir fahren los.

Es stellt sich heraus, dass mein Vater fast mein ganzes Leben lang nur gute vier Stunden entfernt von mir gelebt hat. In Terracina, kurz hinter Rom. Wir halten vor einem wunderbaren Sandsteinhaus, mit romantischen Rundbogen und einem Turmzimmer auf dem quadratischen Gebäude. Ich höre Pferde schnauben, kurz bevor ich sie auf einer von Rosen umgebenen Koppel entdecke. An einer Wand des Hofgebäudes ranken Weintrauben empor. Niemand würde glauben, dass hier erst vor wenigen Tagen gemordet wurde, wären da nicht die vielen Sicherheitsmänner, die wie Säulen um das ganze Haus herum positioniert sind.

Ein Knoten bildet sich in meinem Magen. *Das ist meine Schuld*, denke ich. *Alles meine Schuld.*

Charles drückt meine Schulter, als könne er meine Gedanken hören.

In dem Moment entdecke ich plötzlich das kleine Mädchen, das in Reiterhosen und dünnem Pullover über den Zaun der Koppel klettert. Auch wir haben unsere Mäntel im Auto gelassen. Hier herrschen über fünfzehn Grad, und die Sonne steht am Himmel.

»Mamma, sie sind da!«, ruft die Kleine auf Italienisch. »Komm!«

Kurz darauf öffnet sich eine Tür eines weiteren Steingebäudes, das ich für die Stallungen halte, und eine hübsche Frau mit langem schwarzem Haar erscheint. Sie wirft einen Blick über den Hof, bis sie uns entdeckt und ein Strahlen auf ihrem Gesicht erscheint. Alessia rennt zu ihr, nimmt Giulias Hand, und gemeinsam kommen sie uns entgegen.

Mein Herz pocht wie wild. In meinen Handflächen bricht der Schweiß aus. Tränen steigen mir in die Augen, und plötzlich muss ich heulen. Giulia auch, wie ich noch erkenne, bevor sie mich in ihre Arme reißt.

»Du siehst aus wie er«, sagt sie. »Du siehst genauso aus wie er.«

»Es tut mir leid«, schluchze ich. »Es tut mir so unendlich leid.«

Sie löst sich von mir und küsst meine Wangen, drückt mich wieder, hält mich von sich, mustert jeden Zentimeter meines Gesichts. Dann deutet sie auf Alessia. »Deine Schwester.«

Ich sehe die Kleine an. Ein Schluchzer entkommt meiner Kehle. *Sie hat meine Nase*, denke ich. *Meine Sommersprossen. Meine grünen Augen.*

»Wir sehen uns ähnlich.« Ungehindert rennen mir Tränen über das Gesicht. »O mein Gott, du bist meine kleine Schwester, *la mia sorellina*!« Ich falle vor ihr auf die Knie und drücke das Mädchen fest an mich, sauge gierig ihren Duft ein, eine wilde Mischung aus Pferd, Kindershampoo und Rosen, und lasse zu, dass mein ganzer Körper geschüttelt wird vor Schluchzern.

Alessia weint nicht. Sie strahlt, als ich sie ein Stück von mir schiebe und sie betrachte, und ich frage mich, wie das sein kann. Wie kann sie noch lächeln, wenn ihr Vater vor nur wenigen Tagen erstochen worden ist?

»Kommt rein!«, sagt Giulia, wischt sich die Tränen aus dem Gesicht und nimmt meinen Arm, um mich mit sich zu ziehen. »Ich habe Spaghetti gemacht.«

»Das ist sehr nett«, entgegnet Charles in perfektem Italienisch. »Vielen Dank.«

Einen Augenblick später durchqueren wir das Zimmer, das mein Vater in den Briefen den »Paola-Raum« genannt hat. Überall stehen Bilder von mir. Babyfotos, ausgedruckte Seiten von meinem Gesicht aus irgendwelchen Artikeln oder Instagram-Beiträgen.

Giulia weint schon wieder. »Es tut mir leid«, murmelt sie mit einem traurigen Lächeln. »Ich habe mich noch nicht wieder unter Kontrolle, seit ... ich bin sehr emotional und es ist gerade alles sehr viel, versteht ihr?«

»Natürlich«, entgegnet Charles. »Wenn ich irgendetwas für euch tun kann, sagt Bescheid.«

»Oh, du!« Sie schlägt ihm liebevoll gegen den Arm, und plötzlich stelle ich mir vor, wie sie es immer bei meinem Vater gemacht haben könnte. »Du hast so viel für uns getan, Charles.« Ihr Kinn zittert. »Er wäre so glücklich, sie heute sehen zu können.«

»Er sieht mich«, flüstere ich, den Blick auf ein ganz bestimmtes Bild gerichtet. Ohne es zu merken, haben meine Beine mich bis zum Kamin getragen. Jetzt nehme ich das Bild in dem weißen Rahmen in die Hände und mustere den Mann, der in die Kamera lacht, auf dem Arm ein Baby mit dunklem Haar, das verdächtig nach mir aussieht. Rasselnd hole ich Luft, meine Schultern beben, und schon wieder ist mein Gesicht nass. »Er sieht wirklich aus wie ich«, weine ich.

Alessia sitzt auf dem Sofa, die Hände auf ihre Knie gelegt, und mustert ihre Fingernägel. Plötzlich springt sie auf, rennt in die Küche und weht ein *»ich decke den Tisch«* mit sich.

Giulia kommt an meine Seite, legt einen Arm um meine Schultern und sieht ihr nach. »Es ist sehr schwer für sie.« Sie schluckt schwer. »Ich habe sie eingesperrt, als die Leute kamen, aber sie hat alles gehört. Sie hat gehört, wie er nach ihr geschrien hat und –« Giulias Stimme bricht. Sie schüttelt den Kopf. »Alessia versucht, immer zu lachen und ihr Glück nicht zu verlieren, für mich stark zu sein, aber nachts höre ich sie weinen. Und sie hat Albträume.«

»Wegen mir.« Ich umklammere den Rahmen. »Es ist alles wegen mir.«

»Sag so was nicht«, flüstert Giulia. »Deinen Vater hat nie etwas stolzer gemacht, als dein Vater zu sein, Paola. Und wenn es in deinem Leben einen Kampf gibt, dann war es auch sein Kampf. Er war so oft in San Luca, an deiner Schule, überall, wollte dich finden, aber er hatte keine Ahnung, wie du aktuell ausgesehen hast, und bei euch zu Hause hat es nie geklappt. Matteo und er haben sich mehrfach geprügelt, bis Matteo mit einer einstweiligen Verfügung gedroht hat und meinte, er würde dir wehtun, wenn dein Vater wieder auftaucht.«

»Was?!«

Sie nickt traurig. »Gib dir nicht die Schuld für irgendein Handeln anderer.«

Ich nicke, um sie zu besänftigen, aber innerlich fühle ich mich weiterhin schuldig. Wie ein Anker umklammere ich das Foto.

Als ich es zurück auf den Kaminsims stellen will, schüttelt Giulia den Kopf und drückt es an meine Brust. »Behalte es.«

Fest sehe ich ihr in die Augen. Der Schleier der Tränen verwischt ihr Gesicht. »Danke.«

Sie nickt. »Natürlich.«

Anschließend essen wir an einer langen Holztafel, von der Giulia erzählt, dass mein Vater sie selbst gezimmert hat. Ich erfahre, dass Alessia Deutschunterricht bekommt, und eine Weile präsentiert sie uns ihren gebrochenen Akzent, bis sie müde wird und Giulia sie ins Bett bringt.

Die nächsten Stunden zeigt Giulia mir Videos und Bilderalben von meinem Vater. Auf einem Video führt er eine vierjährige Alessia auf einem Pferd über die Koppel und sagt strahlend in die Kamera: »Wenn Paola hier wäre, würde ihr das gefallen!«

Wir trinken Rotwein und fast die ganze Zeit heule ich. Es ist schmerzhaft, eine schlimme Trauer, aber auch eine schöne. Als ich Charles das sage, antwortet er, dass er weiß, was ich meine.

Giulia besteht darauf, dass wir über Nacht bleiben. Sie zeigt uns das Gästezimmer, und als ich in Schlafsachen unter der Bettdecke liege, merke ich erst, wie beschwipst ich bin. Der Wein hat mein Hirn betäubt und auf gewisse Weise bin ich heute dankbar dafür.

Ich blicke gerade aus dem Fenster raus in den Himmel voller Sterne, als Charles sich neben mich legt. Fest nimmt er mich in die Arme, legt sein Kinn auf meinen Scheitel und folgt meinem Blick zum Himmelszelt hinauf.

»Wie geht es meiner Löwin?«

»Ich weiß nicht.« Mit dem Handrücken wische ich mir über die Nase, die noch immer feucht ist. »Alles in mir ist schwer.«

»Vom Wein oder vor Trauer?«

»Beidem.«

»Das ist normal.«

Ich schlucke. Dann rolle ich mich auf die Seite und klammere meine Hände in den Stoff seines Shirts. »Charles?«

»Ja?«

»Danke.«

»Immer.« Er küsst mein Haar. »Für dich würde ich alles tun.«

Ich atme tief ein und wieder aus, um den Moment zu genießen.

»Paola?«

»Ja?«

»Danke.«

»Wofür?«

»Dass du mir dieses Vertrauen geschenkt hast.«

»Immer.«

An meiner Kopfhaut spüre ich, wie er lächelt. Doch dann erlischt es plötzlich. »Morgen müssen wir zurück.«

»Ich weiß.«

»Du kannst bleiben, wenn du willst, aber ich muss das Silvesteressen mit Sofias Eltern verbringen.«

In mir zischt eine böse Schlange der Eifersucht. »Ich werde auch zurückgehen.«

»Ich würde nicht, wenn ich nicht müsste.« Seine Finger kraulen meinen Nacken. »Aber Sofias Vater …« Er stockt. »Wenn ich nicht da bin …«

»Schon gut. Du musst es mir nicht erklären.«

»Du kannst wirklich bleiben, wenn du willst. Dann lasse ich dich abholen.«

»Nein.« Ich lege meinen Arm fester um seinen Oberkörper, schmiege mich enger an ihn. »Es tut so weh. Ich brauche Zeit, um alles zu verarbeiten. Zu verstehen, anzunehmen. Außerdem müssen wir Gabe finden.«

»Okay.« Eine Weile vergeht und meine Atemzüge werden schon schwerer, als er hinzufügt: »Meine Männer suchen weiter nach ihm. Ich gebe nicht auf, bis wir ihn finden, hörst du?«

»Danke«, flüstere ich.

Dann drifte ich ab in den Schlaf, meine Träume geplagt von Messern, einem Mann, der aussieht wie ich und unter Schmerzen nach mir ruft, während ihm in die Brust gestochen wird, und meiner Mutter, die bei allem zusieht, weil es live in ihrem Habbo-Raum übertragen wird. Immer wieder ruft sie »Gangolf, du PISSER, nicht jetzt, es kann sein, dass mir gerade eine nachträgliche Unterhaltszahlung durch die Lappen geht!«

Ein paarmal wache ich auf. Immer, wenn es passiert, höre ich ein Mädchen auf dem Hof weinen.

Giulia versucht, sie zu trösten, ich höre ihre beruhigenden Worte, aber Alessia kreischt weiter.

Ich glaube, sie wird ihr ganzes Leben lang kreischen.

Ich schlafe wieder ein.

Diesmal ist es mein Bruder, der abgestochen wird.

Mamma guckt zu.

FIND YOUR WINTER PRINCESS

Paola

Es ist Silvester.

Der Prunksaal ist erfüllt von glamourösen Tüllröcken in den elegantesten Farben. Ein Ballkleid ist schöner als das andere, eine Trägerin atemberaubender als die nächste. Auf den weißen Tischtüchern glitzern Kristallgläser, Dreimastkerzenständer und Champagnerflöten unter dem goldenen Licht des Lüsters, der von der gewölbten Engelsdecke baumelt, um die Wette.

Ich stehe hinter der runden Bar in der Mitte des Saals und gebe mir größte Mühe, keinen einzigen Tropfen Wein auf mein langes cremefarbenes Kleid zu verschütten, während ich die Gläser dieser Rich Kids befülle. Meine Gedanken sind immer noch in Terracina bei meiner kleinen Schwester und einer Mutter, wie ich sie mir mein ganzes Leben lang gewünscht hätte. Bei der Verabschiedung haben wir wieder ein ganzes Meer an Tränen vergossen, und ich musste schwören, mich bald zu melden. Und meine Gedanken sind bei Gabe. Wie immer.

An allen Kleidern heftet eine Nummer, die auf einem Diadem in Miniaturformat angebracht und mit einer rosa-goldenen Nadel an den Stoff gepinnt worden ist. Am Ende des Saals steht ein Typ, den ich nicht kenne, zieht gefaltetes Papier aus einer edlen Vase und ruft die Nummern auf, denen diese Nachricht hinterlassen worden ist. Das Konzept der Silvester-Find-Your-Winter-Princess-Party.

»Nummer 43«, spricht er ins Mikro. »Eine Nachricht von 7 an 43.«

Ich beobachte, wie Xenia mit einem betont gleichgültigen Blick zur Bühne schreitet. Ihr tiefroter Saum wischt den Marmorboden.

»Innerlich rastet die gerade aus«, sagt Blair neben mir. Sie schneidet Zitronen und wirft eine Scheibe nach der anderen in das Schälchen. »Jetzt guckt sie so desinteressiert, als hätte man ihr erzählt, dass es unmöglich ist, sich die Nase zuzuhalten und länger als vier Sekunden *Mmmh* zu sagen, aber innerlich kribbelt alles in ihr als wäre sie plötzlich die Einzige, die in Maryland einen Löwen mit ins Kino nehmen darf.«

Ich runzle die Stirn. »Wieso gerade Maryland?«

»Weiß ich nicht. Hat Siri mir heute Morgen verraten, als ich meinte, sie soll mich mit etwas Witzigem ablenken.«

»Ich lehne mich mal weit aus dem Fenster und behaupte, es ist überall verboten, einen Löwen mit ins Kino zu nehmen.«

»Nicht gesetzlich.«

Ich stelle den Ruinart Rosé zurück ins Weinfach und hebe eine Braue. »Aber in Maryland schon?«

»Yes, Baby.« Statt die letzte Scheibe Zitrone in das Schälchen zu tun, beißt sie hinein, verzieht das Gesicht und wirft sie schließlich in den Mülleimer. »Oh, hübscher Löwe. Aber was? Du bist gar nicht diese griechische Göttin namens Xenia Clarfield? Tja dann, sorry, heute kein Rawr für dich.«

»Wer ist die Nummer 7?«, frage ich.

»Edward.« Die Antwort kommt nicht von Blair, sondern von Emma. Sie wirbelt von der anderen Seite des Tresens herum, wischt sich gestresst eine Locke aus der Stirn und lässt den Blick über das Spirituosenregal wandern. »Habt ihr noch Belvedere Wodka?«

»Ja, hier.« Blair holt eine Flasche aus dem Kühlschrank und reicht sie Emma. Dabei gleitet ihr Blick durch die Menge. »Meint ihr, da läuft wieder was zwischen denen?«

»Edward vögelt gefühlt die halbe Stadt«, entgegnet Emma. »Ich frage mich schon gar nicht mehr, mit wem er was hat und mit wem nicht.«

Weder Blair noch ich antworten. Wir stehen beide wie Zinnsoldaten da, die gerade mitansehen müssen, wie der Palast hinter ihnen einstürzt, während wir von einer höheren Macht gezwungen werden, auf unseren Posten zu bleiben. Keine Ahnung, was mit Blair los ist, aber ich … ich bin eifersüchtig. Das Gefühl brennt sich in meine Kehle wie bittere Galle.

Emmas Blick huscht von mir zu Blair und zurück. Dann verdreht sie die Augen. »Diese Jungs sind eine verdammte Seuche, und ihr seid infiziert.«

»Du doch auch«, murmle ich, mein Blick noch immer auf Xenia geheftet, die in diesem Moment ihren Brief entfaltet. Eine Traube Mädchen hat sich um sie geschart, unter ihnen Lena in einem schwarzen Kleid, das ihre Ähnlichkeit mit Wednesday noch unterstreicht, und Sofia in einem knöchellangen Traum von paillettenbesetztem Bodycon. Ich würde die zweiunddreißigtausend Franken darauf verwetten, dass es aus der neuen Vendergaard-Kollektion ist, hätte Charles sie nicht in diesem ETF-Fonds angelegt.

»Ich stehe nicht auf einen Blackwell«, kontert Emma.

»Aber auf einen Caville.«

»Und die Cavilles sind mindestens genauso schlimm. Sein älterer Bruder soll es wohl nur so weit ins Musikbusiness geschafft haben, weil da was mit Miley Cyrus lief.«

»Was? *Harrison?*« Beinahe fällt ihr der Belvedere auf die Füße. »Das glaube ich niemals. Der war doch mit ihrer Freundin zusammen.«

»Tja, deshalb ja. Traue niemals einem Caville.« Kurz hält Blair inne, um ein Bier zu zapfen, das sie einem Typen mit Karofliege über den Tresen schiebt. Als er geht, dreht sie sich mit verschränkten Armen zu Emma. »Außerdem bin ich nicht infiziert. Ich bin mit Finn zusammen.«

»Jetzt echt?« Überrascht sehe ich sie an. »Habt ihr euer Ich-hab-keine-Ahnung-was-da-läuft-Ding offiziell gemacht?«

»Nicht wirklich, aber …« Blair wird rot. »Also, ich meine, wir haben nicht drüber gesprochen, aber es ist doch klar.«

»Da wäre ich mir nicht so sicher.« Über Emmas Gesicht huscht ein Schatten. Mit der Flasche in der Hand deutet sie auf einen tanzenden Punkt im Saal. »Ist das da in seinen Armen Maria Magdalena?«

Ich folge ihrem Blick und erkenne eine weißblonde, wellige Mähne, die ein herzförmiges Gesicht mit grauen Augen einrahmt. Ja, wirklich, das ist sie. Ich kenne Maria nicht persönlich, weiß aber, dass sie unter den Rich Kids eine Außenseiterin ist. Ihre Eltern haben Asche wie sonst was, leben aber streng katholisch, weshalb Maria unter anderem keinen Alkohol trinkt, wenig Haut zeigt und den Kontakt zu Männern für gewöhnlich auf ein schüchternes Hallo und Tschüss beschränkt.

»Ach du Scheiße«, haucht Blair. Ihr Gesicht wird kalkweiß. »Aber Maria Magdalena *darf* gar nicht hier sein.«

»Hört auf, sie so zu nennen.«

»Sorry.« Emma zieht ihren Lippenpiercing ein. »Angewohnheit. Weil alle sie so nennen, denkt mein Hirn manchmal, es wäre ihr echter Name.«

»Und weil alle auf TikTok diesen Maria-Magdalena-Trend geschaffen haben«, fügt Blair hinzu. »Diese Siri-Stimme, die sagt: was würde Maria Magdalena tun, wenn … und dann irgendwas Eingefügtes, je nachdem, welchen Content die bringen wollen.«

»Wer macht das?«, frage ich. »Die St.-Moritz-Clique?«

»Yep. Es ist dumm. Und ich will das eigentlich boykottieren. Aber …« Blair verzieht das Gesicht, als ihr Blick noch einmal zu Finn und dem Mädchen in dem Kleid mit langem Rock und langen Ärmeln huscht. »Gott, gerade bin ich echt *angepisst.*«

»Sei angepisst von Finn, nicht von ihr«, sagt plötzlich eine Männerstimme vor dem Tresen. Mein Kopf wirbelt herum, und ich entdecke Leopold in schwarzem Hemd samt passender Fliege. Sein rostbraunes Haar und die helle Haut mit den Sommersprossen passen wunderbar zu der braunen Rolex an seinem Handgelenk. »Als ob Maria eine Ahnung davon hat, dass zwischen euch was läuft.«

Blair wirkt alles andere als besänftigt, kann aber nichts entgegnen, weil jemand in diesem Moment einen Sambuca bei ihr bestellt.

»Ich muss auch wieder rüber«, sagt Emma und fügt dann leiser, damit nur ich es höre, hinzu: »Bete für mich, dass Laxon auf einer fetten Banane ausrutscht und sich den Schwanz bricht, weil er schon wieder mit Isabella flirtet.«

»In diesem Saal gibt es keine Bananen.«

Sie seufzt. »Ein Trauerspiel.« Dann verschwindet sie auf die andere Seite. Jetzt bleibt mir nichts anderes übrig, als mich Leopolds sengendem Blick zu stellen. Seufzend gehe ich zu ihm. »Möchtest du mich wieder auf meine Weinkenntnisse testen?«

»Nah, eher nicht.«

»Soll ich dir einen empfehlen?«

»Du denkst, ich würde einen Wein von dir annehmen?« Sein Mundwinkel hebt sich. »Von der Person, die mich in den Knast gebracht hat?«

»Was hat das eine mit dem anderen zu tun?«

Er lacht trocken auf. »Du könntest mich vergiften.«

»Ah, Mist! Durchschaut.«

Er lächelt, bevor er plötzlich wieder ernst wird. »Eigentlich bin ich nur hier, um dir zu sagen, dass ... also, ich habe gestern erst erfahren, dass mein Vater ein mieses Spiel mit dir gespielt hat. Und ich wollte mich für ihn entschuldigen.«

Ich hebe eine Braue. »Weil er es niemals tun würde?«

Er könnte es jetzt bestreiten oder sich rausreden, aber Leo nickt bloß. »Manchmal ist er eigen.«

»Eigen?« Jetzt bin ich diejenige, der ein freudloses Lachen entkommt. »Wenn Anneli eine Schlacht um die Toilettenherrschaft führt, ist sie eigen. Wenn Ignotus mit seinem Gehstock und dem Zylinder rumrennt, ist er eigen. Aber was dein Vater getan hat, war *böse*, Leo.«

»Ja, schon.« Er zuckt die Achseln, als wäre die Sache immer noch eine Kleinigkeit für ihn. »Jedenfalls, keine Ahnung, also ...« In einer nervösen Geste streicht er sich über den Hinterkopf. »Ich wollte dir nur sagen, dass ich dich in Ordnung finde. Ich bin okay. Falls also irgendwas ist, dir alles zu viel wird oder du einfach einen Rat brauchst inmitten dieser erdrückenden, elitären Gesellschaft ... also, du kannst immer zu mir kommen, weißt du?« Sein Mundwinkel zuckt. »Auch wenn du mich für einen Killer gehalten hast.«

Wärme rieselt mir die Wirbelsäule hinab. Unwillkürlich lächle ich. »Das ist lieb, Leo. Danke.«

»Ich habe übrigens etwas für euch.«

»Für uns?« Am anderen Ende der Theke gießt Blair Cola über irgendeinen teuren Rum und runzelt die Stirn. »Kommt jetzt der Gehaltsbonus, von dem ich jede Nacht träume?«

»Nicht ganz. Obwohl ihr die sicher auch verkaufen könntet.« Leo grinst, als er etwas auf den Tresen legt. Es blitzt und funkelt, aber ich erkenne es erst beim zweiten Hinsehen: Es sind ein paar der nummerierten Ansteckdiademe. »Das hier ist die Find-Your-Winter-Princess-Party, und jede von euch sieht atemberaubend aus. Die anderen sollten die Chance bekommen, euch das wissen zu lassen.«

»Leo, das ist«, mein Blick heftet sich auf die Diademe und verschwimmt, »so lieb von dir.«

»Warum dieser überraschte Unterton?« Als ich aufsehe, lächelt er. »So bin ich. Also dann …« Leo beugt sich vor, einen Arm auf den Tresen geschoben, und lüpft in geheimnisvoller Manier die Brauen. »Viel Erfolg euch Prinzessinnen.«

»Er ist süß.« Blair nimmt eine der Nadeln in die Hand und sieht ihm hinterher, ein Ausdruck im Gesicht, als wäre er ein kleiner, humpelnder Malteserwelpe. »Ich bin froh, dass er ein Alibi für die April-Nacht hat.«

»Ja.« Nachdenklich nehme ich ein Diadem mit der Zahl 84 in die Hand. Froh bin ich auch. Aber gleichzeitig besorgt. Denn wenn er es nicht war … wer dann?

»Komm, stecken wir sie an.« Blair verteilt die Diademe an die anderen, bevor sie sich die 85 an die Brust ihres Chiffonkleides pinnt. Ein aufgeregtes Blitzen stiehlt sich in ihre Augen. Sie bückt sich zu ihrer Handtasche, die unter dem Tresen steht, kramt ein schwarzes Scrunchie heraus und bindet sich das üppige Haar zu einem hohen Zopf, damit jeder ihre Zahl erkennen kann. Als ich nicht reagiere, schnalzt sie ungeduldig mit der Zunge, schnappt mir das Diadem aus den Fingern und steckt es mir an. »Wir wollen doch nicht, dass Edward die ganze Nacht bei Xenia rumhängt, oder?«

Sofort sehe ich in die Ecke des Saals neben dem mit Kunstschnee bepuderten Weihnachtsbaum, vor dem zuvor noch Xenia mit ihren Freundinnen stand. Jetzt ist von den Mädels nichts mehr zu sehen, aber dafür …

Edward.

MEET ME WHERE IT ALL BEGAN

Paola

»Da läuft safe was.« Blair wirft sich eine gefrorene Himbeere in den Mund, die eigentlich für den Wildberry Lillet bestimmt ist. »So dicht, wie die die Köpfe zusammenstecken, als wollten sie Läuse tauschen.«

»Kann sein.« In meinem Magen wächst ein Geschwür in der Größenordnung des Kolloseums. Edward ist der Einzige, der heute keinen maßgeschneiderten Anzug trägt. Stattdessen ist er in schwarzer Lederjacke, zerschlissenen Jeans und verdammten Bikerstiefeln auf dem Silvesterball aufgetaucht. Schnell nehme ich eine Flasche Moët in die Hand und gebe vor, das Etikett zu bewundern. Mein Blick gleitet darüber hinweg durch den Saal, bis er auf Charles trifft. Er steht bei Max und Suarez, Sofia an seiner Seite. Ihre Hände liegen in einer eleganten Pose auf seinem Arm.

Dem Arm, der mich an sich gepresst hat, als die Tränen ihn überrannt haben.

Dem Arm, der mich eingekesselt hat, um mich nicht gehen zu lassen.

Dem Arm, der um meine Hüfte geschlungen war, als wir Seite an Seite eingeschlafen sind.

Charles lacht über etwas, das Max gesagt hat, und drückt Sofia fester an sich. Er küsst sie auf den Scheitel. Dabei hebt sich sein Blick, und er sieht mir direkt in die Augen. In dem Grün seiner Iriden sprenkeln sich die goldenen Tupfer des Kronleuchters. Er verleiht Charles diesen glamourösen Ausdruck, als würde er nur dafür von der Decke baumeln. Als wäre nur das seine verdammte Aufgabe, für Charles Blackwell zu leben.

»Paola«, zischt Blair plötzlich neben mir. Ihr Ton klingt so drängend, dass ich gar nicht anders kann, als mich von Charles abzuwenden. Aber schon in der nächsten Sekunde wünschte ich, es nicht getan zu haben, denn …

In Blairs Gesicht steht blanker Schock. »O mein Gott, Pao.«

»Was?«

»Sie weiß es.« Blair hebt ihr Handy gerade so hoch, dass es noch vom Tresen versteckt wird, ich aber das Display erkennen kann. Es ist ein TikTok von @didntyouhearthat, indem … o *Götter,* nein, das kann nicht sein. *Woher soll sie … Wie …?*

»Ach du Scheiße. Diese Schlampe!« Blairs Gesicht verzieht sich, als sie meinen Gesichtsausdruck wahrnimmt. »Sie hat den gefälschten Test gepostet!«

Meine Augen weiten sich. Ich verfalle in Schockstarre. Nicht eine Sekunde kann ich den Blick von dem Video abwenden, in dem ein Voiceover in professionellem Gossipton der Welt mitteilt, dass ich eine Affäre mit meinen Brüdern hätte.

»Das wird ja immer geiler!«, ruft sie mit sensationsgeiler Stimme, »jetzt ist die auch noch deren Schwester, Leute, scheißt mal die Wand an ey, wie krass ist das?« Sie senkt die Stimme zu einem Flüstern. »Lieber TikTok-Algorithmus, ich habe gar nicht geflucht, nein nein.«

»Woher hat sie den Brief?« Meine Stimme ist kaum mehr als ein Hauch. »Niemand hat den. Niemand weiß … nur die Blackwells und das … das Labor, das …«

Da dämmert es mir. Das Labor der Clarfields! Van Dyk und sie müssen immer noch unter einer Decke stecken. Aber warum? Wieso tun sie das? Was nutze ich ihm noch? Macht er es, um sich daran zu rächen, dass ich Leopold ausgeliefert habe, oder um den Ruf seiner Neffen und deren Vater weiter in den Dreck zu ziehen, damit er den Vorstand überzeugen kann, ihn zum CEO zu wählen?

Vermutlich Letzteres. Er schadet so vielen Menschen, und das nur für Geld. Ansehen. Und Macht.

Diese Worte sollten die drei apokalyptischen Reiter sein.

»Scheiße«, flüstert Blair erneut. »So tief würde @xoxogossipgirl niemals gehen. Was willst du jetzt tun?«

Mein Kopf wandert nur langsam in ihre Richtung. Aber bevor ich auch nur darüber nachdenken kann, was ich sage, ertönt die Stimme des Typen auf der Bühne durch die Lautsprecher. »Nummer 84.«

Mein Herz macht einen dreifachen Satz, als wäre es bereits mit dem angepinnten Diadem auf meiner Brust verschmolzen.

»Eine Nachricht von 7 an 84.«

Nummer 7. Das ist Edward. Plötzlich fühle ich mich, als würde sich eine Hand um meinen Hals legen und erbarmungslos zudrücken. In meinem Kopf schaut jeder mich an. Haben sie bereits dieses grauenvolle Video gesehen, von dem nun alle denken, es würde der Wahrheit entsprechen?

»Nummer 84 bitte zur Bühne«, wiederholt der Typ. Jetzt, wo ich ihn ansehe, fällt mir auf, dass es der mit der karierten Fliege ist, dem Blair ein Bier gezapft hat. »Nummer 84.«

»Das bist du!« Emma ist von ihrer Seite des Tresens herumgekommen und rüttelt meinen Arm. »Geh schon, Paola!«

»Emma …« Wie in Trance sehe ich sie an. Obwohl ich flüstere, klingt meine Stimme erstickt. »Emma, hast du das Video …«

»Ja, habe ich.« Mitfühlend verzieht sie den Mund. »Aber da kümmern wir uns später drum. Ein Schritt nach dem anderen.«

Ich nicke. Langsam gehe ich um den Tresen herum, wobei mir jede Bewegung wie eine roboterhafte Automatisierung vorkommt. In meinen Beinen steckt kein Gefühl mehr. Es ist mir schleierhaft, wie ich den Weg bis zur Bühne unbeschadet überstehe, aber schließlich nehme ich das aufwendig bedruckte Briefpapier mit zittriger Hand entgegen. Hinter mir tuscheln einige. Ein paar Gesprächsfetzen wehen zu mir herüber.

»Warum hat sie als Angestellte ein Diadem?«

»Läuft da echt was zwischen Ed und ihr? Ich dachte, das wären nur Gerüchte!«

»Und ich dachte, die fickt Charles.«

»Will er, dass es öffentlich wird, oder wieso lässt er sie ausrufen?«

»Ich finde, sie sieht aus wie ein Schwein mit ihrer Nase. Was will er mit ihr?«

»Danke.« Ich drücke das gefaltete Papier an mich wie ein Baby, das beschützt werden muss. Dabei strahlt es eine sonderbare Energie aus, die mich einhüllt und in mir das Gefühl entstehen lässt, zu vibrieren. Als ich mich weit genug in die Schatten unter der Empore verzogen habe, entfalte ich es.

Triff mich an dem Ort, an dem alles mit uns angefangen hat.

BAD NEWS: SOMEDAY IT WILL HURT; GOOD NEWS: UNTIL THEN I'LL WANT YOU DESPERATELY

Paola

Mit uns. Meint er, nur mit ihm und mir? Oder spricht er auch von seinem Bruder? Unsicher hebe ich den Blick, lasse ihn durch den Raum gleiten, sehe mich um.

Der Ort, an dem alles mit uns angefangen hat.

In seinem Fall wäre es der Bahnhof. Aber das kann nicht sein. Er ist zu weit entfernt, und vor ein paar Minuten habe ich Ed noch mit Xenia sprechen sehen. Als es … als diese Sache zwischen uns intensiver wurde, waren wir auch im Prunksaal. Die Benefizgala. Seine Lippen auf meinen, nachdem ich das Gespräch belauscht habe. Und Charles, der nur kurz darauf seine Finger in mir versenkt hat.

Ich keuche. Abrupt landet mein Blick auf der verhängnisvollen Tür, hinter der ich vor zwei Monaten verschwunden bin. Es kommt mir so viel länger vor. Wie eine verdammte Ewigkeit. Hinter meiner Brust wummert mein Herz in kräftigen Schlägen. Ich atme tief durch, vergewissere mich, dass alle mit sich selbst beschäftigt sind, und setze mich dann in Bewegung.

Ich fühle mich, als würde ich in eine Schlacht ziehen. Als wären diese wenigen Meter die letzte Möglichkeit, das Leben zu genießen.

Meine Hand umfasst den goldenen Türknauf. Er kommt mir glühend heiß vor. Ich zögere. Schließe die Augen. Aber dann öffne ich sie doch. Ich schlüpfe so schnell in den Raum, als würde mich jemand verfolgen.

Das Licht ist schummrig. Es stammt von ein paar wenigen Kerzen und dem fast heruntergebrannten Feuer im Kamin.

»Hallo, geheimnisvolle Schönheit.«

Mein Kopf wirbelt herum. Und da steht er. Edward. Neben dem bodentiefen Fenster, einen seiner Bikerstiefel gegen die Holzvertäfelung gelehnt, die Hände in den Jeanstaschen vergraben und die zerschlissene Jeans tief auf den Hüften sitzend. Als er lächelt, sieht er aus wie ein gefallener Gott des Olymps.

Das Papier zwischen Daumen und Zeigefinger gesteckt, halte ich es wie ein Schwert zwischen uns in die Höhe. »Du wolltest mich sprechen?«

»Dich sprechen«, wiederholt er, stößt sich von der Wand ab und geht zur Tür. Er schließt ab. Ich schlucke, als er auf mich zukommt. Ich *schwöre*, in seinen Augen sitzt der Teufel. »Oder dich sehen. Dich fühlen.« Als er fast genau vor mir steht, raunt er: »Dich schmecken und riechen.« Ich schnappe nach Luft. Sein Grinsen wird breiter. »Das vermisst du, nicht wahr?« Er kommt noch näher. Beugt sich herunter. Plötzlich zieht er meine Unterlippe zwischen seine, beißt mich einmal fest. Ich zucke zusammen. »Gib zu, dass du dir unter der Dusche vorstellst, wie *sehr* du mich willst.«

»Edward«, keuche ich. »W… was wird das hier?«

»Gibst du es zu?«

Ein Unterschied zwischen Charles und Edward, der vermutlich nie jemandem auffallen würde: Edward sucht Halt, indem er Fragen stellt. Charles sucht Halt, indem er Anweisungen gibt.

Gibst du es zu?

Gib es zu!

Die gleichen Worte, nur der Hauch einer Abweichung, doch für mich tun sich Welten zwischen ihnen auf, Abgründe, die die verschiedenen Nuancen der Dunkelheit der Brüder beleuchten.

Edward hat recht. Aber ich werde den Teufel tun und diesem selbstverliebten Blackwell auf die Nase binden, dass ich mir vorstelle, von ihm und seinem Bruder gleichzeitig verwöhnt zu werden.

Edward erwartet keine Antwort. Er macht einen Schritt auf mich zu, legt einen Finger an mein Kinn und hebt es an, damit ich ihm in die Augen sehe. »Es gibt good News und es gibt bad News.« In seinen Augen blitzt etwas auf. »Welche davon willst du zuerst?«

Es dauert eine Sekunde, bis ich antworte. Und die ist seinem verdammt symmetrischen Gesicht geschuldet. »Die schlechte.«

Er streicht mir eine Strähne aus dem Gesicht. Seine Fingerknöchel streifen meine Wange und hinterlassen eine brennende Spur. »Irgendwann wird es wehtun.«

Ich schlucke. »Und die gute?«

Er kommt näher. Haucht mir einen Kuss auf die Stelle zwischen Ohrläppchen und Hals. »Bis dahin will ich dich jeden Tag mehr.«

»Nein, tust du nicht.« Es kostet mich den größten Mut, den ich aufbringen kann, einen Schritt zurückzumachen. Dieser Zwiespalt, nicht zu wissen, ob mein Herz für ihn oder für seinen Bruder schlägt, die Angst, sie beide könnten Mörder sein, und die verborgene Gewissheit, dass ich, Paola Cortessa, sowieso nicht dazu geboren worden bin, jemals an der Seite eines Blackwells zu stehen, das ist Schmerz. Kein bittersüßer. Ein verschlingender. Ein grausamer, tiefer Schmerz. »Nicht wirklich, oder, Ed?«

Etwas Düsteres gleitet über seine Züge. Er wirkt wie ein Antagonist, wie der perfekte Antiheld, erwischt in seinem Paradies aus Dreck, das er sich mit einer rostigen Schaufel gräbt.

»Doch«, sagt er. »Ich will dich.«

»Aber?«

»Aber auf keine gute Art und Weise.«

»Du willst mich benutzen.« Es ist keine Frage. Wir beide, er und ich, haben längst begriffen, um was es hier geht. »Wann immer du zu kaputt bist und mich brauchst, um wenigstens ein kleines bisschen Leben in dir zu finden, willst du mich benutzen.«

Edward bewegt sich nicht. Er atmet nicht einmal. Dann …

»Ja.«

»Du hast mich angelogen«, zische ich. In mir rauscht das Blut in pulsierenden Tönen. »In der Sauna. Bei der Poolparty. Du meintest, es wäre nicht mehr bloß das Jagdspiel für dich.«

»Ist es auch nicht.«

»Nein, aber auch keine *Zuneigung*.« Ich spucke ihm das Wort förmlich vor die Füße. »Es ist diese kranke Abhängigkeit zu April und dein Wunsch, die plötzliche Leere zu vertreiben. Durch eine *andere* Abhängigkeit.« Freudlos lache ich auf. »Und hier komme ich ins Spiel, nicht wahr?«

Er entgegnet nichts. Aber sein Schweigen ist meine Bestätigung. Ich dachte, diese Erkenntnis würde mich einen Schritt weiterbringen. Würde mich endgültig von ihm trennen. Aber so einfach ist das nicht.

Es ist niemals einfach, wenn Gefühle im Spiel sind.

Ich schließe die Augen und atme tief durch. »Der falsche DNA-Test geht viral.«

»Ich weiß.«

Ich öffne die Augen wieder.

Aus gesenkten Lidern blickt Edward auf mich hinab. »Ich bin dem Ganzen auf der Spur.«

»Es war Elias«, sage ich sofort. »Das ist doch klar.«

»Vielleicht.« Edward presst die Lippen zusammen. »Vielleicht auch nicht.«

»Was willst du damit sagen?«

Er sieht mich an. »Gerüchten zufolge soll es eine Frau gewesen sein. Eine Bekannte von @didntyouhearthat.«

Ich starre ihn an. »Was?«

»Es muss nichts heißen. Aber es …«

»Hast du deshalb mit Xenia geredet?« Jetzt bin ich diejenige, die auf ihn zugeht. »Hast du … war sie es?«

»Ja. Und nein. Das denke ich nicht.«

»Warum nicht?« In mir flattert eine wütende Möwe kurz vor ihrem Angriff. »Sie hasst *mich* und sie vergöttert *dich*. Das ist doch …«

»Ich vertraue ihr«, unterbricht er mich schlicht und mit so einem endgültigen Blick, dass ich den Rest des Satzes herunterschlucke. Es dauert eine Ewigkeit, bis ich wieder das Wort erhebe. »Warum?«

»Darum.«

»Edward?«

Er ist nicht der Typ, der auf seinen Namen antwortet. Stattdessen neigt er nur leicht den Kopf als Zeichen, dass er zuhört.

»Bin ich verrückt, weil ich dich trotzdem will?« Ich gebe ein verzweifeltes Lachen von mir. »Nach all dem, was du mir gerade gesagt hast, will ich trotzdem, dass du mich berührst.«

Jetzt dreht er seinen Kopf doch ganz zu mir. »Es ist nicht so, dass du mir egal wärst, Paola. Im Gegenteil.«

»Ich weiß.«

»Ich bin nur …«

»… verdammt »kaputt.«

»Ja.«

Unsere Blicke treffen sich. Unsere Blicke halten sich. Unsere Blicke

ziehen
einander
bis
auf
die
Seele
aus.

Er ist so schnell bei mir, dass ich nicht einmal merke, wie es passiert. Auf einmal liegen seine Lippen auf meinen, schmecke ich den Whiskey, den er getrunken hat, auf meiner Zunge. Jede Berührung ist wie eine elektrische Spannung, die etwas in Brand setzt. Und wieder denke ich an die Unterschiede der Brüder.

Edwards Küsse sind sanft.

Charles' Küsse sind hart.

»Ich bin nicht wie mein Bruder«, raunt er zwischen zwei Berührungen. »Ich gebe dir keine Anweisungen.« Seine Hände umfassen mein Gesicht. Mit den Daumen streicht er über meine Wangenknochen. Ich mustere jeden Zentimeter seiner rauen Schönheit, von den aschblonden Haaren über die dunklen Brauen. Ich verliere mich in den blauen Ebenen seiner Augen, die so hell sind, dass sie die Abgründe in ihren Tiefen überblenden. Mit der Daumenkuppe fahre ich über seine Unterlippe. Mich überkommt eine ungeahnte Lust, und plötzlich schiebe ich ihm meinen Daumen in den Mund. Und er saugt daran. Meine Beine werden weich. Ein leises Stöhnen entfährt mir.

»Wenn du keine Anweisungen gibst …«, meine Stimme kommt abgehackt, weil sich die Lust zwischen meinen Beinen verlangend zusammenzieht, während er an meinem Daumen saugt, »… was tust du dann?«

Edwards Hand greift nach meiner. Langsam nimmt er meinen Daumen aus seinem Mund, wobei er die Kuppe hart und langsam über seine Unterlippe zieht. »Ich hole mir, was ich will.« Dann umfasst er meine Hüfte und zieht mich mit einem Ruck an seinen Körper. Seine Erektion drückt sich gegen meine pulsierende Stelle. Der Stoff des Kleides ist hauchzart, ein teures Stück feinster Seide, das ich mir von meinem Lohn gekauft habe. Ich spüre *alles*, und doch zu wenig.

Meine Finger krallen sich in seine Schultern. Während Edwards Hände den Saum meines Kleides hochschieben, lässt er sich synchron dazu auf das Parkett sinken. Als seine Knie den Boden berühren und er von unten zu mir aufsieht, mir diesen lüsternen, verschleierten Blick durch seinen dichten Wimpernkranz zuwirft, muss ich die Beine zusammenpressen, so feucht werde ich.

»Na, na«, raunt Edward, schiebt seine Hand zwischen meine Beine und öffnet sie wieder. »Ich sagte doch, ich will dich riechen, Paola.« Er hakt seine Finger in meinen Slip und zieht ihn herunter. »Ich will dich schmecken, wenn du wegen mir ausläufst.«

O. Mein. Gott.

Ich keuche.

»Was?« Seine Stimme ist leise. Rau. Verrucht. »Bin ich dir zu dreckig?« Ich schüttle den Kopf. Sein Grinsen wird breiter. »Dachte ich mir. Du tust immer nur so lieb, nicht wahr?«

Edward erwartet keine Antwort. Ohne den Blick von mir zu wenden, legt er sich auf den Rücken. Seine Hände sind noch immer an meinen Oberschenkeln, weshalb ich mich zu ihm bewege, je weiter er sich dem Boden nähert. Als sein Kopf auf dem Parkett liegt, stehe ich mit gespreizten Beinen über ihm. Das Blut rauscht mir in den Ohren, teils vor Lust, teils vor Scham. So etwas habe ich noch nie gemacht. Mich auf diese Weise jemandem ... entblößt gezeigt.

»Komm her.« Seine Stimme ist sanft, als würde er meine Nervosität spüren. Er nimmt meine Hände und zieht mich langsam herunter. Sein intensiver Blick lässt mich nicht los. Und das ist es, was mir den Mut gibt, mich diesem Moment hingeben zu können. Die Lust in seinen Augen ist wie ein Seil, an dem ich mich festhalte, eine Gewissheit, dass ich hier und jetzt nichts falsch machen kann. Edward begehrt mich. Ich mache ihn an. Und diese Erkenntnis ist wie ein Inferno an Selbstbewusstsein, das sich in mir ausbreitet, als hätte er jede Vene in mir mit Spiritus übergossen und sie mit seinen Blicken entzündet.

Ich löse meine Hände aus seinen, suche an der Lehne der Ottomane Halt und ...

... gehe links und rechts von seinem Gesicht auf die Knie, bis meine Scham seinen Mund berührt. Als seine Lippen hauchzart über meine nasse Spalte gleiten, stöhne ich auf. Edwards Hände halten den Saum meines Kleides auf Höhe meiner Hüfte, während seine Finger meinen Hintern packen und ihn kneten. Seine Zungenspitze umkreist meine Öffnung, penetriert die umliegenden Nerven. Dann umschließen seine Lippen meine pulsierende Perle. Ich werfe den Kopf in den Nacken und öffne den Mund vor Überraschung. Das Gefühl der Lust durchzuckt mich wie tausend kleine Blitze, die keinen einzigen Nerv auslassen. Edward saugt an meiner Klit, und ich stöhne.

»O Gott«, keuche ich. »Ja. Bitte, ja!«

Das Verlangen in mir übernimmt die Führung. Ich bewege meine Hüfte, gleite vor und zurück und genieße, wie Edwards Lippen meine Schamlippen entlangfahren.

»Gut so, Babe«, haucht er, wobei der heiße Atem meinen Kitzler einhüllt und eine erneute Welle der Lust durch mich hindurchbrandet, »reite mich.«

Er bewegt die Lippen zu meiner Öffnung, küsst jede empfindliche Stelle, *schmeckt* meine Feuchtigkeit.

»Fick meinen Mund«, raunt er, und dann …

… seine Zunge gleitet in mich. Ich kann mich nicht mehr zurückhalten. Unkontrolliert bewege ich mich, während seine Zunge mich vögelt und seine von meiner Lust nassen Lippen dabei über meine Klit reiben, meine Schamlippen, meine Perle penetrieren. Der hohe Raum wird erfüllt von den schmatzenden Geräuschen und meinem lauten Stöhnen. Ich versuche nicht, mich zurückzuhalten. Es wäre unmöglich. Das Verlangen hat Besitz von mir ergriffen.

Edwards Stöße werden schneller. Die elektrischen Blitze zucken zwischen meinen Beinen, jedes Mal, wenn seine Lippen über meine Klit fahren. Ich keuche. Stöhne seinen Namen. »Edward«, rufe ich, immer wieder. »Ja, Edward. Ja!«

Die Welle in mir bricht. Ich komme zu seinen gekonnten Bewegungen, zu seiner Zunge in meiner Öffnung und spüre, wie Edward alles in sich aufnimmt. Der Orgasmus ist intensiv, einnehmend und vernebelt jeden einzelnen Gedanken in mir.

Es dauert eine gefühlte Ewigkeit, bis ich wieder zu mir komme. Mit zittrigen Beinen schiebe ich mich von Edward herunter. Er legt einen Arm um mich und drückt mich an sich. Ich bin im Delirium. Als ich meine Wange auf seine Brust bette, strömt mir sein vertrauter Duft nach Schnee, Lavendel und Abenteuer in die Nase. Ich schließe die Augen, lausche dem steten Klopfen seines Herzens. Edward schiebt die Finger in meine Haare und krault meine Kopfhaut.

»Denkst du oft an sie?«, frage ich nach einer ganzen Weile.

Seine Finger halten inne. Es dauert, bis er antwortet, aber dann …

»Jeden Tag.«

»Liebst du sie noch?«

»Die richtige Frage wäre: bin ich noch gefangen in ihrem Netz, das sie gesponnen hat?«

»Und?« Meine Wange reibt über sein Shirt, als ich zu ihm aufsehe. »Bist du es?«

»Ja.«

Ich nicke. »Sind es wenigstens die schönen Erinnerungen, die überwiegen?«

Gerade will er antworten, als es hinter der Tür unruhig wird. Die Musik wird ausgeschaltet. Ich höre, wie aufgewühlt »die Kantonspolizei« von jemandem gerufen wird.

»Die Polizei?« Abrupt hebe ich den Kopf, um Edward anzusehen. »Was wollen die hier?«

Eds Blick ruht einen Moment auf der Tür, ehe er etwas erwidert. Als er schließlich spricht, passt sein lockerer Ton nicht zu dem, was er sagt. »Wenn ich jetzt da rausgehe, werden sie mich verhaften, little secret.«

Ich schnappe nach Luft. »Was?«

»Du hast schon verstanden.«

Fassungslos starre ich ihn an. »Haben sie da einen Grund für?«

Er lächelt reumütig. »Sie haben eine Menge guter Gründe dafür.«

Ich blinzle. Mehrmals. »Hast du es getan?«, flüstere ich schließlich in die Stille hinein. »Hast du sie umgebracht, Edward?«

Er zögert. Öffnet den Mund. Schließt ihn wieder. Als er ihn ein weiteres Mal öffnet, bin ich mir sicher, er wird reden.

»Es …«

Ein Räuspern von der Verbindungstür zum anderen Raum ertönt. Beinahe synchron fahren unsere Köpfe herum. Und als ich sehe, wer dort steht und mich in Edwards Armen liegen sieht, habe ich das Gefühl, unter uns würde sich der Boden auftun.

Wie lange steht Charles schon dort? Was hat er mitbekommen? Oder, viel schlimmer … *hat er uns zugesehen?*

Seine Miene lässt keine Deutung zu. Sein ausdrucksloser Blick heftet sich auf seinen Bruder. Keine Wärme mehr von gestern übrig. Eine eiskalte Mauer. »Bereit, Ed?«

»Bereit wofür?« Meine Stimme klingt panisch. Ich löse mich aus Edwards Wärme und bereue es sofort, als ich spüre, wie der Moment mich brutal und erbarmungslos ins Eiswasser wirft. »Wart ihr es gemeinsam?« Der Kloß in meinem Hals schwillt an. Am Ende des Satzes bricht meine Stimme, und ich muss neu ansetzen. Meine Unterlippe bebt. »Habt ihr April ...«

»Bereit, Charles.«

Edward sieht seinen Bruder nicht an, als er sich erhebt, mir den Rücken zuwendet und in Richtung Tür marschiert. Charles geht ihm hinterher. Er läuft an meinem Slip vorbei, der auf dem Boden liegt. Er sieht ihn nicht an, aber es ist unmöglich, ihn in diesem so gut wie leeren Raum nicht zu bemerken.

»Charles«, flüstere ich verzweifelt, als er an mir vorbeikommt.

Aber er ignoriert mich.

Er hat keinen Blick für mich übrig.

Er hat mir seine Seele hingeklatscht, mich geküsst, ist mit mir nach San Luca gereist, und jetzt wird er eine andere heiraten. Jetzt bin ich Luft für ihn.

Aber dann erscheint ein Teufelchen auf meiner Schulter, das mich vorwurfsvoll anblickt. *Tja, und du, Paola? Was hast du getan?*

Ich habe mich vor seinen Augen von seinem Bruder lecken lassen.

Und ich habe ihn an seinen Onkel verraten.

Immer sagen alle, die Blackwell-Brüder würden andere zerstören. Emma meinte, sie würden *mich* zerstören. Aber ganz ehrlich? Ich bin genauso schlimm wie sie.

Wahrscheinlich kommen wir deshalb nicht voneinander los.

Ich sehe zu, wie sie in den Prunksaal gehen. Die Tür fällt nicht zurück ins Schloss. Die Polizisten legen ihnen Handschellen an. Ich betrachte sie, alle beide, die berüchtigten Blackwells, zu Hause in der Dunkelheit, geblendet von Licht.

Sie werden hintereinander nach draußen geführt. Charles geht voran. Wie immer. Selbst dann noch, wenn sie der Hölle entgegentreten, will er führen.

Der gefallene Engel.

Die Türen der Polizeiwagen schließen sich.

Das Feuerwerk geht los.

Happy New Year.

ABOUT A FALLEN ANGEL WHO IS BANISHED FROM HEAVEN

Paolas Tagebucheintrag

Blondes Haar wie ein Engel.
Lederjacke wie der Teufel.
Das ist Edward.

Dunkles Haar wie ein Dämon.
Weißer Anzug wie ein Heiliger.
Das ist Charles.

Ich bin verliebt
in Himmel
und Hölle,
ohne zu wissen,
wo die Engel herrschen
und die Teufel
untergehen.

KNOCK, KNOCK – WHO'S THERE? – THE DEVIL YOU CAN'T HELP BUT TO LET HIM IN

Paola

Im Kamin knistert der letzte Rest des Feuers, das Emma vor Stunden entzündet hat. Mit dem Auftritt der Kantonspolizei im Prunksaal war die Silvesterparty natürlich vorbei. Ich kann gar nicht beschreiben, wie sehr es mich angewidert hat, die sensationsgeilen Blicke der Leute zu sehen, die sich als *Freunde* der Brüder bezeichnen. Mit Ausnahme von Laxon und Sofia waren sie alle wie berauscht von diesem Auftritt. Es gab kein anderes Thema mehr, dafür aber natürlich zig iPhones, die gefilmt haben, wie die Blackwells unter dem Licht der Feuerwerkskörper abgeführt worden sind. Und diese Clips dominieren gerade die For-You-Page auf Emmas iPad.

Ein mörderisches Trio.

So werden sie online genannt. Charles, Sofia und Edward. Die wildesten Spekulationen gehen viral; von Charles, der April entführt haben und mit Sofia eine gemeinsame Orgie samt Chloroform gestartet haben soll, nach der sie April schließlich töten mussten, weil

a) etwas schiefgelaufen ist,

b) sie auspacken wollte oder (und das ist der Punkt, bei dem ich mich endgültig frage, ob die Menschheit noch zu retten ist)

c) die drei sich einer Sekte angeschlossen haben, bei Vollmond zu Bestien wurden und April töten mussten, um ihr Ungeborenes zu fressen.

Ich sitze im Schneidersitz auf meinem Bett, kaue auf der Kordel des Blackwell-Palace-Hoodies herum und swipe von einem Video zum nächsten.

Kaum zu fassen, dass das mörderische Trio frei herumläuft, Leute …

Ist ja klar, bei dem Haufen Asche, auf dem das mörderische Trio seine gold betupften Ärsche reibt, dass sie sich aus allem rauskaufen können …

Meine Damen und Herren, wenn ein armer Strumpf aus Hungersnot etwas zu essen klaut, wird er hinter Gitter gesteckt. Aber wenn das mörderische Trio ein unschuldiges Mädchen abschlachtet und in einen Wassertank wirft, passiert … genau richtig, nichts.

Das mörderische Trio ist Goliath, und jeder, der versucht, den elitären Schweinen den Arsch aufzureißen, ist nichts weiter als ein kleiner, mickriger David. Wo bleibt die Gerechtigkeit, Justitia???

Neben mir schnarcht Emma, ihre Decke bis ans Kinn gezogen, mit einem Arm über dem halben Gesicht.

Das nächste Video ist wieder von @didntyouhearthat, die – wie inzwischen viele andere – den falschen DNA-Bericht im Greenscreen zeigt.

Stellt euch mal vor, die hat mit den beiden gevögelt, Leute, wie cringe wäre das? I mean, jetzt haben wir nicht nur dieses random Mädchen, das der Schmuckikone und Victoria's-Secret-Model Sofia Vendergaard den Verlobten ausspannt, während sie gleichzeitig was mit ihrem Bruder hat, nein, jetzt ist diese Paola auch noch deren Schwester! Das kann …

Ich sperre das Display und lege das Tablet mit einem schlimmen Rumoren in meinem Magen auf den Nachttisch. Hinter meiner Brust pocht mein Herz so schnell, dass es schmerzhaft wird. Ich kralle die Finger in die Bettdecke und starre geradeaus. Für einen Moment verschwimmen die Weihnachtskugeln, mit denen Emma und ich die kleine Kunsttanne geschmückt haben, zu einem bunten Farbklecks.

Erst die Vibration meines Handys reißt mich aus dem Moment. Wie von der Tarantel gestochen schnappe ich es mir und werde durchrauscht von Erleichterung, als ich den Namen meines Bruders auf dem Display lese.

Gabe: Buon Anno! Ti voglio tanto bene, tata!

Frohes neues Jahr! Ich habe dich sehr lieb, große Schwester!

Mir schießen Tränen in die Augen. Er tut, als wäre alles in Ordnung, dabei war er nicht zu Hause, als wir ihn gesucht haben. Charles' Detektive konnten nichts in Erfahrung bringen.

Warum lügt Gabriel mich an?

Ich schreibe ihm eine Nachricht zurück.

Paola: WO STECKST DU, GABRIEL CORTESSA?!

Dann lege ich das Handy beiseite und ziehe stattdessen mein Notizbuch heran. Ich blättere bis zu den Polaroids, die ich seit meiner Ankunft gemacht habe. Mit dem Finger fahre ich über Charles' Gesicht im Helikopter, berühre das Grübchen in seiner gebräunten Wange und erwische mich bei einem traurigen Lächeln. Schluckend betrachte ich das Bild, das ich beim Maskenball von mir und meinen Freunden auf der Treppe des Prunksaals gemacht habe, im Hintergrund so viele Menschen in Kleidern und Anzügen, die Gesichter hinter Masken versteckt. Ich lese meine Gedichte durch und spüre einen ziehenden Schmerz, als mir bewusst wird, wie sehr meine früheren Worte von melancholischen Texten ersetzt werden, seitdem ich die Blackwells kenne. Wie ich über Sehnsucht und Liebe schreibe, während es früher Gedichte über Sonnenblumen und das Meer waren.

Ich blättere zu meiner Angstliste und lese mir die Punkte durch. Ich nehme mir einen schwarzen und grünen Fineliner aus meiner Nachtschrankschublade, um etwas zu ergänzen oder Haken zu setzen.

Punkt 1: In Sankt Moritz nicht zurechtzukommen. Lösung: Networken, Geld verdienen, ein paar Sachen unternehmen. ✓

Punkt 2: Im Blackwell Palace nicht dazuzugehören. Lösung: Einfach mal die Klappe halten und nicht alles sarkastisch kommentieren. (hat ja nice geklappt, Paola, haha) X

Punkt 3: Gabriel zurückgelassen zu haben. Lösung: Arbeiten, meine Mission durchziehen und ihn da rausholen! (Mission gescheitert, aber ich bin dran!!)

Beim nächsten Punkt hebt sich mein rechter Mundwinkel zu einem schiefen Lächeln.

Punkt 4: Mit einem Rebell Motorrad fahren. Lösung: Nie wieder mit einem Rebell Motorrad fahren!!! (gescheitert, nachdem ich mit einem fremden Pferd durchgebrannt bin) X
Punkt 5: Norberts Augen. Lösung: Kleinere Maschen. ✓ *(auch wenn Emma sagt, er sieht immer noch voll auf drugs und jetzt wie malträtiert aus, weil ein paar Fäden rausstehen)*
Punkt 6: Charles Blackwell. Lösung: ~~keine Ahnung.~~ Herausfinden, wer er wirklich ist. (bin noch dran – Mörder??)

Als ich den nächsten Vorsatz lese, muss ich lachen. In dem stillen Raum klingt es wie eine irre Hyäne.

Punkt 7: Partys mit der High Society. Lösung: ~~Unsichtbar bleiben.~~ Allen zeigen, dass sie mich mal am Arsch lecken können. XXXXXXXXXXXXX
Punkt 8: Die öffentlichen Toiletten putzen müssen. Lösung: Niemals zu spät kommen (wenn Anneli da ist!!!). ✓
Punkt 9: Meine Gefühle. Lösung: Jedes von ihnen töten, bis ich leer bin. (X, glaube, das geht nicht)

Kurz schwebt der schwarze Fineliner über dem gepunkteten Papier, dann füge ich einen weiteren Satz hinzu:

Punkt 10: Mir von den Blackwell-Brüdern das Herz brechen zu lassen. Lösung: Gibt keine.

Nach allem, was in den letzten Wochen passiert ist, entscheide ich, gegen die Leute im Hotel gewappnet sein zu müssen. Irgendeine Person in meinem Umfeld muss an dieses gefälschte DNA-Ergebnis gekommen sein, und irgendeine Person in diesem Hotel hat vor einem Jahr April Sanders getötet. Ich muss herausfinden, was hier abgeht, bevor ich die Nächste bin, die verschwindet. Also blättere ich zur nächsten Doppelseite und setze den Stift auf das Papier. Emmas Schnarchgeräusche begleiten meine entschlossenen Gedanken, mit denen ich die Seiten fülle.

Van Dyk:
→ War in San Luca & hat mich hergeholt
→ Sein Deal mit mir war nur Verarsche (er ist gerissen!!)
→ Eig. wollte er seinem Bruder nur eins reinwürgen, weil er dachte, ich wäre seine Tochter
→ Hat meinen DNA-Test gefälscht (und an @didntyouhearthat geschickt??)
→ Hat mir versprochen, Gabe herzuholen & sich nicht dran gehalten (beobachtet ihn aber, weiß ich, weil er ja zu mir meinte, Gabe wäre nicht mehr in der Schule gewesen)
→ Wieso war er überhaupt in San Luca? Nur wegen mir??

Jake Blackwell:
→ Hat sich nicht für mich interessiert, als er dachte, ich wäre seine Tochter (wollte mich sogar loswerden)
→ Wieder viel netter zu mir, seit er weiß, dass ich es nicht bin (seeehr komisch)
→ Feuert Van Dyk nicht, obwohl er ihn verarscht hat (wieso tut er es nicht, wenn ihm das BP doch gehört??)
→ Scheinbar ein notorischer Fremdgeher (hatte was mit Charles & meiner Mamma, während er mit Eds zusammen war, dann noch mit Van Dyks Frau)
→ Will dass seine Söhne immer in der Presse bleiben, damit angesagter Ruf des Hotels so bleibt (freut sich vlt sogar über die Gerüchte zwischen C, E & mir???) – könnte er den Test an @didntyouhearthat gesendet haben? Wäre iwie krank

Charles Blackwell:
→ Sein Handabruck auf Aprils Bein?
→ Gerüchten zufolge Hausdurchsuchung in seiner Suite
→ Gerüchten zufolge mit April zusammen gewesen kurz vor ihrem Verschwinden
→ Komische Interaktionen mit Emma
→ Geheimnisvolles Gespräch mit den anderen im Seitengang bei Benefizgala

Edward Blackwell:
→ Aprils Ex
→ Hatten immer Streit
→ In den Bergen bei ihrem Kreuz Nervenzusammenbruch & zu Charles gesagt, dass er schuld wäre (sehr verdächtig)
→ April wollte sich mit ihm treffen, hat sie Leopold geschrieben, war ihre letzte Nachricht
→ Edward geweint, nachdem er iwas in seinem Safe angeguckt hat
→ Gerüchten zufolge Hausdurchsuchung in seiner Suite
→ Edward mich in Sauna geholt bei der Stillen Post, weil er Skandal wollte (vlt selber den DNA-Test an @didntyouhearthat gesendet? Wäre denkbar)

Sofia Vendergaard:
→ Streit mit April in Lobby
→ Hat sie gekratzt
→ Ist oder war in Edward verliebt → eifersüchtig auf mich?? DNA-Test an @didntyouhearthat gesendet?? Könnte am ehesten sein, weil E ja meinte, es wäre eine Frau gewesen
→ Ist mit Charles verlobt → eifersüchtig auf mich?? ↑

Leopold Van Dyk:
→ War in April verliebt & hatte Affäre mit ihr
→ Hatte Brosche und Stein bei sich (hat aber Alibi → evtl gefälscht?)
→ Setzt sich schon beinahe verdächtig viel dafür ein, ihren Mörder zu finden → zu viel??
→ Hasst seine Cousins → vlt mit seinem Vater zsm gearbeitet, als der mich hergeholt hat? Er wollte mich ja auch vom Bahnhof abholen
→ weiß er von Gabe? Wenn ja, wieso hilft er mir nicht?

Ich lege den Stift weg und lese mir alles wieder und wieder durch, finde aber keine Verbindungen. Angestrengt versuche ich, eine Gemeinsamkeit zu entdecken. Zwischen meinen Brauen bildet sich eine Falte. Ich beiße mir auf die Unterlippe und denke nach, als mich ein Klopfen an der Tür plötzlich zusammenfahren lässt.

AND IF WE FUCK THINGS UP, IT WILL HAPPEN IN A RED KIND OF BENTLEY CONTINENTAL

Paola

Ein Blick auf meinen Wecker verrät mir, dass es kurz nach zwei in der Nacht ist.

Ich schiebe die Decke beiseite, schlüpfe aus dem gemütlichen Bett und tapse barfuß durch das Zimmer. Dabei stoße ich mir den Zeh an Emmas Gartenzwerg, weil ich in dem schwachen Schein der Lichterkette am Kamin und dem herunterbrennenden Feuer nur wenig sehen kann.

Wahrscheinlich Blair, denke ich. Vor einer Stunde hat sie mir geschrieben, dass sie nicht schlafen kann, nach allem, was auf der Party passiert ist. Und etwa hundert weitere Nachrichten, wie wir das mit der Schwesternsache online angehen, ob sie was dazu posten soll, ob sie Xenias Handy klauen und durchforsten soll, ob sie Ignotus bitten soll, Popl Grün zu beauftragen, und und und. Auf ihre ganze Messagelawine habe ich nur zwei Wörter zurückgeschickt:

Lass einfach.

Nur in Hoodie, der mir bis zur Hälfte meiner nackten Oberschenkel reicht, öffne ich die Tür – und erstarre.

Genau vor mir, den Unterarm an der Zarge gelehnt und die Stirn dagegen gebettet, steht Charles. Sein weißes Jackett ist verschwunden. Stattdessen trägt er bloß noch das schwarze Hemd mit goldenen Manschetten, die oberen Knöpfe fahrig geöffnet. Die Fliege fehlt, und die Haut unter dem Stoff wirkt gerötet, als hätte er sich in den letzten Stunden wieder und wieder darüber gestrichen. Unter seinen Augen liegen tiefe Ringe, und die sonst so stechend grünen Iriden haben an Farbe verloren. Sie sind dunkel wie ein Abgrund, wie Schlick am Boden eines verschlingenden Moors.

»Charles.« Erschrocken sehe ich ihn an. »Was … wie …?«

»Unsere Anwälte haben uns rausgeholt.«

Ich blinzle. »Das geht so einfach? Und so *schnell?*«

»Du würdest dich wundern, was mit Geld alles geht, was ohne Geld nicht geht.« Seine Stimme klingt weit entfernt, fremd und … *müde*. Als würde er mir diesen Gedanken bestätigen wollen, reibt er sich mit der freien Hand über das Gesicht. Er schluckt schwer, ehe er mich unter halb gesenkten Lidern ansieht. »Frohes neues Jahr, Paola.«

»Frohes neues Jahr.«

Ein schwaches Lächeln. »Auf dass dieses besser wird, nicht wahr?«

»Ja.«

»Paola.« Seine Stimme zittert. »Komm … komm mit mir.« Plötzlich bebt sein Kinn und …

O Götter … er *weint!* Tränen rennen ihm über die Wangen. Adern durchziehen seine Augen. Die Haut um Nase und Mund färbt sich rot. »Ich brauche dich, Paola.«

Meine Lippen teilen sich, während ich ihm ins Gesicht sehe. Ich blinzle. »Du … Wohin?«

Er zuckt die Achseln, seine Nasenflügel beben und er schluckt, immer wieder und wieder, während sich die Tränen ein stummes Wettrennen liefern. »Egal. Weg. Raus aus diesem Hotel.«

Ich beiße mir auf die Unterlippe, verlagere das Gewicht von einem Bein aufs andere. »Du …« Nervös werfe ich einen Blick über die Schulter, um mich zu vergewissern, dass Emma schläft. Als ich mich wieder Charles zuwende, rast mein Herz. »Ich hatte was mit Edward.«

Ausdruckslos sieht Charles mich an. Und obwohl sein Gesicht tränennass ist, muss er seine Maske erfolgreich aufgesetzt haben, denn nicht ein einziger Zug erlaubt einen Blick in sein Inneres. »Ich weiß.«

Es ist, als würde sich mit seinen Worten eine Schlinge um meine Kehle festziehen. »Und das stört dich nicht?«

»Es stört mich. Ich will ihn umbringen.« Charles' Tränen ebben nicht ab. Er schnappt sogar kurz nach Luft. »Aber es ist deine Entscheidung. Du kannst machen, was du willst, egal wie sehr es mich zerstört.«

»Und du willst trotzdem, dass ich mit dir komme?«

Er nickt. »Bitte.«

»Ich … o-okay.« Die Art, wie seine Stimme gebrochen ist, als er *Bitte* gesagt hat … o Gott. In mir zerbirst etwas Fundamentales, je länger ich Charles weinen sehe. Als würde ein atemberaubend schönes, tiefgründiges, trauriges, wertvolles Kunstwerk achtlos zertreten werden. »Ich ziehe mir nur kurz, ähm, eine Hose an.«

Charles nickt.

»Warte hier«, füge ich hinzu, weil ich plötzlich Angst habe, er könnte verschwinden, sobald ich die Tür schließe.

Wieder nickt er. Und ich auch. Keine Ahnung, warum. Es ist komisch. Diese Spannung zwischen uns. Die Aura, die er ausstrahlt, jedes Mal, wenn er vor mir steht. Ähnlich wie bei Edward, und doch so ganz anders.

Ich beeile mich, meine Thermoleggings überzuziehen, schlüpfe in den warmen Chanel-Mantel, den er mir geschenkt hat, und streife die neuen Docs über meine Füße, die ich mir zusammen mit dem Seidenkleid in der Innenstadt gekauft habe. In diesem seltsamen Outfit trete ich zurück zu Charles auf den Flur.

»Bereit«, sage ich, aber die Hälfte meines Wortes geht unter, weil Charles plötzlich den Arm ausstreckt und mich fest an seine warme Brust zieht. Sie *bebt*, so sehr weint er. Mein Herz macht einen Satz, und mein Magen zieht sich fürchterlich zusammen. Ich schlinge die Arme um ihn und halte ihn fest, streiche ihm in sanften Bewegungen über den Rücken und fühle mich so sehr an Venedig erinnert, dass es *wehtut*.

»Es tut mir so leid, Charles«, flüstere ich. »Es tut mir so leid, dass das Leben so scheiße hart sein kann. Es tut mir leid, dass ich dich an deinen Onkel verraten habe, weil ich dir nicht vertraut habe. Es tut mir leid, dass ich dir hinterherspioniert habe. Es tut mir leid, dass ich dachte, du wärst ein Kidnapper. Und es … es tut mir leid, dass ich … dass ich dir wehgetan habe.«

Seine Tränen finden ihren Weg in mein Haar, während die Schluchzer seinen Körper schütteln.

»Mir tut es auch leid«, flüstert er. »Jeder Schmerz, den ich in dir verursacht habe. Alles. Mir tut leid, dass ich nicht von dir loskomme. Es tut mir leid, dass du mich kennengelernt hast.«

»Pscht«, sage ich leise. »Ganz egal, was passiert, Charles. Ich bin hier, und ich bleibe, hörst du? Ich bleibe.«

Die Minuten vergehen. Keine Ahnung, wie lange wir eng umschlungen dastehen, wie lange ich seinem Herzen dabei zuhöre, wie es *rennt*, wie lange seine Tränen brauchen, um das Loch in seiner Seele mit einem Meer zu füllen, tief und dunkel, bevor die Sonne seine Schönheit mit goldenem Glitzer zur Schau stellt, aber irgendwann löst er sich von mir.

Charles nimmt mich an die Hand und führt mich wortlos durch das Hotel, bis wir in der privaten Tiefgarage der Blackwells vor einem seiner Luxusautos in blank poliertem roten Lack stehen. Er entriegelt den Wagen, und kurz leuchten die Scheinwerfer auf.

»Und wenn wir das mit uns irgendwann vor die Wand fahren«, Charles löst seine Hand aus meiner, legt einen Arm um meine Schultern und drückt mich an sich, »dann in einem Bentley Continental in Rot.«

DID YOU KILL THAT INNOCENT GIRL, BLACKWELL?

Paola

Neujahrsnacht im Schnee.

Es hat etwas Magisches. Etwas absolut Ergreifendes, das einem unter die Haut krabbelt und alles in einem vibrieren lässt.

Wir sind den Weg am Piz Nair entlanggefahren, bis Charles den Wagen vor dem Piz Suvretta abgestellt hat. Ich recke die Nase gen Himmel, schließe die Augen und nehme den eiskalten Duft des reinen Friedens in mir auf.

Der frische Pulverschnee knirscht, als Charles neben mich tritt. »Hier komme ich am liebsten her, wenn mir die Welt die Luft zum Atmen nimmt.«

Ich genieße das Brennen der frischen Luft an meinen Nasenflügeln und öffne die Augen. Würde der Vollmond nicht gewaltig und hell auf uns herunterstrahlen und das strahlende Weiß des Schnees reflektieren, wäre es stockdunkel.

Ich sehe ihn an. »Das Gefühl musst du oft haben, oder?«

Er gibt ein freudloses, leises Lachen von sich. »Du hast ja keine Ahnung.« Charles spannt die Kiefer an, ehe er die Luft ausstößt. »Früher, als Kind in Berlin, hat mein Kopf immer diese Fantasiespiele gemacht, wenn ich im Bett lag und nicht einschlafen konnte. Weil, na ja …« Er presst die Lippen zusammen und bläht die Nasenflügel. »In unserer Bude war immer was los, wenn du verstehst, und die Wände … also, es war einfach …« Er stößt die Luft aus und schüttelt den Kopf, weil es ihm nicht gelingt, darüber zu sprechen.

»Du wolltest der Welt entfliehen«, sage ich leise.

Er nickt. Mit der Hand fährt er sich durch das dunkle, wilde Haar. »Dann habe ich mir vorgestellt, ich wäre Prinz William und würde mit viel Geld in einem riesigen Schloss wohnen, in dem es Menschen gibt, die dafür sorgen, dass es mir immer gut geht, und mein Zimmer wäre groß, die Wände dick, dass ich niemals würde hören müssen, was draußen passiert.«

»Oh, *Charles*.«

Er fasst mich am Ellbogen und deutet mit dem Kinn in Richtung Pfad, der den Piz Suvretta emporführt. Wir setzen uns in Bewegung. »Aber als ich dann genau das hatte, war es … es war genauso bedrückend, nur auf andere Weise.« Mit einem traurigen Lächeln auf den Lippen wirft er mir einen Seitenblick zu. »Ganz egal, wie dick deine Schlafzimmerwände sind. Die Welt gönnt dir keine Ruhe. Sobald du hinaustrittst, verfolgen sie dich. Erdrücken dich. Engen dich genauso ein, wie die Bude am Ku'damm es getan hat.«

»Ein goldener Käfig«, flüstere ich.

»Geld schafft Freiheit, aber auch Hass. Missgunst. Gier. Manchmal denke ich … ich denke, dass …« Er verzieht das Gesicht, als würden ihm die Worte Schmerzen bereiten. »Die Zeiten, in denen ich einfach auf dem Sofa saß, Popcorn aus einer billigen Plastikschüssel für 50 Cent vom Ramschladen gegessen und mit meiner Mutter *Full House* geguckt habe … das waren die glücklichsten Zeiten, weißt du? Ich würde alles Geld der Welt geben, diese Momente noch einmal leben zu dürfen.«

Trauer breitet sich in mir aus. »Es ist nur Papier. Seine Macht wird überschätzt. Die wahren Momente, das, was uns erfüllt, kann nur Liebe schaffen.«

»Wenn es an Geld fehlt, fehlt einem der Blick dafür.«

»Ja, leider.« Ich seufze. »Ich denke, wer liebt, der ist reich.«

Charles sieht mich an. »Und wer geliebt wird?«

»Der ist noch so viel reicher, als er ahnt.«

»Stell dir vor, wie es wäre, könnten wir mit Liebe bezahlen.«

Ich runzle die Stirn. »Wie meinst du?«

»Wie bei dem Film *In Time*, nur nicht mit einem Zeit-, sondern mit einem Liebeskonto.«

»Und jedes Mal, wenn wir der Welt Freundlichkeit entgegenbringen, füllt sich unser Konto?«

Er nickt. »Und wenn jemand bösartig ist, wird es leerer. So lange, bis sein eigenes Handeln ihn ins Grab bringt.«

Ich denke einen Moment darüber nach. »Die Welt wäre ein Paradies.«

Er lacht trocken auf. »Und ich würde in der Hölle schmoren.«

»Würdest du nicht. Du bist gut.«

Ernst sieht er mich an. »Ich bin vieles, Paola, aber sicherlich nicht *gut.*«

»Du rettest Frauen«, halte ich dagegen. »Und Kinder. Seit Jahren. Du hast sogar ein Wohnheim für sie errichtet.«

Darauf sagt er nichts mehr. Aber er blickt grimmig drein, als würde ihm diese Erklärung nicht reichen. Als würde er sich selbst als ein Monster sehen, das es nicht verdient, gut dargestellt zu werden. Die nächsten Minuten hängt er seinen eigenen Gedanken nach, während wir Seite an Seite den Piz Suvretta erklimmen.

»Wo gehen wir eigentlich hin?«, frage ich, als meine Hände langsam erfrieren, obwohl sie in den Taschen des teuren Mantels stecken.

»Wir sind schon da.«

»Was?«

Zum ersten Mal, seit wir unterwegs sind, heben sich seine Mundwinkel. »Kopf hoch, Prinzessin.« Mein Magen reagiert auf diesen Satz. Und als Charles dann noch seine Hände an meine Wangen legt, schlägt er einen dreifachen Salto.

Langsam dreht Charles mich in die andere Richtung, ehe er mich loslässt. Dann sehe ich es.

Vor uns, und ich frage mich jetzt, wie ich das übersehen konnte, befindet sich eine runde Glaskuppel. Der Eingang hinein führt durch ein kleines Tunnelrohr.

»Oh, *wow*«, hauche ich. »Ein Igluhaus.«

»Es ist meins«, sagt Charles, während er einen Schlüssel aus seiner Jackentasche hervorholt. »Mein Vater hat es mir zu Weihnachten geschenkt, als ich sechzehn war.«

Ja, natürlich hat er das.

Es steht nahe am Bergabhang, und als ich Charles hinterhergehe, wird mir bewusst, wieso gerade diese Stelle für das Iglu ausgewählt worden ist: in Hunderten Metern Tiefe glitzert ein See zwischen der Alpenkette, spiegelt das Mondlicht, als wären sie verflochten in einem geheimnisvollen Tanz der Nacht.

Charles kommt an meine Seite. Seine Fingerspitzen berühren meine. Ein elektrisierendes Gefühl durchströmt mich, setzt mich in Flammen und bringt meine Haut zum Glühen.

Es war nur das. Diese winzige Berührung. Aber mein Körper reagiert darauf. Er reagiert auf Charles wie Mentos auf Cola.

Explosiv.

»Hast du dich mal gefragt, was Pinguine machen, wenn sie verliebt sind?«

»Nein«, entgegne ich, den Blick noch immer auf den spiegelglatten See in der Tiefe gerichtet. »Du etwa?«

»Ja.«

»Und was tun sie?«

»Die Männchen schenken ihrem Mädchen einen sorgfältig ausgewählten Stein.«

»Okay.« Mit einem verwirrten Lächeln wende ich mich ihm zu. Sein Profil ist perfekt: die hohen Wangenknochen, der Schwung seiner vollen Lippen, die gerade Nase, seine langen, dichten Wimpern … mein Gott, ist er schön. »Und wie kommst du jetzt darauf?«

»Weil die wertvollsten Steine in den Schweizer Alpen zu finden sind.«

»Du meinst die Bergkristalle?«

»Zum Beispiel.« Plötzlich tritt er hinter mich und legt die Arme um meinen Körper. Seine Faust schwebt vor meinem Gesicht. Im nächsten Moment öffnet er sie und eine feingliedrige, goldene Kette glitzert in der Nacht. Und dieser tiefviolette, unbearbeitete, grobe Stein, der aussieht wie das Innere einer exotischen Blaubeerfrucht … »Oder einen Amethyst.«

Meine Augen weiten sich. Mir ist bewusst, dass trübe, blasse Steine dieser Art für wenige Cent in jedem Onlineshop zu finden sind. Aber das hier … diese Beschaffenheit ist eine Rarität.

Ehrfürchtig strecke ich die Hand aus, streiche mit dem Finger vorsichtig über die raue Oberfläche. »Charles«, flüstere ich. »Das ist … die Kette muss ein Vermögen gekostet haben.«

»Hat sie nicht.« Die Wärme seiner Wange geht auf meine über, als er die Kette um meinen Hals legt und seine Haut dabei über mein Gesicht streicht. Für den Bruchteil einer Sekunde erstarre ich. Vergesse, zu atmen. »Manchmal gehe ich wandern. Wenn ich das Gefühl habe, die Welt ist zu laut. Zu schnell. Wenn ich meine eigenen Gedanken nicht mehr höre. Da habe ich den Amethyst gefunden. Und die Kette …« Er schließt den Verschluss, tritt wieder neben mich und streicht mit dem Finger über das Schmuckstück. Dabei glitzert etwas in seinen Augen, das ich nicht einordnen kann. »Sie hat meiner Mutter gehört. Ich wollte sie dir zu Weihnachten schenken, bevor …«

Ich ihn verraten habe. Und wir dachten, wir seien Geschwister.

»Charles …« Meine Hand zittert, als ich sie hebe und auf seine lege. Gemeinsam umschließen wir den Edelstein. Sein Gesicht verschwimmt vor meinen Augen. Ich beiße mir auf die Unterlippe, um nicht zu weinen, aber der Kloß in meinem Hals hat andere Pläne. »Danke«, flüstere ich.

Mit seiner anderen Hand streicht er mir über die Schläfe, schiebt die Fingerspitzen in meine Haare. »Manchmal erinnerst du mich an sie.« Er beugt sich vor. Seine Lippen berühren meine Stirn, und alles in mir zieht sich zusammen. »Immer dann, wenn du stärker bist als der Rest der Welt. Wenn du dich behauptest, dich durch diese vielen Mauern kämpfst, erinnert mich deine Stärke an sie.«

Ich schließe die Faust um den Stein so fest, dass meine Knöchel schmerzen und das grobe Mineral mir in die Innenfläche schneidet. Es schmerzt, aber ich will auch nicht loslassen.

»Egal, für wen du dich letztendlich entscheidest«, flüstert er in mein Haar, »du wirst mir immer das Kostbarste bleiben, Paola.«

Okay, ich muss es tun. Ich muss ihn fragen. Muss endlich Gewissheit haben.

Sofort.

»Was ist damals passiert?« Ich umfasse seine Handgelenke und lasse seine Arme sinken. Ich verschränke meine Finger mit seinen, drehe mich um und sehe ihm tief in die Augen. »Mit April? Warum verdächtigen sie dich, Charles?«

ABOUT A BORING, NORMAL, UNINTERESTING BROCCOLI FLORET

Paola

Seine Lippen teilen sich. Das ist die einzige Regung, die er zulässt. Und seine Pupillen, die in den Augen wild umherschwirren, als würden sie in meinem Gesicht nach einer Antwort suchen.

»Charles?«

Er schluckt. »Ich weiß nicht, warum sie gestorben ist.«

»Aber?«

Charles senkt den Blick auf unsere verschränkten Finger. Das Mondlicht schimmert auf seiner bronzenen Haut. »Ich habe sie nicht getötet.«

»*Aber?*«, wiederhole ich, diesmal eindringlicher.

Er sieht wieder auf. In den Schatten unter seinen Augen tanzen Nuancen der Verzweiflung. »Ich habe mit ihr geschlafen.«

Ich spüre, wie meine Züge erschlaffen. »Was?«

»Ich habe mit ihr …«

»Ja, ich weiß, ich meine …« Perplex schüttle ich den Kopf. »Wann?«

»Kurz vor ihrem Verschwinden.«

»Da war sie mit Edward zusammen.«

»Ja.« Wieder schluckt er. Wendet den Blick ab, lässt ihn über den in der Tiefe glitzernden See gleiten. »Ich habe dieses Jagdspiel gehasst, von Anfang an, aber ich konnte auch nicht aufhören.«

Fassungslos starre ich ihn an. »*Wie kurz* vor ihrem Verschwinden war das, Charles?«

Er antwortet nicht sofort. Eine ganze Weile konzentriert er sich auf die Berge, den See und die Nacht, ehe er den Kopf wieder zu mir wendet und sagt: »Nachdem sie in der Lobby war und den Streit mit Sofia hatte. Laut seiner Aussage bei der Polizei war sie schon am

Vormittag bei Leo in der Suite, um ihm Edwards Sachen zu geben, also war es auch nach Leo.«

»Um wie viel Uhr?«

Zittrige Luft entweicht ihm. »Gegen viertel vor acht ist sie aus dem Clubhaus abgehauen.«

Eine fürchterliche Erkenntnis überkommt mich. »NOISE IN THE DARK meinte, ihre WhatsApp-Nachricht an Leo, dass sie sich mit Edward in den Bergen treffen wollte, wäre gegen acht gewesen. Das heißt ...«

»Ich war neben Ed der Letzte, der sie lebend gesehen hat. Und das können Überwachungsvideos aus dem Clubhaus bezeugen.«

Mir wird sofort klar, was er unterschwellig mitschwingen lässt. »Aber es gibt keine Kameras, die sie mit Edward gesehen haben.«

Er nickt.

»Weiß Edward davon?«

»Ja.«

Plötzlich fällt mir noch etwas ein. Etwas *Grausames.* »Aprils Leiche wies Blessuren auf. Spuren in ... in ihrem Genitalbereich.« Mein Herz überschlägt sich. Ich zittere am ganzen Körper.

»Hast du ihr etwas angetan?«, flüstere ich. »Ist sie deshalb abgehauen?«

Charles lässt den Kopf in den Nacken fallen, schließt die Augen. Sein Kiefer ist fest angespannt, und ich kann sehen, dass ein Muskel zuckt. »Ich weiß es nicht.«

Ich balle die Hände zu Fäusten, öffne sie wieder. Zu, auf, zu, auf. Gleich kriege ich keine Luft mehr. »Wollte sie es?«

Er lässt den Kopf sinken. Öffnet die Augen. »Was?«

»Wollte April mit dir schlafen, Charles?«

Jetzt merkt er, worauf ich hinauswill. »Ja. Natürlich.« Schock rieselt über seine scharf geschliffenen Züge. »Denkst du, ich würde einer Frau jemals etwas so Grauenvolles antun, Paola?« Er legt seine Hände auf meine Schultern, sieht mir tief in die Augen. »Glaubst du das?«

»Nein.« Erleichtert atme ich aus. »Aber ich musste das fragen.«

Der Mond hüllt ihn halb in Schatten, halb in Licht. »April wollte den Sex mehr als alles andere. Sie hat schon Tage vorher ununterbrochen versucht, mich anzumachen.«

»Inwiefern?«

»Sich an mir gerieben, mir in den Schritt gefasst …« Er zuckt die Achseln. »Viele Dinge. Es fiel mir schwer, sie zurückzuweisen, aber ich wollte stark bleiben. Wenigstens dieses eine Mal, für Ed. Aber irgendwann …« Er stößt fest die Luft aus. »… irgendwann ging es nicht mehr.«

»Verstehe.«

»Seit diesem Abend habe ich keinen Sex mehr.« Er schluckt schwer. »Seit einem Jahr. Weil ich glaube, dass ich schuld bin. Vielleicht wäre sie nie in die Berge gegangen, wenn ich nicht so grob gewesen wäre. Sie zu fest angefasst, sie zu hart genommen hätte. Keine Ahnung. Sie ist gekommen, das weiß ich. Deshalb dachte ich, sie mochte es, weil sie auch … also, sie hat kein Safeword gesagt. Und war laut. Es schien so, als fand sie es gut.«

»Warum denkst du denn, dass du schuld sein könntest?«

»Sie hat geweint. Kurz danach. Hat nichts mehr gesagt, ist einfach abgehauen.« Er sieht mich an. In den Tiefen seiner Augen erkenne ich nur ausdruckslose Schwere. »Und dann war sie tot.« Er holt tief Luft. »Sie hat geweint, weil ich mit ihr geschlafen habe, ihr vermutlich *wehgetan* habe, denn wieso sollte sie sonst weinen, und dann … war sie einfach tot.«

Eine Weile schweige ich, lasse auf mich wirken, was er mir gerade anvertraut hat. Die ganze Zeit über sieht Charles mich abwartend an, aber er drängt mich nicht. Wartet nur ab.

»Aber sie wollte es«, murmle ich.

»Sie wollte es«, entgegnet er.

»Und das war alles?«, frage ich schließlich. »Mehr gibt es nicht, das dich mit April an dem Tag ihres Verschwindens verbindet?«

Charles sieht mich lange an. Viel zu lange. Mein Herz zählt die Sekunden. Dann die Minuten. Es sind anderthalb, bis er den Mund öffnet. Wieder schließt. Zwei, als er den Kopf schüttelt.

»Nein.« Seine Stimme ist emotionslos und kalt. »Das war alles.«

»Bist du sicher?«

»Ja.«

Ich stoße einen wackligen Atemzug aus. »Gut. Ich glaube dir.«

Aber Charles wirkt nicht erleichtert. Er nickt nur, blickt über meine Schulter zu einem leeren Punkt.

»Was ist mit Edward?«, frage ich.

»Was soll mit ihm sein?«

»Glaubst du, er hat es getan?« Ich schlucke. »In den Bergen, bei ihrem Kreuz, da meinte er, es wäre seine Schuld.«

»Davon ist er überzeugt.«

»Warum?«

»Weiß ich nicht.«

»So geheimnisvoll ihr tut, kam es mir eher vor, als wüsstet ihr alle mehr voneinander.«

»Ich weiß, dass er mit ihr in den Bergen war und sie gestritten haben.«

»Aber nicht, warum er immer sagt, er wäre schuld?«

»Nein.«

»Glaubst du, er hat nichts damit zu tun?«

»Keine Ahnung.«

»In Venedig meintest du …«

»In Venedig war ich emotional. Ich weiß nicht, was passiert ist, Paola. Und bis die Wahrheit nicht ans Licht kommt, will ich nicht glauben, dass es mein Bruder war.«

»Das verstehe ich.«

»Und jetzt möchte ich nicht mehr daran denken.« Er macht einen Schritt vor, haucht mir einen Kuss auf die Stirn. »Ich will nicht, dass diese düsteren Gedanken dich zerfressen, Paola. Mit mir sollst du dich sicher fühlen. Lass mich dir zeigen, wie sehr ich dir das Gefühl geben will, genau das zu können, okay?«

»Okay«, flüstere ich.

Er tritt einen Schritt zurück, nimmt meine Hand und führt mich zum Iglu. Am Ende des Tunnels schließt er die Tür auf. Der Mond scheint durch die Glaskuppel und beleuchtet die vielen flauschigen Decken und Kissen. Schaffell über Lammwolle über Federdecken auf einer hohen runden Matratze, die passgenau für dieses Haus angefertigt geworden sein muss. Charles hebt den Arm, und keine Sekunde später leuchtet der warme Schein einer Glühbirnenlichterkette auf, die einmal die ganze Decke umkreist. Er schlüpft aus seinen teuren Valentinos, betritt die Matratze und nimmt eine Streichholzpackung von einem der vielen Drahtbeistelltische. Er entzündet ein Streichholz und lässt die Flamme von Kerzendocht zu Kerzendocht wandern, bis das Iglu aussieht wie das romantischste Pinterest-Bild der Welt.

Als jede Kerze brennt, setzt Charles sich in den Schneidersitz, fährt sich durchs Haar und sieht mich unsicher an. »Ich weiß nicht, ob du auf das hier stehst. Ich habe so was noch nie vorher gemacht.« Ein leises Lachen entkommt ihm. »Scheiße, das Romantischste, das ich je getan habe, war Johanna Bach in der vierten Klasse meinen Autoradiergummi zu schenken, als sie ihr Blumending in Hundekacke geworfen hat.«

»Charles.« Wie erstarrt stehe ich in diesem Kerzenparadies, die Hand noch immer um den Edelstein geschlossen, und sehe diesen reichen, mächtigen Mann an. »Warum *tust* du das alles?«

Mit der Antwort lässt er auf sich warten. Die Kerzen tunken sein perfektes Gesicht in einen geheimnisvollen Schein. Halb warm, halb dunkel. Als könnten sie sich nicht entscheiden, auf welche Seite er sich ziehen lässt.

»Als ich in dieser winzigen Zelle im Gefängnis saß, vergingen die Sekunden wie Stunden. Ich hatte also viel Zeit, um nachzudenken.« Er beugt sich vor, nimmt meine Hand und zieht mich zu sich. Unbeholfen stolpere ich ein paar Schritte vor, bis ich auf die runde Matratze neben ihn falle. Charles' Blick senkt sich auf meine Hand. Mit dem Daumen malt er die kleinen Muttermale auf dem Rücken nach, als würden sie ein Sternbild ergeben. »Die ganze Zeit habe ich mich gefragt, was wäre, wenn ich wirklich Jahre in dieser Zelle verbringen müsste. Was in meinem Leben ich vermissen würde.«

»Und?«

»Dich.« Er sieht auf. Mir direkt in die Augen. Ich halte den Atem an. »Die ganze Zeit über habe ich immerzu an dich gedacht, Paola.«

»Aber *warum*?« Meine Stimme klingt nahezu verzweifelt, so sehr will ich es verstehen. »Die ganze Welt kennt dich. Du spielst in der *obersten* Liga, Charles. Deine Verlobte ist ein atemberaubendes Model, während ich«, mit der freien Hand fasse ich meinen Körper ein, »so langweilig, normal und uninteressant bin wie ein gefrorenes Brokkoliröschen.«

Sein Mundwinkel zuckt. »Ein gefrorenes Brokkoliröschen?«

Frustriert stoße ich die Luft aus. »Ich verstehe es einfach nicht.«

Er überlegt einen Moment. Und plötzlich sagt er: »Keine Ahnung.«

Ich runzle die Stirn. »Was?«

»Ich weiß es selbst nicht.« Er streckt den Finger seiner anderen

Hand aus, um mir eine Strähne aus der Stirn zu streichen. »Es hat mit diesem Jagdspiel angefangen, aber irgendwann …« Er zuckt die Achseln. »Da war auf einmal mehr in mir. Du willst wissen, woran es liegt?« Ich nicke. »Weil du alles bist, Paola. So viel mehr, als du siehst. Du bist wunderschön, und du weißt es nicht mal. Du bist so niedlich, jedes Mal, wenn du lächelst, weil irgendeine Stelle in deinen Büchern lustig war. Wie du dir abwesend immer wieder dieselbe Strähne aus dem Gesicht streichst, die einfach nicht halten will, weil sie zu widerspenstig ist. Genau wie du manchmal. In dem einen Moment bist du so süß und lieb, im anderen reckst du das Kinn und machst deinen Standpunkt klar. Und wenn du wütend bist, werden deine Wangen ganz rot, wusstest du das? Ich liebe es. Wirklich. Wenn sich deine Wangen verfärben, erst rosa, dann dunkler, und wie du dann die Nase rümpfst, diese kleinen Fältchen …« Er streicht über meine Nase. Ich kichere. »Aber auch, weil du mich siehst. *Mich,* Paola. Alles, was tief in mir steckt. Weil du da warst. Da bist. Nicht gegangen bist, als du erkannt hast, dass der große Charles Blackwell in Wahrheit nichts weiter als ein kaputter Haufen ist.«

»Du bist kein kaputter Haufen«, flüstere ich.

»Aber vielleicht will ich dich auch, weil …« Er küsst meinen Mundwinkel. »… du so süß und unschuldig wirkst, in Wahrheit aber darum bettelst, hart von hinten genommen zu werden?« Er haucht mir einen Kuss auf die Stelle zwischen Ohrläppchen und Hals. Ich erschauere. »Vielleicht, weil ich jedes Mal sofort hart werde, wenn ich deine großen Augen sehe, deine kleine Nase und die dunklen Sommersprossen in deinem Gesicht?« Er ist mir plötzlich so nahe. So verdammt nahe. Sein Finger malt jede einzelne Sommersprosse auf meiner Haut nach. Ich kann die winzig kleinen Poren in seinem Gesicht erkennen, so wenig Distanz herrscht zwischen uns. Ich spüre seinen Atem auf mir. Charles nimmt mein Ohrläppchen zwischen die Zähne, fährt mit der Zunge über meine Ohrmuschel. »Vielleicht, weil du die Einzige bist, die mir deutlich gezeigt hat, dass sie mich nicht ausstehen kann? Du weißt doch, wie es ist.« Er grinst an meiner Haut. »Man will immer das, was man nicht haben kann.«

Oh ja. Das weiß ich, Charles. Das weiß ich nur zu gut.

»Aber vor allem«, knurrt er, bevor er seine Stirn an meine legt, »weil du es *genießt*, dich mir zu unterwerfen.«

I LOVE THE WAY YOU STILL SAY PLEASE WHILE YOU'RE LOOKING UP TO ME

Paola

Mein Herz rast. Ich umfasse sein Gesicht mit zittrigen Fingern, streiche mit dem Daumen über die scharfe Linie der Wangenknochen.

»Küss mich, Charles«, flüstere ich.

Aber er schüttelt den Kopf. Plötzlich löst er sich von mir und zieht sich zurück. Erst denke ich, ich könnte etwas Falsches gesagt haben, aber dann sehe ich, wie schnell und abgehackt seine Atmung geht und wie hart seine Erektion gegen seine Hose drückt. Er baut sich vor mir auf und schluckt schwer. »Ich will dich«, raunt er. »Ich will dich ganz, Paola.«

Meine Lippen teilen sich. »Du meinst, du willst ...«

»Ja.« Er verzieht das Gesicht, als würde es ihn ungeheure Kraft kosten, sich zurückzuhalten. »Alles, was in den letzten Tagen passiert ist ... dieser Druck in mir ...« Er fährt sich durchs Haar, zieht an den oberen Strähnen und kneift die Augen zusammen. »Scheiße, ich will dich, aber es geht nicht. Ich kann keinen Sex haben.«

»Wa ...?« Eine Welle der Enttäuschung sickert durch mich hindurch. »Wieso nicht?«

»Du weißt, warum.« Er öffnet die Augen. Die sonst so hellgrüne Farbe wirkt plötzlich fast schwarz. »Weil ich Frauen wehtue.« Er schluckt. »Weil ich mich nicht kontrollieren kann.«

Wegen April, denke ich. *Und seiner Vergangenheit. Wegen allem, was er jahrelang mitanhören musste. Was ihm immer schon eingetrichtert worden ist.* Der Mann dominiert. Die Frau unterwirft sich. Der Mann *fickt hart*. Die Frau genießt es.

»Wir haben ein Safeword«, flüstere ich und frage mich im gleichen Atemzug, was in mich gefahren ist. Aber ich will das hier. Gott, ich will ihn *so sehr.* »Mississippi.« Ich schlucke. »Wenn … also, du würdest aufhören, wenn ich es sage, oder nicht?«

Er nickt. »Sofort.«

»Dann nimm mich.« Ich ziehe mir das große T-Shirt über den Kopf. Darunter trage ich keinen BH. Meine Nippel recken sich ihm willig entgegen. Ich beiße mir auf die Unterlippe, weil ich mich nicht traue zu sagen, was ich denke. Aber dann überwinde ich mich und tue es doch. »Fick mich, wie du es brauchst.«

»Das willst du?« In seinen tiefschwarzen Pupillen lodert ein Feuer auf. »Bist du dir sicher?«

Ich ziehe mir die Leggings samt Slip über die Beine, bis ich nackt und auf Knien vor ihm sitze und aus gesenkten Lidern heraus zu ihm aufsehe. »In keinem Universum könnte ich das hier nicht wollen, Charles.«

Einen Moment sieht er mich nur an, so ausdruckslos, dunkel und starr, dass er eine gotische Statue sein könnte. »Du musst mir versprechen, dass du mir sofort sagst, wenn es dir zu weit geht.«

»Versprochen.«

»Wirklich, Paola. Ich will … ich würde mich hassen, wenn ich dir wehtue.«

Ich lege eine Hand an seine Wange. »Ich werde es dir sagen, Charles. Du hast mein Wort.«

Kurz schließt er die Augen, schmiegt sich in meine Hand. Dann, plötzlich, schnellt seine Hand vor, umfasst mein Kinn. »Also gut.« Er beugt sich zu mir hinab. Auf einmal spüre ich seine Lippen auf meinen. Er küsst mich feurig, wild und hitzig, drängt seine Zunge zwischen meine Lippen und tanzt über meine. Charles zu küssen, ist wie Dynamit zu schmecken. Aufregend, verboten und absolut nervenaufreibend. Er hält mein Kinn fest umschlossen, damit ich diesem Kuss willenlos ausgeliefert bin. Niemals würde ich ihn unterbrechen, auch wenn seine Hand nicht da wäre. Aber so ist es um Welten geiler.

Bestimmend schließt er seine Lippen um meine, führt diesen dreckigen Zungenkuss an, lässt Zähne gegen Zähne stoßen, beißt mir in die Unterlippe, bis wir beide mein Blut auf der Zunge schmecken. Mir entkommt ein lautes Stöhnen, das er mit seinem Mund verschluckt, bevor er sich abrupt von mir löst.

»Für heute Nacht gehörst du mir«, raunt er. »Verstanden?«

In meiner Mitte zieht und pocht es. Ich spüre, wie die Feuchtigkeit meiner Lust durch meine Schamlippen gleitet. »Ja.«

Sein Grinsen ist diabolisch. »Braves Mädchen.« Dann öffnet er seinen Reißverschluss, zieht die Hose samt Boxershorts herunter und kickt sie achtlos beiseite. Ich kann nicht anders, als ihm schamlos auf die Erektion zu starren. So prall und stattlich, die Spitze rosig glänzend …

»Nimm ihn in den Mund«, fordert er.

In meinem Inneren hüpft etwas freudig auf und ab, weil es nur darauf gewartet hat, genau das zu tun. Auf den Knien rutsche ich bis zum Rand der Matratze. Charles umfasst meine Haare, wickelt sich den Pferdeschwanz um die Faust und zieht daran. Ein bittersüßer Schmerz gleitet über meine Kopfhaut. Das Pulsieren in meiner Mitte schwillt an. Gierig öffne ich den Mund, schließe die Lippen um seine Eichel und sauge an ihr. Charles' Lider flackern, während er die Luft in abgehackten Lauten von sich stößt.

»Fuck, ja.« Seine andere Hand schiebt sich durch meine Strähnen und drückt meinen Hinterkopf ruckartig vor. In der nächsten Millisekunde gleitet sein Schwanz in mich hinein, stößt bis in meinen Rachen. Überrascht reiße ich die Augen auf. Sein Druck ist unnachgiebig und fest. Und das macht mich extrem an. »Weiter, Babe.«

Mit der Zunge gleite ich über seinen Schaft, während ich an ihm sauge. Charles erzittert vor Lust. Plötzlich zieht er mich an dem Zopf zurück, ehe seine andere Hand mich wieder vordrückt. Er dirigiert meinen Kopf in schnellen Stößen vor und zurück, wirft den Kopf in den Nacken und stöhnt laut. Dieses raue Geräusch dringt mir bis ins Mark. Ich muss die Beine spreizen, weil das Pochen so stark wird, dass ich es kaum aushalte. Als ich spüre, wie sein Schaft zwischen meinen Lippen zu pulsieren beginnt, nehme ich meine Hand hinzu und reibe ihn in schnellen Bewegungen.

»Fuck, Pao… ah.« Abrupt zerrt er meinen Kopf zurück und schmeißt mich auf die Matratze. Ich keuche auf, als mein Rücken auf den Kissen landet. Charles baut sich über mir auf, und keine Sekunde später spüre ich, wie sein warmes Sperma auf mir landet.

Es ist *so viel*! Und überall. Auf meinem Bauch, meinen Brüsten, meiner Wange, über dem Mund. Instinktiv hebe ich den Arm und will mir über das Gesicht wischen, aber …

»Nicht.« Keuchend beugt Charles sich zu mir herunter, bis sein Gesicht direkt über meinem schwebt. »Das mache ich.«

Und dann …

… senkt er die Lippen auf meine Haut! Er lässt die Zunge über mein Gesicht gleiten, *leckt mich sauber*, küsst mich, seinen eigenen Geschmack auf der Zunge!

Das ist so verdammt dreckig, heilige Scheiße.

NO MONSTER, JUST A FALLEN ANGEL

Paola

»O Gott«, murmle ich atemlos, »das … fuck, das …«

»Was?« Er grinst. »Macht dich das etwa geil, Cortessa?«

Mir entkommt ein lustvolles Stöhnen, als er die Lippen ein letztes Mal auf meine legt und den Rest sauber leckt. Er schiebt die Zunge zwischen meine Lippen, berührt meine eigene Zunge, und ich schmecke sein salziges Sperma. Mein Stöhnen wird lauter. Drängend recke ich ihm das Becken entgegen. »Bitte«, flehe ich. »Mehr.«

Ich halte dieses Ziehen kaum noch aus. Es fühlt sich an, als stünde mein Körper unter Starkstrom.

Charles erhebt sich und öffnet eine Truhe am Ende der Matratze. Dann ist er plötzlich wieder bei mir, legt eine Hand um meine Hüfte und …

… wirbelt mich auf den Bauch. Im nächsten Moment landet seine flache Hand auf meinem Hintern. Der Klaps ist nicht stark, nicht schmerzhaft, aber hinterlässt ein angenehmes Brennen. Ich quieke vor Überraschung.

»Was war das denn?« Leise lacht er. »Willst du es etwa härter?«

»Vielleicht«, stöhne ich in das Kissen hinein.

Er knurrt. »Sag so was nicht.« Dann spüre ich ein raues Material an meinen Handgelenken und mir dämmert, was er vorhat.

Charles fesselt mich mit einem Seil.

Er bindet meine Arme fest aneinander, bis es unmöglich ist, sie zu bewegen. Ich drehe den Kopf, um sein Profil zu sehen, und beobachte, wie er sich das Hemd aufknöpft. Ein feiner Streifen dunkler Haare zieht sich zwischen seiner Brust bis zu seinem Bauchnabel, und dann diese Linien auf seinem Körper – wie eine Schlinge mit zart gestochenen Zahlen, die seine Muskeln umgibt, als würde er sich selbst fesseln, sich selbst einsperren, vor anderen zurückhalten. Ich wünschte, er würde mir verraten, was sie bedeuten.

Sein ganzes Wesen ist ein düsteres Kunstwerk.

Und dann entdecke ich den kleinen Stab in seiner Hand. An der Spitze ist ein silbernes Rad aus kleinen spitzen Nägeln angebracht. Meine Augen weiten sich.

Charles beugt sich zu mir herunter. »Entspann dich.« Die Stoppeln seines Dreitagebarts reiben über meine Wange. »Deine Lust wird das hier lieben. Und wenn nicht«, seine Zähne ziehen eine Spur über meinen Kiefer, dann beißt er mir sanft in den Hals, »nur ein Wort, und ich höre sofort auf.«

Ich nicke. Und als Charles dieses Nervenrad über meinen Po gleiten lässt, drücke ich den Kopf fest ins Kissen. Es ist ein so intensives Gefühl, wie ich es noch nie gespürt habe. Schmerzhaft, aber … antörnend. Berauschend. Meine stöhnenden Laute würden den gesamten Raum einnehmen, würde das Kissen sie nicht dämpfen.

»Gut so«, raunt Charles. »Du bist mir sowieso ausgeliefert.« Er lacht leise. »Also genieß es.«

Die Nadeln fahren über meinen Oberschenkel und nähern sich der pochenden Stelle meiner Mitte. Charles' Finger gleitet über meine Öffnung. Aus dem Augenwinkel erkenne ich, wie er ihn sich in den Mund schiebt und mich kostet. Ich beuge den Rücken durch vor Lust, recke meinen Hintern in seine Richtung, weil ich will, dass er das noch einmal tut.

»Fuck, bist du nass«, murmelt er.

Das Rädchen erreicht meine Klit. Bei der Berührung spreize ich meine Beine weiter, will, dass er es wiederholt. Die feinen Nadeln gleiten sanft über meine Perle, dann über die vor Lust pulsierenden Nerven an meiner Öffnung. Ich spüre, wie sich der Druck in mir aufbaut, wie die Welle überschwappen und Erlösung über mich bringen will.

»Noch nicht, Süße.« Charles merkt sofort, dass ich kurz davor bin, einen heftigen Orgasmus zu kriegen. Abrupt löst er seinen Finger von meiner Perle und zieht das Nervenrädchen zurück. Er steht darauf, die Kontrolle über meine Lust zu haben. Charles ist ein Meister des Edgings. »Du kommst, wenn ich will, dass du kommst.«

Frustriert stöhne ich ins Kissen, halte aber sofort inne, als ich höre, wie Charles eine Packung aufreißt. Ich öffne die Augen und sehe gerade noch, wie er das schwarze Kondom über seinen Schwanz rollt. In mir zieht sich alles zusammen vor Aufregung und Vorfreude. Ich will ihn in mir spüren. Ich will, dass er mich ausfüllt. Ich will, verdammt noch mal, endlich mit Charles Blackwell schlafen!

Seine Finger krallen sich in meinen Hintern. Dann berührt seine Spitze meine Öffnung, und ich höre ihn tief einatmen.

»Wie lautet das Safeword?«, fragt er.

»Mississippi.«

Er spielt mit seiner Eichel in meinem Eingang. Gleitet für ein paar winzige Millimeter hinein, zieht ihn wieder heraus. »Ich werde dich jetzt nehmen«, sagt er. »Und es wird hart, Paola. Es wird nicht so, wie du es kennst. So bin ich nicht.« Er zögert. Dann – »Ich bin nicht sanft.«

»Okay.«

»Sag, dass du das willst.« Wieder gleitet er ein Stück in mich hinein. »Sag, dass ich dich ficken soll.«

»Du sollst … ah.«

»Sag es!«

Ich beiße mir auf die Innenwange vor Scham. Dieser vulgäre Ton ist nicht ganz das, was ich gewohnt bin. »Du sollst mich ficken, Charles.«

»Imperativ.«

»Fick mich, Charles!«

»Geht doch.«

Und dann stößt er in mich. Nicht langsam. Nicht zart. Nein. Charles weiß, was er will, und er kommt zur Sache. Ich bin so nass, dass seine Spitze *sofort* auf meinen G-Punkt trifft. Das Gefühl ist überwältigend. Mein Mund ist weit geöffnet, meine Augen sind riesig, während mein Herz zu verarbeiten versucht, dass Charles und ich … dass er *in mir* ist. Zu spüren, wie seine harte Erektion mich ausfüllt, das kann ich nicht in Worte fassen.

Wieder wickelt er meinen Pferdeschwanz um seine Faust, zerrt meinen Kopf in den Nacken, während er fest und schnell in mich stößt. Das Klatschen erfüllt den Raum. Mit den Knien drückt er meine Beine weit auseinander, bis ich komplett gespreizt bin. Charles nimmt meine Klit zwischen zwei Finger und zupft an ihr. Ein süßer

Schmerz. Ein *geiler* Schmerz. Sein Penis gleitet so unkontrolliert und mit Kraft in mich und wieder heraus, dass mein Körper über die Matratze rutscht. Ich beiße in das Kissen, stöhne so laut, wie ich noch nie zuvor gestöhnt habe.

»Morgen wirst du wund sein«, keucht er. Ich spüre, wie der Gedanke ihn noch geiler werden lässt, wie er das Tempo noch einmal anzieht und die Stöße gröber werden. Wilder. »Du wirst wund sein, Süße, und ich werde da sein, um dich zu lecken. Und du wirst es ertragen, weil es dich zu geil macht, als dass du dem widerstehen könntest.«

Ja, denke ich. *Ja, bitte.*

Er schiebt einen Arm um meine Hüfte und hebt mein Hinterteil in die Höhe. Wieder gibt er mir einen Klaps auf den Hintern, und ich stelle fest, dass mir diese Art von sanftem Spanking gefällt. Er wirbelt mich herum, hebt meine Beine hoch und legt sie sich auf die Schultern. Bei jedem Stoß, mit dem er mich ausfüllt, klatscht es.

Klatsch, klatsch, klatsch.

Ich spüre das Brennen der Penetration in mir, aber es ist ein gutes Brennen. Eines, das die Lust noch steigert.

Charles nimmt meine Nippel zwischen seine Finger und zwirbelt sie. Ich winde mich unter seiner Berührung, spüre das Verlangen in vollen Zügen durch meinen Körper gleiten. Ich will ihn anfassen, will mich selbst berühren, zerre frustriert an den Fesseln, aber meine Hände bewegen sich keinen Millimeter.

»Wie ich schon sagte«, raunt er mit einem schiefen Grinsen. »Wenn du Sex mit mir willst, bist du mir willenlos ausgeliefert, Cortessa.«

Warum törnen mich diese Worte nur so sehr an?

Ich beuge den Rücken durch, dränge mich seinen Bewegungen entgegen, die immer schneller und abgehackter werden. Er zieht an meinen Nippeln. Schmerz durchzuckt die feinen Nerven, gesellt sich zu der alles übertreffenden Lust in meiner Mitte. Meine Perle ist angeschwollen und pocht, und bei jedem Stoß trifft Charles' Schaft gegen sie, treibt sie an, lässt mich wahnsinnig werden und benebelt mich.

Das hier ist das Dreckigste, das ich je getan habe. Aber es ist auch das Geilste.

Charles' Blick bohrt sich in meinen. Er fickt mich hart, gekonnt und hemmungslos. Immer wieder trifft seine Eichel auf meinen G-Punkt, zieht er fest an meinen Brustwarzen. Und als er dann eine Hand löst, über meinen Hintern gleitet und plötzlich mit einem Finger über meinen Damm fährt, sich immer weiter meinem Arsch nähert, klickt irgendetwas in mir aus.

Mein Stöhnen ist laut, fast ein Schreien, als sich alles in mir zusammenzieht und sich die Muskeln meiner Öffnung um Charles pulsierenden Schwanz schließen. Er sieht mir tief in die Augen, während ich komme.

Und ich habe den heftigsten Orgasmus meines Lebens.

Dichter Nebel verschleiert alles in mir, aber ich nehme noch wahr, wie Charles seine Hände an meine Waden legt und fest zudrückt, bevor auch er ein raues Stöhnen von sich gibt und ein paar letzte feste Male in mich stößt. Er drängt seinen Penis tief in mich, als er sich in mir ergießt. Meine Öffnung hört nicht auf, sich um seinen Schaft zu ziehen. Unsere keuchenden Atemzüge vermischen sich, und mein Hirn wabert irgendwo im Delirium. Der Schein von Kerzen und Lichterkette verwischt zu einem unscharfen Flackern. Nur weit entfernt spüre ich, wie Charles sich aus mir herauszieht. Die plötzliche Leere hingegen drängt sich mir unnachgiebig auf. Träge liege ich in den Kissen, meine Glieder bleischwer, ein wundes Pochen in meiner Mitte.

Ich fühle mich berauscht, glückselig und wie auf einer Überdosis Endorphine. Nach einer Weile spüre ich, wie Charles' erhitzter Körper sich an meinen schmiegt und er die Fesseln löst. Meine Hände bewegen sich keinen Millimeter. Sie liegen nur schlaff und träge auf den vielen Kissen.

Charles zieht die Decke über uns und schiebt seine Nase in mein Haar. »Jetzt weißt du, was mit mir nicht stimmt.« Seine Stimme klingt reumütig. Verängstigt. Zweifelnd. »Ich bin ein Monster.«

»Kein Monster«, nuschle ich, schon halb in den Schlaf abgedriftet. »Nur ein gefallener Engel, Charles.«

Nur ein gefallener Engel.

BOSS DOM, THE (NOUN)

Charles

Paolas Körper schmiegt sich an meinen wie ein passendes Puzzlestück. Ich bin vor einer halben Stunde aufgewacht und fühle mich ausgeschlafen wie seit Ewigkeiten nicht mehr. Neben Paola schlafe ich ohne Unterbrechungen, ohne einen einzigen abgefuckten Traum, der von den Schreien meiner Mutter oder dem Blut, das ihr aus den offenen Wunden rinnt, handelt.

Ich habe mich auf den Ellbogen gestemmt, stütze den Kopf mit der Hand und fahre mit dem Finger in sanften Linien über Paolas Arm. Sie sieht aus wie das beschützenswerteste, reinste Mädchen der Welt. Ihr dunkles Haar ist zerzaust, eine Strähne klebt an ihrer Wange, der Rest verteilt sich über die vielen Kissen und Decken. Der volle Rosenknospenmund ist leicht geöffnet und durch ihre darunter geschobene Hand noch voluminöser. Und ihre Nase … Ich habe eine Schwäche für diese Nase. Eine Stupsnase. In den Medien sagen die Leute »Schweinenase«, aber ich finde sie einfach nur gottverdammt süß.

Ihre dunklen Sommersprossen verzerren sich, als ein leichtes Lächeln auf ihrem Gesicht erscheint. »Wer hätte das gedacht.«

»Michelangelo.«

»Haha.«

Meine Lippen fahren ihre Kieferlinie nach, bevor ich ihr einen Kuss auf den Mundwinkel hauche. »Wenn du mir mit kryptischen Aussagen kommst, komme ich mit kryptischen Antworten.«

Ihre Lider flackern, aber die dichten Wimpern heben sich nicht. »Wer hätte gedacht, dass der Charles Blackwell, der mich vor wenigen Wochen erpressen wollte, damit ich verschwinde, jetzt neben mir liegt und meinen Arm krault. Vielleicht steckt doch ein Romantiker in dir.«

»Sag das nicht zu laut«, raune ich ihr mit einem Lächeln ins Ohr. »Nicht, dass ich noch anfange, dir zu glauben.«

»Lieber würdest du dich vom Berg stürzen, hm?«

»Mit ausgestreckten Armen.«

»Dann bitte ich um Verzeihung, Mylord.« Paola dreht sich zu mir um, legt eine Hand auf meine Brust und sieht zu mir auf. »Charles Blackwell, professioneller Bad Boy Millionaire und The Boss Dom aus Leidenschaft, ist *kein* Romantiker.«

Mein Mundwinkel zuckt. »The Boss Dom?«

»Ich finde, das ist eine treffende Bezeichnung.«

»Ist das überhaupt ein Wort?«

»Wenn nicht, werde ich dem DUDEN schreiben.« Mit der Fingerkuppe malt sie die tätowierten Linien auf meinem Oberkörper nach, als wolle sie dem Pfad folgen und das Ziel finden. »**Boss Dom**, der. Wortart: Substantiv, maskulin. Bedeutung: a) männliche Person an der Spitze des Unternehmens, dessen Genitalien sich daran erfreuen, andere zu unterwerfen. b) Vorgesetzter im Leben einer anderen Person, die sich an den sexuellen Vorlieben ihres Chefs erfreut. c) Charles Blackwell.«

»Klingt alles besser als Romantiker.«

Paolas Grinsen wird breiter. »Problem gelöst.«

Meine Hand fährt über ihre Hüfte, ihren Hintern. Sie erschauert. Ich seufze. »Jetzt, wo ich weiß, wie du dich anfühlst, werde ich nie wieder willensstark sein können.«

»Gut. Wir sollten das nämlich *unbedingt* wiederholen. Nur vielleicht nicht heute.«

Ich hebe eine Braue. »Wund?«

»Gott, warum *grinst* du so, wenn du das sagst?« Sie macht ein gespielt schockiertes Gesicht, teils belustigt, teils entsetzt. »Du bist verrucht, Charles Blackwell, ganz und gar verdorben.«

»Ich habe nie etwas anderes behauptet.«

»Touché.«

Ich lege eine Hand an ihre Wange und küsse sie auf die Stirn. »Frühstück?«

»Wenn du damit etwas zu Essen und nicht meine Vagina meinst?«

Ich lache leise. »Zu meinem größten Bedauern, ja. Aber wenn du noch einmal Vagina sagst, kann ich für nichts garantieren.«

»Vagina.«

»Du böses, böses Mädchen.«

»Va ...«

Bevor sie das Wort aussprechen kann, lege ich meine Lippen auf ihre. Ich schiebe eine Hand in ihr Haar, halte sie fest und küsse sie fordernd. Paola seufzt an meinem Mund. Sofort beginnt sie, sich an meiner Erektion zu reiben, ihre Finger in meine Brust zu krallen und lustvolle Laute von sich zu geben. Aber gerade, als sie ein Bein um meinen Oberschenkel schmiegt, schiebe ich sie von mir.

»Ich nehme meine Aussage zurück«, sagt sie. »Jetzt will ich doch.«

»Nicht heute.«

Paola wimmert frustriert. »Und wenn ich noch mal Vagina sage?«

Ich lache. »Nein.«

»Und ich dachte, ich hätte deine Willensstärke vernichtet.«

»Dir sollte klar geworden sein, wie sehr ich auf Sex mit dir stehe.« Ich schiebe die Fingerspitzen beider Hände in ihren Haaransatz, streiche ihre Strähnen zurück und sehe ihr tief in die Augen. »Aber dir sollte auch klar geworden sein, dass ich mindestens genauso sehr auf Edging stehe.«

»Edging ...« Sie scheint das Wort zu kosten, zu fühlen, wie es auf ihrer Zungenspitze zergeht. »Du meinst, mich geil zu machen, nur um mich dann zappeln zu lassen?«

Mein Mund nähert sich ihrem Ohr, und ich flüstere: »*Schlaues Mädchen.*«

Eine Gänsehaut überzieht ihren Körper. Sie weiß, dass ich diese Worte schon einmal zu ihr gesagt habe. Damals, in Dankenhaal, als sie noch nicht einmal wusste, wer ich bin.

»Zieh dich an.« Ich löse meine Hände von ihr und erhebe mich. »Und steig in den Wagen, wenn du fertig bist.«

Sie dreht sich auf den Rücken und macht keine Anstalten, ihren nackten Körper vor mir zu verbergen. Im Gegenteil. Paola räkelt sich wie eine verführerische Katze. Und, fuck ... meine Willensstärke baumelt an einem beschissenen seidenen Faden.

»Wo fahren wir hin?«

»Zum little dragon.«

Sie runzelt die Stirn. »Der Asiaimbiss von Ignotus bietet Frühstück an?«

»Ja. Shiyan gibt alles, um ihre Backkünste zu beweisen.« Mein Mundwinkel hebt sich leicht. »Ich habe versucht, sie fürs Blackwell Palace abzuwerben. Ihre Buttergipfeli und ihr Nussbrot mit Avocado sind um Welten besser als die unseres Bäckermeisters. Aber sie wollte nicht.«

»Wundert mich bei deinen … *Überzeugungskünsten.*«

Ich wende mich ab und konzentriere mich darauf, meine Kleidung über den Körper zu streifen, weil ich sonst über sie herfallen würde wie ein notgeiler Löwe. Aber sie ist wund. Ich will ihr nicht wehtun. Später werde ich sie lecken, definitiv, aber mehr nicht.

Ich nehme mein Hemd vom Boden und ziehe es an. Aus dem Augenwinkel sehe ich, dass sie immer noch erwartungsvoll auf der Matratze liegt. »Signora Cortessa, es ist kurz nach acht, und aus verlässlichen Quellen weiß ich, dass du in spätestens einer Viertelstunde deinen grünen Tee brauchst.«

»Und was für eine Quelle ist das?«

»Ich.«

»Du beobachtest mich im Speisesaal?« Aus ihrem Tonfall kann ich heraushören, dass sie die Brauen gehoben hat.

»Natürlich.« Ich knöpfe den letzten Knopf zu und steuere den Ausgang an. »Komm raus, wenn du fertig bist.«

Paola stößt einen frustrierten Seufzer aus. »Okay.«

Die eiskalte Luft bis zum Wagen am Fuß des Berges klärt meinen verschleierten Sexverstand wenigstens ein bisschen. Ich setze mich in den Bentley. Paola lässt sich auf dem Beifahrersitz fallen. Sie hat ihre Haare zu einem Knoten hochgebunden und trägt ihren schlabberigen L.A.-Pullover, der ihr bis zu den Oberschenkeln reicht, darunter die Thermoleggings. Den Chanel-Mantel legt sie auf den Rücksitz.

»Willst du den nicht anziehen?«, frage ich, während ich den Motor starte.

Sie schüttelt den Kopf.

»Warum?«

»Weil sonst die Sitzheizung nicht richtig kickt.«

Ich hebe eine Braue.

Sie zuckt die Achseln. »Musst du nicht verstehen. Ist vermutlich ein Frauending.«

»Vermutlich.« Ich nicke zum Gurt. »Schnall dich an.«

Sie verdreht die Augen. »Sì, mio Signore.«

Blitzschnell umfasse ich ihr Kinn, damit sie mich ansieht. »Und verdreh nicht noch einmal die Augen in meiner Gegenwart, *ragazza cattiva.*« Als ich fordernd meine Lippen um ihre schließe, spüre ich, wie sie unter meiner Berührung zergeht. Genauso fest, wie ich sie geküsst habe, löse ich mich wieder von ihr. »Capito?«

»Capito.«

Ich grinse. »Gut.«

Als ich sie loslasse und die Hände um das Lenkrad lege, rastet Paola den Anschnallgurt ein. Sie dreht den Kopf zum Fenster, weil sie ihr Lächeln vor mir verbergen will, aber es entgeht mir nicht.

Ich drücke aufs Gas und verlasse den Pfad zum Pass Suvretta, um mich der Strecke entlang des Piz Nair zu nähern. Das Radio spielt *Unholy* von Sam Smith. Paola errötet, presst ihre Schenkel aneinander.

Ich grinse. »Wieso bekomme ich gerade ein Déjà-vu, Cortessa?«

»Keine Ahnung, wovon Sie reden, Signore Blackwell.«

»Keine Ahnung also, ja? Vielleicht muss ich lauter stellen, um die besonders … *reizvollen* Erinnerungen zu wecken.« Am Lenkrad erhöhe ich die Lautstärke und schaue sie kurz an.

Paola schluckt. Ihre Wangen glühen, und sie beißt sich auf die Unterlippe.

Bei dieser Geste zuckt mein Schwanz. »Nächstes Mal will ich, dass du wieder zu diesem Lied für mich stripst, bevor ich es dir besorge.« Sie keucht. Ich lache leise. »Was denn, zu vulgär?« Als sie nichts entgegnet, füge ich hinzu: »Gewöhn dich besser dran, denn ich bin keiner dieser vorsichtigen, lieben Typen.«

Sie lacht trocken auf. »Das habe ich bereits gemerkt, keine Sorge.«

»Ich bin nicht besorgt.« Mein Mundwinkel zuckt. »Nur jemand, der dich warnt, weil er gern mit dem Feuer spielt.«

Ihre Augen werden groß. »Meinst du das ernst? Also, nutzt du Feuer wirklich, um …«

»Find's heraus.«

ARF'ARF'AN'ARF' ABOUT YOU

Charles

Es dauert nicht lange, bis wir das Zentrum erreichen. Ich parke den Wagen in der Innenstadt vor dem little dragon, steige aus und halte Paola die Tür zum Imbiss auf. Wie automatisch hebe ich eine Hand, um sie ihr auf den Rücken zu legen, lasse sie im letzten Moment jedoch wieder sinken. *Wir sind nicht mehr in den Bergen*, ermahne ich mich. *Ich werde Sofia heiraten müssen, und niemand darf auf die Idee kommen, dass ich es nicht ernst meine.*

Ein eigentümlicher Geruch hüllt uns ein: der Mix aus asiatischen Spezialitäten und frischen Backwaren. Im Hintergrund werden 90er-Hits gespielt. Gerade *Everybody* von den Backstreet Boys. Wenn Shiyan allein im Laden ist, macht sie, was sie will.

»Oh, guten, ähm, Morgen ihr zwei.« Shiyans Blick wandert von mir zu Paola und zurück zu mir. Ihre Strähnen werden von einem pinken Haarband mit Anime-Häschen zurückgehalten. An ihrer Wange klebt Mehl. Als sie den Kopf neigt, rieselt einiges davon auf die Arbeitsfläche. »Ich werde einfach so tun, als würde ich das nicht komisch finden, okay?«

»Hervorragend.« Ich lächle. »Im Gegenzug werde ich so tun, als wäre es ganz normal, dass dieses Restaurant herrlicher asiatischer Spezialitäten schweizerische Backwaren anbietet.«

»Und mit *Mambo Nr. 5* eine Good-Morning-90s-Party schmeißt.« Ein breites Grinsen erscheint auf Paolas Lippen. »Ich feier das, Shiyan. Echt.«

Shiyan kichert. »Was kann ich euch bringen?«

»Gipfeli mit Marmelade, Nussbrot mit Avocado«, sage ich. »Und Rührei.«

Sie nickt. »Getränke?«

»Einen grünen Tee und einen schwarzen Kaffee, bitte.«

»Alles klar, gern. Setzt euch.«

Wir suchen uns einen Tisch in der hintersten Nische. Kaum haben wir uns auf unsere Plätze fallen lassen, stiert Paola mich entgeistert an.

»Was?«, frage ich.

»Du trinkst deinen Kaffee ... *schwarz?*«

»Ja.«

»Aus welcher Hölle bist du gekrochen, du abnormales Wesen?!«

Ich lache. »Milchschaum verwässert den Geschmack.«

Sie blinzelt. »Willst du mir sagen, du stehst auf diese penetrante Säure?«

Lässig lehne ich mich im Stuhl zurück und streiche mir mit den Fingern über die Stoppeln an meinem Kinn. »Ich steh auf vieles, das penetriert.«

Sie verdreht die Augen.

»Cortessa«, mahne ich.

»Nimm dein Handy in die Hand«, sagt sie.

»Warum?«

»Mach einfach.«

Ich ziehe mein iPhone aus der Hosentasche und entsperre es. »Und jetzt?«

»Gib bei Google ein: Nach was schmeckt schwarzer Kaffee? Ich will wissen, was kommt.«

Ich tippe ihre Frage im Suchfeld ein.

»Und?«

»*Es schmeckt nach sinnlich-herrlicher Penetration.*«

»Als ob.« Paola schnappt sich das Handy und wirft einen Blick darauf. »Ha! Siehst du?«

Ich lache, weil ich weiß, was sie meint. Ganz oben ist ein Beitrag von Reddit: *Warum schmeckt schwarzer Kaffee so ekelhaft?*

Paola gibt mir das Handy zurück, aber bevor ich es nehme, erscheint eine Benachrichtigung von *tmz* am oberen Bildschirmrand.

Charles, Edward & Sofia – das mörderische Trio. Haben sie April ...

Mehr wird nicht angezeigt, aber es ist auch so eindeutig, worum es in diesem Artikel geht. Schnell nehme ich Paola das iPhone aus der Hand und stecke es ein.

Sie verzieht das Gesicht. »Stört dich das gar nicht?«

»Was?«

»Dass die Presse solche Sachen über euch schreibt? Euch als … als Mörder darstellt?«

Ich zucke die Achseln. »So arbeiten diese Leute. Ich kenne das seit meiner Jugend.«

»Aber das sind Mordanklagen!«

»Die niemand beweisen kann.«

»Aber die Leute glauben, dass es stimmt. Sie denken, du wärst ein Mörder, und es gibt eigentlich keine Beweise, die nicht belegen …«

»Ich habe dir gestern gesagt, dass ich April nicht getötet habe.«

»Du könntest lügen.«

Ich hebe eine Braue. »Glaubst du das wirklich?«

Sie beißt sich auf die Unterlippe, bewegt sich unruhig auf ihrem Stuhl. »Nein. Aber ich glaube, dass du mir nicht die ganze Wahrheit erzählt hast. Dass da noch irgendetwas anderes ist.«

Bevor ich etwas sagen kann, tritt Shiyan an unseren Tisch.

»So, euer Frühstück.« Sie nimmt die Teller und Tassen von ihrem Tablett und entlädt alles auf unserem Tisch. Um diese Uhrzeit ist noch nichts los. Auch ein Grund, warum ich den Imbiss ausgewählt habe. »Lasst es euch schmecken.«

»Danke, Shiyan.«

»Gern.« Hinter der Tür, die zur Wohnung der Hans führt, übertönen plötzlich laute Orchesterklänge von *Save Tonight* von Eagle-Eye Cherry. Kurz darauf folgt Ignotus' empörte Stimme. »Aber *Adelaide*, merkst du denn nicht, dass er dich gerade nur begehrt, weil er sehr arf'arf'an'arf' ist?«

Shiyan zwickt sich in die Nasenwurzel und schließt kurz die Augen. »Irgendwann batike ich diesem Jungen sein kostbarstes weißes Barockkorsett, das schwöre ich.« Sie öffnet die Augen wieder und wirft uns ein verzweifeltes Lächeln zu. »Entschuldigt mich kurz, ja?«

Paola sieht mich an. »Arf'arf'an'arf?«

»Viktorianisches Slangwort.« Ich nippe so genüsslich an meinem schwarzen Kaffee als wäre es Zaubersaft, der auf ewig jung macht. Ich liebe es, zu sehen, wie süß Paola daraufhin den Kopf schüttelt. »Bedeutet, dass jemand sehr betrunken ist.«

»Oh, okay. Wahrscheinlich ist Ignotus wieder in einem seiner Onlinemeetings.« Eine Weile konzentriert sie sich auf ihr Rührei. Als die Orchesterklänge schwinden und Shiyans Playlist auf *Torn* von Natalie Imbruglia wechselt, sagt sie: »Ich glaube nicht, dass du sie getötet hast.«

Langsam nicke ich. Ich esse mein Gipfeli, ohne dass Krümel auf meiner Hose landen oder Marmelade auf mein Hemd tropft. Bei Paola sind schon drei grüne Flecken von dem Avocadobrot unter dem LOS-ANGELES-Schriftzug. Ich weiß nicht, warum ich das so niedlich finde.

»Es gibt Neuigkeiten«, sage ich.

»Was denn?«

»Über deinen Bruder.« Ich räuspere mich. »Meine Leute haben ihn in den Straßen von San Luca umherlaufen sehen, bis er in einem Haus verschwunden ist.«

Die Tasse in ihrer Hand beginnt zu zittern. Grüner Tee landet auf ihren Leggins. »Was für ein Haus?«

»Den Recherchen zufolge ein ganz normales. Normale Familie, Ehepaar.«

»Was wollte er da?«

»Keine Ahnung.«

»Ist er danach noch mal gesehen worden?«

»Ja. Er ist zurück zu deiner Mutter. Leider aber wieder entwischt, bevor wir ihn rausholen konnten. Und deine Mutter meinte, sie hätte mal wieder keine Ahnung.«

»Klar.« Sie trinkt einen großen Schluck von dem heißen Getränk, als würde sie dadurch einen Kloß in ihrer Kehle vertreiben wollen. »Ich schäme mich, dass du sie kennengelernt hast.«

»Unsinn.«

»Meine Nonna meint, vor meiner Geburt war sie eine andere Person. Hat immer versucht, sie damit in Schutz zu nehmen. Klar, ist ja ihre Tochter. Sie möchte das gute Bild von ihrem Mädchen aufrechthalten.«

»Also meint deine Großmutter, deine Geburt hat sie verkorkst?«

Sie verzieht das Gesicht. »Wenn du das sagst, klingt es so hart.«

»Verzeihung, aber …« Ich stelle meine Tasse ab, greife mit der Hand über den Tisch und drücke ihre. »Das *ist* hart.«

Sie zuckt die Achseln. »Sie kam mit der Mutterrolle nicht zurecht.

Hat sie zerstört. In meinen frühsten Kindheitserinnerungen war sie sogar noch bemüht. Zwar gestresst und so, aber hat noch gekocht, war mit mir spazieren. Irgendwann hat sie sich in ihre Onlinegames gestürzt und ist nie wieder daraus aufgetaucht.«

»Onlinegames?« Die Hintertür öffnet sich, und Shiyan kommt wieder in den Laden. Sofort ziehe ich meine Hand zurück, kratze mich stattdessen im Nacken, um die Bewegung zu rechtfertigen. Mir entgeht nicht, wie Paolas Gesichtszüge enttäuscht erschlaffen. »Du meinst das, was sie gespielt hat, als wir da waren? *World Of Warcraft*?«

»Auch, manchmal. Aber meistens *Habbo Hotel*.«

»*Habbo Hotel*?«

»Ein virtuelles Hotel und jeder dort ist so eine komische Figur, die aussieht wie von Playmobil.«

»Interessant.«

Paola seufzt. »Eine Weile hatte ich einen Account auf unserem Schulserver und bin online gegangen, nur um in diesen Raum zu gehen, in dem meine Mutter immer ist, damit ich wenigstens als anonyme Person ein vernünftiges Gespräch mit ihr führen kann.«

»Gott.« Scheiße, das macht etwas mit mir. Ich will direkt in den Helikopter steigen und wieder nach San Luca fliegen, um diese Frau anzubrüllen. »Das ist grausam.«

Paola stellt die Tasse ab, nimmt die Gabel in die Hand und pikt nach einer Tomate. »Irgendwann wurde ich erwischt. Es gab keine Strafe, weil viele Schüler sich bis dahin immer wieder online rumgetrieben haben, aber danach wurde das Internet für den Server gesperrt.« Sie seufzt. »Ist auch egal. Jedenfalls habe ich hart gearbeitet, um mich um Gabriel zu kümmern. Seine Privatschule zu zahlen, ihm gute Klamotten kaufen zu können, den Fußballverein zu finanzieren. Und als Van Dyk meinte, wir könnten hier beide neu anfangen, dass er Gabe nachholen könne, wenn ich im Gegenzug etwas für ihn täte, da bin ich schwach geworden.«

»Und allein konntest du ihn nicht mitnehmen, weil deine Mutter das Sorgerecht noch hatte.«

Jetzt presst sie die Lippen zusammen, als hätte ich den Finger in die Wunde gelegt. »Van Dyk meinte, er hätte die besten Anwälte. Mit all den Fakten und Zeugen, dass ich mich seit seiner Geburt um

Gabriel gekümmert habe, könne er gerichtlich bewirken, dass ich das Sorgerecht erhalte. Und Kontakte bei den Behörden.«

»Ja.« Ich stoße die Luft aus, die ich unwillkürlich angehalten habe. »Er ist so ein Bastard. Aber wenn wir Gabe erst mal haben, kann mein Onkel nichts mehr dagegen tun. Jetzt hast du das Sorgerecht, Paola.«

Sie nickt. Ihre Augen glänzen. Paola versucht krampfhaft, die Tränen zurückzuhalten. »Ich mache mir aber Sorgen. Er meldet sich kaum, verrät mir nicht, wo er ist. Übergeht meine Fragen, behauptet alle paar Tage, es ginge ihm fabelhaft und ich sollte mir keine Sorgen machen, obwohl er vor Kurzem noch gefleht hat, schneller zu machen und ihn da wegzuholen. Ich …« Sie holt stockend Luft. »Ich weiß nicht, was ich tun kann und wieso er mir nicht einfach sagt, wo er steckt und …«

»Hey.« Am liebsten will ich aufstehen und sie in meine Arme nehmen, aber ein paar Leute haben gerade den Laden betreten und werfen uns schon neugierige Blicke zu. Ich hasse das. Ich hasse, dass sie diese Macht über mein Leben habe. »Hör zu, Paola.« Ich suche ihren Blick, und als sie zulässt, dass ich ihn halte, füge ich in eindringlichem Ton hinzu: »Ich helfe dir, okay?«

»Aber –«

»Kein Aber. Wir kriegen ihn da weg. Ich finde heraus, was da los ist, und dann holen wir deinen Bruder.«

Sie stößt zittrig den Atem aus. Und dann rollt doch eine Träne über ihre Wange. Ein zaghaftes Lächeln auf ihren Lippen, ehe Paola die salzige Spur fortwischt. Dann umfasst sie wieder den Amethyst, der sich wie ein Beschützer in die kleine Kuhle ihres Halses gräbt. »Danke«, flüstert sie.

Sie ist schon vorher in mein Herz gekrabbelt und hat sich dort eingenistet. Aber ich glaube, das hier ist der Moment, in dem mein Herz seine Krallen ausfährt und sie endgültig für sich beansprucht. Es ist so intensiv, ein so einnehmendes Gefühl, dass ich glaube, mein ganzer Körper erzittert. Paola lebt in meinem Herzen, während ich weiß, dass ich eine andere Frau heiraten muss. Und dann kommt mir ein Satz in den Sinn, der nie passender geklungen hat. Als hätte Friedrich Schiller *Kabale und Liebe* nur für diesen Moment geschrieben.

In meinem Herzen liegen alle meine Wünsche begraben.

ASPEN x ST. MORITZ

Paola

»Es gleicht einem Wunder, dass wir diese Plätze bekommen haben.« Ignotus schlürft an der Sahnehaube seines Frappés, den Emma ihm eben gebracht hat. Nachdem sie mich mit Fragen gelöchert hat, wo zur Hölle ich letzte Nacht war, als sie aufgewacht ist und nach Norbert Nacktmull gerufen hat. Sie kann ohne ihn nicht mehr schlafen, und er ist ihr aus dem Arm gefallen. »Am Abend der Eisshow ist der Außenbereich vom Coffee o' Clock gleichzusetzen mit einem Ticketportal, eine Minute bevor der Konzertverkauf von Harry Styles beginnt.«

»Was hast du nur mit Harry Styles?« Lisbeth klemmt die Wolldecke unter ihren Oberschenkeln fest, ehe sie ihre Finger um ihre heiße Ovomaltine legt. Sie rümpft die Nase. »Diese Schmalzlocke ist nichts gegen Taylor Swift.«

»Was sagst du dazu, Paola?« Ignotus überschlägt ein Bein und wippt mit seiner zweifarbigen Pointed-Toe-Stiefelette. Durch den Schlitz seines Mantels kann ich erkennen, dass er heute feierliche Knickerbocker über einer weißen Strumpfhose trägt. »Team Harry oder Taylor?«

»Äh, keine Ahnung. Harry ist der von One Direction, oder?«

»Früher.« Neben mir richtet Blair ihr modisches Schleifenband, das ihren hohen Zopf in Position hält. »Harry ist der, von dem ich dir erzählt habe. Der seinem Kollegen auf die Hände gerotzt hat.«

»Oh.« Ich verziehe das Gesicht. »Dann Taylor. Ganz klar. Ich boykottiere Menschen, die sich für wütende Lamas halten.«

»Aber das war nur ein Gerücht!«, protestiert Ignotus. »Das ist *nicht* passiert! Ihr kennt doch die Presse.«

Die Sonne ist fast untergegangen. Der ganze Außenbereich ist umgeben von gemütlichen goldenen Lichterketten, die Tannen sind mit bunten Kugeln und Engelsfiguren geschmückt, und heute spielt statt des jungen Pianisten eine Liveband bekannte Songs. Gerade singen sie eine Akustikversion von *As It Was* von Harry Styles, was Ignotus entzückt in die Hände klatschen lässt.

»O Gott, Leute.« Emma tritt an unseren Tisch, mehrere Getränke auf ihrem Tablett. Sie trägt ein schwarzes Stirnband, das ich ihr gehäkelt habe, und eine Bomberjacke mit dem BP-Logo, weil sie heute nur den Außenbereich übernehmen soll. »Es sind so viele Menschen hier, ich verliere den Überblick. Rettet mich jemand?«

»Deine Schicht geht doch erst seit«, ich werfe einen Blick auf meine Armbanduhr, »zwanzig Minuten.«

»Ja, und in diesen zwanzig Minuten bin ich schon zweimal über ein Handtaschenhündchen gestolpert, habe einen Schümli Pflümli über die Kronprinzessin von Spanien geschüttet, ihr hinterher die Stiefel geküsst und bin mit meiner Bauchtasche an Laxons Kuchengabel hängen geblieben, weil er seinen Jungs irgendetwas erzählt und dabei gestikuliert hat.« Emma stellt einen grünen Tee vor mir und eine Caramel Latte vor Blair ab. »Kann mir mal jemand sagen, warum ich so sehr für diese Schicht gekämpft habe?«

»Weil sie fünfundzwanzig Franken die Stunde bringt«, sagt Blair. »Plus astronomisches Trinkgeld.« Sie seufzt. »Ich wünschte, sie hätten mich eingeteilt.«

»Ich auch.« Sehnsüchtig gleitet ihr Blick zu den Eiskunstläufern auf dem gefrorenen Moritzersee. »Dann könnte ich einfach mit euch hier sitzen und die Show genießen. Letztes Jahr war das *After Christmas Eve On Ice* mein Jahreshighlight.«

»Dieses Jahr soll es noch besser werden«, sagt Lis. Sie schiebt sich die Mütze weiter über die Ohren, bis bloß noch die Spitzen ihres Pixieschnitts hervorlugen. »Hab gehört, das Blackwell Palace hat Läufer von der iSkate in Aspen für die Show einfliegen lassen.«

»Oscar Addington soll dabei sein.« Blairs Ton klingt sehnsüchtig verzaubert. »Gott, dieser Typ ist so hot. Eine 10 von 10.«

»Gwen ist heißer«, entgegnet Lis.

»Wer ist Gwen?«, frage ich.

»Seine Freundin«, antwortet Emma. »@Gwentastic und @Oscating sind *das* Icefluencer-Paar auf Insta. Wirklich, Paola, du brauchst ein internetfähiges Handy, damit du weißt, was auf der Welt abgeht.«

»Danke, nein. Ich lebe sehr zufrieden in meiner Snakewelt, in der es nur darum geht, meine verpixelte Schlange zu füttern, bis sie gegen ihren eigenen Körper schmettert und stirbt.«

»Ich wünschte, du hättest diese Mordlust auch gegenüber Karl der Krabbe.« Emma seufzt schwer. »Ich muss weiter. Raúl versucht, jeder seiner drei Freundinnen unauffällig Getränke auszugeben, die ich genauso unauffällig überbringen muss, Sofia will ihren Martini, *bevor* sich darin Eiskristalle bilden, und Lena Gerbensteyn aka Wednesday Adams wartet auf ihren Holdrio.«

»Ein Wunder, dass sie keinen blutigen Absinth bestellt hat«, sagt Ignotus.

»Viel Glück«, füge ich hinzu. »Und versuch, Raúls Freundinnen eine geheime Botschaft zu überbringen, dass sie diesen Kerl abschießen sollen.«

»Am besten mit den Eiskristallen aus Sofias Martini«, murmelt Lis.

»Eigentlich waren die schon getrennt«, murmelt Blair. »Sind wohl wieder zu ihm zurück.«

»Woher *weißt* du das immer alles?«, fragt Lis.

Emma seufzt. »Ich gebe mein Bestes.« Dann verschwindet sie zwischen den Tischen.

»Schaut mal.« Mit dem Kinn deutet Ignotus zu den VIP-Tischen direkt vor dem See. »Da ist Charles.«

Die Band geht über zu einer Akustikversion von *Love Story* von Taylor Swift, als Charles seiner Verlobten einen Kuss auf die Schläfe drückt, ehe er sich in den Stuhl neben ihr niederlässt. Ein Kuss, den er nur Stunden zuvor mir gegeben hat, dieselben Lippen, derselbe Mann.

Mein Herz verpasst einen Sprung. *Nur Show*, sage ich mir. *Und Sofia weiß das. Sie spielt genau dasselbe Spiel für die Öffentlichkeit. Alles gut, Paola.*

Aber warum fühle ich mich dann, als hätte mir Mister Miyagi gerade in die Magenkuhle getreten?

Ich ziehe den Mantel enger um meinen Körper und richte die Wolldecke über meinen Beinen. Als ich meine Hände um die Tasse mit dem dampfenden grünen Tee schließe, bemerke ich aus dem Augenwinkel, wie intensiv Lisbeth Charles' Tisch fixiert.

»Alles okay?«, frage ich sie.

»Ja.« Lis beißt sich auf die Unterlippe. »Manchmal frage ich mich nur, wie viel Macht die Welt auf einen haben kann. Wann es passiert, dass man nicht mehr zurückkann, sondern die Marionette der Gesellschaft wird.«

Ich runzle die Stirn. »Woher …« Ich räuspere mich. Sie kann doch unmöglich wissen, dass die beiden dieses Spiel spielen? »Was meinst du?«

Lis antwortet nicht sofort. Sie presst die Lippen zusammen und blickt grimmig drein, bis sie schließlich den Kopf schüttelt und sich abwendet. »Schon gut.«

»Wie laufen eigentlich die Hochzeitsvorbereitungen?« Ignotus sieht von mir zu Blair und zurück. Er richtet seinen Stehkragen und rührt mit der Manier eines edlen Mannes in seinem Darjeeling-Tee herum. »Bisher alles reibungslos oder anstrengend?«

Ein weiterer Tritt. Diesmal in meinen Solarplexus. Meine Finger versteifen sich um die Tasse, kurz verschwimmt die Sicht vor meinen Augen, während ich starr geradeaus blicke.

»Ganz gut.« Blair nippt an ihrer Latte und lässt den Blick schweifen. Das goldene Lämpchen einer Lichterkette bettet ihren Schein auf Blairs porenfreie Wange. »Mit dem Blumenarrangement sind wir fast durch, der Sitzplan steht auch. Gerade hadert Sofia mit der Entscheidung, ob es eine Orchesterband oder Elton John für die Musik werden soll. Aber es gibt etliche Diskussionen mit Anneli.« Sie verdreht die Augen. »Gestern ist sie durchgedreht, weil sie meinte, es müsse ein Verbot aller grünen Lebensmittel und Kleidungsstücke ausgesprochen werden.«

Lis runzelt die Stirn. »Warum?«

»Weil Anneli davon überzeugt ist, ihr Neffe würde ansonsten von Elfen entführt.«

Ignotus trinkt seinen Frappé. Ein paar Tropfen landen auf seinem Mantel. »Wie bitte?«

»Ist das nicht ein schottischer Brauch?« Es gelingt mir, meine Stimme tonlos zu halten. Aber es kostet mich jede Beherrschung. Dabei starre ich den Teebeutel in meiner Tasse nieder wie ein Wrestler seinen Gegner kurz vor der Schlacht. »Nichts Grünes erlaubt, um die Elfen fernzuhalten?«

Blair nickt. »Anneli hat fünf Jahre dort gelebt. Nach ihrem Abschluss. Aber im Gegensatz zu anderen, die wissen, dass dieser Brauch zum Spaß dort eingehalten wird, glaubt sie *wirklich*, dass die Elfen kommen.«

»Und ich dachte, ich wäre sonderbar«, murmelt Ignotus.

»Wart's ab, kommt noch besser.« Vorsichtig nippt Blair an ihrem Getränk und tupft sich danach die nudefarbenen Lippen. »Als Anneli gehört hat, dass Charles einen dunkelgrünen Anzug beim Schneider gewählt hat, passend zu seinen Augen, soll sie nachts ein Ritual mit Kerzen und Kreidesymbolen und allem in der Kapelle des Hotels durchgeführt und die Elfen um Erbarmen angefleht haben.«

Ignotus und Lis lachen, aber in mir gefriert alles. Dafür gibt es zwei Möglichkeiten: Entweder hat Sofia die Eiskristalle aus ihrem Martini auf mich abgefeuert, oder die Neuigkeit, dass Charles bereits seinen Anzug ausgewählt hat, erschlägt mich.

Wird er die Hochzeit nach gestern etwa wirklich durchziehen?

»… Paola?«

Blinzelnd wende ich mich von dem ersaufenden Grünteebeutel in meiner Tasse ab und sehe Blair an. »Was?«

»Wie es mit der Weinauswahl vorangeht.«

»Ähm.« Die Gedanken in meinem Kopf brauchen einen Moment, um sich zu fügen. »Gut, glaube ich.«

Ehrlich gesagt habe ich noch nicht angefangen. Ich drücke mich seit Tagen davor. Jedes Mal gebe ich mir einen Ruck, blättere durch die Kataloge, bis die Bilder und Texte vor meinen Augen verschwimmen und ich mir einrede, zu müde für eine Entscheidung zu sein. An diesen Tagen habe ich jede Nacht von der Hochzeit geträumt, nur dass es nicht Sofia war, die den Gang zu Charles emporgeschritten ist, sondern ich, woraufhin Charles schockiert die Augen aufgerissen, mit dem Finger auf mich gezeigt und »eine Betrügerin, eine Betrügerin!«, gerufen hat. Jedes Mal erwache ich schweißgebadet neben Norbert Nacktmull, der mir vorwurfsvolle Blicke aus seinen Meth-Augen zuwirft. Ich sollte diese Ratte verbrennen.

Lis räuspert sich. Sie setzt sich aufrecht, umklammert ihre Tasse genauso fest wie ich meine. »Schaut mal, da ist die Läuferin, die zu Olympia fährt.«

»Paisley Harris«, sagt Ignotus in einem träumerischen Ton. »Ich wünschte, sie wäre meine Freundin.«

»Du wünschst dir auch, Meghan Markle wäre deine Freundin«, sagt Blair. »Und letztes Jahr warst du unsterblich verliebt in Kokos-Kora und hast geheult, als Giu aus dem Casino mit ihr zusammengekommen ist. Echt, dein Typ geht geschmacklich so weit auseinander wie Wasabi und Almased. Manchmal scharf, manchmal fragwürdig.«

»Was ist Almased?«, fragt Ignotus.

»Ein unfassbar widerlicher Abnehmshake«, entgegnet Lis.

»Ernsthaft?« Fassungslos sieht er sie an. »Du vergleichst Kokos-Kora mit einem Abnehmshake?«

»Nur, weil sie fragwürdig ist.«

»Wer ist Kokos-Kora?«, frage ich.

»Ein Mädchen aus dem Housekeeping, das Kokosnussschalen über ihren Brüsten trägt, Tupperpartys mit Anneli organisiert und auf ihrem YouTube-Channel zu beweisen versucht, dass die Erde eine Scheibe ist«, sagt Blair.

»Anneli liebt sie«, fügt Lis trocken hinzu.

Die Band spielt die letzten Klänge von *Love Story* und der Typ mit der karierten Fliege, der auch schon das Find-Your-Winter-Princess-Event der Silvesternacht moderiert hat, betritt die Bühne. Heute trägt er eine Wichtelmütze auf dem Kopf. »Einen schönen nachträglichen Heiligen Abend«, sagt er in die Runde. »Es ist wie jedes Jahr: Nie können wir die magischen Feiertage ziehen lassen, und so sind wir hier, um bei einem allerletzten Abend Abschied zu nehmen und das neue Jahr willkommen zu heißen. Wir alle haben lange auf die alljährliche, legendäre Show auf dem Eis hingefiebert. Nun ist es so weit. Genießt die Kür der Eiskunstläufer zu der wunderbaren Coverversion von *Stille Nacht* und vor allem«, der Moderator hebt sein Glas in die Höhe, »trinkt genug Schümli Pflümli, damit ihr euch morgen nicht mehr daran erinnert, was ihr heute vielleicht nicht hättet tun sollen, und vergesst nicht: nach dieser Nacht wird nur noch der Dreikönigstag kommen, dann muss der Weihnachts- und Endjahresblues sein Ende nehmen. Ein frisches, unschuldiges Jahr ist angebrochen, Leute!« Er zwinkert, und die Menge lacht. Dann schreitet er die Treppe herunter, die Band fängt an zu spielen und die

Scheinwerfer beleuchten den See. Die blonde Eiskunstläuferin, auf die Ignotus steht, leitet die Show mit einer wunderschönen Pirouette ein. In ihrem weißen Kleid mit den vielen glitzernden Pailletten sieht sie aus wie ein Weihnachtsengel. Sie macht eine anmutige Schrittfolge, die mehr Ästhetik besitzt als Emmas kompletter Pinterest-Feed, und eine Abfolge an wunderschönen Sprüngen.

»Wow«, haucht Ignotus. »Ich will sie heiraten.«

»Sie ist vergeben«, entgegnet Blair. Plötzlich setzt sie sich aufrecht, umklammert ihre Tasse. »Da ist Oscar! Und Gwen!«

Ich beobachte den Typen, der gemeinsam mit einem wunderschönen Mädchen auf das Eis gleitet. Das Erste, was ich denke, ist, dass er aussieht wie ein Schrank. Er ist so breit und muskulös, und ich frage mich, wie er in sein nachtschwarzes Kostüm passt. Jedoch wundert es mich kein bisschen, dass er seine Partnerin plötzlich in die Luft hebt und herumwirbelt, als würde sie weniger als eine Feder wiegen.

Die Menge vor dem CoC schnappt nach Luft, Applaus folgt. Die Band stimmt den Refrain an und ein weiteres Pärchen betritt das Eis. Ein Mädchen mit feuerrotem Haar macht eine Mondfigur, während sie ein Typ mit süßen Locken und professionellen Bewegungen umtänzelt.

»Ich glaube, die beiden stellen eine Schneeflocke dar«, murmelt Lis. »Sieht so aus, oder?«

»Das ist wunderschön.« Mein Blick klebt an diesen Eiskunstläufern, die aussehen, als würden sie das Leben in seinen magischsten Momenten malen. Ein schweres Gewicht legt sich auf meine Brust, so sehr berührt mich diese Show. Ich vergesse sogar Charles und Sofia. Dieser Moment, die warmen Lichter, das Weihnachtslied, das Kratzen der Kufen auf dem Eis, die Magie ihrer Bewegungen. »Wie … wie können Menschen in der Lage sein, so etwas Atemberaubendes zu erschaffen?«

»Indem sie lieben, was sie tun«, murmelt Blair.

Die ganze Zeit über klebt mein Blick wie gebannt auf der Show. Und als sie endet, spüre ich ein seltsames Gefühl von Glück, Melancholie und den Zauber der Weihnacht in mir, obwohl die Feiertage längst vorüber sind. Ein emotionaler Cocktail, der mich aufwühlt und gleichermaßen erfüllt.

Die Menge jubelt, und als die Eiskunstläufer sich zurückziehen, stehen viele auf, um sich neue Getränke zu holen oder auf der Toilette zu verschwinden.

»Ich bestell Kafi Lutz bei Emma«, sagt Blair. »Wollt ihr auch? Aber, ich warne euch: Das Zeug ist heftig.«

Ignotus und ich nicken. »Bitte«, murmle ich, »je heftiger, desto besser.«

»Ich komm mit.« Lis erhebt sich und schiebt die Wolldecke auf ihren Stuhl. »Meine Beine sind eingeschlafen.«

Als die beiden verschwinden, spüre ich plötzlich mein Handy in der Manteltasche vibrieren. Sofort ziehe ich es heraus und sehe aufs Display.

Gabriel.

Mit polterndem Herzen nehme ich den Anruf an.

WHEN SILENCE FADES, THERE COMES A NOISE IN THE DARK

Paola

»Gabe, hi!«

»Ciao, tata.«

Sofort sammeln sich Tränen in meinen Augen. *Er lebt. Ihm geht es gut genug, um mich anzurufen.* »Wie geht es dir?«

»Super. Mach dir keine Gedanken.« Was er sagt, hallt nicht in seiner Stimme wider. Mein Bruder klingt ausdruckslos und leer. »Ich wollte dich etwas fragen. Du meintest zu mir, die Blackwells führen diese Wassermarke.«

»Ja.« Die Band fängt wieder an zu spielen. Ich muss mir einen Finger in das andere Ohr drücken, um ihn besser zu verstehen. »Warum? Hast du dein Referat gehalten?« Kurz zögere ich. »Gehst du wieder zur Schule?«

»Ja, klar. Aber das Referat kommt noch.« Erleichterung. Und dann, nur Sekunden verzögert, ein fremder Gedanke: Er könnte mich anlügen. Das war nie eine Option. Nicht mit Gabe. Ich wusste, ich konnte ihm immer blind vertrauen. Aber jetzt scheint alles anders. »Weißt du, wo die Blackwells ihr Wasser her beziehen?«

»Äh, keine Ahnung. Verschiedene Standorte, denke ich.«

»Ah. Okay.« Ich spüre, dass er noch etwas sagen will, deshalb warte ich. »Auch in Italien?«

»Weiß ich nicht.«

»Hm, okay.« Bei ihm im Hintergrund klingt es still. »Und dieser Typ, der dich geholt hat, arbeitet für die Blackwells, oder?«

»Van Dyk? Ja. Er ist für die Auslandseinsätze und das Personal zuständig. Aber das habe ich dir doch schon erzählt.«

»Jaah. Aber war der das erste Mal hier, als er dich besucht hat? Oder vorher schon?«

»Keine Ahnung. Warum ist das für dein Referat wichtig?« In mir macht sich ein ungutes Gefühl breit. »Gabe, was ist los?«

»Nichts. Schon gut.«

»Gabe.«

Er räuspert sich. »Papa meint, die Mafia ist wütend wegen irgendwas, das mit dem Typen zu tun hat.«

»Was?«

»Keine Ahnung.«

»Wo ist Matteo?«

»Unterwegs.«

»Kam er überhaupt mal nach Hause in letzter Zeit?«

»Weiß ich nicht.«

Weil er selbst nie zu Hause ist.

»Gabe, wo treibst du dich rum?«

»Zu Hause.«

»Charles und ich wollen dich holen. Sag mir einfach, wo du bist, komm schon. Dann bist du bei mir. Ich habe jetzt das Sorgerecht und –«

»Pao, es ist alles gut. Du brauchst dein Leben wegen mir nicht umzuwerfen. Wirklich.«

»Lüg mich nicht an, Gabe.« Unendliche Trauer breitet sich in meinem Magen aus wie ein geplatzter Wasserball. So viele Lügen von einem Jungen, der niemals gelogen hat. »Dir geht es nicht gut. Ich höre es.«

Kurzes Zögern. »Doch. Ich bin zu Hause. Alles cool.«

Ich stoße die Luft aus. »Dann sag mir, was Mamma macht.«

»Spielt Computer, glaube ich.«

»Du glaubst?«

»In *Habbo Hotel* ist doch heute ein Special im Rockefeller-Raum.«

Kurz schließe ich die Augen. »Das war eine dumme Frage, weil sie immer am Computer sitzt. Sag schon, wo du bist.«

»Zu Hause.«

»Lüg. Mich. Nicht. An«, zische ich. »Wo bist du?«

»Ich bin zu Hause, tata. In meinem Zimmer.« Er zögert. »Schaue *Schöne Bescherung* noch mal auf DVD, weil ich es an Weihnachten vergessen habe.«

Mein Hals wird eng. Das war unser Ritual. Jeden Heiligabend habe ich Panettone-Kuchen gebacken, mich mit Gabe aufs Sofa gekuschelt und diesen Film mit ihm geschaut, während Mamma mit ihren Onlinefreunden im Headset gesprochen und uns nicht wahrgenommen hat.

Bei Gabe im Hintergrund höre ich plötzlich eine Tür zuknallen. Dann die Stimme meines Stiefvaters, der »Schnell, schnell, fahr los!« ruft.

»Gabe?!« Meine Augen weiten sich. »Fährst du etwa wieder sein beschissenes Auto?!«

»Ich muss auflegen, Pao!«

»Du bist dreizehn, *merda*! Hat Matteo wieder gesoffen und nimmt dich auf seine Aufträge mit?!«

»Ciao, tata!«

»Nein, du bleibst jetzt …«

Aufgelegt.

»Verfickte Scheiße!« Ich werfe das Handy auf den Tisch, presse die Zähne aufeinander und versuche, mich auf meine Atmung zu konzentrieren. Es funktioniert nicht.

»Paola?« Ignotus runzelt die Stirn. »Alles … alles okay?«

»Nein.« Unruhig nestle ich an dem Amethyst, den Charles mir geschenkt hat, und schlucke. »Mein Bruder, er … da ist irgendetwas, das er mir …« Ich schließe die Augen, stoße die Luft aus. Als ich sie wieder öffne, wende ich mich Ignotus zu. »Du hast doch Kontakt zu diesem Hacker, oder?«

»Hacker?« Er blinzelt. »Du meinst Popl?«

Mein Freund beißt sich auf die Unterlippe. »Er nimmt dafür aber Geld. Fünfhundert Franken für einen Auftrag, glaube ich.«

»Egal.« Ich habe zweiunddreißigtausend in diesem komischen Fonds und verdiene einen Haufen Geld im Palace. »Ich bezahle ihn.«

»Und was willst du wissen?«

»Er soll sich in Elias Van Dyks E-Mail-Postfach hacken. Herausfinden, warum er in der zweiten Oktoberwoche in San Luca war.«

Skeptisch beäugt Ignotus mich über den Rand seines Frappés. »Ich kann ihn fragen.«

Erleichtert stoße ich die Luft aus. »Danke.«

»Kein Problem. Aber meinst du nicht, nach der letzten Sache, in die Van Dyk dich reingezogen hat, solltest du ihn lieber nicht provozieren?«

»Er wird es nicht herausfinden.«

»Und wenn doch?«

Ich zucke die Achseln. »Für meinen Bruder würde ich alles tun.«

»Auch sterben?«

Ich schnaube. »Als ob Elias mich umbringt.«

»Es ist schon einmal ein Mädchen aus dem Blackwell Palace verschwunden.«

Kurz denke ich über seine Worte nach. »Ja«, sage ich dann. »Für Gabe würde ich sterben.«

»Krass.« Er neigt den Kopf. »Aber vermutlich würde ich das für Shiyan auch.«

Blair zwängt sich durch die Tische, einen gehetzten Ausdruck im Gesicht. Ihre Augen sind geweitet; darin steht blankes Entsetzen. Lisbeth folgt ihr mit nicht weniger schockierten Zügen. »Seht euch das an!«

Blair drückt mir ihr iPhone in die Hand. Ich erkenne den Feed und die feuerroten Haare von NOISE IN THE DARK sofort. Blair klickt auf das neuste Video.

Keine Sekunde später erklingt die mir bereits vertraue, verhasste Stimme.

Oh, Leute, das *werdet ihr niemals glauben …*

TURNS OUT IT'S NOT ME WHO'S THE LITTLE SECRET

Paola

»Okay, I can't. I just can't.« Sie unterstreicht ihre Worte mit erhobenen Händen und einem fassungslosen Kopfschütteln. »Wie ihr wisst, hat die ganze Welt kürzlich noch über das mörderische Trio gesprochen, nachdem mir das Lobbyvideo von Sofia Vendergaard und April Sanders zugespielt worden ist. Tja, jetzt kommt der Hammer, echt. Und zwar wurde wohl schon vor einiger Zeit Aprils Handy in den Bergen geborgen. Hatte keiner einen Plan von, ich weiß, ich auch nicht. Die Polizei behält ihre Beweise üblicherweise für sich. Aber jetzt haben sie der Anfrage der *tmz* stattgegeben, einen weiteren Beweis offenzulegen, weil sie der Meinung sind, dass es ihren Ermittlungen nicht schaden würde.« Hinter ihr wechselt der Greenscreen zu einem Chatverlauf. Die Creatorin zeigt mit ausgestrecktem Finger auf die Textnachricht. Die Nummer hat sie vorher geschwärzt. Das Profilbild kann ich nicht erkennen. »Und ja, Leute, ihr lest alle richtig.« Mir wird übel, als ich die Nachricht lese, die April geschickt wurde.

Dafür bringe ich dich um, Schlampe!!

»Ja, ich weiß, es ist heavy, richtig, richtig krass, aber jetzt haltet euch fest ...« Wieder wechselt der Greenscreen, und plötzlich wird das Profilbild in groß eingeblendet.

Ich keuche. Neben mir schlägt sich Ignotus eine Hand auf den Mund.

»Richtig, Freunde der Sonne, diese Morddrohung an April Sanders nur wenige Tage vor ihrem Tod kam von Emma Wyss, Mitarbeiterin des Blackwell Palace und keine Geringere als Paola Cortessas Zimmerpartnerin, wie Insider berichten. Verrückt, oder? Das geheimnisvolle, süße Mädchen kommt ins Blackwell Palace, hat plötzlich was mit *beiden* Brüdern, bevor ein DNA-Test verkündet, sie wäre deren Schwester, und jetzt kommt auch noch raus, dass ihre Zimmerpartnerin April den Tod gewünscht hat.« Sie nähert sich der Handykamera. »Also, scheiß die Wand an, aber für mich sieht das nach einem groß geplanten Ding aus. Paola könnte von Anfang an die Intention gehabt haben, Edward für sich zu gewinnen, und musste April aus dem Weg räumen. Das hat Emma für sie übernommen, weil sie sich vielleicht schon länger kannten. Kaum war sie beseitigt, steht Paola auf der Matte. Was meint ihr dazu? Schreibt es in die Kommentare! Und wenn ihr keine Infos über diesen Fall verpassen wollt, macht das Plus weg!«

Entsetzt starre ich auf das Video, das bereits von vorn anfängt. Schnell klicke ich es weg. Bittere Galle sammelt sich in meiner Kehle.

Mein Blick gleitet über die Menge. Mir entgeht nicht, wie viele der Anwesenden zu mir herübersehen, als ...

»Mörderin!« Es ist Lena. Ihr Blick ist verschleiert. Sie hat klare Schwierigkeiten, Emma zu fixieren, die gerade mit einem Tablett zwischen den Tischen steht. Dennoch baut sie sich vor ihr auf wie eine eiserne Wand. Und dann, urplötzlich, schüttet sie Emma ihren Holdrio über die Jacke. »Verfickte Scheißmörderin. Verpiss dich von hier!«

Emma heult auf, als ihr die heiße Flüssigkeit auf Hals und Gesicht spritzt. Sie lässt das Tablett mit den Getränken fallen. Keramik zerspringt auf dem Boden. Alle sehen sie an. Tränen rennen ihr über die Wange, während sie die eine Hand auf die andere presst.

Ich erhebe mich, will zu ihr gehen, als sich plötzlich Laxon in meinen Blickwinkel schiebt.

»Emma!« Er will ihre verletzte Hand nehmen, aber meine Freundin weicht zurück. Laxons Erscheinen hat sie wachgerüttelt. Sie taumelt rückwärts, stolpert über eine Designertasche, rempelt gegen die Besitzerin, die überrascht beiseitetritt.

»Es tut mir leid«, haucht Emma, ihre Augen so riesig wie Unterteller. »Es tut mir so leid.«

Und dann flüchtet sie. Aber es ist nicht Laxon, der ihr hinterhergeht. Auch nicht Lena.

Es ist Charles.

GIMME, GIMME, GIMME, GIMME WHAT I WANT

Edward

Es ist nach Mitternacht, als ich mich endlich dem unangenehmen Abendessen mit meinem Vater, Charles, Sofia und ihren Eltern entziehen kann. Die Vendergaards sind seit den Feiertagen hier, und das Neujahrsessen hätte genauso gut ein Hochzeitsmeeting sein können, denn es wurde über fast nichts anderes als die Eheschließung meines Bruders und der dänischen Schmuckerbin gesprochen.

»Nur noch drei Tage, Charles, ist das zu fassen?«

»Sofia, Liebling, du weißt aber schon, dass du die Starlight-One-Kette aus der X-Line-Kollektion tragen musst, oder? Alles andere wäre, aus werbetechnischen Gründen, sinnfrei.«

»Und wenn Sofia andere Pläne für ihr Outfit hat?«, wollte Charles wissen, woraufhin Signore Vendergaard abfällig lachend sein aufgespießtes Brotstück ins Käsefondue tunkte.

»Es geht nicht um ihre Pläne«, meinte er. »Es geht darum, was die Welt sehen soll. Die Hochzeit bietet ihr eine immense Werbefläche, Charles. Das muss genutzt werden.« Ein anschließendes Lächeln in Richtung seiner Tochter. »Und Sofia weiß das.«

»Aber wenn sie die Kette nicht tragen will ...« Charles hat mit den Zähnen geknirscht. »Wenn sie überhaupt keinen Schmuck tragen wollen würde, wären ihre Gefühle dann *sinnfrei?*«

»Charles, Liebling«, meinte Sofias Mutter, legte ihm in liebevoller Manier eine Hand auf den Arm, obwohl auch der Letzte im Raum kapiert haben sollte, dass es eine Warnung war. »Natürlich steht Sofias Wille an erster Stelle.«

Darauf sagte niemand mehr etwas, weil wir alle wussten, dass dem nicht so ist.

Paola war nicht ein einziges Mal Thema. Keine Ahnung, ob die

Vendergaards das private Gespräch mit Charles suchen, um sich von ihm erklären zu lassen, was es mit »der Cortessa« auf sich hat, aber ehrlich gesagt scheiß ich drauf. Ich habe mich höflich für den Abend bedankt und bin abgehauen, sobald mein Vater, Charles und die Vendergaards von geschäftlichen Kooperationen angefangen und vergessen haben, dass ich existiere.

Im Poloclubhaus brennen Lichter. Durch die geöffneten Fenster höre ich das Grölen der anderen bis auf den Sandpfad. Es ist Tradition, dass wir uns am *After Christmas Eve* nach den Familienessen dort treffen und trinken. Nicht jedes Jahr sind alle anwesend. Suarez' Vater ist ein weltbekannter Fußballstar und schiebt seinen Sohn die meiste Zeit des Jahres dorthin ab, wo er gerade chillen will (was, aufgrund des Pferdesports, meist hier, in Argentinien oder England ist), Misha bevorzugt die Sonne unter Palmen der Hollywood Hills und Max genießt das Leben mit seinen steinreichen Jetset-Eltern, deren Supermarktkette Migros vor Jahrzehnten an die Börse und zur richtigen Zeit durch die Decke gegangen ist. Meistens begleitet Lena ihn nach Phuket, Neuseeland, Ibiza oder was weiß ich.

Dieses Jahr ist das erste Jahr seit Langem, dass mal keiner fehlt.

Über der Doppelflügeltür vom Clubhaus prangt das Wappen eines Pferdekopfes, flankiert von zwei Poloschlägern, die sich über dem Schädel des Tiers überkreuzen. Ich drücke die Klinke herunter und trete ein.

Aus den Boxen dröhnt harter Rap von Apache, auf der Bar häufen sich geöffnete Flaschen Spirituosen, der meiste Inhalt scheint auf der Theke gelandet zu sein. Raúl steht dahinter. Sein Blick ist verschleiert, während er einer seiner mysteriösen Freundinnen gerade Sour Wodka in ihr Glas gießt. Ich habe keine Ahnung, welche der drei sie ist, und dachte eigentlich, nach dem letzten Streit wären sie Geschichte, aber nein. Zur Auswahl stehen die Hello-Kitty-Obsessive, das Derby-Mädchen, das immer und ausschließlich Reithosen trägt, und irgendeine Hip-Hop-TikTokerin. Die hier trägt weder Baggysachen noch einen pinken Katzenhoodie, dafür aber ein Crop-Top aus Teddyfell mit riesigem Ausschnitt. Als sie beiseitetritt, sehe ich ihre Cavallo-Reithose. Das Derby-Mädchen wirkt wesentlich älter als Raúl. Über zwanzig mindestens. Ich weiß, dass er nächste Woche siebzehn wird und dass seine Anwesenheit hier aus mehreren

Gründen nicht legal ist (sofern er und seine Freundin es miteinander treiben, wovon ich ausgehe, weil er ihr gerade etwas von dem Sour Wodka in den Ausschnitt gießt und ableckt), aber ich wäre der Letzte, der ihm eine Predigt halten sollte. Das wäre die reinste Doppelmoral. Mit sechzehn habe ich schlimmere Dinge getan als zu saufen und mich von einer Älteren ficken zu lassen.

Wesentlich schlimmere Dinge.

»Yo, Ed!« Misha sitzt breitbeinig auf einem der Loungesofas und ist entweder zugedröhnt oder bekifft. Seine Augen sind blutunterlaufen, das gewellte Haar fällt ihm tief in die Stirn. »Frohes *After-Weihnachten,* Mann!« Plötzlich grunzt er. Dann mutiert das Grunzen zu einem Prusten, bei dem ihm Chipsreste aus dem Mund auf die Hose fliegen. »Sorry, aber …« Er malt Anführungszeichen in die Luft. »*Weihnachten.*« Noch mal die Anführungszeichen. »*Mann.*« Misha versucht, ein irres Gackern zu unterdrücken. »Weihnachtsmann!«

»O Gott.« Xenia verdreht die Augen. Sie sitzt zwischen Laxon und Max. »Werd endlich erwachsen, Misha.«

»Willst du ziehen?« Mit der einen Hand hält Max Lena auf seinem Schoß, mit der anderen streckt er mir seinen Joint entgegen. »Hat Finn selbst angebaut.«

Lena wirbelt zu ihrem Freund herum. »Mein Bruder hat *was?*«

»Ich hab dir doch gesagt, du sollst die Fresse halten, Max!«

Jetzt erst wandert mein Blick zu Finn. Ich ziehe kurz die Brauen zusammen, als ich Blair in seinem Arm entdecke. Würde ich es nicht wissen, hätte ich darauf geschworen, dass sie in diese Gruppe hineingeboren worden ist. Sie trägt einen engen Rollkragenbody, über den ihre Korkenzieher fallen, und eine schwarze Schlaghose über weißen Buffalos. Neben ihr liegt ihr knielanger Plüschmantel. Ich kann das Chanel-Logo im Innenfutter erkennen. Als Blair meinem Jetzt-also-echt-Finn-Blick begegnet, verdreht sie nur die Augen und wendet sich ab.

»Willst du oder nicht? Entscheide schnell, oder … leck meinen Schwanz, verfickte Scheiße!« Misha ist aufgesprungen und schlägt plötzlich immer wieder mit der flachen Hand auf seinen Oberschenkel als wäre er ein Nasenaffe auf Speed, dem beim Lausen einer abgeht.

»Danke, verzichte.« Lässig gehe ich zu Raúl und seiner Braut herüber und nehme mir ein Bier aus dem Kühlschrank. »Schwänze sind leider nicht mein Ding. Aber frag doch Max.«

»Halt die Fresse«, entgegnet Misha, ehe er den Joint in Finns Hand drückt und sich wieder aufs Sofa sinken lässt. »Wegen dir ist Asche auf mein Bein gefallen, Wichser.«

»Jetzt weißt du wenigstens, dass ich Telekinese beherrsche.« Ich werfe mich ihm gegenüber in einen freien Sessel und proste ihm zu. »Mein Geheimnis, warum die Frauen nach nur einer Nacht besessen von mir sind.«

Laxon lacht. »Was hat das mit Telekinese zu tun?«

»Weil ich es jedem Teil ihres Körpers gleichzeitig besorgen kann.«

»Wow«, kommt es plötzlich von Blair. Sie streicht sich das aschblonde Haar hinter ein Ohr und funkelt mich an, das Getränk an ihren Lippen. »Und ich dachte, du wärst nett.«

»Nett?«

»Ja. Aber du bist ekelhafter, als ich dachte.«

»Interessant.« Ich neige den Kopf. »Erläutere diese These, Finns Freundin.«

»Sie ist nicht meine Freundin«, sagt Finn.

»Du redest über Frauen als wären sie einzig und allein deine Sexobjekte.« Unwillkürlich beugt Blair sich vor. Dabei rutscht Finns Arm von ihrer Schulter, aber sie scheint es gar nicht zu bemerken, so sehr fokussiert sie mich. »Schade, dass ich dachte, etwas in dir gesehen zu haben.«

»Wie niedlich. Habt ihr das gehört?« Meine Lippen kräuseln sich zu einem höhnischen Lächeln, das ich in die Runde werfe. »Unser Engelchen dachte, sie *hätte etwas in mir gesehen.*«

Meine Freunde lachen. Aber Blairs Gesichtsausdruck verzieht sich, als hätte sie einer Made beim Schlüpfen zugesehen. »Fick dich, Blackwell.«

Ich seufze. »Erst soll ich Mishas Schwanz lutschen, jetzt mich selbst ficken … könnte ein interessanter Abend werden.«

Wieder lachen die anderen. Aber ich spüre nichts als Selbsthass. Blair hat recht. Ich bin ekelhaft. Es gibt nichts mehr, für das es sich lohnt, ein guter Mensch zu sein. Die Leute sollen mich hassen, niemand jemals auf die Idee kommen, *mehr in mir zu sehen.* In mir herrscht düstere Leere. Kein Licht, das leuchtet. Nur der Marianengraben in tiefster, undurchdringlicher Schwärze.

»Okay, Leute, kommen wir zurück zum Thema.« Lena rutscht von Max' Schoß auf das Loungepolster und zieht sich eine Decke über die Beine, obwohl im Kamin ein Feuer knistert. Die Musik wechselt zu *Gimme* von Sam Smith.

Gimme gimme gimme what I want, what I want.

Blair sieht mich immer noch an. Ich provoziere sie, indem ich bewusst langsam an meinem Bier nippe und ihr ein böses Grinsen schenke. Schnaubend wendet sie sich ab.

Lena beugt sich vor, nimmt ihr Sektglas vom Tisch und trinkt einen großen Schluck, ehe sie fortfährt. »Fakt ist, diese Emma Wyss hat April kurz vor ihrem Tod eine Nachricht geschickt, dass sie sie umbringen wird.« Sie rülpst. »Ups, sorry. Also, für mich ist die Sache klar.«

»Glaub immer noch, dass es gefaked wurde«, entgegnet Misha, die Stimme schwer und langsam. »Diese Creatorin von NOISE IN THE DARK denkt sich doch jeden Tag neue Scheiße aus, um im Gespräch zu bleiben.«

»Wahrscheinlich malt sie ihre Ideen in den Dunst der Duschkabine, wenn sie unter dem Wasser steht.« Es ist das erste Mal, dass Suarez sich zu Wort meldet. Was mich nicht wundert. Er ist immer so still, dass ich meistens hinterher nicht einmal sagen kann, ob er irgendwo anwesend war oder nicht. Wie ein Schatten, der rauskommt, wenn er Bock hat, aber meistens unentdeckt bleiben will. »Ehrlich, ihr kennt doch die Presse und vor allem die Scheiße, die auf Social Media abgeht. Glaubt ihr wirklich, die Angestellte hätte April ermordet?«

»Warum dann die Nachricht?«, hält Finn dagegen.

Neben ihm rutscht Blair unruhig auf ihrem Platz herum, die Arme vor der Brust verschränkt. Sie wirft einen Blick aufs Handy, woraufhin ihre Schultern kurz hinabsacken. Als sie anschließend nach ihrem Getränk greift, begegnen sich unsere Blicke. Sie sieht sofort weg.

»Ist doch klar«, lallt Raúl aus dem hinteren Bereich. Seine Freundin mixt sich einen Cocktail, und er hat sich auf die Theke gehoben und ein Bein angezogen. Sein Converse Chuck müsste sich nur einen

Zentimeter bewegen und die fünfhundert Franken teure Whiskeyflasche würde auf dem Fischgrätparkett zerspringen, über das mein Urgroßvater Old Henrieinen ganzen Ordner an Lobeshymnen in seinen Reden hinterlassen hat. Die stumme Warnung: *Wenn ihr diesem Fußboden etwas antut, erhebe ich mich aus dem Grab und bringe euch alle um!* »Wegen des Nacktvideos, das April von ihr gemacht hat.«

Stille breitet sich im Raum aus. Sogar ich runzle die Stirn. »Was?«

»Hä, euer Ernst?« Raúl zieht sein Haargummi heraus und bindet sich seinen Dutt neu. Er überprüft seine kahl geschorenen Seiten, dann sagt er: »Als ob ihr das nicht wisst? Das ging letztes Jahr auf jedem Handy rum. War doch auch in unserem Gruppenchat. Wer hat das noch mal reingeschickt? Ich glaube du, Max ...«

»Never«, sagt dieser. »Lena würde mich killen, wenn ich Videos von nackten Weibern auf meinem Handy hätte.«

»Stimmt«, sagt sie. »Das war Finn.«

»Ich kann mich nur an die Rothaarige erinnern«, entgegnet er. »Die in Dankenhaal nackt an der Stange getanzt und danach mit Laxon rumgemacht hat.«

Blair reißt die Augen auf. »Emma hat mit Laxon rumgemacht?!«

»Nee, nicht Emma, habe ich doch gesagt.« Finn zieht die Nase hoch, und plötzlich bin ich mir ziemlich sicher, warum auf dem Tisch seine American Express neben einem aufgerollten Geldschein liegt. »Das war eine Rothaarige.«

»Doch, das war diese Emma«, sagt Xenia. »Die Haare waren getönt. Das war auf der Halloweenparty.«

»Aber ... im Video hat man nicht gesehen, dass sie mit Laxon rumgemacht hat.« Blair blinzelt mehrmals hintereinander. »Das kann nicht stimmen.«

»Hä, klar«, sagt Misha. Er kann kaum noch die Augen offen halten. »Oder, Laxon?«

Lax starrt das Etikett seines Biers nieder. Nach einer gefühlten Ewigkeit zuckt er die Achseln. »Weiß ich nicht mehr.«

»Kein Wunder«, murmelt Suarez. »Du wechselst deine Frauen häufiger als ich meine Unterwäsche.«

»O Gott.« Blair zwickt sich in die Nasenwurzel. »Das kann nicht wahr sein.«

»Also …« Lena kippt einen weiteren Schluck Sekt und legt ihre Füße auf Max' Schoß. »… meint ihr, diese Emma hat April wegen des Videos getötet?«

»Emma hat niemanden getötet!« Blairs Wangen färben sich rot. Ein starker Kontrast zu dem Rest ihrer blassen Haut. Mir entgeht nicht, wie schnell die Schlagader an ihrem Hals pulsiert. »Hört auf, so eine Scheiße über sie zu erzählen, okay?«

»Finn, deine Freundin ist die Spaaaaaßpolizei.« Misha gackert wie eine Hyäne. Er hält sich die Nase zu und grölt in einem nasalen Singsang: »Tatütataaaaa.«

»Sie ist nicht meine Freundin«, wiederholt Finn.

Ich frage mich, warum Blair sich das gibt. Sie ist doch sonst so stark und selbstbewusst. Wieso bleibt sie weiterhin in Finns Armen sitzen? Und wieso denke ich überhaupt darüber nach?

Die Spaßpolizei interessiert mich nicht.

WELCOME TO THE RAT HOLE

Edward

»Lasst uns das Thema wechseln.« Der Ton in Laxons Stimme klingt betont gelangweilt, aber ich erkenne eine Spur Bitterkeit zwischen den Silben. »Keine Lust, am *After Christmas* über diese Angestellte zu reden.«

»Weil du auf sie stehst?«, ruft Raúl von hinten. »Du hast doch mit der getanzt und deinen Arsch an ihr gerieben, neulich beim Ski Worldcup!«

»Und du hast drei Freundinnen«, sage ich. »Also halt die Fresse.«

Seine Begleiterin stößt ihren Cocktail um, als sie zu ihm herumwirbelt. Das Glas zerspringt auf dem Boden.

Sehr geehrter Edward Blackwell I, hiermit betone ich, dass nicht *ich das gewesen bin. Wenn dein Geist jemanden jagen will, dann Raúls Freundin, das Derby-Mädchen,* nicht *der Hello-Kitty-Fan.*

Hochachtungsvoll, Edward Blackwell VII

»*Was?*« Eine Backpfeife gellt durch das Clubhaus.

Von Max kommt ein lautes »Uuuuuuh, Diggi, das tat weh«.

»Willst du mich verarschen?«

Raúl sieht mich hasserfüllt an, aber die alberne Grimasse eines Teenagers interessiert mich nicht. Es hat mich sowieso die ganze Zeit über angepisst, wie er die Mädchen verarscht.

»Warte«, sagt er an seine Freundin gerichtet, »ich erkläre dir das. Edward meinte das nicht so, Babe.«

»Doch, ich meinte das ganz genau so, Babe.«

Wutentbrannt stürmt sie davon, Raúl ihr hinterher, nicht ohne ein stummes *Ich-bringe-dich-um* mit den Lippen in meine Richtung zu formen.

»Mir ist langweilig.« Xenia spielt mit dem Schirmchen ihres Martinis, lässt den Stab zwischen ihre Lippen gleiten. Sofort muss ich daran denken, wie sie das Gleiche mit meinem Schwanz gemacht hat, schiebe die Erinnerung jedoch schnell beiseite. »Wahrheit oder Pflicht?«

Blair verzieht das Gesicht. Suarez steht auf, um sich ein neues Getränk zu holen, aber ich glaube, er will sich nur aus der Affäre ziehen. Finn grinst breit, und Misha sagt: »Geht klar, ich fange an. Pflicht.«

Xenia denkt einen Moment nach. »Zeig uns das letzte Foto, das du mit deinem Handy verschickt hast.«

Misha zieht sein iPhone aus der Tasche und hat offensichtliche Schwierigkeiten, das Display richtig zu erkennen. Kurz tippt er darauf herum, dann grunzt er. »Tja, Pech.« Er dreht das Handy um und zeigt uns ein Dickpic. »Ihr habt gefragt.«

Lena lacht laut auf und Xenia wirkt selbstzufrieden, nur Blair sieht aus, als würde sie gleich in ihren Drink kotzen.

»Okay«, sagt Misha, »Wahrheit oder Pflicht an Lena.«

»Wahrheit.«

»Wie oft hast du es dir schon selbst besorgt und dabei an Charles gedacht, während Max neben dir gepennt hat?«

»Fick dich!« Max verpasst ihm einen Schlag gegen den Hinterkopf. »Frag dich das wohl eher selbst, Mann.«

»Was für eine Scheißfrage. Nie natürlich.« Lenas Schädel ist hochrot. Sie ext ihren Drink. »Blair, Wahrheit oder Pflicht?«

»Äh …« Überrascht setzt Blair sich auf. Kurz huscht ihr Blick zu mir, als wolle sie abwägen, wie sicher es wäre, Pflicht zu nehmen. Die Antwort lautet: so sicher wie ein freier Fall vom Hochhaus auf Asphalt. »Wahrheit?«

»Hm, lass mich überlegen.«

»Langweilig!«, grölt Misha.

»Ah, ich hab's.« Als Lena sich vorbeugt, rutscht ihr die Decke von den dürren Beinen. »Was war das Peinlichste, das du je für Aufmerksamkeit gemacht hast?«

Blair denkt nach. Dabei beißt sie sich auf die Unterlippe. »Mich für diese Castingshow beworben. A Royal Romance.«

Okay, damit habe ich nicht gerechnet. Ihre Aussage bewirkt, was sonst nie jemand bei mir schafft: Mir fällt die Kinnlade hinab.

»Du hast … *was?*«

»Mich beworben.« Sie rümpft die Nase. »Letztes Jahr, als es angekündigt wurde. Ja, es war das Peinlichste, das ich je getan habe, ja, ich wollte die Kohle, die einem für jede bestandene Runde versprochen wird, und ja, auch die Aufmerksamkeit. Aber die Show wird scheinbar eh nicht mehr gedreht. Kam seit der Ankündigung nie wieder was. Wahrscheinlich, weil sie gemerkt haben, dass es nicht funktionieren kann, wenn sie die Frauen mit Geld locken müssen, obwohl sie Liebe entstehen lassen wollen.«

Perplex starre ich sie an. Ist das ihr Ernst? Denkt Blair echt, eine vertraglich abgeschlossene Show könnte einfach so abgesägt werden? Ich kann froh sein, dass ich diese dumme Impulshandlung, die Show machen zu wollen, immer wieder aufschieben kann, aber ich weiß, dass Spiderflix das nicht mehr lange mitmachen wird. Und Laxon weiß es auch, denn seine Mutter ist zufällig CEO dieses Streamingdienstes. Der Blick, den er mir zuwirft, verrät, was mir durch den Kopf geht: *Sie könnte ausgewählt werden.*

»Frauen tun ganz andere Dinge ohne Geld«, sage ich. »Und dafür müssen sie sich nirgendwo bewerben. Wenn du vögeln willst, frag mich einfach.«

»Von dir hat nie jemand gesprochen.«

»Von mir sprechen immer alle.« Ich grinse. »Was hättest du getan, wenn ich der Typ dieser Show wäre?«

»Nichts.«

»Du hättest dich auch dann beworben. Gib's zu.«

»Nie im Leben.«

»Lügnerin.«

»Gott, bist du ein Scheißkerl.« Blair schnaubt. »Wenn du es gewesen wärst, hätte ich alle ausgelacht, die versuchen, dein schwarzes Herz zu erreichen.«

»Hättest du nicht«, sage ich. »Du wärst die Erste gewesen, die sich beworben hätte.«

»Vielleicht, wenn ich da noch geglaubt hätte, du wärst nett.«

»Du wusstest, wie ich bin.« Lässig lehne ich mich im Sessel zurück. »Die ganze Welt weiß, wie ich bin.«

Sie verdreht die Augen. »Wenn du meinst.«

»Meine ich.«

»Schön. Zum Glück bist du nicht Teil dieser Show, und zum

Glück findet sie nicht mehr statt.«

»Ja.« Ich lächle höhnisch. »Zum Glück.«

Sie wendet den Blick ab und sieht zu Xenia. In ihren dunklen Augen brodelt das Feuer. »Wahrheit oder Pflicht?«

»Hmm«, macht Xenia. »Pflicht.«

Blair zögert nicht eine Sekunde. »Ex deinen Drink.«

Wie langweilig.

Xenia tut es, dann deutet sie mit ihrem Schirmchen auf Finn. »Du, Gerbensteyn.«

»Pflicht.«

Mit dem Kinn nickt Xenia zu Blair. »Küss deine Freundin.«

Auf einmal ist es Finn egal, dass Xenia Blair so genannt hat. Er dreht sich zu Blair, umfasst ihr Kinn und küsst sie, schiebt seine Zunge in ihren Mund, seine Hand an ihre Taille. Und Blair schmiegt sich an ihn, als wolle sie genau das. Als wäre Finn ihr sehnlichster Wunsch, während sie mich zuvor angesehen hat wie eine Kakerlake. In meinem Magen spüre ich einen seltsamen Stich, der mir nicht gefällt.

Es dauert viel zu lange, bis Finn sich von ihr löst, und als er es endlich tut, hat mir ein fetter Affe in den Magen geschissen. Mit einem provozierenden Grinsen sieht Blair zu mir.

Ich hebe eine Braue. *Was wird das, kleine Harfespielerin?*

»Jetzt du, Ed.« Finn deutet auf mich. »Wahrheit oder Pflicht?«

»Pflicht.«

»Küss Xenia.«

Oh, Scheiße.

Wie in Zeitlupe dreht sich mein Kopf zur Seite. Xenia sitzt nur da, schockierte Züge, riesige Augen, und schüttelt kaum merklich den Kopf.

Mein Hirn rattert, bis mein Körper die Führung übernimmt und einfach aufsteht. Ich kann Xenia nicht küssen. Es geht nicht. Sie will abschließen, und ich akzeptiere das. Also muss es jemand anderes sein. Aber Lena ist vergeben, und ein Kerl kommt für mich nicht infrage, also …

Mein Blick heftet sich auf Blair.

Gimmge gimme gimme what I want, what I want.

Mit zwei großen Schritten bin ich bei ihr. Sie wirkt verwirrt. Erst als ich ihr Gesicht mit meinen Händen umfasse und es anhebe, scheint ihr zu dämmern, was ich vorhabe. Doch in der nächsten Sekunde drücke ich meine Lippen bereits auf ihre.

Sie sind weich. Ihr Haar riecht nach Rosen, und ihr Gesicht fühlt sich warm und rein zugleich an. Als würde ich eine Wolke halten und davor bewahren wollen, dass sie sich zwischen meinen Fingern auflöst.

Blair seufzt. Es ist so leise, dass ich es fast überhört hätte, aber ich bin mir sicher, dass sie es getan hat.

Doch in der nächsten Sekunde stößt sie mich zurück. Wütend funkelt sie mich an, wischt sich mit dem Arm über die Lippen. »*Spinnst du?*«

»Ja«, wiederholt Finn, richtet sich auf, »spinnst du? Was gräbst du meine Freundin an?«

Ich hebe einen Mundwinkel zu einem schiefen Lächeln. »Ich dachte, sie ist nicht deine Freundin?«

Er funkelt mich an. »Du solltest Xenia küssen!«

»Und jetzt?« Lässig hebe ich die Bierflasche und nehme einen großen Schluck. »Willst du mich aus meinem eigenen Clubhaus werfen?«

»Nein.« Er verschränkt die Arme vor der Brust. »Als Strafe musst du Wahrheit wählen.«

»Als Strafe.« Ich lache trocken auf. »Gut, was willst du wissen?«

»Ja, hm, was wollen wir wissen?« Finn wirft einen theatralisch planlosen Blick in die Runde, ehe er wieder mich fixiert. »Wie wäre es damit, warum du deine Freundin gekillt hast?«

Das Blut gefriert mir in den Adern.

Jemand lässt sein Glas fallen. Es kommt von weiter weg, also glaube ich, dass es Suarez war.

»Finn«, zischt Lena. »Hast du sie noch alle?«

»Wieso?« Angriffslustig sieht er seiner Schwester in die Augen. »Ihr alle redet hinter seinem Rücken, dass er es war. Jetzt bin ich der Einzige, der die Eier in der Hose hat, es anzusprechen, und ihr kriecht ihm in den Arsch?«

»Yo.« Misha hebt abwehrend die Hände. »Ich habe gar nix gesagt, Mann.«

»Hast du«, entgegnet Laxon abfällig. »Du bist nur dauerbekifft und erinnerst dich an nichts.«

»Ed …«, beginnt Xenia, aber plötzlich ist alles zu viel. Ich will niemandem mehr in die Augen sehen, weil ich befürchte, *ernsthaft befürchte,* völlig die Kontrolle zu verlieren. »Das waren nur dumme Unterhaltungen, wenn wir besoffen waren, und …«

»Laber keinen Müll«, entgegnet Max. »Ihr habt alle geredet, nicht nur, wenn ihr besoffen wart.«

»Max!«, zischt Lena.

»Aber es ist eine berechtigte Frage, oder nicht?« Finn fokussiert mich. »Du warst der Letzte, der mit ihr unterwegs war, und …«

»Sei leise.«

»… laut Chatverlauf mit Leo wollte sie mit dir Schluss machen, also …«

»Hör auf.« Ich schlucke. »Ich mein's ernst, Finn, hör auf.«

»… hast du dir gedacht, du killst sie, damit kein anderer sie fi…«

»HALT DIE VERDAMMTE FRESSE!«

Klirr. Die Bierflasche zerschellt an der Wand. Ich atme heftig. Meine Hand zittert. *Alles* an mir zittert. Ein verdammter Hurrikan, der sich aus der toten Erde erhebt und jeden mitreißt, der sich ihm in den Weg stellt. Meine Brust hebt und senkt sich schnell, ein Kribbeln breitet sich bis in meine Fingerspitzen aus. Vor meinem Auge erscheint April, wie sie lacht, April, wie sie die Zunge zwischen die Zähne schiebt und ein Peacezeichen macht, April, die mir erst gezeigt hat, wie man einen Origami-Vogel faltet, bevor sie sich vor meinen Augen am Schritt eines anderen gerieben hat. April, die wie eine Biene in einem Feld voller Sonnenblumen war, auf den ersten Blick wunderschön, bis sie einem in den Hals sticht.

Mit dem Zeigefinger deute ich auf Finn. Meine Hand bebt. »Sag so was noch einmal zu mir, und ich *schwöre*, du wirst nie wieder glücklich.«

»Ich habe keine Angst vor dir.«

»Oh, das solltest du.« Ich bin mir sicher, der Blick, mit dem ich ihn ansehe, ist tödlich. »Das solltest du wirklich, wenn du nicht morgen aufwachen und ein komplett anderes Leben führen willst.« Ich beuge mich leicht vor, zische »Willkommen bei den Ratten, Finn«, drehe mich um und gehe.

I'D RATHER HEAR HOW MUCH YOU REGRET ME, PRAY TO GOD THAT YOU NEVER MET ME SO PLEASE JUST FORGET ME

Edward

Der Himmel ist nachtschwarz, die Luft eisig. Es ist ein klarer Abend. In der Ferne klingen noch immer Songs vom Coffee o' Clock. Der Glockenturm schlägt zur vollen Stunde. Plötzlich höre ich Schritte hinter mir.

»Edward.«

Ich halte inne. Nicht, weil die Person das von mir erwartet. Nicht, weil man das so macht, wenn man gerufen wird. Sondern *wegen der Stimme*, die den Namen ausgesprochen hat.

Vor mir steht Blair. Den Plüschmantel von Chanel muss sie hastig übergeworfen haben, denn er rutscht ihr von einer Schulter. Auf der nackten Haut an ihrem Bauch erkenne ich eine Gänsehaut.

»Was?«

»Das …« Sie wirft einen Blick über die Schulter, schüttelt den Kopf, als wüsste sie selbst nicht, warum sie mir nachgelaufen ist. »Das war scheiße von Finn.«

Ausdruckslos sehe ich sie an. »Würdest du das auch sagen, wenn es die Wahrheit wäre?«

»W…was?«

»Wenn ich sie getötet hätte?«

Sie atmet schwer. »Das glaube ich nicht.«

Ich mache einen Schritt auf sie zu. »Warum nicht?«

»Weil … weil du …«

»Weil du glaubst, etwas *in mir gesehen zu haben*?« Ich lache trocken auf. »Dann muss ich dich enttäuschen. In mir leuchtet nicht *eine* Kerze, Blair. Nicht mal ein verdammtes Streichholz, verstanden?«

»Weil du April geliebt hast.« Sie beißt sich auf die Unterlippe, sieht an mir vorbei zu den Lichtern vom Blackwell Palace. Die Fenster des Hotels lassen das Gebäude glühen wie ein brennendes Schloss. »Ich war dort. Ich habe gesehen, wie du sie angeschaut hast. Wie du sie behandelt hast.« Jetzt schaut sie wieder zu mir. »Irgendwo in dir ist das Licht, es ist nur tief begraben.«

Die Schläge meines Herzens werden langsamer. Drängen sich mir auf. Ein präziser Takt. *Begraben.* Wie Aprils Seele. Ba-Bamm. Ba-Bamm. *Begraben.* Wie ihr Leichnam in wenigen Tagen. Ba-Bamm-Ba-Bamm.

»Verschwinde, Blair.«

»Und wenn ich nicht will?«

»Der Kuss hat nichts bedeutet.«

»Es geht mir nicht um diesen verdammten Kuss.« Sie funkelt mich an. »Es geht mir um *dich*, okay?«

Unsere Blicke halten sich. Die Sterne erhellen ihre braunen Murmeln von Augen. Aus einem seltsamen Impuls heraus hebe ich eine Hand, lege sie an ihre Wange. Blair schmiegt sich hinein. Nur minimal, kaum eine Bewegung, aber ich spüre es wie ein unter Spannung gesetztes Feld voller Elektroden.

»Ich bin jemand, der dich rücksichtslos in den Abgrund stürzt, nachdem ich bekommen habe, was auch immer ich will.« Mit dem Daumen streiche ich sanft über ihren Wangenknochen. »Also geh, bevor ich dich vernichte.«

»Das glaube ich nicht.«

»Wenn es um mich geht, solltest du niemals an etwas *glauben*, Harfenmädchen.« Sanft drücke ich gegen ihre Wange, bis sie gezwungen ist, den Blick auf den Moritzersee statt auf mich zu richten, und streife mit den Lippen ihr Ohr. »Wenn es um mich geht, solltest du vergessen.«

Ich lasse die Hand sinken. Bevor Blair ihren Kopf zurück in meine Richtung drehen kann, habe ich ihr den Rücken zugekehrt.

Sie ruft mich nicht zurück. Sie geht mir nicht nach. Und ich hoffe, sie tut das einzig Richtige, tut das, was mir seit einem Jahr nicht mehr gelingt.

Ich hoffe, sie vergisst.

BAD BOYS, BAD BOYS

Paola

»Schwester, Schwester, Schwester, mörderisches Trio, Schwester, Emmas Nacktvideo, Emmas Nachricht an April, Sofia und April in der Lobby, Schwester, Schwester …« Blair lässt das iPhone sinken, über dessen Bildschirm sie die letzten Minuten geswiped ist. »Wie krank, dass die meisten Videos, die gerade auf TikTok abgehen, die mit eurer Inzestscheiße sind, obwohl Charles und Edward die meisten Motive haben und gerade erst im Knast waren!«

»Clickbait«, sagt Ignotus.

»Reiche, weiße Männer«, sagt Lis.

»Auch.« Ignotus sitzt im Schneidersitz neben Emmas Gartenzwerg Wilfried. Sein Finger fährt am Schirm seines hohen Zylinders entlang, den er in steten Bewegungen auf seinem Kopf herumdreht. »Aber Forbidden Love zieht. Ist bei Pornos genauso. Diese ganzen Stiefschwestervideos, Bruder nimmt sie heimlich im Nebenzimmer, Bla, Bla.«

»Ich hätte nicht gedacht, dass du Pornos guckst.« Lis sitzt an Emmas Bett gelehnt, den Blick auf ihr Handy gerichtet. Die ganze Zeit schon tippt sie darauf herum. »Dachte, das gilt in deiner Epoche als unschicklich.«

»Wenn es damals Pornos gegeben *hätte*, bin ich mir sicher, die Männer hätten sich bei ihren Abendrunden daran erfreut.«

Lis verdreht die Augen. »Klar, weil *reiche, weiße Männer* das natürlich dürfen.«

»Damals war die Welt eine andere.«

»Ist sie heute noch.« Lis rümpft die Nase. »Warum schieben die Kassierer Kondome unter die Tüte, sobald sie sie abgescannt haben, wenn es Frauen sind, die sie kaufen? Warum werden Frauen als Schlampen bezeichnet, wenn sie Spaß daran haben, rumzuvögeln?

Warum versuchen Friseure, es Frauen auszureden, wenn sie sich die Haare abschneiden wollen? Die Welt lebt nach dem Motto: Mädchen sollen gesehen, nicht gehört werden.«

»Na ja, Ignotus hat schon recht«, sagt Blair. »Wir sind viel weiter als früher.«

»Aber nicht weit genug.« Ich ziehe die nächste Masche und überprüfe sie mit dem Rest der Reihe, bevor ich die Häkelnadel wieder bewege. »Hätte in dem Nacktvideo ein Mann statt Emma an der Stange getanzt, wäre da nie so ein Aufriss gemacht worden.« Die anderen haben mich noch gestern darüber aufgeklärt, was es damals mit Emmas Nachricht an April auf sich hatte: jemand hat ihr etwas ins Glas getan, Emma ist sich sehr sicher, dass es April war, weil sie auf der Toilette angeboten hat, kurz ihr Glas zu halten, und dann ging am nächsten Tag dieses Video von ihr rum. Emma ist seit gestern jedoch wie vom Erdboden verschluckt und antwortet auf keine unserer Nachrichten. »Es ist doch die Gesellschaft, die Emma in die Ecke getrieben hat. Nur weil sie gerichtet wurde, hat sie diese Scham empfunden, und aus ihrer Wut resultierte die Nachricht an April. Jetzt wird sie von der ganzen Welt als Mörderin abgestempelt, und warum?« Ich bewege die Häkelnadeln aggressiver. »Nur weil sie eine *Frau* ist, die ihren *nackten Körper* gezeigt hat.«

»Apropos«, sagt Lis, »erinnert ihr euch an meine *Free-The-Nipples*-Aktion von letztem Jahr?«

Ignotus zieht einen Knochen vor der Schnauze seines Hundes über den Boden, der mit gehobenem Hintern hin und her hopst. »Du meinst die Oberkörper-frei-für-alle-Regel in Schwimmbädern?«

Sie nickt. »Letzte Woche hat das Blackwell Palace sich der Kampagne angeschlossen.«

»Wirklich?« Erstaunt sehe ich auf. »Wer hat das entschieden?«

»Der Vorstand. Charles hat von Anfang an sein Go gegeben, dass Frauen selbst entscheiden dürfen sollten, ob sie mit oder ohne Oberbekleidung im Hotelschwimmbad auftauchen wollen. Er findet es diskriminierend, es Männern zu erlauben, Frauen aber nicht. Sein Vater war schnell an Bord. Das Schwierige war eher, die alten Säcke zu überzeugen.«

»Echt?« Erstaunt sehe ich von meinem neuesten Projekt auf. Neben Paola dem Blobfisch werden sich Karl die Krabbe und Norbert

Nacktmull wie grazile Beautys mit Kylie-Jenner-Lipstick fühlen. »So oft, wie die Ü60-Gang des Golfclubs mir während der Arbeit auf den Arsch glotzt, hätte ich gedacht, die wären die Ersten, die zustimmen.«

»Nee, die kriegen doch direkt 'nen Ständer und wollen nicht, dass ihr Aquasport sich in einen Brainfuck-Bummsclub verwandelt.«

Ignotus schüttelt sich. »Können wir bitte das Thema wechseln?«

»Mit wem schreibst du eigentlich die ganze Zeit?« Blair nimmt die Hand aus Puffels Lockenfell und rutscht auf dem Hintern zu Lis, um ihr über die Schulter zu linsen. »*Wenn mein Vater nicht da wäre, wäre es ein weitaus schöneres Weihnachtsfest geworden?*«, liest sie vor und runzelt die Stirn. »Wer ist SV?«

Lisbeth reißt sofort das Handy runter. Ihre Wangen erröten.

»SV?« Mit gespieltem Schock sehe ich sie an. »Lilibet Lisbeth, was hast du mit Suarez Vargas zu tun?«

»Nichts.«

»Mir war nicht klar, dass sein Vater über die Feiertage im Hotel war.«

»Mir auch nicht.« Blair überlegt. »Ich könnte einen Ball unterschreiben lassen und ihn auf Ebay verscherbeln.«

Lis schiebt das Handy in ihre Rocktasche und das Kinn vor. »Was ist das eigentlich für eine Kette, die du da trägst, Paola?«

»Nicht das Thema wechseln.« Mit einer Häkelnadel zeige ich auf sie. »Wenn du mit Suarez schreibst, planst du irgendwas.«

»Ich schreibe nicht mit Suarez.«

»Mit wem dann?« Blair lüpft die Brauen. »Mit den Schweizer Vliesfreunden?«

»Was?«

»Mir fiel nichts anderes für SV ein.«

»Aber *Vliesfreunde*?«

Die beiden gehen in einen Schlagabtausch über, den ich nicht richtig mitbekomme, weil in dem Moment mein Handy vibriert. Eine Nachricht von Charles. Ich lege den halben Mund von Paola dem Blobfisch beiseite und öffne die SMS.

Charles: Emma ist bei Jaime und Malaika in meinem Frauenhaus. Tut mir leid, dass ich erst jetzt schreibe. Gestern war viel los. Ich hoffe, du hattest ein schönes After Christmas, chica bonita.

Dahinter ist ein Fragezeichenkästchen, was bedeutet, dass er einen Smiley geschickt haben muss.

Paola: Hatte ich, danke ☺ Hat Emma dort geschlafen? (PS: chica bonita ist spanisch!!)

Die Antwort kommt sofort.

Charles: Ja. (PS: hat da jemand was gegen Spanisch?!)

Paola: Warum? (PS: Ich liebe Churros.)

Charles: Weil ich es wollte. (PS: Ich liebe gefrorene Brokkoliröschen.)

Paola: Warum? (PS: wie lange hast du gehofft, mich damit aufziehen zu können?)

Charles: Nach dem, was gestern passiert ist, wollte ich sie in Sicherheit wissen. (PS: seit der Sekunde, in der du dich selbst als eines bezeichnet hast.)

Paola: Geheimnisse über Geheimnisse. (PS: wenn du mich magst, lässt du mich das vergessen.)

Charles: Das Verbotene, das Geheimnisvolle, hatte seine Macht über sie ;) (PS: mal schauen, Señorita.)

Paola: Gemein, wenn du mir mit Effi Briest kommst. Wie soll ich da sauer auf dich sein, weil du mir nichts erzählst?? (PS: schon viel besser.)

Charles: Das war der Plan. Ich habe dich geffipuliert. (PS: ab jetzt kommt kein PS mehr, weil du mich zu sehr lobst.)

Paola: Geffipuliert? Autokorrektur? (PS: Bad boys, bad boys ...)

Charles: Nein. Ge – Effi – manipuliert. Geffipuliert. (PS: What you gonna do ...)

Paola: Heiß. (PS: What you gonna do ...)

Charles: Emma ist auf dem Weg ins Hotel. (PS: When they come for you? ;))

Charles: Wir sehen uns heute Abend.

Paola: Tun wir das? (PS: mir fehlt das PS ...)

Charles: Party. Heilige drei Könige. (PS: 550 PS im Bentley Continental?)

Paola: Da habe ich keine Zeit. Und ist bei euch eigentlich jeder Tag eine Party?! (PS: wenn er rot ist?)

Charles: Wenn ich will, dass du Zeit für mich hast, wirst du Zeit für mich haben, Cortessa. ;) (PS: und wenn wir das hier irgendwann vor die Wand fahren ...)

Paola: Ich arbeite, Signore.

(PS: ... dann in 'nem Bentley Continental in Rot.)

Charles: In meinem Hotel, Signora. (PS: wieso scheinst du immer wieder zu vergessen, dass ich dein Vorgesetzter bin?)

Paola: Mal schauen, was sich einrichten lässt. (PS: vielleicht brauche ich einen regelmäßigen Reminder ...)

Charles: Soll ich die Fesseln holen? ;) (PS: Soll ich die Fesseln holen? ;))

Sofort beginnt meine Mitte zu pochen. Ich wechsle vom Schneidersitz auf die Knie und presse die Schenkel zusammen.

Paola: Fang mich, wenn du kannst.

Charles: Das Häschen hat sich soeben seine eigene Grube gegraben. (PS: ***kein*** PS mehr? Du böses, böses Mädchen.)

Charles: Ich lasse dir ein Kleid zukommen.

Charles: Trag keine Unterwäsche darunter.

Charles: Machen Sie sich auf etwas gefasst, Signora Cortessa.

Paola: Wir werden sehen, Signore Blackwell.

WHAT A SATISFYING POODLE INTERMEZZO

Paola

Das Schloss der Tür klickt in dem Moment, in dem ich mein Handy beiseitelege. Emma kommt herein, in ihrer Arbeitskleidung von gestern Abend. Ihr Haar ist zu einem unordentlichen Dutt gebunden, und ihre Mundwinkel sind heruntergezogen.

»Em!« Ich springe auf und schließe sie in die Arme.

Meine Freundin lässt sich wie ein Kartoffelsack fallen. Ihr Körper wird geschüttelt von Schluchzern. »Schsch.« Behutsam streiche ich ihr über den Rücken. »Schon gut. Alles gut.«

Puffel kommt angerannt und springt an ihren Beinen hoch. Seine kleinen Pfötchen stupsen immer wieder gegen ihr Knie, woraufhin Emma sich aus meiner Umarmung löst und sich mit einem verzweifelten Lächeln vor den Hund hockt. »Kleiner Racker.« Mit dem Handrücken wischt sie sich über die Nase, während sie mit der anderen Hand durch Puffels Fell fährt. »Ich wünschte, jeder auf der Welt wäre so süß wie du.«

»Hey, Em.« Blair setzt sich neben sie und streicht ihr über die Schulter. »Alles okay?«

»Geht so.« Sie schluckt. »Das Video war längst kein Thema mehr. Es ging damals für ein paar Tage auf mehreren Handys rum, aber danach war es vergessen. Jetzt …«

»… ist es überall«, beendet Ignotus ihren Satz. Er seufzt schwer. »Tut mir so leid für dich. Können wir irgendetwas tun?« Er hebt seinen Gehstock in die Höhe und setzt einen grimmigen Blick auf. »Soll ich jemanden mit meinem Stock erdolchen? Dieses Duell trage ich gerne für dich aus. Eine Sache der Ehre.«

»Ich könnte meine Amigurumis auf ein paar Leute hetzen«, füge ich ernst hinzu. »Karl die Krabbe hat tödliche Scheren und Norbert Nacktmull zerfleischt jeden mit seinen Raffzähnen.«

»Kannst du Norbert fragen, ob er Lena mit seinen gruseligen Augen zu Tode starren kann?«

»Machst du Witze? Sein Leben lang schon wartet er sehnlichst auf diesen Moment.«

Emma lacht. Dabei landet etwas Schnodder auf Puffels Nase, woraufhin der Hund erschrocken zurückzuckt und davonläuft.

»Es ist scheiße.« Lis klettert über mein Bett zu uns herüber. »Aber, ganz ehrlich? Das Video ist verdammt scharf. Und in den Kommentaren glaubt so gut wie niemand, dass du was mit Aprils Tod zu tun hast.«

Emma antwortet nicht. Sie fährt ein Muster im Teppich nach und schluckt. Sie wirkt, als wolle sie widersprechen. Kurz kneift sie die Augen zusammen, öffnet den Mund, schließt ihn dann aber wieder und nickt. »Das wird vorbeigehen.«

Blair beißt sich auf die Unterlippe. »Es gibt da aber etwas, das du wissen solltest, Em.«

Alarmiert blickt sie auf. »Was?«

Blair öffnet den Mund, stockt aber. Dann wirft sie den Kopf in den Nacken und stößt einen Fluch aus. »Wieso muss ich diejenige sein, die diese Nachricht überbringt?«

Okay, jetzt werde ich auch neugierig. »Um was geht es?«

Frustriert stößt Blair die Luft aus, während sie den Kopf wieder sinken lässt und Emma mit einer Mischung aus Verzweiflung und Mitgefühl ansieht. »Es ist nicht in diesem Video, aber die Jungs behaupten felsenfest, du hättest, ähm, an diesem Abend, also …«

»Blair«, sagt Lis.

Blair seufzt. »Schön. Du hast mit Laxon rumgemacht.«

Emmas Augen weiten sich. Ich korrigiere: Emmas Augen fallen ihr beinahe aus dem Schädel. Ich korrigiere ein weiteres Mal: Emmas Augen hängen nur noch an einem Drahtseil aus ihrem Kopf heraus.

»Ich habe *was?!*«

»Mit Laxon rumgemacht«, wiederholt Blair. »Auf seinem Schoß.«

»O mein Gott, was?!« Jegliche Farbe weicht aus ihrem Gesicht. »Was hat er dazu gesagt?«

»Dass er sich nicht erinnert.«

»War klar.« Abfällig verdreht Lis die Augen. »Unser Womanizer ist wohl kein Geschmackslabor und kann sich nicht an jede süße Schnitte erinnern.«

»Oh, fuck!« Emma zwickt sich in die Nasenwurzel. »Wieso konnte April nicht lieber *das* aufnehmen?«

»Weil sie, ähm, April ist?« Ignotus räuspert sich. »War. Sorry.«

»Das geht vorbei, Em.« Ich streiche meiner Freundin eine Locke aus dem Gesicht und schenke ihr ein aufmunterndes Lächeln. »Und wir sind alle hier, um das mit dir durchzustehen, okay?«

»Danke.« Emma richtet sich auf und wischt sich mit dem Ärmel ihrer Bomberjacke über die Nase. »Ich muss sagen, ich hatte die Befürchtung, deine heimlichen Treffen mit Charles könnten dich verderben, aber du bist süß wie eh und je.«

»Welche heimlichen Treffen?«, fragt Ignotus.

Ich erröte. »Wir waren in einem Igluhaus.«

»Wie romantisch.« Blair lüpft die Brauen. »Und, ging es zur Sache?«

Ich bin sicher, mein Schädel ist jetzt eine Tomate. »Kein Kommentar.«

»Er ist auf jeden Fall süß.« Emma lässt sich auf ihrem Bett nieder. »Ich werde ihm nicht vergessen, dass er mir gestern geholfen hat.«

»Meintest du gerade nicht noch, er würde Paola verderben?«

»Ich hatte *Sorge*, er würde es«, korrigiert sie. »Aber jetzt mag ich ihn.« Sie wendet sich mir zu. »Gibt es eigentlich Neuigkeiten, wer den gefälschten DNA-Test an NOISE IN THE DARK gesendet hat?«

»Nope. Ich tippe aber immer noch auf Xenia. Sie *hasst* mich.«

»Ich wette, es war Lena«, entgegnet Emma grimmig. »So, wie die gestern auf mich losgegangen ist, traue ich ihr alles zu.«

»Lena ist eigentlich echt nett.« Blair hat sich erhoben und richtet die Weihnachtsfiguren auf dem Kaminsims, die wir immer noch nicht weggeräumt haben. »Gestern war sie betrunken und emotional.« Sie seufzt. »Es könnten so viele Personen gewesen sein. Vielleicht Elias' Frau?«

»Donna?« Ungläubig schüttelt Ignotus den Kopf. »Niemals. Die ist viel zu sehr mit sich selbst beschäftigt. Die interessiert sich nicht für all das.«

Plötzlich öffnet sich die Badezimmertür und Puffel flitzt durch den Raum, im Maul ein rosé-goldenes Ding. Zuerst denke ich, es ist sein Knochen, bis Emma plötzlich laut aufquiekt, versucht, den Hund zu fangen, und »aus, Puffel, aus!« ruft.

Ignotus verengt die Augen. »Was hat er da?«

»O Gott.« Blair verkneift sich ein Lachen. »Ist das …«

»Ein Vibrator«, vervollständigt Lis. »Yep.«

Puffel springt auf Emmas Bett, wieder runter, flitzt zwischen unsere Beine und schüttelt den Vibrator wie das Genick eines zarten Lammes.

»Diese Form der Vibration ist sicher nicht in seinen elf Programmen enthalten«, murmelt Lis. »In dem Hund lebt Geschäftsgeist mit seinen innovativen Ideen.«

»Puffel, nein, aus!« Emma stößt gegen Wilfried, den Gartenzwerg. Er taumelt bedrohlich, alle halten die Luft an, nur Puffel rennt wie eine Ratte auf Speed, und dann verliert Wilfried seinen Schneidezahn. Der Bruch ist präzise. Ein Zahnarzt wäre beglückt über diese saubere Form der Zerstörung. *Kein Implantat für Sie, Wilfried Wichtel, welch herrliches Weihnachtswunder, nicht wahr?*

Blair hebt den Zahn vom Boden und mustert den Zwerg. »Der Gute. Gezeichnet vom Leben.«

»Hab ich dich!« Emma fängt Puffel in seinem Höhenflug aufs Bett. Alle Pfötchen von sich gestreckt, wie ein kleines Flughörnchen, bekommt sie den Hund unter dem Bauch zu fassen. Erst windet er sich, dann scheint er zu kapieren, dass es aussichtslos ist. Er lässt den Vibrator fallen. Der Satisfyer landet in der halb leeren Nudelbox, die Ignotus vom Asiaimbiss mitgebracht hat.

»Tja also, ich würde sagen …« Ich linse Emma über die Schulter. Eine Sojasprosse klebt im Saugnapf. »Der Satisfyer findet das very unsatisfying.«

Emma schlägt nach meinem Oberschenkel. Ich weiche aus, remple gegen Blair, die daraufhin in ihre gebackene Banane tritt.

»Nein!«, quiekt sie. »Die wollte ich noch essen!«

Ich sehe sie an. »Rattfratz setzt Tackle ein.« Meine Mundwinkel zucken. »Das war sehr effektiv.«

Blair verengt die Augen. »Ich hätte dir niemals von meiner Pokémon-Sucht erzählen sollen.« Aber plötzlich lacht sie, und wir alle steigen ein. So laut, dass wir nicht mitbekommen, wie Puffel sich auf die Chinanudeln stürzt.

»Okay, Blair, Paola …« Irgendwann in ihrem Lachanfall ist Emma auf den Rücken gesunken. Jetzt rappelt sie sich auf. »… Wir müssen uns fertig machen. Der Dreiköniginnenball beginnt in …« Sie wirft einen Blick auf ihre Smartwatch. Ihre Augen weiten sich. »Scheiße, einer halben Stunde!«

»O nein«, stöhnt Blair. »Wenn wir zu spät kommen und Anneli uns erwischt, müssen wir die Toiletten putzen.«

»Dazu hat sie kein Recht mehr«, entgegnet Lis. »Ich habe sie vom Thron der Klos gestoßen, falls ihr es vergessen haben solltet.«

Während im Zimmer Trubel ausbricht, Emma in Windeseile unter die Dusche springt, Ignotus die Pfoten seines Hundes aus den Nudeln befreit und Lis wieder über ihrem Handy klebt, um mit den Vliesfreunden zu schreiben, spüre ich ein verstecktes Kribbeln in meiner Magengrube aufsteigen. Je mehr Minuten verstreichen, desto nervöser werde ich. Und als tatsächlich der Pagenjunge an der Tür klopft und einen Kleidersack vorbeibringt, habe ich ein Déjà-vu der Extraklasse. Es ist ein Spitzenkleid, geht nur bis zur Hälfte der Oberschenkel und ist aus feinster schwarzer Seide. Der Stoff gleitet mir wie Wasser durch die Finger.

Im Badezimmer ziehe ich es über meinen nackten Körper.

Gerade, als wir das Zimmer verlassen, bekomme ich eine weitere SMS.

Charles: Showtime, chica bonita ;)) (PS: bad boys, bad boys …)

SCHOGGITORF & BLODPUDDING

Paola

Der Prunksaal funkelt in allen möglichen Glitzernuancen. In der Mitte, dort, wo beim Maskenball die Eisskulpturen aufgebaut waren, thront immer noch der riesiger Weihnachtbaum für den Abschluss mit dem Dreikönigstag. Die Spitze ragt fast bis zur Decke. Das Ding könnte dem Baum am Rockefeller Center Konkurrenz machen, kein Witz. Es wirkt, als würden die Engel auf dem Ölgemälde, das sich über die gewölbte Decke erstreckt, mit den Fingern nach dem Weihnachtsstern der Tanne greifen. Silber und Gold dominieren den Saal, um das Treppengeländer schlängeln sich spiralförmig die Glitzergirlanden bis hoch über die Balustrade der Galerie, und die Orchesterband spielt Poplieder in einer atemberaubenden, klassischen Variante. Es juckt mir in den Fingern, mich zu der Violinistin zu gesellen und den Bogen selbst über die Saiten gleiten zu lassen.

Stattdessen stolziere ich in laszivem Seidenkleid und neun Millimetern über den Mamorboden, der so blank poliert ist, dass sich das Licht in ihm bricht, und arbeite mich von Leinentischtuch weiß zu Leinentischtuch gold zu Leinentischtuch silber mit Kotze, weil Misha das Fondue Chinoise des Hauptgangs nicht vertragen hat. Isabella, die neue im Housekeeping und in Laxons Raubtiervisier, wurde für heute Abend als Reinigungskraft eingeteilt. Eilig stapelt sie Kristallgeschirr und das vergoldete Besteck auf einem Servierwagen, ehe sie das schmutzige Tuch vom nicht besetzten Tisch herunterzieht und in die untere Ablage des Wagens legt.

»Brauchst du Hilfe?«, frage ich sie.

Erschrocken sieht sie auf, bis sie erkennt, wer sie angesprochen hat. »Oh, nein, aber danke. Ich hole nur schnell ein neues Tischtuch. Und dann hoffe ich, dass ich eine kurze Snackpause einlegen kann.« Sehnsüchtig blickt sie zum süßen Büfett, an dem Shiyan gerade eine neue Rüeblitorte positioniert. Fokussiert schiebt sich Ignotus' Schwester die Zungenspitze an die Oberlippe. Sie trägt ein hübsches schwarzes Etuikleid. Vermutlich konnte Charles sie für diesen Abend engagieren. »Dieses ganze Gebäck zieht mich magisch an wie der halb nackte Channing Tatum in *Step Up*.«

»Ja, ich weiß, was du meinst.« Mein Blick gleitet zu den Kuchenstücken. Sabber läuft auch mir im Mund zusammen. Noch ein paar Sekunden, dann tropft er mir von den Lippen, und Puffel ist mein neuer bester Freund. »Der Schoggitorf ist mein Highlight.«

»Was ist das?«, fragt sie. »Sorry, bin aus Norwegen. Da gibt es keinen Schoggitorf.«

Ich lächle. »Die Brownies.«

»O mein Gott, ja!« Isabella umfasst ihren Servierwagen und seufzt. »*So* schokoladig. Ich wette, die sind von innen ganz fluffig. Wie Mousse. Wieso sehen die Sachen bei uns in Norwegen nicht so geil aus? Da gibt es nur Lutefisk und Blodpudding.«

»Was ist das?«, frage jetzt ich.

Sie verzieht das Gesicht. »Gewässerter Stockfisch und gebackenes Schweineblut.«

»Was?! Igitt!«

»Ja. Die Veganerin in mir krümmt sich.«

»Shiyan backt fast ausschließlich mit Pflanzenmilch. Vielleicht hast du Glück und die Schoggitorf sind ohne Ei.«

»Himmel, Arsch und Zwirn!« Isabella drückt sich eine Hand an die Brust. »Gleich kriege ich hier aber einen ohrenbetäubenden Geschmacksorgasmus!«

Ich lache. Dabei schnappe ich Emmas Blick auf, die mit einer Mischung aus Argwohn und Traurigkeit zu uns herübersieht, bevor sie einen Seitenblick zu Laxon wirft. Automatisch wünschte ich, Isabella wäre arrogant und unausstehlich. Dann hätte ich wenigstens einen Grund, sie nicht zu mögen. Aber so ist sie nur ein liebes, witziges Mädchen, das dieselbe Schwäche für den elitären Womanizer hat wie meine beste Freundin. Und vermutlich 5995303024 andere Frauen und Männer.

»Also, wünsch mir Glück!« Isabella dreht sich um und kämpft sich mit ihrem Wagen einen Weg durch den Saal. Ich bewundere sie dafür, wie grazil sie sich zwischen den ausladenden Ballkleidern bewegt, ohne über den Saum eines dieser fünfstelligen Stoffstücke zu rollen.

Kurz blicke ich durch den Saal, überprüfe die Tische, bis ich mir eingestehen muss, dass ich den der Van Dyks nicht länger ignorieren kann. Egal, was passiert sein mag: Er ist immer noch für das Personal dieses Hotels zuständig und könnte mich rauswerfen. Selbst wenn Charles, Ed und Jake sich für mich einsetzen und eine Diskussion über mich beim Vorstand ausbrechen würde – Elias hat einen ganzen Haufen alter reicher Säcke hinter sich stehen, die nichts dagegen einwenden würden, wenn er ihnen plausible Gründe liefert.

Und eine Sommelière, die ihren Job nicht vernünftig macht, wäre definitiv ein plausibler Grund.

ALL OF THIS, THE SCANDALS, THE RUMORS – IT'S A FUCKED UP GAME

Paola

Ich stoße die Luft aus, klammere mich an die Weinflasche, die ich in eleganter Pose samt Leinentuch herumtrage, und steuere seinen Tisch an.

Freundlich bleiben, Paola. Lächeln. Sei professionell, schenke ihm Wein ein und verschwinde wieder.

Elias sitzt allein am Tisch. Seine Frau unterhält sich mit Kwama Vendergaard neben dem Weihnachtsbaum, und Leopold ist in eine rege Unterhaltung mit Happy aus dem Saftladen vertieft.

Ich drücke die Schultern durch und denke an Charles' erste Worte an mich, während ich auf den Antagonisten in meinem Leben zusteuere.

Kopf hoch, Prinzessin.

»Darf ich Ihnen einen Wein empfehlen, Signore?«

Eine förmliche Ansprache macht es weniger persönlich.

Elias sieht von seinem Smartphone auf und hebt in provozierender Langsamkeit eine Braue in die Stirn. »Sprechen wir wieder miteinander, Cortessa?« Er lächelt. »Wie schön.«

»Sie haben versucht, mein Leben zu zerstören.« Ausdruckslos begegne ich seinem Blick, darum bemüht, die hasserfüllte Miene zu unterdrücken, die sich mir aufdrängt. »Das hier ist mein Job, ich bin professionell, mehr nicht.«

»Verstehe.« Mit den braunroten Haaren, dem hellen Gesicht und den Sommersprossen sieht Elias seinem Sohn so ähnlich. Nur der Ausdruck ist ein anderer. Irgendwie … härter. »Nun, ich kann wohl nicht davon ausgehen, dass du das Leben in der Oberschicht verstehst.«

»Wie bitte?«

»All das hier.« Er macht eine umfassende Bewegung mit dem Arm. »Diese Intrigen, Geheimnisse, Skandale. Hast du dich die ganze Zeit über nie gefragt, warum Charles und die anderen damit so viel besser zurechtkommen?« Er stützt den Ellbogen auf dem Tisch ab und beugt sich vor. »Hast du dich nie gefragt, warum Edward das ganze Zeug egal ist, was über ihn kursiert? Warum er die Presse sogar *provoziert*, um die Medien aufzumischen?« Als ich ihn nur weiter anfunkle, wird sein Lächeln breiter. »Sie *wollen* das, Paola. Sie brauchen das, um in dieser Welt zu überleben. In aller Munde bleiben. Bekannt sein. Diese Menschen hier sind es *gewohnt*, dass sie in die Öffentlichkeit gerissen werden, ob ins gute oder schlechte Licht. Damit sind wir alle aufgewachsen. Es ist ...« Er zuckt die Achseln, nippt an seinem Champagner. »Wie ein aufregendes Spiel.«

»Dann tut es mir leid, Sie enttäuschen zu müssen, Signore.« Vor Wut blähen sich meine Nasenflügel auf. »Aber mein Leben ist kein Spiel.«

»Weißt du ...« Er schwenkt die Flüssigkeit in seinem Glas und seufzt. »Diejenigen, die spielen, können gewinnen. Die anderen hingegen«, theatralisch verzieht er den Mund, »werden nie die Chance haben, mehr zu erreichen.«

»Wieso sollte ich in dieses Spiel einsteigen, wenn mir von Anfang an die schlechtesten Karten ausgeteilt werden?« Ich schlucke schwer. »Sie haben mir versprochen, meinen Bruder aus San Luca wegzuholen. Mir das Sorgerecht zu beschaffen, obwohl es längst entschieden war – was Sie geflissentlich verschwiegen haben. Sie haben mich erpresst, belogen und hintergangen. Sie haben darauf spekuliert, dass Edward mich interessant finden wird, weil ich April ähnle, weil sie aus mir ein Geheimnis gemacht haben und Edward Geheimnisse braucht wie die Luft zum Atmen, und Sie *wussten*, dass Charles mich wollen würde, sobald Edward den Anfang macht. Sie haben geplant, dass die Nachricht, ich wäre ihre Schwester, die Blackwells aus der Bahn werfen würde, *alles* aus der Bahn werfen würde, ein furchtbarer öffentlicher Skandal, der Ihren Bruder nicht nur geschäftlich, sondern auch emotional und persönlich treffen sollte, damit Sie sich dem Hotel annehmen könnten, damit Sie dem Vorstand beweisen können, wie viel geeigneter Sie doch für Charles' Posten des CEOs sein würden.« Ich habe nicht ein einziges Mal Luft geholt, bis meine Brust vor Atemnot und Wut beinahe explodiert. Tief sauge ich Sauerstoff in meine Lunge, ehe ich mich nun vorbeuge und zische: »Das einzige Spiel, dem niemand hier entkommt, ist dieses lebendige Schach. Ich mag vielleicht ein Bauer sein, aber du, Elias«, es ist eine Genugtuung, seinen Vornamen auszusprechen. Als wären wir dadurch ebenbürtig, »bist längst nicht der König, für den du dich hältst.«

Elias verengt die Augen. Ich halte seinen Blick. *Noch eine Sekunde, denke ich. Eine Sekunde noch, bloß nicht schwach wirken, nicht …*

»Ist alles in Ordnung?«

Ich zucke zusammen. Auch Elias blinzelt. Aber dann lehnt er sich in seinem Stuhl zurück, als wäre zwischen uns nie etwas vorgefallen. »Alles bestens, mein Sohn. Paola hat mir nur gerade verraten, was für gewaltige Unterschiede es für den Lafite Rothschild gemacht hat, dass die Trauben des Weinguts zwei Wochen länger als die ursprüngliche Ernte reifen durften. Nicht wahr?«

Die letzten beiden Worte klingen nicht wie eine Frage. Sie sind eine Warnung. Der Ton ist unmissverständlich.

Spiel mit, kleiner Bauer. Spiel oder stirb.

»Richtig.« Ich schiebe den Kiefer vor, mein Blick immer noch auf Elias geheftet. »Monatelange Gärung in Eichenholzfässern. Ein prestigeträchtiger Wein. Premier Grand Cru Classé aus dem Médoc.«

»Betörend.« Leopold streckt mir sein Glas entgegen. »Wenn du so lieb wärst, Paola …«

»Natürlich.« Endlich wende ich mich von Elias ab und gieße Leopold den Latife Rothschild ins Glas. »Eine gute Wahl.«

»Das bezweifle ich nicht.« Er nippt an seinem Glas, dann hebt er anerkennend die Brauen und prostet mir zu. »Gehen wir ein Stück?«

»Oh, eigentlich muss ich arbei…«

»Tun wir einfach so, als würdest du mir etwas über diesen, wie sagtest du?« Er zwinkert. »*Prestigeträchtigen* Wein erzählen.«

IT'S SINK OR SWIM, PAWN

Paola

Unschlüssig sehe ich mich um. Charles steht inmitten einer Traube von Menschen, in der Hand den riesigen plakativen Scheck über eine Spende an einen gemeinnützigen Verein, der sich gegen die Verstümmelung von weiblichen Genitalien einsetzt. Jake und er haben die sechsstellige Summe der Spendenaktion vor einer Dreiviertelstunde präsentiert, seitdem stehen sie dort und unterhalten sich, weil sie gefühlt dem ganzen Saal für ihre Teilnahme danken. An den Tischen scheinen alle versorgt, und meine Kollegen an der Bar haben gerade weniger zu tun. Also nicke ich. »Okay, zwei Minuten.«

»Wie großzügig.« Leopold lacht. »Also, hör zu. Wir spielen dieses Spiel …«

Ich stöhne auf. »Nicht du auch noch!«

»Hat dich etwa schon jemand gefragt?«

»Was gefragt?«

»Na, wegen des Spiels.« Jetzt wirkt Leo verwirrt. »Truth or Lie?«

»Truth or Lie?«

»Ja, eine Art Gruppenspiel, das sich über die ganze Party erstreckt. Jemand nennt einer anderen Person drei Aussagen. Zwei von ihnen sind eine Lüge, eine ist die Wahrheit. Wenn richtig geraten wird, bekommt die Person den Gewinn und muss ebenfalls jemanden suchen, dem sie ihre Aussagen nennen will. Entweder verliert oder behält sie den Gewinn. Ein paar von uns haben die hier gesponsert …« Er zieht etwas aus dem Jackett. Einen Moment später bricht sich das Licht des Kronleuchters in einem goldenen Plättchen. »Wer um Mitternacht noch eins in der Hand hält, darf es behalten. Deshalb gibt es keine Uhren im Saal. Und wer auf sein Handy schaut, verdirbt sich selbst den Spaß.«

Perplex starre ich erst das Edelmetall an, dann Leo. »Ist das … echtes Gold?«

»Natürlich.« Er grinst. »Keine Sorge, nur 50 Gramm, ein kleiner Einsatz, der Spaß machen soll.«

»Wie viel Wert hat eine Platte?«

»Etwa dreitausend Franken.«

Himmel …

»Und wie viele gibt es?«

»Zehn.«

»Darin bestehen eure Partyspiele?« Mir fällt die Kinnlade herunter. »Die High-Society-Version von *Taler, Taler, du musst wandern*?«

»Schätze ja.« Er zuckt die Achseln. »Also, bist du dabei?«

»Machst du Witze?« Meine Brauen wandern so hoch, dass sie fast den Haaransatz berühren. »Nenn mir deine Fakten, Sugardaddy.«

»Wusste ich's doch.« Er schnippst das Goldstück in die Luft, als wäre es ein Fünf-Rappen-Stück. »Okay, erstens: nach der Matura war ich für ein Semester auf der Juilliard in New York, weil ich Schauspieler werden wollte. Zweitens: Mich hat mal eine fremde Frau in Dankenhaal aus dem Nichts geküsst, weil sie dachte, ich wäre Ed Sheeran. Drittens: Meine Sommersprossen sind nicht echt, die male ich mir mit Selbstbräuner und Wattestäbchen ins Gesicht.«

»Äh …« Ich überlege. »Also drei schließe ich aus. Niemals. Das macht doch keiner, oder?«

»Auf Pinterest gibt es etliche Anleitungen.«

»Woher weißt du das? Dann musst du … okay, nein, Halt.« Ich strecke meine Hand wie ein Stoppschild vor mich. »Du willst mich manipulieren. Zum Glück habe ich durch meinen Job eine sehr gute Erinnerungsgabe, was das Aussehen eines Menschen betrifft, und deine Sommersprossen sind dieselben. Seit ich dich kenne, sieht dieser Fleck unter deinem rechten Auge aus wie eine Sonne. Das kannst du dir unmöglich immer gleich malen, außer du wärst irgendein Psychopath mit Sonnenzwängen. Also, nein, drei schließe ich aus. Das ist eine Lüge.« Nachdenklich rümpfe ich die Nase. »Hmm, Juilliard. Schwer zu sagen. Happy hat mal erwähnt, dass du am Lyceum im Theaterclub warst, deshalb könnte das schon sein. Die Sache mit Ed Sheeran wäre aber auch denkbar.« Ich überlege. »Für ein Semester? Direkt nach der Matura?«

»Keine Auskunft.«

»Hmm, okay, warte. Du bist so alt wie Edward, also dreiundzwanzig. Deine Matura war vor fünf oder sechs Jahren, schätze ich mal, wenn du nicht sitzen geblieben bist.«

»Ich bitte dich.«

»Also mit achtzehn. Eventuell neunzehn, keine Ahnung, wann du Geburtstag hast. Aber, nein, warte mal. Da gab es doch diesen Artikel über dich in der *Business Today*, da wurdest du ausgezeichnet, weil du schon in deinem ersten Semester alle Prüfungen des zweiten und dritten geschrieben und mit Bestnoten bestanden hast. Und da habe ich gelesen, warte, da meintest du ...« Ungeduldig schnipse ich mit den Fingern, dann zeige ich triumphierend auf ihn. »Du meintest, dir wäre niemals in den Sinn gekommen, etwas anderes als BWL zu studieren! Eins ist eine Lüge, also ist zwei die Wahrheit!«

Leopold stöhnt frustriert auf, lacht aber gleichzeitig. »Glückwunsch, das Plättchen geht an dich.« Mein Bauch kribbelt, als er es mir in die Hand legt. »Aber sei fair. Such dir einen Gegenspieler, bis die Turmuhr Mitternacht schlägt.«

»Von *Taler, Taler, du musst wandern* zu *Cinderella*. Gefällt mir.«

»Ich hätte nie gedacht, dass ich das zu einer Person sage, die mich in den Knast gebracht hat, aber du bist echt in Ordnung, Paola.«

»Und ich hätte nie gedacht, dass ich das zu der Person sage, die ich in den Knast gebracht habe, aber: du auch, Leo.«

Lächelnd streckt er mir sein iPhone entgegen. »Speicher mal deine Nummer ein.«

»Oh, okay.« Ich nehme ihm das Handy ab und tippe die Zahlen ein. Doch gerade, als ich meinen Namen hinzufüge, wird am oberen Display eine WhatsApp-Nachricht angezeigt.

@didntyouhearthat: noch mal fettes SÄNKS
dass du mir den gefälschten DNA-Test von ihr
geschickt hast, das Video hat 15 m Views und ...

Mehr kann ich nicht lesen. Brauche ich aber auch gar nicht. Das, was ich sehe, reicht mir. Das Blut in meinen Adern erreicht Minusgrade. Ein schlagartiger Eisregen.

»Das warst du«, hauche ich. Entsetzt drücke ich ihm das Handy zurück in die Hand. »*Du* hast den Test an @didntyouhearthat geschickt!«

Sein Lächeln erlischt. Seine Züge nehmen eine schockierte Form an. »Paola ...«

»Scheiße, geht's noch?« Freudlos lache ich auf. »Hören die Intrigen in diesem *fucking* Hotel irgendwann auch mal auf?«

»Ich habe das nur gut gemeint.«

Fassungslos starre ich ihn an. »In welchem Universum kann es bitte gut gemeint sein, wenn du alle Welt glauben lässt, ich würde mit meinen Brüdern vögeln?!«

Er verzieht das Gesicht. »Ich fühle mich dafür verantwortlich, dich von ihnen fernzuhalten und vor ihnen zu beschützen.«

Mein Herz hämmert so hart gegen die Brust, dass ich fürchte, meine Kapillaren werden von ihrem eigenen Herrscher zerstört. »Du solltest mich eher vor deinem Vater beschützen. Er ist hier das Drecksschwein.«

»Immerhin hat mein Vater niemanden umgebracht.«

»Du warst dabei, mein Leben zu ruinieren, Leopold!«

Ein Schatten huscht über sein Gesicht. »Besser ein ruiniertes Leben als gar keins mehr.«

Es gibt Momente, in denen brandet die Wut über. Es ist, als würde man ein Paralleluniversum betreten, alles um einen herum verschwimmt, der Puls am Hals pumpt schnell und schwer, im Nacken bricht der Schweiß aus, und man bekommt das Bedürfnis, mit einem Hammer durch die Gegend zu rennen und aus Schlössern Ruinen werden zu lassen.

Blind vor Zorn schnappe ich ihm den bescheuerten Wein aus der Hand und kippe ihn in sein Gesicht. Er schnappt nach Luft, aber ich genieße den Anblick. Rachegestillte Euphorie durchströmt mich, als ich zufrieden zusehe, wie die rote Farbe auf seinen hellen Anzug tropft, der wahrscheinlich ein Vermögen gekostet hat.

»Das hast du verdient«, zische ich. Und bevor ich noch das Blackwell Palace in Trümmer lege, lasse ich Leo stehen. Ziellos laufe ich durch den Saal, die Schläge meines Herzens wie in der Nahaufnahme eines Blockbusters, die Gesichter um mich herum leer, die Musik ein verzerrtes Kreischen, Panik in den Gliedern, der Verrat wie Teer in meinem Magen. Meine Hände streifen über die Wände, orientieren sich am veredelten Stuck, während meine Füße mich in einen Seitengang tragen und plötzlich ...

»Hab dich.«

Erschrocken sehe ich auf. Und erstarre.

Vor mir steht Charles Blackwell, bereit zum Jagen.

TALK DARCY TO ME

Paola

Seine Finger schließen sich um meine Schultern. Plötzlich wirbelt er mich herum und drückt mich gegen die Wand. Charles' Gesicht schwebt nur Millimeter von meinem entfernt. Sein Aftershave steigt mir in die Nase, betört mich.

»Ich muss zugeben, du hast mich überrascht.«

»Habe ich das?«

»Du hast dich den ganzen Abend erfolgreich von mir ferngehalten, kleine Signorina.«

»Wie ich bereits sagte …« Atemlos sehe ich zu ihm auf. »Ich muss arbeiten.«

»Und wie *ich* bereits sagte …« Er drückt seine Lippen auf meine. Ein kurzer, aber bestimmter Kuss. Dominant. Wild. Viel zu schnell löst er sich wieder von mir. Unter dem Schleier seiner Wimpern leuchten seine Augen wie im Schatten liegende Saphire. »… das hier ist mein Hotel.«

»Ganz schön großspurig, Monsieur.«

»Ganz schön frech, Madame.« Er beißt mir in die Unterlippe, streift mit den Zähnen an der Innenseite entlang. »Wenn du französisch willst, kannst du das von gestern Nacht wiederholen.«

»Klar, damit uns jemand filmt und @didntyouhearthat den nächsten Inzest-Scheiß bringt.«

Er lacht leise. »Wen interessiert die?«

»Mich.«

»Der echte DNA-Test wird morgen von *tmz* geleakt.« Er drückt sein Becken gegen meines. Mir entkommt ein verlangendes Seufzen, als ich seine Erektion an meinem Schritt spüre. »Mit Interview aus dem Labor. Also keine Sorge.«

»Danke.«

»Natürlich.« Seine Lippen küssen die Spur von meinem Kiefer bis zu meinem Ohr entlang. »Ich habe dir gesagt, ich beschütze dich, *Signorina*.«

Das letzte Wort haucht er so intensiv, dass ich eine verdammte Gänsehaut bekomme und ihm meine Mitte drängend entgegenschiebe.

»Na, na, was wird das?« Mit den Fingern umfasst er mein Gesicht. »Kann sich da jemand nicht zurückhalten?«

Unmöglich, nachdem ich weiß, wie du dich in mir anfühlst, Blackwell.

»Das bildest du dir ein.«

Ein raues Lachen. Lippen, die über meinen Hals streichen. »Ach ja?«

»J...ja. Eine Illusion.«

»Oh, das bezweifle ich.« Seine Härte drängt sich gegen mich, und als er süße Küsse auf meinem Hals verteilt, stellen sich meine Nippel auf. Meine Augen wandern über seine Schulter hinweg, heften sich auf die vielen Tanzenden im Saal, die nur einen tieferen Blick in diesen Gang werfen müssten, um uns zu sehen.

Ich schließe die Augen, als Charles' Hand meinen Oberschenkel hochwandert. »So leid es mir tut, aber es wird langsam Zeit für deine Bestrafung.«

»Bestrafung?«

»Du hast mich wochenlang ausspioniert, Süße.«

»Du weißt, warum.«

»Mhm.« Seine Hand findet meinen Slip. Er schiebt ihn beiseite, als würde er nie etwas anderes tun, und schiebt einen Finger in mich. Ich drücke meinen Mund in seine Schulter, um mein Stöhnen zu unterdrücken. »Ich habe vergeben, aber nicht vergessen. Und um das zu können, Cortessa ...« Er zieht den Finger aus mir heraus, reibt meine Perle mit meiner Feuchtigkeit. »... muss ich deinen Verrat mit einer anderen Erinnerung überdecken.«

»Und wie?«

Er grinst, als würde der Teufel in ihm wohnen. »Indem du mir schonungslos ausgeliefert bist.«

»Ich verstehe nicht, was du ... *ah*!«

Diesmal stöhne ich laut. Er hat etwas in mich geschoben! Und das ist dieses Mal nicht sein Finger, da bin ich mir sicher, denn ... Finger vibrieren nicht, oder?

»Ab jetzt kann ich dich steuern.« Er macht einen Schritt zurück und hält eine kleine schwarze Fernbedienung in die Höhe. »Zwanzig Programme, wann und so oft ich will.«

Ich kann nichts entgegnen. Mein Mund steht leicht offen, meine Lider sind vor Lust ganz träge, und das Ding in mir vibriert an genau den richtigen Nerven. »Das ... ich ... ah.«

»Tja.« Er haucht mir einen Kuss auf den Mundwinkel. »Du hättest dir vorher überlegen müssen, ob du dich mit mir anlegen willst.«

Er beobachtet mich eine ganze Weile, während ich meine Finger in seine Oberarme kralle und glaube, jeden Moment vor Verlangen durchzudrehen. Doch als ich kurz davor bin, zu kommen, stoppt er die Vibration. Ich fluche.

Er lacht. »Und weil du so brav bist, spiele ich mit dir.«

»Was?«

Charles zaubert das gleiche goldene Plättchen aus seiner Hosentasche wie das, das sich in meinem Umhängetäschchen den Platz mit Korkenziehern, Stift und Kellnerblock teilt. »Truth or Lie.«

»Wie soll ich jetzt noch klar denken, Christian Grey?!«

»Ich wette, der Typ ist dein literarischer Held.« Seine Augen blitzen, und die nächsten Worte kommen in einem rauen Flüsterton. »Ich wette, du denkst an ihn, wenn andere dich fragen, wer dein Book Boyfriend ist.«

»Ich denke an Darcy.«

»Ja, klar.« Er lacht. »Du denkst dran, was er mit Elizabeth Bennet angestellt hat, als sie erst mal verheiratet waren. Und da, Signora Cortessa, wären wir wieder bei Grey.«

Ich funkele ihn an.

Er grinst schief. »Erstens: Ich bin Eigentümer eines Swingerclubs, den ich mehrmals die Woche besuche. Zweitens: Ich habe Justin Biebers Yacht gekauft und seine Ex darauf mitgenommen.«

Ich reiße die Augen auf. »Du meinst Selena?!«

Er nickt. Plötzlich erlischt sein Lächeln. Er wirkt todernst. »Drittens: Die Freundin meiner Mutter hat mich von einem Freier mit dem Gürtel auspeitschen lassen. Die Narben habe ich mit den Koordinaten aller Orte bedeckt, an denen ich Menschen gerettet habe.«

Ich erstarre, weil ich *sofort* weiß, es stimmt. *Sofort.* Ich spüre es. Von jetzt auf gleich schlägt mein Herz verlangsamt und überdeutlich hinter meiner Brust.

»Scheiße«, hauche ich. »Das ist ... Charles, ich ...«

»Sag es. Sag die Antwort.« Er spannt den Kiefer so fest an, dass ich fast glaube, er unterdrückt die Tränen. »Sag es mir, Paola, damit ich es nicht mehr tun muss. Damit du es endlich weißt.« Sein Kinn zittert, als würde es ihn extreme Anstrengung kosten, die Haltung zu wahren. »Los!«

»Drei«, flüstere ich schockiert. »Drei ist die Wahrheit.«

Er schließt die Augen. In der nächsten Sekunde drückt er mir das Plättchen in die Hand. Für einen Moment setzt mein Herz aus.

»Charles ...« Meine Stimme bricht. Angestrengt schlucke ich den Kloß fort. Mit der Hand fahre ich über das fein gestochene Tattoo, das ich unter seinem Ärmelaufschlag am Handgelenk erkennen kann. »Diese Koordinaten bedecken deinen kompletten Oberkörper. Das ...«

»Jetzt kennst du die Wahrheit, Cortessa. Mehr kann ich dir nicht geben.« Er tritt einen Schritt zurück und deutet mit dem Kinn in Richtung Prunksaal. »Nun geh zurück an die Arbeit.«

Mir fällt die Kinnlade hinab. »Mit dem Vibrator?«

»Natürlich.«

Ich starre ihn an. Das kann nicht sein Ernst sein, oder?

Okay, so ernst, wie er mich ansieht, scheinbar doch.

»Wie ich dir bereits mehrere Male sagte, Signorina.« Er beugt sich zu meinem Ohr herunter, legt eine Hand auf meinen Rücken, und fügt hinzu: »Leg dich niemals mit einem Blackwell an. Und erst recht nicht ...«

»Mit dir«, flüstere ich.

An meiner Haut verziehen sich seine Lippen zu einem Grinsen. »Schlaues Mädchen.« Dann wirbelt er mich herum, gibt mir einen Klaps auf den Hintern und ich stolpere vorwärts, zurück in den Saal.

I SHOULDN'T BE JEALOUS, YOU AREN'T EVEN MINE

Paola

Schneeflocken von der Decke. Sie wirbeln durch die Luft, die Anwesenden geben verzückte Laute von sich, und nicht wenige versuchen, das Glitzerzeug einzufangen. Es landet auf ihren Köpfen, den Tischen, dem Boden, bis alles funkelt.

Ich gehe zurück zur Bar und zücke schnell meine Polaroid aus dem Rucksack unter dem Regal.

»Da bist du ja.« Emma legt mir eine Hand auf die Schulter. »Hast du deine Pause genommen?«

»Ja. Komm, wir machen ein Selfie.«

Sie zieht eine Grimasse. »Für dein Notizbuch?«

»Ja.« Wir drücken unsere Wangen aneinander, ich strecke die Polaroid von uns und schieße ein Bild vor dem weihnachtlichen Hintergrund. Dann verstaue ich meine Kamera wieder im Rucksack. »Vielleicht kann ich welche von den Schneeflocken mitnehmen und auf die Seite kleben, dann … *ah*.«

»Paola?«

Himmel Herrgott, der Scheißkerl hat die Vibration wieder eingeschaltet!

»J…ja?«

»Alles in Ordnung?«

»Ja, ich … äh, ja.« Oh, verflucht! »Lief alles … gut hier?«

»Schon. Aber nachdem du mit Isabella geredet und danach verschwunden bist, konnte ich mich nicht mehr konzentrieren.« Emma verzieht das Gesicht. »Sag mir wenigstens, dass sie scheiße ist.«

Die Vibration bringt mich um. So unauffällig wie möglich kralle ich die Finger in die Theke. »L…leider nicht. Sehr nett.«

Sie seufzt frustriert. »Vielleicht sollte ich zu Laxon gehen und ihm sagen, dass er mich mal kreuzweise kann, weil ich mich nicht verarschen lasse.«

»J…ja. Solltest du wohl. Lisbeth wäre stolz auf dich. Er, ah, fuck …«

Ich krümme mich, als der Vibrator das Programm wechselt und ein besonders starkes Verlangen über mich hinwegrollt.

»Bist du sicher, dass alles in Ordnung ist?«

»Geht schon.« Ich versuche, mich zu sammeln, aber meine Beine sind weich, und meine Lider flackern vor Lust. Dieses verdammte Arschloch an Blackwell! »Nur … Bauchkrämpfe.«

»Oh.« Mitfühlend tätschelt Emma meine Schulter. »Deine Tage?«

»Yep.« *Klar …* »Ist gerade … schlimm.«

»Kenne ich. Willst du Buscopan?«

»Nein, schon gut. Ich, äh, geht gleich wieder.«

»Okay. Sag Bescheid, wenn du noch eine Pause brauchst.«

Ich nicke, aber in dem Moment stoppt Charles das Ding. Und ich weiß nicht, ob ich erleichtert oder enttäuscht sein soll.

Das ist doch verrückt!

Ich hole Luft, richte mich auf und entdecke Charles neben der Tanne in einem Gespräch mit seinem Vater. Über seine Schulter hinweg schenkt er mir ein diabolisches Grinsen, eine Hand in der Hosentasche. Ich weiß ganz genau, dass er diese schwarze Fernbedienung umklammert wie ein Affenbaby seine Mutter.

Dieser Mistkerl!

Schnaubend wende ich mich ab, und wir arbeiten weiter. Emma verschwindet auf ihre Seite der Theke, als Blair aus ihrer Pause zurückkehrt. Sie hat ganz rote Wangen und zieht ein Gesicht, als würde sie den nächsten Menschen, der es wagt, sie anzusprechen, mit einem Hackbeil attackieren. Ich entscheide, dass es das Beste für die Menschheit ist, wenn ich mich opfere, und trete an Blair heran, als sie gerade ein Bier zapft.

»Alles okay?«

»Nein.«

»Was ist passiert?«

»Edward ist ein Arschloch.«

»Oh.« Stirnrunzelnd sehe ich mich um. »Ist er hier? Ich habe ihn noch gar nicht …«

»Ist er nicht.«

»Wo hast du ihn denn gesehen?«

»Auf der Außenterrasse. Er hat mit Isabella rumgemacht.«

»*Isabella?*« Ungläubig starre ich sie an. »Was?«

Blair blickt stur geradeaus. »Ja. Erst habe ich sie gar nicht wahrgenommen, weil sie im Schatten an der Wand standen, aber dann sind da diese Schmatzgeräusche, und ich drehe mich um, weil ich denke, Anneli versucht schon wieder, die Gullys mit dem Pümpel zu reinigen, aber dann muss ich unfreiwillig mitansehen, wie der Kerl ihr die Zunge in den Mund steckt und …«

»Blair …«

»… sie auch noch mitmacht! Ich meine …«

»Blair, das Bier!« Schnell greife ich nach dem Glas und ziehe es unter der Zapfsäule fort. Der Schaum läuft über meine Hand. Mit einem Tuch wische ich sie trocken und schiebe Blair beiseite, um ein neues zu zapfen.

»Nicht dass es mich interessieren würde. Ich bin mit Finn zusammen. Ich meine, ich *glaube*, ich bin mit Finn zusammen. Keine Ahnung. Aber es nervt mich, dass Edward denkt, er könnte das einfach machen, weißt du?«

»Ja.«

»Dass er sich nimmt, was auch immer er will, wen er will, und es auch noch funktioniert!«

Ich presse die Lippen zusammen, weil ich weiß, dass mein Name zwischen uns in der Luft schwebt.

»Was ist los?«, höre ich Emma plötzlich atemlos neben uns. »Ich habe deine gequetschte Stimme gehört, Blair.«

»Meine gequetschte Stimme?«

»Ja, du weißt schon, so abgehackt und knurrig. So hörst du dich immer an, wenn du angepisst bist.«

»Bin ich auch.«

»Warum?«

»Weil Edward denkt, er wäre Leonardo DiCaprio.«

Emma fällt alles aus dem Gesicht. »Bitte sag mir nicht, er hat mit einer Minderjährigen rumgemacht.«

»Nein. Mit Isabella.«

»Mit *Isabella?!*«

»Pscht«, zische ich.

»Sorry, aber *was?*« Emma senkt die Stimme. »Sie macht doch schon mit Lax rum!«

»Theoretisch darf sie rummachen, mit wem sie will«, murmle ich, obwohl es das schlimme Gefühl in mir nicht bessert. »Sie ist ungebunden, die Jungs sind ungebunden …«

»Oh, Mann, ja, schon klar, aber ich bin trotzdem angepisst!« Emma verschränkt die Arme vor der Brust und pustet sich eine Locke aus dem Gesicht, doch sie landet wieder an genau derselben Stelle. »Aber mehr auf Laxon und Edward, glaube ich. Oder, nein, am meisten auf mich. Auf mich, weil ich so dumm bin, ihn trotzdem zu wollen. Also Lax, nicht Ed.«

Ja, ich auch. Also Ed, nicht Lax.

Und Blair sieht aus, als ginge es ihr nicht anders. Ich frage mich nur, wieso. Was haben die beiden miteinander zu tun? Gar nichts, oder?

Ich muss mir die Beine vertreten. Muss irgendetwas tun, um nicht mehr an die Jungs zu denken. Ohne darauf einzugehen, drehe ich mich zu Blair. »Wer bekommt das Bier?«

»Edward natürlich«, brummt sie und verdreht die Augen. »Weil der Scheißkerl es nach seiner Knutschattacke *so witzig* fand, mich herumzukommandieren, weil er es natürlich *kann*, weil er …«

»Schon gut«, unterbreche ich sie und schnappe ihr das Bier aus der Hand. »Ich gehe.«

A FAIRYTALE ABOUT A DARK PRINCE FALLING IN LOVE WITH CINDERELLA

Paola

Ich ignoriere diesen nervtötenden Stich der Eifersucht, der sich nicht nur wegen Isabella bemerkbar macht, sondern auch wegen Blair. Und das ist schlimmer. Bei Freundinnen ist es *immer* schlimmer. Wenn Edward ihr egal wäre, würde diese Sache sie nicht so wütend machen. Andererseits ... habe ich nicht das Recht, Anspruch zu erheben. Nicht im Geringsten. Das weiß ich, was nicht heißt, dass es das Gefühl in mir vertreibt. Mit einem fetten Stein im Magen mache ich mich auf den Weg durch den Saal und suche den jüngeren Blackwell. Ich entdecke ihn mutterseelenallein an einem Tisch neben der Tanne, in einem bordeauxroten Anzug und perlweißen Hemd. Er wippt mit dem blank polierten Valentinoschuh zum Takt der klassischen Musik und hält die Augen geschlossen.

»Hast du ein Hefeweizen bestellt?«

Er öffnet die Lider, schirmt die Augen mit der Hand ab, weil das Licht des Kristalllüsters direkt über uns leuchtet und dieser glitzernde Fakeschnee immer noch wie wild von der Decke rieselt, und lächelt schief. Dabei schlägt der Stein in meinem Magen plötzlich Salti, weil, *Scheiße*, Edward ist so schön, mit dieser brutalen Härte in den Zügen, diesem Schrei nach Rebellion, nach Macht und Leichtsinn gleichermaßen. Und der Narbe, die eine seiner Augenbrauen teilt. Er wirkt einflussreich, unerreichbar und gleichzeitig rau. Er wirkt wie der Himmel während eines Gewitters. Es ist so ein seltsamer Moment, in dem ich heulen will, einfach weil ich ihn ansehe. Wie ein Kunstwerk, das etwas mit einem macht, ohne dass man sagen könnte, weshalb.

Er schirmt nur die Augen ab, Paola ...

»Wenn ich mich nicht irre, habe ich Blair beauftragt, mir eines zu holen.«

»Tja, jetzt bin ich hier.« Die Eifersucht wächst. Schöne Scheiße. »Schlimm?«

Sein Lächeln wird zu einem Grinsen. »Wohl eher ein Segen, little secret.« Ich stelle ihm sein Glas auf den Tisch und will verschwinden, aber plötzlich umfasst er mein Handgelenk. »Warte.« Ich sehe ihn an. Er deutet auf den Stuhl. »Setz dich.«

»Lieber nicht.«

Er hebt eine seiner dunklen Brauen. Sie stehen im starken Kontrast zu seinen hellen Haaren. »Hast du Angst vor mir?«

»Davon träumst du nachts, Blackwell.«

Er lacht leise. »Du kennst mein tiefstes Verlangen.« Er wartet noch einen Moment, dann wiederholt er: »Setz dich.«

Und ich weiß nicht, warum, ich verstehe es wirklich nicht, diese verdammte Anziehungskraft und was sie mit mir macht, aber ich tue, was er sagt. Ich setze mich wie ein Schoßhündchen vor sein Herrchen.

»Brav.« Sein Grinsen wird breiter, aber es wirkt wie ein Raubtier, kurz vor seinem Angriff. »Ich habe dich vorhin gesehen.«

»Wo?«

»Mit meinem Bruder.«

»W...was?«

Er greift nach dem Bier, lehnt sich im Stuhl zurück und nippt daran, ohne mich aus den Augen zu lassen. »Wurde ganz schön dreckig, hm?«

Mir wird heiß. »Das, ähm, geht dich nichts an.«

»Mhm, vielleicht.« Er trinkt noch einen Schluck, dann: »Weiß er, dass ich dich mit dem Mund gefickt habe?«

Oh, Himmel ... Wieso muss er immer alles schonungslos offen aussprechen, was er denkt?

Mein Gesicht glüht. »Ja.«

»Interessant.«

Ich muss dieses Gespräch in eine andere Richtung lenken. Sofort. Mein Kopf rattert, bis ich das Erstbeste tue, das meinem Hirn in den Sinn kommt. Ich schnappe mir eines der Goldplättchen aus meiner Tasche und zeige es ihm. »Truth or Lie.«

Kurz wirkt er perplex, dann lacht Edward. »Schön.« Er stellt das Glas wieder auf den Tisch und mustert erst das Plättchen, dann mich aufmerksam, während er seine Unterlippe mit den Fingern knetet. »Es wäre eine Lüge, würde ich behaupten, ich wäre nicht gespannt auf eine Wahrheit unserer geheimnisvollen Schönheit.«

Ich übergehe das. »Erstens: Ich war es selbst, die den DNA-Test an @didntyouhearthat geschickt hat, weil ich die Aufmerksamkeit liebe.«

Er lacht, weil er weiß, wie abwegig das ist.

»Zweitens: Ich bin hergekommen, weil ich seit Jahren eine heimliche Fernbeziehung mit Leopold habe. Deshalb wollte er mich auch vom Bahnhof abholen.«

Edward lacht wieder. Diesmal lauter.

»Drittens …« Ich halte inne, hole tief Luft und sehe ihm in die blauen Augen, die durch das helle Licht im Raum leuchten wie Gletscher in der Arktis. »Ich bin in zwei Brüder gleichzeitig verliebt und kann es nicht ändern, obwohl der eine verlobt ist und der andere zugegeben hat, mich nur zu benutzen, um zu vergessen.«

Jetzt ist es raus. Ich habe es ihm gesagt. Und er weiß, dass es die Wahrheit ist. Mein Herz schlägt mir bis zum Hals. Einerseits, weil ich ihm meine Seele offenbart habe, andererseits, weil irgendein dummer Teil meines Herzens immer noch hofft, das hier wäre ein Märchen, in dem der dunkle Prinz plötzlich merkt, wie abgöttisch verliebt er in das Aschenputtel ist.

Aber das ist es nicht. Diese Jungs sind kaputt, düster und bewegen sich in einer moralischen Grauzone, in der jede Nuance ins Pechschwarze reicht.

Edward sieht mich lange an. Das Lächeln ist erloschen, die vollen Lippen bilden einen schmalen Strich, und die Kieferlinie ist so angespannt und scharf, dass er damit Schwerter schleifen könnte.

Er wendet den Blick für keine Sekunde ab. Und dennoch vergeht eine Ewigkeit, bis er schließlich antwortet.

»Eins ist die Wahrheit.«

YOU CAN'T HIDE THINGS FROM ME, LITTLE SECRET

Paola

Mein Herz stockt. Es ist ein Edward-Takt. Einer der Sorte, die nur er auslösen kann.

Ba-Bumm-Stopp. Stopp. Stopp. Ba-Bumm-Stopp.

Er hat absichtlich falsch geantwortet.

Warum?

Weil er sich der Wahrheit nicht stellen will. Weil es eine Illusion bleibt, wenn niemand es ausspricht. Weil es dann nicht wahr wird.

Ich schlucke. »Falsch.« Meine Hand zittert, als ich das Plättchen wieder wegstecke. Dreitausend Franken und ich kann mich nicht einmal darüber freuen. Was ist bloß aus mir geworden?

»Paola …« Plötzlich legt Edward seine Hand auf meinen Arm. Entgegen meiner Erwartung ist sie warm. Seine Berührung fast schon zart. Und da ist er wieder. Der Edward-Takt. Er sieht mir tief in die Augen, schluckt. »Tanz mit mir.«

»Was?«

»Ich bitte darum.« Die Band spielt *Can't Help Falling in Love* in der Version von Elvis Presley. Edward erhebt sich, ein sanftes Lächeln auf den Lippen, so selten wie Schnee im Sommer. Er hält mir seine Hand hin. Seine wunderschöne, große, schwielige Hand. »Das ist mein Lieblingslied.«

»Aber …« Unschlüssig sehe ich mich um. »Die Leute werden gucken.«

»Das sorgt dich noch, wirklich?« Er lacht, als hätte ich ihm einen guten Witz erzählt. »Die Leute haben doch längst alles gesehen, little secret.«

Er hat recht. Wenn ich an das Video auf seinem TikTok-Kanal

denke, in dem ich mich an ihm gerieben habe … das wurde über *zwanzig Millionen* Mal angeklickt, bevor er es gelöscht hat.

Die Leute haben längst *alles* gesehen.

Was macht da schon ein kleiner Tanz aus?

Ich ergreife seine Hand und gehe mit ihm auf die Tanzfläche. »Wenn Van Dyk sieht, dass ich nicht arbeite, feuert er mich.«

Edward legt eine Hand an meine Hüfte, mit der anderen umschließt er meine. »Mein Onkel würde es nicht wagen, sich gegen uns drei aufzulehnen.«

»Aber wenn der Vorstand entscheidet …«

»Die kriechen uns in den Arsch. Wenn Charles, mein Vater oder ich gegen eine Entscheidung sind, sind sie es auch.«

Ich blinzle verwirrt. »Warum schmeißt er Van Dyk nicht raus?«

»Keine Ahnung, das ist seltsam. Er meint, wegen der Verträge. Schätze, das ist was anderes.« Er zuckt die Achseln. »Da geht es darum, Elias rauszuwerfen, und nicht um das Personal.«

Ich schnaube. »Weil er wichtiger ist?«

»Weil er weiß, wie man den richtigen Leuten erfolgreich in den Arsch kriecht.«

»Verstehe.« Aber irgendetwas daran passt nicht. Irgendein Puzzleteil, das sich nicht fügen will. Ich behalte es im Hinterkopf und lege meine freie Hand auf Edwards Schulter. Sie berührt den feinen Anzug, aber trotzdem fühlt es sich an, als würde sich seine Haut durch den Stoff in meine Hand brennen. Er führt mich langsam zu den Klängen Elvis Presleys, eine melancholische Schönheit inmitten des glitzernden Schneefalls. Eine der falschen Flocken landet auf Edwards Lippe. Kurz hebe ich die Hand, streiche sie mit meinem Daumen fort. Aber er reagiert nicht. Charles hätte den Atem angehalten. Nur kurz, eine minimale Regung, aber ich hätte es bemerkt. Er kann ernst tun, so viel er will, aber wenn ich Charles' Gesicht berühre, schluckt er. Er schmiegt sich in meine Hand, während seine Lider flackern. Edward hingegen … er ist innerlich wie tot. Als würde in ihm zwar noch ein Herz schlagen, von dem niemand weiß, dass es bloß noch schwarz und leer ist. Ich lege meine Hand zurück auf seine Schulter, und Edwards Regung bleibt gleich. Als hätte ich sie nie von dort fortbewegt. »Du und Isabella also, ja?«

Ein stummes Lachen. »Du kennst die Antwort, little secret.«

Ja, ich kenne die Antwort. »Hauptsache sie weiß, worauf sie sich einlässt.«

»Sie vögelt mit Laxon, Suarez und Mish. Womit ich nicht sagen will, dass ich das verurteile.« Seine Augen blitzen schelmisch. »In keinem Leben würde ich das tun. Aber ja, ich denke, Isabella weiß *ganz genau*, worauf sie sich einlässt. Sie will einfach Spaß. So wie ich.«

»Na dann, ähm ... Glückwunsch?« Am Satzende geht meine Stimme peinlich nach oben.

Edward schüttelt den Kopf, als wäre ich ein besonders amüsantes Abendprogramm, das ihm eine nebensächliche Erheiterung schenkt. Dann seufzt er. »Ach, little secret. Es ist fast schon schade.«

»Was?«

»Wäre ich nicht so ein kaputter Typ, könnten wir zwei die Welt erobern.«

»Vielleicht. Ich bin nicht so das Klettermädchen.«

»Nein.« Sein Lächeln erlischt. Plötzlich wirkt er nachdenklich. Sein Blick zuckt kurz Richtung Bar, geht dann ins Leere. »Das bist du nicht.«

»Woran denkst du?«

»An niemanden.«

»Ich habe dich nicht gefragt, an wen.«

Sein Mundwinkel zuckt. »An nichts.«

Ich runzle die Stirn, als mir etwas einfällt. »Oh, es war übrigens Leo.«

»Was?«

»Dein Cousin hat den Test an @didntyouhearthat geschickt.«

Ich schwöre bei allem, was mir heilig ist: Edward könnte Poker-Weltmeister werden. Sein Gesicht ist eine unbewegliche Maske. Er hat nur einen kurzen Seitenblick für seinen Cousin übrig, der an der Westseite des Prunksaals steht, vor den bodentiefen Bogenfenstern auf und ab schreitet und hitzig ins Telefon spricht. Vermutlich mit @didntyouhearthat für den nächsten Skandal, um mich – Anführungszeichen unten – *zu beschützen* – Anführungszeichen oben. »Hätte ich mir denken können.«

»Aber meinte die Creatorin nicht, sie hätte es von einer Frau ...«

Ich unterbreche den Satz und beiße mir auf die Unterlippe, weil in diesem Moment das Ding in mir zu vibrieren beginnt.

Er hat mich mit ihm entdeckt, denke ich. *Und das ist seine Rache.*

»Ablenkungsmanöver«, entgegnet Edward, der nichts mitbekommen zu haben scheint. »War vielleicht seine Bedingung.«

»Mhm.« Ich senke den Blick, um meine flatternden Lider zu verbergen. Jeder Schritt, den Edward mich im Takt führt, wird unerträglich. Die Vibration spielt mit meinen Nervenenden und sendet Wellen bis zu meinem empfindlichsten Punkt. Ich spüre, wie feucht ich bin, wie *erregt*, und wünschte, ich könnte ins Bad verschwinden, um mich anzufassen. Um irgendetwas zu tun, damit die Erlösung kommt. »Du hattest also, ähm, recht, was deinen Cousin, *ah*, be… betrifft.«

Edward legt mir einen Finger ans Kinn und hebt meinen Kopf. Er grinst, als hätte er mich gerade bei etwas Verbotenem erwischt. »Was wird das?«

Unschuldig klimpere ich mit den Wimpern, während ich meine Beine unauffällig ein Stück weiter auseinanderschiebe. »Hm?«

Er zieht mich dichter an seinen Körper. Ich spüre seine Wärme. Schlagartig wächst das Verlangen. »Ich habe euch gesehen.« Lüstern sieht er auf mich hinab. »Ich weiß, was los ist. Tut mir leid, dich enttäuschen zu müssen, aber du kannst nichts vor mir verheimlichen, little secret.«

JUST ONCE I WOULD LIKE TO BE THE POEM, NOT THE POET

Paola

Ich wimmere. Nicht wegen seiner Worte, sondern weil die Lust mich übermannt. Das Ding scheint die Programme zu wechseln. Jetzt vibriert es in schnellen, intervallartigen Schüben. Es bringt mich beinahe zur Ekstase. Aber gerade, als der Druck sich aufbaut und überbranden will, stoppt Charles das Spielzeug. Als könnte der Kerl selbst aus der Entfernung spüren, wann es so weit ist, seinen Edging-Drang auszuleben. Frustriert stoße ich die Luft aus. Meine Mitte pocht und sehnt sich nach mehr.

»Entschuldige«, murmle ich, mein Hirn verschleiert vor Lust. »Ich muss kurz ...«

»Du willst zu ihm, oder?«

Perplex sehe ich ihn an. »Ich ...«

»Lass heute *mich* derjenige sein, der dir ein Geheimnis verrät, geheimnisvolle Schönheit.« Der Song spielt seine letzten Klänge. Edward legt eine Hand an meinen Hinterkopf, nähert sich meinem Ohr und flüstert: »Das Märchen hat schön begonnen, Süße, aber am Ende wird es trotzdem sie sein, der er die Ewigkeit verspricht.«

Seine Worte kommen nur verzögert bei mir an. Der Schleier des Verlangens gleitet über mich hinweg, trägt mich fort in andere Welten. Ich muss das hier beenden. Muss mich von der Lust befreien, damit ich wieder klar denken kann.

Irgendwie gelingt es meinen Beinen, mich die Treppe raufzutragen und den schweren Gobelin anzusteuern, hinter dem ich beim Maskenball mit Edward verschwunden bin. Ich schlüpfe hindurch und betrete das kleine Bibliothekszimmer. Neben dem Regal presse ich meinen Rücken gegen die kühle Wand, versuche, zur Besinnung zu kommen, aber in dem Moment geht der Vibrator wieder los.

Ich stöhne. Meine Fingernägel kratzen über die barockverzierte Wand hinter mir, während ich versuche, die Laute zu unterdrücken, indem ich mir auf die Unterlippe beiße. Erfolglos. Ich lehne den Kopf zurück, schließe die Augen und gebe mich den Wellen der Vibration hin, die mich erschüttern, als plötzlich …

Feuchte, warme Lippen schließen sich um meine empfindlichste Stelle. Ich reiße die Augen auf und erkenne Charles, der auf Knien vor mir sitzt, seine Hände an meine Oberschenkel legt und mich leckt, während das Ding mich weiter penetriert.

Ich habe ihn nicht einmal reinkommen hören, so im Delirium bin ich.

»O Gott.« Ich vergrabe meine Hände in seinen Haaren, drücke seinen Kopf fester gegen meine Scham und genieße, wie seine warme Zunge meine Perle umkreist. »Ja, weiter, bitte, *ja*!«

Charles küsst meine Klit, saugt an ihr, mal fest, mal sanft, bis Sterne vor meinen Augen tanzen. Das Schmatzen seiner feuchten Küsse gesellt sich zu der Vibration, und allein dieses Geräusch katapultiert mich in ungeahnte Sphären.

Plötzlich löst er sich von mir, zieht mit einer schnellen Bewegung den Vibrator aus mir heraus und legt ihn auf das Regal.

Die anschließende Leere entlockt mir einen enttäuschten Laut. Aber Charles denkt gar nicht daran, mich warten zu lassen. Er vergräbt die Hände in meinen Haaren, drückt meinen Kopf grob zurück und küsst mich. Seine Zunge gleitet bestimmt zwischen meine Lippen, während er mit der Hand den Knopf seiner Hose öffnet. Er zieht auch die Fendi-Boxer runter und plötzlich drückt seine blanke Härte gegen meine Öffnung über dem Slip.

Ich bin so ungeduldig, so geladen vor Verlangen, dass ich das Stück Stoff einfach beiseiteziehe, seine Erektion umschließe und das Becken hebe, damit er in mich dringt, aber Charles hält inne.

Ein raues Lachen an meinen Lippen. »Nicht so gierig, Cortessa.«

»Kann nicht mehr warten«, presse ich hervor. »Bitte. Jetzt.«

Schon wieder ein Lachen. Aber Charles bewegt sich keinen Millimeter. Gerade will ich ihn für seinen verdammten Edging-Fetisch verfluchen, bis ich sehe, wie er ein Kondom aus seiner Hosentasche zückt.

»Oh«, stoße ich atemlos aus. »Ja, stimmt.«

»Stimmt«, wiederholt er amüsiert.

Was hat er nur für eine Wirkung auf mich, dass ich alles vergesse, sobald er vor mir steht?!

Ich beobachte, wie er das Kondom überzieht. Dann packt er plötzlich meinen Hintern, hebt mich hoch, als würde ich nichts wiegen, spreizt meine Beine und tritt zwischen mich. Seine Spitze berührt meine Öffnung, und schon stöhne ich laut auf.

»Was denn?«, murmelt er an meinem Mund, leckt mit der Zunge über meine Lippen, während er meinen nassen Eingang umkreist und die empfindlichen Nerven in Flammen aufgehen lässt. »So bereit? Hmm, wie kann das nur sein?«

»Arschloch.«

Er lacht dreckig. Gleitet ein winziges bisschen in mich, nur um ihn sofort wieder herauszuziehen. »Bad boys, bad boys ...«

Ich kralle meine Finger in seine Schultern, drücke meine Lippen auf seine und küsse ihn mit einer Leidenschaft, wie ich noch nie jemanden geküsst habe. Meine Zunge bewegt sich wild, umtänzelt seine, ich beiße ihm in die Unterlippe und ziehe an ihr, will mich immer wieder hinabsenken auf sein hartes Glied, aber er hält meinen Po fest umschlossen und hat mein ganzes Gewicht unter Kontrolle. Er gleitet über meine pulsierende Klit, penetriert sie immer wieder mit sanften Stößen. Allein die winzige Berührung seiner Eichel an meinen elektrisierten Nerven lässt alles in mir weich werden.

Er löst sich von mir, sieht mich an, sieht mir direkt in die Augen, sagt »*Fuck*, bist du schön« und dringt in mich ein.

Ich stöhne seinen Namen und danke allen Göttern des Verlangens, als ich spüre, wie seine pralle Erektion mich ausfüllt. Er stößt in mich, gleitet raus und wieder rein, während seine Küsse mich verschlingen. Seine Spitze trifft auf meinen G-Punkt, sendet eine elektrische Welle durch meine Nervenenden und setzt meinen ganzen Körper unter Strom. Plötzlich greift Charles in das Bücherregal neben uns, und in der nächsten Sekunde spüre ich die Vibration des Spielzeugs an meiner Perle und Charles' Lippen, die an meinem Hals saugen. Ich reiße die Augen auf, während meinem Mund Laute entkommen, die mir unter anderen Umständen peinlich gewesen wären. Jetzt denke ich nicht mal darüber nach. Meine lustvolle Stimme erfüllt den Raum, der Vibrator stimuliert meine Klit, und Charles' Penis füllt mich mit harten, schnellen Stößen aus.

Er saugt fester, und das Gefühl ist so intensiv, so berauschend, dass ich nicht will, dass er aufhört. Ich passe mich seinen Bewegungen an, dränge seinen Stößen mit meinem Becken entgegen und lasse mich von dem klatschenden Geräusch berauschen, von dem feinen Schweißfilm in Charles' Gesicht und dem verlangenden Blick seiner Augen, als er sich von meinem Hals löst und mich ansieht. An der Stelle, an der er bis gerade noch gesaugt hat, spüre ich ein bittersüßes Pochen.

Seine Bewegungen treiben das Verlangen in meiner Mitte den höchsten Berg hinauf, und als ich spüre, wie es überbranden will, werfe ich den Kopf in den Nacken, schließe die Augen und stöhne Charles' Namen laut, hemmungslos und lustgeschwängert, während der Orgasmus über mich hinwegrollt. Und auch Charles' Stöße werden abgehackter, langsamer. Er presst mich fest an sich, lehnt seine Stirn an meine, sieht mir tief in die Augen. Und dann spüre ich, wie sein Schwanz in mir zuckt. Seine Lider senken sich halb, raue Laute kommen ihm über die Lippen, von denen ich wünschte, ich könnte sie einfangen und immer wieder hören.

Wir stehen lange da und bewegen uns nicht, während unsere schnellen Atemzüge miteinander verschmelzen. Irgendwann beginnen Charles' Arme zu zittern, da erst lässt er mich runter. Meine Beine sind butterweich, deshalb klammere ich mich an ihn. Er nimmt mich in den Arm, bis mein Gesicht an seiner Brust liegt, küsst meinen Scheitel und streicht mir sanft durchs Haar.

»Alles in Ordnung?«, flüstert er.

Ich nicke.

Im Hintergrund erklingen die klassischen Töne von Jackson Fives *I'll Be There* zu uns herüber. Ich muss an den Tanz mit Edward denken. Da erst fällt mir ein, was er zu mir gesagt hat, und ich löse mich von Charles, um ihn anzusehen.

»Was denn?« Seine Stimme ist so schön. Dunkel und rau. Zärtlich streicht er mir über die Wange. »Was ist los?«

»Nach dem, was gestern passiert ist … und eben gerade wieder …«

»Nenn die Dinge beim Namen, Signorina.« Er grinst schief. »Nachdem wir jetzt Sex hatten …«

»Ja, also …« Ich räuspere mich. »Nachdem wir jetzt, äh, Sex hatten …«

»Ja?«

Ich schlucke. »Du wirst sie doch nicht mehr heiraten, oder?«

Das amüsierte Grinsen erlischt sofort, als ich die Frage gestellt habe. Stattdessen graben sich tiefe Furchen in seine Stirn, als er die Brauen zusammenzieht.

»Paola.« Er nimmt meine Hände in seine, blickt auf sie hinab und spielt mit seinen Daumen an meinen Fingerknöcheln. »Das, was zwischen uns ist, ändert nichts daran, dass ich Pflichten nachkommen muss.«

»O Gott.« Schlagartig wird mir eiskalt. Ich entziehe ihm meine Hände. »Das ist … Das meinst du nicht ernst, oder?«

Er verzieht den Mund.

»Sag mir, dass das ein verdammter Scherz ist.«

Charles öffnet den Mund, schließt ihn wieder. Die Sekunden raffen dahin. Doch schließlich … »Nein.«

»O Gott«, wiederhole ich. Der Raum beginnt zu schwanken. Ich fürchte, ich verliere den Boden unter den Füßen. Ich taumle rückwärts, suche Halt am Regal, schüttle fassungslos den Kopf. »Das kannst du nicht … Ich meine, Sofia hat das nicht verdient. Sie …«

»Sie weiß Bescheid. Über alles.« Er räuspert sich. »Ich würde sie niemals hintergehen. Wir haben geredet.« Er wirkt beinahe verzweifelt, als er einen Schritt auf mich zukommt. »Für sie ist es okay, wenn wir zusammen sind, Paola. Nur eben …«

»Heimlich«, beende ich den Satz. »Weil ich niemand bin, den die Welt an Charles Blackwells Seite sehen will.«

Er verzieht das Gesicht, als hätte ich ihn geschlagen. Dann …

»Ja.«

Tränen schießen mir in die Augen. Mein Kinn zittert. »Du Scheißkerl«, zische ich. Es gelingt mir nicht, die Tränen aufzuhalten. Ungehemmt rennen sie mir über das Gesicht, während sich mein Hals zuschnürt und meine Stimme bricht. »Du widerlicher, beschissener Scheißkerl!«

»Paola, warte.« Er hat noch nie verzweifelter geklungen. Noch nie verzweifelter ausgesehen. »Bleib bei mir. *Bitte.*« Er streckt eine Hand nach mir aus.

Beinahe panisch schrecke ich zurück. »*Fass* mich nicht an!«

Sofort hält er inne. Jetzt sieht er nicht nur aus, als hätte ich ihn geschlagen, sondern als hätte ich ihm sämtliche lebenswichtige Organe entrissen.

»Fuck, Paola, tu mir das nicht an. Ich kann nicht ohne dich. Ich …« Er fährt sich mit den Fingern über die kurz geschorenen Seiten, zerrt an seinen oberen Strähnen, sieht mich an. »Scheiße, ich habe mich in dich verliebt, okay?«

Entsetzt starre ich ihn an. Es ist das Schlimmste, was er hätte sagen können, weil es die schönste Hoffnungslosigkeit ist, der ich je begegnet bin.

»Ich will nicht nur dein Geheimnis sein«, sage ich zittrig. »Verdammt, ich bin nicht nur dieses blöde *little secret*! Wenn du sie heiratest, Charles, dann hast du dich entschieden.« Ich wische mir die Tränen fort, aber sie kommen immer wieder. »Wenn du sie heiratest, hast du mich verloren.«

Ich sehe, wie er kräftig schluckt. Der Puls an seinem Hals geht schnell. »Was man nicht aufgibt, hat man nie verloren, oder?«

Maria Stuart. Er antwortet mir mit *fucking Maria Stuart*. Kurz schließe ich die Augen, weil es schmerzt. All das hier. Es tut so scheiße weh.

»Paola, ich flehe dich an.« Ich öffne die Augen. Wieder fährt er sich durchs Haar, bis sie wild in alle Berge abstehen. »Es ist doch nur ein Ring!«

Und da weiß ich sofort, was ich ihm sagen will. Als hätte das Schicksal in dieser Sekunde mit mir kommuniziert. Wenn er mit *Maria Stuart* anfängt, beende ich das Ganze mit ihr.

»Der Ring macht Ehen.« Ich gehe zum Gobelin, sehe ihn noch einmal an, noch ein allerletztes Mal mit jeder Sehnsucht, die in mir lebt, und beende den Satz. »Und Ringe sind es, die eine Kette machen, Charles.«

Damit verschwinde ich.

YOU'LL ALWAYS BE SOMEONE I MISS

Charles

»Wie wäre es mit Anemonen statt Rosen?« Die Hochzeitsplanerin schiebt mehrere laminierte Bilder auf dem Tisch der Außenterrasse hin und her. »Sie verfügen über den ähnlichen Roséton wie die Rosen, die Sie wollten, Signora Vendergaard, und wir könnten nicht nur die Tische, sondern auch den Altarbogen und Stützbalken mit ihnen bestücken.«

Sofia tippt auf ihrem iPhone herum, auf ihren Lippen ein besorgter Zug.

»Signora Vendergaard?«

Blinzelnd sieht Sofia auf. »Ja?«

»Wären Sie damit einverstanden?«

»Womit?«

»Mit Anemonen statt Rosen.« Wenn die Planerin genervt von unserer Abwesenheit ist, lässt sie sich nichts anmerken. »Wir hätten den Vorteil, dass wir eine höhere Stückzahl ordern könnten.«

»Oh, klar. Wieso nicht?« In ihren Händen leuchtet das iPhone auf und kündigt eine Nachricht an. Sofort neigt Sofia den Kopf, und ihr Blick wird noch düsterer.

Die Planerin verzieht nur leicht den Mund, ehe sie sich mir zuwendet. Sie notiert etwas auf ihrem iPad und scrollt zum nächsten Punkt. »Wir haben immer noch das Problem mit Ihrer Tante, Signore Blackwell …«

»Welche Tante?«

»Oh, Verzeihung!« Peinlich berührt rutscht sie auf ihrem Stuhl herum und schiebt die große Brille höher auf die Nase. »Die Tante Ihres Bruders. Anneli Hiddesen. Sie, ähm, wie soll ich sagen, setzt sich stark dafür ein, dass nichts Grünes auf der Hochzeit zu finden sein wird, wegen eines, Aberglaubens, von, ähm, bösen Elfen entführt zu werden. Das macht mir jedoch Probleme mit den Blumen, und es liegt nicht in meiner Hand, den Gästen einen Dresscode vorzuschreiben. Wünschen Sie, dass ich ein Grünverbot ausspreche, was die Kleidung betrifft?«

Mein Mundwinkel zuckt. »Ich fürchte, Anneli muss mit der Angst leben, dass meine Zukunft einem Elfenpalast verschrieben ist.«

»In Ordnung.« Sie räuspert sich, schiebt die Brille noch mal die Nase hoch und notiert auf ihrem iPad *die Verlobten gehen das Elfenrisiko ein.* »Gut, also …« Sie scrollt einen Punkt weiter. »Die Sommelière hat mir gestern Abend die finale Liste der Weinauswahl zukommen lassen und mich gebeten, sie von Ihnen absegnen zu lassen.« Mein Herz verpasst einen Sprung, als die Planerin eine laminierte Liste vor uns legt. Endlich steckt Sofia ihr Handy weg. Ihr Blick wandert erst zur Weinauswahl, dann zu mir. Mir entgeht nicht, dass sie mitfühlend den Mundwinkel verzieht. »Wenn Sie einmal schauen würden?«

Paola hat die Liste per Hand geschrieben. Ihre ordentliche Schrift, mit den niedlichen Schwenkern an den Buchstaben … es erinnert mich sofort an den Punkt in ihrem Angstbuch, den ich korrigiert habe.

Punkt 7: Partys mit der High Society. Lösung: ~~Unsichtbar bleiben.~~ Allen zeigen, dass sie mich mal am Arsch lecken können.

»Signore Blackwell?«

Jetzt bin ich derjenige, der blinzelt. »Ja?«

»Ihre Verlobte sagte gerade, sie wäre einverstanden mit der Auswahl. Ich hingegen bin zwiegespalten, ob der Mas Doix 1902 zum Rest der Liste passt. Er ist schon sehr extravagant, nicht subtil romantisch wie der übrige Ton der Selektion. Oder wie sehen Sie das?«

Mein Blick heftet sich auf den letzten Wein der Liste. Mas Doix 1902. Irgendwie wirkt Paolas Schrift bei diesem letzten Vorschlag anders. Die Linien sind zittriger. Als hätte sie gezögert, ihn aufzuschreiben.

»Ich kann Ihnen den Mas Doix 1902 Priorat empfehlen. Ein Kultwein aus Katalonien. Durch den Fassausbau über sechzehn Monate besitzt er ein feines Röstaroma. Nicht selten wurde mir gesagt, er besäße den Geschmack der … Erotik.«

»Er bleibt«, sage ich.

Die Planerin nickt, hakt den Punkt auf ihrem iPad ab und räuspert sich. »Gut, das war's an dieser Stelle.« Sie wirft einen Blick auf ihre Uhr. »Ich habe jetzt noch ein paar Dinge mit dem Catering zu besprechen und würde mich anschließend bei Ihnen zwecks finalem veganen Dessert melden.«

»Vielen Dank.« Sofia schenkt ihr ein freundliches Lächeln, doch es erstirbt abrupt, als die Planerin ins Innere des Hotels verschwunden ist. Ihr Ausdruck weicht einer nervösen Miene. »Hast du es gelesen?«

»Ja.«

»Es sind deine Spuren in ihr.«

»Ich weiß.«

»Sie haben die Abstrichproben mit den Ergebnissen des DNA-Tests verglichen und …«

»Ich weiß, Sofia.«

Zittrige Luft entweicht ihr. »Hast du keine Angst?«

Ich zögere. Mein Blick geht in die Berge, während Erinnerungen an meinem geistigen Auge vorbeiziehen. »Ich mache mir keine Sorgen.«

»Aber wieso nicht?«

»Rukopp hat das unter Kontrolle. Die Beweise reichen nicht, um mich in Untersuchungshaft zu behalten.«

»O Gott, das ist so eine verfluchte Scheiße. Wir sitzen richtig tief drin, Charles.« Kurz schließt Sofia die Augen, reibt die Furchen ihrer Stirn glatt. »Die bezeichnen uns alle online als mörderisches Trio.«

»Das wird vergehen.«

Unruhig beißt sie sich auf die Unterlippe. »Und was, wenn die Wahrheit rauskommt?«

»Wird sie nicht.«

»Bisher kam *alles* raus, Charles!«

»Aber das können sie nicht wissen.«

»Vielleicht hat uns jemand beobachtet.«

»*Das* wäre längst rausgekommen.«

»Was ist mit Emma?« Sofia streicht die Hände über den Rock ihres beigen Balenciaga-Kostüms. »Aprils Handy wurde gefunden und

Emmas Nachricht geleakt. Was, wenn sie kalte Füße bekommt und zur Polizei rennt, um alles zu gestehen?«

Ich presse die Zähne zusammen und blicke angestrengt in Richtung Berge. »Wird sie nicht.«

»Wie kannst du dir da so sicher sein?«

»Weil ich mit ihr geredet habe. Sie hält den Mund.«

»Wer hält den Mund?«

Edward tritt durch das geöffnete Panoramafenster zu uns auf die Außenterrasse. Mein Bruder trägt eine Cap, den Schirm nach hinten, und eine dunkle Sonnenbrille, obwohl der Himmel schneeverhangen ist. Wie ich von Laxon weiß, hat er den Rest der letzten Nacht im Casino verbracht.

»Paola darüber, was zwischen euch läuft?«

»Nein. Und zwischen uns läuft nichts mehr.«

»Was?« Sofia wollte gerade ihren Macchiato an die Lippen führen, als sie innehält. »Warum nicht?«

»Weil du und ich heiraten, Sofia.«

»Hast du ihr nicht gesagt, dass alles nur Show ist?«

»Doch. Aber …«

»Sie will nicht dein kleines, dreckiges Geheimnis sein.« Edward lässt sich auf den freien Stuhl fallen und nimmt die Sonnenbrille ab. Unter seinen Augen graben sich tiefe schwarze Ringe in seine Haut. »Vielleicht sollte ich ihr deutlicher machen, dass ich in naher und ferner Zukunft nicht vorhabe, zu heiraten.«

»Mach das.« Ich lehne mich im Stuhl zurück und schenke meinem Bruder ein aufgesetztes Lächeln, während in meinem Magen gerade die Wut eine Schlacht ums Überleben kämpft. »Paola ist nicht dumm. Sie wird schnell merken, dass du nicht der Richtige für sie bist.«

»Aber du?« Ich entgegne nichts. Edward lacht stumm. »Keine Sorge, Bruderherz. Sie weiß längst, dass sie nicht mein Typ und nur Mittel zum Zweck ist, damit ich vergesse.«

»Das hast du ihr gesagt?«, fragt Sofia.

»Meine Liebe, ich *bitte* dich.« Edward schenkt Sofia ein aufgesetztes Grinsen. »Wenn ich schon toxisch und scheiße bin, dann doch wenigstens *offen* toxisch und scheiße, damit die Leute wissen, worauf sie sich einlassen.«

Sofia verdreht die Augen. »Und was meinte sie?«

»Dass sie sich in mich verliebt hat.«

Normalerweise habe ich meine Reaktionen unter Kontrolle. Mir wurde beigebracht, in jeder Situation die Fassung zu wahren. Aber irgendetwas in mir setzt aus. Meine Hände ballen sich zu Fäusten, drücken sich in meine Oberschenkel, als ich die Arme durchstrecke und den Oberkörper aufrichte. Edward blinzelt in meine Richtung, dann wedelt er mit der Hand durch die Luft. »Keine Sorge, Bruder. Dich hat sie auch erwähnt.«

»Inwiefern?«, fragt Sofia.

»Dass sie auch in ihn verliebt ist. Aber da du, lieber Bruder, vergeben bist …« Edward zwinkert mir zu. »Entscheidet sie sich vielleicht ja doch für den unverbindlichen Sex mit dem rebellischen Blackwell. Sollte für dich kein Problem sein, oder? Wie sagtest du noch, vor dem Königinnentanz? Du würdest dich nicht verlieben. Niemals.«

Ich starre ins Leere, über die Schulter meines Bruders hinaus in die Berge. »Wir werden sehen«, sage ich irgendwann.

»Das würdest du akzeptieren?« Mein Bruder hebt die Brauen in die Stirn. »Du, der stets die Kontrolle bewahren will, würdest stillschweigend zusehen, wie ich das Jagdspiel gewinne?«

»Es ist längst kein Spiel mehr, Edward.«

»Wenn du meinst …«

»Sie bedeutet dir etwas.« Jetzt heftet sich mein Blick doch auf ihn. »Egal, was du zu mir sagst, weil du angepisst auf mich bist, weil ich der Bruder bin, der aus dem Nichts kam und dich unwillentlich beiseitegedrängt hat, *sie bedeutet dir etwas*. Deshalb bist du ehrlich zu ihr. Deshalb verarschst du sie nicht wie andere. Ich kenne dich. Besser, als du denkst, Bruderherz. Dein Herz gehört April, dein Herz hat immer April gehört, und daher interessiert es mich einen Scheißdreck, was du mir hier erzählst, weil ich weiß, dass du April siehst, wenn Paola vor dir steht, weil ich weiß, dass du leidest, jedes Mal, wenn du sie ansiehst und dich nicht von ihr fernhalten kannst, und weil ich weiß, dass genau dieser Schmerz dafür sorgen wird, dass du es niemals wagen würdest, ihr Herz in deine Hände zu nehmen, aus Angst, sie könnte das winzige bisschen, das noch in dir lebt, zerstören, wie April dich zerstört hat. Also, ja, wie auch immer Paola entscheidet, ich werde es akzeptieren können, weil ich weiß, selbst wenn sie dich wählt, *du* wirst niemals sie wählen. Niemals. Und jetzt«, ich schiebe den Stuhl zurück und erhebe mich, »habe ich keine Zeit mehr für diese Scheiße.«

Edward funkelt mich an. »Wegen dir ist meine Mutter …«

»*Deine Mutter*«, falle ich ihm ins Wort, wische ein leeres Glas vom Tisch und höre mit Genugtuung, wie es auf dem Boden zerspringt, ehe ich meinen Bruder am Kragen packe, »ist eine widerliche Frau, die ihren Sohn verlassen hat, weil ein anderer dazukam. Es tut mir von Herzen leid für dich und ich bin an deiner Seite, war ich, werde ich immer sein, aber hör, *verfickte Scheiße noch mal,* endlich auf, mir die Schuld für diese dreckige Entscheidung deiner Mutter zu geben, verstanden?«

Edward entgegnet nichts. Er atmet ruhig und schwer, so langsam, dass sich seine Nasenflügel blähen. Und dann erkenne ich plötzlich einen verräterischen Glanz in seinen Augen, ein Zucken seiner Lippen, ehe er sich meinem Griff entreißt und davonstürmt. Sein Stuhl kippt hinten über. Meine Hand verharrt in der Luft, der Griff geht ins Leere.

»Oh, Edward«, flüstert Sofia, während sie ihm nachsieht.

Ich atme tief durch. »Es wird Zeit, dass er verarbeitet.« Auf dem Tisch leuchtet mein Handy auf. Ich nehme es in die Hand und spiele die Sprachnachricht meiner Assistentin Vada ab.

»Hi Charles, dein Vater meinte, er hätte jetzt Zeit und würde dich am Hangar bei seinem Heli treffen, weil deiner ja seit gestern in der Wartung ist. Er fängt schon mit dem Außencheck an.«

»Hangar?« Sofia runzelt die Stirn. »Du willst fliegen?«

»Ja.«

»Charles …« Sie sieht mich an als hätte ich den Verstand verloren. »Wir heiraten in drei Tagen!«

»Keine Sorge, bis dahin werde ich zurück sein.«

Sie sieht nicht überzeugt aus. »Wo wollt ihr denn hin?«

Ich stecke mein Handy ein und trinke den Rest meines Wassers.

»Nach San Luca.«

»*Was?*« Sofia runzelt die Stirn. »Was willst du da?«

»Es gibt da etwas, dem ich auf den Grund gehen muss.«

»Und was?«

»Egal.«

»Aber warum denn ausgerechnet vor der Hochzeit?«

Ich stelle das Glas zurück auf den Tisch. »Weil ich es ihr versprochen habe.«

Sofia weiß sofort, wen ich meine. Sie nickt halbherzig, und ich mache mich auf dem Weg zum Hangar, um endlich herauszufinden, wo zur Hölle Gabriel Cortessa steckt.

Paola hat eine Entscheidung für sich getroffen. Sie hat sich gegen mich entschieden, und das akzeptiere ich. Aber ich habe ihr ein Versprechen gegeben, und es müsste schon eine verdammte Naturkatastrophe ausbrechen, um mich davon abzuhalten, es zu halten.

Als ich den Hangar betrete, wartet mein Vater auf mich.

»Bereit?«, fragt er.

Ich nicke, gehe an ihm vorbei und setze mich in den Helikopter. »Bereit.«

Neben mir schließt mein Vater die Tür und rastet den Gurt ein. »Und sie ist dir diesen Aufwand wirklich wert?«

»Mehr als das, Vater.« Die Rotorblätter des Helis starten. »Viel mehr als das.«

EL PATRÒN IS CALLING

Paola

Die Buchstaben in meinem Notizbuch verschwimmen zu einem Einheitsbrei aus bunten Farben. Ich habe meine Verdächtigtenliste getextmarkert, um eine Struktur zu bekommen. Rot für wahrscheinliche Gefahr, Lila für mögliche Gefahr (einfach weil ich finde, Lila erinnert an einen hässlichen Giftpilz, von dem man nicht weiß, ob man elendig verreckt, wenn man ihm zu nahe kommt), und Grau für schwammig. Elias ist lila, weil ich kotzen will, wenn ich ihn sehe, aber nicht genau weiß, ob es zum Verrecken reicht. Ich denke, er dreht viele krumme Dinger, weil er unzufrieden ist, aber jemanden töten? Ich weiß nicht. Jake ist grau, Charles und Edward sind rot, weil sie … na ja, sagen wir, ich denke, bei den Blackwell-Brüdern ist alles möglich und nichts unmöglich. Außerdem haben sie mein Herz in Stücke gerissen. Sie sind definitiv eine Gefahr. Das Schlimmste ist: Ein absolut kranker Teil in mir wünscht sich sogar, dass sie in diesen Mord involviert sind, weil ich weiß, dass ich dann sofort abschließen könnte. Sofia ist grau, obwohl ich nicht glaube, dass sie etwas mit der ganzen Sache zu tun hat. Da war der Streit, ja, aber ich glaube, das hatte ähnliche Beweggründe wie bei Emma. Ein bloßer Streit mit einer unausstehlichen Person, die sie in den Wahnsinn getrieben hat. So was kommt vor, oder nicht?

Und Leo … ich glaube, er ist einfach liebeskrank und einsam. Er bekommt auch grau, weil ich nicht glaube, dass er April ermordet haben könnte.

Seufzend stütze ich meine Wange auf die Hand und gehe die Liste noch einmal durch.

Van Dyk:
→ War in San Luca & hat mich hergeholt
→ Sein Deal mit mir war nur Verarsche (er ist gerissen!!)
→ Eig. wollte er seinem Bruder nur eins reinwürgen, weil er dachte, ich wäre Jakes Tochter
→ Hat meinen DNA-Test gefälscht (und an @didntyou-hearthat geschickt?? – nein, war Leo)
→ Hat mir versprochen, Gabe herzuholen & sich nicht dran gehalten (beobachtet ihn aber, weiß ich, weil er ja zu mir meinte, Gabe wäre nicht mehr in der Schule gewesen)
→ Wieso war er überhaupt in San Luca? Nur wegen mir??

Jake Blackwell:
→ Hat sich nicht für mich interessiert, als er dachte, ich wäre seine Tochter (wollte mich sogar loswerden)
→ Wieder viel netter zu mir, seit er weiß, dass ich es nicht bin (seeehr komisch)
→ Sagt, er kann Van Dyk nicht feuern, weil Mehrzahl im Vorstand dagegen (auch iwie komisch, wenn ihm das BP doch gehört??) – steckt vllt noch irgendwas anderes dahinter?
→ Scheinbar ein notorischer Fremdgeher (hatte was mit Charles & meiner Mamma, während er mit Eds zusammen war, dann noch mit Van Dyks Frau)
→ Will dass seine Söhne immer in der Presse bleiben, damit angesagter Ruf des Hotels so bleibt (freut sich vllt sogar über die Gerüchte zwischen C, E & mir???) – könnte er den Test an @didntyouhearthat gesendet haben? Wäre iwie krank – Update: Es war LEO!!!

Charles Blackwell:
→ Sein Handabruck auf Aprils Bein? (Spuren in ihr waren seine, aber wusste ich ja schon, also wohl auch seine Hand)
→ ABER: meinte zu mir, er war's nicht

→ Gerüchten zufolge Hausdurchsuchung in seiner Suite
→ Gerüchten zufolge mit April zusammen gewesen kurz vor ihrem Verschwinden
→ Komische Interaktionen mit Emma
→ Geheimnisvolles Gespräch mit den anderen im Seitengang bei Benefizgala

Edward Blackwell:
→ Aprils Ex
→ Hatten immer Streit
→ In den Bergen bei ihrem Kreuz Nervenzusammenbruch & zu Charles gesagt, dass er schuld wäre (sehr verdächtig!)
→ April wollte sich mit ihm treffen, hat sie Leopold geschrieben, war ihre letzte Nachricht
→ Edward geweint, nachdem er iwas in seinem Safe angeguckt hat
→ Gerüchten zufolge Hausdurchsuchung in seiner Suite
→ Edward mich in Sauna geholt bei der Stillen Post, weil er Skandal wollte (vllt selber den DNA-Test an @didntyouhearthat gesendet? (Wäre denkbar – nein, war Leo!!)

Sofia Vendergaard:
→ Streit mit April in Lobby
→ Hat sie gekratzt
→ Ist oder war in Edward verliebt → eifersüchtig auf mich?? DNA-Test an @didntyouhearthat gesendet?? Könnte am ehesten sein, weil E ja meinte, es wäre eine Frau gewesen
→ Ist mit Charles verlobt → eifersüchtig auf mich?? ↑

Leopold Van Dyk:
→ War in April verliebt & hatte Affäre mit ihr
→ Hatte Brosche und Stein bei sich (hat aber Alibi → evtl gefälscht?)
→ Setzt sich schon beinahe verdächtig viel dafür ein, ihren Mörder zu finden → zu viel??

→ Hasst seine Cousins → vllt. mit seinem Vater zsm gearbeitet, als der mich hergeholt hat? Er wollte mich ja auch vom Bahnhof abholen → weiß er von Gabe? Wenn ja, wieso hilft er mir nicht??
→ UPDATE: HAT DEN TEST AN @DIDNTYOUHEARTHAT GESCHICKT!!!

Ein Kichern reißt mich aus meinen Gedanken. Ich hebe den Kopf in Lisbeths Richtung, die mir gegenüber im Sessel des Salons sitzt. Die letzten zwanzig Minuten hat sie mit ihrem Kopf über dem Handy gehangen, aber jetzt blickt sie zum Eingang. Ich folge ihrem Blick und entdecke Blair, die in übergroßem weißen T-Shirt, Leggins und gefälschten UGGs von Alibaba unseren Bereich betritt. Der Grund für Lisbeths Kichern wird mir klar, als ich das Shirt näher betrachte: Darauf ist ein schwarz-weißes Porträt von einem Mann abgebildet, über seinem gewellten Haar steht: *Pablo Escobar – El Patrón – Is Calling …*, darunter der rote Hörer (*decline – are you sure?*) und der grüne (*accept – and must go!*).

Mit grimmigem Gesichtsausdruck und wild zerzausten Haaren lässt Blair sich in einen weiteren Ohrensessel unserer Sitzgruppe plumpsen.

»Du siehst müde aus«, stelle ich fest.

»Mhm«, brummt sie, schirmt ihre Augen vor dem Licht ab und lässt sich tiefer in den Sessel sinken. »Ich war die ganze Nacht im Casino.«

»Was hast du da getrieben? Gearbeitet?« Lis klebt wieder an ihrem Handydisplay. »Wenn deine Antwort jetzt nicht lautet, dass du die reichen Säcke mit deinen Kartenzählskills abgezogen hast, bin ich schwer enttäuscht von dir.«

Ich hebe eine Braue. »Du zählst Karten?«

»Nur manchmal«, entgegnet Blair mit einem Killerblick in Lis' Richtung. »Und nein, ich habe gegen Edward gespielt.«

Ich runzle die Stirn. »Die ganze Nacht?«

»Leider hat sich herausgestellt, dass wir es beide nicht stehen lassen können, zu verlieren.«

»Lass mich raten …« Lis gibt ein bedeutungsschweres Seufzen von sich. »Er hat gewonnen, du wolltest Revanche, dann hast du gewonnen, er wollte Revanche, und so weiter und so fort?«

»Korrekt.«

»Und du hast ihn nicht abgezogen?« In Lis' Stimme klingt schwere Enttäuschung mit. »Und ich dachte, in den letzten Jahren hätte ich dich erzogen.«

»Schrei nicht so.« Blair verzieht das Gesicht, als hätte sie üble Kopfschmerzen, und fügt dann hinzu: »Für wundervolle zwanzig Minuten war ich stolze Besitzerin von über hunderttausend Franken, bis er sie mir wieder entrissen hat. Er meinte, wenn ich wollte, könnte ich noch einmal mitgehen, alles auf eine Karte, seine hunderttausend gegen mein letztes Hemd.«

Ich sehe von meinem Notizbuch auf. Meine Braue wandert in Schneckentempo meine Stirn hoch. »Wortwörtlich dein letztes Hemd?«

»Wortwörtlich.«

»Okay, darauf wäre ich jetzt nie gekommen«, murmelt Lis. »Das muss eine edwardoistische Geheimsprache für diejenigen sein, die diesem Milchbuben in Lederjacke verfallen.«

»Sagt diejenige, die mit den Schweizer Vliesfreunden schreibt«, entgegnet Blair.

»Es gibt gar keine Schweizer Vliesfreunde!«

»Bestimmt sind das Maler«, sage ich. »Ein Undercover-Swingerclub, und dann bepinselt ihr euch gegenseitig für besonders zarte Empfindungen, bevor ihr euch«, ich grunze, um ein Kichern zu unterdrücken, »auf dem Vlies beglückt.«

Lis begegnet meinem Blick trocken. »Ich bin lesbisch.«

»Malerinnen«, korrigiere ich mich. Mein Mundwinkel zuckt. »Die Schweizer Vliesfreundinnen im Pinselglück.«

Blair steigt in mein grunzendes Hyänenlachen ein, woraufhin Pablo Escobars Nase immer wieder auf ihren rechten Busen hüpft.

Lis verdreht die Augen. »Also, du bist auf seinen Strippokerdeal eingegangen. Und dann?«

Blair nimmt die Insektensonnenbrille ab und deutet auf ihr T-Shirt. »Das ist das Ergebnis. Der Scheißkerl hat meine Bluse bekommen, und ich war zu betrunken, um zu kapieren, dass ich in BH einen weiteren Martini bestellt habe. Der Barkeeper hat mir dann irgendein Shirt aus dem Fundbüro des Casinos in die Hand gedrückt und mich weggeschickt.«

»Und darin bist du heute wach geworden?«

»Yep. Geiler Ausblick, oder?«

»Klar«, murmle ich. »Wer wacht nicht gerne unter dem Gesicht eines Drogenbarons auf?«

»Er ist übrigens hier«, sagt Lis plötzlich.

»Wer?«, frage ich. »Pablo Escobar?«

»Edward.«

»*Was?*« Die Frage kommt von mir und Blair gleichzeitig. Während sie sich panisch ihre Brille wieder auf die Nase schiebt, füge ich hinzu: »Wo?«

»Am Kamin.« Lis sieht immer noch nicht von ihrem Handy auf. Sie tippt wie eine Weltmeisterin. Seit ich sie kenne, habe ich sie noch nie so viel am Handy gesehen wie in den letzten Tagen. »Er spielt Schach mit Laxon.«

Unauffällig neige ich den Kopf, bis Edwards weißblondes Haar und die ungewöhnlich dunklen Brauen in mein Blickfeld treten. Die Züge seines Profils wirken nachdenklich, während er seinen nächsten Spielzug analysiert. Mit dem Zeigefinger tippt er sich stetig gegen die Schläfe. Plötzlich, als hätte er es gerochen, sieht er in meine Richtung. Ein freches Grinsen schleicht sich auf seine Lippen. Sofort sehe ich weg. Um zu überspielen, dass sich mein Puls von jetzt auf gleich beschleunigt hat, umklammere ich mein Buch und starre auf meine amateurhafte Verdächtigtenliste.

»Was hast du da?«, fragt Blair.

»Nichts.«

»Wofür stehen diese Farben?«

»Ist egal.« Ich will das Buch schließen, aber in dem Moment steht Finn neben mir und reißt es mir aus der Hand.

»Hey hey, Cortessa, alles klar?«

Ich will es mir wieder zurückholen, aber er hält es über seinen Kopf. Ich funkele ihn an. »Gib mir das Buch wieder.«

»Will nur mal gucken, was im Kopf der – wie nennt Ed dich noch gleich? – *geheimnisvollen Schönheit* so abgeht.«

»Finn«, warnt Blair.

Lena steht mit verschränkten Armen neben ihrem Bruder. »Gib's ihr einfach wieder, Finn. Das ist lame.«

Aber er hört nicht auf sie. Stattdessen legt er den Kopf in den Nacken, weil er das Buch immer noch weit über sich hält, und fängt an zu lesen. »Wer könnte April Sanders ermordet haben – Paolas ungefilterte Anfängertheorie. In Klammern: Für den unwahrscheinlichen Fall, dass mir aufgrund dieser Recherche etwas zustößt, möchte ich bitte mit Effi Briest beerdigt werden – Danke schön?« Finn sieht mich an und kriegt einen Lachanfall. »Ist das dein Ernst? O mein Gott, was finden die Blackwells nur an dir?«

»Hör auf, so ein verdammtes Arschloch zu sein.« Blair hat sich erhoben und will nach dem Buch greifen, aber Lenas Bruder hält es in eine andere Richtung und presst stattdessen seine Lippen auf Blairs. Diese keucht, drückt ihn an der Brust von sich und starrt ihn entgeistert an. »Geht's noch?«

»Was denn?«

»Gib meiner Freundin ihr Buch wieder!«

»Soll sie es sich doch holen.«

»Wie wär's, wenn du dir stattdessen die Krätze holst?« Plötzlich ist Edward bei ihm. Mühelos entwendet er ihm mein Blümchennotizbuch und drückt es mir in die Hand, ohne den Blick von Finn abzuwenden. »Ah, nein, da war ja was. Die Ratten wagen sich nicht in deine dreckige Nähe.«

Finn holt aus. Er will ihm eine verpassen, aber bevor seine Faust in Edwards Gesicht landet, weicht dieser aus, packt ihn am Nacken und beugt sich zu ihm herunter. »Mach das noch einmal«, höre ich ihn zischen, »in meinem Hotel, du Bastard, und ich schwöre dir, du bist ein toter Mann.«

»So tot wie April?«, gibt Finn gepresst zurück.

Ich kann ganz deutlich sehen, wie jeder Muskel in Edwards Kiefer sich verkrampft. Dann wirbelt er Finn herum, schubst ihn grob in Richtung Ausgang und sieht ihm nach, wie er verschwindet.

Das Buch in meiner Hand zittert. »Danke.«

Edward schaut mich an. In seinem Blick liegt so viel, das ich nicht deuten kann. Bevor ich auch nur eine Vermutung habe, was er denken könnte, tönt Aprils Name aus dem Mund des Nachrichtensprechers durch den Raum. Gefühlt jeder Kopf dreht sich zum Smartfernseher.

Ich könnte schwören, neben mir vergisst Edward zu atmen.

DON'T YOU EVER DARE TO LOVE A BLACKWELL, DARLING

Paola

»Es ist offiziell: Die DNA-Analysen haben ergeben, dass die Spuren in April Sanders mit denen von Charles Blackwell übereinstimmen. Obwohl sie in einer Beziehung mit seinem Bruder Edward gewesen ist, scheint es zu einem intimen Moment gekommen zu sein. Ein sexueller Übergriff kann, laut bestätigter polizeilicher Aussage, jedoch ausgeschlossen werden, weshalb kein triftiger Grund zur Festnahme besteht. Es wird weiter ermittelt.« Über Edwards Gesicht huscht ein Schatten. »Aber jetzt zu weitaus erfreulicheren Nachrichten der berühmt-berüchtigten Blackwell-Familie: Blackwell's Waters schafft weitere Arbeitsplätze in verarmten Gegenden. Beim Errichten eines neuen Standpunktes für ihre Wassermarke hebt Elias Van Dyk, unter anderem tätig im Außendienst, hervor, es sei ein großes Anliegen des Blackwell Palace, Chancen zu schaffen und Leben zu verändern. Das …«

Weiter höre ich nicht zu, denn neben mir schnaubt Edward heftig. Aber als ich ihn ansehe, hat er schon wieder seine Maske aufgesetzt. Ein schiefes Grinsen liegt auf seinen Lippen, und da ist dieser seltsame Raubtierblick, mit dem er mich schon öfter angesehen hat, als er nun Blair mustert. »Geiles T-Shirt.«

»Ja, oder?« Ihre Stimme klingt aufgesetzt freundlich und trieft trotzdem vor Provokation. »Wesentlich geiler, als du denkst, dass du es bist.«

Er grinst immer noch. »Immer noch so mutig, obwohl ich dich im Casino auseinandergenommen habe, hm?«

Blair öffnet den Mund, um zu antworten, als plötzlich Ignotus in unser Blickfeld tritt. Mit gehetztem Gesichtsausdruck durchquert er den geschmückten Aufenthaltsraum. Ihn umgibt eine rote Stresswolke, die kein bisschen zu der harmonischen Covers-Unplugged-Playlist passen will, die aus den Boxen schallt.

»Paola«, sagt er, als er uns erreicht hat, und berührt meinen Ellbogen. Mit der anderen Hand umfasst er ein gefaltetes Papier. »Hast du kurz Zeit?«

»Klar.« Mein Herz beginnt schneller zu pumpen. »Worum geht's?«

»Um das, was wir neulich besprochen haben.« Kurz zuckt sein Blick in Richtung Edward. »Du weißt schon … um was du mich gebeten hast.«

Sein Hackerfreund. Popl Grün! Strom rast durch meine Venen, setzt mich unter Hochspannung. Aber ich spüre Edwards neugierigen Blick wie glühende Hufeisen auf mir, und sogar Lis hat von ihrem Smartphone aufgeschaut. »Okay, nicht hier. Lass uns …«

In dem Moment klingelt mein Handy. Gewohnheitsmäßig nehme ich es aus der Tasche. Gabriels Name leuchtet auf dem Display. »Sorry, warte«, sage ich zu Ignotus, ohne den Blick vom Namen meines Bruders abzuwenden. »Da muss ich kurz ran. Bleib hier, ja? Wir reden gleich.«

Ich nehme den Anruf an. »Gabe, hi, warte kurz!« Schnell verlasse ich den Salon und suche mir eine ruhige Ecke in der Lobby. »Wie geht es dir, *fratellino*?«

»Fratellino«, wiederholt die Stimme an der anderen Leitung auf Italienisch. *Kleiner Bruder.* Eine Stimme, die jedoch definitiv nicht meinem kleinen Bruder gehört. Mir sackt das Herz in die Knie. Es ist eine raue, erwachsene Stimme, und ich weiß sofort, *sofort*, dieser Typ gehört zur Mafia. »Dein *kleiner Bruder*, meine Liebe, war zu feige, dir unsere Nachricht zu übermitteln.«

Nach Halt suchend strecke ich einen Arm aus, stemme mein Gewicht gegen die runde Säule. Mir wird schwindlig. »Wer ist da?«

Ein dreckiges Lachen. »Hier werden keine Fragen gestellt. Du hörst zu, ich rede.«

Ich wage kaum zu atmen. Aber mir bleibt nichts anderes übrig, als zu tun, was er sagt. Gabriel …

»Es ist beinahe rührend, wie der kleine Nichtsnutz dich anlügt, damit du dir keine Sorgen um ihn machst. So ehrenhaft, dass wir ihn lange genug damit haben durchkommen lassen. Aber jetzt haben wir keinen Bock mehr.«

Er kann nur meinen zittrigen Atem hören. Ich stelle keine Fragen, wie er verlangt hat. Ich warte einfach ab.

Es sind die schlimmsten und längsten Sekunden meines Lebens, und das scheint er zu genießen. Erst nach einer ganzen Weile spricht er weiter. »Der Junge ist dein Pech, das du zurückgelassen hast. Wir haben ihn zu uns geholt, und er wird nie wieder Tageslicht sehen, wenn du deinem verschissenen Drecksboss nicht klarmachst, dass er wieder abziehen soll. San Luca ist unser Reich, und ich zögere nicht, deinem Lockenschädel an Bruder den Kopf wegzublasen. Also mach dem Typen klar, dass er verschwinden soll.«

Mir ist kotzübel. Schwindel lässt mich taumeln. Meine Fingernägel kratzen über die glatte Oberfläche der Rundsäule. »Bitte«, hauche ich. »Bitte tut ihm nichts.« Und dann, als ich realisiere, was er zu mir gesagt hat, füge ich hinzu: »Welcher Typ soll von wo verschwinden?«

Mein Telefonpartner zieht die Nase hoch, ehe ich ein Rotzen vernehme. »Der Bastard, für den du arbeitest. Der dich weggeholt hat. Meine Leute haben ihre Augen überall, Cortessa. Und er war hier bei dir, bevor er unser Dorf an sich gerissen hat.«

»Dorf?« Es kostet mich größte Mühe, mich vor Panik nicht auf den Boden zu übergeben. »Was für ein Dorf soll Van Dyk an sich gerissen haben?«

»Den Außenbezirk San Lucas.« Wieder ein Rotzen. »Für diese beschissene Wassermarke!«

Mir bleibt das Herz stehen.

Und dann wird auf einmal alles ganz klar. Elias, der in San Luca aufgekreuzt ist, eine Woche, bevor er mich auf dem Weingut besucht hat. Als wäre ich ihm zufällig empfohlen worden. Als hätte er nicht von vornerein geplant, die Dörfer für Blackwell's Waters zu vertreiben, eine Route zu meinem Weingut rausgesucht für sein perfektes kleines Spiel. Gabriel, der mich gefragt hat, wie die Wassermarke der Blackwells heißt. Der nahende Crystal Award, für den Blackwell's Waters unbedingt positive Publicity benötigt. Der Fernsehbeitrag, der die Firma wie Heilige dargestellt hat.

»O Gott«, keuche ich.

»Du hast Zeit bis Mitte Januar.« Die Pause, die der Typ macht, legt sich wie ein Strick um meine Kehle. »Wenn die Leute bis dahin nicht abgezogen sind, ist dein Bruder tot.«

Er legt auf. Ich kralle mich an der Säule fest, als wolle ich mit ihr verschmelzen. Das Handy drücke ich mir noch immer gegen das Ohr, aber es kommt nichts mehr. Ich bin erstarrt. Fühle mich wie versteinert.

Bis Charles durch die Doppelflügeltür tritt und in der Lobby des Blackwell Palace erscheint.

Er sieht ganz anders aus als sonst. Kein Anzug, keine Designerschuhe. Stattdessen trägt er einen grauen Hoodie von Nike mit passender Jogginghose, dazu weiße Air Force. Aber zum ersten Mal, seit ich Charles Blackwell begegnet bin, denke ich nicht daran, wie sehr ich mich zu ihm hingezogen fühle. Ich spüre einfach nur Hass. Auf ihn, sein Hotel, die Upperclass. Ein Inferno an Wut steigt in mir auf, je näher er mir kommt.

Sein Blick gleitet prüfend durch die Lobby, bis er mich entdeckt. Damit hat er nicht gerechnet, das erkenne ich sofort. Trotzdem wechselt er die Richtung und läuft mit großen Schritten auf mich zu.

Als er fast bei mir ist, kommt mein Körper wieder zur Besinnung und erinnert sich daran, dass er Muskeln besitzt. Ich mache auf dem Absatz kehrt und will verschwinden, doch er umschließt mein Handgelenk. »Paola, warte. Nur kurz. Da gibt es etwas, das ich dir …«

»Lass mich los, Charles!«

»Bitte.« Er wirkt gequält. »Es geht um deinen Bruder. Ich war in San Luca und …«

»Was?«

»Ich war in San Luca, um Gabe zu suchen.« Seine Finger rutschen von meinem Handgelenk. Scheinbar hält er es jetzt für ungefährlich, mich loszulassen. »Wie ich es dir versprochen habe.« Ich starre ihn an. Er nutzt die Zeit, um weiterzureden. »Es ist wegen Matteo. Dein Stiefvater hat die Ungunst der Mafia auf sich gezogen, und deshalb …« Er schluckt, als würde er die nächsten Worte lieber nicht aussprechen. Trotzdem tut er es. »Sie haben Gabriel entführt, Paola.«

Er kennt den wahren Grund nicht. Jemand muss ihn hinters Licht geführt haben. Dennoch spricht er die Wahrheit: Sie haben meinen Bruder entführt. Aber nicht wegen Matteo. Wegen *seines* Unternehmens. Meine Wut will weiter brodeln, aber ich zwinge mich zur Besinnung. Nicht Charles hat diesem Dorf etwas angetan, sondern

Elias. Er kann nichts dafür. Und trotzdem … ich muss mich sammeln. Brauche Freiraum.

Ohne etwas zu entgegnen, wirble ich herum und steuere ziellos den ersten Raum an, von dem ich weiß, dass dort Freunde an meiner Seite sind. Vor ihnen wird Charles nicht weiterreden. Ich stürme förmlich in den Salon.

»Paola!« Okay, scheinbar habe ich ihn unterschätzt.

Als würde ich eine Zielgerade vor Augen haben, steuere ich Lis, Blair und Ignotus an. Neben ihm steht noch immer Edward, der seine Augen auf das Papier in Ignotus' Händen geheftet hat.

»Ist alles in Ordnung?«, fragt Blair, aber ich komme nicht dazu, zu antworten, weil Charles' Schritte wesentlich größer sind als meine und er mich bereits eingeholt hat.

»Ich weiß, du willst nicht mit mir reden«, sagt er, »aber wir müssen das angehen, zusammen, bitte. Ich will dich das nicht allein durchstehen lassen. Dein Bruder …«

»Ist entführt worden, weil dein verficktes Bonzenhotel mit seiner beschissenen Wassermarke dafür gesorgt hat!«

Er sieht mich an, als hätte ich ihn geschlagen. Schock glättet seine Züge. »Was?«

»Ihr habt ein ganzes Dorf aufgemischt«, zische ich. »Und die Mafia weiß, dass Elias mich daraufhin hergeholt hat. Sie nutzen meinen Bruder als Druckmittel!«

Charles wirkt völlig verstört. »Das kann nicht sein. Du musst dich irren. Mir ist klar, dass du durcheinander bist. Die ganze Situation ist schlimm, aber du redest dir hier etwas ein, für das ich nichts *kann,* Paola. Aber ich schwöre, ich werde dir helfen, ihn …«

»Also, eigentlich irrt sie sich nicht«, sagt Ignotus. Er verzieht den Mund, während er das Papier in seinen Händen entfaltet. »Hier ist ein Vertrag, der von Elias Van Dyks Festplatte stammt, von euch unterschrieben und eingescannt.«

Charles will es ihm aus der Hand reißen, aber Edward kommt ihm zuvor. Er überfliegt die Zeilen, dann lacht er auf und applaudiert in einem langsamen, steten Rhythmus. Der ganze Aufenthaltsraum verfolgt unsere Unterhaltung. »Applaus, Charles«, sagt Edward trocken. »Du solltest einen Orden für deine meisterhafte Fähigkeit als Lügner bekommen.«

Charles sieht seinen Bruder an. »Zeig mir das Dokument.«

»Faszinierend, wie krass du das durchziehst. Du wusstest davon, nicht wahr?«

»Wovon?«

»Davon, dass sie das Dorf plattmachen wollen für die Wasserquelle und die dazugehörige Fabrik. Du warst damit einverstanden.«

Charles sieht seinen Bruder an, als wäre er ein Alien. »Willst du mich jetzt komplett verarschen, Edward?«

»Nicht?« Endlich drückt Edward ihm Ignotus' Hackerergebnis in die Hände. »Warum hast du das hier dann unterschrieben?«

Charles' Blick heftet sich auf das Dokument, genau wie meiner. Und Lisbeths. Und Blairs. Und Lenas. Ich erkenne sofort, dass es ein Vertrag ist. In den Abschnitten sticht mir mehrmals das Wort »Kalkschichten«, »Apenninen«, »Quelle«, und »San Luca« ins Auge. Und unten, am Ende des Papiers, stehen drei Namen.

Jake Blackwell. Elias Van Dyk. Und Charles.

Sie alle haben unterschrieben.

Charles starrt das Papier an, als würde es sich um einen verdorrten Kadaver handeln. Und ich glaube, ich sterbe gerade.

Dreifach.

Einmal wegen eines gebrochenen Herzens.

Einmal wegen des Verlusts eines Menschen, den ich glaubte, zu kennen.

Einmal wegen des Vertrauens, das nie wieder zu mir gehören wird.

»Paola.« Charles blickt auf. Er schluckt. »Lass mich das erklären.«

»Nein.« Meine Stimme ist erstaunlich fest, obwohl ich mich innerlich wie ausgehöhlt fühle. Wie totes Laub, kurz bevor der Frost eintritt. »Heirate Sofia, Charles.« Meine Hand legt sich um die Kette an meinem Hals. Kräftig zerre ich daran. Die Glieder reißen. Ich werfe sie ihm vor die Füße. »Wir sind fertig miteinander.«

I DO FEEL LOVE FOR BOTH OF THEM

Edward

Unter mir wirbelt der Schnee auf. Die breiten Räder des Quads rasen über die Bergebenen. Ich fluche, als das Quad an einem Fels abrutscht, den ich unter dem Schnee nicht gesehen habe. In letzter Sekunde gelingt es mir, das Lenkrad herumzureißen und den Wagen wieder in die Spur zu kriegen. Hin und wieder schrecken Vögel auf und fliegen aus den Tannen in die Lüfte.

Unter mir erstreckt sich St. Moritz im abendlichen Lichtermeer. Ich erkenne das Hotel sofort. Es ist das hellste und größte Gebäude von allen, und ich kann es gar nicht schnell genug haben, mich von diesem Palast zu entfernen. Weihnachten, After Christmas und Heilige Drei Könige sind vorbei, und den ganzen Tag schon laufen die letzten Vorbereitungen für die morgige Hochzeit auf Hochtouren. Sofia ist ein nervöses Wrack, weil ihr Vater nicht von ihrer Seite weicht, als wolle er auch wirklich sicherstellen, dass sie Charles nicht mehr entkommt, und mein Bruder … na ja, seit der Sache im Salon gestern Abend habe ich ihn nicht mehr gesehen.

Ich stoppe das Quad bei der nächsten erhöhten Ebene, springe vom Fahrzeug und stapfe durch den Schnee. In dem Moment klingelt mein iPhone. Eine unterdrückte Nummer. Ich gehe ran.

»Ja?«

»Edward, hey.«

Ich runzle die Stirn. »Warum rufst du mich unterdrückt an, Vater?«

»Weil du sonst nicht rangehst.«

Stimmt. »Was willst du?«

»Ich musste von Anneli erfahren, dass du heute früh erneut von der Polizei befragt worden bist.«

Ich verdrehe die Augen. »Woher weiß sie das?«

»Anneli weiß alles.« Touché. Vermutlich lässt sie ihre Feen ausfliegen, um uns zu beschatten. »Was wollten sie?«

»Nicht wichtig.«

»Edward ...«

»Sie haben keine Beweise, egal, wie sehr sie die Eier schaukeln und tun, als wären sie die geilsten.«

»Natürlich haben sie Beweise!« Mein Vater flucht. »Verdammt, Edward, hör endlich auf, das ganze Leben als ein Spiel zu sehen! Du kannst nicht immer gewinnen, okay? Das hier ist ernst!«

Der Schnee durchnässt meine Jeans fast bis zu den Knien. Dennoch wate ich weiter. An der nächsten Tanne vorbei, noch eine ...

»Sie haben mich noch mal zu dem Abend befragt, an dem sie verschwunden ist.«

»Mehr nicht?«

»Nein. War ein Kreuzverhör, weil ich mich bei der ersten Aussage versprochen habe.«

»*Versprochen*?« Mein Vater klingt, als hätte ich ihm gerade erzählt, dass ich außerirdisches Leben in unseren Kellerräumen verstecke. »Du bist jahrelang von den besten Coaches zu Presseauftritten und Interviews geschult worden, und versprichst dich *ausgerechnet* in einer Angelegenheit, die dein Leben betrifft?«

»Was für eine angenehme Abwechslung, nicht wahr?« Meine Stimme klingt erheitert, aber in meinem Gesichtsausdruck dürfte nichts davon zu sehen sein. Grimmig presse ich mir das Handy ans Ohr. Meine Finger sind steif und taub, aber es interessiert mich nicht. Die Funktionen meines Körpers interessieren mich *schon lange* nicht mehr. »Ein solider Spannungsbogen. Großartiges Krimipotenzial. Vielleicht sollte ich NOISE IN THE DARK mehr Futter geben. Mir scheint, das mörderische Trio bekommt nicht die virale Aufmerksamkeit, die es für seine hinterlistige, perfide durchdachte Tat bekommen sollte. Ein Trauerspiel sondergleichen, liebe Creatorin, *sondergleichen*.«

Mein Vater entlässt einen tiefen Seufzer. »Gott, Edward.«

»Glaubst du, dass ich es war?«

»Was?«

»Denkst du, ich habe April getötet?«

Er entgegnet nichts. Bis auf seinen Atem herrscht Stille. Dann ...

»Komm in mein Büro. Es gibt etwas, das wir besprechen müssen.«

Ist das sein verfickter Ernst? Er antwortet mir nicht einmal?

Ich schnaube. »Nein, danke.«

»Es ist wichtig, Edward.«

»Meine Frage war auch wichtig.«

»Das tut jetzt nichts zur Sache.«

»Was?«

»April ist tot. Sie *bleibt* tot. Das ist die finale Situation, fertig.«

Ich lache freudlos auf. »Klar. Wie ein Scheckbetrug, der nicht mehr rückgängig gemacht werden kann, was?«

Im Hintergrund höre ich, wie eine Karaffe gegen Glas stößt, kurz darauf ein sickerndes Geräusch. Vermutlich gießt er sich Whiskey ein, um mich zu ertragen.

»Komm in mein Büro«, wiederholt mein Vater. »*Jetzt.*«

»Mal schauen. Vielleicht komme ich, wenn ich Lust auf Brechreiz habe.«

»Edward …«

Ich lege auf, stecke das Handy weg und senke den Blick auf das Stahlkreuz. Der Schnee reicht fast bis zur Querstrebe. Aprils gravierter Name verschwimmt vor meinen Augen.

APRIL SANDERS
Irgendwo auf dem Piz Nair gingst du verloren
»Wenn wir in dieser Welt schlafen,
wandeln wir wach in einer anderen
APRIL SANDERS
Irgendwo auf dem Piz Nair gingst du verloren
»Wenn wir in dieser Welt schlafen,
wandeln wir wach in einer anderen – egal, wo ich bin,
ich werde Unruhe stiften, Jungs.«

Sie hat mit Charles geschlafen, denke ich. *Kurz bevor sie mit mir Schluss gemacht hat, hat er sie gefickt, hat er das beschissene Jagdspiel gewonnen, mir* wieder einmal *alles genommen, und ich?*

Ich liebe sie immer noch. Alle beide.

WHEN HOPE FADES, NIGHTMARES SING

Edward

»Fuck!« Vögel schrecken auf, flattern aus den Tannen davon in die eisige Luft. Meine Beine sacken weg. Ich klammere die Finger in das Stahlkreuz, lehne meine Stirn an die Gravur.

Wenn wir in dieser Welt schlafen, wandeln wir wach in einer anderen – egal, wo ich bin, ich werde Unruhe stiften, Jungs.

Herzlichen Glückwunsch, April. Das tust du. Du tust es mit Bravour.

Ich weiß nicht, wie lange ich im Schnee sitze und das Kreuz wie einen Anker umklammere, aber irgendwann setzt der Überlebensmodus meines Körpers ein und gibt mir zu verstehen, dass ich von hier verschwinden muss, wenn ich nicht erfrieren will. Meine Glieder sind taub, und jeder normale Mensch würde in dieser Verfassung niemals auf ein Quad steigen, aber ich bin nicht normal. Mit steifen Fingern starte ich den Motor, rase den Abhang hinunter und weiche den Tannen aus. Ich trage keinen Helm. Nur eine falsche Bewegung und mein Kopf würde an den Baumstämmen zerschmettern. Je riskanter, desto besser. Adrenalin rauscht durch meine Venen, lässt etwas in mir sich lebendig fühlen, der letzte Rest Hoffnung, dass in mir doch noch ein funktionierendes Herz pumpt.

Als ich am Hang des Bergs ankomme, sind die Tränen verschwunden. Stattdessen *lache* ich, ein irres Gefühlschaos, atme schnell und heftig und genieße es in vollen Zügen, dass diese lebensmüden Aktionen mir das Leben retten.

Der Höhenflug reitet mich dazu, meinem Vater tatsächlich einen Besuch abzustatten. Einerseits, weil ich wissen will, was er mir so Dringendes zu sagen hat, andererseits weil ich Bock darauf habe, ihn zu provozieren. Es ist wie eine Sucht.

»Also.« Ich lasse mich auf das teure Designersofa fallen und nehme den Whiskey entgegen, den er mir reicht. »Was ist so wichtig, dass du deine wertvolle Zeit mit mir verschwenden willst?«

Mein Vater setzt sich mir gegenüber und sagt nichts. Er schlägt das Bein über und mustert mich eine ganze Weile. Das Eis klimpert gegen das Kristall, als er einen Schluck trinkt. Er wendet den Blick nicht eine Sekunde ab. Als er das Glas sinken lässt, sagt er: »Wann hörst du endlich auf mit diesem Kindergarten?«

»Keine Ahnung, wovon du sprichst.«

»Du bist mein Sohn. Ich liebe dich, Edward. In *exakt* denselben Teilen, wie ich Charles liebe.«

Seine Worte kommen so unerwartet, dass ich mich fühle, als hätte er mir ein Messer ins Herz gerammt. Beinahe *entsetzt* starre ich ihn an, dabei weiß ich gar nicht, wieso. Das Glas in meinen Händen beginnt zu zittern, und ich wage es nicht, mich auch nur einen Millimeter zu regen.

Ich liebe dich, Edward.

Das habe ich zuletzt gehört, als ich ein Kind war. Und es macht etwas mit mir. Es wühlt mich physisch und psychisch auf. Es passiert nicht oft, dass ich keine Antwort auf etwas weiß, aber jetzt gerade … es ist, als hätte mich eine Dampfwalze überrollt.

»Wie ich bereits sagte, gibt es etwas, das ich dir sagen muss.« Er räuspert sich. Sein granitgrauer Anzug hat nicht eine Bügelfalte. Mein Vater richtet sich auf. Das Licht bricht sich in den goldenen Manschettenknöpfen, als er ein gefaltetes Papier aus der Innentasche seines Jacketts zückt. »Ich wollte sichergehen, dass du nicht allein bist, wenn … na ja, lies selbst.«

Ich stelle das Whiskeyglas auf dem Tisch zwischen uns ab und nehme das Dokument entgegen. Es ist nicht ungewöhnlich, dass er von mir und Charles verlangt, irgendetwas gegenzulesen, was die Firma betrifft. Deshalb ahne ich nichts Schlimmes. Irgendeine Formalität, die unserer Zustimmung bedarf, oder …

Ein Brennen setzt meine Kehle in Flammen, als mein Blick über die erste Zeile gleitet. Wie tödliches Gift, das sich in Sekundenschnelle ausbreitet. Alles Blut weicht aus meinem Gesicht, aus meinem Hals. Abrupt setzt Schwindel ein. Das Papier, mein Vater und die Welt verschwimmen vor meinen Augen.

Nur eine einzige Zeile sehe ich gestochen scharf. Und ich weiß, noch während ich sie lese, dass sie sich mir für immer ins Hirn brennen und für Albträume sorgen wird, die mich nie wieder loslassen werden.

Signore Edward Blackwell verfügt in jedweden analysierten DNA-Systemen über die für den Erzeuger des Fötus der Signora April Sanders benötigten Erbmerkmale. Die biostatistische Auswertung ergab eine Wahrscheinlichkeit der Vaterschaft von >99,9999 %. Hierdurch ist praktisch erwiesen, dass Signore Edward Blackwell der Erzeuger des Fötus der Signora April Sanders ist.

»Es war meins«, hauche ich, meine Augen riesig, die Stimme kaum mehr als ein heiseres Krächzen. »Ich habe mein Kind verloren.«

GUNPOWDER IN MY CHEST, MY HEART A SHAPE OF A BULLET WITH YOUR NAME ON IT

Edward

»Es wäre ein Mädchen geworden«, sagt mein Vater leise. »Es tut mir so leid, Edward.«

»Ein Mädchen«, wiederhole ich, mein Hirn wie paralysiert. Alles verschwimmt vor meinen Augen. Und dann, von jetzt auf gleich, durchreißt die Hoffnungslosigkeit meinen Magen, attackiert mich mit tödlichen Haken. Ich beuge mich vor und übergebe mich auf den teuren Designerteppich meines Vaters. Dabei halte ich das Papier die ganze Zeit fest in meiner Hand.

Als nur noch Galle kommt, spüre ich, wie das Sofapolster neben mir einsinkt. Dann eine Hand auf meiner Schulter. »Schon gut«, murmelt mein Vater. »Alles wird gut, Ed. Es ist schlimm, und es wird für immer wehtun, ganz sicher. Aber das Leben geht weiter, okay?«

Ich bin nicht in der Lage, zu antworten. Mein Kopf hängt schlaff zwischen meinen Beinen. Ich habe keine Macht mehr über die Muskeln in meinem Nacken. Mir ist alles egal. Alles. Meinetwegen könnte ich an meiner Kotze ersticken. Auch das wäre mir scheißegal.

»Ich bin da für dich, wenn du mich lässt«, sagt mein Vater. »Und Charles genauso. Wir sind an deiner Seite, die ganze Zeit, während du das hier durchstehst.«

Diese Worte rütteln mich zur Besinnung. Es gelingt mir, den Kopf zu heben und mir den Mund mit dem Ärmel abzuwischen. Obwohl ich nüchtern bin, fühle ich mich wie besoffen und vollgepumpt mit drei Xanax.

»Du meinst, ich lasse zu, dass mein Bruder, der die Frau gefickt hat, die mit meinem Kind schwanger war, mir liebevoll den Rücken tätschelt?«

»Ach, das.« Mein Vater gibt einen amüsierten Laut von sich. Er *lacht*, als wäre das tatsächlich witzig. »Jugendlicher Leichtsinn unter Brüdern. Ihr habt doch jetzt auch beide was mit dieser Cortessa, oder nicht?«

Langsam wende ich den Kopf. »April und ich waren zusammen. Sie war schwanger mit *meinem* Kind.« Ich starre ihn an, als wäre er verrückt geworden. »Und du willst das ernsthaft mit Paola vergleichen?«

»Na ja, nein, aber diese Sache geht schon ewig so zwischen dir und Charles.« Auf seinen Zügen hängt immer noch dieser amüsierte Ausdruck. Mich überkommt der Drang, ihm in die Fresse zu schlagen, um ihm den Ausdruck aus dem Gesicht zu wischen. »Dass ihr euch gegenseitig die Frauen klaut?«

Das Schlimme ist, dass er recht hat.

»Ich verstehe, dass das alles gerade heftig ist. Die Ermittlungen, die virale Aufmerksamkeit, jetzt das Kind … aber bald beginnt *A Royal Romance,* das wird dich ablenken, Ed. Und vielleicht findest du eine Frau, die dich alles vergessen lässt und …«

»Warte, was?« Seine Worte klingen gedämpft durch meinen vernebelten Rausch hindurch. »Was hast du gesagt?«

»Die Datingshow fängt nächsten Monat an. Die Verträge lassen sich nicht länger aufschieben.«

Entgeistert starre ich ihn an. »Ich werde diese Show nicht machen!«

»Gott, Edward, ich bin diese Diskussion leid.« Kurz schließt mein Vater die Augen. »Die Cavilles haben dir einen langen Aufschub gewährt, aber Spiderflix kann die Produktionsfirma nicht länger vertrösten.«

»Du kapierst gar nichts, oder?« Der Vaterschaftstest brennt mir ein Loch in die Hand, lässt Gift durch meine Pulsadern gleiten. »Ich will keine Frau kennenlernen. Ich will diese ganze beschissene Serie nicht!«

»Aber du musst, Ed!« Mein Vater erhebt sich, baut sich vor mir auf. Seine Pupillen sind riesig. »Zum Teufel, das Ganze war doch deine hirnrissige Idee!«

»Das war, als ich dachte, dass April nur abgehauen ist, um mir eins reinzuwürgen, wie sie es oft getan hat! Ich dachte, sie lebt, verfickte Scheiße!« Ich springe ebenfalls auf, nähere mich meinem Vater, bis unsere Nasen sich fast berühren, und brülle ihn an. »Sie hat mich abserviert, ist abgehauen, und ich wollte irgendetwas durchziehen, was sie *so richtig abfuckt*, aber sie ist nie untergetaucht, sie ist *tot*, verfickt noch mal, *tot*, und mein Kind mit ihr, kapierst du das nicht?!«

»Doch!« Mein Vater packt mich am Kragen, rüttelt meinen Körper. »Und es tut mir leid, mein Sohn, es tut mir so leid für dich, ich leide mir dir, aber Vertrag ist Vertrag, und du wirst diese beschissene Show jetzt gefälligst durchziehen, verstanden?«

Fassungslos, mit angewiderten Zügen, begegne ich seinem Blick. Ich überlege lange, was ich darauf sagen kann, aber mein Kopf entscheidet, dass er keine Worte mehr hat. Ich reiße mich los, fege das Glas vom Tisch und registriere mit Genugtuung, dass sich der Whiskey zu meiner Kotze in die Teppichfasern gesellt.

Meine Füße tragen mich durchs Hotel, ohne dass ich weiß, wohin. In mir rauscht alles. Ich hätte nie gedacht, dass es möglich ist, sich nüchtern so zu fühlen, aber ja. Scheinbar braucht es keine Drogentrips, wenn die Ex und das ungeborene Kind abkratzen.

Ich gehe durch irgendeine Tür und kapiere erst, wo ich bin, als Harfenklänge in meine Ohren dringen. Langsam klärt sich der Blick vor meinen Augen. Blinzelnd sehe ich mich um.

Ich bin im Musikzimmer. Der Flügel steht halb im Schatten, das Licht reflektiert das Muster der Barocktapete auf die schwarze Oberfläche des Pianos. Das Fenster, auf dessen Sims ich neulich saß, ist geöffnet, die schweren Vorhänge wiegen leicht im Wind.

Hinter der Harfe sitzt Blair. Sie hat die Augen geschlossen, während ihre Finger gekonnt an den Saiten zupfen und eine zarte Melodie über die stuckverzierten Wände schleichen lassen.

Unwillkürlich mache ich einen Schritt auf sie zu. Das Geräusch auf dem Parkett lässt sie zusammenfahren. Blair öffnet die Augen.

»Edward.« Überrascht sieht sie mich an. Überrascht, aber auch abweisend. »Hätte nicht gedacht, dass du dich noch einmal an diesen Ort verirrst, wo du mich ... Ist alles in Ordnung?«

»Ja.« Aus Angst, sie könnte den Inhalt des Dokuments mit einem Röntgenblick lesen, zerknülle ich den Vaterschaftstest in meiner Faust. »Hast du mit Finn Schluss gemacht?«

»Was?«

»Nach der Sache gestern. Sogar du musst doch endlich kapiert haben, was für ein widerliches Arschloch er ist.«

»Ach so. Ja, habe ich. Obwohl ich nicht glaube, dass wir überhaupt zusammen waren.«

»Gut.«

Sie hebt eine Braue. »Gut?«

»Ich bin gerade … aufgewühlt.« Bebende Luft entkommt meinen Nasenflügeln. »Und weiß nicht, was ich tue.«

»Oh, okay.« Blair erhebt sich von ihrem Hocker und kommt um die Harfe herum. »Soll ich … ich meine, willst du reden oder so?«

»Nicht reden«, murmle ich, während meine Schritte von dem Parkett widerhallen, als ich auf sie zugehe. Ohne darüber nachzudenken, lege ich meine Hand in ihren Nacken, mit der anderen schiebe ich ihr Kinn hoch. Sie riecht nach Blumen, dem Holz der Harfe und … Musik. »Nur vergessen.«

Ihre braunen Katzenaugen sind riesig. »Ich glaube nicht, dass ich dafür die Richtige bin, Ed.«

»Es wird nie wieder passieren«, flüstere ich. »Niemand von uns erwähnt das hier je wieder. Es ist nur«, ich neige ihren Kopf, nähere mich ihren Lippen »dieses eine Mal.«

Ihr Atem streift meine Haut. Aus irgendeinem Grund stellen sich mir die Nackenhaare auf. Ich weiß nicht, was ich tue. In meinem Kopf herrscht gähnende Leere. Hoffnungslosigkeit, Trauer, Verzweiflung. Endgegnergedanken, die ich zum Schweigen bringen will, und Chemie löst Reaktionen aus, nicht wahr?

Ein wissenschaftlich erwiesenes Mittel, den Schwanz zu wecken und das Hirn in den Schlaf zu zwingen. Kein Blut mehr im Kopf, das die Gedanken anregen könnte. Von dem sich diese widerlichen Dämonen nähren könnten.

»Edward«, haucht Blair, so sanft, so süß, dass ich nichts sehnlicher will, als sie zu kosten, herauszufinden, ob sie genauso betörend schmeckt wie sie riecht, ob sie …

Die Tür geht auf. Blair schreckt zurück. Ich stehe an Ort und

Stelle, die Lider gesenkt, das Profil nur halb dem Eingang zugewandt, in dem ich Laxon erkenne.

»Sorry, wusste nicht, dass jemand hier ist.« Er sieht von mir zu Blair, auf der seine hellgrauen Augen haften bleiben. Die Uhr aus der Kaiserzeit zählt die Sekunden mit ihren schweren Zeigern. Es vergehen mindestens fünfzehn, bis Laxon sich mir wieder zuwendet. »Bevor du hier weitermachst, solltest du bei TikTok vorbeischauen, Ed.«

Mehr sagt er nicht. Lax macht auf dem Absatz kehrt, verlässt das Musikzimmer und lässt die Tür ins Schloss fallen.

Blair wirkt verwirrt. Sie zückt ihr iPhone aus der Hosentasche, genau wie ich.

Beinahe zeitgleich öffnen wir die App. Unterschiedliche Musik schallt uns von der For-You-Page entgegen. Ich klicke auf meine Benachrichtigungen und sehe mir die letzte Markierung von Tausenden an.

Der Clip zeigt mich und Paola in Dankenhaal. Das Video kenne ich schon. Es ist das, was über zwanzig Millionen Leute auf meinem eigenen Account geschaut haben, bevor ich es löschen konnte. Aber diesmal ist es aus einer anderen Perspektive. Paola reibt sich auf meinem Schoß, aber das Video fokussiert eine andere Person, die halb hinter einer Säule steht und uns filmt.

Mit *meinem* Handy. Ich erkenne den Harley-Davidson-Sticker auf dem Louis-Vuitton-Case. Es ist mein iPhone, keine Frage.

Aber das bin definitiv nicht ich hinter der Säule. Nein, die Haare und das herzförmige, helle Gesicht würde ich überall wiedererkennen. Auf hundert Metern Entfernung. Diese großen Katzenaugen sind unverwechselbar.

Es ist Blair.

Edward

Mein Herz rast in Lamborghini-Tempo. Aber der Clip ist noch nicht vorbei. Er wechselt zu einem anderen, der mich aus einer ähnlich verwinkelten Perspektive durch das geriffelte Glas der Tür zeigt, wie ich mit Xenia im Casino rummache. Auch ein Video, das über meinen Account online ging und mich dargestellt hat, als würde ich die Frauen verarschen und gegeneinander ausspielen wollen. Etwas, das gar nicht mein Stil ist.

Auch dieses Video zielt darauf ab, eine andere Person in den Fokus zu rücken. Und wieder ist es Blair, die lässig an der Säule neben der Tür steht und die Handykamera vor die Verglasung hält, um uns aufzunehmen.

Mit.

Meinem.

Handy.

Ich lasse das iPhone sinken, während ich meinen Kopf hebe. Entgeistert starre ich Blair an. Sie ist leichenblass. Da ist kein Milliliter Blut mehr in ihren Wangen.

»Wie?«, frage ich nur.

»Edward, ich kann das …«

»WIE BIST DU AN MEIN VERFICKTES HANDY GEKOMMEN?!«

Blair zuckt zusammen, aber es interessiert mich nicht. Wenn es eines gibt, auf das ich allergisch reagiere, dann ist es, wenn man mich verarscht. *Erfolgreich* verarscht.

»Ich will dir erklären, warum …«

»Antworte, oder ich zerstöre dein ganzes, verficktes Leben!«

Sie blinzelt, und hinter ihren dichten, dunklen Wimpern erkenne ich Angst. »Ich habe gesehen, wie du deinen Code eingegeben hast.«

Ich presse die Lippen zusammen, blähe die Flügel. »Warum?«

Sie schluckt. »Warum ich es getan habe?«

»Ja.«

»Es war, weil ... ich ...« Sie ringt nach Luft, sieht sich um, als würde irgendjemand hier sein, der ihr helfen könnte, während sich Panik auf ihren Zügen abzeichnet. »Ich ... kann es dir nicht sagen.«

»Du kannst es mir nicht sagen?« Meine Stimme klingt leise. Wie eine Drohung. Ein geschliffenes Schwert, kurz vor dem ersten Angriff. »Du hintergehst mich, als wäre ich eine dumme, dreckige Ratte, und kannst es mir nicht sagen?«

Sie beißt sich auf die Unterlippe, bricht den Blickkontakt nicht ab. Schließlich schüttelt sie den Kopf. »Ich kann nicht.«

»Schön. Dann lass mich dir eins sagen, Prinzessin.« Die Wut in mir erreicht einen Punkt, der nicht von dieser Welt ist. Jeder Zentimeter meiner Haut kribbelt. Ich bin mir sicher, wenn sie mich jetzt berührt, ist sie tot, so geladen bin ich. Langsam gehe ich auf sie zu, packe ihren Kiefer und zwinge sie, mir direkt in die Augen zu sehen. »Das hier ist der Anfang einer Schlacht, die du bereuen wirst.« Ich verstärke meinen Griff, neige den Kopf, weite die Augen. Alles an mir schreit nach Psycho, aber gerade bin ich genau das. Das letzte Band Verstand, das mich in den vergangenen Monaten auf dem Boden gehalten hat, ist gerissen. »Bitter, bitter bereuen.«

LEBE FÜR DICH, DEIN HERZ, DEINEN WILLEN

Paola

»Okay, bleiben wir ruhig.« Emmas Worte dringen nur dumpf durch die bleierne Schwere, die Besitz von mir ergriffen hat. »Bleiben wir erst einmal ganz, ganz ruhig.«

»Ruhig?« Meine Stimme klingt blechern. Als ich die Hand hebe und auf das Handy deute, zittert sie. »Blair hat mich hintergangen!«

Ich bin froh, dass wir in unserem Zimmer sind. Inzwischen spüre ich jedes Augenpaar auf mir, wenn ich diese heiligen vier Wände verlasse und mich irgendwo anders im Hotel aufhalte.

»Ja, aber ...« Verwirrt blickt Emma abwechselnd zum Handy und Fenster, als läge hinter diesen beigen Staubfängern die Weisheit jeden Lebens. »Vielleicht gibt es dafür einen Grund.«

»Einen Grund dafür, dass sie in der Ecke lungert, mich filmt und es anschließend *der ganzen Welt* zeigt?« Wütend springe ich vom Bett, wobei Paola, der Blobfisch, auf den Teppich fällt und sich wegen seines überdimensional großen Mundes dreimal überschlägt. »Ich habe diesem Mädchen meine persönlichsten Geheimnisse anvertraut!«

Emma reißt sich von den Gardinen los, wirft noch einmal einen kurzen Blick aufs Handy und seufzt anschließend. »Immerhin spricht es für sie, dass sie nichts von alldem ausgeplaudert hat.«

»Im Ernst, Emma?« Fassungslos starre ich sie an, ehe ich den Kopf schüttle. Der Verrat schmeckt wie bittere Galle in meiner Kehle, und in meinen Extremitäten schwindet jegliches Gefühl. »Wer weiß, vielleicht hat sie mit Leo zusammengearbeitet, um den gefälschten Test an @didntyouhearthat zu senden.«

»Das glaube ich nicht.«

»Hallo?« Entgeistert sehe ich Emma an. »Haben wir gerade dasselbe Video gesehen?«

»Ja, aber–«
»Bist du auf ihrer Seite?«
»Nein, aber–«
»Sie hat mir die ganze Zeit etwas vorgespielt!«
»Das kannst du nicht wissen, Pao. Es–«
Die Wut packt mich. Wahllos greife ich nach einem Gegenstand auf meinem Bett und werfe ihn nach Emma. »Sie hat mich hintergangen!«
Schockiert springt sie zur Seite. Statt sie treffe ich Wilfried, den Wichtel. Er kippt um, und sein Ohr schmettert ab. Jetzt ist er nicht nur zahnlos, sondern hat auch noch ein Loch im Kopf.
Emma reißt die Augen auf. »Du hast *Effi Briest* auf mich gehetzt?«
Habe ich? Oh, verdammt!
»Du nimmst Blair in Schutz, nachdem sie mich den Löwen zum Fraß vorgeworfen hat!«
»Und deshalb willst du mich von einer pubertären, unglücklich verheirateten Göre aus dem vergangenen Jahrhundert aufschlitzen lassen?!« Emma stemmt die Hände in die Hüfte. »Außerdem nehme ich sie nicht in Schutz!«
»Ach, wirklich?« Meine Stimme trieft vor Sarkasmus. »Sorry, dass ich dir nicht glauben kann, wenn du den nackten Affen nicht siehst.«
»Welchen nackten Affen?«
»Der in voller Pracht vom Himmel gefallen und vor dir gelandet ist!«
»Hä?«
»Blair!«
»Blair ist ein Affe?«
Ich verdrehe die Augen. »Metapher?«
»Ah. Mann, Pao, hör zu.« Seufzend reibt Emma sich über das Gesicht, bevor sie sich auf ihre Matratze sinken lässt und mich eindringlich ansieht. »Ich will nicht gutheißen, was sie getan hat. Das war die unterste Schublade.«
»Gar keine!«
»Was?«
»Die kriegt gar keine Schublade mehr!«

»Von mir aus. Was ich sagen will, ist …« Emma zieht sich ihren Scrunchie vom Handgelenk und bindet sich die dichten Locken zu einem Pferdeschwanz. »Du hast Charles und Edward auch hintergangen.«

»Das kann man nicht vergleichen.« Ich schiebe den Kiefer vor. »Ich habe die beiden nicht vor Millionen von Menschen exposed.«

»Vielleicht irre ich mich, aber ich glaube, das hätte nichts zur Sache getan.«

»Was?«

»Du hast Charles hintergangen«, sagt Emma fest. »Und ihn verletzt. Du hast das Gleiche getan wie Blair, nur auf anderem Weg. Und dafür gab es einen Grund, oder nicht?«

Die Erkenntnis sickert wie feines Eiswasser durch mich hindurch. Sie hat recht. Meine Arme lösen sich aus der verschränkten Verteidigungshaltung. Schlaff fallen sie hinab. »Ich muss mit ihr reden.«

»Ja, das solltest du.«

Schweigen kehrt ein, indem ich mein Herz überdeutlich wahrnehme. Der feste Bass wirft sich schnell und verhängnisvoll gegen meine Brust. Erst ein lautes Klopfen an der Tür reißt mich aus meiner Starre.

Emma und ich wechseln einen Blick.

Wieder ein Klopfen. »Pao, Em, seid ihr da?« Lis. »Habt ihr das Video gesehen?« Kurze Pause, dann … »O Gott, da hinten kommt Anneli! Macht sofort auf, oder ihr werdet in wenigen Sekunden Zeuginnen einer Schlammschlacht mit Klobürsten, dessen schmutziger Rest in allen Himmelsphären …«

Emma reißt die Tür auf, und Lis stolpert herein, gefolgt von Ignotus, dessen lange schwarze Robe über den Boden gleitet.

»Hi«, sagt er. »Habt ihr …?«

»Ja«, unterbreche ich ihn. »Und ich werde sie umbringen.«

»Vergiss nicht, was wir besprochen haben«, beharrt Emma.

»Verzeihung, ich korrigiere …« Noch immer rauscht die Wut wie elektrisch geladene Wellen durch meinen Körper. »Ich werde sie nach ihrem Grund fragen und *dann* werde ich sie umbringen.«

»Mit Verlaub …« Ignotus stützt sich auf seinen Gehstock und überkreuzt die Beine, als würden wir uns auf einer gemütlichen Teegesellschaft befinden. »Aber ich denke, das wäre keine gute Idee.«

»Mit Verlaub.« Ich grinse ihn an, als wäre ich der Joker. »Und ich denke, ich sollte mir keine Ratschläge von jemandem geben lassen, der sich als Todesser verkleidet.«

»Ich bin kein Todesser«, schnaubt er. »Nur ein fein gekleideter Gentleman auf der Suche nach seinem Glück.«

Mein Blick feuert Dolche, als er zu Lis schießt. »Bist du auch auf Blairs Seite?«

»Was?« Entgeistert sieht Lis mich an. »Ich bin angepisst hoch tausend! Sie hat mit dir gespielt!«

»Wenigstens eine, die das sieht«, murmle ich.

»Aber«, betreten neigt Lis den Kopf, »ich bin *auch* der Meinung, dass du ihr die Chance geben solltest, sich zu erklären.«

»Same, aber wenn sie keinen guten Grund dafür hatte …« Emma macht einen Schritt auf mich zu und drückt mir *Effi Briest* zurück in die Hand. »Hetz Effi auf sie.«

»Dein Ernst?« Lis hebt eine Braue. »Du rätst ihr, Blair mit einem Buch zu attackieren?«

»Effi ist ein Teenie mit Midlife-Crisis aus einem anderen Jahrhundert.« Emma zuckt die Achseln. »Die haben es in sich.«

»Das kann ich bestätigen«, seufzt Ignotus.

Ich presse das Buch an meine Brust und nicke. Als ich es tatsächlich mitnehme, denke ich jedoch nicht daran, Blair zu bewerfen, sondern an das unterstrichene Zitat und die dazu gekritzelten Wörter auf der ersten Seite.

Lebe für dich, dein Herz, deinen Willen.

ECKSTEIN, ECKSTEIN …

Paola

Ich finde Blair dort, wo sie ihre meiste freie Zeit verbringt: im Musikzimmer. Sie sitzt hinter der Harfe und zupft wahllos an den Saiten. Als sie meine Schritte auf dem polierten Marmor hört, blickt sie auf.

»Oh.« Ihre Hände sinken auf ihren Schoß. »Hey.«

»Hi.« Ich stelle mich neben den Flügel. Schützend verschränke ich die Arme vor der Brust. »Warum, Blair?«

»Es tut mir leid.« Sie stößt die Luft aus, meidet meinen Blick. »Es tut mir *so* leid.«

»Sag mir, warum.«

Immer wieder schluckt sie, schüttelt den Kopf. »Ich habe das nicht gewollt.«

»Aber du hast es getan.«

»Ja, aber –«

»Ich will den Grund wissen.«

Blair kneift die Augen zusammen und schluckt. Sie ballt die Hände zu Fäusten und verzieht das Gesicht, als hätte sie körperliche Schmerzen. Als sie die Lider hebt, erkenne ich neben den vielen roten Äderchen noch etwas anderes: Verzweiflung.

Sie dreht den Kopf, sieht mich an und wirkt dabei so verletzlich, so gebrochen, dass mich ein unangenehmer Stich durchfährt.

»Ich wünschte, ich könnte es«, flüstert sie. »Aber es geht nicht.«

Eiskalte Kristalle zersetzen sich in meinen Adern. »Du willst mir keine Antwort geben.«

»Ich will«, krächzt sie. Ihre Schultern sacken hinab. »Glaub mir, das will ich wirklich. Aber es … es geht nicht.«

Stirnrunzelnd mustere ich sie. »Warum?«

Ihr Kinn zittert, während sich ein einsamer Mundwinkel schwach zu einem traurigen Lächeln hebt. »Weil wir nicht immer die Macht über uns haben, egal wie sehr wir glauben, uns selbst zu gehören.«

Stille. Eine erdrückende, atemraubende Stille, die sich über uns legt. Ich habe das Gefühl, die Wände kommen auf mich zu. Wollen mich zerquetschen. *Effi Briest* strahlt eine sonderbare Aura aus.

Wirf mich, flüstert sie. *Schleuder mich in ihre Fresse. Lass mich ihr zeigen, wie wütend du bist. Ihr einprägen, dass sie sich in einen Kampf mit einer Löwin gewagt hat, den sie nicht gewinnen kann.*

Aber bevor dieser lähmende Brainfog vorbeizieht und ich den pubertären Teenie mit Midlife-Crisis sein Ding machen lassen kann, erhebt sich Blair und verlässt lautlos das Musikzimmer.

Sie bemerkt den kleinen Zettel nicht, der ihr dabei aus der Tasche gefallen ist. Stirnrunzelnd mache ich ein paar Schritte vor und bücke mich danach.

Aber als ich die Worte lese …

Ich schnappe nach Luft. Das Buch fällt mir aus der Hand. Von jetzt auf gleich rast das Herz in meiner Brust.

Eckstein, Eckstein, Blairchen muss ver(re)steckt sein.

IT'S HIM, WHOM I LOVE; AND IT'S HIM, WHOM I HAVE TO LET GO

Paola

Die Hochzeit findet im Prunksaal statt. Für die Trauung soll Sofia die prinzessinnenwürdige Treppe hinabschreiten, durch den Anemonenbogen hindurch, hinter dem Charles auf sie wartet. Die Tische werden im Anschluss von den Wänden in den Raum getragen und die Stühle für die Trauung in Rekordgeschwindigkeit daran angeordnet. Allein dafür gab es – und das ist kein Witz – eine Haupt- und eine Generalprobe. Ich bin seit zwei Stunden in der Küche, überprüfe die Anordnung der Weine und gehe sicher, dass jeder einzelne fest verkorkt ist für den Fall, dass verrückte Fans oder was weiß ich wer darauf aus ist, die beiden zu vergiften.

»Wie geht's dir?«, fragt Emma, als sie an mir vorbeikommt. Sie schiebt ein Bierfass auf einem Rollwagen in Richtung Zapfsäule, richtet sich ächzend auf und streckt sich. »Brauchst du irgendwas? Taschentücher, dein Tagebuch, Norbert Nackmull, Eier?«

»Eier?«

Emma zuckt die Achseln. »Falls wir Charles bewerfen wollen wie in einem Teeniefilm. Du weißt schon, zu der Zeit, als diese ganzen High-School-Filme noch gut waren.«

»Wer will wen mit Eiern bewerfen?« Blair beugt sich über die Theke, auf der gerade das reinste Chaos herrscht. Wenn die Menschen in diesem feierlich geschmückten Kronsaal wüssten, wie es hier drin aussieht, würden sie vermutlich das Weite suchen. Oder ihre Handys draufhalten, um es an @didntyouhearthat oder @xoxogossipgirl zu schicken.

»Wir Charles«, sagt Emma.

»Da bin ich dabei.« Blair stellt Champagnerflöten auf einen Servierwagen.»Dürfen ein paar auch Edward treffen?«

»Er war wenigstens ehrlich«, zische ich. »Und hat von Anfang an die Wahrheit gesagt. Wenn du damit nicht klarkommst, ist das dein Problem.« Ich verdrehe die Augen. »Was auch immer bei euch beiden abgeht.«

Ich bin immer noch angepisst, aber in meinen Gedanken schwebt nun auch die Drohung, die aus Blairs Tasche gefallen ist.

»Er ist trotzdem ein fuck Boy«, murmelt Emma. »Das kann man nicht leugnen.«

»Soll er doch einer sein.« Ich schiebe die Weinflasche fester zurück ins Regal als beabsichtigt. »Er hat nie was anderes behauptet, oder?«

»Paola.« Blair seufzt schwer, zieht die Unterlippe ein. »Können wir bitte noch mal reden, wenn das hier vorbei ist? In Ruhe? Ich ...«

Ein lautes Klatschen unterbricht sie. Anneli durchschreitet die Küche wie eine Imperatorin. »So, in fünf Minuten beginnt die Trauung. Ihr werdet jetzt rausgehen und euch an den Wänden positionieren, Hände hinter dem Rücken verschränkt, ganz genau wie in den Proben. Wie bereits angekündigt, wird heute das Kamerateam dabei sein, also erschreckt euch nicht. Wenn ich eine einzige Person sehe, die aus der Reihe tanzt«, ihr Blick liegt beunruhigend lange auf mir, »werde ich euch an den Ohren da rauszerren.« Schnaub. »Verstanden?«

»Chill mal, Anini«, sagt Emma. »Jeder von uns kennt den Plan. Du bist die Einzige, die hier für Unruhe sorgt.«

Anneli deutet mit dem Zeigefinger auf Emma. »Unruhe stiften werden die Elfen, wenn sie kommen, um die beiden zu entführen!« Schnaub. »Dann ist das Geheule groß, aber auf mich wollte ja keiner hören!«

»Es ist ein verdammter Aberglaube!«, ruft Blair.

Anneli verengt die Augen in ihre Richtung. »Du wirst die Erste sein, die mit den Elfen gehen muss.« Schnaub. Schnaub. Schnaub. Bestimmt saugt sie einen Popel ins Gehirn. Ich kriege Gänsehaut. »Du mit den grünen Steinen in deinen Ohrringen!«

»Wir legen es alle drauf an.« Emma zieht den Ärmel ihres Blazers hoch und zeigt ein Armband mit saphirgrünen Steinen. »Auf dass die Elfen uns in ihr Königreich holen und der böse Prinz mir verfallen wird.«

Ein paar der Angestellten in der Küche lachen.

»Keine gute Idee«, murmle ich. »Aus persönlichen Gründen und etlichen Fallstudien der letzten Monate kann ich das nicht empfehlen.«

Schnaub. Dann holt Anneli tief Luft, um etwas zu entgegnen, aber in dem Moment öffnet der Hoteldirektor die Tür und streckt seinen Kopf zur Küche rein. »Es geht los.«

Anneli nickt. Ein Schweißtropfen perlt ihre Stirn herunter. »Also, auf eure Plätze. Und benehmt euch. Das hier ist nicht nur Arbeit, sondern auch eine persönliche Familienangelegenheit.« Schnaub. »Ich werde genug auszustehen haben, wenn die Elfen uns tatsächlich ihren Zorn spüren lassen. Also bereitet mir nicht noch zusätzlichen Kummer.«

»Meint sie das wirklich ernst?«, raune ich Emma im Gehen zu.

»Ich weiß es nicht«, entgegnet sie. »Ich weiß es wirklich nicht.«

Wir strömen durch die Tür wie Pferde aus ihrer Box, reihen uns wie Zinnsoldaten an der Wand ein. Mein Herz zerreißt mir die Brust, und ich wage es nicht, den Kopf zu heben. Ich könnte schwören, es schlägt mir bis zum Schädel. Nein, es wird ihn jede Sekunde zerbersten, auf jeden Fall. Angestrengt blicke ich zu Boden, fokussiere die einzelnen Linien im Marmor. Emma streift meine Hand, kaum wahrnehmbar, aber die Botschaft ist deutlich: *Ich bin hier, bei dir.*

Zittrige Luft entweicht mir, gefolgt von einem winzigen, verzweifelten Laut, den zum Glück niemand hört, weil in dieser Sekunde das Streichorchester beginnt. Es ist *The Book of Love* von Peter Gabriel. Die Melodie erkenne ich sofort. Hinter meinem Rücken verschränke ich die Hände ineinander, aber sie rutschen immer wieder ab, so feucht sind die Innenflächen. Ich glaube, in meinem ganzen Leben war ich noch nie so nervös, war meine Verfassung noch nie so angeschlagen.

Mir bleibt keine Zeit mehr. Nur noch vier verdammte Tage, um ein Druckmittel zu finden, damit Elias das Dorf freigibt. Was er nicht tun wird. Niemals. Aber ich muss etwas finden, ich muss einfach, denn wenn ich es nicht tue … werde ich bald keinen Bruder mehr haben. Zeitgleich stehe ich hier, in diesem Prunksaal, und muss zusehen, wie der Mann, in den ich mich verliebt habe, eine andere Frau heiraten wird. Schlimmer noch: Ich muss es ertragen, auf seiner

Hochzeit zu arbeiten. Der Gedanke an Charles ist unerträglich. Ich will wissen, wie er aussieht, da oben am Altar. Ich will wissen, wie er Sofia ansieht, wenn sie ihm die Ewigkeit verspricht, und mir vorstellen, ich wäre sie.

Mir vorstellen, er hätte nicht dazu beigetragen, einem armen Dorf das Einzige zu nehmen, das diesen Menschen noch geblieben ist: ihr Zuhause. Das muss man der Mafia lassen – wenn es um ihr Revier geht, ist sie zur Stelle.

Aus irgendeinem Grund sehe ich nun doch auf. Sofia hat den oberen Treppenabsatz erreicht. Sie trägt ein atemberaubendes, schneeweißes Kleid. Die feine Seide schmiegt sich eng an ihren Körper und geht erst an ihren Oberschenkeln in einen weiteren Rock über, dessen Schleier wie Wasser über die Steinstufen gleitet. Rechts und links neben ihr wird sie von ihren Eltern begleitet. Sofia hält den Kopf hoch erhoben und lächelt, doch ihr Kiefer ist fest angespannt, ihre Schultern wirken verkrampft. Wieder einmal kommt mir in den Kopf, dass ihre Kindheit daraus bestanden haben muss, in der Öffentlichkeit zu lächeln, ganz egal, wie es in ihr gerade aussieht. Und plötzlich fühle ich mich ihr verbundener denn je, denn vor Gabriel habe ich es mir nie erlaubt, Schwäche zu zeigen. Vor meinem Bruder wollte ich immer Harmonie wahren, wollte ihm immer ein Gefühl von Sicherheit vermitteln.

Edward sitzt in der ersten Reihe, in einem perfekten Anzug. Der schwarze Stoff harmoniert wunderbar mit seinen hellen Haaren. Ich kann nur sein Profil erkennen, aber sein Auge ist blutunterlaufen, die Haut darunter von einem tiefen schwarzen Ring umgeben, die Wangen sind eingefallen. Ich frage mich, ob er gestern wieder die Nacht im Casino durchgemacht hat.

Das Streichorchester schlägt einen intensiveren Takt an, und ich gebe dem Zwang nach, den ich nicht länger unterdrücken kann.

Charles sieht aus wie ein König.

Die aufrechte Haltung, mit der er vor dem Altar wartet, die Hände hinter dem Rücken verschränkt, das Kinn gereckt. Fehlt nur noch die Krone und er könnte ein Land regieren, könnte Truppen in den Krieg schicken, könnte alles von jedem verlangen, und die Leute würden seinen geliebten Anweisungen Folge leisten.

Sein Blick liegt auf Sofia, die nun fast bei ihm ist. Aber er lächelt nicht. Seine Miene bleibt todernst, als wäre das hier nicht etwa seine Hochzeit, sondern der eigene Trauermarsch, dem sein Geist beiwohnen darf.

Plötzlich dreht er den Kopf in meine Richtung. Sein Blick bohrt sich direkt in meinen. In meiner Brust überschlägt sich mein Herz. Die Art, wie er die dichten Brauen zusammenzieht, hat etwas zutiefst Verzweifeltes. Selbst aus dieser Entfernung erkenne ich, wie er schluckt. Als ein paar der Kameraleute in meine Richtung schwenken, dämmert mir, dass auch ihnen unser Blickkontakt aufgefallen sein muss. Ich zucke zusammen. Schnell konzentriere ich mich wieder auf die Marmormusterung im Boden.

Die Melodie endet. Vor meinen Augen verschwimmen die Farben. Ich blinzle die Tränen weg und sage mir, dass das hier vergehen wird. Irgendwann denke ich nie wieder an ihn. Ich werde mich neu verlieben, in einen Mann, der mir keine Anweisungen geben wird, einen Mann, dem ich nicht dabei zusehen muss, wie er am Altar steht und auf eine andere Frau wartet, während er mich ansieht.

Aber es wird nicht Charles sein. Und diese Erkenntnis macht etwas mit mir. Sie nimmt mir die Luft zum Atmen, katapultiert mich gnadenlos in einen Abgrund, den ich nicht habe kommen sehen. Wenn ich an eine Zukunft ohne ihn denke, wird mir schwindlig, und da ist völlige Schwärze vor meinen Augen, eine gähnende Leere, die mir den Hals zuschnürt.

Und plötzlich ist sie da. Die Gewissheit, dass es Charles ist. Nicht Edward. Dass es die ganze Zeit über nur Charles war. Dass ich längst mit Edward abgeschlossen habe, ohne es zu merken. Ohne den Abgrund zu sehen, vor dem ich jetzt stehe, vor dem ich mich mit Händen und Füßen wehren will, wie eine Löwin, die mit ihren Krallen gegen einen Bären kämpft.

Es ist Charles Blackwell, den ich liebe.

Und es ist Charles Blackwell, den ich gehen lassen muss.

Hier. Jetzt. Für immer.

PROMISE TO LOVE AND HONOR HER ALL THE DAYS OF YOUR LIFE?

Paola

Als mir das bewusst wird, entweicht mir ein grauenvolles Keuchen. Neben mir greift Emma nach meiner Hand, drückt sie. Wie erstarrt hebe ich den Kopf, beobachte, wie Sofia den Altar erreicht und von ihren Eltern an Charles übergeben wird. Er umfasst ihre Finger und begrüßt sie mit einem Lächeln. Sie erwidert es, aber ich kann deutlich sehen, wie künstlich es ist.

»Anemonen«, beginnt der Trauredner hinter dem Pult, »stehen für Vertrauen. Ein Wort, das euch beide, Charles und Sofia, seit Jahren miteinander verbindet.« Charles' Lächeln verrutscht, und mein Magen verkrampft. »Umgeben von Blüten, die eure Eheschließung begleiten, euch willkommen heißen in diesem ewigen Bund des Vertrauens, wollen wir uns daran erinnern, wie stark euer Bündnis ist, wie gewaltig dieser Schutzwall, den ihr gemeinsam gegen den Rest der Welt aufgebaut habt, in einer Position, die alles andere als leicht ist, alles andere als unbeschwert. Die Gewissheit, beobachtet zu werden, bei jedem Schritt, den ihr geht, jeder Entscheidung, die ihr trefft, lässt Stabilität ins Wanken geraten. Eine Eigenschaft, die so wichtig ist, um zu existieren, ja gesund durch dieses Leben zu schreiten. Diese Stabilität habt ihr euch zurückgeholt, indem ihr einander die Hand gereicht habt, indem ihr einander versprochen habt, euch Rückendeckung zu geben in jeder Schlacht, in die das öffentliche Leben euch zerrt.« Charles' Lächeln ist komplett erloschen, und Sofia sieht aus, als würde sie jeden Augenblick in Tränen ausbrechen. »Ihr habt euch entschieden, diesem besonderen Bündnis mit der Ewigkeit zu begegnen, in der keiner dem anderen die Loyalität verwehrt. Das Licht der Öffentlichkeit kann trügen. Es strahlt, wirkt heller als die Sonne und blendet, sodass niemand sehen kann, in was für einen glamourösen goldenen Käfig es euch stecken kann. Aber ihr, Charles und Sofia, habt euch für die Liebe entschieden, für einen gemeinsamen Weg, der jedes Gitter brechen kann.«

Ich kotze gleich, so kitschig ist diese Rede. Sie klingt wie ein Katalogspruch, Comic-Sans-Schrift auf einem billigen Sonnenuntergangsbild. »Und nirgends gibt es ein Gefängnis, zu dem Liebe nicht den Eintritt erzwingen kann.«

Ich fasse es nicht. Jetzt hat der Redner auch noch ein Zitat von Oscar Wilde für diese Hochzeit benutzt! Entsetzt starre ich nach oben, kann nicht fassen, dass er das wirklich getan hat. Auch Charles zieht die Brauen zusammen. Nur minimal, aber ich erkenne es. Ich erkenne es so deutlich, dass es mir das Herz zerreißt.

»Nun frage ich: Gibt es jemanden, der gegen dieses Bündnis Einspruch erheben will, so hebe sie oder er jetzt die Hand.«

Mein Magen rebelliert. Alles in mir will den Arm in die Luft reißen und brüllen, dass das hier nicht geht, dass alles an diesem Moment falsch ist, ein komplett falsches Puzzleteil, Peppa Pig, jedes Stück groß, das Puzzle vierteilig, inmitten der atemberaubenden Landschaft von Neuseeland, winzig klein, fünftausend Teile. So sieht das aus. Genau so.

Emma dreht mir den Kopf zu und formt ein stummes *alles okay?*.

Ich presse die Lippen aufeinander und nicke knapp, obwohl das nicht stimmt. Hier ist ganz und gar nichts okay. Jemand soll dieses verdammte Peppa-Pig-Ding aus Neuseelands Wasserfall entfernen!

Aber bis auf mich scheint sich keiner daran zu stören, dass ein pinkes Schwein das Bild zerstört. Für die Leute scheint alles richtig.

»So gehe ich über zu dem Bräutigam, Charles Blackwell.« Charles versteift sich. »Wollen Sie Ihre Frau lieben und ehren und ihr die Treue schwören, alle Tage ihres Lebens, in guten wie in schlechten Zeiten, so antworten Sie mit: ›Ja, ich will.‹«

Charles' Augen weiten sich. Er öffnet den Mund, schließt ihn wieder. Er sieht aus, als wäre er einem Krokodil begegnet, in dessen Schlund er seinen Tod erkennt.

»Ich denke, es …« Er räuspert sich. »Es wäre besser, für … für uns alle, wenn …« Zum ersten Mal in meinem Leben höre ich Charles Blackwell um Fassung ringen. »… wenn Sofia diese Frage zuerst beantwortet.«

Ein Murmeln geht durch die Zuschauerplätze. Es klingt wie aufgewühlte, hungrige Bienen, die keine Blumen zum Fressen finden.

Sofias Schultern sacken hinab. Es wirkt, als wäre sie erleichtert, und auch das Lächeln auf ihren Lippen scheint zum ersten Mal an diesem Abend nicht gezwungen.

Der Redner wendet sich ihr zu. »Ich frage Sie, Sofia Vendergaard: Sind Sie heute hergekommen, um nach reiflicher Überlegung, aus freiem Willen und Liebe, einzig und allein aus übergreifender, überwältigender Liebe zu Charles Blackwell den Bund der Ehe mit ihm zu schließen?« Die Worte über die Liebe haben alle Züge in Charles' Gesicht entgleisen lassen. Und auch Sofia wirkt panisch, ja regelrecht verstört. »So antworten Sie mit den Worten: ›Ja, ich will.‹«

Ich halte den Atem an. Die Sekunden vergehen wie in Zeitlupe. Ein Tinnitus legt sich über meine Ohren, jedes Geräusch dringt wie durch Watte zu mir hindurch. Erneut drückt Emma meine Hand, dann …

»Ich kann nicht.«

FIVE MINUTES TO CONVINCE ME

Paola

Ein kollektives Luftschnappen geht durch den Saal. Meine Kinnlade sackt hinunter.

»O mein Gott«, flüstert Emma, zerquetscht mir die Finger. »*What the fuck?*«

Das Summen der Bienen schwillt an, wie ein aggressiver Schwarm kurz vor dem Angriff. Sofias Vater hat das Gesicht verzogen, und ich höre seine Stimme deutlich aus den Killerbienen heraus. »Will dieses Gör mich eigentlich komplett verarschen?«

»Mads«, sagt ihre Mutter mit einem warnenden Blick zu den Kameras.

Er zischt ungehalten. Der Blick, mit dem er seine Tochter ansieht, treibt mir einen Schauer über die Wirbelsäule.

»Charles ...« Sofia stößt die Luft aus, drückt seine Finger. »Ich denke, du und ich ... Ich denke ...« Sie schließt kurz die Augen, sammelt sich. »Ich denke, wir sollten auf unser Herz hören, und weder meins noch deins schlägt auf eine Weise füreinander, die der Ewigkeit entgegensieht.« Sie hebt den Mundwinkel zu einem traurigen Lächeln, dann formt sie die Lippen zu einem stummen Wort, von dem ich meine, die Bedeutung herauszulesen.

Danke.

Charles' ganzer Körper entspannt so stark, wie ich es selten bei ihm erlebt habe. Als würde ihm Diazepam verabreicht. Intravenös.

Danke dir, formt er zurück.

Zum ersten Mal an diesem Abend lächeln die beiden sich voller Glück in den Augen an.

Ich bin so gelähmt, dass ich den Tumult gar nicht mitbekommen habe, der inzwischen ausgebrochen ist. Und plötzlich: Erleichterung, die meine Venen flutet. Es ist wie tausend kleine Schmetterlinge, die sich zeitgleich dazu entschlossen haben, in mir aufzusteigen. Schwärme in den Armen, Armeen in den Beinen, ganze Kontinente an flatternden Flügeln in meinem Bauch.

Ich könnte heulen.

Und dann tue ich es auch.

Ich weiß nicht, ob der Kloß in meinem Hals sich gerade auflöst oder erst bildet. Vor Erleichterung oder von der Heulerei.

Aber in mir geht gerade ein Erdbeben los.

Mein ganzer Körper erzittert.

»Was machen wir jetzt?«, höre ich die Angestellten um mich herum zischen. »Bauen wir die Tische trotzdem auf?«

Erst mal zurück aus diesen Nebel finden, denke ich. Erst mal klare Sicht inmitten dieser Schmetterlingsflügel.

»Darauf sind wir nicht vorbereitet gewesen«, höre ich Blair sagen, und dann Annelis Stimme, die ein erleichtertes »Gott sei Dank, keine Elfen« von sich stößt.

»Lisbeth wusste davon«, murmelt Emma plötzlich.

Jetzt endlich gelingt es mir, zurückzufinden. Ich reiße meinen Blick von Charles los, der Sofia fest an sich drückt, und sehe sie an. »Was?«

»Heute Morgen.« Emma fasst mich am Ellbogen und steuert den nächsten Tisch an, um ihn in den Saal zu schieben, weil die anderen Mitarbeiter dazu übergegangen sind, das Einzige zu tun, für das sie für diese Hochzeit geschult worden sind. »Wir haben über dich geredet, wegen Charles, du weißt schon, ich habe mir Sorgen gemacht, aber sie hat nur die Achseln gezuckt und wirkte entspannt. Sie meinte, wird schon gut gehen, und ich habe mich die ganze Zeit gefragt, warum sie sich so sicher war.«

»Warte mal.« Ich runzle die Stirn, versuche krampfhaft, das Gespräch hier mitzumachen, um mich von meinen übersprudelnden Gedanken abzulenken. »SV ... Was, wenn es nie Suarez war, mit dem sie geschrieben hat?«

Emma hebt zeitgleich mit mir den Tisch an. »Du meinst ... die Schweizer Vliesfreunde waren ...« Ich sehe die Räder in ihrem Kopf rattern, bis die Glühbirne aufleuchtet. »O mein Gott, SV! Sofia Vendergaard!«

»Wieso sind wir da nicht draufgekommen?«

Kurz wirft Emma einen Blick über die Schulter zu Blair, die ebenfalls einen Tisch in den Saal schiebt. »Und ich habe überlegt, warum es sie gar nicht mehr juckt, dass da was zwischen Blair und Finn läuft!«

Entgeistert sehe ich sie an. »Meinst du, zwischen ihr und Sofia …«

»Das wäre krass«, entgegnet Emma. »Richtig krass. Eine mega süße Märchenlovestory.«

»Aber wann …«

»Paola.« Eine Hand umfasst meinen Oberarm. Vor Schock lasse ich den Tisch los. Es knallt, und Emma springt erschrocken fluchend zurück. »Kann ich dich kurz sprechen?«

Wie erstarrt stehe ich da und wage es nicht, mich umzudrehen. Charles' Finger brennen sich durch den Blazer in meine Haut, jede Pore meines Körpers kribbelt. Es ist, als wäre er plötzlich zu diesem Abgrund gerannt, in den mich die Hochzeit kicken wollte, und hätte mich davor bewahrt, zu fallen.

Ich schlucke. Ohne mich umzudrehen, schüttle ich den Kopf.

»Bitte«, fleht er. Dabei streift sein Atem mein Ohr, weil er direkt hinter mir steht und den Kopf zu mir heruntergebeugt hat. Ich spüre die Wärme seines Körpers an meinem, aber viel mehr spüre ich die Blicke aller anderen auf uns.

»Charles«, zische ich. »Die Kameras.«

»Die sind mir scheißegal«, sagt er. »Soll doch jeder wissen, dass ich nur dich will.«

Ich schließe die Augen, so sehr schmerzt es, diese Worte zu hören. Alles in mir will sich ihm hingeben, und wäre die Hochzeit gestern gewesen, hätten Sofia und er sie gestern abgeblasen, wäre ich die glücklichste Frau der Welt gewesen und hätte mich ihm vermutlich direkt an den Hals geworfen. Aber jetzt …

Er ist der Grund, weshalb Gabriel entführt worden ist. Er hat den Vertrag unterzeichnet. Wegen ihm schwebt mein kleiner Bruder in Lebensgefahr.

»Nur fünf Minuten«, sagt Charles. »Bitte.«

Ich öffne die Augen wieder, blicke in Emmas.

»Geh schon«, murmelt sie. »Ich komm hier klar.«

»Sicher?«

»Natürlich.«

Ich spüre, wie Charles den Kopf neigt. »Danke, Emma.«

»Du hast Glück, Blackwell. Hätte Paola mir den Tisch auf den Fuß geknallt, hätte sie keine Zeit für dich, weil ich ihr gerade an die Gurgel gehen würde, aber so«, sie zuckt die Achseln, »werde ich mich vermutlich nur rächen, indem ich Norbert Nacktmull enthaupte.«

»Ich werde dem Strickding meinen Bodyguard schicken.« Ich höre das Lächeln aus seiner Stimme heraus. »Seine Augen verdienen es, gesehen zu werden.«

»Häkeltier«, sage ich und drehe mich zu ihm um.

»Was?«

»Ich stricke nicht«, murmle ich. »Meine Amigurumis sind gehäkelt.«

Sein Mundwinkel zuckt. »Dann verzeihen Sie mir diese ungeheuerliche Verwechslung, Signorina.«

Meine Wangen brennen. Ich werde von Gefühlen übermannt, die ich nicht unter Kontrolle habe. Einerseits will ich ihn hassen, ich *muss* ihn hassen, weil er meinen Bruder in Gefahr gebracht hat, aber mein Herz hat andere Pläne. Es pumpt auf Hochleistung wie ein elektrischer Kompressor im Topranking von Check24.

Seine Finger umfassen meinen Flechtreif, streifen ihn ein Stück zurück, bevor er meine Strähnen hinter die Ohren schiebt. »Fünf Minuten?«

»Gut, fünf Minuten.« Ich bin ein willensschwaches Schwein. Ich bin Peppa Pig im neuseeländischen Wasserfall. »Keine Sekunde länger.«

»Gibst du jetzt die Anweisungen?«

»Willst du reden oder nicht?«

»Schon gut.« Leise lachend hebt er die Hände. »Ich beuge mich deinem Willen. Ausnahmsweise.«

Er wirkt so ausgelassen. So unbeschwert. Als wäre es die ganze Zeit nicht die virale Mordanklage gewesen, die ihm zu schaffen gemacht hat, sondern die Hochzeit.

Ich folge ihm durch den Prunksaal. Er greift nach meiner Hand, aber ich entziehe sie ihm. Nicht nur, weil noch immer Kameras auf uns gerichtet sind, sondern auch, weil er einen Vertrag unterzeichnet hat, der Gabes Todesurteil sein könnte.

NEVER MESS WITH A BLACKWELL

Paola

Charles führt mich die Treppe hoch, über die Galerie zum Gobelin, hinter dem sich der Raum befindet, der mein persönlicher Lustraum sein könnte. Beide Male, in denen ich dort gewesen bin, hatte ich etwas mit den Blackwell-Brüdern. Ein seltsames Gefühl rieselt mir über die Wirbelsäule.

Sobald ich den Raum betrete, strömt mir der Duft von den alten Papierseiten der Bücher in die Nase. Charles wirbelt zu mir herum, packt mich an der Hüfte und ist mir plötzlich viel zu nahe. Ich rieche sein männliches Parfüm, seinen betörenden Eigengeruch darunter. Erinnerungen brechen über mich herein.

»Hör mir jetzt genau zu.« Er hebt mich auf den hohen Sekretär, schiebt sich zwischen meine Beine, umfasst mein Gesicht und sieht mir tief in die Augen. »Ich war das nicht.«

»Was?«

»Ich habe diesen Vertrag nicht unterschrieben.«

Stirnrunzelnd begegne ich dem Blick seiner grünen Augen. Die Pupillen bewegen sich schnell, scheinen jede Regung meines Gesichts aufzunehmen, jede kleinste Miene zu analysieren.

»Du meinst … willst du damit sagen, dass …«

»Jemand muss meine Unterschrift gefälscht haben.«

»Im Ernst?« Ich starre ihn an. »Das soll ich dir glauben?«

Enttäuschung gleitet über seine Züge. »Du vertraust mir nicht.«

»Natürlich vertraue ich dir nicht.« Ein ungläubiger Laut entkommt mir. Mit der Hand deute ich über seine Schulter zum Gobelin. »Du warst gerade kurz davor, eine andere Frau zu heiraten, Charles.«

»War ich nicht.«

»Was?«

»Sofia und ich haben gesprochen. Vor der Hochzeit. Wir wollten es beide nicht. Sie bat mich, Nein zu sagen, aber ich könnte sie nie vor all diesen Menschen demütigen. Wenn sie die Hochzeit abblasen wollte, sollte sie als die Stärkere hervorgehen.«

»Warum … warum wollte sie nicht mehr?«

»Keine Ahnung. Aber das tut jetzt nichts zur Sache.« Seine Daumen streichen über meine Wangenknochen, während er den Blick intensiviert. »Paola Cortessa, Signorina, Prinzessin, chica bonita, little secret – ich schwöre dir auf alles, was mir heilig ist: Ich bin das nicht gewesen.«

Ba-Bumm. Ba-Bumm. »Auf alles?« Er nickt. Ich hebe eine Braue. »Auch auf deinen Bentley Continental in Rot?«

»Auf *unseren* Bentley Continental in Rot.«

Ich beiße mir auf die Unterlippe und überlege, ob ich ihm glauben kann.

»Vertrau mir«, raunt er, und dabei klingt er so ernst, so verzweifelt, mit diesem echten Ausdruck im Gesicht, den unmöglich jemand vortäuschen kann – nicht einmal Charles Blackwell. Er hält mein Gesicht fest umschlossen, sieht mir tief in die Augen. »Ich will mit dir zusammen sein, Paola.« Er schluckt. »Ich will das wirklich.«

Ich beiße mir auf die Unterlippe. »Meinst du nicht, es wäre Leichtsinn, sich einem Blackwell hinzugeben?«

Sein rechter Mundwinkel hebt sich. Dabei ist er mir so nahe, dass seine Lippen fast die meinen berühren. »Überhaupt ohne Leichtsinn ist das ganze Leben keinen Schuss Pulver wert.«

Effi Briest.

»Oh, verdammt, Charles.« Ich muss die Augen schließen, weil seine Lippen mich hypnotisieren und ich nicht denken kann, wenn diese feinen Rotnuancen so dicht vor mir sind. »Ich will dir so gerne glauben, dass du deine Unterschrift nicht auf dieses Papier gesetzt hast. Dass du … dass mein Bruder nicht wegen dir in Gefahr schwebt.« Langsam öffne ich die Augen wieder. Und erkenne Schmerz in seinen. »Aber du bist ein Blackwell, ein Mann, den man unmöglich durschauen kann. Du –«

»Er hat recht.« Mein Blick gleitet zum Eingang, und auch Charles wirbelt herum. Dort, im Tunnel zum Gobelin, steht Elias in Anzug, der Gesichtsausdruck müde und angeschlagen. »Mein Neffe hat den Vertrag nie unterschrieben.«

Stille. Die Sekunden vergehen. Erdrücken uns. Dann …

»Du warst das«, stellt Charles fest, aber Elias schüttelt den Kopf.

»Nein, nicht ich.« Er macht einen Schritt in den Raum hinein, mustert eine Blechkanne, die auf einem Servierwagen steht. Locker dreht er sie in der Hand. »Es war dein Vater, Charles.«

Mir klappt die Kinnlade herunter. Charles hingegen erstarrt. Die fünf Wörter haben ihm jede Fassung aus dem Gesicht gewischt.

»Was sagst du da?«

Elias stellt die Kanne beiseite und sieht seinem Neffen ins Gesicht. »Hast du dich nie gefragt, weshalb er mich nicht rausgeschmissen hat, nachdem die Cortessa ihm von meinem Hinterhalt erzählt hat?«

»Doch.« Charles runzelt die Stirn. »Es ging nicht, weil die Mehrheit des Vorstands dagegen war.«

»Der Vorstand.« Elias lacht freudlos. »Als ob die eine Macht gegen Jake Blackwell hätten.«

»Wie bitte?«, frage ich.

»Dein Vater hat die Mehrheit dafür bezahlt, damit sie diese Show abziehen. Damit sie so tun, als wollten sie mich behalten, und mein lieber Bruder somit einen Grund hat, euch in dem Glauben zu lassen, er könnte mich nicht kicken.«

»Schwachsinn.« Charles schnaubt. »Warum sollte er das tun?«

»Weil«, Elias setzt sich auf die Lehne der Ottomane und schlägt seinen Anzugärmel um, die schmalen Lippen fest zusammengepresst, »ich der ganzen Welt hätte erzählen können, was er getan hat.«

»Die Menschen, die er aus dem Dorf vertrieben hat«, hauche ich, sehe zu Charles. »Und deine Unterschrift.«

»Aber …« Charles blinzelt. »Aber das ergibt keinen Sinn. Dass du Paola hergeholt hast, um uns für zusätzliche Skandale ins Chaos zu stürzen, okay. Nachvollziehbar. Aber du hättest keinen Privatdetektiv für deine Spionage mehr bezahlen müssen, wenn du meinen Vater einfach durch diesen Wasserskandal ins Messer hättest laufen lassen können.«

»Eben nicht«, entgegnet Elias langsam. »Weil es mich genauso betroffen hätte. Der Wasserskandal wäre mein letzter Schachzug gewesen, falls er mich gefeuert hätte. Eine Verzweiflungstat, um mich davor zu bewahren, das Hotel und damit alles zu verlieren. Aber nichts, das ich freiwillig rausgeholt hätte, weil es mir genauso geschadet hätte.«

»Und deinen Plan vernichtet hätte, besser dazustehen«, stelle ich fest. »Eine geeignetere Position als Vorstand abzugeben als er.«

Elias nickt mir zu. »Schlaues Mädchen.«

Freudlos lacht Charles auf. »Scheiße, und er wusste die ganze Zeit, dass du nicht für die Auslese der neuen Weine hinfährst, wie wir alle dachten, sondern für dieses verdammte Dorf.«

»Ja«, sagt Elias schlicht.

»Aber warum sagst du es mir?« Charles' Stimme klingt hart und fest. Es ist sein professioneller Ton. Die Art von Haltung, die er sein ganzes Leben perfektioniert haben muss. »Wo du doch darauf pochst, meinen Platz als CEO einzunehmen?« Ausdruckslos sieht er seinem Onkel ins Gesicht. »Du hättest mich zerstören können.«

»Hätte ich.« Elias erhebt sich, schlägt seinen anderen Ärmel um. »Aber ich bin müde, Charles.« Er hebt seinen Blick. »Ich bin dieses Spiel so leid.«

»Was soll das heißen?«, frage ich.

Er seufzt. »Ich bin an einen Punkt angekommen, an dem ich gemerkt habe, dass Macht nicht alles ist. Ich habe einer unschuldigen Frau gedroht, ihr den Mord mit April Sanders anzuhängen, weil ich wusste, es wäre möglich gewesen. Ich habe ihre Zuneigung und alles, was sie mir in den letzten Jahren gegeben hat, verloren, weil ich süchtig nach Macht war.«

»Wovon sprichst du?«, fragt Charles.

»Lou Clarfield«, entgegnet er. »Xenias Mutter hatte Kontakt zu April. Sie hat ihr geholfen, einen DNA-Test für ihr Ungeborenes zu machen, weil April wissen wollte, vom wem es war. Irgendwann haben die beiden sich gestritten. April hat Lou erpresst, den Test zu fälschen, damit sie später so tun kann, als wäre das Kind von dir, Charles. Ihr Plan war, mit dir zu schlafen, eine Weile vor der Geburt wiederzukommen und dir das Kind zu präsentieren. Mit gefälschtem DNA-Test der Clarfields.« Van Dyk lacht trocken auf. »Was für ein verzweifelter Plan, der ohnehin aufgeflogen wäre. Aber na ja. Lou hat natürlich abgelehnt, April wurde wütend, hat angefangen,

Lou das Leben zur Hölle zu machen, ihre Tochter durch den Dreck zu ziehen. Irgendwann, als ich dort war, tauchte April wieder auf. Sie hat gedroht, Lous Mann von mir zu erzählen, wenn sie nicht endlich tue, was April verlangte, und hat Sachen nach ihr geworfen. Lou hat April gepackt und wollte sie zur Tür rauswerfen, aber April ist gestolpert und ausgerutscht, mit dem Kopf gegen die Treppenstufen, und hat so viel geblutet. Aber sie war bei Bewusstsein, hat sich den Kopf gehalten und ist abgehauen.«

Charles' Augen weiten sich. »Ich erinnere mich. Sie meinte, sie wäre vom Pferd gefallen, und war im Krankenhaus, damit es genäht wurde.«

Elias nickt. »Ich habe Lou damit erpresst, die Polizei in ihr Haus zu schicken. Das Blut wäre in den Teppichfasern gefunden worden, das wusste ich. Und sie auch. Deshalb hat sie mitgemacht. Aber jetzt bin ich gestorben für sie.« Sein Blick wird leer. »Und ich habe eine wahre Freundin verloren durch diese Machtsucht.«

Mit einer Hand wischt er sich über das Gesicht, atmet tief durch. »Ich bitte dich um Verzeihung, Charles, dafür, dass der Drang nach Aufmerksamkeit mich aus der Bahn gerissen hat, und dich, Paola«, er sieht mich an, »bitte ich um Verzeihung dafür, dass ich dich benutzt und belogen habe. Was soll ich sagen?« Das Lächeln, das er seinem Neffen schenkt, wirkt reumütig. »Du und Edward seid nicht die ersten Blackwell-Brüder. Es hat einen Grund, warum ich Donnas Namen angenommen habe. Unser Großvater sagte einst«, Elias Blick gleitet an uns vorbei in die Berge, »sei ein Blackwell und lebe den Segen. Triff einen Blackwell und begegne dem Fluch.« Er sieht zu Charles, dann zu mir. »Das triffst es ziemlich genau, meint ihr nicht?«

Charles sieht ihn an, den Kiefer fest vorgeschoben. Er wirkt, als würde er ihm nicht glauben. Als wäre da noch etwas anderes.

»Du hast den Knochenring verloren«, sagt er plötzlich.

Ich habe keine Ahnung, wovon er spricht. »Knochenring?«

Charles übergeht mich. Sieht nur seinen Onkel an. »Sag schon. Du hast verloren, oder? Und deshalb musstest du den Schwanz einziehen. Jetzt versuchst du, meinen Vater doch noch fertigzumachen, indem du hier bist und ihn verrätst.«

Elias sieht ihn lange an. »Auch.«

Charles schnaubt. »Ich wusste, der Kampf steckt dahinter.«

»Was für ein Kampf?« Ich bin maximal verwirrt. »Was zur Hölle ist ein Knochenring?«

Charles neigt leicht den Kopf in meine Richtung. »Ein inoffizielles Gericht. Gewalt ohne Regeln. Die letzte Instanz in unseren Kreisen, um eine Entscheidung durchzusetzen.«

»Was?« Entgeistert starre ich ihn an. »Die haben sich geprügelt?«

Charles übergeht auch das. »Irgendwann wirst du wissen, was es ist.«

»Aber ich habe ernst gemeint, was ich sagte«, beteuert Elias. »Es *tut* mir leid, Charles.«

»Wenn du das ernst meinst, wenn du Reue spürst und willst, dass ich dir vergebe …« Charles schluckt. »Hilf mir, Elias.«

Sein Onkel runzelt die Stirn. »Was meinst du?«

Plötzlich spüre ich Charles' Hand an meinem Rücken. »Hilf mir, ihren Bruder herzuholen.«

»Aber …« Elias verzieht das Gesicht. »Dein Vater wird seine Leute nicht aus dem Dorf abziehen. Er behauptet sich bereits vor der Mafia. Und am Ende steht und fällt alles mit ihm.«

»Wird er.« Entschlossen reckt Charles das Kinn, verstärkt den Druck an meinem Rücken. »Weil ich ihm keine Wahl lasse.«

»Ah, wie war das noch?« Elias' Lippen verziehen sich zu einem schiefen Lächeln. »Leg dich niemals mit einem Blackwell an.«

»Und erst recht nicht mit Charles«, flüstere ich.

SCARED OF THEM BREAKING YOUR FRAGILE HEART

Charles

Als ich zurückkomme, ist die Hochzeitsparty in vollem Gange. Ich habe keine Ahnung, wem es gelungen ist, den Abend zu retten, bis mein Blick auf meinen Bruder fällt. Er sitzt an der Westseite des Prunksaals, vor den hohen Fenstern zur verschneiten Außenterrasse, hinter denen die Bergwipfel wie ein atemberaubendes Naturwunder den Himmel küssen, und spielt Klavier wie ein Weltmeister. Keines seiner melancholischen Stücke, sondern *Happy* von Pharrell Williams. Doch während seine Finger über die Tasten fliegen, hält er die Augen geschlossen, den Kiefer vorgeschoben, als würde sich jede einzelne Note wie eine Lüge anfühlen.

Die Menge bekommt nichts von seinem Schmerz mit. Sie bewegen sich ausgelassen auf der Tanzfläche und lachen. Ich entdecke Sofia in einer Ecke, wo sie mit ihrem Vater diskutiert. Ihre Mutter scheint Mads besänftigen zu wollen, aber er schüttelt sie nur ab und gestikuliert weiter mit den Armen in der Luft herum. So wie Sofia zusammenzuckt, brüllt er sie offenbar an. Gerade setze ich mich in Bewegung, um zu ihr zu gehen, da stößt sie ihren Vater zurück und verlässt in anmutiger Haltung den Prunksaal. Ihre Mutter geht ihr nach.

Sie ist in Sicherheit, denke ich.

Ich drehe mich zu Paola, nehme ihre Hände in meine. »Es wird eine Weile dauern, okay?«

Sie nickt. Ihr Blick gleitet über die Menschen und Kameras. »Soll ich an die Arbeit zurückgehen?«

»Nein.« Die Presse würde sich auf sie stürzen. »Jetzt halten sich alle zurück, weil ich bei dir bin. Aber sie haben gesehen, dass wir zusammen verschwunden sind, kurz nachdem ich den Altar verlassen habe. Sie tun subtil, aber jeder von ihnen schaut her. Die ganze Zeit.«

»O Gott.«

»Geh auf dein Zimmer. Ich melde mich, wenn das hier vorbei ist.«

»Okay.« Sie will mich loslassen, aber ich halte sie fest.

»Paola?«

Fragend sieht sie mich an. »Ja?«

»Ziehe ich dich in etwas rein, das du nicht für dein Leben willst?«

Verwirrt neigt sie den Kopf. »Was ...« Aber dann dämmert es ihr. »Du meinst die Öffentlichkeit?«

Ich nicke.

Sie lächelt. Es wirkt traurig, aber auch entschlossen. »Charles.« Sie legt eine Hand an meine Wange. »Was ich für mein Leben will, bist du.«

Ich schmiege mein Gesicht in ihre Hand. »Und Edward?«

»Du«, wiederholt sie.

»Aber es wird hart.« Ich schlucke, weil ich fürchte, sie mit meinen Worten zu vertreiben, aber ich weiß, dass ich ehrlich sein muss. »Ein Leben an meiner Seite ist alles andere als leicht. Die ganze Welt wird uns beobachten. Jeden einzelnen Schritt, den wir gehen.«

Bei dem Wort *wir* lächelt sie breit. »Wir gehen ihn gemeinsam. Dann kann uns nichts passieren.«

Ich schließe kurz die Augen, stoße die Luft aus.

»Wovor hast du Angst?«, fragt sie.

»Davor, dass sie dich brechen.« Ich öffne die Augen wieder, fasse nach ihrer Hand an meinem Gesicht und nehme sie in meine. Gedankenverloren male ich Kreise über ihre Knöchel. Mir ist bewusst, dass Fotos gemacht werden. Videos. Ab jetzt gibt es kein Zurück mehr. »Du bist stark, aber gleichzeitig auch so zerbrechlich. Ich habe Angst, dass sie dich ...« Ich hole tief Luft, sehe auf. »... dass sie dich kaputt machen.«

Paola sieht erst mich an, dann huscht ihr Blick erneut durch den Saal. Sie mustert jede einzelne Kamera, die auf uns gerichtet ist, schließt kurz die Augen, öffnet sie wieder und streckt die Schultern durch. Dann lächelt sie mich an. »Aber man lebt doch nicht bloß in einer Welt, um schwach und zärtlich zu sein.«

»*Effi Briest*«, hauche ich.

Paola macht einen Schritt auf mich zu, drückt meine Hände. »Es gibt gerade nur zwei Dinge, die ich mehr will als alles andere, Charles.«

»Gabriel.«

Sie nickt. »Und dich.«

Ich löse meine Hand aus ihrer, streiche ihr eine Strähne hinters Ohr. »Wir werden ihn da rausholen. Warte auf deinem Zimmer. Ich schicke Emma zu dir und komme nach, wenn ich alles erledigt habe.«

»Okay«, flüstert sie.

Und dann tue ich etwas, auf das diese sensationsgeile Horde die ganze Zeit gewartet hat. Ich lege meine Hand an Paolas Hinterkopf, ziehe sie an mich und küsse sie.

DID YOU HURT HER, BROTHER?

Charles

Ihr Körper zittert an meinem. Sie klammert ihre Hände in meine Hüften, als wäre ich ihr Anker, und, *Scheiße*, das macht etwas mit mir. Ich will sie an mich reißen und vor dieser ganzen abgefuckten Welt beschützen, obwohl ich weiß, dass Paola es sogar mit einem Löwen aufnehmen würde.

Sie löst sich von mir, schenkt mir ein zaghaftes Lächeln und läuft erhobenen Hauptes Richtung Ausgang. Ich suche Emma, fange ihren Blick auf und bahne mir einen Weg durch die tanzende Menge, die eine gescheiterte Hochzeit feiert.

»Charles«, sagt sie, als ich sie erreiche. »Alles okay?«

»Ja. Hör zu, ich habe Paola in euer Zimmer geschickt. Kannst du zu ihr gehen und bei ihr bleiben, bis ich da bin?«

»Warum?« Sorge breitet sich auf ihren Zügen aus. »Ist etwas passiert?«

»Die Presse weiß Bescheid.«

»Bescheid?« Verwirrt sieht sie mich an. »Worüber?«

»Über Paola und mich. Ich habe sie geküsst. Gerade eben.«

»Direkt nach der abgeblasenen Hochzeit?« Ihre Brauen wandern weit in die Stirn. »Gewagt, Blackwell.«

»Ich will einfach sichergehen, dass sie niemand belästigt, bis ich hier fertig bin. Die Leute sind unberechenbar.«

»Verstehe. Klar, ich gehe.«

»Ach, und Emma?« Fragend sieht sie mich an. »Sag ihr die Wahrheit. Nicht unbedingt sofort, aber dann, wenn du merkst, dass sie es verkraften kann.«

Emma stockt. »Aber …«

»Ich will keine Geheimnisse mehr vor ihr haben.« Eindringlich sehe ich sie an. »Und das solltest du auch nicht.«

Emma zögert. Doch dann nickt sie, drückt einer Kollegin ihr Tablett in die Hand und geht. Plötzlich …

»Signore Blackwell.« Ein Kamerateam umringt mich. »Was sagen Sie zu diesem unerwarteten Hochzeitsabend?«

»Wusste Sofia von Ihrer Affäre mit Paola Cortessa?«

»Sind Sie und Signora Cortessa in einer festen Beziehung?«

»Dürfte ich …«

Ohne ihnen eine Antwort zu geben, schiebe ich zwei der Presseleute beiseite und bahne mir einen Weg durch den Saal. Die Journalisten folgen mir, bis Leon mich erreicht und sich ihnen in den Weg stellt. Ich höre noch, wie sie meinen Bodyguard mit Fragen bombardieren, bis ich neben Edward stehe.

»Hey«, sage ich.

Er sieht zu mir auf, ohne sein Spiel zu unterbrechen. »Hallo.«

»Danke.«

»Wofür?«

»Für das hier.« Ich klopfe auf den Flügel. »Dir geht es beschissen, und trotzdem hast du mir den Rücken gestärkt.«

Er entgegnet nichts.

»Ich liebe dich«, sage ich. »Und es tut mir leid.«

»Was tut dir leid?«

»Die Sache mit April.«

Er schlägt die Lider nieder, blickt auf die Tasten, die er spielt. »Hast du ihr wehgetan?«

Diese Frage verfolgt mich seit über einem Jahr. Jeden verdammten Tag aufs Neue. Bevor ich einschlafe. Nach dem Aufwachen. Immer. »Ich weiß es nicht.«

»Wollte sie es?«

»Ja.«

»Hast du ihr ein Safeword gegeben?«

»Ja.«

»Dann wollte sie es.«

Ich atme tief durch. »Ich denke schon. Aber ich weiß bis heute nicht, warum sie geweint hat. Warum sie weggerannt ist, direkt danach. Ich mache mir Vorwürfe, dass ich sie in den Tod getrieben habe. Dass sie meinetwegen geflüchtet ist und alles, was danach kam, nicht passiert wäre, wenn …«

»Sie war in dich verliebt.«

Ich blinzle. »Was?«

»Deshalb ist sie weggerannt. Weil sie es gemerkt hat, nachdem ihr miteinander geschlafen habt, und wusste, dass sie niemals eine Chance haben würde.«

»Was?«, wiederhole ich perplex. »Woher weißt du das?«

»Sie hat es mir gesagt.« Er stoppt sein Stück mit einem langen Klang. Das Streichorchester reagiert sofort und setzt mit einer klassischen Version von Elvis Presleys *Jailhouse Rock* ein. »In den Bergen. Sie hat mit mir Schluss gemacht, weil sie meinte, ich wäre niemals du, und ich würde niemals wie du sein.«

Entsetzt starre ich meinen Bruder an. »Das hat sie nicht gesagt.«

»Hat sie.«

»Scheiße, Ed.« Eine Schlinge legt sich um mein Herz und drückt zu. »Fuck, warum hast du mir das nie gesagt?«

»Wozu?«

»Weil ich dann endlich kapiert hätte, warum du so verdammt angepisst auf mich bist!«

Mein Bruder sieht mir lange in die Augen. Schockiert erkenne ich, wie eingefallen seine Wangen sind, wie düster der Ausdruck in den Tiefen seiner Iriden ist. »Es ist egal«, sagt er schließlich und erhebt sich. »April ist tot. Sie kommt nie wieder. Dafür habe ich gesorgt.«

»Wa …?«

Aber Edward hat sich bereits umgedreht und steuert den Ausgang an. Mit vor Entsetzen verlangsamten Herzschlägen sehe ich ihm nach, bis …

»Hey, Großer.« Wie in Zeitlupe drehe ich den Kopf und sehe meinem Vater ins Gesicht. Er lächelt voller Mitgefühl, dieser Bastard. »Alles in Ordnung bei dir?«

Kontrolle, denke ich. *Kontrolle, Kontrolle, Kontrolle.*

Du bist nicht wie dieses unbeherrschte Monster, das deine Mutter zerstochen hat.

Du bist nicht wie dieser gestörte Penner, der dich ausgepeitscht hat, um sich aufzugeilen.

Du kannst dich beherrschen, Charles. Du *kannst.*

»Kommt drauf an.«

Mein Vater runzelt leicht die Stirn. »Worauf?«

»Ob es einen guten Grund dafür gibt, warum du meine Unterschrift gefälscht und unter einen Vertrag gesetzt hat, der unschuldige Menschen aus ihrem Dorf vertrieben hat.«

Ihm fällt alles aus dem Gesicht, und ich weiß sofort, *sofort*, Elias hat die Wahrheit gesagt. Die gebräunte Haut meines Vaters erbleicht. »Charles …«

Ich blähe die Nasenflügel, um die bebende Wut in mir unter Kontrolle zu kriegen. »Willst du mich verarschen?«

»Hör zu …«

»Was, zur Hölle noch mal, hast du dir dabei gedacht?«

Er antwortet nicht sofort. Erst sieht er sich um, setzt ein Lächeln auf, als hätte ich ihm gerade einen Witz erzählt, um die Menge in dem Glauben zu lassen, das hier wäre eine lockere Unterhaltung. Er hebt die Hand zu einem Gruß in Richtung von Max' Vater, das Lächeln wie festgetackert, und sagt leise: »Es war notwendig, Charles.«

»Klar, sicher.« Meine Stimme trieft vor Sarkasmus. »Für ein Unternehmen, das bereits mehr als genug Wasserquellen zur Verfügung hat, zerstören wir doch gern Menschenleben. Machen wir doch einen auf gierige, abartige Firma, why not?«

Mein Vater sieht mich an. »Ich habe das nur für dich getan, okay?«

»Ach, für mich? Wird ja immer besser. Sollte es mein Geburtstagsgeschenk werden? Eine schöne Überraschung, zu wissen, dass Familien kein Dach mehr über dem Kopf haben?«

Er presst die Lippen aufeinander. »Sie haben Häuser, Charles. Ich habe darauf geachtet, dass sie anderswo unterkommen.«

»Und wo?« Entgeistert starre ich ihn an. »In irgendwelchen anderen italienischen Bergdörfern ohne große Infrastruktur, während du ihnen das zu Hause und etliche Erinnerungen genommen hast?«

»Du wärst niemals zu diesem verdammten …« Er merkt, dass er lauter geworden ist, und senkt die Stimme. Die Hand, die er auf dem Flügel abgelegt hat, ballt sich zur Faust, und seine Gesichtszüge sind verzerrt. »… diesem verdammten Crystal Award zugelassen worden, hätten wir nicht mehr produziert. Wir mussten internationaler expandieren, und das wäre nicht möglich gewesen, wenn nicht vier weitere Quellen dazugekommen wären.«

»Vier?« Panik rast durch meine Venen. »Bitte sag mir, dass die Umgebung der anderen Wasserquellen nicht bewohnt waren.« Er entgegnet nichts. Mein Puls beschleunigt sich. »Vater?«

»Zwei Dörfer mussten wir umsiedeln.«

Ich schließe die Augen, weil ich sonst für nichts garantieren könnte. Die Hoffnungslosigkeit frisst sich in meine Zellen, schnürt mir die Luft ab.

»Alles, was mir im Leben wichtig ist«, beginne ich, öffne die Augen wieder, »alles, wofür ich mit meinem Namen gekämpft habe, ist Gerechtigkeit. Und du wagst es, diese Abscheulichkeit in meinem Namen zu begehen?«

»Du bist undankbar«, zischt er, das Gesicht verzogen wie eine Fratze. »Ich habe dich bei uns aufgenommen, habe dich genährt und ausgebildet, habe dir eine goldene Zukunft ermöglicht, nachdem diese Schlampe …«

Meine Faust landet im Gesicht meines Vaters. Das Band meiner Kontrolle ist gerissen. Ich höre seine Nase knacken, als meine Knöchel auf sie treffen. Schockiert taumelt er zurück, presst sich die Hände auf die getroffene Stelle. Blut rinnt durch seine Finger.

Ein kollektives Luftschnappen geht durch den Saal. Die Kameras stürzen sich förmlich auf uns. Bevor sie da sind, packe ich meinen Vater am Revers und ziehe ihn an mich, damit nur er mich hört.

»Du wirst das rückgängig machen«, zische ich. »Du wirst deine Leute abziehen, sofort, und den Menschen ihr Zuhause wiedergeben. Wenn nicht, und das schwöre ich dir bei Gott, werde ich mit dieser Sache an die Öffentlichkeit gehen und dich vernichten. Zwing mich nicht dazu.« Ich lasse ihn los. »Du hast diese eine Chance, Vater. Nutze sie, sonst verlierst du alles.« Ich sehe ihm tief in die Augen. »Auch mich. *Alles.*«

Die Kameras erreichen uns. Ich drehe mich um, verlasse den Prunksaal und liefere ihnen meinen Vater zum Fraß aus.

I LEFT BECAUSE I AM MY MOTHERS CHILD

Sofia

»Sofia, warte.«

Tränen verschleiern mir die Sicht. Plötzlich sind die Gänge des Hotels bloß noch dunkelrote und weiße Punkte, nicht Barocktapete und Stuck. »Nicht jetzt, Mama.«

»Sofi, mein Schatz, bitte.«

Mit dem Handrücken wische ich mir die Feuchtigkeit von den Lidern, bevor ich mich umdrehe. »Es geht mir gut.«

»Dir geht es nicht gut.« Ohne einen weiteren Kommentar streckt meine Mutter die Hand aus und drückt mich an sich. »Das war alles zu viel für dich. Die Hochzeitsvorbereitungen, die Mordanklagen, deine tote Freundin …«

In meinem Hals wächst ein Kloß heran. Sanft löse ich mich von meiner Mutter, sehe ihr in die dunklen Augen. »Es ist eher …«

»Dein Vater.« Sie verzieht wissend den Mund. »Ich weiß.«

Mein Herz verpasst einen Sprung. »Was weißt du?«

Ich habe ihr nie gesagt, dass mein Vater mich geschlagen hat. Habe nie mit ihr darüber gesprochen, dass Charles und ich nur deshalb zusammen waren, weil die Schläge damit aufhörten. Ich wollte sie nie mit dieser Bürde belasten, wollte nicht, dass sie nachts nicht mehr schlafen kann.

»Dass er dich nicht gut behandelt.« Die Vendergaard-Anhänger ihres Armbandes klimpern, als sie sich über das Gesicht fährt und seufzt. »Er ist unsensibel, unverschämt und fies zu dir. Das halte ich ihm schon länger vor, und ich hatte gehofft, es würde sich etwas ändern, aber offensichtlich …« Okay, sie weiß es nicht. Nicht alles. »Ich will ihn nicht in Schutz nehmen und ich will, dass du weißt, dass ich die Scheidung eingereicht habe, aber …«

»*Was?*« Schockiert starre ich sie an. »Wann?«

»Gestern.«

»*Gestern?*« Ich blinzle. »Weiß er davon?«

»Nein.« Ausdruckslos sieht sie mir in die Augen. Meine Mutter hat keine Probleme damit, unangenehme Themen anzusprechen. Sie ist eine Businessfrau durch und durch. »Noch nicht.«

»Warum?« In mir wirbeln die Gedanken durcheinander. Einerseits ist da unendliche Freude, andererseits Verwirrung. Meine Eltern waren mein ganzes Leben zusammen. »Ich hatte immer den Eindruck, zwischen euch wäre alles gut!«

»Manchmal habe ich dich nur das sehen lassen, was du sehen wolltest, mein Schatz.« Ihr Mundwinkel verzieht sich traurig. »Hinter den Kulissen lief schon ewig nicht mehr alles gut und im Geschäft erst recht nicht. Vendergaard ist mein Baby, und er versucht mehr und mehr, es an sich zu reißen. Dazu kommt das Verhalten dir gegenüber. Und, um da anzuknüpfen, wo ich eben aufgehört habe … dazu muss ich dir etwas sagen.«

»Wozu?«

»Zu seinem Verhalten. Wie bereits gesagt, will ich ihn wirklich nicht in Schutz nehmen, Sofi, und ich denke, die Scheidung spricht für sich, aber du solltest wissen, dass Mads … er, also, er ist nicht dein leiblicher Vater.«

Mein Herz bleibt stehen. »Bitte?«

Langsam stößt meine Mutter die Luft aus. »Eigentlich hatten wir niemals vor, es dir zu sagen.«

Meine Augen weiten sich. »Das ist ein verdammter Scherz, oder?«

»Er hat dich angenommen, als du gerade ein Jahr alt warst, und wollte, dass du ihn als deinen Vater siehst.«

Meine Lippen teilen sich. Ich will etwas sagen, doch es kommt kein Wort heraus. Fassungslos schüttle ich den Kopf. »Das glaube ich jetzt nicht.«

»Sofi …«

»Wer ist es?«

»Was?«

»Mein richtiger Vater. Wer ist es?«

»Jemand, in den ich sehr verliebt war, aber nicht verliebt sein durfte. Unsere Wege mussten sich trennen.«

»Sag mir, wer.«

Ihr Kinn beginnt zu zittern, aber sonst verrät nichts an der Miene meiner Mutter, dass dieses Gespräch sie gerade aufwühlt. »Ich kann nicht.«

»Warum nicht?«

»Er weiß nicht von dir. Und ich … es ist besser so.«

Es vergehen einige Sekunden, in denen ich meine Mutter entgeistert anstarre. Dann drehe ich mich um und renne den Flur entlang. Ja, wirklich. Ich renne. In einem Hochzeitskleid mit ewig langem Schleier, in dessen Stoff Tausende von winzigen Vendergaard-Pailletten stecken.

»Sofia!«

Aber ich halte nicht mehr an. Mit rasendem Herzen raffe ich meinen Rock hoch und zücke die Schlüsselkarte der Hochzeitssuite aus meinem Spitzenstrumpf. Ich wusste von Anfang an, wie dieser Abend ausgehen wird, weshalb ich die Karte zur Sicherheit bei mir behalten wollte. *Für alle Fälle*, habe ich mir gedacht. Und ich würde behaupten, jetzt ist ein solcher Fall.

Das Lesegerät blinkt grün, und ich falle förmlich in das Zimmer, drücke die Tür so fest zurück ins Schloss, als würde ich mich für immer vor dem Rest der Welt aussperren wollen.

Nur bin ich nicht allein.

»Sofia?«

Ich wirble herum. Vor mir, neben dem riesigen Kingsize-Bett, steht Lilibet, in der einen Hand einen Korb mit Anemonenblättern, die sie gerade über den Überwurf zu streuen scheint. »O Gott, wieso passiert uns das immer?«

»Ich habe ein Déjà-vu«, murmle ich.

»Ich wurde, ähm, ich sollte eure Suite herrichten, obwohl ich ja schon wusste, dass ihr beide, also, du hast es mir ja erzählt. Ich musste den Schein wahren und das hier fertig machen, aber ich hätte nicht damit gerechnet, dass du wirklich auftauchst.« Sie neigt den Kopf, runzelt die Stirn. »Ist alles in Ordnung?«

»Ich glaube nicht.«

Lilibet legt die Anemonen auf den Überwurf und runzelt die Stirn. »Wenn jemand wie du das sagt, mache ich mir Sorgen.«

»Mein Vater ist ein Arschloch.«

»Oh.« Sie runzelt die Stirn. »Was ist passiert?«

»Er ist nicht mein Vater.«

Sie wirkt verwirrt. »Aber deshalb ist er doch kein Arschloch, oder?«

»Nein. Das ist eine lange Geschichte. Ich habe es nur gerade erfahren. Also, das mit dem Vater.«

»Verstehe.« Sie macht einen unsicheren Schritt auf mich zu, hält dann aber inne. »Willst du reden?«

Ich schüttle den Kopf. Mein Rücken klebt immer noch an der Tür. »Gerade nicht.«

»Okay, also …« Sie reibt die Handflächen über ihre Housekeeping-Strumpfhose, blickt sich im Raum um und stößt dann ein nervöses Lachen aus. »Gott, mit dir zu schreiben war irgendwie einfacher.« Ich hebe einen Mundwinkel. Sie reibt sich über den Arm. »Und ist mit Paola alles okay?«

»Ja, ich denke. Charles war bei ihr.«

Sie wirkt erleichtert. »Okay.«

»Lilibet?«

Ihre Augen leuchten auf. Ich glaube, es liegt daran, dass ich ihren richtigen Name verwende. »Ja?«

»Wenn ich jetzt etwas tue, das vielleicht dumm ist, könnte es morgen wieder vergessen sein?«

Sie öffnet den Mund. Stockt. Dann … »Kommt drauf an. Wenn du dir ein Arschgeweih oder so stechen lassen willst, wohl eher nicht.«

Ich hebe einen Mundwinkel. »Den trockenen Humor gibt es also nicht bloß bei der Chat-Lilibet.«

»Chat-Lilibet.« Sie verzieht das Gesicht. »Das klingt wie ein Sexchatroboter.«

Ich lache. »Also, es ist kein Tattoo.«

»Sondern?«

»Ich zeig's dir.« Ich stoße mich von der Tür ab und gehe auf sie zu. Plötzlich wummert mein Herz kräftig in meiner Brust. Als ich vor ihr stehe, umfasse ich ihr Gesicht, hebe es an und lege meine Lippen auf ihre. Erst wirkt sie wie erstarrt, aber dann gibt sie sich dem Kuss hin und seufzt leise. Bei dem Geräusch stellen sich mir die Nackenhaare auf. Ein wohliger Schauer rieselt mir über die Wirbelsäule. Es vergeht eine himmlischsüße halbe Minute, bis ich mich von ihr löse.

Langsam öffnet sie die Lider.

»Ich habe«, ihr Blick liegt auf meinen Lippen, wandert hinauf zu meinen Augen, »noch nie eine Braut geküsst.«

»Ich bin keine«, entgegne ich, mache einen Schritt zurück. »Alles nur Show. Eine wunderschöne Maske. Wie mein Leben.« Das Lächeln erstirbt auf meinen Lippen. »Mach's gut, Lilibet.«

In diesem Moment werden mir vier Dinge bewusst. Erstens: Ich hatte gerade den schönsten Kuss meines Lebens. Zweitens: Zum ersten Mal, seit mein Herz lernen musste, Edward Blackwell auszusperren, haben sich die Schmetterlinge aus ihrer Finsternis zurück in meinen Bauch gewagt.

Drittens: Lilibet Lisbeth ist nicht Edward Blackwell.

Und viertens: Ich lasse sie stehen, weil ich wie meine Mutter bin.

Ich lasse sie stehen, weil sie nicht Edward Blackwell ist.

Jemand, in den ich sehr verliebt war, aber nicht verliebt sein durfte.

THE FOURTH APOCALYPTIC HORSEMEN

Paola

»Irgendwie seltsam ohne Blair«, murmelt Lisbeth. Sie steht am Fenster und späht nach draußen in den Innenhof. Wir sitzen immer noch in meinem Zimmer, dabei ist es bereits später Nachmittag. Nach einer fast schlaflosen Nacht und einem halben Tag, an dem Emma und ich durchgehend spekuliert haben, wie es jetzt für mich weitergehen und was mit Gabriel passieren wird, haben wir es irgendwann nicht mehr allein ausgehalten und Ignotus und Lisbeth geschrieben, dass sie vorbeikommen sollen. »Da sind so viele Leute, Gott. Sie hätte die Situation sicher aufgelockert.«

»Sie hat Paola hintergangen«, entgegnet Emma. Meine Freundin sitzt im Schneidersitz auf ihrem Bett, in der Kuhle zwischen den Beinen Karl die Krabbe. Ihre Locken sind noch nass von der Dusche, die Spitzen färben den Stoff ihres Hoodies über den Brüsten dunkelgrau. In den Händen hält sie ihr Handy und swiped über Abertausende TikTok-Videos, auf denen Charles und ich zu sehen sind. »Ich meine, wie konnte sie? Warum? Was genau hat es ihr gebracht? I don't get it.«

»Ich werde noch einmal mit ihr reden«, sage ich, lege die halb fertige Paola Blobfisch beiseite und überprüfe mein Handy. Keine neue Nachricht. Die letzte kam kurz vor Sonnenaufgang von Charles, in der er schrieb, ich soll auf jeden Fall im Zimmer bleiben, weil online die Hölle los ist und die Paparazzi sich auf das Hotel stürzen wie ein Schwarm wilder Hornissen. »Ich meine, ich bin *angepisst*, so richtig, aber vielleicht hat sie eine gute Erklärung für all das.«

»Du bist zu gut für diese Welt«, murmelt Ignotus. Auch er klebt über seinem Handy. »Meine Fresse, TikTok dreht völlig durch. NOISE IN THE DARK ist der felsenfesten Überzeugung, Edward hätte April getötet, weil Charles mit ihr geschlafen und das Kind von ihm gewesen sei.«

»Das ist so schrecklich.« Mein Magen rebelliert. Ich lege das Handy beiseite und greife wieder nach den Häkelnadeln, um mich abzulenken. »Dass es wirklich sein Baby war. Jetzt hat er beide verloren. Es muss ihm so ...« Ich stoße die Luft aus, schüttle den Kopf. »Dafür gibt es keine Worte. Und ihn dann noch an den Pranger zu stellen.«

»Noch wissen wir nicht, wer es war«, sagt Lisbeth. »Es wäre möglich.«

»Über dich und Charles geht's richtig ab, Pao.« Emma streckt sich zu meinem Bett rüber und reicht mir ihr Handy. »Guck mal, die machen alle so Videos über euch drei wie über Selena, Justin und Hailey. Aber eigentlich kommst du ganz gut dabei weg, weil Sofia ihn abgesägt hat und nicht umgekehrt.«

»Warum eigentlich?« Ich scrolle wahllos durch ein paar Videos, etliche davon von @didntyouhearthat und @xoxogossipgirl, die natürlich von irgendwem Handyvideos von der Hochzeit gestern geschickt bekommen haben. Eines zeigt, wie Sofia ihn ablehnt, mit dem Schriftzug QUEEN, ein anderes in Zeitlupeneffekt von CapCut, wie Charles seine Lippen auf meine Stirn drückt, mit einem darunter gelegten Sound von Miguels *Sure Thing* in Sped-up-Version.

Even when the sky comes falling
Even when the sun don't shine
I got faith in you and I
So put your pretty little hand in mine.
Even when we down to the wire, babe,
Even when it's do or die,
We could do it, baby, simple and plain
'Cause this love is a sure thing.

Ich gebe Emma das Handy zurück und nehme die Arbeit an den Augen von Paola Blobfisch wieder auf. »Also, warum genau hat sie Nein gesagt? Wegen der Sache mit Edward?«

»Du meinst, weil April in diesem Lobbyvideo meinte, dass sie auf ihn steht?« Ignotus legt sein Handy beiseite und hebt Puffel in die

Luft, als wäre sein Cockerpudel ein Baby, um ihm einen Nasenkuss zu geben. »Ist das nicht längst Geschichte?«

»Glaube ich nicht.« Es ist Lisbeth, die antwortet, aber in der Art, wie sie das sagt, klingt etwas Trauriges mit. Sie lässt die Vorhänge los. Schwer fallen sie zurück vors Fenster. Lisbeth streift durchs Zimmer. Am Sekretär fällt ihr Blick auf die goldene Zimmerkarte, die Charles mir im Prunksaal gegeben hat. »Was ist das?«

»Die Karte für Charles' Suite«, sage ich.

»*Was?*« Ignotus' Kopf wirbelt herum. »Er hat dir *seine Zimmerkarte* gegeben?«

»Er will, dass ich zu ihm gehe, wenn etwas passiert. Der Westflügel ist sicher, meinte er.«

»Die ist auch für den Westflügel?« Neugierig reckt Ignotus den Kopf, um die Karte besser sehen zu können. »Für das Tor und sein Zimmer?«

»Irgendwie schon«, entgegne ich. »Beide Schlösser sind wohl darauf registriert.«

»Süß von ihm.« Lisbeth setzt sich neben Wilfried, den zahnlosen Wichtel mit nur einem Ohr, und stopft ihm ein Lämpchen der Lichterkette in den Mund. Jetzt sieht er aus wie ein Heiliger ohne Zähne, der Sterne kotzt. Sie seufzt. »Um zum Thema zurückzukehren: Ich denke, Sofia hängt Ed immer noch nach.«

»Warum denkst du das?«, frage ich.

»Aus Gründen.«

»Weil die Schweizer Vliesfreunde es ihr geflüstert haben«, sagt Ignotus zwischen einem weiteren Nasenkuss mit seinem Hund, der plötzlich niest und ihm ins Gesicht rotzt. Ignotus zuckt zusammen.

»Du siehst aus wie Rafiki, während er Simba der Savanne präsentiert.«

»Witzig.« Ignotus setzt seinen Hund ab und wischt sich über das Gesicht. Ich weiß nicht, ob ich ihm verraten soll, dass sein Puschel ihm auf das Rüschenkorsett gesabbert hat. »Sag schon, Lis. Was läuft da zwischen dir und Sofia, und warum bin ich eigentlich der Einzige, der kein High-Society-Date hat?« Er zieht eine Schnute. »Gott, wieso will Kokos-Kora mich einfach nicht?«

»Ich habe auch keins«, sagt Emma. »Laxon hat ja beschlossen, mit Isabella durchzubrennen.«

»Isabella will nur Spaß.« Ich überprüfe die Maschen und fluche, als mir auffällt, dass mir die Augen schon wieder missraten. »Edward meinte, sie hätte mit mehreren was.«

»Und warum will Laxon mit mir keinen Spaß?« Seufzend wirft sich Emma auf die Matratze zurück. »Ich meine, was mache ich falsch?«

»Du gehst ihm nicht offensiv an die Wäsche«, sagt Ignotus. »Aber zurück zu dir, Lis: Was läuft da mit Sofia?«

»Nichts läuft da.« Lisbeth klingt härter als sonst. »Wir haben nur ein paarmal geschrieben, mehr nicht.«

»Nicht sehr überzeugend«, sagt Ignotus. »@xoxogossipgirl wäre empört.«

»Und die Vickys wären empört, wenn sie wüssten, dass du ein elektronisches Endgerät benutzt«, lache ich. »*Und* statt in Eiseskälte auf deinen Nachttopf zu verschwinden das beheizte Klo des Hotels nimmst, das dir den Hintern mit Wasser berieselt.«

»Jetzt hat sie es dir gegeben«, nuschelt Emma in ihr Kissen.

Wieder überprüfe ich mein Handy, aber immer noch keine neue Nachricht. Ich halte es in diesem Zimmer keine Sekunde länger aus. Meine Finger schweben über dem Display, und plötzlich überkommt mich ein Drang, dem ich nicht länger standhalten kann. Ich schreibe Edward.

Paola: Können wir reden?

Die Antwort kommt fast sofort.

Edward: Worüber?

Paola: Sage ich dir dann

Edward: Immer so geheimnisvoll, little secret

Paola: Wo bist du?

Edward: auf dem Dach

Paola: Dem Hoteldach?!

Edward: warum so überrascht, geheimnisvolle Schönheit?

Paola: Bleib da. Ich komme hoch.

Edward: Mal gucken.

Edward: Vielleicht fängt mich ein Falke.

Edward: (imagine meine Stimme drei Oktaven höher) Graa, Graa. (Böse Vogelschlitzaugen) Graa, Graa!

Paola: Deine Hayabusa wäre erzürnt. Sie ist der einzig wahre Wanderfalke im Leben des Edward Blackwell.

Edward: Brauchst dich gar nicht bei ihr einzuschleimen. Sie wird nie vergessen, dass du sie als den vierten apokalyptischen Reiter bezeichnet hast.

Paola: Bin gleich da.

Edward: Der Falke! Er kommt!

Paola: Duck dich.

»Muss kurz wohin.« Ich rutsche vom Bett und stecke mein Handy ein. »Bin gleich wieder da.«

»Was?« Emma schleudert das Kissen von sich und springt auf. »Du kannst da nicht raus! Die Presse wird dich fressen, Paola, *fressen*!«

»Ich muss.«

»Denke auch, das wäre unklug«, murmelt Lisbeth. »In dieser Situation.«

»Vielleicht nimmst du Puffel mit?« Ignotus deutet auf seinen Flauschhund, der auf dem Bauch liegt und laut schnarcht. »Er kann beißen, wenn er will.«

»Das bezweifle ich«, sagt Emma.

»Es wird schon nichts passieren.« Zielsicher gehe ich auf die Tür zu, öffne sie und mache einen Schritt vor. Doch statt auf den Flur zu treten, knalle ich gegen eine Wand und taumele zurück. »Was zum …« In dem Moment erkenne ich, wer vor mir steht. »Leon?!«

»Charles hat mich angewiesen, dein Zimmer im Auge zu behalten, solange er weg ist.«

»Er hat was?« Perplex sehe ich den breiten Bodyguard an. »Wie lange stehst du schon da?«

»Seit der Frühschicht.«

»Wann hat die begonnen?«

»Um sechs.«

»Ich werde seit sechs Uhr beschattet?«

»Beschützt«, korrigiert er. »Und eigentlich seit letzter Nacht. Ich habe meinen Kollegen abgelöst.«

»Oh, wow«, höre ich Ignotus sagen. »Schätze, das gibt dir einen Vorgeschmack auf deine Zukunft, Pao. Wie wär's, doch lieber Puffel?« Er hebt die Pfote des schlafenden Hundes und bewegt sie wie in einem Fechtkampf. »Er ist ein edler Ritter.«

»O Gott.« Entnervt schließe ich die Augen, dann schüttle ich den Kopf. »Egal, ich muss aufs Dach. Und ich lasse mich sicher nicht im Zimmer einsperren. Komm mit, wenn du willst, Leon, aber ich gehe jetzt.«

Damit ducke ich mich unter seinem muskulösen Arm hindurch und laufe den Flur entlang. Schwere Schritte verraten mir, dass Leon mir auf dem Fuße folgt. Er begleitet mich in den Aufzug, hoch bis zum letzten Stockwerk und zur Treppe, die aufs Dach führt.

Ich drehe mich zu ihm um. »Da draußen sind keine Paparazzi. Nur Edward. Ich muss mit ihm reden.« Eindringlich sehe ich den Bodyguard an. »Allein.«

Er nickt. »Ich warte.«

»Danke.« Ich drehe mich um, öffne die Tür und …

… erstarre.

Edward steht auf der Brüstung des Dachs, die Schuhspitzen über dem Abgrund, und hat die Arme ausgestreckt.

Wie ein Wanderfalke, kurz vor dem freien Fall.

Wie ein Hayabusa.

Wie der vierte apokalyptische Reiter, der den Tod bringt.

SHOUT IT FROM THE ROOFTOP, BABY

Paola

»Edward.« Meine Stimme weht klar und fest über das Dach, über dem der Schnee tobt. »Tu das nicht.«

Er legt den Kopf in den Nacken. Flocken umwirbeln sein Gesicht. »Was denn, little secret?«

»Du weißt, was.« Vorsichtig gehe ich einige Schritte vor, durch die weiße Decke auf ihn zu. »Komm da runter!«

»Was ich weiß, ist, dass ich hier stehe und das Leben spüre.«

Jetzt habe ich ihn fast erreicht. »Es *stürmt*, Edward! Das ist gefährlich. Komm da runter!«

»Riechst du das?« Er atmet übertrieben laut ein. »Den Duft der Freiheit?«

»Du bist doch verrückt!«

»Ah, ein Déjà-vu. Spürst du es auch?«

»Was?«

»Das hast du schon einmal zu mir gesagt. Ganz am Anfang.«

»Und ich werde es wohl in hundert Jahren noch sagen, Ed. Du. Bist. Verrückt!« Endlich erreiche ich ihn, aber ich wage es nicht, nach seiner Hand zu greifen, aus Angst, er könnte sich losreißen und fallen. »Bitte, Edward. Komm runter. Ich sterbe vor Angst!«

»Wie fragil, dieses Leben, nicht wahr? So zaghaft und kostbar.« Er öffnet die Augen und heftet den Blick auf die atemberaubende Bergkette in der Ferne, hinter der die Sonne untergeht. »Ich bin so mächtig. So einflussreich und bekannt auf dieser Welt, aber ich müsste nur einen Schritt vormachen und …« Er hebt einen Fuß und lässt ihn im Abgrund baumeln. »Zack!« Er schnipst mit den Fingern. Ich zucke zusammen. »Schon wäre es vorbei.«

»Hör auf mit der Scheiße!«

Edward grinst teuflisch. Als wäre da kein bisschen Leben mehr in ihm. Langsam zieht er den Fuß zurück und dreht sich in meine Richtung. »Du wolltest reden? Dann los. Gib mir deine Geheimnisse, little secret.«

»Erst, wenn du da runterkommst.«

»Mhm, bedaure. Bedingungen sind nichts, das in meiner Welt einen adäquaten Platz gefunden hat.« Mit gestreckten Armen beginnt er, die Balustrade entlang zu balancieren. »Vorschlag: Wir spielen ein Spiel.« *Nicht schon wieder.* »Du redest, ich höre zu. Und wenn ich am Ende immer noch hier oben stehe, ohne zu fallen, bekommst du eine Antwort.«

Oh, Edward. »Okay.« Innerlich verfluche ich ihn, weiß aber, dass ich ihn um nichts auf der Welt jetzt umstimmen könnte. Also muss ich reden. *Schnell* reden. »Zwischen uns hat sich etwas entwickelt. Zumindest auf meiner Seite. Das solltest du gemerkt haben.« Ich mache eine Pause, falls er etwas dazu sagen will. Aber er schweigt, wie angekündigt. Die Flocken wirbeln durch die Luft, Wind zerrt an unseren Leibern, und ich muss beinahe brüllen, damit er mich versteht. »Und obwohl du die ganze Zeit über sagst, du hättest mich nur benutzt, obwohl du zugegeben hast, dass ich dem Zweck diene, dich an sie zu erinnern, sie nicht zu verlieren, glaube ich, dass da zwischen uns eine Bindung ist, die auch du gespürt hast.«

Er schweigt noch immer. Die Balustrade ist erschreckend schmal. Edward setzt einen schwarzen Timberland vor den anderen, wobei die äußere Sohle über dem Abgrund ragt. Mein Herz wummert in meiner Brust. *Schneller*, Paola. *Schneller!*

»Ich bin hier, um dir zu sagen, dass ich dich verstehe. Auf einer kranken, tiefen Ebene verstehe ich es, dass du mich ... auf diese Weise gebraucht hast. Was nicht heißt, dass ich es gut finde. Im Gegenteil. Du bist ein Arschloch, Edward, aber ich denke, das weißt du. Der einzige Grund, weshalb ich hier bin und dir sage, was ich gerade sage, ist ...« Tief atme ich durch. »Ich sehe dich. Ich sehe die Mauer, aber auch die Risse und Löcher, und dahinter dich, den wahren Edward, der leidet, so sehr leidet, dass es schmerzt, wenn ich dich ansehe. Du musst dazu nichts sagen. Ich wollte nur, dass du es weißt. Und ich wollte, dass du ... dass ich ...« Ich beiße mir auf die Unterlippe, ringe nach den richtigen Worten. »Also, ich bin da, okay? Einfach für den Fall, dass es Momente geben wird, in denen du dich daran erinnern willst. Und ich … also, ich will diejenige sein, die es dir sagt, deshalb, ähm …« Ich räuspere mich. »Es ist Charles. Endgültig. Es … Ich habe mich für ihn entschieden.«

Er macht einen großen Schritt und …

… rutscht ab.

»Edward!«

YOU'RE NOT A GOOD SECRETKEEPER, LITTLE SECRET

Paola

Ich strecke eine Hand nach ihm aus, bekomme ihn aber nicht zu fassen. Mein Herz bleibt stehen. Sein Bein schürft über den Abgrund, ich sehe seinen Körper wanken und plötzlich stürzt er. Ich schreie. »Edward!«

Ich stürme vor, will mit beiden Händen über die Balustrade greifen, obwohl ich längst weiß, dass es sinnlos ist.

Doch dann entdecke ich seinen Körper, der flach an der Fassade des Hotels klebt. Mit den Fingern hält er sich an der Balustrade fest. Er blickt zu mir auf, ein grimmiges Grinsen auf dem Gesicht. »Nicht nur du bist immer für eine Überraschung gut, geheimnisvolle Schönheit.« Dann zieht er sein gesamtes Körpergewicht nur mit den Händen hoch, schwingt sich über die Balustrade.

Mit geweiteten Augen und einem Herzen, das mir bis in den Hals schlägt, presse ich die Hände auf die Brust. »Willst du mich umbringen?!«

»Dich oder mich?«, entgegnet er, stemmt sich hoch und steht schon wieder auf der Balustrade. »Eigentlich keinen von uns, wenn es sich vermeiden lässt.« Er sieht mir tief in die Augen, beobachtet mich, während ich nach Luft ringe, und dann …

Er steigt von der Balustrade. Erleichterung überflutet mich.

»Nun, ich muss dich enttäuschen, little secret. Aber du warst keine solide Geheimniskrämerin.«

»Wie bitte?«

»Von dem Moment an, als du Charles zum ersten Mal begegnet bist, wusste ich, dass er es ist.«

»Was?« Ich schlinge die Arme um den Körper und fröstele. »Woher?«

»Die Art, wie du ihn angesehen hast. Wie du dich in seiner Nähe verhalten hast.« Er zuckt die Achseln. »Intuition. Aber es stört mich nicht. Hat es nie.« Er sieht in die Ferne. »Ich denke nicht, dass April mich jemals verlassen wird. Sie flucht in meinem Herzen. Ein wahnwitziger kleiner Teufel, der mich zerstückeln will, bis nichts von mir mehr übrig ist.«

»Edward.« Mitfühlend strecke ich die Hand aus, greife nach seiner. Er lässt es geschehen. »Damals, auf dem Berg ... Du hast gesagt, du wärst schuld an ihrem Tod.« Kurze Pause. Aber er entgegnet nichts, also füge ich hinzu: »Warum?«

Lange Zeit kommt keine Antwort. Der Schnee lässt seine eisigen Augen hell leuchten, während er in die Berge sieht. Schließlich ...

»Weil ich gegangen bin.«

»Was?«

»Ich habe sie allein gelassen. Dort, während eines Schneesturms, auf dem Piz Nair.« Er schluckt hart. »Sie hat Schluss gemacht, und ich war so wütend auf alle, auf sie und Charles, auf dieses verdammte Leben, dass ich ...« Langsam schüttelt er den Kopf. »Ich konnte nicht dort bleiben. Ich hatte Angst vor mir selbst. Angst, dass ich ihr etwas antue.«

»Aber du hast es nicht getan«, stelle ich fest. »Du hast sie nur allein gelassen?«

Er nickt. »Kurz danach muss ihr etwas zugestoßen sein. Und ich ... Hätte ich sie nicht dort gelassen, würde sie heute noch leben. Sie würde ...« Seine Stimme bricht. »Stattdessen dachte ich, sie wäre abgehauen, um mir eins reinzuwürgen, und habe diese beschissene Show ins Leben gerufen, um mich zu rächen, wenn sie wiederkommt.«

Ich weiß nicht, welche Show er meint, aber egal.

»Edward. Hör mir zu.« Sanft drücke ich seine Finger. »Dich trifft keine Schuld, okay?«

»Doch.«

»Nein. Es war ihre Entscheidung, dorthin zu gehen. Sie hätte auch von einem Auto überfahren werden oder vom Pferd fallen können. Was auch immer in den Bergen geschehen ist, lag nicht in deiner Hand.«

Seine Augen färben sich rot. Ein verräterischer Glanz legt sich über sie und ein Meer von Tränen sammelt sich unter den Lidern. »Die Schuld verfolgt mich. Sie frisst mich auf.« Schwer atmet er aus. Eine eisige Kältewolke bildet sich vor seinem Gesicht. »Ich werde nie wieder leben können, ohne daran zu denken.«

»Wirst du«, sage ich, nähere mich ihm und löse meine Hand aus seiner, um meine Arme um seinen Körper zu legen. Vorsichtig, langsam. »Eines Tages, Edward, und das verspreche ich dir …« Ich drücke ihn fest. »Eines Tages wird die Erinnerung bloß noch Melancholie sein, die sich wie die Klänge deiner schönsten Stücke in dir verbirgt, der Gedanke an sie eine entfernte Melodie, die du manchmal spielst, wenn dir danach ist.«

Er legt sein Kinn auf meinen Scheitel ab und atmet heftig aus.

»Und vielleicht …« Ich kichere leise. »Vielleicht lasse ich mich zu einer Motorradfahrt überreden, wenn du jemanden brauchst, um die Welt für einen kleinen Moment hinter dir zu lassen. Aber nur, wenn du dieses Mal einen Helm aufsetzt.«

Er lacht. Die Vibration in seiner Brust geht durch meinen ganzen Körper. »Ich habe nur einen, und der gehört dir.«

Ich lächle an seiner Brust. »Der Beschützerinstinkt scheint den Blackwells angeboren zu sein, was?«

Bevor er antworten kann, vibriert mein Handy. Ich löse mich von Edward und zücke es aus der Tasche. Eine Nachricht von Charles.

> **Charles:** Ich fliege nach San Luca und hole deinen Bruder. Leon bringt dich zu meiner Suite. Wir treffen uns gleich dort. Nimm mit, was du zum Schlafen brauchst, und sag Emma Bescheid. Sie soll bei dir bleiben.

Edward hebt eine Braue. »Jetzt wird's ernst, was?«

»O Gott.« Meine Hand zittert. Fahrig streiche ich mir über das Gesicht. »Er will Gabe holen.«

»Dann entscheidet sich in dieser Nacht alles.« Ernst sieht Edward mich an. »Entweder wirst du morgen früh deinen Bruder zurückhaben oder …«

»Beide verlieren.« Entsetzen packt mich. »Edward«, flüstere ich. »Ich habe Angst.«

»Keine Sorge, little secret. Charles ist dafür geboren worden, Menschen zu retten. Außerdem kann nichts passieren.«

»Warum?«

»Weil«, er legt mir eine Hand auf den Rücken und führt mich zurück über das Dach, »ich soeben beschlossen habe, meinen Bruder zu begleiten.«

I AM ALL YOUR SINS YOU NEVER DARE TO DO

Paola

Ich sitze im Schneidersitz auf Charles' Sofa und fühle mich winzig klein in diesem riesigen Raum. In meinem Rucksack neben mir sind meine Sachen, und ich häkle in Weltmeistergeschwindigkeit meinen Blobfisch, weil ich fürchte, sonst durchzudrehen.

»Chill mal, Paola.« Emma sitzt in dem Hängesessel auf dem Balkon, eine Wolldecke um ihren Körper geschlungen, und dreht sich um sich selbst. Als sie wieder in meine Richtung blickt, fügt sie hinzu: »Er kommt schon gleich, um sich zu verabschieden.«

»Was, wenn er einfach losgeflogen ist, weil er es mir nicht zu schwer machen wollte?«

»Wenn er sagt, er kommt, dann kommt er.«

»Aber …«

»Wenn ich mir jetzt noch einmal anhören muss, dass er laut irgendwelchen deiner seltsamen Matherechnungen längst hier sein müsste, trenne ich deinem Wal den Kopf ab.«

»Es ist ein Blobfisch. Und du hast eine ungesunde Beziehung zu meinen Kuscheltieren.«

»Wohl eher Horrortiere«, murmelt Emma. »Oder willst du Friedhof der Kuscheltiere nachspielen?«

»Blobs Augen sind wesentlich ästhetischer als Norberts!«

»Ich weiß nicht, ob ich das Wort ästhetisch mit diesem Wannabe-Karpador in Verbindung bringen will.«

»Du hast keine Fantasie.« Ich hebe Paola in die Luft und tue, als würde sie mit Emma sprechen. »Ich bin hässlich, und ich bin stolz!«

»Echt jetzt?« Emma hebt eine Braue. »Spongebob?«

»Ich bin hässlich, und ich bin stolz! Ich bin hässlich, und ich bin stolz! ICH BIN HÄSSLICH, UND ICH BIN …«

»Interessante Denkweise.« Charles. Es ist Charles' Stimme. Hinter mir. »Vielleicht sollte ich meinem Bekannten schreiben, dass meine Freundin bereit wäre, ein Buch zu schreiben.« Die Tür fällt hinter ihm ins Schloss. Er ist bereits in einen Mantel gehüllt, eine große Louis-Vuitton-Reisetasche bei sich. Er sieht erschöpft aus. »Urban Affirmations for young adults. Über die erfolgsversprechende Einprägung von Jugendsprache.«

»Da ist er ja«, murmelt Emma. »Der verlorene Sohn.«

Erleichtert springe ich auf und laufe zu ihm. Er hat mich schneller an sich gezogen, als ich die Arme um ihn legen kann.

»Eigentlich will ich dich bestrafen«, murmelt er an meinem Ohr. »Dafür, dass du nicht auf mich gehört und dein Zimmer verlassen hast.«

»Ist ja nichts passiert, oder?« Ich hebe den Kopf, um ihn anzusehen. Ich grinse. »Du hast mich gerade deine Freundin genannt.«

»Oh, Verzeihung. Mir war, ich würde meine Freundin treffen. Da es sich offensichtlich um eine Verwechslung handelt, werde ich Paola Cortessa darüber in Kenntnis setzen, dass sie eine Doppelgängerin besitzt. Ich bin mir sicher, in manchen Situationen könnte es sich als ein großer Vorteil erweisen, eine ...«

Sein Satz geht unter, weil ich ihm meine Hand auf den Mund lege und ihn zum Schweigen bringe. »Charles?«

Er hebt eine Braue.

Ich grinse. »Halt die Klappe.«

Er nimmt meine Hand herunter. »Wenn meine *Freundin* das sagt, werde ich natürlich nicht zögern, meiner *Freundin* den Gefallen zu tun, denn meine *Freundin* ...«

Ich lache. »Charles!«

»Und jetzt tut es mir wirklich leid für dich, Emma, aber«, er löst sich von mir, geht zur Terrasse und legt eine Hand an die Tür, »ich werde dich aussperren müssen.«

»Höre ich richtig?« In gespieltem Schock reißt sie den Mund auf. »Du, *Charles Blackwell*, willst keine Zuschauer, wenn du über Paola herfällst?«

Er quittiert ihren Satz mit einem hämischen Lächeln. »Schließ die Augen, vielleicht holt dich das Nimmerland.«

Sie seufzt. »I wish. Hab neulich ein Stück im Impro Noodles gesehen, da war Peter Pan ultra hot.«

Charles hebt eine Braue. »Der Peter Pan war Laxon.«

»Ach, echt?« Emma tut, als würde sie ihre Fingernägel betrachten. »Ist mir gar nicht aufgefallen.«

Lachend schließt er das Panoramafenster, sperrt Emma aus und kommt zurück zu mir. Er setzt sich auf den Hocker seines Flügels und greift nach meinen Fingerspitzen. »Komm her, Signorina.«

Ich lasse mich von ihm auf seinen Schoß ziehen. Er schiebt die Finger in meine Strähnen und küsst mich. Sofort zieht ein Kribbeln durch meine Mitte. Ich seufze in seinem Mund und fange an, mich auf ihm zu bewegen.

Er lacht an meinen Lippen. »Das werde ich jetzt sicher nicht mit dir tun.«

Ich ziehe einen Schmollmund. »Warum nicht?«

»Weil Emma da ist.«

Frech verziehe ich den Mund. »Ich dachte, du magst es, wenn jemand …«

Bevor ich den Satz beenden kann, legt er einen Finger auf meine Lippen. Er grinst. »Du böses Mädchen.«

Anzüglich lüpfe ich die Brauen, aber dann bette ich meinen Kopf an seine Brust und seufze. »Ich habe Angst um dich.«

»Brauchst du nicht.«

»Was, wenn die Mafia …«

»Mein Vater hat angeordnet, dass seine Leute das Dorf sofort verlassen sollen. Es wird alles gut, Paola.«

»Und wenn Edward …«

»Er wird die Füße stillhalten. Glaub mir, sogar er merkt, wenn etwas ernst wird.«

Als er *ernst* sagt, verkrampfe ich mich.

»Hey«, murmelt er an meinem Kopf. Beruhigend streicht er über meinen Rücken. »Mach dir keine Sorgen. Bald bin ich wieder da, okay?«

»Okay.« Eine Weile sitzen wir so da, bis mir etwas einfällt. »Weißt du noch, als ich dich gefragt habe, was unser Sinn sein könnte?«

Er überlegt. »Beim Königinnentanz?«

Ich nicke. »Du meintest, es gäbe keinen.«

»Und du meintest, du würdest meinem Charme niemals erliegen.« Er gibt mir einen sanften Kuss auf den Scheitel. »Zwei Lügen. Wir sind quitt.«

Meine Lippen verziehen sich zu einem Lächeln. Ich schließe die Augen, genieße die Berührung seiner Hand an meinem Rücken und den Duft seines Parfüms. Hermès, wie ich in seinem Badezimmer gesehen habe. »Weißt du, was mich an eurer Hochzeit am meisten gestört hat?«

»Hm?«

»Der Redner.«

Er lacht. »Oscar Wilde, ich weiß.«

»Es hat mich so wütend gemacht.« Ich richte mich auf und sehe ihm in die Augen. »Weil das *unser* Ding ist.«

»Ich war auch angepisst.«

»Wirklich?«

»Natürlich. Aber es hat sich auch gelohnt.«

»Gelohnt?«

»Für diesen Moment gerade.« Mit den Daumen streicht er über meine Lippen. »Wie niedlich du schmollst. Ich liebe das.«

Ich liebe das. O Gott. Mein ganzer Körper kribbelt.

»Machst du dir Sorgen?«, frage ich. »Weil euch alle als das mörderische Trio bezeichnen?«

Seine Finger verharren an meinem Gesicht. »Nicht wirklich.«

»Aber wieso nicht?« Stirnrunzelnd betrachte ich ihn. »Was, wenn sie dich verhaften? Wegen … wegen deiner Spuren in ihr.«

»Hätten sie längst, wenn sie es könnten.«

»Aber …«

»Es wird alles gut, Paola.« Er lächelt leicht. »Die Wahrheit wird irgendwann herauskommen.«

»Glaubst du, sie hat sich selbst, na ja …«

»Selbstmord?« Ich nicke. Einen Moment überlegt er. Dann … »Nein. Es könnte sein, aber dann hätte ich April *wirklich* falsch eingeschätzt.«

»Hmm.«

»Und jetzt, meine Schöne«, er erhebt sich, ohne mich von seinem Schoß zu schieben, hält mich am Po fest und haucht mir einen letzten Kuss auf die Lippen, »muss ich los.«

»Versprich mir, dass du wiederkommst.«

»Ich komme wieder.«

»Versprich es mir«, beharre ich, aber er lächelt nur traurig.

»Kann ich nicht. Das Leben ist nicht berechenbar, und ich wage es nicht, dich anzulügen.«

Ich seufze schwer. Er lässt mich herunter, legt eine Hand an meine Wange. Ich bette mich hinein, sehe ihn aus großen Augen heraus an.

Sein Blick wandert an mir hinab. Dann zuckt sein Mundwinkel. »Ich liebe diesen Pullover.«

Verwirrt folge ich seinem Blick. Ich trage meinen ausgebeulten LOS-ANGELES-Hoodie. »Das ist doch voll der Kartoffelsack.«

»Dann liebe ich dich im Kartoffelsack.«

Meine Wangen werden heiß. Aber bevor ich seinen Satz analysieren und zerdenken, ja, bevor ich überhaupt etwas sagen kann, beugt er sich zu mir herunter. »Hier ist dein *ganz persönlicher* Oscar-Wilde-Satz, Cortessa.« Seine Lippen streifen mein Ohr. Eine Gänsehaut rennt über meinen Körper. »Du wirst mich immer lieben. Ich verkörpere all deine Sünden, die du begehen wolltest und den Mut dazu nicht hattest.«

Ein letzter Kuss auf meine Stirn, dann dreht er mir den Rücken zu, nimmt seine Reisetasche vom Esstisch und geht.

Paola

Die nächste Minute nehme ich mir, um einfach dazustehen, zwei Finger auf meinen Lippen, und die Tür anzustarren. Erst dann gehe ich auf wackligen Beinen zum Balkon und öffne das Fenster. Emma sitzt noch immer im Hängesessel und betrachtet das Panorama der Schweizer Alpen im hellen Mondlicht. Als sie mich bemerkt, wendet sie sich mir zu. »Ist er los?«

Ich schlinge die Arme um meinen Körper und nicke. Seufzend hüpft sie aus ihrem Sessel und nimmt mich in den Arm. »Komm«, sagt sie dann. »Es ist kalt. Gehen wir rein.«

Scheinbar hat Emma Essen bestellt, denn gerade als wir zurück in die Suite gehen, klopft es an der Tür. Sie flitzt hin und balanciert anschließend eine Familienpizza zum Sofa. »Vier Käse, Baby. Guck mal nach, ob du in seinem Kühlschrank etwas anderes als Alkohol findest.«

»Er ist nicht Edward«, sage ich, öffne die Kühlschranktür und stelle erstaunt fest, dass das Ding vollgestopft ist mit gesundem Zeug. Obst, Tofu, geschnittenes Gemüse. Aber auch eine ungesunde Anzahl an Kinder Maxi Kings. »Soso, Charles«, murmle ich. »Erwischt.«

»Was?«, ruft Emma.

»Nichts.« Ich ziehe einen gefüllten Krug Wasser mit Zitronen- und Gurkenscheiben aus dem Kühlschrank, schließe die Tür mit der Schulter und gehe zurück zu ihr. Die Gläser nehme ich aus seiner Vitrine. »Ich glaube, das ist Kristall. Nicht kaputt machen!«

»Sagt die Richtige.«

»Du stößt immer alles um. Fast jede Nacht dein Wasserglas!«

Emma zuckt die Achseln. »Ich habe einen sehr angeregten Schlaf. Jetzt komm, ich war den ganzen Tag mit dir im Zimmer evakuiert und sterbe vor Hunger!«

Ich schenke uns Wasser ein und kuschle mich dann in das Wolldecken-Kissen-Paradies, das Emma auf dem Sofa gezaubert hat. Wir sitzen nebeneinander, die Pizzaschachtel geöffnet auf unseren Oberschenkeln. Emma schaltet den Fernseher ein und öffnet Spiderflix. »Gucken wir Trash TV, um uns abzulenken?«

»Mir egal.«

Sie zappt durch das Angebot, doch plötzlich hält sie inne. »O mein Gott, ist das wieder aktuell?!«

Ich nehme ein Stück Pizza aus der Schachtel und blicke auf. »Tatsächlich.« Stirnrunzelnd betrachte ich das Werbebild, auf dem zehn Frauen in Prinzessinnenkleidern und Fragezeichenkopf vor einer Harley stehen. »Ist das diese Datingshow, von der Blair gesprochen hat?«

»Sie wird angekündigt. Für nächsten Monat.« Emma fällt alles aus dem Gesicht. »Das ist neu. Ohne Witz, das war da gestern noch nicht!«

»Meinst du, die findet jetzt doch noch statt?«

»Scheint so. Glaubst du, Blair wird genommen?«

»Keine Ahnung. Da bewerben sich doch Tausende.« Ich beiße in meine Pizza und betrachte das Bild noch einen Augenblick länger, während ich mich frage, wer wohl der ominöse Prinz sein wird.

Emma zappt weiter und schaltet irgendeine Serie über Menschen ein, die über Kabinen ihren potenziellen Ehemann kennenlernen wollen. »Willst du meinen Rand essen? Ich mag den nie.«

»Nein, danke.«

»Dir entgeht etwas.«

»Klar, dein Sabber.«

Sie lacht. Einen Moment essen wir schweigend, bis Emma plötzlich die Hälfte ihrer Pizza beiseitelegt, sich zu mir dreht und sagt: »Es gibt da etwas, das ich dir sagen muss.«

»Ich weiß, dass Karl die Krabbe in deinen Besitz übergegangen ist. Und nein, es ist kein Problem für mich. Du kannst ihn behalten, aber lass die Finger von Norbert Nacktmull, sonst …«

»Ich weiß seit über einem Jahr, dass April tot ist.«

»*Was?*«

»Du hattest recht damit, dass Charles und mich etwas verbindet.

Deshalb war unser Verhältnis so angespannt. Und deshalb wollte er anfangs, dass du verschwindest. Weil ich zu sehr in deiner Nähe war, und er Schiss hatte, ich würde reden.«

Perplex starre ich sie an. »Inwiefern reden?«

Sie atmet tief durch. »Er hat etwas gegen mich in der Hand und ich gegen ihn. Deshalb …«

»Emma, inwiefern reden?« Meine Stimme ist lauter geworden. Ich werfe meinen Rest Pizza in den Karton und drehe mich zu ihr. »Was genau verbindet euch?«

Sie presst die Lippen aufeinander, während sie mich mustert.

»Emma«, dränge ich.

»Ich habe ihn und April erwischt, als sie … du weißt schon.«

»Oh.«

»Ja.« Sie schiebt sich die Locken hinter die Ohren und knetet anschließend die Hände im Schoß. »Ich habe alles gesehen, und dann habe ich es gefilmt.«

»Du hast *was?*«

»Nicht wegen Charles. Wegen April. Du erinnerst dich, das Video, das sie von mir gemacht hat. In Dankenhaal, als ich nackt an der Stange getanzt habe. Das war wegen ihr. Ich schwöre dir, Paola, dieses Miststück hat mir etwas ins Glas getan. Das haben mehrere Personen gesehen, aber natürlich hat keiner etwas gesagt, weil sie April Sanders war. Niemand hätte es gewagt, den verdammten Mund aufzumachen.« Sie verdreht die Augen, fängt an, nervös mit den Knien zu wippen. »Jedenfalls wollte ich ein Druckmittel gegen sie haben, damit sie dafür sorgt, dass das Video gelöscht wird. Dann ist sie plötzlich abgehauen. Charles hat mich gesehen, ich habe Schiss bekommen und bin auch weg.«

»Und das war, was du gegen ihn in der Hand hattest?«

»Richtig.«

»Und …« Ich wage es kaum, die Frage zu stellen. »Und er gegen dich?«

Bitte lass sie April nicht ermordet haben. Bitte lass die Sache mit der Chatnachricht nur ein dummer Zufall sein. Bitte, Gott, bitte …

»Ich war in den Bergen. Am frühen Morgen. Das ist so eine dumme Tradition des ersten Weihnachtstages, die ich mit meiner Familie immer gemacht habe. Und ich wusste nicht, dass Charles regelmäßig wandert, sonst wäre ich vielleicht nicht … sonst …«

»Sonst was?«

Sie atmet tief durch. »O Gott, es ist so schlimm, Paola. So furchtbar. Ich kann es nicht aussprechen.«

»Sag es mir. Bitte.«

Sie holt zittrig Luft, sieht durch gesenkte Lider zu mir auf. »Versprichst du, mich danach nicht zu hassen?«

»Ich … Charles meinte, man soll nichts versprechen, wenn es hinterher zu einer Lüge werden könnte, und … Mann.« Das Herz pumpt mir bis zum Hals. »Emma, hast du sie getötet?«

»Was?« Alles Blut weicht aus ihrem Gesicht. »Nein!«

»Dem Himmel sei Dank.« Erleichtert sacken meine Schultern hinab. »Scheiße, du hast mir eine verdammte Panik eingejagt!«

»Ich habe sie in den Wassertank geschmissen.«

Mein Herz bleibt stehen. Eine Sekunde. Zwei. »Du hast … *was?*«

»Ich habe sie in den Wassertank geschmissen«, wiederholt sie. »Zusammen mit Charles und Sofia.«

Meine Augen weiten sich. »Was zur *Hölle …?*«

»Sie war schon tot«, sagt Emma schnell. »Wie gesagt, ich war in den Bergen unterwegs, da bin ich … da habe ich sie gefunden. Und ich war so außer mir vor Schock, ich bin einfach zu ihr und habe mich auf sie gestürzt, versucht, sie wiederzubeleben, obwohl sie längst eiskalt war. Sie war bestimmt schon die ganze Nacht tot, aber …« Kehlig holt sie Luft. In ihren Augen sammeln sich Tränen. Sie presst sich die Faust an den Mund, um die Schluchzer zu unterdrücken. »Ich war so … dumm, weil ich sie … ich habe sie berührt, habe versucht, sie wiederzubeleben, da waren meine Spuren an ihr, überall, und ich habe … ich habe so eine Panik bekommen, und auf einmal war da … war da …«

»Charles«, flüstere ich.

Und sie nickt. »Er wusste, dass ich es nicht war.« Mit dem Handrücken wischt sie sich über die Augen. »Er war mit Sofia wandern und sie haben mich gesehen, von Weitem. Wie ich sie gefunden habe. Aber er wusste auch, dass es übel für mich aussah. Richtig übel. Und er … also, er wollte mir einfach helfen, glaube ich. Wir waren alle wie paralysiert, und plötzlich waren da Stimmen ganz in der Nähe, und ich bin völlig panisch geworden, unzurechnungsfähig, hatte einen kompletten Nervenzusammenbruch, und Charles, er …«

»Er hat die Kontrolle übernommen.«

Sie nickt. »Er wollte nicht, dass ich für etwas ins Gefängnis komme, das ich nicht getan habe. Aber er wusste auch, dass es sehr schlecht für mich aussah, vor allem mit meinem Motiv wegen dieses Videos von mir.«

»Also waren da die Leute«, nehme ich den Faden wieder auf. »Hat er April zum Wassertank getragen?«

»J…ja.« Ihr ganzer Körper schüttelt sich vor Schluchzern. »Aber da meinte Sofia dann, sie kann das nicht. Sie hat gekotzt und ist weggerannt. Dabei ist sie getaumelt, gestolpert und den Berg runtergerutscht. Charles ist ... na ja, du kennst Charles. Er ist ihr sofort hinterher. Hat April einfach abgelegt, mich angesehen, voller Verzweiflung in den Augen, und ist abgehauen.«

»Charles ist *abgehauen?*«

Sie nickt. »Und dann wusste ich, dass … also, ich hatte so eine heftige Panik, ich stand völlig neben mir, und da habe ich sie einfach, also, ich habe ihre Leiche da …« Sie hickst. Tränen verschmieren ihren Mascara. »… da reingeworfen.«

Voller Entsetzen sehe ich meine Freundin an. Ich weiß nicht, was ich denken soll. Was ich *sagen* soll. Alles in mir ist wirr. Ein völliges Chaos. Irgendwann beschließe ich, das Wesentliche zu greifen, um mich auf den Boden zurückzuholen. »Aber du hast sie nicht getötet. Charles und Sofia auch nicht.«

Sie schüttelt den Kopf. Die Haut um Mund und Augen ist rot und fleckig. »Nein. Aber ihre Totenruhe gestört.«

Abwesend nicke ich. Fahre mir durchs Haar. »Scheiße, Emma. Gott. Ich meine …«

»Ich weiß.«

»Keine Ahnung, ob ich erleichtert oder entsetzt sein soll.«

»Ich bin froh, dass sie gefunden wurde.« Sie schnieft. »Weil ich zu feige war, mich einer Anklage auszusetzen, mussten ihre Eltern leiden.« Aus einem glänzenden Tränenmeer heraus sieht sie mich an. »Hasst du uns jetzt?«

»Nein.« Langsam schüttle ich den Kopf. »Ich denke, Menschen machen Fehler. Ganz besonders in Extremsituationen. Und April scheint zu Lebzeiten alles andere als freundlich oder moralisch gewesen zu sein. Trotzdem …« Ich muss schlucken, so krass ist das. »Das ist heftig, Emma. Richtig heftig.«

»Ich weiß. Und ich bereue es. So sehr.«

Sie bricht förmlich in sich zusammen, weshalb ich meine Arme ausstrecke und sie an mich ziehe. »Schsch«, mache ich, streiche ihr über das Haar. »Es ist vorbei. Jetzt findet sie ihren Frieden, okay? Alles wird gut.«

Emma nickt, krallt sich mit den Fingern an meinem Pullover fest. »Denkst du, ihr Mörder wird noch gefunden?«

»Ich weiß es nicht.«

»Glaubst du, es war jemand aus diesem Hotel?«

»Ich glaube, es war einfach ein Unfall.« Sie rollt sich auf den Rücken, schiebt den Pizzakarton auf den Boden und starrt an die Decke. »Dass sie sich verirrt hat, es dunkel wurde und sie erfroren ist.«

»Aber sie ist gestürzt«, sage ich. »In dem Obduktionsbericht stand, sie starb, weil sie gestürzt ist.«

»Vielleicht kam die Wunde von dem leeren Wassertank.«

»Ja, kann sein.« Wir verfallen in eine nachdenkliche Stille. Irgendwann schiebe ich die Wolldecke beiseite, schalte den Fernseher aus und ziehe Emma mit mir auf die Beine. »Komm, gehen wir ins Bett. Ich brauche Schlaf, um all das zu verdauen.«

Daran, dass sie nicht einmal Einwände hat, die Nacht in Charles' Bett zu verbringen, erkenne ich, wie fertig sie wirklich ist.

Wir kuscheln uns aneinander, zwischen uns der halb fertige Blobfisch.

»Paola?«

»Ja?«

»Danke.«

»Wofür?«

»Für alles. Ich hatte noch nie so eine Freundin wie dich.« Der Mond scheint durch die Vorhänge. Im Halbdunkel lächelt Emma mich an. »Auch, wenn du den Friedhof der Kuscheltiere nachstellen willst.«

Lächelnd rolle ich mich auf den Bauch, drücke meine Nase in das Kissen und atme Charles' Duft so tief ein, dass ich fürchte, meine Lunge könnte bersten. Meine Gedanken verschwimmen, Emmas

Atemzüge werden schwerer, und ich schlafe ein.

Es fühlt sich jedoch nur wie zwei Minuten an, als ich plötzlich von einem Geräusch geweckt werde. Schlagartig reiße ich die Augen auf. *Es ist das Klicken des Türschlosses*, stelle ich entsetzt fest. So schnell kann Charles nicht zurück sein. Im Leben nicht.

Mit angehaltenem Atem rüttle ich Emma an der Schulter. Erschrocken öffnet sie die Augen, sieht mich an.

»Was?«, murmelt sie.

»Da war ein Geräusch«, flüstere ich. »Das Türschloss.«

»Wa …?«

Die Tür fällt ins Schloss. Leises Fluchen. Jetzt ist es sicher: Jemand ist hier.

Emmas Augen werden groß wie Unterteller. Das Herz wummert hinter meiner Brust.

»Charles?«, flüstert Emma, aber ich schüttle den Kopf. Sein digitaler Wecker zeigt kurz nach zwei in der Nacht an. Niemals kann er innerhalb von vier Stunden zurück sein. Ich kralle die Finger in die Bettdecke und warte mit angehaltenem Atem. Plötzlich dringt Gepolter zu uns herüber, gefolgt von einem erneuten Fluch. Die Person hat irgendetwas umgestoßen.

»Scheiße«, zische ich. »Wir müssen nachsehen!«

»Bist du *irre*?«, gibt Emma im Flüsterton zurück. »Was, wenn der eine Knarre hat?!«

»Komm schon!«

Leise schlüpfe ich aus dem Bett. Emma folgt mir widerwillig. Verängstigt schleicht sie hinter mir her, und auch mein Körper zittert. Vorsichtig drücke ich die Tür zum Wohnzimmer auf, damit ich durch den kleinen Spalt etwas erkenne. Es ist dunkel, aber auch hier scheint der Vollmond hell ins Wohnzimmer, bettet das Interior in einen silbergrauen Schein, und dort, neben dem Esstisch, steht …

Ich ziehe scharf die Luft ein, als ich die Person erkenne. »O mein Gott!«, zische ich.

Neben mir erstarrt Emma. »*Was zum …?*«

LOST RUINS OF CUMBERTON

Paola

Es ist Ignotus. Mit der goldenen Karte zu Charles' Suite, die ich in meinem Zimmer vergessen habe, weil Leon mich hergebracht hat. Meine Augen gewinnen an Größe, je länger ich ihn anstarre. Ausnahmsweise trägt er keine viktorianische Verkleidung, sondern eine schwarze Jogginghose samt Hoodie, dessen Kapuze er sich über den Kopf gezogen hat. Unruhig blickt er über die Schulter, ehe er in Richtung Vitrine schleicht. In der Hand hält er ein Stück gefaltetes Papier.

»Was hat er da?«, flüstert Emma.

»Keine Ahnung«, murmle ich. »Aber ich finde es jetzt heraus.«

»Was? Nein, Pao, warte, du …«

Zu spät. Ich drücke die Tür ganz auf und stürme ins Wohnzimmer.

»Was, *zum Teufel*, tust du hier?«

Schockiert wirbelt Ignotus herum. Als er mich erkennt, schnappt er nach Luft. »Paola!« Sein Blick wandert weiter über meine Schulter. »U…und Emma!«

»Bist du gerade *ernsthaft* in Charles' Suite eingebrochen?« Genauso fassungslos wie ich mustert sie Ignotus. »Dir ist klar, dass wir jetzt eine verdammt gute Antwort erwarten, oder?«

»I…ich …« Nervös sieht er sich um. Aber hier ist niemand, der ihn aus dieser Situation retten könnte. Als ihm das bewusst wird, sacken seine Schultern hinab. »Geldsorgen«, murmelt er.

»Du wolltest klauen?« Er nickt. Ich runzle die Stirn. »Was hast du da in der Hand?«

»Nichts.« Er will das Papier hinter seinem Rücken verschwinden lassen, aber ich mache einen Satz vor und reiße es ihm aus der Hand. »Hey!«, ruft er. Erfolglos versucht er, mich zu packen. Es gelingt mir, ihm auszuweichen und das Dokument auseinanderzufalten, während Emma ihn zurückhält.

Es ist ein Brief, stelle ich fest. Mit dem Computer geschrieben. Aber ganz unten, am Ende der Seite, steht Charles' Unterschrift.

Die gleiche Unterschrift, die ich auch auf dem Dokument des Vertrags gesehen habe. Den sein Hackerfreund ihm besorgt hat.

O Gott …

»Gib das her!«, ruft Ignotus. »Das geht dich nichts an, Paola!«

Emma drückt ihre ganze Körperkraft gegen ihn, damit er nicht zu mir durchkommt. Ignotus ist schmal und Emma gut trainiert. Sie schafft es, ihn zurückzudrängen.

Rasch lese ich die Zeilen. Und mit jeder einzelnen packen die Klauen mein Herz fester, bis es zerfällt und nichts als Schutt und Asche bleibt.

Ich bin Charles Blackwell, und dies ist mein Geständnis. Vor über einem Jahr habe ich April Sanders in den Bergen des Piz Nair ermordet. Die Beweggründe waren vielfältig, aber einer überwiegte: Sie wollte mich und meine gesellschaftliche Stellung durch die Darstellung falscher Tatsachen zerstören.

Ich bereue zutiefst, was ich getan habe. Um mein Gewissen zu befreien, schreibe ich diesen Brief. Der Wahnsinn um April muss ein Ende finden.

Ich bin es, der sie ermordet hat. Niemand sonst war an dieser Tat beteiligt. Ich bekenne mich schuldig.

In ewiger Trauer
Charles Blackwell

»Du hast das gefälscht«, sage ich sofort, noch während ich es Emma zum Lesen in die Hand drücke. Ich weiß es. Ich *weiß* es einfach. Irgendetwas in mir spürt es. »Und dein Vickyfreund hat Charles' Unterschrift dupliziert. Der, der sich auch in Elias' E-Mail-Account gehackt hat. Popl.«

Ignotus schweigt.

»Gib's zu!«

Er zuckt zusammen. Er bewegt sich nicht. Rührt sich keinen Millimeter. Ignotus steht einfach nur da, wie eingefroren, mit offenem Mund und riesigen Augen, und starrt ins Leere.

Dann, plötzlich, sackt er auf die Knie, schlägt die Hände über den Kopf und zerrt an seinen Haaren. »Ja!«, brüllt er. »Ja, verdammt, ich hab's gefälscht!«

ABOUT AN APOCALYPTICAL RIDER WHO TAKES A LOST SOUL

Paola

»Warum, zur Hölle?!«, ruft Emma entsetzt aus.

Er antwortet nicht. Sein ganzer Körper wird geschüttelt vor Schluchzern, noch schlimmer als Emma vorhin.

Und dann kommt mir eine grausame Erkenntnis. Schlagartig fällt es mir wie Schuppen von den Augen. Die Momente, in denen ich das Offensichtliche übersehen habe.

Emma im little dragon, als sie meinte, seit einiger Zeit ziehe Ignotus sich immer öfter wegen Bauchschmerzen zurück.

Beim White Turf, als sie meinte, er hätte Tickets bekommen, aber es ginge ihm nicht gut und er wolle zu Hause bleiben.

Wie er beim Ski-Worldcup über April geredet hat. *»Was auch immer sie gewollt hätte, April lebt nicht mehr.«*

Der Schmerz in seinem Gesicht, als Leo das Gedicht über den gebrochenen Kolibri im Saftladen vorgelesen hat.

»Wie ein Kolibri
gefangen im Käfig
er flattert mit den Flügeln
will ausbrechen
der Welt erzählen
wie es in den Bergen aussieht
in den tiefen Ebenen
zwischen den Schatten
die niemals
jemand erkundet.«

Die Neugier, mit der er die Karte zu Charles' Suite betrachtet hat.

Der Drang, immer das Thema zu wechseln, wenn wir auf April zu sprechen kamen.

»Weil du sie getötet hast«, hauche ich. »*Du* hast April Sanders ermordet.«

Sein lang gezogener Klagelaut ist Antwort genug. In mir gefriert alles zu Eis. Neben mir gibt Emma ein krächzendes Geräusch von sich. Sie presst ihre Hände auf die Lippen, als müsse sie sich jeden Augenblick übergeben.

»Sie hat es verdient!« Ignotus' Hände sacken hinab, klatschen auf den Boden. Er wirft den Kopf in den Nacken, während seine Schultern unkontrolliert beben. »April hat es, verdammt noch mal, nicht anders verdient!«

»Was ist passiert?«, frage ich. Die Übelkeit brennt wie Feuer in meiner Kehle. Ich kriege kaum Luft. Seine Silhouette verschwimmt vor meinen Augen. *Einer meiner besten Freunde war es. Er hat sie ermordet.* »Ignotus, *was* ist vor einem Jahr passiert?«

Er wendet den Kopf in meine Richtung, wischt sich mit den Ärmeln über das nasse Gesicht. »Ich war spazieren, als sie mir über den Weg gelaufen ist. Sie war übel drauf, schlimmer als … als sonst. Ich wollte ihr aus dem Weg gehen, aber sie hat mich f…festgehalten, hat gesagt, dass i…ich hässlich wäre, dass ich n…niemals jemanden finden würde, der mich lieben könnte, und dass sie mir … dass sie mir …«

»Dass sie dir was?«, drängt Emma.

Ignotus presst die Zähne aufeinander. Wut züngelt in seinen Augen. Und dahinter, tief verborgen, ein alles umfassender Schmerz. »Dass sie mir einen Besen in den Arsch schieben könnte, wenn ich zu einsam wäre.«

Entsetzen packt mich, rieselt als ein grausamer Schauder über meine Wirbelsäule. »Und dann?«, flüstere ich.

»Ich wollte einfach nur weg.« Er schnaubt, schüttelt den Kopf. »Aber sie hat nicht aufgehört. Hat mich als Schwuchtel bezeichnet, mir eine Backpfeife gegeben, mir mein Amulett entrissen, das ich mir von meinen Ersparnissen teuer gekauft habe. Sie hat es *einfach den Berg runtergeworfen!*« Er rappelt sich auf, wischt sich mit dem Ärmel über den Mund. »Da wusste ich, was ich tun muss, damit der Wahnsinn ein Ende hat.«

»Was hast du getan?«, flüstert Emma unter Tränen.

Sein Gesicht ist hasserfüllt, als er antwortet. »Ich habe April in den Abgrund getreten.«

»Ach, du–«, keuche ich, bringe den Satz aber nicht zu Ende, weil mir die Stimme bricht. Und der Atem. Alles. Wie erstarrt stehe ich da, alles in mir zu Eis gefroren. Gänsehaut überzieht meinen Körper. »Und jetzt … jetzt wolltest du Charles belasten«, beende ich das Ganze. »Weil er online sowieso am meisten zerrissen wird.«

»Er hat die besten Anwälte.« Ignotus schnaubt. »Die hätten ihn da rausgeboxt. Aber ich? Was habe ich schon?«

Entgeistert starre ich ihn an. »Ich dachte, ich kenne dich. Aber ich glaube, ich habe keine Ahnung, wer du bist.«

»Sie. Hat. Es. Nicht. Anders. Verdient!« Sein ganzer Körper zittert vor Wut. »April war kein Mensch. Sie war ein Monster!«

»Es tut mir leid, was sie dir angetan hat«, krächze ich, meine Sicht von Tränen verschleiert, während ich den Kopf schüttle. »Es tut mir so leid, Ignotus, aber *du hast sie umgebracht*!«

»Du hast nicht nur ihr das Leben gestohlen, sondern auch ihrer Mutter. Edward. Seiner Tochter. Ihren Freunden. Allen Menschen, die sie geliebt haben.«

Verbissen reckt Ignotus das Kinn. »Die Welt ist besser dran ohne sie.«

Eine lange Zeit bleibt es still. Emma und ich sind erstarrt. Und Ignotus … er atmet schnell und heftig, als würde er jeden Moment zusammenbrechen.

»Du musst dich stellen«, sage ich irgendwann. Ich kann ihn kaum ansehen, weil es so schmerzt. All unsere Erinnerungen. Jeder Moment, in dem wir gelacht haben. In dem er für mich da war. Ihn auf diese Weise zu verlieren, tut weh. »Wenn du es nicht machst, werde ich es tun. Aber bedenke, dass dir ein Geständnis zugutekommen wird, Ignotus.«

Wieder vergehen einige Moment der Stille. Doch dann fällt er wieder auf die Knie. Der Aufprall hallt von den hohen Wänden wider. Plötzlich schreit er, so lange, bis er keine Stimme mehr hat, gefolgt von einem lautlosen Schluchzen. Die ganze Zeit über stehen Emma und ich stocksteif da. In meinen Beinen ist kein Gefühl mehr. Als wäre mein Körper losgelöst.

Hinter dem geöffneten Fenster krächzt ein Falke.

Der apokalyptische Reiter trägt eine Seele fort.

Pressemitteilung tmz
Geständnis

Es gibt ein Geständnis!
Endlich, nach über einem Jahr, kommt die Wahrheit ans Licht. Unerwartet meldete sich am gestrigen Morgen ein Mitarbeiter des Blackwell Palace und gestand die Schuld an Aprils Tod. Berichten zufolge plädiert der Angeklagte auf Notwehr. Dieses Geständnis übermittelte der Täter höchstpersönlich nicht nur an die Polizei, sondern auch an uns.

Ich, Ignotus Han, bekenne mich der fahrlässigen Tötung von April Sanders schuldig. Am Abend des 24.12.2022 traf ich sie bei einem Spaziergang durch die Berge von St. Moritz. Ich kam nie sonderlich gut mit April aus, aber bei diesem Treffen war sie besonders zornig. Sie ließ mich ihre Wut spüren, beleidigte mich und hielt mich fest. Ich stieß sie den Abhang hinunter.
Ich verspüre tiefe Reue und bitte jeden, der sie gekannt und geliebt und mit ihr einen für sich wichtigen Menschen verloren hat, inständig um Vergebung.

I AM A LOST GIRL FROM NEVERLAND, USUALLY HANGING OUT WITH PETER PAN

Paola

Emma rührt mit ihrem Schirmchen im Martini, die Augen auf mich gerichtet. »Schon was Neues?«

Kopfschüttelnd stecke ich das Handy wieder weg und lasse den Blick durch den in Glitzerblau getauchten Prunksaal schweifen. Auf der Bühne und unter der Decke präsentieren Artisten eine atemberaubende Show, alles glitzert und funkelt. Es ist der dreizehnte Januar, der Abend vor dem Jahrestag des Blackwell Palace. Morgen vor zwei Jahrhunderten öffneten sich die Türen des Palasts zum ersten Mal für Gäste, und das wird groß gefeiert. »Die letzte Nachricht war gestern Abend, dass sie alles geklärt haben, was das Dorf betrifft, und nun ein Gespräch mit der Mafia führen.«

»Gott.« Lisbeth erschaudert. »Das hört sich so gruselig an. Als wäre ich plötzlich Teil von *Der Pate*.«

»Es *ist* gruselig«, murmle ich. »Und *Der Pate* gar nicht so weit entfernt.« Unruhig knete ich meine Finger, betrachte Leons breiten Rücken, der sich neben anderen Bodyguards vor uns aufgebaut hat.

Irgendwann heute Morgen hat Leon an die Tür geklopft und gemeint, Charles hätte angeordnet, uns für die Hotelparty auf die Gästeliste zu schreiben. Ich wollte nicht gehen, weil noch immer ein schwerer Stein in meinem Magen liegt, aber Emma meinte, sie würde keine Sekunde länger zulassen, dass ich mich in Charles' Suite verbarrikadiere. Also haben wir uns gemeinsam mit Lisbeth fertig gemacht und versucht zu verdrängen, dass Ignotus in Untersuchungshaft steckt. Und jetzt sitze ich hier, auf einer der exklusivsten, teuersten und legendärsten Partys der Welt, in dem ersten Geschenk, das Charles mir gemacht hat: dem Prada-Kleid, in dem er mich hat auflaufen lassen.

»Keine Sorge, Süße.« Neben mir streckt Jaime eine Hand aus und legt sie auf meinen Oberschenkel. »Es ist *Charles*. Er wird alles unter Kontrolle haben.«

Ich nicke, weil ich nicht aussprechen will, was ich denke: Wenn die Mafiosi ihm eine Knarre an den Schädel halten, nützt ihm keine Kontrolle der Welt mehr etwas.

»Schluss mit den düsteren Gedanken.« Emma knallt ihren leeren Martini auf das Tischchen, richtet das Diadem in ihren Haaren und erhebt sich. »Es ist die Jahresparty. Tanzen wir!«

»Geht ihr.« Ich schenke meinen Freundinnen ein Lächeln. »Besser, ich warte hier.«

»Ach, Mist.« Lisbeth verzieht das Gesicht. »Vergesse immer, dass du jetzt ein A-Promi bist.«

Ich rümpfe die Nase. »Bin ich nicht.«

»Oh, das bist du, Süße.« Jaime lacht. »Ob du es willst oder nicht.«

Emma und Lisbeth schlängeln sich durch in Richtung Tanzfläche, ich bleibe mit Jaime zurück. Einen Augenblick wippt sie neben mir zum Takt der Musik und trinkt ihren Champagner. Dann …

»Er hat mir das Leben gerettet, weißt du?«

Ich lächle. »Ja, ich weiß.«

»Und vielen, vielen anderen Menschen ebenfalls. Ob es nun wir Frauen waren, die er vom Strich geholt hat, oder draußen auf den Meeren während der Seenotrettung. Charles ist …« Sie lehnt sich in der Ottomane zurück, überschlägt ein Bein und lächelt. »Er ist unerbittlich, wenn es darum geht, jemanden zu beschützen. Und er ist mächtig. Sehr, sehr mächtig. Das weiß auch die Mafia von San Luca. Sie begrüßen Kontakte mit Einfluss, weil sie ihnen nützlich sein könnten.« Sie sieht mich an. »Ihm wird nichts passieren, Paola.«

»Beten wir, dass du recht hast.«

»Weißt du, was er mir gesagt hat?«

»Wann?«

»Nachdem ihr in Venedig wart und er zurückmusste, weil Leopold ein paar Männer zum Schnüffeln in den alten Golfclub geschickt hat. Da kam er zu mir, und ich habe sofort gesehen, dass etwas an ihm anders war.«

»Anders?« Verwirrt sehe ich sie an. »Inwiefern?«

»Charles hat gestrahlt«, sagt sie. »Aus allen Poren ist ihm das

Glück gekrochen. Glaub mir, Süße, ich kenne Charles schon sehr, sehr lange, und er hat nie *gestrahlt.*«

Hitze kriecht mir in die Wangen. »Du meinst, wegen mir?«

»Natürlich wegen dir.« Als sie lächelt, bohren sich tiefe Grübchen in ihre Wangen. Jaime ist hübsch und auf eine Art mütterlich, wie ich es mir immer gewünscht habe. »Ich habe ihn gefragt, warum er so glücklich aussieht, und er meinte nur: *vielleicht wird mir gerade bewusst, dass ich noch ein Herz besitze, Jaime.*«

Ich lächle in mein Glas.

»Wie auch immer, da scheint jemand mit dir sprechen zu wollen«, sagt Jaime plötzlich.

Ich sehe auf und erkenne Leopold, der sich an Leon vorbeischiebt.

Jaime stellt ihr Glas ab und erhebt sich. »Ich werde mich ebenfalls auf die Tanzfläche stehlen, solange die Leute den Artisten zusehen und sie einem noch genügend Platz auf ihrem heiligen Boden gewähren.«

Leichtfüßig tänzelt sie die Treppe des abgetrennten Bereichs herunter. Im Vorbeigehen schenkt sie Leopold ein Lächeln, wenn auch recht abgekühlt. Er erwidert es wesentlich wärmer und setzt sich anschließend neben mich. Mit seinem Glas prostet er mir zu. »Hey.«

»Hi.« Ich deute auf die rote Flüssigkeit in seinem Glas. »Wein?«

»Dein Le Pin. Jahrgang 89. Trocken, nicht ganz weich.« Er zwinkert mir zu. »Erinnerst du dich?«

»Natürlich.« Mein Mundwinkel zuckt. »32–36 Grad Gärtemperatur während einer Dauer von fünfzehn Tagen. Ein sehr beliebter Wein.«

»Tatsächlich.« Er nimmt einen Schluck, woraufhin seine Lippen blutrot glänzen. Als er das Glas wieder absetzt, sieht er mich ernst an. »Ich schulde dir eine Entschuldigung.«

»Das tust du.«

»Ich hätte diesen Test niemals an @didntyouhearthat schicken sollen.«

»Nein, hättest du nicht.«

»Das Ding ist – ich war wie besessen von dem Gedanken, dass meine Cousins etwas mit ihrem Tod zu tun haben. Wirklich. Es hat sich in mein Hirn gebrannt und alles andere in mir vernebelt. Ich hatte Angst um dich, Paola. Im Ernst. Nicht, weil ich dich scharf oder sonst was finde oder hoffte, dass du mich willst statt die beiden. Gott bewahre. Nichts für ungut, aber ich stehe total auf kleine Frauen mit Brille.«

»Worauf willst du hinaus?«

»Ich dachte, du wärst ihr nächstes Opfer, und konnte kaum noch schlafen, weil ich das unbedingt verhindern wollte. Ich wusste aber auch, dass du den Brüdern mit Haut und Haaren verfallen warst.« Ich hebe eine Braue. Er lacht. »Komm schon, das war offensichtlich. *Jeder* hat das gemerkt, Paola.«

»Na super.«

Sein Lachen weicht einer ernsten Miene. »Ich wollte dich vor ihnen beschützen, und als ich den gefälschten Test neben dem Original im Büro meines Vaters gefunden habe, dachte ich, das könnte … also, es würde dich von ihnen fernhalten.«

»Tja, falsch gedacht.« Grimmig presse ich den Kiefer aufeinander. Mein Blick geht geradeaus, wandert über die glitzernde Tiefseedeko, die in blaues Licht gehüllten Gesichter, von denen jedes heute Nacht eine eigene Geschichte schreiben wird. Xenia tupft mit einer Spitzenserviette ihren Mascara trocken, sieht sich unauffällig um, damit niemand erkennt, dass sie offensichtlich gerade geweint hat. Kokos-Kora tanzt mit flackernden Lidern, einem Minirock und nur mit Kokosschalen auf den Brüsten neben den Artisten. Ein paar Tische weiter sitzt Lena allein. Sie hat ihre schwarzen Haare wieder zu zwei langen Zöpfen geflochten. Auch sie lässt den Blick schweifen, will sichergehen, dass keiner in der Nähe ist. Dann wirft sie sich etwas in den Mund und spült es mit Champagner herunter. Ihre Mundwinkel sind tief heruntergezogen, bis einen Moment später Max neben ihr auftaucht und sie an der Schulter berührt. Von jetzt auf gleich strahlt Lena, eine perfektionierte Maske, und lacht lauthals über etwas, das er gesagt hat. Sie erhebt sich und geht mit ihm, aber sobald er ihr den Rücken zugekehrt hat, fällt ihr Lächeln in sich zusammen.

Und plötzlich wird mir bewusst, dass all diese Menschen, Reichtum hin oder her, ihr eigenes Päckchen zu tragen haben. Ihre eigenen Gründe haben, Entscheidungen zu treffen.

Macht ist wie Feuer. Faszinierend anzusehen, aber sobald es auf einen überspringt, fressen sich die Funken bis in die Seele.

»Auf gewisse Weise verstehe ich dich.« Ich verenge die Augen, als ich sehe, wie Laxons und Emmas Blicke sich auf der Tanzfläche treffen. »Du wolltest ein Problem aus der Welt schaffen, von dem du dachtest, dass es mich zerstören könnte, und es war deine Art von Lösung.«

Er nickt. »Trotzdem hätte ich daran denken müssen, was es mit dir macht. Ich bin so daran gewöhnt, dass diese virale Aufmerksamkeit normal ist, dass alle es immer wegstecken, als wäre es nur eine lästige Fliege, dass ich mir keine Gedanken darüber gemacht habe, es könnte bei dir anders sein. Und das, na ja … Es tut mir leid.«

»Ich bin zwar immer noch richtig angepisst, aber …« Ich seufze. »Man sagt doch immer, man soll vergeben, wenn um Vergebung gebeten wird, oder nicht?«

Er lächelt schief, streckt mir eine Hand hin. »Frieden, Cortessa?«

Ich schlage ein. »Frieden, Van Dyk.«

Sein Lächeln erstirbt, als seine Hand aus meiner rutscht. »Ignotus also, hm?«

»Ja. Er hat es gestanden.«

»Ja, hab's gelesen.« Er schlägt ein Bein über, nestelt an seiner Tweedweste. »Was für eine krasse Wendung in dem Fall des mörderischen Trios.«

»Er tut mir irgendwie leid«, murmle ich. »Sie war so schlimm zu ihm.«

»Mir auch. Aber am Ende sind wir alle bloß die Summe unserer Entscheidungen, nicht wahr?«

»Ja, vermutlich.« Ich trinke einen Schluck Wildberry Lillet. Diesmal arbeite ich nicht, also nicht alkoholfrei. Keine Ahnung, ob ich überhaupt je wieder als Sommelière in diesem Hotel arbeiten kann. Zurzeit ist es nicht mal möglich, durch die Lobby zu gehen, wenn Leon nicht bei mir ist. »Ein Glück kümmert sich Shiyan um Puffel.«

»Puffel?«

»Sein Hund. Shiyan ist völlig fertig. Ihre Eltern sollen sie wohl allein gelassen haben, sind zurück in ihre Heimat für eine Weile, aber Shiyan konnte nicht. Sie führt den Imbiss weiter und tut, als wäre das jetzt das Wichtigste, aber ich glaube, sie braucht das, um nicht durchzudrehen.«

»Ah. Ja, das glaube ich. Die Arme.« Mit der freien Hand reibt er sich über die braunroten Stoppeln seines Dreitagebarts. »Schon was Neues von Charles und Ed?«

»Nein.«

»Von meinem Vater auch nicht.« Er stößt einen schweren Atemzug aus, dann drückt er mir kurz das Knie, ehe er sich erhebt. »Also dann, Paola. Wir sehen uns.«

»Viel Spaß noch auf der Party.«

»Dir auch.« Seine Lippen kräuseln sich. »Sofern du es genießen kannst.«

»Danke.«

Er verschwindet in dem Moment, als Emma und Lisbeth zurückkommen. Ihre Gesichter glänzen verschwitzt, aber ihre Augen funkeln. Beide sind betrunken. Viel betrunkener als sonst, und ich weiß, dass hinter ihrer gelassenen Fassade ein Trümmerhaufen liegt, den sie vergessen wollen. Ignotus war noch viel länger ihr Freund als meiner. »Paola, du musst mitkommen. Bitte. Die Musik ist *so* gut!«

»Ich weiß nicht …«

Das eine Mal, als ich allein zum Coffee o' Clock wollte, hat mir gereicht. Durch Notausgänge habe ich es erfolgreich aus dem Hotel geschafft, aber vor dem Café haben sich die Handys auf mich gestürzt, als wären sie die Masterbälle und ich das Mewtu. Ich muss an Blair denken, und das wiederum macht mich wieder traurig.

»Emma hat recht«, drängt Lis. »Hier ist keine Presse, und die meisten Leute kennen dich alle schon. Na los, Paola, zeig denen, wie stark du bist!«

»Und wir sind ja bei dir«, ergänzt Emma.

»Women Empowerment!« Lis kichert. »Jetzt habe ich geklungen wie ein Avenger kurz vor der Schlacht mit Thanos.«

Ich lächle. »Du bist witzig, wenn du betrunken bist, weißt du das?«

»Ich bin immer witzig«, entgegnet sie empört.

»Nein, du bist staubtrocken mit deinen Studien.« Emma lacht, während sie das sagt. Lisbeth will sich auf sie stürzen, woraufhin Emma sich kreischend wegduckt und gegen Leons Hintern prallt. Der Typ bewegt sich keinen Millimeter. Eine solide Mauer, Backstein, Fachwerkhaus. »Aber wir lieben dich trotzdem, du Diogenessüchtige, wir lieben dich trotzdem!«

»Noch ein Wort und ich sage Laxon, dass du dich bei dem Gedanken an ihn als Peter Pan aufgeilst.«

Schockiert reißt Emma die Augen auf. »Paola! Du hast es ihr erzählt?!«

Ich schlage mir die Hände vors Gesicht wie das Emoji-Äffchen, von dem Emma mich immer bittet, es für sie zu häkeln. »Sorry. Ich war tagelang eingesperrt, hatte Langeweile und bin Opfer des Gossips geworden, vor dem mich immer alle gewarnt haben.«

»Kameradenschwein«, grunzt Emma. »Das kannst du jetzt nur wiedergutmachen, wenn du mitkommst.«

Seufzend lasse ich die Hände sinken. »Also gut.«

Als wäre das ein Urteil gewesen, das ich mit dem Hammer geschlagen habe, dreht Leon sich zu mir um. Er hebt eine seiner buschigen Brauen in die Stirn. »Sicher?«

»Ja.«

»Okay. Ich behalte dich im Auge, falls etwas passiert.«

»In Ordnung.« Es ist immer noch ungewohnt für mich, aber der Gedanke an Charles macht es erträglich. Ich habe mich für ihn entschieden, also ist das hier jetzt mein Leben. »Danke, Leon.«

Er nickt, im Gesicht der übliche grimmige Blick.

»Ich glaube, ich habe diesen Mann noch nie lächeln sehen«, murmelt Emma.

»Ich auch nicht«, sagt Lis. »Aber irgendwie finde ich das heiß.«

»Was?« Ich lache. »Du stehst doch auf Frauen.«

»Bevorzugt, ja. Aber ich würde sagen, alles in allem stehe ich einfach auf Menschen.« Das Funkeln der Lichter spiegelt sich in ihren dunklen Augen. »Vor allem, wenn ich betrunken bin.«

»Pass auf«, murmelt Emma. »Heute Abend vermisst du deinen Bodyguard, weil Lis mit ihm eine Nummer schiebt.«

Lis verengt die Augen und legt die Hände wie ein Megafon an den Mund. »Oh, Laaaaxoooon.«

»Pscht, du Monster!« Emma reißt ihre Hände herunter und drückt ihre eigenen auf Lis' Lippen.

Ich lache. Und zum ersten Mal seit Tagen registriere ich, dass der Klumpen in meinem Magen aus Sand sein muss, weil mein Lachen wie warmes Wasser in meinen Bauch sickert und das Ding ein Stück in sich zusammenfallen lässt.

TO NEW BEGINNINGS IN FEAR AND FAITH, MAY WE WELCOME FULL OF THINGS THAT HAVE NEVER BEEN

Paola

Wir erreichen die Tanzfläche in dem Moment, in dem der DJ einen Remixversion von *Unholy* spielt. Sofort werde ich an den Tag der Poolparty zurückversetzt, spüre Charles' Körper unter meinem, rieche sein Parfüm.

»Whuuu!« Kreischend reißt Emma meine Hände in die Luft, dreht mich herum und tanzt mich eng an. »Unholy, Baby!«

»Show me what you got!« Lis' Körper schmiegt sich von hinten an meinen, und so tanzen wir im Dreiergespann, bis der Song zu der Sped-Up-Version von *Freed from Desire* wechselt und wir einen Drink von einem vorbeirauschenden Tablett nehmen.

Die Servicekraft stockt, und erst da erkennen wir, dass es sich um Blair handelt. Hinter ihr schlängelt sich eine Akrobatin an einem Seil anmutig über die Tische. Die wechselnden Nuancen der Scheinwerfer hüllen Blairs Gesicht in blaues Licht und heben den Schmerz in ihren Zügen hervor, als sie uns so ausgelassen sieht.

»Hey«, sagt sie.

»Hi«, entgegnen Emma, Lisbeth und ich unisono, die Champagnergläser wie einen Schild vor unsere Brust gedrückt.

Sie wechselt von einem Bein aufs andere. »Es ist schön, euch zu sehen. Seit der Hochzeit wart ihr wie vom Erdboden verschluckt.«

Emma nickt mit dem Kinn in meine Richtung. »Das mit ihr und Charles wurde offiziell.«

»Ja, habe ich mitbekommen.« Sie lächelt schwach. »Glückwunsch.« Als keiner von uns etwas entgegnet, beißt sie sich auf die perfekt geschminkte Unterlippe. »Die Sache mit Ignotus hat mich zerstört.«

»Uns alle«, sagt Lis.

Blair nickt. »Ich hatte so dringend das Bedürfnis, bei euch zu sein. Zu weinen, zu reden, einfach im Bett zu liegen und zu trauern.« Zittrig schnappt sie nach Luft. Dann sieht sie mich an. »Paola, könnten … könnten wir noch mal reden?«

Ich zögere. »Vielleicht«, entgegne ich. »Wenn ich weiß, was bei Charles und Gabriel los ist.«

Ihre Augen weiten sich. »Er ist bei deinem Bruder?«

»Ja. Seit ein paar Tagen.«

»Und will er ihn herholen?«

»Wenn alles gut läuft.«

»Wow«, staunt sie. »Das ist … wow!« Der Glanz, der sich über ihre braunen Augen legt, zeigt mir, wie viel ihr das für mich bedeutet. Und diese Tatsache drängt den Wunsch in mir noch mehr voran, herauszufinden, was sie zu diesem Verrat getrieben hat.

Warum hast du das getan, Blair?

»Blair!«, ruft eine Kollegin von der anderen Seite der Tanzfläche. Ihr Gesichtsausdruck gleicht einem zornigen Schwan. »Wir sollen die Leute versorgen und nicht rumquatschen!«

Blair verdreht die Augen. »Gott sei Dank bin ich bald nur noch im Casino eingeteilt.« Sie seufzt. »Gut, ich muss dann …«

»Ja«, sagen wir wieder alle gleichzeitig.

Die Stimmung ist angespannt. Eine seltsame Situation. Blair verabschiedet sich mit einem letzten Lächeln und verschwindet.

»Also, das vermisse ich heute absolut nicht«, sagt Emma.

»Was?«, fragt Lis.

»Die Arbeit.«

»Oh, ja.« Ich leere meinen Champagner, stelle das Glas auf einem weiteren vorbeirauschenden Tablett ab und sehe zur Uhr. Zehn vor zwölf. »Ich auch nicht.«

»Lasst uns rausgehen!« Emma fasst mich am Ellbogen und zieht mich Richtung Terrasse. »Das Feuerwerk geht gleich los.«

Scheinbar hat der Großteil der Feiernden denselben Gedanken, denn plötzlich stürmen alle in Richtung der geöffneten Doppelflügeltüren, die nach draußen führen. Es dauert ein paar Minuten, bis wir endlich im Freien stehen, vor uns die atemberaubende Kulisse der Bergkette. Es ist eine klare Nacht, die Luft eisig, aber rein. Die Absätze unserer hohen Schuhe hinterlassen Abdrücke im Schnee.

Wir stehen zu dritt nebeneinander, die Arme auf unsere Rücken gelegt, wie eine Festung, die niemand jemals zerstören kann. Und doch …

»Irgendwie seltsam«, murmelt Lis. »Findet ihr nicht?«

»Ich habe genau dasselbe gedacht«, sagt Emma. »Als wären wir unvollständig.«

»Blair und Ignotus fehlen«, stelle ich leise fest. »Ganz egal, was passiert ist. Sie fehlen.«

Schweigen hüllt uns ein, im Hintergrund nur das Grölen und Lachen der anderen Personen. Und plötzlich …

»*Tata!*«

Es gibt Situationen im Leben, die nenne ich Eiswassermomente. Der Übergang von der einen Sekunde, in der man in der unveränderten Realität existiert, zur nächsten, wenn der Körper aus dem Nichts in kühles Gewässer geworfen wird.

Das hier ist so eine Sekunde. Ein Eiswassermoment, der mir jede Luft aus der Lunge pumpt und meine Venen in Schockstarre versetzt. Sie pumpen kein Blut mehr. Alles in mir ist taub, als ich mich umdrehe.

Da steht er. Mein kleiner Bruder. Gabriel neben Charles, der als Einziger an diesem Abend in Jogginghose und mit Dreitagebart erschienen ist.

Meine Lunge brennt, nein, sie gefriert, weil mein Körper in den Überlebensmodus geht, so heftig rast mein Herz. Und dann …

»GABRIEL!« Ich brülle so laut, dass meine Stimme von den Bergen echot, renne los, stoße Körper aus dem Weg, Stühle, Tische, alles, reiße die Arme auf, bis der warme Körper meines Bruders an meinem liegt. »*Dio mio*, Gabriel! Gabe!«

Ich drücke ihn fest, zerquetsche ihn beinahe, aber es geht nicht anders. Sein kleines Herz schlägt gegen meines und er schluchzt, sein ganzer Körper bebt, genau wie meiner. Ich küsse seinen Scheitel, jeden Zentimeter seines Gesichts, küsse seine Tränchen weg und drücke ihn wieder. »Du bist bei mir«, sage ich immer wieder, als müsste ich mich selbst überzeugen. »Du bist bei mir. Bei mir. Ich hab' dich. Alles wird gut, Gabe. Alles wird gut.«

Irgendwann löse ich mich von ihm, betrachte sein Gesicht. Er sieht mitgenommen aus. Sein Haar geht bis über die Ohren, und er ist dünn geworden, aber sonst scheint er unversehrt.

»Ich habe dich so vermisst«, flüstere ich unter Tränen.

»Ich dich auch.« Gabes Kinn zittert unkontrolliert, und er hat die Unterlippe vorgeschoben. »Aber ich wollte nicht, dass du dir Sorgen machst.«

»Gott, Gabriel.« Wieder presse ich ihn an mich, drücke einen Kuss auf seinen Scheitel. »Jetzt bist du in Sicherheit, okay?«

Er nickt. Ich brauche noch einen Moment, bis ich realisiere, dass das hier die Realität ist. Dann löse ich mich von meinem kleinen Bruder und sehe Charles an. Im Hintergrund geht plötzlich ein kollektives Zählen los. Der Countdown bis zu dem Tag, an dem das Blackwell Palace zweihundert Jahre alt wird.

ZEHN.

Dunkle Stoppeln zieren Charles' Gesicht, und er wirkt erschöpft, aber glücklich.

NEUN.

»Charles.« Und dann werfe ich mich auch ihm in die Arme.

ACHT.

Er hält mich fest, lässt mich nicht los, bis ich ihm in die Augen sehe. »Dir ist klar, dass du mich jetzt nie wieder loswirst, oder?«

SIEBEN.

Er lacht leise. »Ich hatte gehofft, du würdest so etwas sagen.«

SECHS.

»Ich habe dich so vermisst«, flüstere ich.

FÜNF.

Er legt die Hände um meinen Hals. »Und mir ist noch einmal bewusst geworden, wie recht Goethe hatte.« Er löst die Hände. Plötzlich liegt der schwere Amethyst wieder auf meiner Brust.

VIER.

Mit dem Daumen streicht Charles mir über die Wange. »Jeder Augenblick mit dir ist von unendlichem Wert, denn er ist der Repräsentant einer ganzen Ewigkeit.«

DREI.

»Wie geht es jetzt weiter?«, flüstere ich.

Er grinst. »Finden wir's heraus.«

»Weißt du was?«

»Was, Signorina?«

ZWEI.

»Ich habe dir einen Blobfisch in LOS-ANGELES-Pullover gehäkelt und nach mir benannt, damit du mich nicht vergisst, wenn du auf deinen Seereisen bist. Wenn du ihn ansiehst, sollst du an mich denken.«

Er lacht rau. »Mein nachträgliches Weihnachtsgeschenk?«

»Ja.«

EINS.

»Darf ich mir so ein Häkelding auch zum Geburtstag wünschen?«

»Ja. Welches?«

Er grinst. »Ein gefrorenes Brokkoliröschen.«

HAPPY BIRTHDAY, BLACKWELL PALACE.

Charles Blackwell küsst mich, und es ist alles. Er küsst mich, und ich weiß, das hier ist echt. Hier, in seinen Armen, mein Bruder in Sicherheit. Das hier ist, wonach andere ihr ganzes Leben lang suchen.

Glück in Form von Schneeflocken, die sich auf unsere Haut legen und ihren Frieden in uns verankern.

Unsere Zukunft in der Öffentlichkeit wird eine Herausforderung. Sie wird golden, funkelnd, voller Liebe, ja. Alles andere als leicht. Aber wenn ich eines weiß, dann, dass ich ihn trotz aller Widrigkeiten liebe, wie der Sommer die Blumen, wie der Herbst den Wind, mit dem er an den Bäumen zerrt. Zu lieben heißt, gemeinsam wachsen. Zu lieben heißt, Stürme durchstehen, die wehtun, die einen *zerfressen* können. Aber wie heißt es doch, wenn man einen Zweig abbricht und die Blätter abreißt?

Von Herzen, mit Schmerzen, über alle Maßen.

»Und wenn wir das hier irgendwann vor die Wand fahren?«, flüstere ich an seinen Lippen, während über uns das Feuerwerk die Berge und St. Moritz in ein buntes Lichtermeer hüllen.

Charles lacht leise. »Dann in einem Bentley Continental in Rot.«

TRIGGERWARNUNG

(ACHTUNG: SPOILER!)

Dieses Buch enthält potenziell triggernde Inhalte zu folgenden Themen:

BDSM, Verlust, explizite Gewaltszenen.

DANKSAGUNG

O my. Was für ein Ritt. Was für sagenhafte, nervenraubende, wunderschöne sechs Wochen das waren, in denen ich dieses Manuskript geschrieben habe. Ich bin über mich hinausgewachsen, habe noch nie so viel Denkarbeit betrieben, um Plottwists auszubauen und Netze der Intrigen zu streuen, war von mir selbst überrascht und bin so, so sehr gewachsen. Es ist immer wieder erstaunlich, was diese Arbeit mit mir macht. Wie sie mich durch Höhen und Tiefen begleitet, mich in einen meditativen Zustand versetzen kann, mich nicht loslässt, egal wo ich bin, und mein kreatives Hirn zu Hochleistungen antreibt.

Ich bin abgöttisch verliebt in diese Reihe. Und dafür, dass sie meinen Ansprüchen so gerecht werden konnte, habe ich einigen Menschen zu danken.

First of all meiner Agentin Kathrin. Du bleibst immer die Erste, wenn ich diese Worte verfasse, weil das alles ohne dich nie passiert wäre. Ohne dich würde ich vermutlich in einer Anwaltskanzlei sitzen und mir Tag für Tag durchlesen und anhören müssen, wie grausam die Welt sein kann. Danke, dass du mein Leben verändert hast. Danke für so vieles mehr. Du hast nicht nur meine Träume wahr gemacht, sondern auch dafür gesorgt, dass ich das Selbstbewusstsein wiedergefunden habe, das mir irgendwann während der Schulzeit verloren gegangen ist. Ich verdanke dir so vieles, und ich will, dass du das weißt.

Dem Penguin Verlag, ganz besonders dir, Laura. Du stehst in meinem Dank ebenso an oberster Stelle, und ich werde es dir immer wieder sagen: Auch du hast dafür gesorgt, dass ich nun das traumhafteste, schönste Leben leben kann, von dem ich immer geträumt habe. Ich bin so dankbar, dass du in mir das Potenzial erkannt hast, dass du für die Winter-Dreams-Reihe gekämpft hast, von der ersten Sekunde an überzeugt warst, dass ich für jedes meiner Worte brenne. Ich könnte nicht glücklicher sein, damals deine Zusage erhalten zu haben.

Dir, Steffi, danke ich für all deinen Fleiß, den auch du in diese Reihe gesteckt hast und immer noch steckst, für dein großartiges Wissen über die Schweiz und jeden Satz, mit dem du meinen Text perfektioniert hast. Was wären meine Bücher ohne dich?

Ich danke meiner Familie dafür, dass ihr immer hinter mir gestanden habt, immer hinter mir stehen werdet und stets an mich glaubt. Valerio, Jannik, Mama, Sabrina, Stephanie, Rigo, Sven, alle Tanten und Onkel, alle Nichten und Neffen, Cousinen und Cousins – ihr seid mein größter Schatz.

Schreiben kann sehr einsam sein, und oftmals haben mich Ideen verzweifeln lassen oder wäre mir die Decke auf den Kopf gefallen, wenn ich meine wunderbaren (Schreib)-Freunde nicht hätte: Jenny, Jane, Lara, Toni, Antonio, Johanna, Hannah, Josie, Ava, Bianca, Steffi, Sofia, und so viele mehr! Ich hoffe, ich habe niemanden vergessen, und falls doch, fühlt euch bitte mit angesprochen. Jede und jeder von euch ist einzigartig und super, und ich habe euch alle unendlich lieb.

Ada, Nadine & Maxi – ihr seid immer da für mich, wundervolle Freunde und unterstützt mich mit so viel Zuspruch, dass ich nicht glücklicher sein könnte, Menschen wie euch in meinem Leben zu haben.

Danke an Walid – du bist ein großartiger Mediziner. Ohne dich wäre ich aufgeschmissen gewesen. Danke, dass du es nicht merkwürdig gefunden hast, mir Fragen darüber zu beantworten, wie der Körper in einem stillgelegten Wassertank in einer Stadt mit vorwiegend Minustemperaturen aussieht und verwest. Danke, dass du mir ganz genau erklärt hast, wieso das Hämatom eines Handabdrucks auch nach einer langen Zeit noch sichtbar sein kann. Danke für deine Zeit und dein Wissen.

Ein großes Danke an dich, Luca, den meisten von euch bekannt als Montez. Danke, dass ich deine wunderbaren Zeilen aus dem Song *Jeden Tag Mehr* nutzen durfte, um Edward und Charles deine Poesie leben zu lassen. Dein Talent hat dieses Buch noch besser gemacht und meinem Manuskript einen perfekten letzten Satz geschenkt. ☺

Der Buchhandlung Graff, allen voran dir, Fred, ein riesengroßes Dankeschön für die Signieraktionen, den Einsatz und Aktionen rund um meine Bücher, genauso der Bücherbüchse für eure atemberaubenden Exklusivausgaben!

Last but not least: euch Leser*innen! Wahnsinn, was ihr mir in den letzten Monaten geschenkt habt. Ihr seid unbeschreiblich. Danke für jeden Support, für eure kreativen Reels und TikToks, für euren Hype, eure Worte, eure berührenden Geschichten, die persönlichen Treffen, alles. Danke, danke, danke!